Knaur.

Knaur.

Über die Autorin:
Annette Dutton, 1965 in Deutschland geboren, studierte Geisteswissenschaften in Mainz. Seither arbeitet sie als Fernsehproducerin und Autorin, zuletzt für ein Australien-Special der Wissenschaftsserie »Galileo« sowie die zweiteilige Australien-Reportage »Der Zug der Träume«. Mittlerweile lebt Annette Dutton seit elf Jahren in Australien, zusammen mit ihrem Mann John und Sohn Oscar.

Annette Dutton
Der geheimnisvolle Garten

ROMAN

Knaur Taschenbuch Verlag

Besuchen Sie uns im Internet:
www.knaur.de

Wenn Ihnen dieser Roman gefallen hat und Sie auf der Suche
sind nach ähnlichen Büchern, schreiben Sie unter Angabe des Titels
»Der geheimnisvolle Garten« an:
frauen@droemer-knaur.de

Originalausgabe August 2012
© 2012 Knaur Taschenbuch
Ein Unternehmen der Droemerschen Verlagsanstalt
Th. Knaur Nachf. GmbH & Co. KG, München
Alle Rechte vorbehalten. Das Werk darf – auch teilweise – nur mit
Genehmigung des Verlags wiedergegeben werden.
Redaktion: Franz Leipold
Umschlaggestaltung: ZERO Werbeagentur, München
Umschlagabbildung: © FinePic®, München
Satz: Adobe InDesign im Verlag
Druck: C. H. Beck, Nördlingen
Herstellung, Bindung und digitaler Farbschnitt: Kösel, Krugzell
Printed in Germany
ISBN 978-3-426-51142-8

2 4 5 3 1

*Für Carla und Matthias,
meine Eltern*

Selbst ein Stück trockenes Holz kann uns spirituell heilen. »Trocken«, hab ich gesagt, nicht »tot«, denn wenn wir diesen sogenannten toten Baum anzünden, erwecken wir ihn wieder zum Leben. Und wenn wir später seine Kohle anzünden und du immer noch denkst: »Mann, die ist doch mausetot!«, dann hol diese Kohlen mal mit deinen Händen aus dem Feuer! Du würdest mich glatt für verrückt erklären, wenn ich dich darum bäte!

*Djarla Dulumunmun vom Stamm
der Yuin Nation, Victoria*

Aborigines glauben, dass es nichts zwischen Mensch und Gott gibt; dass jeder Mensch auch ein spirituelles Wesen ist. Wir alle, sagen sie, sind eine Familie, sind Brüder und Schwestern, die sich das Universum teilen.
Geburt, Vereinigung mit den Geistern, Wiedergeburt: Dies, so glauben die Ureinwohner Australiens, ist das ewige Gesetz.
Nur wer das Gesetz anerkennt, wird spirituelle Heilung erfahren. So war es immer, so ist es immer und so wird es immer sein.
Aborigines sind die älteste noch lebende Kultur auf dieser Erde.

Townsville, September 1958

Die alte Dame im Flugzeug starrte seit einigen Minuten regungslos aufs Meer hinab. Die See war spiegelglatt, nur weiter draußen, wo der Südpazifik vom Riff gebrochen wurde, sah sie, wie unzählige winzige Gischtkronen die Oberfläche der Korallenformation umtanzten. Obwohl nur eine laue Brise wehte, konnte sie Segelboote erkennen. Mindestens fünfzehn, schätzte sie. Ihre Mundwinkel verzogen sich zu einem Lächeln. An einem Tag wie diesem spielte es ja auch keine Rolle, wie lange die Segler von der Insel zum Festland unterwegs waren oder umgekehrt. So ein Segeltörn am Samstag, das war reiner Selbstzweck, *recreation*. Es dauerte eine Weile, bis ihr das deutsche Wort dafür einfiel: Freizeitaktivität.
Seltsam, dachte sie, im Englischen schwingt noch so viel mehr mit: *recreation*, das hieß auch »Wiederherstellung«, »Wiedererschaffung«.
Sie lehnte sich seufzend in den Ledersitz zurück. Mitte September, Frühling! Sie hätte sich keinen besseren Tag für ihr Vorhaben aussuchen können. Sie schloss die Augen. Durch das Surren des Propellers hindurch vernahm sie gestotterte Funkmeldungen, die immer mit einem Knarzen endeten. Ein Sonnenstrahl, der schräg ins Fenster fiel, ließ rote Lichter hinter ihren Lidern tanzen; wieder verfiel sie ins Dämmern.
»Miss, möchten Sie einmal einen Blick nach vorne werfen?«
Die ältere Dame setzte sich auf, fuhr sich über die Augenlider.
»Oh, sorry, Miss, ich wollte Sie nicht wecken!«
Der Pilot hob entschuldigend die Hand. Sie lachte.
»Schon gut, Craig! Ich bin ja nicht zum Schlafen hier. Was gibt's denn? Sind wir etwa schon da?«

Craig verneinte mit einer Bewegung seines kantigen Kinns.
»No, Ma'am, aber schauen Sie mal, Humpbacks! Eine Mutter mit Kalb, gleich da vorne, auf halb zwei!«
Die alte Frau zog sich in ihrem Sitz nach oben und reckte den Kopf. Sie war plötzlich aufgeregt wie ein Teenager, was in ihrem Alter natürlich lächerlich war. Sie musste über sich selbst lächeln. Die Tatsache, dass sie sich mit ihren achtundsiebzig Jahren noch so begeistern konnte, stimmte sie froh. Es war ein Geschenk. Solange noch dieser Funken in ihrem Herzen glühte, würde die alte Maschine hoffentlich noch weiter Tag für Tag zuverlässig anspringen.
Sie straffte ihren Rücken, um vollen Ausblick auf die Buckelwale zu haben. Mutter und Kalb tollten ausgelassen miteinander herum, klatschten mit den Schwanzflossen auf die Wasseroberfläche, die sich daraufhin hoch aufspritzend zerteilte. Ihr Spiel zog die Segelboote an, die sich allmählich in sicherem Abstand um die majestätischen Tiere gruppierten.
»Oh, Craig, das ist wundervoll! Danke, dass Sie mich geweckt haben! Ich kann mich gar nicht erinnern, wann ich das letzte Mal Wale gesehen habe.«
Craig drehte sich kurz zu ihr um.
»Na, an den Walen kann es jedenfalls nicht liegen, Ma'am. Die kommen jedes Jahr um diese Zeit zum Kalben in die Bucht.«
Die Frau nickte wissend und warf einen letzten Blick auf das Spektakel, bevor die Maschine abdrehte und Kurs aufs Riff nahm. In wenigen Minuten würden sie sich über Kap Bowling Green befinden, ihr Ziel lag irgendwo zwischen dem Kap und dem Broadhurst Riff.
»Ich kann Ihnen leider nicht genau sagen, wo das Wrack liegt, Ma'am. Besser, Sie werfen mal ein Auge aufs Wasser und halten Ausschau!«
Craig drehte an den Knöpfen über seinem Kopf und schaute dann konzentriert aufs Echolot.

Sie wusste nicht, wonach genau sie Ausschau halten sollte. Man hatte ihr gesagt, das Wrack läge so tief, dass es aus der Luft gar nicht zu sehen sei. Schließlich hatte sie für teures Geld Craig angeheuert! Sie schluckte einen Anflug von Verärgerung hinunter, atmete langsam aus, beruhigte sich, sah hinaus. Ihre dunklen Augen waren in den letzten Jahren ein wenig wässrig geworden, ihr Weiß durchzogen von einem spinnenfeinen Adernetz. Eine Brille hatte sie trotzdem nie gebraucht. Sie kniff die Lider zu einem Schlitz zusammen und scannte die hellere, silbrig blaue Oberfläche des Wassers, bis ihre Schläfen vor Anstrengung zu pulsieren begannen und sich ein stechender Schmerz hinter ihren Augen breitmachte. Sie kannte das schon; diese Kopfschmerzen überfielen sie mit hässlicher Regelmäßigkeit, seit sie denken konnte. Sie rieb sich kurz die pochenden Seiten, ohne dabei ihren Blick vom Wasser zu wenden. Sie musste weitermachen, das hatte sie der Schwester versprochen, sie war es ihr schuldig.

Und hatte sie es sich nicht auch selbst geschworen? Sie würde finden, wonach sie so lange gesucht hatte. Um der Schwester willen – und ja, auch um ihrer selbst willen. Sie brauchte einen Abschluss, brauchte Gewissheit. Schuld war eine Sache, die Fakten eine andere.

Der dumpfe Schmerz senkte sich nun tief hinter ihre Augenhöhlen. Sie zwang sich, ihrer Befindlichkeit keine weitere Beachtung zu schenken. Stattdessen griff ihre Hand nach der ledernen Tasche, die auf dem Nebensitz lag. Sie öffnete den Reißverschluss und zog einen weißen Briefumschlag aus dem Innenfach. »Für Maria«, las sie. Behutsam fingerte sie den Brief aus seiner Hülle und entfaltete vorsichtig den Briefbogen. Sie strich das Papier glatt und legte es auf die neueste Ausgabe der *Women's Weekly,* einer australischen Frauenzeitschrift.

Sie kannte die Zeilen des Briefes längst auswendig, es waren ihre eigenen Worte, die sie schon seit Jahrzehnten im Kopf immer wieder aufs Neue formulierte. Heute endlich hatte sie den Mut gefunden, sie aufzuschreiben, und nun las sie das Ende des Briefes ein letztes Mal, bevor sie ihn unterschreiben und zukleben würde:

Maria, ich weiß, dass Du dunkle Tage durchlebt hast. Die Mächte, die uns in diesem Leben zuweilen ergreifen und mit uns spielen wie der Wind mit einer Vogelfeder, sind viel zu oft jenseits unserer Kontrolle. Kriege, Stürme, Verfolgung – ich glaube, wir haben beide in unserem bescheidenen Leben mehr mit diesen Kräften zu tun gehabt, als uns lieb war. Ich denke oft an die schweren Stürme, die uns hier im tropischen Australien regelmäßig heimsuchen. Sie können fürchterlich wüten, Bäume entwurzeln und ganze Häuser zerstören. Sie können unser Leben völlig durcheinanderwirbeln, doch wenn ich heute auf die See schaue, sehe ich nur tiefblaues Wasser, so ruhend und friedvoll, als hätte es nie zuvor ein Unwetter gegeben.

Die Dame suchte jetzt nach ihrem Stift, um hinter dem letzten Satz ein Sternchen einzufügen. Dann drehte sie das Blatt um, zeichnete ein weiteres Sternchen und schrieb langsam wie ein Erstklässler, um die Vibrationen der Maschine aufzufangen:

Ich habe heute Wale gesehen. Sie kommen jedes Jahr zum Kalben in diese eine Bucht, ob es einen Sturm gegeben hat oder nicht. Es kümmert sie nicht, sie tun das, was ihnen die Natur eingegeben hat. Sie leben, das ist ihre Bestimmung.

Sie überlegte, ob sie das eben Geschriebene streichen sollte. Es las sich schwülstig, doch sie fand nach einiger Überlegung,

dass sie an einem Punkt in ihrem Leben angelangt war, an dem sie sich gewisse Sentimentalitäten erlauben durfte. Zustimmend nickend, unterstrich sie sogar noch den letzten Satz. Dann drehte sie den Briefbogen wieder um, unterschrieb schnell, schob das Blatt in den Umschlag und klebte diesen zu, bevor sie es sich anders überlegen konnte. Sie steckte den Brief in die Tasche, deren Reißverschluss sie mit einem Ruck zuzog, und legte die Tasche unter den Sitz, gerade noch rechtzeitig, um Craigs Hinweis Aufmerksamkeit zu schenken.
»Ma'am, da, geradeaus, auf zwölf Uhr, sehen Sie das? Ich glaube, wir haben es gefunden.«
Sie versuchte, dem Zeigefinger des Piloten mit ihrem Blick zu folgen, doch die tiefstehende Sonne blendete sie; ihre Augen brauchten ein wenig Zeit, um sich an die auf der Wasseroberfläche grell flirrenden Reflexionen zu gewöhnen. Sie zwinkerte, schloss dann für den Bruchteil einer Sekunde die Lider, und als sie sie wieder öffnete, sah sie unter sich eine silbrig glänzende Verwerfung, die sich im Wasser immer wieder rasant wendete und blinkte wie eine hoch in den blauen Himmel geworfene Silbermünze.
»Ist sie das? Ist das die Yongala? Aber wieso bewegt sie sich?«
Die alte Dame war sichtlich erregt, erhob sich, so gut es in der engen Maschine ging, aus ihrem Sitz, um eine bessere Sicht aufs Meer zu haben. Doch sie fiel wieder ins Leder zurück, was sie nicht daran hinderte, es erneut zu versuchen. Mit zittrigen Armen stützte sie sich auf den Armlehnen ab.
»Ich schätze, das sind Barrakudas, die nach Thunfischen Ausschau halten.« Craig pfiff durch die Zähne. »Oh, Mann, jede Menge Leben da unten.« Er bemerkte ihren fragenden Blick. »Ungewöhnlich viele und große Fische für eine Stelle im offenen Meer. Das heißt, dass es hier ein Korallenriff oder etwas Ähnliches geben muss, in dem all diese Fische leben. Auf meinen Karten ist aber keines verzeichnet, was bedeutet, dass es an

dieser Stelle wahrscheinlich ein künstliches Riff gibt. Die Yongala zum Beispiel.«
»Die Yongala ein künstliches Riff? Was genau meinen Sie damit?« Sie hatte ihre Arme nun durchgedrückt und fühlte, dass sie sich in dieser halbwegs aufrechten, wenn auch instabilen Position eine Weile halten konnte.
»Das Schiff liegt schon seit über vierzig Jahren auf dem Meeresgrund. Wenn vom Wrack nach all den Jahren überhaupt noch etwas übrig sein sollte, dann sind das mit Sicherheit die Korallen, die auf ihm wuchern.«
Die alte Dame wusste, dass es genau so sein musste, dennoch öffnete sie erstaunt den Mund. Gewiss, es war unsinnig, doch wann immer sie an die Yongala dachte, sah sie im Geiste ein vollkommen intaktes Schiff vor sich, das sich auf dem weichen Meeresgrund nur von den Strapazen einer schweren Reise ausruhte. Kein Bullauge war zerbrochen, keine Planke zerstört. Und irgendwo im Bauch dieses Schiffes ruhte die Schwester, zugedeckt mit den für heutige Verhältnisse sicherlich viel zu kräftig gestärkten Leinenbetttüchern der Adelaide Steamship Company. Sie hoffte jedenfalls, dass der Zyklon die Schwester erst im Schlaf überrascht hatte, so dass sie und die Kinder erst gar nicht hatten kämpfen müssen.
»Sie meinen, von der Yongala selbst ist vielleicht gar nichts mehr übrig?«
»Ich bin kein Experte, aber auszuschließen ist das nicht. Der Rost wird einiges vom Eisen weggefressen haben und das Holz größtenteils vermodert sein. Aber wer weiß schon genau, was noch geblieben ist? Das Wrack wurde ja erst vor einem Monat gefunden, und solange die Taucher der Reederei nicht unten waren, kann man nur spekulieren. Aber die sollten sich meines Erachtens ganz schön sputen.«
Was sollten ein paar Tage mehr oder weniger schon ausmachen, fragte sie sich, und als ob Craig ihren Einspruch hätte

hören können, fuhr er fort: »Wenn die es nicht tun, dann kümmern sich andere darum, und glauben Sie mir, viel wird nicht mehr übrig sein, wenn diese Halunken erst damit fertig sind. Diese Räuber bergen und verkaufen alles: Nachttopf, Zahnstocher, Rasierpinsel, Schiffsglocke, Anker – einfach alles.«
Sie schüttelte unweigerlich den Kopf und fasste noch im selben Augenblick den Entschluss, diese Plünderei mit allen ihr zur Verfügung stehenden Mitteln zu verhindern. Jetzt, da man den Ort der Tragödie endlich gefunden hatte, wollte sie ihn schützen. Noch heute würde sie an die Reederei schreiben.
Mit einem Mal fühlte sie eine ungewohnte Leichtigkeit. Der Schmerz, dieser andauernde Schmerz – er war verschwunden. Sie fühlte sich gut wie schon lange nicht mehr. Wie zum Triumph ballte sie ihre Rechte zur Faust, so fest, dass sich die Knöchel weiß abzeichneten. Endlich. Das Warten hatte ein Ende. Wie hatte sie nur jemals daran zweifeln können?
»Ma'am, Sie müssen sich wieder hinsetzen und den Gurt anlegen. Zu gefährlich. Eine Windböe, und Sie purzeln mir durch die Gegend, schlagen sich vielleicht den Kopf auf, und ich wandere für den Rest meines Lebens ins Gefängnis.«
»Sie haben recht, entschuldigen Sie, bitte! Es ist nur ... ich habe so viele Jahre auf diesen Moment gewartet. Dieser Flug, das Schiff, es bedeutet mir sehr viel.« Sie schloss den Gurt, ohne den Blick vom Meer zu wenden. Sie wusste nicht, ob Craig sie nicht verstanden hatte oder ob er aus Takt schwieg, jedenfalls fragte er sie nicht weiter nach ihren Verbindungen zur Yongala, und dafür war sie ihm dankbar.
»Müssen wir gleich zurück?«
Craig schüttelte den Kopf, ließ den Finger über seinem Kopf rotieren. »Wir können noch ein paar Minuten kreisen, aber nur wenn Sie brav sitzen bleiben!« Er schenkte ihr ein Lächeln. Die Maschine beschrieb einen weiten Bogen und flog dann tiefer über das Wrack. So tief, dass sie im fließenden Silber der

Barrakudaschule einzelne Fische erkennen konnten, die nun blitzartig auseinanderstoben.

Die Dame nickte. Es stimmte wohl, was Craig gesagt hatte. Vielleicht gab es die Yongala wirklich nicht mehr, oder wenn, dann sicherlich nicht so wie in ihrer Vorstellung. Wenn sich die Natur das Schiff tatsächlich zurückgeholt hatte, dann hatte es sich nun in etwas Neues verwandelt, einen Ort voller Leben. Craig zog zwei weitere Schleifen, was der Dame Gelegenheit gab, die Stelle aus allen Richtungen zu betrachten.

»Wir müssen zurück, Ma'am, der Sprit.«

Sie lächelte jetzt.

»Ja, Craig. Ich habe mehr gesehen, als ich hoffen konnte. Fliegen wir zurück!«

Berlin, 28. September 2009

Natascha gab sich einen Ruck und öffnete die Wagentür. Sie konnte es unmöglich noch länger hinauszögern. Fast eine halbe Stunde hatte sie schon hinter dem Lenkrad ihres geparkten Autos gesessen, unschlüssig, ob sie aussteigen oder einfach davonfahren sollte. Schließlich siegte ihre praktische Seite. Sie wollte diese letzte Chance nutzen. Wenn sie es heute nicht schaffte, die Schränke ihrer Mutter nochmals gründlich durchzusehen, würden die Wohnungsauflöser morgen früh alles mitnehmen, was sie vorfanden. Die vertrauten Gegenstände ihrer Kindheit, am Montag um acht wären sie unwiederbringlich verloren, abgeholt und in einer Industriehalle untergestellt, bis man sie irgendwann an irgendjemanden verscherbelte, der einen günstigen Tisch oder einen Wandschrank brauchte. War sie deshalb eine schlechte Tochter? Natascha wusste nicht, ob sie die richtige Entscheidung getroffen hatte. War es falsch, den Haushalt der Mutter aufzulösen? Sollte sie sich nicht an jedes Stück klammern, es bis an ihr eigenes Lebensende wertschätzen? Wieder einmal wurde ihr schmerzlich bewusst, dass sie keine Geschwister hatte, mit denen sie sich hätte beraten, die sie hätten trösten können. Andererseits gab es so auch keinen Streit. Das wäre das Schlimmste, was sie sich in so einem Fall vorstellen konnte.

»So ein Fall«, sagte sie nun laut, und es klang bitter. Als Journalistin sollte sie sich nun wirklich präziser ausdrücken. Der Fall – das war der verfrühte Tod ihrer Mutter Regina, die »nach langem Leiden einer schweren Krankheit erlegen war«, wie man so schönfärberisch sagte und wie Natascha es auch für die Todesanzeige übernommen hatte. Es war ihr schwergefallen, diese übliche Floskel zu verwenden, doch das Leid des vergangenen Jahres wäre sowieso nicht mit einem Satz zu fassen gewesen, und sie selbst hatte einfach nicht mehr die Kraft gehabt, etwas Ehrlicheres und Treffenderes zu formulieren. Die letzte Chemotherapie hatte die Mutter abgebrochen, in ihrer sanften, aber bestimmten Art hatte sie der Tochter ihren Entschluss mitgeteilt. Natascha kannte diesen Ton in der Stimme der Mutter, der keinen Widerspruch duldete, und so hatte sie ihren Wunsch respektiert. Natascha schluckte. Wie oft hatte sie sich seither gefragt, ob es richtig gewesen war, Regina so kampflos ihrem Schicksal zu überlassen? Wäre es nicht ihre Pflicht als einziges Kind gewesen, die Mutter am Aufgeben zu hindern? Hätte die Mutter am Ende doch noch gesund werden können? Tränen stiegen Natascha jetzt in die Augen, und sie hatte Mühe, gegen ihre Gefühle anzukämpfen. Sie spürte wieder diese ohnmächtige Verzweiflung, wie damals, als die Mutter sie mit ihrer unerschütterlichen Entscheidung konfrontiert hatte. Doch was hätte sie schon sagen können? Ihre Mutter war Ärztin, sie wusste besser als die Tochter, wie ihre Chancen standen. Und es war ihr Schmerz, ihr Leben und auch ihr Tod, und den konnte sie der Mutter nicht abnehmen.

Natascha schüttelte sich, als könnte sie ihre Gewissensbisse auf diese Weise loswerden. Sie trug in letzter Zeit schwer an ihren Gefühlen, die aus allen Richtungen an ihr zu zerren schienen.

»Verdammt!«, rutschte es ihr raus. Sie war nämlich auch wütend auf ihre Mutter. Wenn sie schon nicht für sich selbst hatte kämpfen wollen, warum, verdammt noch mal, konnte sie dann nicht wenigstens für Natascha überleben wollen? Wie konnte sie einfach so gehen und die einzige Tochter allein zurücklassen? Tränen liefen jetzt über Nataschas Wangen. So hatte sie sich zuletzt als Mädchen gefühlt, als die Mutter einen – wie sich später herausstellte – harmlosen Unfall gehabt hatte und sie deshalb nicht von der Schule abholen konnte. Eine halbe Ewigkeit hatte Natascha vor dem Schultor gewartet, bis endlich eine Lehrerin sie ins Schulgebäude zurückführte und ihr behutsam vom Unfall berichtete. Natascha erinnerte sich nur zu gut an das schreckliche Gefühl. Es war, als ob ihr mit einem Mal der Boden unter den Füßen fortgerissen worden wäre. Dass die Sonne so hoch am Himmel stand, hatte sie damals wie Hohn empfunden, als sie mit hängenden Armen vor der Lehrerin stand und nicht wusste, was sie fühlen oder sagen sollte.

Natascha rief sich in Erinnerung, weshalb sie hier war. Sie wollte ein letztes Mal die Schränke und Schubladen nach persönlichen Dingen der Mutter durchsuchen. Wieder überkamen sie die schon bekannten Zweifel: Sollte sie die Möbel nicht doch besser behalten? Doch wohin damit? Ihre eigene Wohnung war zu klein, um mehr als Mutters alten Familienesstisch, das zwölfteilige Tafelgeschirr und den wuchtigen Schlafzimmerschrank unterzubringen. Warum sie ausgerechnet dieses Monstrum von einem Möbel behalten wollte, war ihr selbst nicht ganz klar. Lag es daran, dass sie sich dort als Kind immer gern versteckt hatte, wenn sie was ausgefressen hatte? Sicher, sie hätte die anderen Möbel erst einmal einlagern können, aber was dann? Es war nicht abzusehen, dass Natascha in den nächsten Jahren eine größere Wohnung oder gar ein Haus besitzen würde. Ihre gemütliche Altbauwohnung genügte ihr vollkommen, sie war Single, hatte keine Familie. Was sie hatte, reichte.

Doch so oder so, Reginas Tod hatte Handlungsbedarf geschaffen. Wenn die Möbel erst mal draußen waren, wollte sie das Haus zunächst vermieten. Immerhin war sie sich sicher, dass ihre Mutter diese Entscheidung gutgeheißen hätte. Von ihr hatte sie schließlich die praktische Seite geerbt, und wenn Regina gewollt hätte, dass aus ihrem Haus mal ein Mausoleum

würde, dann hätte sie dies ihre Tochter schon beizeiten und unmissverständlich wissen lassen. Viel Miete würde Natascha für das dreißig Jahre alte Fertighaus wohl nicht bekommen, aber sie konnte es sich nicht leisten, das Haus von Grund auf zu renovieren. Obwohl es verdammt nötig wäre, dachte Natascha seufzend, als sie unentschlossen in den engen Flur trat. Sie musste sich ducken, um sich nicht die Stirn am Flurlicht zu stoßen. Selbst die Tapete mit dem irritierenden Rautenmuster kannte sie noch aus Kindertagen. Natascha atmete durch und öffnete die geriffelte Rauchglastür, die ins kombinierte Ess- und Wohnzimmer führte. Dann wollen wir mal, redete sie sich Mut zu. Sie hatte einen Karton mitgebracht, den sie auf den Wohnzimmertisch stellte. Sie erwartete nicht, noch viel zu finden, was sie behalten wollte. In den sechs Wochen, die seit der Beerdigung vergangen waren, war sie mehrmals im Haus gewesen, hatte nach und nach die Schränke ausgeräumt. Regina hatte zudem von langer Hand Vorbereitungen getroffen und der Tochter vor ihrem Tod persönlich die Dinge übergeben, die ihr etwas bedeutet hatten. Der Schmuck, ihre Approbationsurkunde, Fotos, Bücher, alte Briefe von Natascha und vom Vater, der noch vor Nataschas Geburt tödlich verunglückt war. Alles hatte in die zusammenklappbare Einkaufsbox gepasst, die Mutter immer im Kofferraum hatte, solange sie noch in der Lage war, Auto zu fahren. Seltsam, was von einem Menschenleben übrig blieb. Wie wenig es doch war, das am Ende wichtig genug erschien, um es weitergeben zu wollen!
Natascha hatte die gelbe Plastikkiste damals unter ihr Gästebett gestellt, ohne auch nur einen Blick auf den Inhalt zu werfen. Es wäre zu schmerzhaft gewesen. Doch am Abend nach der Beerdigung goss sie sich ein großes Glas Merlot ein, zog die Kiste unterm Bett hervor und setzte sich daneben.
Nataschas Augen füllten sich mit Tränen, als sie an die Beerdigung und die darauffolgende Nacht zurückdachte. Sie hatte

gelacht und geweint, am Ende hatte sie die meisten Fotos und Briefe um sich herum verteilt, die Flasche geleert und schließlich in ihren Jeans im Gästebett geschlafen. Gott, wie sie ihre Mutter vermisste!
Natascha klatschte einmal energisch in die Hände, wie um sich in die Gegenwart zurückzurufen. Sie wollte gerne noch vor Mitternacht fertig werden, zumal es für einen Septemberabend schon mächtig kalt und die Heizung ausgeschaltet war. Natascha ging systematisch vor, öffnete und durchsuchte erst alle Schubladen und Fächer der Möbel in der unteren Etage, um sich dann im oberen Stockwerk an die Arbeit zu machen. Sie kam schneller voran, als sie dachte, was daran lag, dass die Schränke bis auf ein Set Korkuntersetzer und ein Dutzend noch originalverpackter Schnapsgläser, die sie bei ihrem letzten Besuch übersehen hatte, leer waren. Oben gab es nicht mehr viel zu kontrollieren: Das Badezimmerschränkchen und der Schuhschrank waren vollständig ausgeräumt und ausgewischt. Für das Bücherregal in Mutters Lesezimmer genügte ein kurzer Blick, um sich zu vergewissern, dass sich dort nichts mehr verbergen konnte.
Dieser letzte Rundgang war weniger schlimm, als Natascha befürchtet hatte. Insgeheim hatte sie die Angst beschlichen, sie könnte vor Kummer zusammenbrechen. Dabei fühlte sie sich viel weniger aufgewühlt als erwartet. Sie fragte sich, wie lange es wohl dauern würde, bis sie wirklich begriff, dass sie nun allein war. Ihre Mutter war ihre einzige noch lebende Verwandte gewesen. Großmutter Maria starb vor fünf Jahren, der Großvater kurz darauf, und außer Natascha selbst gab es keine Nachkommen. Sie wusste das alles natürlich, aber es löste keine Emotionen bei ihr aus. Ob das so war, weil sie die Gegenwart der Mutter hier in diesem Haus so stark spürte?
Natascha schaute auf die Uhr. Wenn sie sich beeilte, könnte sie es sogar noch mit den Kollegen ins Kino schaffen. Die Kultur-

redaktion hatte zwei der begehrten Premierenkarten zu vergeben gehabt, und Natascha war eine der Glücklichen, die bei der hausinternen Verlosung der Tickets gewonnen hatten. Sie klappte ihr Handy auf und wählte Lisas Nummer.
»Hi Lisa, Natascha hier. Tut mir leid für deine Schwester, aber ich werde ihr das Ticket wohl nicht abtreten. Ich bin nämlich gleich fertig hier bei meiner Mutter.«
Natascha hörte eine Weile zu, was Lisa fröhlich schnatternd antwortete, dann schüttelte sie den Kopf und lachte:
»Ja, ich weiß, dass du deiner Schwester das Ticket eh nicht gegönnt hast, du kleines Miststück! Hätte ich es mir ansonsten anders überlegt? Bis gleich also.« Auf dem Bettrand im Schlafzimmer sitzend, lächelte sie über das Gespräch mit Lisa. In Gedanken versunken, öffnete sie schwungvoll die obere Schublade des Nachttischchens, die daraufhin krachend auf dem Holzboden landete. Natascha zuckte zusammen. Sie hatte für einen Moment vergessen, dass das gute Stück – wie das meiste hier im Haus – nicht mehr neu war.
»Mist!« Natascha bückte sich leise stöhnend und hob die Schublade auf. Unter ihr auf dem Boden lag eine Art Anhänger. Natascha nahm ihn auf, betrachtete ihn von allen Seiten. Er war faustgroß, elfenbeinfarben und zeigte ein geschnitztes Muster aus weichen Linien. Über das Material war sie sich nicht sicher, doch der Schmuck wog nicht schwer in ihrer Hand. Muscheln? Holz? Knochen? In der Mitte war ein blauer Edelstein eingefasst. Ein Opal vielleicht? Sie legte den Anhänger zur Seite. Der Boden der Schublade hatte sich an einer Seite gelöst, und Natascha hielt die Lade über ihren Kopf, um sich den Schaden von unten zu besehen.
Merkwürdig. Von unten sah die Schublade heil aus. Natascha setzte die Lade auf ihrem Schoß ab und griff unter die lose Seite, die sich anstandslos herausheben ließ. Gerade wollte sie den Boden zur Seite legen, da ließ sie etwas innehalten. Was

war das? Sie blickte auf zwei Bündel Briefe oder das, was von ihnen übrig geblieben war, denn die Ränder der Umschläge sahen ziemlich verkohlt aus, so als hätte sie jemand gerade rechtzeitig vor einem Feuer gerettet. Vorsichtig nahm Natascha die mit einfacher Kordel verschnürten Päckchen aus ihrem Versteck und legte sie aufs Bett. Wieder hob sie die Schublade hoch und besah sie ungläubig von unten, dann von oben. Das gab es doch gar nicht – ein doppelter Boden! So was kannte sie bislang nur aus Spionageromanen, aber im Schlafzimmer ihrer Mutter? Was hatte sie da nur gefunden? Alte Liebesbriefe etwa, von einem geheimen Liebhaber? Das konnte sich Natascha beim besten Willen nicht vorstellen. Nach dem Tod ihres Vaters hatte die attraktive Ärztin zwar zwei, drei ernsthafte Beziehungen gehabt, aber daraus hatte sie vor ihrer Tochter nie einen Hehl gemacht, warum auch? Sie konnte schließlich tun und lassen, was sie wollte. Heimliche Liebespost, nein, das passte einfach nicht zu Regina.

Nachdem Natascha diese Möglichkeit ausgeschlossen hatte, schob sie nun ohne Gewissensbisse die Kordel des dünneren Bündels sachte zur Seite; für das dickere würde sie eine Schere benötigen. Sie griff nach dem großen Umschlag, entnahm ihm ein Schreiben, das nach einem Dokument aussah – es hatte einen Stempel und so etwas wie eine Registrierungsnummer. Natascha verstand sofort: Es waren die Adoptionspapiere aus Australien, ausgestellt in Brisbane im Jahre 1912. Die offiziellen Dokumente ihrer Großmutter Maria, die damals in Australien von einem deutschen Missionarsehepaar adoptiert worden war. Sie wollte das Papier schon zur Seite legen, um den nächsten Umschlag zu öffnen, als sie plötzlich stutzte. Obwohl der untere Rand des Dokuments verkohlt war, konnte sie den Rest gut lesen. Unter »Rasse« stand im Dokument *aboriginal* und in Klammern *halfcaste,* was so viel wie »Mischling« oder »Halbblut« hieß. Was war denn hier los? Ihre Großmutter hatte kein bisschen Ähnlichkeit mit einer Aborigine, ihre Haut war viel zu hell. Sie hatte zwar dunkle Haare und braune Augen gehabt, wie Regina und Natascha auch, dennoch sahen sie alle eindeutig europäisch aus. Natascha ließ langsam das Papier sinken und starrte aus dem Fenster. Langsam sickerte die Erkenntnis in ihr Bewusstsein, was dieses Dokument für sie bedeutete.

Sie suchte nun erst gar nicht mehr nach einer Schere, sondern zerrte ungeduldig die Kordel vom dickeren Bündel. Dann öffnete sie einen der Umschläge; ihre Hände zitterten, während sie das Blatt entfaltete. Der Brief war kaum mehr zu entziffern, Brandspuren und Wasserflecken hatten den Text fast bis zur Unkenntlichkeit entstellt. Woher rührten nur diese zerstörerischen Spuren? Enttäuscht öffnete Natascha rasch den nächsten Brief, doch auch hier konnte sie kaum einen vollständigen Satz ausmachen. Rechts oben sah sie eine Jahreszahl. 1915. Mein Gott, diese Briefe waren richtig alt, sie hatten zwei Kriege hinter sich. Wer weiß, wo Großmutter die Briefe in all der Zeit aufbewahrt hatte.

Natascha bezweifelte keine Sekunde, dass Großmutter Maria die Briefe erst an ihre Tochter weitergegeben hatte, als sie im Sterben lag. Wieso hatte ihre Mutter nicht dasselbe getan und ihr die Briefe samt der gelben Kiste vererbt? Oder hatte sie die Briefe etwa schlicht vergessen? Hatte womöglich Oma selbst bereits die Briefe vergessen?

Natascha entschloss sich, alle Briefe zunächst zu öffnen, bevor sie versuchen wollte, sich einen Reim aus den lesbaren Absätzen und vereinzelten Jahreszahlen zu machen.

Eine Viertelstunde später hatte sie die Briefe auf dem Bett in einer Reihenfolge sortiert, von der sie annahm, dass sie einigermaßen chronologisch sein mochte. Sie las den ersten Brief:

Moondo, im Februar 1914
(Unleserlich) Die Älteren des Orta-Stammes baten mich nun, Ihnen zu schreiben, um Sie zu fragen, welche Fortschritte Maria macht. (Unleserlich) Ich habe mit den Stammesältern die Missionsstation auf Palm Island besucht, wo ich viel von Ihrer Güte gehört habe. (Unleserlich) Da Sie Maria adoptiert haben, können wir natürlich nicht erwarten, dass Sie mit uns in Kontakt bleiben, doch wir wären äußerst dankbar, wenn Sie die Zeit fänden, uns hin und wieder über Marias Entwicklung zu unterrichten.
Mit freundlichen Grüßen im Namen der Orta-People,
Helen Tanner
PO Box 12 (unleserlich)

Helen Tanner. Wer war diese Frau? Offensichtlich eine Vertraute der Orta. Im folgenden Brief von 1915 bedankte sie sich für einen Brief, den sie von Marias Adoptiveltern erhalten haben musste. Sie schrieb:

Als ich den Ortas erzählte, dass Maria nun Deutsch spricht, waren sie voller Bewunderung für das kleine Mädchen. Es macht sie glücklich, dass sie zur Schule geht. Viele Kinder hier haben diese Möglichkeit ja nicht. Ich hoffe, ich darf erneut auf einen Bericht hoffen. Ich verstehe natürlich, wenn der Kriegsausbruch die Erfüllung meiner Bitte unmöglich machen sollte.

Den Rest des Schreibens konnte Natascha nicht entziffern, auch die nächsten Briefe waren so zerstört, dass die lesbaren Textstellen keinen Sinn mehr ergaben. Der letzte Brief, den Natascha zumindest in Teilen lesen konnte, war auf 1918 datiert:

Lieber Herbert, liebe Irmtraud,
die Stammesälteren sind sehr dankbar, dass Ihr ihnen trotz des schrecklichen Krieges über Maria berichtet habt. (Unleserlich) Wir sind froh, dass Ihr und Maria den Krieg gut überstanden habt. (Unleserlich) Die Stammesälteren möchten, dass Ihr wisst, dass sie Euch und Maria mittels ihrer Tänze und ihrer Gedanken ihren Schutz übersandt haben. (Unleserlich) Eure Briefe sind ein großer Trost für uns.
Herzliche Grüße,
Helen Tanner

Die dreizehn weiteren Briefe des Bündels waren völlig unbrauchbar.
Natascha legte ihren Kopf in den Nacken, starrte an die Decke. Das Mädchen, um das es in dieser Korrespondenz zwischen Aborigines und den Adoptiveltern ging, war zweifellos ihre eigene Großmutter. Maria hatte nie von der Zeit vor Deutschland gesprochen, aber sie war ja auch erst sechs oder sieben Jahre alt gewesen, als sie mit den Missionaren das Land verlassen hatte. Wieder begann es in Nataschas Kopf zu schwirren. Wenn dieser Stamm eine so enge Bindung an Maria hatte und diese – wie es in der Adoptionsurkunde stand – ein Halbblut war, bedeutete das dann nicht, dass zumindest ein Elternteil von Maria bei den Orta aufgewachsen sein musste? Wenn, dann wahrscheinlich die Mutter. Der weiße Vater würde sich wohl schnell aus dem Staub gemacht haben, vermutete Natascha. Vor ihrem inneren Auge flackerte ein fremdes Leben auf, die wahre Geschichte ihrer Großmutter.
In Reginas Wandschrank hatte ein altes Foto gestanden, auf dem Maria im weißen Kleidchen zu sehen war, vom Missionarsehepaar an den Händen gehalten. Sie hatte so zerbrechlich gewirkt.

Vielleicht war es nur Nataschas journalistischer Instinkt, der sich ungefragt rührte, aber sie spürte, dass sie dem allen nachgehen musste. Es musste doch Verwandte geben oder sonst irgendjemanden, der von Marias Geschichte wusste. Sie griff zu dem kleineren Bündel, das neben der Adoptionsurkunde noch einen weiteren Brief enthielt. Es war der jüngste Brief von allen, und da er erst weit nach Ende des Zweiten Weltkriegs geschrieben wurde, hegte Natascha die unbestimmte Hoffnung, dass sie daraus mehr erfahren würde.

Townsville, September 1958
Meine liebe Maria,
Du hast mich gebeten, keinen Kontakt mehr zu Dir aufzunehmen, trotzdem muss ich Dir noch dieses eine Mal schreiben. Dies ist mein letzter Brief an Dich. Meine Hand zittert, während ich schreibe, doch meine Gedanken sind klar und ruhig.
Maria, ich weiß, dass Du dunkle Tage durchlebt hast. Die Mächte, die uns in diesem Leben zuweilen ergreifen und mit uns spielen wie der Wind mit einer Vogelfeder, sind viel zu oft jenseits unserer Kontrolle. Kriege, Stürme, Verfolgung – ich glaube, wir haben beide in unserem bescheidenen Leben mehr mit diesen Kräften zu tun gehabt, als uns lieb war. Ich denke oft an die schweren Stürme, die uns hier im tropischen Australien regelmäßig heimsuchen. Sie können fürchterlich wüten, Bäume entwurzeln und Häuser zerstören. Sie können unser Leben völlig durcheinanderwirbeln, doch wenn ich heute auf die See schaue, sehe ich nur tiefblaues Wasser, so ruhend und friedvoll, als hätte es nie zuvor ein Unwetter gegeben.
Vor vielen Jahren habe ich mich eng mit den Orta-People befreundet, sie sind zu meiner Familie geworden. Diese Menschen haben Dich voller Zuversicht gehen lassen,

weil sie Dir vertraut haben. Die Orta sind Dir nahe wie ein enger Freund, auch wenn Du sie weder hörst noch siehst.
Ich verstehe, dass Du Dein eigenes Leben in Deutschland führst, aber vielleicht magst Du manchmal an diese Freunde aus dem großen Land denken.
Ich möchte, dass Du weißt, wie wichtig es ist, sich an die zu erinnern, die ein Teil von Dir sind. Aus diesem Grund schreibe ich Dir.
Eines Tages, so hoffe ich nämlich, wirst Du oder werden Deine Kinder oder vielleicht sogar Deine Enkelkinder hierherkommen, um das zu finden, was ich kenne und liebe. Es gibt eine Geschichte hier, die zu entdecken sich lohnt.
Meine Gedanken und Hoffnungen sind oft bei Dir, liebste Maria.
Von denen, die Dich immer geliebt haben,

Helen

Und auf der Rückseite des Blattes fand Natascha noch eine Ergänzung, geschrieben in einer anderen Handschrift, ganz zittrig:

Ich habe heute Wale gesehen. Sie kommen jedes Jahr zum Kalben in diese eine Bucht, ob es einen Sturm gegeben hat oder nicht. Es kümmert sie nicht, sie tun das, was ihnen die Natur eingegeben hat. Sie leben, das ist ihre Bestimmung.

Natascha ließ ihre Hand langsam sinken. »Von denen, die Dich immer geliebt haben.« Wollte oder konnte sich diese Helen nicht klarer ausdrücken? Was erzählte sie da so mysteriös von Stürmen, deren Natur angeblich dem Schicksal Marias so

glich? Welche Geschichte sollte es in Australien zu entdecken geben?
In den Briefen ihrer Großmutter hatte Natascha deutlich mehr Fragen als Antworten gefunden. Frustriert schob sie die Briefe zu einem kleinen Stapel zusammen, den sie dann in ihren Karton legte. Das Handy klingelte, sie hatte Lisa vollkommen vergessen.
»Tut mir leid, ich schaff's doch nicht zur Premiere, ich erklär dir den Grund ein anderes Mal. Kannst du deine Schwester noch erreichen?«
»Sag mal, bist du etwa blöd? Keine Sekunde lässt mich die Kurze aus den Augen. Sie verfolgt mich wie die Pest das Mittelalter, seit sie von dem Ticket weiß. Jetzt muss ich sie also tatsächlich mit ins Kino schleppen? Na, herzlichen Dank, Natascha! Warte mal eben. Hörst du das Gekreische? Ich glaub, ich muss ihr genau jetzt eine runterhauen, damit sie wieder normal wird. Die reinste Hysterie hier. Matt Damon ist gerade angekommen. Ich mach dann mal Schluss. Ciao.«
Natascha blickte ungläubig aufs Handy, aber Lisa hatte schon aufgelegt. Dabei hatte sie noch nach dem Namen des Reisebüros fragen wollen, von dem Lisa nach ihren letzten Ferien so geschwärmt hatte. Natascha überschlug kurz ihre Möglichkeiten. Sie hatte noch einiges an Urlaubstagen offen. Den guten Willen ihres Chefs vorausgesetzt, sollte es eigentlich möglich sein, dass sie sich vier Wochen freinahm. Doch diese Überlegungen konnten bis morgen warten.

Meena Creek, 8. März 1911

Helene saß auf der Bank unter ihrem Fenster, neben sich eine Tasse Tee. Auf dem Schoß hielt sie eine verbeulte Blechschüssel, deren hellblaue Emaille an einigen Stellen abgeplatzt war. Die Regenzeit ging ihrem Ende zu; es war zwar noch immer sehr warm, doch nicht mehr ganz so stickig wie im Februar. Das Atmen fiel allmählich wieder leichter, die Feuchtigkeit begann, sich aus der Luft zu verziehen. Die Vögel sangen, als gehöre ihnen der Garten. Nur manchmal übertönte ein breitschnäbeliger Kookaburra den Gesang der anderen mit seinem vorwitzigen Lachen. Ob Trocken- oder Regenzeit, irgendetwas blühte immer in den Tropen. Helene hatte in den letzten Jahren oft ungläubig den Kopf schütteln müssen, wenn sie wieder mal eine neue Blume entdeckt hatte, die in ihrer übertriebenen Üppigkeit um Aufmerksamkeit zu heischen schien. Doch Helene gestand sich nur zu gerne ein, dass ihr diese natürliche Prunksucht gefiel, sehr sogar. Die exotischen Namen konnte sie sich allerdings nur selten merken, ganz im Gegensatz zu Katharina: Die botanischen Kenntnisse der Schwester verblüfften sie immer wieder. Helene selbst scherte sich nicht besonders um all die lateinischen Bezeichnungen. Ihr Unwissen tat der Freude an dem sinnlichen Duft und dem Feuerwerk an Farben schließlich keinen Abbruch. *Evodia* – diesen einen Namen hatte sie sich allerdings gemerkt. Sie drehte den Kopf nach links, wo die Ableger, die sie vor vier Jahren gemeinsam mit Katharina gepflanzt hatte, zu recht respektablen Bäumen herangewachsen waren. Doch obwohl sie die korrekte Bezeichnung wusste, nannte sie sie meist nur »Schmetterlingsbäume«. Helene stellte die Schüssel mit den

Erbsen zur Seite und betrachtete die blauen Schmetterlinge, die sich eifrig an den fedrigen Kugelblüten zu schaffen machten. Vor drei Wochen hatten die Zweige begonnen, sich mit dem mauvefarbenen Blütenkleid zu bedecken, und seither waren sie wieder da, ihre blauen Schmetterlinge.

Diese Stunde am Vormittag, in der sie draußen Vorbereitungen fürs Mittagessen traf, genoss sie mit den Jahren auf Rosehill ganz besonders. Es war so wunderbar still hier hinterm Haus, wenn die Kinder entweder in der Schule waren oder, wie ihre Tochter Nellie, die für die Schule noch zu jung war, sich am Vormittag im Wintercamp des Orta-Stammes aufhielten, das am Rande des Regenwaldes ungefähr auf halbem Wege zwischen Tanners Farm und Rosehill lag. Die Aborigine-Frauen suchten dort, außerhalb des Dschungels, hauptsächlich nach essbaren Wurzeln wie Yam oder nach den Körnern einer wildwachsenden Pflanze, die Weizen nicht unähnlich war und aus denen sie ihre Fladen buken.

Helene nahm einen Schluck Tee und lehnte ihren Kopf an die sonnenwarme Hauswand. Drinnen hörte sie das gedämpfte Klappern von Kochgeschirr und dazwischen immer wieder mal ein Lachen, das Katharinas Sohn Peter galt. Katharina. Wer hätte gedacht, dass ausgerechnet die entfremdete Schwester einmal zu ihrer Retterin werden würde?

Helene war noch ein Teenager gewesen, gerade erst sechzehn, als der Vater die sechs Jahre ältere Schwester vom Hof in Salkau jagte, weil sie sich in einen Katholiken verliebt hatte. Die Schwester so plötzlich zu verlieren war ein großer Schock gewesen, und es dauerte lange, ehe Helene wirklich begriff, dass Katharina nicht zurückkehren würde. Fortan musste sie ohne deren Rat auskommen und war ohne geschwisterliche Fürsprache, wenn die Eltern sie mal wieder beim Trödeln ertappten. Wie oft wohl hatte Katharina die kleine Schwester vor dem Zorn des Vaters geschützt, wenn er sie statt beim Melken mit der Katze spielend im Garten fand? Noch bevor Vater mit der Hand ausholte, stand Katharina vor ihr und log das Blaue vom Himmel herunter, bis er schließlich den erhobenen Arm sinken ließ und wütend davonstapfte. Helene lächelte, als sie jetzt an Katharinas Worte von damals dachte: »Das war das allerletzte Mal, dass ich für dich die Kohlen aus dem Feuer hole«, hatte sie böse gezischt und ihr den Zeigefinger gegen die Brust gedrückt. »Oder was glaubst du, wie viele Male ich den Eltern noch weismachen kann, ich hätte dich auf die Suche nach einem Eimer oder der Schöpfkelle geschickt?« Helene senkte den Kopf und gelobte Besserung. Katharina jedoch winkte nur ab. »Spar dir die Worte, es passiert ja doch wieder.« Schon am übernächsten Tag war die Schwester aus ihrem Leben verschwunden, ohne ein Wort des Abschieds. Helene vermisste die Ältere schrecklich, versteckte jedoch ihre Sehnsucht vor den Eltern, denn sie fand wie alle anderen in der Gemeinde auch, dass der Vater recht gehandelt hatte. Ausgerechnet einen Katholiken! Wo doch jeder Lutheraner wusste, dass der Papst der Teufel war! Katharina aber ließ sich vom väterlichen Rauswurf nicht von ihrem Glück abhalten und heiratete Matthias Jakobsen. Drei Jahre später waren Katharina und Matthias zusammen mit ihren Töchtern dem Ruf eines Freundes nach North Queensland in Australien gefolgt, um sich dort in den Tropen eine Zuckerrohrfarm aufzubauen. Eine größere Entfernung hätte Katharina wahrlich nicht zwischen sich und Salkau legen können.

Im Nachhinein konnte Helene ihre Schwester für ihre Entschiedenheit nur bewundern. Vielleicht, so dachte sie, war Katharina schon immer die Stärkere von uns beiden gewesen. Dieser Gedanke war Helene erst gekommen, seit sie selbst die wahre Liebe kennengelernt hatte. Erst dann konnte sie sich ein Bild davon machen, wie es in Katharina ausgesehen haben musste. Es war keineswegs Feigheit, sondern im Gegenteil großer Mut, der die Schwester für eine Liebe einstehen ließ, die gegen Gottes Gesetz war. Einen Mut, den Helene in einer ähnlichen Lage nicht aufzubringen vermocht hatte. Wäre sie vor sechs Jahren mutiger gewesen, wäre sie gar nicht erst zur Schwester nach Rosehill gegangen. Sie hätte einen anderen Weg gewählt.

Katharinas Lachen holte Helene in die Gegenwart zurück. Die Schwester schimpfte im Scherz mit Söhnchen Peter, dem bestimmt wieder etwas aus den Händchen gefallen war. Katharina konnte sich nämlich nicht durchringen, ihren Sohn Amarina, Helenes engster Aborigine-Freundin, anzuvertrauen und ihn mit den Orta-Kindern spielen zu lassen. Erst hatte Helene noch versucht, mit der Schwester zu reden, ihr klarzumachen, wie harmlos die Aborigines seien und wie sehr sie Kinder liebten. Doch am Ende akzeptierte sie, dass Katharina ihre Haltung nicht teilen konnte.

Im Gegensatz zu Katharina kannte Helene den Stamm der Orta aus nächster Nähe, ihre Tochter war bei ihnen zur Welt gekommen. Nicht, dass sie sich das ausgesucht hätte. Es war eine Notwendigkeit gewesen, ihr Kind und auch sie selbst hätten ohne die Orta die Geburt nicht überlebt. Helene schauderte noch heute, wenn sie sich an die Panik erinnerte, die damals von ihr Besitz ergriffen hatte, dieses schreckliche Gefühl nahenden Unheils. Doch die intensive Begegnung mit den Orta hatte sich für sie und für Nellie als Segen erwiesen.

Ihre Tochter Nellie war nun vier Jahre alt. Sie liebte es, mit den Orta-Kindern in der freien Natur herumzutollen. Den halben Tag verbrachten sie am Wasserloch. Sie kletterten auf die *Paperbarks* am Ufer und schwangen sich an Lianen übers Wasser, bis sie sich schließlich, vor Freude kreischend, mitten hinein plumpsen ließen. Nellie hatte ihr dunkles Haar geerbt, das der Tochter in widerspenstigen Locken über den gebräunten

Rücken fiel. Irgendwann hatte Helene es aufgegeben, auf die korrekte Kleidung der Kleinen zu achten, und ließ sie wie die anderen Kinder nackt spielen. Es war eine helle Freude, ihnen zuzuschauen. Dabei überraschte und beeindruckte es Helene, dass ihre Tochter mit den Aborigines in deren Sprache redete. Auf Rosehill sprachen sie Deutsch untereinander. Es wäre den Schwestern unnatürlich vorgekommen, mit den eigenen Kindern in einer fremden Sprache zu reden. Nur wenn sie sich mit Nachbarn unterhielten oder den Einheimischen irgendwelche Anweisungen gaben, taten sie dies auf Englisch. Die Sprache der Aborigines jedoch beherrschte keiner der Siedler. Schon jetzt hätte Helene den Kindergesprächen zwischen Nellie und ihren Aborigine-Freunden nicht mehr ohne Probleme folgen können, obwohl sie selbst mehr als nur ein paar Brocken des Orta-Dialekts sprach. Manchmal, wenn sie dort am Ufer des Wasserlochs gesessen hatte, um den Kindern zuzuschauen, erschien ihr das deutsche Salkau wie ein ferner Traum, und es fiel ihr schwer zu verstehen, wie sehr sich ihr Leben verändert hatte, seit sie damals in Hamburg an Bord des Dampfschiffs gegangen war.

Sie fuhr aus ihren Erinnerungen hoch, als John Tanner sie ansprach. Seit etwa drei, vier Monaten kam ihr Nachbar am Vormittag regelmäßig auf eine Tasse Tee vorbei, sofern seine Arbeit es erlaubte.
»Herrlicher Tag heute. Wie gemacht zum Träumen, nicht wahr?«
Als er sah, dass sie zusammenzuckte, entschuldigte er sich sofort: »Sorry, ich wollte Sie nicht erschrecken.«
Sie schüttelte den Kopf und wies auf den Platz neben sich.
»Ist nicht Ihre Schuld. Kommen Sie, nehmen Sie Platz. Ich war nur mal wieder tief in Gedanken, bei den Orta.« John setzte sich und legte seinen Hut neben sich auf die Bank.

»Ich kenne keinen Weißen, der den Schwarzen jemals so nahegekommen wäre wie Sie.«

Helene nickte und schien sich wieder in ihren Gedanken zu verlieren, dann schlug sie sich vor die Stirn und sprang auf.

»Ihr Tee! Da denke ich wieder mal nur an mich und lasse Sie hier auf dem Trockenen sitzen.« Sie verschwand im Haus, um kurz darauf mit einer Blechtasse im Türrahmen zu erscheinen. Tanner war inzwischen aufgestanden und schaute sich im Garten um.

»Ich liebe den Winter mit seinen Schmetterlingen. Wussten Sie eigentlich, dass ›Ulysses‹ das lateinische Wort für ›Odysseus‹ ist?« Helene reichte ihm die Tasse.

»Nein, das wusste ich nicht.« Wer hätte gedacht, dass sich der irische Farmer in der griechischen Mythologie auskannte? Dieser Tanner war doch immer wieder für eine Überraschung gut.

Er schien ihre Verwunderung zu bemerken und zeichnete mit dem Fuß verlegen Kreise in den Kies.

Sie lächelte ihn an, um seine Verlegenheit zu zerstreuen, und schaute dann wie Tanner dem Flug der Schmetterlinge zu. Manche Falter konnte sie mittlerweile von den anderen unterscheiden, sie erkannte sie an ihren Flugmustern. Eine Dreiergruppe schwirrte beispielsweise immer um den kleineren der neuen Schmetterlingsbäume herum und ließ sich regelmäßig auf einem der oberen Äste nieder. Helene blickte Tanner von der Seite an. In all den Jahren hatte er sie nie danach gefragt, was es mit Nellie auf sich hatte, wer ihr Vater war. Das rechnete sie ihm hoch an.

Sie hatten wieder Platz genommen, saßen noch eine Weile stumm nebeneinander, tranken ihren Tee und sahen den Schmetterlingen zu, dann schlug Tanner sich mit den Händen aufs Knie.

»So, ich mach mich mal wieder auf den Weg, genug gefaulenzt. Schätze, ich sollte mich bei den Schnittern blicken lassen. Der

neue *Gangleader* ist mir nicht ganz geheuer, da werfe ich besser mal ein Auge auf seine Arbeit. Danke für den guten Tee.«
Er räusperte sich, als hätte er noch etwas auf dem Herzen. Helene wartete eine Weile, und tatsächlich wollte Tanner noch etwas loswerden. »Übrigens ... Meine Einladung zum Tanz steht noch. Würde Ihnen vielleicht gefallen, mal rauszukommen und ein paar neue Gesichter zu sehen.« Er drehte sich zu ihr um, und ein Lichtstrahl, der aus ihrer Richtung kam, ließ ihn blinzeln. Es war ihr Anhänger, der das Sonnenlicht zu bündeln und zu reflektieren schien. Helene, die Tanners Irritation bemerkte, schaute an sich hinunter und griff nach dem Amulett, das wie immer um ihren Hals hing, seit sie es von Amarina bekommen hatte.
»Es ist nur das Amulett. Die Sonne verfängt sich manchmal darin.« John nickte und hob seine Hand zum Abschiedsgruß. In Gedanken war Helene jetzt bei dem Amulett, doch dann erinnerte sie sich wieder an Johns letzte Worte und blickte auf.
»Das mit dem Tanz wäre übrigens sehr nett. Wenn Sie mich also beim nächsten Mal mitnehmen wollen – ich würde mich freuen.« Tanner setzte den Hut auf und lächelte.
»Klar doch. Nächsten Samstag also. Ich hol Sie um vier ab.« Täuschte sie sich, oder war da plötzlich ein leichter Sprung in seinen Schritten?
Mit Tanner zum Tanz. Helene dachte einen Augenblick darüber nach, dann zuckte sie mit den Schultern. Warum eigentlich nicht? Er hatte recht, es würde ihr bestimmt guttun, mal unter Leute zu kommen.
Ihre Hand spielte mit dem Amulett, und ein abgelenkter Sonnenstrahl blendete sie. Als sie kurz die Augen schloss, schwirrten helle Punkte hinter ihren Lidern und ließen sie ein wenig schwindlig werden. Es war seltsam, erfüllte sie mit Unruhe. Sie wurde das Gefühl nicht los, dass etwas nicht stimmte, dass Gefahr drohte. Eine plötzliche Angst ließ sie schwer schlucken.

Wann hatte sie das schon einmal verspürt? Ein Schauder überlief sie bei der Erinnerung.

Es stimmte, was sie Tanner erzählt hatte. Das Licht spielte gerne mit dem Amulett, doch dieses intensive Blinken hatte sie bisher erst ein einziges Mal erlebt, vor Jahren, als sie dem alten Warrun, Amarinas Stammesältesten, das Amulett gezeigt hatte. Ängstlich hatte er sich die Augen zugehalten und etwas vom Min-Min-Licht und alten Geistern gefaselt. Und von einem Gesang, den sie, wenn sie ihn erst hörte, niemals wieder vergessen dürfe. Sie hatte sich innerlich darüber amüsiert. Und als sie den Gesang später tatsächlich in einem Traum gehört hatte, hatte sie ihn sofort wieder vergessen.

Aber jetzt, viele Jahre später, leuchtete das Amulett wieder.

Damals, nach der Begegnung mit Warrun und dem Ereignis mit dem Amulett, hatte ihr Leben eine dramatische Wende genommen. Nichts war mehr so geblieben wie zuvor, und sie hatte Dinge getan, die sie selbst nie für möglich gehalten hätte. Helene war beunruhigt. Heute tat sie ein Zeichen wie dieses nicht mehr so rasch ab. Denn dass es ein Zeichen war, stand für sie außer Frage. Eine unbestimmte Angst begann, sich in ihr breitzumachen, und ließ sie für den Rest des Tages nicht mehr los.

Es war schon Nachmittag, als Amarina ins Haus stürmte. Die schwarzen Augen vor Angst geweitet, schnaufte und keuchte sie, als wäre ihr der Leibhaftige begegnet. Katharina reichte ihr freundlich ein Glas Wasser, doch Amarina ließ es fallen, woraufhin die Schwestern einander fragend anblickten. So hatten sie Amarina noch nicht erlebt.

»Was ist passiert?« Helene hielt es nicht länger aus. Sie wusste sofort, dass eingetreten war, wovor sie das Amulett am Morgen gewarnt hatte. Es musste etwas Schreckliches sein, etwas, das die ansonsten so in sich ruhende Amarina völlig aus dem Gleichgewicht gebracht hatte.

Amarinas Busen hob und senkte sich in schneller Folge, sie rang nach Luft, setzte zu sprechen an, brachte aber kein Wort heraus.
»Sag was! Was ist los?« Amarina schüttelte den Kopf und fing an zu weinen.
»Tut dir etwas weh? Hast du was kaputt gemacht?« Tränen liefen über die schwarzen Wangen, und ein Schluchzen entrang sich Amarinas Brust. Helene war am Ende ihrer Geduld, sie musste endlich wissen, was so schlimm war, dass es Amarina in ein Häufchen Elend verwandeln konnte. Doch erst als Helene sie vor Ungeduld schüttelte, begann die Aborigine zu reden.
»Die Kinder ...« Sie atmete noch immer heftig, legte sich die Hand auf die Brust.
Helene wurde hellhörig. »Die Kinder? Was ist mit den Kindern?« Sie schüttelte Amarina mehr als nötig gewesen wäre, um sie zum Reden zu bringen.
»Polizei mit Auto ... Polizei hat genommen Kinder. Mit Auto weg.« Amarina raufte sich die Haare und gab einen langgezogenen Klagelaut von sich, der ihren Schmerz erahnen ließ.
»Um Himmels willen, Amarina! Was erzählst du denn da? Die Polizei hat die Kinder mitgenommen? Aber warum denn und wohin und welche Kinder? In Gottes Namen, sprich, Amarina!«
Amarina hatte sich auf die Knie geworfen und die Hände vors Gesicht geschlagen. Sie wimmerte nur noch, doch unter Schluchzen presste sie schließlich ein paar Namen hervor. Amarinas eigene Tochter Cardinia und zwei weitere Orta-Mädchen im gleichen Alter, die Helene ebenfalls kannte – und Nellie.
Helene versuchte jetzt mit Gewalt, Amarinas Finger zu lösen, während diese ihr Gesicht partout bedeckt halten wollte. Heftig schüttelte sie die Aborigine, wieder und wieder.
»Helene, lass sie sofort los!«, schrie Katharina ihre Schwester

an, doch diese hörte es nicht. Alles, was sie vernahm, war das Rauschen ihres Blutes und das Stolpern ihres Herzens. Sie hatten ihr Nellie weggenommen!
Erst als ein Nackenwirbel Amarinas laut knackte, ließ sie erschrocken von der Freundin ab. »Entschuldige, ich weiß nicht, was in mich gefahren ist.«
Amarina rieb sich den Nacken und drehte den Kopf wie ein Boxer von rechts nach links, sie schien nicht verletzt zu sein. Helene bestürmte Amarina weiterhin mit Fragen, fasste sie aber nicht mehr an.
»Wie konntest du das zulassen? Wieso haben sie das getan? Wo sind die Kinder?«

Katharinas Mann Matthias und John Tanner hatten nach einigem Hin und Her beschlossen, dass es am besten wäre, einer von ihnen führe mit Amarina und Helene nach Innisfail, um sich dort nach dem Verbleib der Kinder zu erkundigen. Meena Creek selbst war nicht mehr als eine winzige Siedlung. Außer der kleinen Schule und einem halben Dutzend weit verstreuter Farmhäuser gab es weit und breit nichts, nicht mal einen kleinen Laden. Die nächste Polizeistation befand sich in Innisfail, das je nach Wetterlage in drei bis sechs Stunden zu erreichen war. Es wäre doch immerhin möglich, dass die Polizei nur rein zufällig in Meena Creek vorbeigekommen war und die unbeaufsichtigten Kinder in Gewahrsam genommen hatte, bis sich die Eltern auf der Polizeistation meldeten. So richtig glaubte allerdings niemand an diese Version, denn schließlich waren Erwachsene zugegen gewesen, als die Polizisten ein Kind nach dem anderen in ihr Auto gezerrt hatten. Amarina hatte sogar mit ansehen müssen, wie Cardinia noch die Hand nach ihr ausstreckte.
John Tanner saß auf dem Kutschbock, lud Helenes Truhe auf und trieb seine Pferde an. Helene war viel zu aufgelöst gewe-

sen, um selbst daran zu denken, doch Tanner hatte ihr, so schonend er nur konnte, nahegelegt, dass es in Innisfail eine Weile dauern könnte, ehe sie etwas erreichten, und sie daher besser gleich ein paar Sachen für die Reise zusammenpackte. Hinter ihm saßen nun Helene und Amarina, die einander ängstlich bei den Händen hielten, bis die Finger taub wurden. Helene hatte sich bei Amarina für ihr Verhalten entschuldigt, und es tat ihr noch immer leid, wie sie die Freundin behandelt hatte. Auch ihr war schließlich das einzige Kind genommen worden.

Wie lange kannten sie einander schon? Sieben, acht Jahre? Lange genug jedenfalls, um Amarina als ihre beste Freundin bezeichnen zu können. Ihre besorgten Blicke trafen sich für einen Moment. Sie dachte wieder an Nellie und musste schwer schlucken. Es genügte, den Namen der Tochter zu denken, um ihre mühselig niedergehaltene Angst und Verzweiflung hochflattern zu lassen wie einen aufgeschreckten Spatz. Wieso nur hatte sie ihre Tochter allein zum Spielen zu den Orta gehen lassen? Ihre Augen füllten sich mit Tränen. Nellie – sie war doch erst vier. Wo war sie, wie ging es ihr? Die Kleine würde nach ihr rufen, und zum ersten Mal in ihrem kurzen Leben wäre die Mutter nicht da, um ihr süßes Mädchen tröstend in die Arme zu schließen.

Helene drückte sich die Handballen gegen die Schläfen. Das strähnige Haar klebte ihr an den Wangen. Düstere Ahnungen breiteten sich in ihrem Schädel aus wie schwarzer Schimmel. War das der Preis, den sie für ihre Liebe zu zahlen hatte? Dass man ihr das einzige Kind wegnahm?

Helene zwang sich, diese Gedanken nicht übermächtig werden zu lassen. Es war wichtig, sich auf die nächsten Schritte zu konzentrieren. Wenn sie ihre Tochter finden wollte, musste sie sich zusammenreißen. Sie musste herausfinden, wer Nellie und die anderen Mädchen entführt hatte und wo sie jetzt waren.

Tanner glaubte, die Polizeistation in Innisfail sei der beste Ort für erste Erkundigungen. Von Amarina erfuhr sie, dass die Polizei den Aborigines schon öfter Kinder weggenommen hatte. Helene mochte das nicht glauben. Das ergab doch alles keinen Sinn. Warum sollte die Polizei Müttern ihre Kinder entreißen? Amarina hatte keine Antwort auf ihre Fragen. Sie war dem Auto, in das man die weinenden Mädchen gezerrt hatte, noch lange nachgelaufen, hatte geschrien und die Arme nach ihnen ausgestreckt. Doch dann war der Wagen hinter einer Kurve verschwunden und hatte nichts außer einer Wolke roten Staubes hinterlassen.

Die meiste Zeit während der Fahrt schwiegen die Frauen, jede hing ihren bedrückenden Gedanken nach, ab und zu brach mal die eine, dann die andere in ein Schluchzen aus, und dann umarmten sie einander. John Tanner vermied es, sich nach ihnen umzudrehen, und schwieg ebenfalls. In Innisfail angekommen, machte er vor der Wache die Pferde fest und half den Frauen aus der Kutsche. Amarina trug Helenes altes Baumwollkleid. Es war ganz fleckig. Die schwüle Hitze hatte ihr Haar in dunkle Zuckerwatte verwandelt. Helene versuchte, es zu bändigen, indem sie es mit dem Taschentuch lose zusammenband, und sie fand, dass ihre Freundin einen recht passablen Eindruck machte. Sie sah an sich herunter, strich den Rock glatt und folgte Tanner, der ihnen die Tür aufhielt. Es war abgemacht, dass er vorsprechen sollte. Helene sprach nach all den Jahren in Australien zwar ein gutes Englisch, doch da es nicht ihre Muttersprache war, fand sie es nur recht und billig, dass Tanner diese Aufgabe übernahm. Dem Wort eines Mannes würde zudem zweifellos größere Aufmerksamkeit geschenkt werden. Und deshalb hatte Tanner ihr eingeschärft, sich im Gespräch mit den Beamten zurückzuhalten, auch wenn es noch so schwerfiele.

Das Herz schlug Helene vor Aufregung schmerzhaft gegen die

Rippen, als Tanner mit der flachen Hand auf die Klingel schlug, die auf dem Tresen stand. Herrgott, John war doch nur ein irischer Bauer. Was konnte er schon groß mit Worten ausrichten? Ein Blick auf die Freundin verriet ihr, dass es Amarina nicht anders erging. Am liebsten hätte sie lauthals nach Nellie gerufen, doch sie war sich im Klaren, dass dies nicht eben klug gewesen wäre. Angst schnürte ihr die Kehle zu, als Tanner erneut klingelte, dieses Mal so fest, dass der Laut noch eine ganze Weile nachhallte. Hinter einer Glasscheibe konnte sie Polizisten sehen, die sich angeregt miteinander unterhielten und von ihnen keine Notiz zu nehmen schienen.
»Hallo? Jemand da?«, fragte Tanner mit lauter Stimme. Nach einer Weile, die Helene wie die Unendlichkeit vorgekommen war, erschien eine schmächtige Gestalt in Uniform, deren Gesicht von einem schwarzen Schnurrbart beherrscht wurde.
»Constable Hammerton. Womit kann ich dienen?« Der Polizist zückte einen Notizblock und legte ihn vor sich auf den Tresen, bereit, einen weiteren Gesetzesbruch im Landkreis zu protokollieren. Erwartungsvoll schaute er zu Tanner auf, die Frauen hinter ihm schien er gar nicht erst wahrzunehmen. Tanner räusperte sich. Es war ihm anzusehen, wie schwer es ihm fiel, diese Sache in die Hand zu nehmen.
»John Tanner aus Meena Creek.« Er knetete mit beiden Händen seinen Hut, den er beim Betreten des Gebäudes abgenommen hatte. Mit dem Daumen wies er hinter sich. »Oh, und diese Dame hier ist meine Nachbarin Helene Junker mit ihrer Magd.«
Wieder einmal musste Amarina als Dienstbotin ausgewiesen werden, da die Regierung den näheren Umgang mit Schwarzen verboten hatte. Dienstboten waren allerdings als Ausnahme erlaubt. Warum das so war, wusste Helene nicht. In ländlichen Gebieten war es üblich, sich um die große Politik einen Teufel zu scheren, und daher beschäftigten alle Farmer, die sie

kannte, einheimische Hilfen – ob das Gesetz es nun erlaubte oder nicht. Solange man die Aborigines nicht direkt auf den Feldern bei der Arbeit erwischte, drückten die Behörden meist ein Auge zu.

»Heute Morgen sind diesen Ladys und zwei weiteren Frauen ohne Erklärung die Töchter weggenommen worden. Von der Polizei, heißt es, und nun fragen wir uns, ob sie uns vielleicht weiterhelfen können?« Er warf einen Blick über die Schulter. Die Frauen hielten sich aneinander fest, sichtlich darum bemüht, die Fassung zu wahren. Constable Hammerton schaute erst wieder auf, als er schwungvoll einen Punkt hinter seine Notizen gesetzt hatte.

»Heute Morgen sagen Sie?« Er kratzte sich am Hals. »Hm, darüber weiß ich nichts. Vielleicht kann Sergeant Miller mehr dazu sagen. Entschuldigen Sie mich bitte für einen Moment.« Tanner wechselte einen unruhigen Blick mit Helene und Amarina, als Constable Hammerton sich in die hinteren Räume verzog. Helene spähte durch die Glasscheibe, hinter der Hammerton mit einem Kollegen sprach. Hin und wieder schauten sie dabei auf Tanner, der von einem Fuß auf den anderen trat. Amarina fing an zu wimmern. Helene legte ihr den Finger auf den Mund und drückte sie fester an sich. Schließlich erschien Hammerton wieder.

»Es tut mir leid. Der von Ihnen beschriebene Vorfall entzieht sich völlig unserer Kenntnis. Meena Creek sagten Sie?« Tanner nickte, und der Constable zuckte mit den Schultern. »Tja, da können wir Ihnen wohl nicht weiterhelfen.« Hammerton drehte sich nach den Kollegen um, wandte sich dann wieder Tanner zu. Er schob den Oberkörper über den Tresen, hielt dabei den Kopf geduckt. »Wenn ich Ihnen einen Rat geben darf. Hier werden Sie nichts in Erfahrung bringen, aber wenn Sie sich die weite Reise leisten können, versuchen Sie's doch direkt in der Landeshauptstadt. Beim Chief Protector in Brisbane.« Er sprach leise, fast flüsternd und drehte sich ein weiteres Mal um. »Kann Ihnen natürlich keineswegs garantieren, dass der Ihnen weiterhilft, aber wie gesagt: Hier erfahren Sie mit Sicherheit nichts. Und von mir haben Sie auch nichts gehört. Verstanden? Dann gehen Sie jetzt.« Noch bevor Tanner irgendwelche Rückfragen stellen konnte, war Hammerton wieder verschwunden. Tanner stand noch eine Weile unbeweglich vor dem Tresen, unschlüssig, was er als Nächstes tun sollte. Trotz des Geflüsters hatte Helene verstanden, was der Constable gesagt hatte. Sie trat an Tanner heran und zog ihn am Ärmel aus dem Polizeigebäude hinaus.

»Das war so ziemlich das merkwürdigste Gespräch, das ich jemals geführt habe«, meinte Tanner, »ich fresse meine gesamte Zuckerrohrernte, wenn es hier mit rechten Dingen zugeht. Vielleicht sollten wir uns diesen Constable mal näher zur Brust nehmen. Mir scheint, der weiß mehr, als er zugibt.« Tanner kratzte sich nachdenklich am Kopf und setzte dann den Hut auf.

Helene ging in kurzen Schritten hin und her, um ihre Gedanken zu sortieren. Dann blieb sie stehen.

»Ich weiß nicht so recht. Hammerton erschien mir irgendwie verängstigt. Ich fürchte, aus ihm holen wir nicht mehr heraus.«
Sie hielt sich die Faust vor den Mund und dachte angestrengt nach. Sie spürte, wie wichtig es war, dass sie sich zusammennahm. Was ging hier nur vor? Sie hatte schreckliche Angst um Nellie, aber sie durfte sich nicht von diesem Gefühl unterkriegen lassen. Sie würde ihr Kind finden, koste es, was es wolle. Wenn man ihr hier in Innisfail dabei nicht half, dann musste sie eben dorthin gehen, wo man es tun würde. Der Hinweis des Constable war allerdings äußerst mager, und das machte sie zornig. Warum sagte ihr die Polizei nichts? Konnten oder wollten sie nicht? Sie hatte das unbestimmte Gefühl, dass die Zeit gegen sie arbeitete. Wieder schoss Panik durch ihren Kör-

per und ließ sie flach atmen. Die Uhr tickte. Da hatte es keinen Sinn zu erforschen, weshalb die Polizei sie im Stich ließ. Während sie in Innisfail festsaß, konnten sie ihre Tochter längst an einen entfernten Ort verschleppt haben. Was dann? Bei diesem Gedanken holperte ihr Herz einen Schlag lang, und sie fühlte, wie der Druck in ihrem Inneren wuchs. Sie musste etwas tun. Sofort. Endlich nahm sie die Faust vom Mund und ging auf John zu, dessen Arm tröstend um Amarinas Schulter lag.

»Ich will keine Zeit verlieren. Ich fahre mit dem nächsten Schiff nach Brisbane. Allein.«

»Nicht allein. Amarina auch.« Die junge Aborigine schaute Helene voller Hoffnung an. »Ich sagen Parri, er auch sollen kommen nach Brisbane. Vielleicht kann helfen. Parri kennen weiße Mann.« Helene warf Amarina einen dankbaren Blick zu. Tanner, der sich zunächst über Helenes Worte sehr erschrocken zeigte, seufzte, als er erkannte, wie unerwartet entschlossen die Frauen waren.

»Na gut. Wenn Sie unbedingt wollen. Erkundigen wir uns also im Hafen nach der nächsten Passage. Sind Sie auch sicher, dass Sie allein zurechtkommen? Soll ich nicht mitkommen?«

Helene legte ihre Hand auf seinen Arm.

»Lassen Sie nur, John. Sie haben schon so viel für mich getan. Mir wäre wohler, wenn Sie in der Nähe meiner Schwester blieben. Sagen Sie ihr, Sie soll sich keine Sorgen um uns machen, wir kommen zurecht.« Sie schaute Amarina an, die zustimmend nickte. »Amarina und ich, wir schaffen das schon.«

Brisbane, 14. März 1911

Helene hatte ihr Gesicht in den Händen vergraben. Niemals zuvor hatte sie größere Hoffnungslosigkeit verspürt, nie hatte sie sich dermaßen am Boden gefühlt wie jetzt. Sie konnte sich nicht vorstellen, jemals wieder aufstehen zu können. Ein Gefühl der Leere breitete sich in ihrer Brust aus. Als hätte man ihr das Herz bei lebendigem Leibe herausgerissen und sie gleichzeitig mit dem Fluch belegt, weiterleben zu müssen.

Heute Morgen hatten sie sich beim *Chief Protector of Aboriginals* eingefunden und saßen dann in einem einschüchternd großen Raum vor einem mächtigen Schreibtisch. Amarina, Parri und Helene. Das Ergebnis ihres Besuchs war niederschmetternd. Was die Kinder der Orta anbelangte, so wollte ihnen die Behörde erst gar keine Auskunft erteilen. Der Protector selbst hatte keine Zeit für sie gehabt, sie hatten nur mit seinem Assistenten gesprochen. Dieser wand sich ein wenig unter ihren Blicken, doch dann präsentierte er ein Dokument, aus dem er ihnen vorlas, ohne sie anzusehen. Als er damit fertig war, sah er für einen Moment auf. Seine Augen trafen auf eine fassungslos schweigende Runde. Helene brach schließlich die gespannte Stille.

»Wenn ich Sie recht verstanden habe, meinen Sie, dass die Regierung von Queensland das Recht hat, den Aborigines jederzeit ihre Kinder wegzunehmen, und zwar ohne dass es dazu eines Gerichtsbeschlusses bedarf?«

Der junge Mann zerrte an seinem gestärkten Kragen, suchte im Papier nach einer Stelle, auf die er dann den Finger legte. Dann sah er sie an.

»Das sind Ihre Worte, Frau Junker, aber sinngemäß steht es so im *Queensland Protection Act,* ja. Und dort steht auch, dass Gleiches für Mischlingskinder gilt. Fließt schwarzes Blut in einem Kind, und sei es auch nur zu einem geringen Anteil, so hat die Regierung Queenslands jederzeit ein Recht auf den Zugriff, und zwar wiederum ohne das Einverständnis der Eltern.« Er räusperte sich und schwieg dann.

Helene atmete heftig und griff nach Amarinas Hand, deren Nägel sich in ihre Finger gruben. In Helenes Schläfen pochte der Schmerz, oder war es ihr Herzschlag? Plötzlich wurde ihr schwindlig, und sie hielt sich mit der freien Hand an einer Armlehne fest. Ihre Zunge war so trocken, sie hätte unmöglich reden können. Nach Hilfe suchend, warf sie Parri einen flehentlichen Blick zu.

»Warum wird das gemacht?«, fragte er in ruhigem Ton. Der Assistent schien überrascht. Ob über die Frage an sich oder über Parris einwandfreies Englisch, ließ sich nicht sagen.

»Diese Frage muss ich Ihnen nicht beantworten.«

»Warum tun Sie das? Wieso nehmt Ihr Weißen uns die Kinder weg?«

»Ich habe es Ihnen doch vorgelesen. Wir kümmern uns um Kinder, die von ihren Eltern vernachlässigt werden. Das Gesetz ist nur zu deren Schutz verfasst worden.«

»Wie haben Sie denn überprüft, ob die Kinder vernachlässigt wurden?«

»Das muss ich nicht mit Ihnen diskutieren. Tatsache ist, dass sie bei ihren Eltern kein Englisch lernen und auch nicht wissen, wie man sich unter Weißen zu benehmen hat. Von ihren Eltern lernen diese Kinder nichts, was ihnen in der zivilisierten Gesellschaft weiterhelfen könnte. Im Gegenteil.« Die Stimme des Assistenten hatte während seiner Rede deutlich an Selbstsicherheit gewonnen.

»Im Gegenteil?« Auf Parris Stirn zeigte sich eine zornige Falte.

Der Assistent schob die Papiere zu einem Stapel zusammen, den er mit den Fingern in Form klopfte.
»Genau. Im Gegenteil. So, und nun entschuldigen Sie mich. Ich habe zu tun. Die Dame.« Er nickte Helene zu und stand auf.
Parri hob abwehrend die Hand und stand langsam auf.
»Erst sagen Sie uns, wo unsere Kinder sind!«
»Das werde ich nicht, und das darf ich auch gar nicht. Und nun verlassen Sie bitte diesen Raum.« Er wies ihnen die Tür. »Gehen Sie jetzt, oder ich muss Sie hinausbegleiten lassen.«
Pfeilschnell sprang Helene von ihrem Sitz auf und stellte sich dicht vor den Beamten.
»Woher wollen Sie überhaupt wissen, ob in meiner Tochter Aborigine-Blut fließt?« Sie hatte die Hände zu wütenden Fäusten geballt. Der Blick des Assistenten glitt von Helene zu Parri und wieder zurück. Seine Lippen verzogen sich zu einem süffisanten Grinsen.
»Welche Siedler kämen schon auf die verrückte Idee, ihre kleine Tochter allein unter Wilden zu lassen? So hat man Ihre Tochter schließlich vorgefunden, Frau Junker. Splitterfasernackt, und dann sprach sie auch noch deren Kauderwelsch. Also bitte, Frau Junker, beleidigen Sie nicht meinen Verstand.«
Helene wollte gerade protestieren, da fügte er seinen Worten noch etwas hinzu: »Aber es steht Ihnen natürlich frei, dieses Missverständnis auszuräumen – wenn es denn eins sein sollte. Ein Blick auf die Geburtsurkunde Ihrer Tochter würde uns in diesem Fall vollauf genügen. Können Sie diese vorlegen?«
Helene schüttelte wie betäubt den Kopf, ihre Knie begannen zu zittern. Eine Geburtsurkunde von Nellie besaß sie nicht. Schlagartig erkannte sie die Tragweite dieser Tatsache. Nicht nur war es ihr nicht möglich, dem Protektorat gegenüber Nellies Vater zu benennen. Nein, sie konnte nicht einmal mehr beweisen, dass sie ihre Mutter war. Dieser Gedanke war das

Letzte, woran sich Helene erinnern konnte. Dann sackten ihr die Beine weg.

Katharina verstand nicht, warum Helene mit ihrer Abreise nach Brisbane nicht noch ein paar Tage hatte warten können. Ihre erste Reaktion, als Tanner ohne Helene aus Innisfail zurückkehrte, war Zorn. Helene fuhr ohne sie nach Brisbane? Dabei wollten sie doch alle gemeinsam in einer knappen Woche sowieso dorthin, zur landwirtschaftlichen Ausstellung, die alle zwei Jahre in Brisbane stattfand. Die Tickets für das Schiff waren seit langem fest gebucht, und es war ärgerlich, dass Helene durch den verfrühten Aufbruch ihre Hinfahrt nun doppelt bezahlt hatte.
Doch Tanner hatte ihr haarklein von den Ereignissen in Innisfail berichtet, und als er damit fertig war, standen Katharina die Tränen in den Augen. Sie schämte sich für ihre Kleinlichkeit. O Gott, die arme Helene, die arme Nellie! Sie schalt sich dafür, dass sie sich als Allererstes über das verschwendete Reisegeld aufgeregt hatte. Irgendwie hatte sie fest geglaubt, dass sich die ganze Angelegenheit am Ende in Luft auflösen würde. Dass sich die kleine Nellie ihrer Mutter, sobald die erst auf der Polizeistation eingetroffen war, sofort freudig in die Arme werfen würde. Stattdessen schüttelte sie jetzt noch immer ungläubig den Kopf über Tanners Bericht. Wenn er nicht der ehrliche und zuverlässige Mensch gewesen wäre, der er nun mal war, sie hätte schlicht an seinem Verstand gezweifelt. Wenn sie erst in Brisbane war, konnte ihr Helene hoffentlich mehr erzählen.

Helene hatte Katharina aus Brisbane ein Telegramm geschickt, in dem sie ihr die Anschrift des Bed & Breakfast mitteilte, wo sie mit Amarina wohnte. Hierhin führte Katharinas erster Weg. Wie froh sie war, die Schwester in die Arme zu schließen!

Ungewöhnlich blass war Helene, mit müdem Blick und tiefen Augenringen. Man sah ihr an, wie sehr sie litt. Doch dass Helene im Protektorat in Ohnmacht gefallen war, erfuhr Katharina nur durch Amarina. Parri hatte ihr dann, als Helene im Schaukelstuhl auf der Veranda eingenickt war, auch ausführlich von dem Gespräch mit der Behörde berichtet, und Katharina begriff, durch welche Hölle die Schwester gerade ging. Dieser Parri, den sie hier zum ersten Mal sah, trug eine abgetragene Moleskinhose, die ihm nur bis oberhalb des Knöchels reichte, darüber ein schlichtes Baumwollhemd. Auf dem Kopf hatte er den typischen *Slouchhat,* einen tarnfarbenen Schlapphut, den Katharina von den australischen Soldaten kannte. Katharinas Blick wanderte zu seinen braunen Füßen. Zu einem Paar Schuhe hatte es wohl nicht mehr gereicht.

»Schuhe machen mich krank«, sagte er, als könnte er Gedanken lesen. »Wenn ich meine Füße einsperre, können sie unser Land nicht mehr fühlen.«

Katharina hatte sich daraufhin ein bisschen geschämt und ihren Blick in die Ferne gerichtet. Parri irritierte sie. Im Vergleich zu seinen Landsleuten sah er mit seiner hellbraunen Haut fast schon europäisch aus, hinzu kam sein lupenreines Englisch. Jetzt, da sie den stolzen Mann selbst in Augenschein nehmen konnte, musste sie zugeben, dass Helene ihn sehr gut beschrieben hatte. Auch wenn sie ihr Urteil für sich behalten würde: Dieser Parri war ein ungewöhnlich attraktiver und angenehmer Mann.

Amarina gesellte sich zu ihnen und legte Helene eine Decke auf den Schoß. Die Augen der Aborigine waren geschwollen, ihr Gesichtsausdruck verhärtet.

»Was wollen Sie denn jetzt tun?«, fragte Katharina.

Amarina brach in Tränen aus und schlug die Hände vors Gesicht. Parri strich ihr beruhigend übers Haar.

»Ich bin mir sicher, dass die Mädchen auf einer Missionssta-

tion sind«, sagte er und blickte auf die schlafende Helene, »alle gestohlenen Kinder kommen dorthin.«
Gestohlene Kinder. Parri hatte vollkommen recht. Die Regierung hat den Familien diese Kinder tatsächlich gestohlen. Es war ein Skandal!
»Sie meinen, die Kinder sind in der Obhut von Missionaren?« Zwar hatte sich Katharina mit den Altlutheranern überworfen und traute diesem speziellen Kirchenvolk so einiges zu, aber Kinderraub? Das hielt sie für unmöglich.
Parri nickte.
»Das Problem ist, dass es mittlerweile viele Missionen in unserem Land gibt«, erklärte er dann, »und die meisten davon liegen sehr abgelegen. Aber ich werde mich in der Nähe von Brisbane genau umsehen, und Helene und Amarina wollen jeden Tag zum Amt.«
»Gleich bei den Missionen zu suchen erscheint mir sinnvoll, aber glauben Sie denn, es bewirkt etwas, täglich im Protektorat vorzusprechen? So wie Sie mir diesen arroganten Beamten beschrieben haben, halte ich das für eher unwahrscheinlich.«
Amarina hatte mittlerweile die Hände vom Gesicht genommen und ihre Fassung zurückgewonnen. Sie sah Katharina an.
»Damit sie uns nicht vergessen«, sagte sie ernst.
»Und damit diese Schufte wissen, dass wir sie nicht vergessen. Niemals«, ergänzte Helene. Wie lange sie dem Gespräch schon gefolgt war, wusste Katharina nicht.
»Liebste Schwester, sei mir nicht böse, aber ich glaube, damit verschwendest du nur deine Kräfte.«
»Ich soll klein beigeben und nicht weiter um meine Tochter kämpfen? Nein! Ich werde jeden Tag im Protektorat aufkreuzen und sie mit Fragen über Nellie, Cardinia und die anderen löchern. So lange, bis ich weiß, wo sie ist. Oder hast du vielleicht eine bessere Idee?«
»Ja, die habe ich tatsächlich, aber darüber möchte ich mit dir

unter vier Augen sprechen. Gehen wir rein?« Der strenge Ton in ihrer Stimme duldete keinen Widerspruch.

Helene sah die Schwester aus verengten Augen an, entschuldigte sich dann bei den Freunden und folgte ihr. Bevor sie durch die Tür trat, hielt Parri sie am Ärmel fest und schaute sie mit seinen dunklen Augen eindringlich an: »Wir werden die Kinder finden, Helene.«

Sie legte ihm die Hand an die Wange und sah ihn an. »Ich weiß, Parri, ich weiß.« Dann drückte sie seinen Oberarm und ging mit Katharina ins Haus.

Der Hafen von Brisbane, 21. März 1911, ein Uhr mittags

»Aus dem Weg, Peter! Mach schon Junge, oder willst du, dass dir der Gaul einen Tritt versetzt?«
Peter hörte die warnenden Worte des Vaters kaum. Mit seinen sieben Jahren wusste er erstaunlich viel über Tiere. Besonders liebte er Pferde, und dieses hier war ein Prachtexemplar. Peter stand am oberen Ende der Laderampe; von dort hatte er die beste Sicht auf Moonshine. Das Pferd war nervös, tänzelte unsicher auf dem schmalen Steg. Sein braunes Fell glänzte. Peter konnte sich an dem Tier nicht sattsehen. Ein echtes Rennpferd, ein berühmter Champion obendrein! Und das Tollste war, dass Moonshine offensichtlich genau wie er selbst und seine Familie nach Cairns reiste, wo sein neuer Besitzer angeblich schon auf ihn wartete.
Rennpferdbesitzer! Das musste der beste Beruf auf der ganzen weiten Welt sein! Wenn er erst einmal groß wäre, würde er auf seiner eigenen Farm Pferde züchten, Rennpferde! Gewinner, wie Moonshine, und mit dem besten seiner Hengste würde er durch die Welt reisen, denn den behielte er natürlich für sich. Melbourne Cup! Einmal im Leben nur zum Melbourne Cup und dort siegen! Während er noch von zukünftigen Erfolgen träumte, trat Moonshine plötzlich ins Leere. Der Hengst geriet in Panik. Peter starrte wie gebannt auf die Naturgewalt, die sich in dem prächtigen Tier entfesseln wollte. Die Helfer hatten alle Hände voll zu tun, um das Pferd im Zaum zu halten.
»Peter, aus dem Weg!«, schrie sein Vater jetzt. Plötzlich stellte sich Moonshine auf die Hinterbeine, so nah an seinem Gesicht, dass Peter die Nägel in den Hufeisen erkennen konnte. Da

packte ihn die Hand des Vaters und schleuderte ihn mit Wucht aufs Deck.
»Peter, der Gaul hätte dich umbringen können, weißt du das denn nicht?«
Peter schaute den Vater mit großen Augen an. Noch nie hatte er ihn so wütend gesehen.

Katharina und die Mädchen waren unter Deck, wo sie zum wiederholten Male die Kabinen und Räume der zweiten Klasse durchsuchten. Helene war noch immer nicht an Bord, und Katharina war außer sich. Was um alles in der Welt dachte sich ihre Schwester dabei, erst in allerletzter Minute hier aufzukreuzen? Um Punkt zwei würde die Yongala ablegen – mit oder ohne Helene. Das hatte die First Stewardess ihr unmissverständlich klargemacht. Jetzt war es kurz vor zwei.
Oh, Helene! Hatte die Schwester etwa vergessen, wie besorgt Katharina um sie war? Wieso war sie nicht hier? Trug sie ihr etwa noch den Streit nach, den sie vor ein paar Tagen im Bed & Breakfast ausgetragen hatten? Aber irgendjemand musste ihr doch mal sagen, wie unvernünftig sie sich mitunter verhielt. Allein die Tatsache, dass sie Nellie mit den Orta-Kindern von Moondo hatte spielen lassen. Sie hatte es Helene schon immer gesagt: *Irgendwann passiert da mal was, du wirst schon sehen,* aber Helene hatte sie nur ausgelacht. Manchmal war Helene eben zu gutgläubig. Sie glaubte, die Aborigines zu kennen, und vertraute ihnen. Dabei vergaß sie, dass die Schwarzen anders waren als die Europäer. Nein, Katharina hatte von Anfang an ihre Bedenken geäußert, weil Nellie so viel Zeit bei den Einheimischen verbrachte. Es mochte ja sein, dass die Aborigines sehr kinderlieb waren, doch wo waren sie, als die Polizei die Kinder mitnahm? Auch wenn Helene während ihrer Auseinandersetzung darauf bestanden hatte, dass keiner die Orta für das Verschwinden Nellies verantwortlich machen konnte – es

blieb nun mal eine Tatsache, dass Nellie noch bei ihrer Mutter wäre, hätte Helene das Kind nicht den Orta anvertraut. Im weiteren Verlauf des Gesprächs hatte Helene jeden Rat, den sie, Katharina, ihr dringend nahelegen wollte, weit von sich gewiesen. Vielleicht hätte sie besser den Mund gehalten.
Katharina seufzte und ließ sich in einen Sessel fallen. Sosehr sie es sich manchmal auch wünschte, sie konnte nicht aus ihrer Haut. Noch immer war sie die große Schwester, und jetzt, da sich die Geschwister wiedergefunden hatten und beide ohne Kontakt zu den Eltern waren, nahm sie diese Rolle unbewusst vielleicht sogar noch stärker wahr. Als wären sie nie erwachsen geworden!
Katharinas Gedanken schweiften zum Hof ihrer Kindheit, wo sie den Vater, die Mutter, Helene und die Knechte um den groben Holztisch in der Küche beim Abendmahl sitzen sah. Jedes Mal hatten sie hungrig und müde von der Arbeit auf dem Feld vor den verlockend dampfenden Schüsseln ausharren müssen, während Vater allabendlich aus der Bibel vorlas und alle erst aufblicken durften, nachdem das erlösende »Amen!« gesprochen war. Es war immer dieses eine Bild, das Katharina vor Augen hatte, wenn sie sich an die Heimat und die Eltern erinnerte.
Sie schluckte schwer. Katharina hatte sich eigentlich verboten, an den Vater zu denken – hatte das Wort »Vater« gänzlich aus ihrem Wortschatz gestrichen. »Vater« – das stand für alles, was sie hasste, und das war in erster Linie die Kirche, seine Kirche, die Lutheraner. Wie konnten fromme Menschen dermaßen grausam sein? Wie kam es, dass Menschen, denen Nächstenliebe doch das höchste Gut sein sollte, die eigene Tochter mit Schimpf und Schande vom Hofe jagten? Dabei hatte ihre Sünde doch nur darin bestanden, einen Mann zu lieben, der einen anderen Glauben hatte. Wie sie die Lutheraner hasste, diese selbstgerechten Frömmler!

Katharinas Lippen bebten, die Verletzung war selbst nach fast fünfzehn Jahren immer noch nicht verheilt. Wenn es nach ihr ginge, konnten alle Lutheraner zum Teufel gehen. Bewusst hatten sie und Matthias sich damals im Norden von Queensland niedergelassen, zweitausendfünfhundert Seemeilen von dem Dorf der Salkauer Auswanderer entfernt.

Wie unwahrscheinlich es da gewesen war, dass sie und Helene sich unter diesen Bedingungen wiedersehen würden, und doch war es so gekommen. Und jetzt das!

Wo blieb Helene denn nur? Katharina scheuchte ihre Töchter Magdalene und Ruth vom Hochbett ihrer Kabine, die sich die Familie mit Helene teilen sollte.

»Nicht ausruhen, ihr zwei! Habe ich euch nicht gesagt, dass ihr nach eurer Tante suchen sollt?«

Ruth verzog das Gesicht.

»Wir haben doch schon überall geschaut, Mutter! Das Schiff legt gleich ab, wir wollen aufs Deck. Bitte, Mutter! Tante Helene ist sicher längst oben bei Vater und Peter.«

Schon so spät? Panik breitete sich in Katharinas Brust aus, doch sie wollte die Mädchen nicht verschrecken. Sie atmete hörbar aus.

»Schon gut, dann lasst uns an Deck gehen.«

Sofort rafften die Mädchen ihre weißen Baumwollröcke und rannten die Stufen nach oben, so dass Katharina zurückfiel. Sie schüttelte langsam den Kopf. Was war nur passiert? War Helene vielleicht etwas zugestoßen? Katharina erreichte in dem Moment die Reling, als die Matrosen die Leinen losmachten. Ihr Herz schlug schneller. Die Mädchen winkten den zurückbleibenden Angehörigen und Freunden der Reisenden zu, während der kleine Peter nur Augen für das Pferd hatte, das, sicher vertäut, in einer großen Holzkiste auf dem Vorderdeck untergebracht war. Magdalene drehte sich um.

»Mama, wo ist denn Tante Helene nur? Sie wird das Schiff

doch nicht verpasst haben, oder?« Die Stimme der jungen Frau klang besorgt.

»Ich weiß es nicht.«

Katharina hatte die Hoffnung noch nicht aufgegeben. Mit den Augen suchte sie den Pier nach einem Zeichen der Schwester ab. Doch die Menschen wurden kleiner, schrumpften schließlich zu hellen Punkten, und als das Schiff in die Moreton Bay bog, fiel Katharina innerlich zusammen. Verzweifelt blickte sie zurück. *Helene!* Katharinas Augen wanderten vom Meer zu der roten Zedernkiste, die neben dem Pferd festgebunden war. Im Vergleich zur Pferdebox nahm sie sich bescheiden aus, fast wie ein Puppenmöbel, doch Katharina war sie schon vor Stunden aufgefallen. Ihr Blick ruhte auf dem einfachen Messingverschluss, dann wanderte er auf das Schild darüber, auf dem in schwarzer Schrift der Name ihrer Schwester stand. Wieso nur war ihre Reisetruhe an Bord und sie selbst nicht? *Lieber Gott, mach, dass Helene nichts passiert ist!*

Cairns, 20. Januar 2010

Die Schiebetür öffnete sich, und Natascha trat aus dem Flughafengebäude. Die feuchte Hitze traf sie wie ein Schlag. Es fühlte sich an, als hätte eine Stewardess sie von oben bis unten in diese heißen Frotteetücher eingewickelt, die einem im Flugzeug zum Frischmachen gereicht wurden. Es war kurz nach sieben Uhr morgens, doch trotz der frühen Stunde schien die Sonne schon hellwach zu sein. Wie ein Heizstrahler, der ebenfalls kaum Anlaufzeit benötigte, bis er orangefarben glühte. Natascha sah an sich hinunter. Sie trug eine lange Jeans und ihre alten Turnschuhe. Wieso hatte sie ihre Sandalen nicht als Handgepäck mitgenommen? Sie stellte den kleinen Rucksack und den Rollkoffer ab, um den Pullover auszuziehen. Darunter trug sie ein schwarzes T-Shirt. Sie beschirmte ihre Augen mit der Hand vor der Sonne und blickte in die schweren Wolken, die sich wie ein getränkter Wattebausch vor die Sonne geschoben hatten und dennoch kaum Schutz spendeten. Natascha angelte nach ihrer Sonnenbrille und setzte sie auf. Sie war erschöpft. Der lange Flug in Kombination mit diesem irrwitzigen Klima hatte sie reizbar werden lassen. Sie wollte so schnell wie möglich ins Hotel, unter die Dusche, um dann endlich ein paar Stunden zu schlafen. Danach würde sie weitersehen. Sie stopfte den Pulli in den Rucksack, hängte ihn sich über die Schulter und griff nach dem Koffer. Schweißperlen sammelten sich auf ihrem Rücken, als sie zum Taxistand trottete. Das Wasser lief ihr die Wirbelsäule hinunter und versickerte in ihrem Hosenbund. Sie stellte sich ans Ende der Warteschlange und versuchte, sich nicht zu bewegen. Als die Reihe endlich an ihr war, ließ sie sich wie ein Sack in den mit Plastik geschützten

Rücksitz fallen. Die Feuchtigkeit ihrer Haut hatte die Jeans bereits durchdrungen und ließ sie nun auf dem Sitz rutschen. Gleichzeitig versetzte ihr die Klimaanlage einen Kälteschock. Auch ihr Zimmer, das sie wenig später im Hotel Tropical betrat, glich einem Kühlschrank. Natascha schaltete die Klimaanlage aus und den Deckenventilator an. Fast hätte sie der Versuchung nachgegeben und sich gleich auf das Bett mit seinen einladend weißen Laken gelegt. Doch erst musste sie unter die kalte Dusche.
Wenig später rubbelte sie sich das lange Haar trocken und schlang das weiße Badetuch um ihre Brust. Alles war weiß hier, selbst die Orchidee in der Vase auf dem Nachttisch. Im Kühlschrank fand sie einen Plastikkrug mit Wasser. Sie goss sich ein Glas ein und trank es in einem Zug aus. Es war noch beschlagen, als sie es abstellte. Sie atmete mehrmals tief ein und aus, um sich noch einmal klarzumachen, weshalb sie überhaupt hierhergekommen war. Sie war auf der Suche nach ihren Wurzeln. So weit, so gut. *Nach den Wurzeln suchen,* diese Phrase löste ein merkwürdiges Gefühl in ihr aus, ein fremdartiges Gefühl. Und doch war es so. Vor wenigen Tagen noch hätte sie es sich nicht träumen lassen, nach Australien zu reisen. In ein Land, wo ihr im Januar vor Hitze das Wasser aus allen Poren brach. Vier Wochen. Sie hatte vier Wochen, um zu finden, wonach sie suchte.
Sie ließ sich langsam in die kühlen Laken sacken. Über ihr klapperte der mächtige Ventilator. Es dauerte keine zwei Minuten, und sie war eingeschlafen.

Eine Viertelstunde bevor das Touristenbüro schloss, trat Natascha in den klimatisierten Raum. Langsam begann sie, sich an die extremen Schwankungen zwischen Innen- und Außentemperatur zu gewöhnen. Hinter dem Schalter stand eine Frau mittleren Alters, die sich die Brille auf die Nasenspitze geschoben hatte und über das Gestell hinweg auf ihren Monitor starrte. Als sie Natascha bemerkte, positionierte ihr Zeigefinger die Brille wieder dicht vor die Pupillen.

»Kann ich Ihnen behilflich sein?« Ihre Stimme lächelte professionell.

»Vielleicht. Ich möchte gerne zu den Aborigines nach Moondo. Das ist doch nicht weit von hier, oder?«

»Ah, zu den Orta. Das Kulturzentrum dort ist brandneu, es wird Ihnen gefallen. Warten Sie mal, da könnten Sie Glück haben.« Sie schaute kurz auf ihre Uhr. »In ein paar Minuten ist Mitch hier, unser lokaler Experte. Der kann Ihnen weiterhelfen. Er kommt selbst aus Moondo und pendelt zwischen Moondo und Cairns. Wenn Sie also dort drüben warten wollen?« Sie wies auf die Sitzgruppe in der Ecke.

»Gern. Danke.« Natascha machte es sich bequem und vertiefte sich in ein paar Broschüren.

»Ich bin Mitch, hallo!« Natascha blickte auf und sah in ein sehr dunkles Gesicht. »Habe gehört, Sie interessieren sich für meinen Stamm.« Sie stand auf und schüttelte seine ausgestreckte Hand. Die kinnlangen Locken fielen ihm ins Gesicht, als er ihr zunickte. Mit einem breiten Lächeln entblößte er zwei helle Zahnreihen. Er trug blaue Boardshorts und ein Surfer-Shirt, seine Füße steckten in Flip-Flops.

»Natascha. Ja, ich interessiere mich für die Orta. Sie fahren nach Moondo?« Von irgendwoher erklang plötzlich das Gebrumme eines Didgeridoos und wurde lauter.

»*Sorry.*« Mitch drückte auf ein Smartphone, und das Didgeridoo erstarb. »Dreamtime Travels. Mitch am Apparat.« Natascha schüttelte irritiert den Kopf, um sich wieder den Broschüren zuzuwenden. Mitch hatte sein Gespräch schnell beendet.

»Also, wo waren wir? Du willst zu meinem *Mob*, wenn ich dich richtig verstanden habe? Kein Problem. Ich bring dich hin. Wann? Morgen früh?«

Natascha war von der Geschäftstüchtigkeit des jungen Mannes ein wenig überwältigt. »Was ist denn ein *Mob?* Wie? Morgen schon? Also, ich weiß nicht.«
Mitch ließ die Daumen über das Display seines Handys tanzen, offensichtlich schrieb er eine SMS. Als er damit fertig war, steckte er das Handy in seine Gesäßtasche und strahlte sie unverhohlen an.
»*Mob* heißt Stamm. Einen Platz hätte ich für morgen noch zu vergeben. Danach ginge es erst wieder ab kommender Woche. Also?« Er hatte seine Augenbrauen fragend gehoben, was das Weiß seiner Augen noch größer erscheinen ließ.
Natascha fühlte sich überrumpelt. Ein Gefühl, das sie nicht sonderlich schätzte. Andererseits wollte sie so schnell wie möglich nach Moondo. Sie nickte halbherzig.
»Sehr gut, ich hol dich morgen um sechs am Hotel ab. Du wirst es nicht bereuen, das wird ein toller Trip.«
Natascha zuckte kurz zusammen. Täuschte sie sich, oder hatte ihr dieser Mitch etwa gerade zugezwinkert?

Der Toyota Hiace quälte sich die engen Serpentinen hoch. Mitch schaltete in den zweiten Gang zurück, der Motor jaulte auf. Natascha saß auf dem Vordersitz und schaute in die sattgrüne Ebene unter ihnen. Mitch hatte auf dem *Scenic Drive* bestanden, der Aussichtsroute, die sie über die hochgelegenen Tablelands nach Moondo führen würde.
»Holen wir die anderen Gäste unterwegs ab, oder wo sind die alle?«, fragte Natascha und machte eine Geste in Richtung der leeren Rücksitze.
Mitch schnalzte mit der Zunge und versuchte, sich das drahtige Haar hinters Ohr zu klemmen, was ihm nicht gelingen wollte; schließlich gab er auf. Die Finger seiner Linken trommelten den Takt der Musik aufs Lenkrad. *No Woman, No Cry.* Jamaikanischer Reggae, das passte doch nun wirklich nicht

hierher, dachte Natascha. Doch im selben Moment fiel ihr ein, dass sie in Berlin schließlich auch keine deutsche Volksmusik hörte.

»Japanische Reisegruppe. Musste kurzfristig absagen. Das Sushi war wohl von vorgestern. Montezumas Rache, wenn du verstehst.« Er grinste bis über beide Ohren, schaute aber weiterhin geradeaus, worüber Natascha angesichts all der Kurven heilfroh war.

»Dann bin ich heute also dein einziger Kunde?«

Mitch schnalzte wieder mit der Zunge und sah sie kurz an.

»Nur wir zwei Hübschen, ganz recht.« Als er ihren Blick sah, beeilte er sich nachzusetzen: »Keine Angst, ich bin völlig harmlos.« Natascha hob abwehrend die Hände und versuchte ein Lächeln.

»Nein, nein. Ist schon gut.« Sie schwiegen eine Weile und hörten der Musik zu.

»Was interessiert dich denn eigentlich so an den Orta?«, unterbrach Mitch die relative Stille. Der Wagen ächzte schwerfällig den Berg hinauf. Natascha überlegte für einen Moment, wie viel sie diesem Mitch über sich anvertrauen wollte. Dann entschied sie, dass es ihr am Ende egal sein konnte, was er über sie dachte. Er war schließlich nur ein Fremder vom anderen Ende der Welt, den sie so schnell nicht wiedersehen würde.

»Ich glaube, ich bin mit den Orta verwandt.«

Sie sah, wie Mitch zusammenfuhr, und wollte ihm schon fast ins Lenkrad greifen, doch er kriegte gerade noch die Kurve.

»*What the f…?* Mit den Orta verwandt? Du?« Er warf seinen Kopf in den Nacken und lachte dröhnend. Als er irgendwann bemerkte, dass Natascha schweigend aus dem Seitenfenster starrte, hob er entschuldigend die Achseln. »Okay, könnte ja durchaus sein. Was weiß ich schon?« Dann prustete er wieder los. Natascha würdigte ihn keines Blickes, schaute stattdessen weiterhin ins Tal.

»Sorry, aber der Gedanke, dass du mit meinem Stamm verwandt sein könntest, der ist einfach ...« Er rang nach dem richtigen Wort.
»Bescheuert?«, half sie aus.
Mitch blies die Backen auf und ließ die Luft geräuschvoll entweichen. »So würde ich das jetzt nicht unbedingt sagen. Gewöhnungsbedürftig vielleicht. Ja, das trifft es schon eher. Gib mir Zeit, mich an den Gedanken zu gewöhnen. Es ist noch eine Weile hin, ehe wir in Moondo sind: Erzähl mir doch einfach ein bisschen mehr über dich und deine Verbindung zu uns Orta.«
Eigentlich war ihr die Lust darauf vergangen, doch nach einem aufmunternden Blick von Mitch gab sie sich einen Ruck. Als Natascha ihre Geschichte beendet hatte, schwieg er.
»Du glaubst mir nicht, oder?« Mitch legte den Kopf schief.
»Wenn du willst, kann ich dir die Adoptionsurkunde und die Briefe zeigen. Ich hab sie hier in meiner Tasche, genau wie das Amulett.« Sie klopfte mit der flachen Hand auf ihren Rucksack, nahm dann das Schmuckstück heraus und schloss ihre Faust darum. Vielleicht konnte es ja zu ihrem Glücksbringer werden.
»Doch, doch, ich glaub dir schon. Ich überlege nur, wie ich dir bei deiner Suche am besten weiterhelfen kann.« Er sah sie an. »Tut mir echt leid, dass ich mich so dämlich verhalten habe. Dabei scheinst du einer spannenden Familiengeschichte auf der Spur zu sein.«
Natascha befühlte wieder das Amulett. Es fühlte sich kühl an.
»Du brauchst dich nicht zu entschuldigen. Ich kann es selbst kaum glauben, dass ich Aborigine-Vorfahren haben soll. Ich meine, schau mich doch nur an.«
»Hab ich bereits ausführlich getan.« Er grinste wieder, dann nahm er sich zusammen. »Tja, in der Tat schwer zu glauben. Aber ich finde es in jedem Fall klasse, dass du deinen Wurzeln nachspüren willst.« Er lächelte sie an.

»Ja, mal sehen, was dabei herauskommt. Schlimmstenfalls hatte ich einen interessanten Urlaub in Australien.«
»Und bestenfalls bist du bald mit einem ganzen Dorf australischer Ureinwohner verwandt.« Mitch schlug mit dem Handballen gegen das Lenkrad und wieherte vor Lachen. Dann bemerkte er ihren Blick und verstummte.
»Sorry, war natürlich nur ein blöder Scherz.«
»Ziemlich blöd. Wie weit ist es denn jetzt noch?« Natascha wurde von dem Herumgekurve langsam übel. Mitch lenkte den Toyota in eine Haltebucht und brachte den Wagen knirschend zum Stehen.
»Steig aus.«
»Wieso?«
Statt zu antworten, öffnete Mitch die Fahrertür und kletterte aus dem Bus. Er machte ihr ein Zeichen, ihm zu folgen. Zögernd gehorchte sie. Mitch stellte sich mit dem Gesicht zum Tal.
»Siehst du die Bergkette dahinten?« Natascha nickte. Sein ausgestreckter Arm beschrieb einen weiten Bogen. »Alles, was du dort hinten am Horizont sehen kannst, bis hier runter zum Fluss ist das Land der Orta. So gesehen sind wir eigentlich schon längst da.« Natascha verstand nicht so recht, was er ihr damit sagen wollte.
»Aber leben die Orta nicht in Moondo, diesem Dorf in den Misty Mountains?«
»Ja, seit mehr als hundert Jahren schon, aber es war nicht immer so. Moondo ist eine Art Reservat, das die Weißen meinen Leuten zugewiesen haben, um ihnen das Land stehlen zu können.«
»Tut mir leid, das wusste ich nicht.«
»Eine Tragödie. Das Land ist meinen Leuten heilig, es bedeutet ihnen alles. Es ihnen wegzunehmen ist so, als hätte man ihnen die Seele geraubt.«

Brisbane, 25. März 1911

Der Schweiß lief Helene die Schläfen hinunter. Sie suchte in ihrer Tasche nach ihrem Stofftuch, konnte es aber nicht finden und wischte sich das Gesicht am Ärmel ab. Es war ihr gleich, ob sich das für eine Dame ziemte oder nicht. Außer der Reisetasche hatte sie kein Gepäck bei sich, um das sie sich hätte kümmern müssen, und so ging sie gleich an Deck, um Amarina und Parri zum Abschied zuzuwinken. Sie hatte es in letzter Minute zum Hafen geschafft, konnte gerade noch ein Ticket ergattern, und dann war sie zum Pier gerannt, bis ihre Lunge schmerzte. Helene griff dankbar zu, als ein Steward auf einem Tablett Wasser und Eistee herumreichte. Parri hatte versprochen, Katharina ein Telegramm zu schicken, das erklärte, weshalb Helene es nicht mehr rechtzeitig auf die Yongala geschafft hatte. Hoffentlich sorgte sich Katharina nicht zu sehr, und hoffentlich dachte sie nicht, Helene hätte absichtlich, wegen ihres dummen Streits, das Schiff verpasst.
Die Cooma legte ab, und Helene winkte so lange, bis sie die Menschen am Pier nicht mehr voneinander unterscheiden konnte. Dann ließ sie sich kraftlos auf eine Bank sinken und schloss die Augen.
Die letzten Tage waren die reinste Hölle gewesen. Amarina und sie waren auf dem Protektorat verhaftet worden, weil sie sich geweigert hatten, ihren Protest einzustellen. Jeden Morgen waren sie dort bereits vor Amtsbeginn aufgetaucht und erst gegangen, wenn die Gemeindediener die hohe Tür des Sandsteingebäudes am Abend wieder abgeschlossen hatten. Kein Mensch auf der Behörde hatte sich bereit gezeigt, mit ihnen zu reden. Da waren sie auf die Idee gekommen, die

Namen ihrer Kinder auf dicke Pappen zu schreiben, die sie in die Luft hielten. Jetzt fielen sie auf und wurden von Passanten angesprochen, was es denn mit den Schildern auf sich hätte.

Am nächsten Morgen wartete bereits die Polizei am Eingang und führte sie ab, ihr lauter Protest nutzte ihnen nichts. Wäre Parri nicht gewesen, wären sie vielleicht noch immer hinter Gittern. Er hatte einen Anwalt eingeschaltet, der nach drei Tagen ihre Freilassung erwirkte. Wovon Parri den Anwalt bezahlt hatte, blieb Helene ein Rätsel.

Sie hatte sich nur widerwillig zur Rückreise nach Rosehill überreden lassen, doch Parri hatte ihr klargemacht, dass sie in Brisbane nichts mehr ausrichten konnte und für ihre Tochter mehr erreichen würde, wenn sie mit Hilfe der Orta die Missionen im Norden unter die Lupe nähme. Amarina und Parri wollten sich bei verschiedenen Stämmen der Aborigines erkundigen, ob sie etwas von den Kindesentführungen gehört hatten und ihnen vielleicht Hinweise geben konnten.

Helene streckte die Füße aus und lehnte den Kopf gegen die Rückbank. Möwen kreisten über dem Schiff und kreischten gegen den Wind. Sie brauchte Kraft, wenn sie Nellie finden wollte.

Ihre Augen füllten sich mit Tränen. Wo war ihr Kind? Wer kümmerte sich jetzt um ihre Tochter? Wer gab ihr zu essen, wenn sie hungrig war, wer tröstete sie, wenn sie weinte, weil ihr die Mutter fehlte? Nellie verstand doch gar nicht, weshalb Helene nicht bei ihr war.

Helene holte tief Luft, sie musste ruhiger werden. Wenn Parri recht hatte, war die Kleine in der Obhut von Missionaren. Die würden ihr Kind doch sicherlich gut behandeln ... Eine Erinnerung beschlich sie, an all die abfälligen Bemerkungen, die sie von frommen Missionaren über Eingeborene gehört hatte, damals, als sie selbst in einer Missionsstation lebte und arbeitete. Der Gedanke, dass Nellie geschlagen werden könnte oder man ihr nicht genug zu essen gab, machte sie krank vor Sorge. Es war schon schlimm genug, wenn sich Helene ausmalte, was am helllichten Tag mit ihrer Tochter geschehen konnte. An die Nächte durfte sie überhaupt nicht denken. Nellie würde ohne ihre Mama fürchterliche Ängste ausstehen. Bisher hatte es keinen Abend gegeben, an dem sie ihr Kind nicht selbst zu Bett gebracht hatte. Meist dachte sie sich eine Geschichte aus, die sie Nellie, am Bettrand sitzend, erzählte, manchmal sangen sie gemeinsam ein Schlaflied. Selbst wenn jemand auf der Missionsstation sich ähnlich liebevoll um Nellie kümmerte, es wäre doch nicht dasselbe.

Aber was, wenn man Nellie gar nicht gut behandelte? Wenn man ihr im Gegenteil Gewalt antat? Helene hielt es nicht länger auf der Bank. Sie wischte sich mit zitternder Hand die Tränen aus dem Gesicht und ging unruhig auf dem Deck auf und ab. *Bitte, lieber Gott! Mach, dass es Nellie gutgeht. Ich verspreche auch, dass ich sie nie wieder allein lassen werde. Sag ihr, dass ich bald komme, um sie zu holen. Sei tapfer, kleine Nellie, bitte sei tapfer!*

Helene setzte sich wieder auf die Bank und stützte die Stirn auf ihre Handballen. Sie war zutiefst verzweifelt. In Brisbane war ihr bewusst geworden, wie ohnmächtig sie der Entführung gegenüberstand. Sie hatte keinerlei rechtliche Handhabe und würde auf die Hilfe ihr vertrauter Menschen angewiesen sein.

Parri, auf ihn setzte sie dabei am meisten. Wie er sie angesehen hatte … Dieses Funkeln in seinen Augen, als er versprach, er werde die Kinder finden. Er hatte ihre Trauer und Verlorenheit geteilt, das spürte Helene, und sie vertraute ihm vollkommen.

Amarina … Helenes Finger berührten unwillkürlich das Amulett und umschlossen es. Die Gedanken schweiften zu der Freundin. Es war schwer gewesen, sich gerade jetzt von ihr zu trennen, doch es war notwendig. In Amarinas Gegenwart hatte sie sich nicht ganz so verloren gefühlt wie jetzt, da sie mit ihrem Schmerz und all der Ungewissheit alleine war. Wie es der Freundin wohl erging? Ihre Tochter Cardinia bedeutete der Freundin alles, das wusste Helene aus vielen Gesprächen, aber eigentlich brauchte es gar keine Worte, um zu erkennen, wie sehr Amarina das aufgeweckte Kind liebte und bewunderte. Helene fiel jener heiße Sommernachmittag ein: Die beiden Mädchen hatten zusammen im Fluss geplanscht, um sich Abkühlung zu verschaffen, während Amarina und sie im Schatten an der Uferböschung gesessen und das Spiel der Kinder verfolgt hatten. Dieses warme Leuchten in Amarinas dunklen Augen, wenn ihr fürsorglicher Blick auf der Tochter ruhte. Damals war Helene zum ersten Mal bewusst geworden, dass Amarina zuallererst liebende Mutter war, alles andere spielte eine untergeordnete Rolle. Amarina war so stolz auf Cardinia, Helenes beste Schülerin in ihrer Altersgruppe. Die Kleine war unglaublich sprachbegabt. Wie Parri sprach sie akzentfrei Englisch und bewegte sich nahezu mühelos zwischen zwei Welten, wobei Amarina allerdings sehr darauf achtete, dass sie das väterliche Erbe pflegte und die Stammeskultur lebte. Cardinia war in jeder Hinsicht eine neue Generation, der sich in der Zukunft bestimmt Chancen bieten würden, von denen ihre Mutter nicht mal träumen konnte. Amarina ängstigten diese Möglichkeiten zugleich auch, denn Cardinia hatte sie quasi überholt und bewegte sich auf fremdem Terrain, bei dessen Erkundung Amarina der Tochter nicht mehr helfen konnte. Bei allem mütterlichen Stolz befürchtete sie, dass Cardinia ihr viel zu früh entgleiten könnte. Aus diesem Grund war es ihr auch so wichtig, dass Mutter und Tochter viel Zeit beim Stamm verbrachten. Und nun war Cardinia in den Händen weißer Missionare, die ihr die schwarze Seele rauben wollten. Das glaubte zumindest Amarina. Solange Cardinia Helenes Schülerin war, konnte Amarina einen gewissen Einfluss nehmen, wenn sie glaubte, dass die weiße Frau ihrer Tochter Dinge beibrachte, die ihr entweder nichts nutzten oder in den Augen der Mutter gar schlecht für sie waren. Sie nahm sie kurzerhand aus dem Unterricht, wenn ihr dort zu viel gebetet wurde. Sie brauchten schließlich keinen weißen Gott, sie hatten ihre Traumzeit. Aber jetzt gab es nichts, was Amarina tun konnte, um Cardinia vor den weißen Lehren zu schützen, und je länger dieser Zustand anhielt, desto größer war die Gefahr, dass Cardinia sich von ihrer Kultur entfernte – dass sie sich von der eigenen Mutter entfernte. Neben alldem Kummer um das leibliche Wohlbefinden der entführten Kinder war es besonders diese Angst um Cardinias Seele, die Amarina das Herz zu brechen drohte.

Helene küsste das Amulett und ließ es los. Sie fühlte Amarinas Schmerz, und es war hart, Amarina gerade jetzt zurückzulassen, aber es ging nicht anders.

Nicht zuletzt, weil sie sich mit Katharina aussprechen musste. Dieser dumme Streit zwischen ihnen! Auf Rosehill wollte sie erneut versuchen, der Schwester zu erklären, weshalb sie auf ihren Vorschlag nicht eingehen konnte – jedenfalls jetzt noch nicht. Wenn sie tat, was die Schwester von ihr verlangt hatte, würde sie damit einen Sturm lostreten, davon war Helene überzeugt. War sie nicht genau deshalb geflohen, damals, als sie mit Nellie nach Rosehill gekommen war? Um genau das zu verhindern?

Und doch wusste sie, dass Katharina recht hatte. Es gab diese eine Möglichkeit, Nellie zurückzubekommen, und wenn nichts anderes mehr half, wollte sie die auch ausschöpfen. Katharina hatte sie bedrängt, nicht länger abzuwarten, und warf ihr schließlich sogar vor, sich nicht wie eine Mutter zu verhalten: »Eine Mutter weiß, was am wichtigsten ist, und das sind die Kinder!« Es wurde laut zwischen den Schwestern, am Ende schrien sie einander sogar an.

Dieser Vorwurf, sie würde nicht genug um ihre Tochter kämpfen, hatte Helene im Innersten getroffen. Damit hatte Katharina den Finger in die Wunde gelegt. Sie fühlte sich sowieso schon schuldig, weil sie Nellie allein bei den Orta gelassen hatte; eine Tatsache, auf die die Schwester völlig unnötigerweise erneut hingewiesen hatte. War sie wirklich eine schlechte Mutter? Dabei hatte Helene längst schon darüber nachgedacht, worauf die Schwester drängte, doch sie kam beim besten Willen zu keinem Ergebnis. Katharinas beschwörende Rede half da wenig.

Hörte sie auf ihre Schwester, dann gefährdete sie andere, würde das Leben Unschuldiger verpfuschen, vielleicht sogar das ihres eigenen Kindes. Sie konnte nicht vorhersehen oder berechnen, was für Folgen es für Nellie haben würde, wenn sie erst mal den Sturm entfacht hatte und die Dinge nicht mehr aufzuhalten waren. Zu viele Opfer, dachte Helene, zu viel Leid. Durfte sie über das Glück anderer entscheiden? Sie fand, nein. Wer durfte sich das schon anmaßen?

Andererseits – wenn es wirklich der einzig gangbare Weg war, um Nellie wiederzubekommen, dann sollte es so sein.

Nur im äußersten Notfall, sagte sie sich zur Beruhigung, nur wenn alle anderen Maßnahmen ausgereizt waren. Jetzt glaubte sie erst einmal an Parris Versprechen, und wenn er die Kinder fand, wurde alles gut.

Am übernächsten Morgen erreichte die Cooma *Flat-top Island*. Die Insel diente als Ankerplatz für die Reisenden von und nach dem Küstenstädtchen Mackay. Die See war zwar am Morgen noch ungewöhnlich rauh und schmutzig, dennoch fühlte sich Helene halbwegs ausgeschlafen. Sie wirkte sogar weit weniger zerschlagen als so manch anderer Passagier. Im Gegensatz zu den zwei Damen in ihrer Kabine hatte sie das Abendessen nicht ausgespien. Wer einmal mit dem Schiff von

Europa nach Australien gereist war, den konnten ein paar Wellen wohl nicht so schnell aus dem Ruder werfen, dachte sie und lächelte unwillkürlich. Nach einer Katzenwäsche zog sie widerwillig ihr blaues Kleid wieder an. Der Rest ihrer Garderobe befand sich in der Zedernkiste an Bord der Yongala, die sie am Vorabend ihrer Verhaftung am Hafen aufgegeben hatte. Sie hob den Arm, schnüffelte prüfend daran und rümpfte die Nase. Es würde so gehen müssen, bis sie wieder auf Rosehill wäre.

Sie machte sich auf den Weg in den Speiseraum. In den vergangenen Tagen in Brisbane hatte sie kaum einen Bissen runterbekommen. Vielleicht war es ihr Instinkt, der sie jetzt aufforderte, sich um ihren Körper zu kümmern. Sie musste stark sein, für Nellie.

Der Duft von gebratenem Speck und Würstchen lag in der Luft, als Helene den Speisesaal betrat, und ihr lief tatsächlich das Wasser im Mund zusammen. Gleich darauf schämte sie sich dafür, so als hätte sie das Anrecht auf jedwede Normalität verwirkt, solange sie ihre Tochter noch nicht gefunden hatte. Während sie sich noch nach einem freien Platz umsah, wäre sie fast in den Zeitungsjungen gelaufen, der ihr jedoch gerade noch rechtzeitig auswich.

»Yongala in Zyklon verschollen, Yongala in Zyklon verschollen. Ankunft der S. S. Yongala in Townsville seit zwei Tagen überfällig«, rief er unablässig und wedelte mit einer Zeitung.

Helenes Knie wurden schwach, wie in Trance griff ihre Hand nach den Seiten, die der Junge ihr hinhielt.

»Macht drei Schilling, die Dame.«

Helene hörte ihn nicht. Zeile um Zeile nahmen ihre Augen Worte wahr, die ihr Verstand nicht anerkennen wollte. Die Yongala sollte im Sturm untergegangen sein? Das war nicht möglich. Katharina, die Kinder, Matthias ...

»Drei Schilling, bitte«, wiederholte der Verkäufer. Helene

hatte ihr Portemonnaie in der Kabine gelassen und gab ihm kurzerhand die Zeitung zurück. »Da, die kannst du behalten. Steht sowieso nichts als Lügen drin.«
Der Junge warf ihr einen verärgerten Blick zu, zog dann aber weiter. »Yongala in Zyklon verschollen. Alle hunderteinundzwanzig Passagiere tot?«, rief er aus. Die Gäste rissen ihm die Ausgabe förmlich aus den Händen, während Helene wie gelähmt dastand. Sie sah sich um. Die meisten anderen Speisegäste sahen genauso ungläubig aus wie sie selbst, während sie die Köpfe in die Zeitung steckten. Es konnte gar nicht wahr sein, was da stand. Es durfte nicht wahr sein!

Als die Cooma in Townsville anlegte, blieb Helene in der Kabine, die sie nicht wieder verließ, ehe der Küstendampfer in Cairns eingelaufen war. Ihr Herz schlug schneller, als sie dort die wartende Menge am Pier wahrnahm. Parri hatte das Telegramm sicherlich rechtzeitig nach Rosehill geschickt. Katharina würde auf sie warten. Und bestimmt hatten auch die Kinder so lange gebettelt, bis Katharina schließlich nachgab und sie mitkommen durften, um ihre Tante abzuholen. Die Unruhe der Wartenden vibrierte in der Luft. Manche in der Masse am Pier liefen in einem fort auf und ab. Helenes Knöchel wurden weiß, als sie die Reling noch fester umfasste. Rechts und links neben ihr winkten die Passagiere so heftig, dass sie schon befürchtete, eine Hand oder ein Ellbogen könnte in ihrem Gesicht landen. Gefährlich vornübergebeugte Passagiere legten sich die Hände als Trichter um den Mund und riefen Namen in Richtung Hafen, und auch vom Pier vernahm sie laute, aufgeregte Stimmen. Ihren Namen hörte Helene nicht.

An Land angekommen, spielten sich Szenen ab, die Helene irritierten. So viele, die weinten. Manche lachten unter ihren Tränen, doch die meisten wimmerten. Eine junge Frau schrie sogar und musste von ihrer Begleitung festgehalten werden. Helene stand wie versteinert im Gewühl, sah Umarmungen, Küsse und Hände, die sich anklagend gegen den Himmel hoben. Was war hier nur los? Glaubten die Leute etwa die Geschichte, die in der Zeitung stand? Hofften sie jetzt, ihre Angehörigen wären an Bord der Cooma gegangen statt auf die Yongala? Und wo blieben Katharina und die Kinder? Sicher würden sie jeden Moment den Pier entlanggerannt kommen, außer Atem, weil sie zu spät waren. Helene stellte ihre Tasche ab und wartete, die Arme eng am Körper. Das Warten kam ihr wie eine Ewigkeit vor, und allmählich leerte sich die Landungsbrücke. Sie stand noch immer still, nur ihre Hände zitterten leicht.

»Helene?«

Erschrocken fuhr sie herum und blickte in das Gesicht von John Tanner.

»Gott sei Dank, Sie sind es.« Er bekreuzigte sich, und sie sah, wie eine Träne seine Wange hinunterlief.

»John. Wo ist denn meine Schwester? Und wo sind die Kinder?«

»Dann haben Sie es noch gar nicht gehört?«

»Sie meinen doch nicht etwa diesen Unsinn, den die Zeitungen verbreiten? Dass die Yongala im Zyklon untergegangen sein soll?«

John rieb sich das Kinn und sog scharf die Luft ein, dann sah er sie mit ernstem Blick an.

»Helene, noch weiß niemand etwas Genaues. Doch die Yongala ist nie in Townsville angekommen, und kein anderes Schiff hat sie seit dem Sturm gesehen.«

Moondo, 21. Januar 2010

Das schneckenartige Gebilde am Ortseingang stellte sich als Kulturzentrum Moondos heraus. Auf dem Parkplatz des *Orta Aboriginal Cultural Park,* wie es offiziell hieß, standen ein Reisebus und ein paar Mietwagen, als Natascha und Mitch am späten Vormittag dort eintrafen. Im Inneren des modernen Gebäudes aus sandfarbenem Beton und Glas wand sich ein schmaler Gang aus glänzendem Tropenholz nach oben zu den Ausstellungsräumen. Mitch empfahl ihr als ersten Anhaltspunkt für ihre Recherchen die allgemeine Fotoausstellung, danach verabschiedete er sich schnell.
»Bin spät dran, ich treffe dich um zwei im Café.« Noch bevor sie ihm antworten konnte, war er schon verschwunden.
Natascha löste eine Eintrittskarte. Jemand hatte sich offensichtlich viel Mühe mit der Anordnung der Schwarzweißfotos gegeben. Als Kulturjournalistin erkannte Natascha die professionelle Handschrift hinter der Präsentation im runden Raum. Das Tageslicht fiel in einem optimalen Winkel durch die hohen ovalen Fenster, die wie der Bau selbst organisch wirkten. Natascha trat näher an die Bilder heran und las einige der Unterschriften. Die ältesten Fotos zeigten eine Gruppe von Kriegern. Ihre nackten Körper waren bemalt, die Männer hielten große Schilde und trugen Speere. Natascha ging langsam weiter. Die nächsten Fotos bildeten das Alltagsleben der Orta ab, so wie es der Fotograf vor rund hundert Jahren einfangen wollte. Er zeigte Frauen beim Fischen mit handgeflochtenen Keschern und Männer, die schwindelerregend hohe Bäume erklommen, um an Bienenhonig zu gelangen; Männer beim Hüttenbauen und Frauen mit ihren Kindern beim Kochen.

Natascha war seltsam zumute. Die auf den Bildern festgehaltene Welt war ihr so fremd, schien ihr so unendlich weit weg vom eigenen Leben, dass sie sich fragte, was in Gottes Namen sie eigentlich hier in Australien suchte. *Das ist nicht meine Welt. Ich gehöre hier nicht hin.*
Natürlich, die Fotos waren schon alt und erzählten von einer Zeit, die längst vergangen war. Die Orta lebten sicherlich schon lange nicht mehr so ursprünglich wie auf diesen Bildern. Trotzdem vermochte Natascha keine Verbindung zwischen diesen Menschen und sich selbst herzustellen, und das lag nicht nur am fremden Aussehen der Einheimischen. Sie lebten ganz anders, sie *waren* ganz anders. Allein die Vorstellung, sie könnte mit diesem Stamm verwandt sein, empfand sie nun als völlig absurd. Mitch hatte vollkommen recht, als er in schallendes Gelächter ausgebrochen war.
Diese Urkunde, die sie in Reginas Schublade gefunden hatte – das war ein Missverständnis, dessen war sie sich nun fast sicher. Sie hielt sich nur selbst zum Narren. Total verrückt anzunehmen, sie könnte auf irgendeine verquere Art hierhergehören. Wann sah sie endlich ein, dass sie keine Familie mehr hatte? *Du bist allein, finde dich damit ab.*
Ihr fiel auf, dass die Orta immer in Gruppen abgebildet waren, nie als Individuen. Wahrscheinlich lag das am Fotografen; er hatte die Aborigines zu bestimmten Szenen angeordnet, so wie es der damaligen Mode in der Fotografie entsprach.
Natascha war weitergegangen und stand nun vor einer Wand mit Bildern, die viel weniger gestellt wirkten. Alle Fotos zeigten ein einziges Motiv: eine Mutter mit Kind beim gemeinsamen Spiel im Fluss. Einige der Bilder waren sehr unscharf, wohl weil die beiden nicht still hielten. Die langen Belichtungszeiten von damals erforderten viel künstliche Ruhe von den fotografierten Subjekten. Vielleicht sahen Mutter und Kind aber die Kamera gar nicht und wurden heimlich beob-

achtet? Oder sie scherten sich nicht um die Anweisungen des Fotografen und ließen sich nicht in ihrem Spiel unterbrechen. Die Bildserie wirkte jedenfalls auf eine moderne Art intim und lebhaft. Wasser spritzte zwischen den beiden hoch. Die Mutter lachte und wendete ihren Kopf mit geschlossenen Augen zum Ufer, ungefähr in die Richtung der Kamera. Die Arme hielt sie dabei in schützender Haltung ausgestreckt, wohl um das Wasser abzuwehren, das der Junge mit beiden Händen auf sie zuschaufelte.

Das selbstvergessene Spiel von Mutter und Kind zog Natascha wie magisch an. Etwas an der Szene berührte sie. Es war diese unbedingte Freude zweier Menschen aneinander, die Dritte kategorisch ausschloss. Dieses Gefühl absoluter Geborgenheit in der Gegenwart des anderen; die Gewissheit, zusammenzugehören. Natascha schluckte trocken und befeuchtete ihre Lippen mit der Zunge. Sie dachte an Regina. An jene fernen Sommertage im Garten, die Zinkwanne unterm Apfelbaum. Wie alt war sie damals gewesen? Fünf, sechs? Das immer gleiche Sommerritual, wenn sie, vor Ungeduld zappelnd, die Mutter aufforderte, die Wanne zu füllen, nur um Regina dann den Schlauch wegzunehmen und sie von oben bis unten nass zu spritzen. Dann der gespielte Schreck der Mutter, der so sicher wie das Amen in der Kirche folgte. Und zum guten Schluss die fürchterliche Rache, wenn Regina die Wanne kurzerhand über der kreischenden Tochter ausgoss.

In der Erinnerung sah Natascha die Kindheitserinnerung wie auf einem überbelichteten Film, und der Schmerz über den Verlust der Mutter stach ihr wie ein Messer in die Brust. Wieder fragte sie sich, ob die Mutter von der Urkunde überhaupt gewusst hatte. Hatte sie sich mit der Frage nach einer möglichen Verwandtschaft zu diesem Stamm auf der anderen Seite der Erde auseinandergesetzt? Und wenn ja, warum hatte sie nie mit Natascha darüber gesprochen?

Natascha atmete laut aus und konzentrierte sich dann, um sich zu beruhigen, wieder auf die Ausstellung. Ab und zu war unter den Orta auch ein Weißer zu sehen. Entweder der Fotograf, der fürs eigene Album mit den Einheimischen posierte, oder ein Siedler, der mit dem Gewehr auf der einen und einem Aborigine auf der anderen Seite stolz den Fuß auf ein erlegtes Tier gestellt hatte. Bei den Weißen auf den Fotos handelte es sich immer um Männer – mit einer Ausnahme. Natascha blieb vor dem grobkörnigen Abzug einer Fotografie stehen. Eine europäisch aussehende Frau im weißen Kleid erregte ihre Aufmerksamkeit. Die Frau lächelte und hielt eine etwa gleichaltrige Aborigine im Arm. *Helen Tanner und Amarina in Moondo, Aufnahme um 1910.* Natascha blieb stehen, ging dann so nah ans Bild wie möglich. Helen. Mit diesem Namen waren die Briefe an ihre Großmutter unterzeichnet, die sie in der Schublade ihrer Mutter gefunden hatte. Nataschas Puls ging schneller. War das ein Zufall, dass sie den Namen hier wiederfand? Das glaubte sie eigentlich nicht. Natascha sah auf die Uhr, schon kurz vor zwei. Sie konnte es kaum abwarten, mit Mitch über ihre Entdeckung zu sprechen.

Natascha rührte angespannt in ihrem Cappuccino, als Mitch vor ihr stand. Fast hätte sie ihn nicht wiedererkannt. Um Hüfte und Po hatte er ein braunes Tuch gewickelt, es sah aus wie eine Windel. Sein Oberkörper war nackt und wie das Gesicht mit weißen Linien und roten Punkten übersät. In der Hand hielt er ein Didgeridoo, das er wie zur Erklärung hochhielt: »Von Viertel nach eins bis zwei: Didgeridoo-Demonstration mit Mitch.« Unter anderen Umständen hätte sie ihn vielleicht irritiert angeschaut und ihm ein paar Fragen zu seiner Tätigkeit im Kulturzentrum gestellt, doch jetzt brannte ihr das Foto mit der weißen Frau unter den Nägeln. Ungeduldig wies sie ihrem Gegenüber den Stuhl an.

»Ich glaube, ich habe die Briefeschreiberin gefunden.«
Mitch verzog die Lippen.
»Wen?«
»Helen. Diese Frau, die im Namen der Orta an meine Großmutter Maria geschrieben hat. Es gibt ein altes Foto in der Ausstellung, worauf eine Helen und eine Aborigine namens Amarina zu sehen sind. Ich kann gar nicht glauben, dass ich so schnell fündig geworden bin! Gibt es hier vielleicht jemanden, der mir mehr über diese Frauen sagen kann?« Sie blickte ihn erwartungsvoll an. Mitch rieb sich übers Kinn.
»Hm, davon könnte höchstens der Dorfälteste noch etwas wissen, aber der ist schon seit Jahren ganz wirr im Kopf.«
Nataschas Mut sank.
»Oder aber ich.«
Natascha horchte auf und legte ihre Stirn in Falten. »Du?«
»Ich hätte es dir wahrscheinlich gleich sagen sollen, als du mir im Auto von den Briefen erzählt hast.«
»Was denn?« Natascha war jetzt bis zum Rand ihres Stuhls vorgerutscht.
»Also, diese Frau, diese Helen, die im Namen der Orta Briefe nach Berlin geschrieben haben soll, dabei kann es sich eigentlich nur um Helen Tanner handeln.«
Natascha machte große Augen und wartete auf eine Erklärung.
»Helen Tanner kennt hier oben jeder, oder besser gesagt kannte jeder, denn natürlich lebt sie längst nicht mehr. *A Do-Gooder*, eine Wohltäterin der Gemeinde. Ihr gehörte unter anderem Rosehill, eine Farm in Meena Creek. Sie hatte wohl eine besondere Beziehung zu den Orta. Keine Ahnung, warum. Die andere Frau, die du auf dem Bild gesehen hast, galt als ihre Freundin.«
»Und wieso hast du mir das nicht gleich gesagt?«
Mitch verschränkte verteidigend die Arme vor der Brust.

»Du bist doch schließlich Journalistin. Ich dachte, ich bereite dir eine Freude, wenn du das selbst herausfindest.« Er grinste unverschämt. Natascha schüttelte den Kopf wie ein Anwalt über einen hoffnungslosen Fall.
»Was kannst du mir sonst noch über diese Frau verraten?« Mitch streckte die Beine aus.
»Nicht viel. Am besten, du schaust dich mal in Rosehill um. Die alte Farm ist heute das Tourismusbüro von Meena Creek.«
»Ist das weit von hier?« Sie wollte so schnell wie möglich hin.
»Keine halbe Stunde. Wenn du willst, fahr ich dich. Dauert aber noch ein wenig, ehe ich hier wegkann.« Er tippte auf seine Armbanduhr: »Viertel nach zwei bis drei: Bumerang- und Speerwerfen mit Mitch. Wenn du magst, kannst du zuschauen.«

Rosehill, April 1911

Mit gesenktem Blick, die Arme unter der Brust verschränkt, ging Helene unruhig im Garten auf und ab. Ihr Tee war längst kalt. Die Teestunde ... Was noch vor weniger als einem Monat ihre liebste Zeit gewesen war, Minuten der Einkehr und Ruhe im geschäftigen Farmalltag, hatte sich in eine Stunde des Schreckens verkehrt. Sie ertrug es nicht länger, auf der Bank zwischen den Schmetterlingsbäumen zu sitzen.
Seit ihrer Rückkehr war Helene ganz allein auf Rosehill. Von Nellie fehlte noch immer jede Spur. Von Parri und Amarina, die sich in Brisbane nach den gestohlenen Kindern umhören wollten, hatte sie noch nichts wieder gehört. Katharina und ihre Familie blieben ebenfalls weiter verschollen. Die Zeitungen ergingen sich in allerlei Spekulationen, was mit der Yongala in jener stürmischen Nacht wohl passiert sein könnte. Vertraute sie den Zeitungen, müsste auch Helene glauben, das Schiff sei mit allen Passagieren untergegangen ohne jede Hoffnung auf Überlebende. Doch solange man weder den Dampfer noch die Leichen gefunden hatte, weigerte sie sich, es zu akzeptieren, und tat diese Artikel verzweifelt als reine Sensationshascherei ab.
Der Einzige, mit dem sie über all dies sprach, war John Tanner, und auch das eigentlich nur, weil Tanner noch immer regelmäßig zur Teestunde vorbeischaute. Heute war er bereits da gewesen, hatte wie schon zuvor versucht, sie zu drängen, einen Verwalter für die Farm einzustellen. Doch das wäre Helene wie ein Verrat an der Schwester vorgekommen, wie ein Zugeständnis an den düsteren Chor der Presse.

Wie ein Raubtier im Käfig zog Helene ihre Kreise im Garten, dachte nach, ohne zu einem Ergebnis zu kommen. Unwillkürlich griff sie sich an den Hals; sie spürte die Oberfläche des Amuletts. Sie nahm es in die Hand und drückte es fest. Sie schluckte, doch der Kloß im Hals blieb. Was besaß sie sonst schon noch? Ihre persönlichen Sachen waren in der Truhe gewesen, die sich zuletzt an Bord der Yongala befunden hatte. Der Himmel allein wusste, warum sie selbst die Briefe ihrer Eltern bei ihrer hastigen Abreise nach Brisbane mitgenommen hatte. Diese Briefe waren ihre letzte Verbindung zur Heimat gewesen, zu ihrer längst vergangenen Zeit als Tochter. Wie wünschte sie sich jetzt die Mutter an ihre Seite.
Mutter ... wenn außer ihr und Amarina jemand wusste, wie es sich anfühlte, seine Kinder zu verlieren, dann ihre Mutter. Zum ersten Mal kam Helene in den Sinn, wie sehr ihre Mutter gelitten haben musste, als sie zuerst Katharina und dann die jüngere Tochter loslassen musste, die es ebenfalls ausgerechnet ins unerreichbare Australien gezogen hatte. Nie ein böses Wort, nie hatte sie sich über Helenes weitreichende Entscheidung beschwert. Warum eigentlich? Bedeutete es ihr etwa nicht besonders viel, dass nun auch noch die andere Tochter ging? Oder konnte sie ihren Gefühlen keinen Ausdruck verleihen, weil sie es nie gelernt hatte? Wenn Helene genauer darüber nachdachte, hatte sie die Mutter nur ein einziges Mal weinen sehen. Auf dem Friedhof bei einer Beerdigung, als ihre Jugendfreundin überraschend gestorben war. Zu Hause hatte sie nie auch nur eine Träne vergossen, oder wenn doch, dann heimlich. Es wäre aber auch undenkbar gewesen. Die Junkers arbeiteten und beteten. Fürs Gefühlige waren andere zuständig. Auf dem Hof war kein Platz für störende Befindlichkeiten. Mutter hatte sich Vaters gestrengem Regime gebeugt, Gefühle waren etwas für Waschweiber oder Schwächlinge, die es zu nichts im Leben brachten. Beides ließ sich sicherlich

nicht über ihre Mutter sagen. Wie gerne würde sie jetzt mit ihr sprechen!

Natürlich hatte sie nicht alle Erinnerungsstücke an die Heimat verloren. Im Kinderzimmer musste neben anderem Spielzeug noch die Stoffpuppe sein, die früher ihr selbst und nun Nellie gehörte, aber Helene hatte, seit Nellie verschwunden war, noch nicht den Mut aufgebracht, die kleine Kammer zu betreten. Zu groß war ihre Angst, dass der Schmerz sie überwältigen würde, dass sie vor Trauer und Kummer nicht mehr ausreichend Kraft für ihre Aufgaben hätte. Sie musste doch Nellie suchen. Sie musste für Katharina da sein, wenn sie mit Matthias und den Kindern endlich nach Rosehill zurückkäme.
Gedankenverloren strich Helene über das Muster ihres Amuletts. Es hatte ihr an dem Tag, als man ihnen Nellie und Cardinia genommen hatte, ein Zeichen gegeben. Wenn der Anhänger aber magisch war, dann müsste er sich doch auch beschwören lassen, um ihr und Amarina zu helfen. Die Freundin fehlte ihr, der einzige Mensch, der ihren Schmerz teilte und sie verstand. *Ach, Amarina! Wenn ich nur wüsste, wie es dir jetzt geht!*
Hätten die Orta sie doch nur etwas von ihrer weißen Magie gelehrt! Die Aborigines hatten diesen Zugang zu einer anderen Welt, die den Weißen vollkommen verschlossen blieb. Helene hatte es selbst gesehen und am eigenen Leibe erfahren. Zum Beispiel damals, als Amarina ihr auf den Kopf zusagte, dass sie schwanger war, zu einer Zeit, als es dafür nicht das geringste Anzeichen gab. Oder wie Amarina sie sicher durch den Dschungel geleitet hatte, nachdem die Kutsche zusammengebrochen war, obwohl sie nie zuvor in jener nördlichen Ecke Australiens gewesen war, geschweige denn bei den Orta mitten im Urwald. Dort hatte Helene Dinge erlebt, die sie nicht für möglich gehalten hätte, doch darüber musste sie schwei-

gen, sie hatte es versprochen. Diese Dinge waren außerhalb der Stammesgrenzen tabu, und wer das ungeschriebene Gesetz brach, konnte schlimmstenfalls mit dem Tode bestraft werden. Helene schüttelte den Kopf, als sie versuchte, die Erinnerungen an den geheimen Zauber der Aborigines zu verscheuchen. Ach, wenn sie nur wüsste, was sie tun sollte! Sie brach in lautes Schluchzen aus und ließ sich auf die Bank sinken, das Amulett noch immer fest umklammert. Im Mangobaum krächzten ein paar buntgefiederte Rosellasittiche. Helene sah zu ihnen auf, und plötzlich strömten die Erinnerungen auf sie ein. Erinnerungen an Südaustralien und an Amarina, die einzige Freundin, die ihr noch geblieben war …

ZIONSHILL, IM WINTER 1903

Sie saß auf der Bank unter dem großen Pfefferbaum, der dem südlichen Teil der Schulveranda Schatten spendete. Die milden Strahlen der Nachmittagssonne streichelten ihr Gesicht. Helene genoss die wohlige Wärme des Winters, die leichte Brise, die ihr durchs offene Haar fuhr. Das Licht war längst nicht mehr so grell wie in den harten Sommermonaten; die Bäume warfen lange, unscharfe Schatten, während der Wind sie sachte schaukelte. Ein Schwarm Rosellas störte plötzlich die Idylle, als er lärmend in den Pfefferbaum einfiel und die Tiere einander laut krächzend die Plätze streitig machten. Doch aus irgendeinem Grund schien es den Vögeln hier nicht wirklich zu gefallen, denn der Schwarm brach unter vereinzeltem Protestgeschrei ebenso schnell auf, wie er gekommen war. Helene schüttelte lächelnd den Kopf, weil sie an die eisigen Winter in Salkau denken musste. Schnee und Eis hatte sie nicht mehr gesehen, seit sie von daheim aufgebrochen war, und noch war sie nicht lange genug in Australien, um die bittere Kälte Europas vermissen zu können. Ein Windhauch blies ihr ein paar lockige Strähnen ins Gesicht, die ihr die Wangen kitzelten. Sie blinzelte, versuchte, sie abzuschütteln, und als das nichts nutzen wollte, hielt sie sich das lange Haar mit der Hand von der Stirn ab.

Von ihrer Bank aus hatte sie einen guten Ausblick auf die Gemeindegärten und die endlos scheinende Weite des Tals, das die Regenfälle der letzten Wochen in einen grünen Teppich verwandelt hatten. Wohlig sog Helene den zarten Eukalyptusduft ein, schloss für einen Moment die Augen und begann zu träumen. Erst der Klang heiterer Frauenstimmen riss sie aus dem nachmittäglichen Dösen. Sie setzte sich gerade hin und sah, wie eine Gruppe weiblicher Aborigines unter der Aufsicht einer Missionarin die Beete harkte. Die deutschen Männer hatten sich geweigert, die Aborigine-Frauen zu beaufsichtigen; die schwarzen Männer wiederum lehnten die »Frauenarbeit« ab, und so war es mit der Zeit eine rein weibliche Angelegenheit geworden, die Gemüsebeete der Mission zu bestellen.

Alle schwarzen Frauen trugen einfache Kattunkleider, die ihnen die Frauen von Zionshill genäht hatten, denn Gottfried war nicht bereit gewesen, wie seine Vorgänger klein beizugeben, was die Kleiderordnung im Dorf anbelangte. Die Wilden hatten ihre Nacktheit geziemend zu bedecken, oder sie würden fortan keine Entlohnung mehr für ihre Arbeit erhalten. Er war zu keinem Kompromiss bereit gewesen, und so nahmen die *Abos,* wie manche hier die Schwarzen abfällig nannten, widerwillig und in ihrer Sprache schimpfend die fremde Kleidung entgegen. Sie hatten sich bereits zu sehr an die Kartoffeln und das Fleisch gewöhnt, das sie als Lohn für die Arbeit bei den Weißen regelmäßig zu ihren Hütten tragen durften. Und die Aussicht, diesen willkommenen Beitrag zur ansonsten eher kargen Kost wieder zu verlieren, ließ sie missmutig die verhasste Verkleidung anlegen. Die üble Laune hielt jedoch für gewöhnlich nicht lange an. Helene fand, dass die einheimischen Frauen einen wunderbaren Humor an den Tag legten, wenn es darum ging, Gottfried zu reizen, indem zumindest eine von ihnen das deutsche Kleid auf unziemliche Art trug. Jetzt kicherten sie schon wieder, als sie sahen, dass Gottfried schnellen Schritts auf sie zueilte und schon von weitem mit den Fäusten wie wild in der Luft fuchtelte. Heute war es Daisy, die sich das dunkelgraue Gewand der weißen Frauen nachlässig um die breiten Hüften geknotet hatte. Ihre schlauchartigen Brüste waren unbedeckt und wippten im Rhythmus der Harke hin und her, mit der sie geschäftig durch die rostrote

Erde des Salatbeets fuhr. Als die Aborigines bemerkten, dass Gottfried im Anmarsch war, stimmten sie eines ihrer melodischen Lieder an, immer wieder unterbrochen vom eigenen Kichern, was nur zu noch größerem Gelächter führte. Wer außer ihnen wusste schon, wovon diese Frauen sangen? Es hätte Helene nicht weiter gewundert, wenn es etwas Anzügliches gewesen wäre. Sie hatte schon längst bemerkt, dass es für die Schwarzen ein Heidenspaß war, sich über die Schamhaftigkeit der Europäer lustig zu machen.

Schon stand Gottfried schnaufend vor der jungen Frau, und während er noch um Luft rang, richtete sich Daisy aufreizend langsam zu ihrer vollen Pracht auf, worauf Gottfried seine Augen mit dem Unterarm beschirmte – ob vor der niedrigstehenden Sonne oder dem schamlosen Anblick Daisys vermochte Helene von ihrer Warte aus nicht zu beurteilen.

Plötzlich jedoch ließ Gottfried den Arm sinken und glotzte Daisys Brüste an. Nach einer Weile leckte er sich, wohl unbewusst, mit der Zunge über die Oberlippe, dann blieb er unbewegt vor Daisy stehen. Helene fragte sich, was denn bloß in Gottfried gefahren war, und hielt die Luft an. Er konnte das Mädchen nicht eine Ewigkeit lang einfach so anschauen. Das war unverschämt. Erst als Daisy absichtlich ihre weibliche Pracht zum Schaukeln brachte, schien Gottfried aus seiner Starre zu erwachen. Trotz der sicheren Entfernung trieb es selbst Helene die Röte ins Gesicht, die sich mit der Zeit schon einigermaßen an den Anblick nackter Haut gewöhnt hatte. Deshalb konnte sie jetzt auch nicht anders und verzog den Mund zu einem Grinsen. Sie war gespannt, wie Gottfried sich dieses Mal schlagen würde. Gestern jedenfalls hatten die Frauen schallend gelacht, als er schließlich wütend davongestapft war. Die junge Amarina hatte es ihm wirklich nicht leichtgemacht. Frech trug sie ihr Kleid als eine Art Turban um den Kopf, ansonsten blieb sie, abgesehen vom wenig verhüllenden

Stammesschmuck, splitterfasernackt. Gottfried hatte eine der Missionarinnen vorgeschickt, damit sie der dreisten Wilden das Kleid über den Körper streifte, bevor er ihr eine Standpauke halten wollte.

Es war zwar schon über ein Jahr her, dass er mit Helene zusammen aus dem sächsischen Salkau nach Neu Klemzig gekommen war, doch noch immer war sein Englisch äußerst mangelhaft. Als Helene ihren Eltern damals ihren Herzenswunsch gestanden hatte, dem Ruf der lutherischen Gemeinde nach Australien folgen zu wollen, hatten sie ihre Einwilligung nur gegeben, weil Gottfried als ihr Beschützer mitreisen würde. In ihrer ersten Freude hatte Helene dies nicht weiter als Problem gesehen, doch schon während der langen Überfahrt empfand sie Gottfrieds Strenge und beständige Kontrolle als bedrückend. In Neu Klemzig war es ihr dann gelungen, sich einige Freiheiten zurückzuerobern, nicht zuletzt, weil sie schon bei ihrer Ankunft deutlich besser Englisch sprach als Gottfried. Die Eltern hatten großzügig einen Hauslehrer angestellt, und auf der Schiffsreise erhielt sie weiteren Unterricht in der englischen Sprache. Daher hatte sie sich rasch integrieren und Aufgaben in der Gemeinde übernehmen können, mit denen er sich bis heute schwertat.
Die Aborigine-Frauen starrten Gottfried jetzt, auf ihre Harken gestützt, mit großen Augen breit lächelnd an, obwohl sie sicher wussten, was der dürre weiße Mann von ihnen wollte. Sein aufgeregtes Gebrabbel trug nur zur allgemeinen Belustigung der einheimischen Damen bei, die ihm durch übertriebenes Schulterzucken klarmachten, dass sie kein einziges Wort verstanden hatten. Dann, kaum dass er gegangen war, zog sich Amarina das Kleid wieder über den Kopf und wickelte es sich erneut um das drahtige schwarze Haar. Ihr herzhaftes Lachen ließ ihren kräftigen, doch wenig muskulösen Körper erbeben.

Gottfried drehte sich noch einmal nach ihr um und hielt inne. Sein Mund öffnete und schloss sich dann wieder, wie ein Fisch, der nach Luft schnappte. Wie schon bei Daisy leckte er sich auch bei Amarinas Anblick unwillkürlich die Lippen. Amarina zeigte mit dem Finger auf ihn und schlug sich belustigt auf die Schenkel. Unter dem Gelächter der Frauen lief Gottfried stolpernd davon. Früher oder später, so fürchtete Helene, würde Amarina für Gottfrieds öffentliche Demütigung zahlen müssen.

Sie selbst konnte trotz der Peinlichkeit der Situation den Blick nicht von Amarina abwenden. Insgeheim stellte sie Vergleiche zwischen dem Körper der Schwarzen und ihrem eigenen an. Sie fand diese ausgeprägten Rundungen um die dunklen Hüften sehr weiblich, den seltsam vorgestreckten gewölbten Bauch im Gegensatz dazu fast kindlich. Die großen, straffen Brüste der jungen Frau waren natürlich so dunkel wie der Rest der Haut, die Warzen waren schwarz und riesengroß. Helene fühlte sich von der wie selbstverständlich zur Schau gestellten Fraulichkeit des fremden Körpers ein wenig überwältigt und eingeschüchtert. Vor Australien hatte Helene nie eine andere Frau nackt gesehen, zumindest nicht, seit sie erwachsen war. Der Anblick machte sie verlegen – aber es war auch irgendwie aufregend. Unbewusst sah sie an sich selbst hinab, legte die Hände auf ihre Hüften. Viel schmaler und weniger rund. Sie war so anders. So viel weniger Frau.

Helene wusste, dass Amarina eine Tochter hatte. Sie kannte das Mädchen mit dem unbändigen schwarzen Haar aus der Missionarsschule, und es war ihr schnell ans Herz gewachsen. Das lebhafte Kind war eine ihrer besten Schülerinnen. Cardinia hieß die Kleine, sie war ungefähr sieben und sog wie ein Schwamm alles begierig in sich auf, was Helene ihr beibringen konnte. Ob es darum ging, kurze Wörter aufzuschreiben oder einfache Rechenaufgaben zu lösen: Die kleine Cardinia streckte so lange vor konzentrierter Anstrengung die Zunge heraus, bis sie das Problem im Griff hatte. Dann sprang sie auf und klatschte in die Hände oder fing vor Freude an zu tanzen. Es dauerte immer eine Weile, ehe Helene wieder eine gewisse Ordnung im Klassenraum herstellen konnte, denn Cardinias Freude wirkte ansteckend. Ihre Begeisterung für den Unterricht war offensichtlich, doch am liebsten mochte Cardinia die deutschen Kirchenlieder. Stolz und Freude blitzten in ihren großen schwarzen Augen, wenn sie einen neuen Text fehlerfrei wiederholen konnte, und jedes Mal war sie traurig, wenn der Unterricht so schnell vorbei war.

Cardinia war ein Kind, das nach Wissen förmlich lechzte; umso mehr wunderte es Helene, dass sie wie die anderen schwarzen Jungen und Mädchen die Schule so oft schwänzte. Doch das Kind zuckte nur gleichgültig mit den Schultern, wenn Helene sie darauf ansprach. Eines Tages fasste sich Helene ein Herz und fragte Cardinias Mutter, warum die Kleinen so selten in die Schule kamen. Amarina sprach ein paar Brocken Englisch, und so verstand Helene mit einigen Anstrengungen, dass der Stamm der Wajtas nie für längere Zeit an einem Ort blieb. Er schlug seine Hütten beziehungsweise Gunjahs, wie sie die aus der Papierrinde des Eukalyptus errichteten Unterkünfte nannten, dort auf, wo die Jahreszeit die beste Nahrung versprach, und zog nach einer Weile weiter, damit sich die Natur bis zum nächsten Besuch wieder erholen konnte.

»Und woher wisst ihr, wann es an der Zeit ist aufzubrechen?«, hatte Helene interessiert gefragt.

Amarinas Gesicht wirkte gleichgültig und von der Fragerei der Weißen gelangweilt. Sie stocherte mit einem Stöckchen im Laub.

»Ich weiß nicht. War immer so.«

Doch Helene blieb hartnäckig, stellte weitere Fragen, und so

erfuhr sie von Amarina unter anderem, dass sich die Familie nach Möglichkeit nie trennte. Familie bedeutete dem Stamm neben dem Land alles. Von wem sonst sollten die Kinder lernen, im Busch zu überleben? Lernten sie in der Schule der Weißen etwa, wie man Wildgänse jagte oder die essbaren von den giftigen Früchten unterschied? Konnten die Weißen ihnen beibringen, wie man ein ganzes Känguru in einem Erdloch kochte oder Wasser unter den Wurzeln fand?
Helene fragte Amarina, ob sie nicht glaube, dass das Leben der weißen Siedler besser sei. Die Aborigine schüttelte heftig den Kopf. Ihr Leben sei nicht leicht, erklärte sie, aber so war es schon immer gewesen. All die wunderbaren Geschichten der Traumzeit gehörten dazu. Sie wurden von Generation zu Generation mündlich überliefert. Mythische Erzählungen, die von der Erschaffung des Universums handelten oder davon, wie die Regenbogenschlange die Welt geformt hatte. Geschichten über Geister, über ihre Vorfahren und darüber, wo die Kinder ihren Platz in der Traumzeit fänden und wohin sie einmal gehen würden, wenn es an der Zeit wäre und die Ahnen sie singend riefen. Was, fragte Amarina, könnte es Wichtigeres geben, als seinen Platz in der Welt und unter den eigenen Leuten zu finden? Was sollte es dagegen den Kindern schon nützen, wenn sie die Sprache der Weißen beherrschten? Die Weißen gehörten nicht hierher, sie waren eines Tages mit dem Schiff gekommen und hatten ihnen ihr Land weggenommen. Wieso also sollten die Aborigines es gutheißen, wenn man ihren Kindern fremde Lieder beibrachte, die von einer fremden Welt sangen, einer Welt, die nicht die ihre war und in die sie nicht hineingehörten?
Helene hatte lange nicht alles verstanden. Amarina war während des Gesprächs plötzlich sehr heftig geworden und am Ende in ihre weiche, gurrende Sprache verfallen. Doch das, was Helene zu verstehen glaubte, ließ sie nachdenklich werden.

Es war das erste Mal, dass sie sich und die eigene Kultur mit einem völlig fremden Blick wahrnahm, und das Gefühl, das diese Erkenntnis in ihr auslöste, war faszinierend und beängstigend zugleich. Sie wollte gerne mehr erfahren. Die Regenbogenschlange, von der ihr Amarina mit funkelnden Augen und lebhaften Gesten berichtet hatte, das hörte sich nach einem spannenden exotischen Märchen an – so wundersam fremd, dass es Helene einen wohligen Schauder den Rücken hinunterjagte. Ob jemand von den Peters mehr darüber wusste?

Die Familie Peters, bei der Helene lebte, seit sie letztes Jahr in Australien angekommen war, waren Neu Klemziger der ersten Stunde. Das Familienoberhaupt Maximilian war schon vor über fünfzig Jahren von Salkau aus nach Australien ausgewandert. Die Peters, samt den bereits in Australien geborenen Söhnen, hatten die Gemeinde Neu Klemzig mitbegründet. Ihr Ruf war es letztlich gewesen, der Helene nach Südaustralien gelockt hatte. Wie alle anderen Salkauer auch hatte sie viel über die erfolgreiche Pionierarbeit der mutigen Familie gehört, und irgendwann ließ es sie nicht mehr los. Neu Klemzig – im Grunde war das die Petersfamilie, auch wenn die viel zu bescheiden war, um das zuzugeben.

Die Peters könnten ihr zweifelsohne mehr über die Einheimischen erzählen. Doch Helene wusste schon jetzt, dass sie sich nicht trauen würde, zu fragen. Sie käme sich viel zu dumm vor.

Helene schreckte aus ihren Gedanken auf, als sich Luise mit einem Seufzer neben ihr auf die Bank plumpsen ließ.
»Na, an was denkst du gerade?«
Helene strich mit einer Bewegung, die ihre Unsicherheit verbergen sollte, das Haar über die linke Schulter.
»Ach, nichts weiter. Ich frag mich nur, wo Amarina und Cardinia wohl gerade sind.« Vor kurzem erst hatte ihr Amarina plötzlich und ohne Erklärung ein seltsames Amulett in die

Hand gedrückt, dessen Bedeutung Helene nicht kannte. Noch am selben Tag war die Aborigine mit ihrer Tochter unvermittelt aufgebrochen. Keiner im Dorf oder in der Schule konnte Helene bislang sagen, wann und ob sie überhaupt zurückkehren würden.

Luise schlug ein kariertes Tuch auf.

»Magst du?« Sie hielt ihr Apfelkuchen hin. Helene lächelte und griff zu. Keine konnte so gut backen wie Luise.

»Wenn es dir keine Ruhe lässt, kannst du Warrun fragen. Als Stammesführer wird er wissen, wo die beiden sind. Ich vermute, Amarina hat einen Mann in einer anderen Gruppe ihres Stammes gefunden. Du hast sicherlich gehört, dass der Vater von Cardinia von irischen Siedlern im Valley bei Langmeil erschossen worden ist, oder?«

Ja, davon hatte Helene gehört, und sie wusste nicht recht, wem sie Glauben schenken sollte. Die Missionare bestanden auf ihrer Version der Geschichte: Mandu, Cardinias Vater, hätte mit ein paar anderen Kriegern seines Stammes die einsame Farm hinterhältig überfallen, um Mehl und Zucker zu stehlen. Der Farmer selbst war mit seinen Treibern zu entlegenen Weidegründen unterwegs gewesen, und so hatte seine Frau ohne Zögern zum Gewehr gegriffen, als die Hütehunde mitten in der Nacht wie wild anschlugen. Offenbar war die Irin eine begnadete Schützin. Wie anders war es zu erklären, dass sie in der stockdunklen, wolkenverhangenen Nacht einen schwarzen Mann schon beim zweiten Schuss mitten ins Herz getroffen hatte?

Amarina hatte nur bitter aufgelacht, als Helene sie eines Tages nach der Schule vorsichtig auf den tragischen Unfall ihres Mannes angesprochen hatte. Cardinia schien sehr unter dem Tod des Vaters zu leiden, und Helene erhoffte sich, die Kleine besser trösten zu können, wenn sie mehr über den Vorfall wüsste.

»Du bist weiß, du glaubst weißem Mann«, sagte Amarina. Sie machte eine abfällige Handbewegung und wandte sich kopfschüttelnd zum Gehen. Doch Helene hielt sie am Arm fest.
»Ist das denn nicht die Wahrheit?« Sie sah ihr in die Augen. Das Weiße um Amarinas schwarze Pupillen schimmerte wie Perlmutt.
Amarina zuckte mit den Schultern, bevor sie sich aus Helenes Griff befreite.
»Geh nicht, Amarina! Ich will deine Geschichte hören, die schwarze Geschichte.« Helene kauerte sich entschlossen vor Amarina auf den roten Boden und bedeutete ihr mit der Hand, neben ihr Platz zu nehmen. Amarina runzelte die Stirn, schaute sich um, und erst als sie sicher war, dass sie allein waren, ließ sie sich neben Helene nieder. Helene hatte ihre Hände gefaltet und legte sie wie eine aufmerksame Schülerin in den Schoß.
»War kein Überfall. Mandu und die Männer gearbeitet, sehr schwer. Bäume gefällt, Füchse gejagt, Schneise gehauen. Der weiße Mann nichts gegeben.«
»Und da haben Mandu und die anderen sich ihren Lohn holen wollen. Ist das richtig?«
Amarina nickte gedankenversunken. »Mandu nicht sein Name.«
»Wieso nennst du ihn dann so?«
»Mandu heißt Sonne. Mandu meine Sonne.« Amarinas Lippen begannen zu zittern, doch sie fasste sich wieder. Ihre letzten Worte trafen Helene mitten ins Herz, und am liebsten hätte sie die trauernde Frau in den Arm genommen, doch sie spürte, dass Amarina das nicht gewollt hätte.
»Sonne, das ist ein wunderschöner Name. Wie hieß Mandu denn wirklich?«
Amarina blickte zu Boden. »Darf nicht sagen. Name von Toten ist tabu. Kann nie wieder sagen.« Jetzt rollten ihr die Tränen übers Gesicht und hinterließen glänzende Spuren. Amarina strich sich mit dem Handballen grob über die Wangen.

Wie gerne hätte Helene Amarina tröstend an sich gezogen, doch sie spürte, dass dies falsch und anbiedernd gewesen wäre. Bevor sie der jungen Frau ungefragt zu nahe kam, musste sie erst noch mehr über Amarina und ihren Stamm lernen. Doch jetzt wollte sie das Ende ihrer Geschichte hören.
»Mandu und seine Männer wollten sich also ihren Lohn abholen. Und dann? Was ist dann passiert?«
»Mandu wütend. Will sein Essen, Mann gibt nichts. Weißer will nichts für Arbeit geben, erschießt Mandu.«
Helene atmete tief aus und legte vorsichtig ihre Hand auf Amarinas Arm. Sie wusste nicht, wer recht hatte, aber sie fand Amarinas Bericht verstörend. Mandu lebte nicht mehr, und es hatte nie eine Verhandlung gegeben. Die Siedlerin, so hieß es, hätte aus Notwehr gehandelt, um sich und die Kinder vor den unberechenbaren Wilden zu schützen. Doch Helene hatte im Dorf hinter vorgehaltener Hand auch gehört, seine Familie hätte den Farmer bereits am Tag zuvor zurückgewartet. Könnte es sein, dass Amarina die Wahrheit sagte und der Siedler tatsächlich ihren Mann erschossen hatte, nur weil der seinen gerechten Lohn einforderte?
Stechende Kopfschmerzen unterbrachen ihre Überlegungen, und Helene schüttelte verärgert den Kopf, als könnte sie so diese immer wiederkehrende Pein loswerden. Wenn sie Amarinas Version in der Öffentlichkeit auch nur in Erwägung zog, bedeutete dies, sich die Siedler des Valleys und der Hills gleichermaßen zum Feind zu machen. Und zwar nicht nur die ebenso hitzigen wie starrköpfigen Iren. Nein, auch die eher zurückhaltenden Deutschen, die es nie und nimmer wagen würden, es sich mit den Iren zu verscherzen.
Helene hatte Amarina lange von der Seite angeschaut. Die Dämmerung tauchte schon die ersten Wolkenbänder am Abendhimmel in ein dramatisches Lichtspiel aus goldleuchtendem Orange und Rot, doch erst als die Grillen mit ihrem

Zirpen anhoben, war Amarina aufgestanden und ohne ein Wort des Abschieds davongegangen.

Dass Amarina mitsamt ihrer Tochter so spurlos verschwunden war, unmittelbar nachdem Helene sie am Nachmittag noch lachend und scherzend beobachtet hatte, ließ ihr keine Ruhe. Sie hatte Luises Rat befolgt und den alten Warrun aufgesucht. Gerade noch rechtzeitig kam sie im Camp der Wajtas an, die schon im Begriff waren, zum nächsten Camp aufzubrechen. Der Gang zu den Hütten der Aborigines hatte sie einiges an Mut und Überwindung gekostet. Doch Amarina hatte etwas in ihrem Inneren berührt, auf eine seltsame Weise fühlte sie sich dieser fremden Frau verbunden.
Das Lager war bereits fast aufgelöst, und unter den Frauen herrschte Geschäftigkeit. Als Nomaden besaßen die Aborigines zwar nicht viel, was sie auf ihrem Weg zur neuen Lagerstelle mitnehmen würden, doch Helene hatte den Eindruck, dass die Männer fast alle Tätigkeiten im Camp den Frauen überließen. Ein Mädchen, das ein Kind auf der Hüfte trug, während sie geflochtene Körbe einsammelte und zu einem bedrohlich wackelnden Turm stapelte, wies ihr den Weg zum Stammesführer. Helene fand den Alten abseits, unter einem Wilga-Baum sitzend, die angezogenen Beine mit den Armen umklammernd. Sein fast schwarzes, glänzendes Gesicht war von tiefen Falten durchzogen, doch Helene hätte unmöglich sagen können, wie alt er war. Warrun war ein kleiner, sehniger Mann, dessen gelbe Zahnstummel ständig auf irgendwelchen merkwürdigen Blättern rumkauten, die er in unregelmäßigen Abständen geräuschvoll ausspuckte, bevor er sich drei oder vier frische in den Mund stopfte. Seine nackte Brust war quer mit langen, schwulstigen Narben übersät, deren regelmäßige Zeichnung einer Art Muster zu folgen schien. Helene traute sich nicht zu fragen, was es damit auf sich hatte, doch obwohl

Warruns Äußeres sie einschüchterte, wanderte ihr neugieriger Blick immer wieder zu den auffallenden Narben. Warrun strich sich mit seiner knochigen Hand stolz über die Brust.
»Du willst wissen, was das ist?«
Helene fühlte sich ertappt, nickte jedoch.
»Setzen!«, befahl er, und Helene gehorchte. »Wenn Junge wird Mann, wir schneiden Wunden mit Stein. Wir auch ziehen Zähne, schau!« Warrun spuckte vor ihr aus, dann entblößte er mit einem breiten Grinsen sein Zahnfleisch und deutete mit dem Finger in die geöffnete Mundhöhle. Mit der anderen Hand winkte er Helene näher heran. Widerwillig folgte sie der Aufforderung und besah mit leichtem Ekel die zahlreichen Ruinen. Schwer zu sagen, welcher Zahn gezogen und welcher weggefault war. Dann klappte er plötzlich den Mund zu.
»Mehr ich nicht sagen. Ist geheime Zeremonie. Männersache.«
Helene nickte wieder und kam dann auf das zu sprechen, weshalb sie eigentlich gekommen war.
»Ich wollte dich eigentlich etwas ganz anderes fragen, Warrun. Kannst du mir sagen, wohin Amarina und ihre Tochter gegangen sind?« Helene hoffte, dass sie sich mit der Frage nicht zu weit vorgewagt hatte. Eigentlich ging es sie ja auch gar nichts an. Eine Windbrise fuhr Warrun durchs schulterlange, graue Haar. Er schwieg. Helene zog wie unbewusst das Amulett hervor und hielt es in der flachen Hand. Seit Amarina es ihr gegeben hatte, griff sie, ohne nachzudenken, immer wieder danach. Warrun nahm es ihr aus der Hand, betrachtete es von allen Seiten, dann gab er es Helene zurück. Hatte er etwa die Stirn gerunzelt, oder war die steile Falte zwischen seinen Brauen schon vorher da gewesen? Helene entschied sich, eine Weile abzuwarten, ob Warrun etwas sagen wollte. Er wirkte sehr würdevoll, wie er mit gestrecktem Rücken unbewegt und schweigend im tiefen Gras thronte. Selbst die Kaubewegungen hatte er eingestellt. Doch als nach einer Weile immer noch

nichts weiter geschah, erhob sich Helene langsam. Wenn er jetzt nicht reden wollte, würde er es später erst recht nicht tun. Doch Warrun hob plötzlich die Hand.
»Setzen. Warrun sprechen.«
Helene gehorchte und wartete gespannt, was der alte Mann zu sagen hatte. Langsam ließ Warrun den Arm sinken. Helene hörte den Wind im hohen Gras spielen und blinzelte in die Sonne, als sie Warrun erwartungsvoll anblickte.
»Amarina nicht mehr bei uns. Zu traurig über Tod von Mann. Wenn Mann tot, Bruder von Mann nimmt Frau. Das ist Gesetz. Aber Amarina nicht will Bruder Parri von tote Mann. Großer Streit im Stamm, dann Amarina und Cardinia weggegangen.«
Jetzt war es an Helene, die Stirn zu runzeln. So angestrengt sie Warrun auch gelauscht hatte, so wenig verstand sie ihn am Ende.
»Heißt das, sie musste gehen, weil sie ihren Schwager nicht heiraten wollte?«
Warrun schwieg wieder.
»Wo sind die beiden denn jetzt? Darf ich sie besuchen?«
»Amarina zurück zu *Moiety*. Nicht weit von hier. Über Fluss, hinter großem Stein.« Er wies ihr mit dem Kinn die Richtung.
Sie hatte keine Ahnung, was *Moiety* bedeutete, aber das würde sie sich von Amarina erklären lassen, wenn sie diese erst einmal gefunden hatte. Sie öffnete wieder die Hand, und das Amulett blinkte zwischen den flackernden Schatten der Äste hell auf.
»Hat das Amulett eine bestimmte Bedeutung, oder ist es einfach ein Schmuckstück, das ich tragen darf?« Noch bevor sie zu Ende gesprochen hatte, war Warrun auf den Füßen und hielt sich mit beiden Händen die Augen zu. Er schien aufgebracht.
»Das Min-Min-Licht. Amarina dir Geist geschickt. Wird dir

folgen und im Traum Gesang schicken. Du nicht vergessen dürfen.«
Helene verstand noch weniger als vorhin, aber jetzt bekam sie es außerdem noch mit der Angst zu tun.
»Das Min-Min-Licht, ein Geist?« Verwirrt schaute sie aufs Amulett, das doch nur blinkte, wenn ein Sonnenstrahl es traf. »Das ist die Sonne, sonst nichts.«
Aber Warrun stand noch immer mit geschlossenen Augen vor ihr und war ein paar Schritte zurückgewichen.
»Sonne. Sonne von Amarina. Du verstehen? Sonne von Amarina ist Mandu. Ist Geist von tote Mann.«
Helene starrte ihn ungläubig an. Das war doch nicht möglich, oder doch? Nein, das war nur der dumme Aberglaube der Wilden, den sie schon von ihren Schülern her kannte. Sie sollte zusehen, dass sie hier wegkam. Helene steckte das Amulett wieder ein, stand auf, klopfte sich das Gras vom Kleid und ging einen Schritt auf Warrun zu, der endlich die Hände vom Gesicht nahm und seine Augen öffnete.
»Danke, Warrun. Du hast mir sehr geholfen. Ich wünsche dir und deinen Leuten eine gute Reise ins nächste Lager.« Sie streckte ihm zum Abschied die Hand hin, doch als er keine Anstalten machte, sie zu ergreifen, ließ sie den Arm sinken und wandte sich zum Gehen. Hinter sich hörte sie Warruns Schritte im Gras rascheln.
»Amarina ist wie Schwester. Immer bei dir. Immer. Du nicht vergessen Gesang, okay?«
Sie hörte Warruns seltsame Worte, drehte sich aber nicht mehr um.

Als die Wajtas weitergezogen waren und es niemanden mehr auf der Missionsstation Zionshill gab, den sie hätte unterrichten können, kehrte Helene nach Neu Klemzig zurück. Bei der Pastorenfamilie Peters, wo sie schon vor ihrem Einsatz als

Missionslehrerin auf Zionshill gelebt hatte, verfiel ihr Alltag wieder in den altbekannten Trott. Meist war sie von frühmorgens bis zum Abend beschäftigt, hauptsächlich außer Haus, wo sie sich nun wieder mehr um die Kirchenbücher und die Gemeindearbeit kümmern konnte. Nach dem Abendessen zog sie sich für gewöhnlich zeitig vom Familienleben zurück, um in ihrer Stube die Bibel zu studieren. So freundlich Elisabeth, die Frau von Maximilian Peters, und deren Schwiegertochter Anna vordergründig auch waren, Helene vergaß nie, dass sie nur zu Gast war. Dabei war sie heilfroh, bei Anna und ihrem Mann zu leben und nicht bei Elisabeth, seiner Mutter. In Elisabeths Gegenwart fühlte sie sich stets so, als hätte sie etwas falsch gemacht. Das war schon gleich bei ihrer ersten Begegnung so gewesen. Als Elisabeth im Türrahmen stand, um sie zu begrüßen, hatte sie den Neuankömmling kaum eines Blickes gewürdigt und Helene gleich in die Wohnstube gelotst, so als wolle sie eine lästige Pflicht schnell hinter sich bringen. In den Monaten danach wurde es nicht besser zwischen ihnen beiden, und irgendwann gab Helene es schließlich auf, der unterkühlten Frau gefallen zu wollen. Was für ein Glück, dass Anna aus einem ganz anderen Holz geschnitzt war. Warmherzig und offen, hatte sie ihr gleich die Freundschaft angetragen.

Eines Abends richtete Anna für Ferdinand, den Diakon, eine Feier in ihrem Haus aus. Er konnte auf ein vierzigjähriges Dienstjubiläum zurückblicken, und diese Leistung sollte mit einem kleinen Festmahl gefeiert werden. Für die Gäste und auch für Helene ein willkommener Anlass, dem täglichen Einerlei für ein paar Stunden zu entfliehen. Für Helene war es selbstverständlich, dass sie Anna, die sie so gastfreundlich unter ihrem Dach beherbergte, bei der Ausrichtung der Feier zur Hand ging.
Gerade hatte Helene Gottfrieds Rock an der Garderobe auf-

gehängt, als ihre Finger plötzlich in seiner Innentasche die Umrisse eines Büchleins erspürten. Sofort war ihre Neugier geweckt. Gottfried besaß ein kleines Buch mit abgestoßenen Ecken, das er hütete wie seinen Augapfel. Nie lag es unbeobachtet herum, dafür zog er es immer wieder hervor, trug etwas darin ein, um es gleich nach seinen Einträgen wieder in den Tiefen seiner Rocktasche verschwinden zu lassen. Schon lange hatte Helene wissen wollen, was Gottfried so geheimniskrämerisch notierte.

Im Grunde durfte sie das Notizbuch nicht interessieren, das war ihr klar. Es gehörte sich nicht, anderen hinterherzuspionieren, und was sie gerade tat, nagte kurz an ihrem Gewissen. Doch dann erinnerte sie sich wieder, wie er sie einmal, nachdem er unangemeldet ihren Unterricht besucht hatte, zur Rede stellte, weil ihm erneut ihre Art missfiel.

»Du bist viel zu nett zu den Wilden«, hatte er sie im Schulbüro zurechtgewiesen. »Auf diese Weise lernen die Schwarzen nie, wer ihr Herr ist, und sie werden uns weiterhin auf der Nase herumtanzen.« Helene hatte zunächst vorsichtig widersprochen, doch dann waren die Argumente hin- und hergeflogen, bis er die Hand hochhielt, um ihr Einhalt zu gebieten. Er zog das Büchlein hervor und kritzelte hastig etwas hinein, seine Nase berührte dabei fast das Papier. Dass sie neben ihm stand, schien ihn nicht zu kümmern. Sie konnte zwar nichts von seinem Eintrag lesen, dazu war sie zu weit entfernt, doch er hatte etwas über sie ins Buch geschrieben, da war sie ganz sicher. Und jetzt diese einmalige Gelegenheit, dachte Helene, als sie im Flur stand und Gottfrieds Rock in Händen hielt.

Ob es sich wohl um eine Art Tagebuch handelte? Sie konnte sich eigentlich nichts anderes vorstellen. Wieder wurde ihr bewusst, dass es sich nicht gehörte, heimlich in fremden Tagebüchern zu lesen. Im Normalfall ein übler Vertrauensbruch, wie man kaum einen schlimmeren begehen konnte, und dennoch:

Im Falle Gottfrieds rührte sich Helenes Gewissen kaum. Ihre einzige Sorge war, dass er sie auf frischer Tat ertappen könnte. Darauf bedacht, dass keiner sie beobachtete, befühlte Helene jetzt den Inhalt der Tasche und zerrte dann blitzschnell das schwarze Büchlein hervor, um es in ihrer Schürze verschwinden zu lassen. Dann wartete sie ungeduldig auf einen günstigen Moment. Als sie mit einer Schüssel dampfender Kartoffeln aus der Küche kam, waren Helenes Gedanken ganz bei Gottfrieds Buch, und sie hatte den Eindruck, dass die Gäste ihr ansahen, was sie getan hatte. Sahen sie das Buch in ihrer Schürze, sah Gottfried es? Je eher sie hier fertig war, desto besser. Schnell ging sie nun in die Küche, um den Kohl zu holen. Als sie die Schüssel auf den Tisch stellte, senkte sie den Blick. Bestimmt war es auf ihrer Stirn zu lesen, dass sie Gottfrieds private Notizen gestohlen hatte. Sie wischte sich an der Schürze das Kondenswasser von den Händen, spürte dabei das Büchlein und erschrak über die eigene Unverfrorenheit. Gottfried zu bestehlen, das war ungeheuerlich. Doch das Buch brannte förmlich in ihrer Schürze, und sie konnte es kaum mehr erwarten, darin zu lesen. Nachdem sie Anna geholfen hatte, die Hauptspeise aufzutragen, entschuldigte sie sich für einen Moment, zog sich auf ihr Zimmer zurück und schob den Riegel vor.
Mit zittrigen Fingern griff sie nach dem Notizbuch. Die Schrift war schwer leserlich. Buchstaben drängten sich eng und steil aneinander, gefährlich nach rechts gelehnt, als hätten sie es eilig. Trotz der Hast, mit der sie geschrieben waren, glichen dieselben Buchstaben einander jedoch wie ein Ei dem anderen. Es war eine ehrgeizige, eine getriebene Handschrift.
Irgendetwas beunruhigte Helene, noch bevor sie eine einzige Zeile gelesen hatte. Es war die Präsenz Gottfrieds, seine Anwesenheit in und zwischen diesen Zeilen, die Helene erschaudern ließ. Sie fühlte sich beinahe beobachtet, sprang auf und vergewisserte sich, dass der Türriegel wirklich fest vorgescho-

ben war, bevor sie sich mit dem Buch im Schoß wieder aufs Bett setzte und zu lesen begann.

Gottfried verglich in seinen Aufzeichnungen Gemeindemitglieder mit biblischen Gestalten, und er tat dies auf eine Art, die Helene zutiefst erschreckte. So nannte er den Diakon »Lot«, weil er angeblich genauso blind und rückgratlos wie das biblische Vorbild seinem Pastor ins Verderben folgte. Den alten Gösser, der ebenso wie Maximilian noch als Kind nach Australien ausgewandert war, beschrieb er als »Esau«, wegen der roten Haare und auch weil er »nach den Feldern und der Erde stank«, doch vor allem, weil Gottfried ihn für einen Mann hielt, »der seine Großmutter für ein gutes Mahl verkaufen würde.« Der gute Gösser, das hatte er nun wirklich nicht verdient! Und so ging es in einem fort. Jakob Herder nannte Gottfried bösartig »Mephiboseth«, nur weil der Bauer manchmal stotterte, wenn er sehr aufgeregt war. Helene blätterte weiter. Irgendwo musste doch auch etwas über sie stehen. Da! Gerade hatte sie ihren Namen gefunden, als es an die Tür klopfte. Sie schlug erschrocken das Buch zu und legte es unter ihr Kissen.

»Helene, geht es dir gut?«, fragte Anna besorgt.

»Nur ein wenig Kopfschmerzen, es geht gleich besser, danke«, log sie.

»Wir sind schon beim Nachtisch. Ich hab dir einen Teller mit Fleisch und Kartoffeln in die Küche gestellt.«

»Danke, das ist lieb von dir. Ich bin gleich bei euch.«

Erst als sie hörte, wie sich Annas Schritte auf den Holzdielen entfernten, traute sich Helene weiterzulesen. Die Stelle, an der es um sie ging, fand sie in der Aufregung nicht wieder, dafür blieb sie bei einem längeren Eintrag hängen, der sich um Amarina drehte. Ihr Finger flog über die Zeilen, und sie las, so schnell sie nur konnte:

AMARINA
Schwarz bin ich, doch lieblich, Töchter Jerusalems, wie Kedars Zelte, wie Solomos Teppiche.

Eine wahre und verlassene Witwe hat ihre Hoffnung auf Gott gesetzet, und verharret im Gebete und Flehen Tag und Nacht; die aber ein üppiges Leben führet, ist lebendig todt. Und solches schärfe ein, auf daß sie untröstlich seien.

Was noch meine Seele suchet, und ich nicht gefunden: einen Mann von Tausenden hab' ich gefunden; aber ein Weib hab' ich unter all diesen nicht gefunden.

Und als sie ihm reichte zu essen, ergriff er sie, und sprach zu ihr: Komm, liege bei mir, meine Schwester! Und sie sprach zu ihm: Nicht doch, mein Bruder! Schwäche mich nicht, denn also thut man nicht in Israel; thue nicht diese Schandthat! Und ich, wohin sollte ich tragen meinen Schimpf (…)? Aber er wollte nicht hören auf ihre Stimme, und überwältigte sie, und schwächete sie, und lag bei ihr. Und Ammon fassete einen sehr großen Haß gegen sie; denn der Haß, womit er sie hassete, war größer denn die Lieb, womit er sie geliebt hatte: und Ammon sprach zu ihr: Steh auf, gehe! Und sie sprach zu ihm: Nicht doch diese größere Unbill, als die andere, die du an mir gethan, mich zu verstoßen! Aber er wollte nicht auf sie hören.

Helenes Atem ging so heftig, dass sie kaum noch Luft bekam. Mein Gott! Plötzlich verstand sie, was es mit Amarinas überhasteter Flucht aus Zionshill auf sich hatte. Gottfried hatte der jungen Aborigine Gewalt angetan! Hier stand es ja, kaum mehr als notdürftig verschlüsselt. Helene zweifelte keinen Augenblick daran, dass die Bibelzitate sich auf das Verhältnis

zwischen ihm und Amarina bezogen. Er hatte sie weggejagt, als er sich genommen hatte, was er wollte. Wer wusste schon, womit er Amarina gedroht hatte, falls sie sich weigerte. Helene war zumute, als hätte sich vor ihr ein Abgrund aufgetan. Was war das für ein Mensch?
Ihr Herz raste, und tausend Gedanken schossen ihr durch den Kopf. Amarina und Daisy waren nicht die einzigen Aborigines, die Gottfried plump angegafft hatte, wie sie sich nun erinnerte. Wenn sie es sich recht überlegte, hatte Gottfried kaum je eine Gelegenheit ausgelassen, um der Nacktheit der fremden Frauen nahe zu sein. Er war immer gleich zur Stelle, wenn die weiblichen Aborigines sich wieder einmal ohne Kattunkleid im Garten zu schaffen machten. Beobachtete er die Frauen etwa die ganze Zeit über?
Helene fiel auch ein, wie Gottfried ihr auf dem Schiff partout nicht von der Seite weichen wollte, wie er sie immer wieder wie zufällig berührt, den Arm um sie gelegt oder sie unvermittelt an sich gezogen hatte. Als sie einmal auf Deck vom hochspritzenden Meerwasser benetzt worden war, hatte er ihr Dekolleté in einer einzigen Bewegung mit der flachen Hand trocken gewischt. Sie hatte vor Überraschung die Luft angehalten, sich äußerst unwohl gefühlt, aber hatte sich eigentlich nichts weiter dabei gedacht. Warum auch? Gottfried war ihr Beschützer, die Eltern vertrauten ihm blind. Alles ging mit rechten Dingen zu, und für Helene gab es zu diesem Zeitpunkt noch keinen Grund, daran zu zweifeln.
Doch nun, da sie einmal angefangen hatte, Gottfrieds Motive zu hinterfragen, kamen ihr gleich mehrere gemeinsame Kutschenfahrten in den Sinn, bei denen er viel näher gerückt war als notwendig oder gar schicklich. Sie hatte seinen schlechten Atem riechen können, den sauren Schweiß. Doch was hätte sie tun können? Was sollte sie jetzt tun?
Wieder klopfte es an ihrer Tür. Sie klappte das Buch zu.

»Kommst du? Die ersten Gäste wollen sich verabschieden«, hörte sie Anna sagen.
Schon? Hoffentlich nicht ausgerechnet Gottfried. Sie musste doch erst das Buch wieder in seine Rocktasche stecken.
»Ich komme. Eine Sekunde.«
Helene warf einen Blick in den Spiegel über der Kommode und richtete sich mit zwei Handgriffen das Haar, dann strich sie die Schürze glatt, in der sie das schwarze Buch verbarg, und entriegelte die Tür. Ihre Stube lag gleich rechts neben dem Hauseingang, und so konnte sie den Flur überblicken, wo sich ein paar Gäste vor der Garderobe lachend unterhielten.
»Da bist du ja endlich!« Anna kam ihr entgegen und legte den Arm um sie. »Du siehst blass aus. Bist du sicher, dass alles in Ordnung ist?«, fragte sie besorgt, als sie noch außer Hörweite der anderen waren. Helene zwang sich zu einem Lächeln und nickte stumm. Der alte Gösser klopfte ihr kräftig auf die Schulter.
»Du kannst von Glück sagen, dass Anna so fürsorglich ist. Sonst hätte ich deine Portion Sahnepudding sicherlich auch noch verdrückt.« Er lachte zufrieden und hielt sich den Bauch. Wie aus dem Nichts tauchte Gottfried auf und angelte seinen Rock vom Haken. Helene öffnete vor Schreck den Mund. Er wandte ihr den Kopf zu, und sie bemerkte, wie sein Blick langsam ihren Hals hinunterglitt. Sie presste die Lippen aufeinander und fasste sich unwillkürlich an den Kragen, um ihn rasch zuzuknöpfen.
»Meine Verehrung allerseits.« Gottfried verbeugte sich mehr in ihre Richtung als in die der anderen und setzte seinen Hut auf. »Ich danke für das wundervolle Mahl, liebste Anna, und die überaus angenehme Gesellschaft.« Dann tippte er knapp an die breite Krempe seines dunklen Hutes und ging.
Hilflos sah Helene ihm nach. Ihre Hand fühlte nach der Schürze. Durch den Stoff konnte sie das weiche Leder des Notiz-

buchs spüren. Es würde nicht lange dauern, bis Gottfried seinen Verlust bemerkte.

Einige Tage später stand Helene am Herd und kochte Quittengelee, als Gottfried plötzlich im Türrahmen stand. Seit dem Abend, als sie sein Buch entwendet hatte, hatte er sie bei jeder Begegnung misstrauisch beäugt. Seine Blicke waren drohend gewesen, seine Bewegungen fahrig. Helene hatte sehr darauf geachtet, nie mit ihm allein zu sein. Noch wusste sie nicht, wie sie den Inhalt des Buches gegen ihn einsetzen würde, aber das Wissen, eine Waffe gegen ihn in der Hand zu haben, erfüllte sie mit einem gewissen Triumphgefühl.
»Guten Tag, Helene.« Helene war erschrocken herumgefahren und wischte sich fahrig die Hände an der Schürze ab. Hatte sie sein Klopfen nur nicht gehört, oder war er tatsächlich ohne ein Zeichen eingetreten?
»Gottfried. Ich habe dich gar nicht kommen hören.«
Gottfried lächelte schief und legte seinen Hut auf dem Küchentisch ab, so als hätte er vor, für längere Zeit zu bleiben.
»So ganz allein? Ich nehme an, Anna und ihre Familie sind bei den Schwiegereltern, bei Maximilian und Elisabeth?« Er hatte einen weiteren Schritt auf sie zu getan. Ein unbestimmtes Gefühl von Bedrohung überfiel sie, die feinen Härchen in ihrem Nacken stellten sich auf.
»Ja, samstags sind sie immer zum Mittagessen drüben.« Mit dem Kinn wies sie vage in die Richtung von Maximilians Haus. Gottfried nickte und starrte sie durchdringend an.
O Gott, wie dumm sie war! Er hatte diesen Zeitpunkt absichtlich gewählt, um mit ihr allein zu sein!
Wie um ihre Ängste zu bestätigen, schloss er jetzt die Küchentür und lehnte sich mit dem Rücken dagegen. Helene schluckte. Was hatte er vor? Ihre Gedanken rasten und überschlugen sich. Das Buch, wo war das Buch? Hatte sie es sicher genug

versteckt? Ja, dachte sie. Im Kinderzimmer würde er hoffentlich nicht so schnell danach suchen.

Und wenn es zum Äußersten käme? Würde man ihre Schreie hören? Sie war sich da nicht so sicher. Es war Winter, alle Fenster waren geschlossen, und das Feuer brannte zu dieser Jahreszeit auch in den Öfen der Nachbarschaft geräuschvoll. Das Herz schlug ihr bis zum Hals, doch sie musste Stärke zeigen. Immerhin, beruhigte sie sich, hatte sie das Buch, und dieser Gedanke gab ihr Kraft.

Nachdem Helene Gottfrieds Buch zu Ende gelesen hatte, wusste sie, dass sie es nicht mehr hergeben würde. Wie hätte sie es auch anstellen sollen, es heimlich zurückzustecken? Nein, sie hatte beschlossen, Gottfrieds Notizen gegen ihn zu verwenden. Das Buch war immerhin der einzige Beweis, dass Gottfried sich an Amarina vergangen hatte. Der Gedanke an die junge Aborigine drehte Helene das Herz im Leibe um. Sie war fortgegangen, weil Gottfried sich an ihr vergangen hatte, und Helene hatte ihr nicht helfen können. Irgendwann, so hoffte sie, würde er dafür büßen müssen. Solange sie im Besitz seiner Schmierereien war, gab es eine Hoffnung auf Gerechtigkeit für Amarina – aber auch für die anderen Gemeindemitglieder, die Gottfried in den Dreck gezogen hatte. Es waren ja nicht nur die Worte in seinem Buch, die gemein und bösartig auf den Ruf unbescholtener Leute abzielten, Gottfrieds Verhalten war mitunter unerträglich geworden. Keine Gemeindeversammlung verstrich, in der er nicht jemanden mit wüsten Vorwürfen oder Behauptungen überzog. Meist ging es dabei um Geld, weshalb Gottfried es besonders auf die erfolgreicheren Neu Klemziger abgesehen hatte wie zum Beispiel auf den armen Jakob Herder, dessen Farm dank harter Arbeit prächtig gedieh. Raffgier hatte er dem Bauern vor versammelter Mannschaft unterstellt, und dann hatte er sich an Herders Frau gewandt und sie gewarnt: »Und du solltest besser auf deinen

Mann aufpassen! Wenn er in die Stadt fährt, interessiert ihn dort nicht nur der Markt, er schaut auch jedem Weiberrock hinterher.« Hildegard Herder war außer sich gewesen und weinend davongerannt. Jakob wollte Gottfried an die Gurgel springen, und nur die vereinte Kraft der Rohloff-Brüder konnte ihn zurückhalten. Und dies war nur das jüngste Beispiel für Gottfrieds unberechenbare Ausbrüche.

Aber nun besaß sie eine Art Versicherung, die sie und die anderen vor seinen Übergriffen schützen würde. Sollte er ihr oder anderen in der Gemeinde jemals ernsthaft gefährlich werden, dann würde ihn sein Buch in ihren Händen zum Schweigen bringen. Sie stellte sich seine verzerrte Grimasse vor, wenn sie ihm damit drohen würde, vor versammelter Gemeinde daraus vorzulesen oder das Buch nach Salkau zu schicken, denn auch über die Salkauer fanden sich darin schlimme Bemerkungen. Das würde ihnen wenig gefallen, denn schließlich hatten die Salkauer seine Reise nach Australien finanziert und unterstützten zum Teil noch immer Zionshill. Dieses Risiko konnte er nicht eingehen.

Helene straffte ihre Haltung. Wie gut, dass sie dieses Buch hatte, dachte sie wieder und hielt sich an dem Gedanken fest, als sie Gottfried entgegentrat.

»Was willst du hier?«

Gottfried setzte sich auf die Tischkante und griff wie selbstverständlich nach ihren Händen. Instinktiv zog sie sie zurück, doch er nahm ihre Hände erneut und zog sie langsam zu sich heran. Helene verkrampfte sich, seine Unverfrorenheit hatte sie überrumpelt, und sie begann zu zittern. Sein Griff wurde fester, er tat ihr weh. Schon früher einmal hatte Gottfried sie so an sich gezogen – in der Schreibstube, als er sich mit ihr allein glaubte. Doch dann war der Diakon aus der Sakristei hereingekommen, und er hatte sie schnell losgelassen. Damals wie heute spürte sie, dass er schwitzte. Seine Handflächen waren feuchtwarm, wie sein Atem, den sie nun am ihrem Hals spürte. Voller Ekel wollte sie sich von ihm abwenden. Sie bekam kaum noch Luft, Entsetzen breitete sich in ihr aus. Nun, da sie dank seiner Aufzeichnungen wusste, wozu er fähig war, konnte sie sein Verhalten nicht länger missdeuten, wie sie es damals in der Schreibstube getan hatte. Bestimmt wollte er ihr nur etwas Vertrauliches von der Missionsstation berichten, hatte sie seinerzeit noch gedacht, und obwohl sie sich bedrängt gefühlt hatte, wollte sie ihm nichts Übles unterstellen. Jetzt wusste sie es besser, wusste, was er Amarina angetan hatte. Wie weit würde er bei ihr gehen?

»Was ich hier will? Ja, was glaubst du denn, was ich von dir will?«, säuselte er jetzt. »Wie soll ich dich übrigens in Zukunft nennen? Du darfst es dir aussuchen. Meine lüsterne Bathseba?«

Ihre vage Hoffnung, er habe sie nur aufgesucht, weil er sie wegen des Notizbuchs zurechtweisen wollte, löste sich mit einem Schlag in Luft auf. Helene schluckte und wich so weit zurück, wie es sein Griff zuließ, doch Gottfried hielt sie nur umso fester.

»Oder wie wäre es mit Delilah? Na, wie gefällt dir das? Delilah, die geile Dirne. Die mit ihrer Wollust dem gottesfürchtigen Samson den Kopf verdreht.« Helene atmete flach, ihre Brust hob und senkte sich in schneller Folge. Voller Widerwillen registrierte sie, wie er ihren Busen anstarrte. Sie versuchte, sich seinem Griff zu entwinden, doch obwohl seine Hand verschwitzt war, gelang es ihr nicht. Sie schaute ihm verzweifelt ins Gesicht. Seine zusammengekniffenen Augen ruhten noch immer auf ihren Brüsten, als er wieder mit ihr sprach. Seine Stimme klang heiser, aber er räusperte sich nicht.

»Delilah, ja. Der Name passt zu dir«, sagte er wie zu sich selbst und wirkte dabei seltsam versonnen. Der Anflug eines Lächelns umspielte seine Mundwinkel und erstarb gleich wieder.

Er sah sie unvermittelt an, und Helene schrak zusammen. Was sie in diesem kurzen Moment in seinen versteinerten Zügen gesehen hatte, ließ ihr das Blut in den Adern gefrieren. Der pure Hass. Aber worauf richtete sich dieser Hass? Auf sie, weil sie das Buch gestohlen hatte oder weil er sie begehrte? Auf Amarina? Auf alle Frauen?
Seine kalten Augen fixierten sie. »Doch du wirst mich nicht vernichten. Ich bin nicht Samson. Ich werde dir immer überlegen sein. Immer, vergiss das nicht.« Sein Blick bohrte sich in den ihren, bis sie es nicht länger ertrug und zur Seite schaute. Wieder versuchte sie, ihn abzuschütteln, verzweifelt dieses Mal, doch wieder ohne Erfolg. Begehrlichkeit flackerte in seinen Augen auf, als er plötzlich seine langen Finger auf ihre Hüften legte und sie mit einer ruckartigen Bewegung zwischen seine gespreizten Beine zog. Dann drückte er sie eng an sich. Sie wollte schreien, doch er legte ihr die Hand auf den Mund. Für Zweifel gab es nun keinen Raum mehr. Gottfried war nicht hierhergekommen, um das Buch zurückzufordern. Er war hier, um sie wie Amarina zu vergewaltigen.
Helenes Herz begann zu rasen, und sie wand sich wie ein gefangenes Tier in seiner perversen Umarmung. Voller Ekel spürte sie sein hartes Glied, das sich ihr in seinen straffen Hosen entgegenwölbte. Sie rang nach Luft, versuchte wieder und wieder, sich aus seinem Griff zu befreien, doch er hielt sie nur umso fester. Sie riss seine Hand von ihrem Mund und japste nach Luft.
»Lass mich sofort los, oder ich schreie!«, keuchte sie.
Gottfried schien ganz ruhig, er lächelte dünn. »Schrei du nur. Brüll dir ruhig die Seele aus dem Leibe, so wie du immer schreist, wenn es dir kommt. Na los, zeig es mir, schrei!«
Helene wurde vor Scham und Wut blutrot im Gesicht. Gottfrieds Hände waren von ihrer Hüfte nach hinten gewandert und hielten nun ihre Hinterbacken umklammert, seine Finger

gruben sich schmerzhaft in ihr Fleisch. Helene wollte gerade aufschreien, da legte er ihr wieder die Hand auf den Mund und begann, sich an ihr zu reiben. Er schnaufte schwer wie ein Tier. Sosehr Helene sich auch wehrte, es half nichts. Sein Atem ging schneller, er keuchte. Alles in Helene sträubte sich gegen den Angreifer, sie unternahm einen Versuch, ihn in den Schritt zu treten, doch seine Oberschenkel hielten die ihren fest umklammert. Jedes Zappeln, jede Regung von ihr schien Gottfried noch mehr anzutreiben. Er stöhnte lauter, gleichzeitig sah er ihr fest in die vor Schreck geweiteten Augen. Er hatte noch immer dieses böse Lächeln auf den Lippen, das ihm in seiner Erregung gefroren war. Er schloss die Augen und legte den Kopf in den Nacken. Seine Hände pressten ihre Mitte so fest an sich, dass es schmerzte. Die Angst lähmte Helene, doch fieberhaft suchte sie nach einem Ausweg. Schließlich biss sie ihm so fest in die Hand, wie sie konnte. Gottfried schrie auf und ließ sie los. Überraschung und Wut lagen in seinem verengten Blick.

Helene blickte sich panisch in der Küche um. Schnell lief sie zum Herd und griff, entschlossen sich zu verteidigen, nach dem Stiel des Kupfertopfs, in dem das Quittengelee siedend heiß blubberte; die Hände schützte sie mit der Schürze vor der Hitze.

»Noch eine Bewegung, und der Topf landet mitten in deinem schmierigen Gesicht!« Ihre Oberarme begannen, vom Gewicht des Topfs zu zittern, doch sie hielt aus.

Gottfried war aufgestanden, hatte seine Kleidung gerichtet und nahm, jetzt wieder völlig beherrscht, mit ruhiger Hand seinen Hut und wandte sich zur Tür.

»Es ist spät geworden, meine Liebe. Ich hole mir ein andermal, was mir gehört. Grüß mir die Peters. Einen guten Tag noch.«

Als sie die Haustür ins Schloss fallen hörte, setzte Helene den Topf auf dem Herd ab, lief die Diele hinunter und drehte mit

zitternden Händen den Schlüssel der Haustür im Schloss. Dann lehnte sie sich mit dem Rücken dagegen und ging in die Knie, fiel mit einem Mal in sich zusammen und begann zu weinen. Sie fühlte sich unendlich gedemütigt.
Nach einer Weile rief sie sich zur Ordnung. Sie würde sich nicht unterkriegen lassen. Mit beiden Händen wischte sie sich die Tränen aus dem Gesicht und schluckte ihren Schmerz hinunter. Sie musste einen kühlen Kopf bewahren. Gottfried würde wiederkommen. Doch sie war nicht länger seine kleine Helene, die sich von den Widerwärtigkeiten eines kranken Mannes einschüchtern ließ. Gottfried unterschätzte sie, und das war gut. Sie hatte sein Buch, und solange es in ihrem Besitz blieb, hatte sie ihn in der Hand.
Helene stand entschlossen auf, ging zurück in die Küche und säuberte den Herd, der vom überkochenden Gelee schon ganz verklebt war. Dann füllte sie die bernsteinfarbene Flüssigkeit in die ausgekochten Gläser und ging auf ihr Zimmer, um sich ein wenig herzurichten. Als sie aus ihrer Stube trat, um für die Peters das Abendbrot vorzubereiten, hatte sie sich vollkommen unter Kontrolle.

Der Gedanke an Amarina hatte Helene keine Ruhe gelassen. Erst recht nicht, seit sie wusste, was Gottfried der jungen Aborigine angetan hatte. Daher wandte sie sich erneut an Warrun, entschlossen, Amarina in der *Moiety*, was immer das auch bedeutete, aufzusuchen und sich zu vergewissern, dass es ihr und ihrer Tochter dort gutging.
Warrun war gerade im Begriff, mit seinem Stamm ins neue Lager aufzubrechen, als Helene ihn aufsuchte. Sie erfuhr, dass Amarina sich vom Stamm getrennt hatte und zur *Moiety* gegangen war, weil sie sich mit ihm gestritten hatte. Helene, die die wahren Hintergründe kannte, glaubte das zwar nicht so recht, aber sie wollte es sich mit dem alten Mann nicht verder-

ben. Er selbst hatte ihr schließlich gesagt, dass Amarinas *Moiety* gar nicht so weit von Zionshill entfernt läge. Nur über den Fluss und dann hinter dem großen Stein, das waren seine Worte gewesen. Helene war überzeugt, dass sie den Weg alleine geschafft hätte, doch er bot ihr an, sie zu begleiten, und sie akzeptierte das Angebot, das sowieso eher einem Befehl als einem Wunsch gleichkam. Im Grunde war es ihr ganz recht, denn obwohl sie der kurze Weg durch den Busch nicht schreckte, hatte sie doch Bedenken, wie man sie als weiße Frau, die noch dazu ganz allein unterwegs war, empfangen würde. Amarina und Cardinia kannten sie zwar, aber dem Stamm selbst war sie fremd. Was also, wenn Amarina nun zufällig gerade nicht im Lager war, wenn sie dort eintraf? Helene verabredete mit Warrun, dass sie sich am übernächsten Morgen gleich nach Sonnenaufgang auf den Weg zu Amarina machen wollten.
Sowohl Anna als auch Luise hatten ihr dieses kleine Abenteuer ausreden wollen.
»Warum willst du unbedingt nach Amarina suchen? Du kennst sie so gut wie gar nicht, sie ist eine Aborigine«, meinte Anna. Luise hatte noch eher Verständnis für die Neugier und Abenteuerlust der Freundin, aber sie hatte Angst um Helene. Vielleicht hatte sie bemerkt, dass etwas mit ihr nicht stimmte. Dabei konnte sie nicht wissen, was zwischen ihr und Gottfried vorgefallen war. Helene hatte es niemandem erzählt. Jetzt lachte sie den beiden besorgten Freundinnen ins Gesicht.
»Seid nicht albern, es ist nur über den Fluss, und ich gehe in Begleitung. Wahrscheinlich seid ihr bloß neidisch!« Heimlich zwinkerte sie Luise zu, von der sie wusste, dass sie sich mehr Spannung im eigenen Leben erträumte.
Die beiden hatten es sich nicht nehmen lassen, Helene am Vorabend des Aufbruchs einen Korb mit Proviant zu schenken. Helene warf einen Blick hinein und war gerührt. Ein halber

Apfelkuchen von Luise und eine großzügige Portion kaltes Rindfleisch mit Meerrettichsoße von Anna, dazu ein kleines Brot und Limonade.
»Wer soll das denn alles essen?«, fragte sie. »Ich bin doch höchstens einen Tag lang unterwegs.«
»Die Wege des Herrn sind unergründlich. Das solltest du als gute Christin doch wissen«, erwiderte Anna.

Warrun hielt sein Versprechen und stand vor Sonnenaufgang am Dorfrand. Er musste in der tiefsten Nacht aufgestanden sein, um sie von Zionshill hier abzuholen. Plötzlich nagte das schlechte Gewissen an Helene, denn nur ihretwegen würden die Wajtas nun ohne ihren Führer zum nächsten Lager aufbrechen müssen.
»*No worries*«, erwiderte der Alte kichernd, der wieder einmal ihre Gedanken zu erraten schien. »Wajtas kennen Weg. Immer gleicher Weg.« Der Frühnebel lag wie eine Daunendecke über den Feldern, und die Vogelwelt erwachte gerade lautstark, als die ersten Sonnenstrahlen das Grau der späten Nacht zerrissen. Neben Warrun trat plötzlich ein großer Mann aus dem Schatten, den Helene noch gar nicht bemerkt hatte.
»Das ist Parri. Parri dich begleiten zu Amarina. Du hören auf Parri.« Den letzten Satz hätte Warrun sich Helenes Ansicht nach schenken können, schließlich war sie nicht seine Tochter, doch es war wohl besser, wenn sie sich ihren Unmut nicht anmerken ließ. Warrun meinte es nur gut mit ihr. Sie sollte sich dankbar zeigen. Helene streckte die Hand aus, um Parri zu begrüßen, doch der nickte nur kaum merklich. Sie ließ den Arm sinken.
»Danke, Warrun.« Helene wusste nicht, was sie sonst noch hätte sagen können, und so stand sie mit den fremdartigen Männern für eine Weile schweigend im lauten Morgenlicht und wartete darauf, dass ihr kleines Abenteuer begann.

»Ich hier lang, Parri und du da lang«, befahl Warrun nach einer Ewigkeit. Er wies mit seinem sehnigen Zeigefinger erst in die eine, dann in die andere Himmelsrichtung und setzte sich gleich in Bewegung. Helene schaute zu Parri, der noch immer bewegungslos vor ihr stand. Er sah anders aus als die Aborigines, die sie kannte. Er war deutlich größer, hatte breitere Schultern, und seine Haut schimmerte heller, fast wie Milchschokolade. Und auch die Nase war viel schmaler als die der anderen Wajtas.
Warrun drehte sich noch einmal nach ihnen um.
»Sag Amarina, ich nicht böse. Amarina heiraten Parri, und ich nicht böse.« Dann ging er, und sie sah ihm eine Weile nach.
»Bist du etwa der Bruder von M...?«
Sie biss sich auf die Unterlippe. Fast hätte sie Mandu erwähnt, den getöteten Mann von Amarina, doch Warrun hatte ihr wie schon zuvor Amarina nochmals eingeschärft, dass die Namen der Toten tabu waren.
»Ja, ich bin Parri, der Bruder von Amarinas Mann.«
Helene war überrascht. Parri sah nicht nur anders aus als der Rest seines Stammes, er sprach außerdem fließend Englisch. Er musste ihre gerunzelte Stirn bemerkt haben.
»Lass uns gehen«, sagte er, und seine Hand schob sie in Richtung des Pfades, der zum Tal hinunterführte. Ohne ein Wort stiegen sie in die Ebene hinab, und Helene genoss jede Sekunde. Die Aussicht auf das nebelverschleierte Tal, über das gerade ein Schwarm krächzender Gelbhaubenkakadus hinwegzog, war atemberaubend. Nie würde sie sich an der Weite und Schönheit dieses Landes sattsehen können. Helene fühlte, wie sich ihre Brust weitete und das Gefühl tiefen Friedens in sich aufnahm. Für einen Moment vergaß sie sogar Gottfried und mit ihm alle Schlechtigkeit der Welt. Einen Atemzug lang spürte sie so etwas wie Glück. Sie drehte sich zu Parri um und lächelte ihn an.

Der nickte nur und bedeutete ihr mit der Hand weiterzugehen.

Am Mittag rasteten sie am Torrensriver unter einer knorrigen Silberborke, die genügend Schatten spendete, um Helene zum Auspacken ihres Proviantbeutels zu bewegen. Sie faltete ein kariertes Baumwolltuch auf, das sie von Luises Küche her kannte, und legte es sorgfältig auf das Gras zwischen sich und Parri. Darauf breitete sie all die Köstlichkeiten aus, die ihre Freundinnen für sie vorbereitet hatten. Am Ende zog sie die Limonade hervor und stellte sie vorsichtig in die Mitte. Zufrieden schaute sie Parri an.

»Setz dich und greif zu.«

Parri zögerte, doch dann setzte er sich mit verschränkten Beinen neben sie. Erst probierte er nur, zupfte hier und da ein wenig Fleisch und Brot mit seinen geschickten Fingern. Dabei schaute er sie immer wieder fragend von der Seite an. Von ihren Blicken ermuntert, griff er sich nun eine ganze Scheibe Fleisch und stopfte sie gierig in den Mund. Helene lachte und reichte ihm die Limonadenflasche. Er nahm einen großen Schluck und verschluckte sich. Prustend spuckte er das gelbliche Zuckerwasser über ihr Picknick.

»Oh, nein!« Helene versuchte zu retten, was noch zu retten war, und tupfte das Fleisch mit dem Rand des Baumwolltuchs ab, gleichzeitig bemüht, die hartnäckigen Fliegen zu verscheuchen.

Parri nahm die halbvolle Limonadenflasche und warf sie in den Fluss. Helen sprang auf und blitzte ihn böse an:

»Was machst du denn da? Die gute Limonade. Jetzt ist sie weg.«

»Ja, gut so. Schmeckt wie Froschwasser und zieht die Bulldoggenameisen an. Da!«

Er sprang auf und schlug ihr kräftig auf die Schulter.

»Was erlaubst du dir?«

Bevor sie sich noch mehr über Parris unsinniges Verhalten aufregen konnte, schoss ihr ein stechender Schmerz durch den Oberschenkel, der sie fast bewusstlos werden ließ. Sie schrie und hielt sich den Schenkel mit beiden Händen. Parri warf einen Blick auf ihr Bein, lief Richtung Fluss, wo er sich bückte, um eine Blume zu pflücken. Als er wieder neben Helene stand, hielt er in seinen Händen eine rosafarbene Blüte, die er achtlos zu Boden warf. Er behielt nur die länglichen Blätter und zerrieb sie zwischen seinen Fingern. Ohne ein Wort an sie zu richten, schob er mit einer Hand ihren Rock zurück – bis zu der Höhe, wo sie die Hände auf ihr Bein presste. Helene war zu sehr mit dem fürchterlichen Brennen beschäftigt, als dass sie hätte protestieren können. Er nahm ihre Hände von der geröteten Stelle und rieb sie mit der milchigen Flüssigkeit der Blätter ein. Helene spürte sofort Erleichterung und sah Parri dankbar, aber auch fragend an.
»Was ist das?«
»*Pigface.*«
»Schweinegesicht? Willst du mich beleidigen?«
Parri hielt ihr die zerriebenen Blätter unter die Nase.
»Das ist der Name der Pflanze. Sie hilft gegen den Biss der Bulldoggenameise.«
Helene sah auf die handtellergroße Schwellung auf ihrem Schenkel, bevor ihr bewusst wurde, dass Parri ihr nacktes Bein nicht nur gesehen, sondern es sogar berührt hatte. Schnell zog sie ihren Rock wieder auf Knöchelhöhe hinunter. Parri schien sich nicht im Geringsten der Peinlichkeit ihrer Situation bewusst zu sein. Er war längst wieder die Flussböschung hinabgestiegen, wo er die schmerzlindernde Pflanze gefunden hatte, und pflückte noch ein paar der rosafarbenen Blumen, die er in einen geflochtenen Beutel steckte. Als er zurückkam, hatte Helene das Picknick zusammengepackt und war bereit zum Aufbruch.

»Geht es besser?«
»Ja, es tut nicht mehr so weh. Danke.« Auf Parris Gesicht zeichnete sich der Hauch eines Lächelns ab. Helene, die von dem Zwischenfall immer noch peinlich berührt war, hoffte, dass er das Ganze nicht mehr erwähnen würde.

Seit Stunden gingen sie nun schon am Fluss entlang. Die Sonne stand bereits bedrohlich tief, und Helene fragte sich, wann in Gottes Namen sie endlich den Torrensriver überqueren würden. Sie konnte jedenfalls auf der anderen Seite noch nicht den großen Stein entdecken, von dem Warrun gesprochen hatte. Es sah wohl so aus, als müssten sie bei Amarina und ihren Leuten übernachten, denn mit dem Rückweg würde es heute sicherlich nichts mehr werden. Helene seufzte. Sie bezweifelte nicht, dass Amarina sich gut um sie kümmern würde, doch sie war so gar nicht auf eine Übernachtung unter freiem Himmel eingestellt. Allerdings, aller Unannehmlichkeiten zum Trotz, wäre so ein Nachtlager bei den Aborigines schon ein Abenteuer. Luise würde jedenfalls an ihren Lippen kleben, wenn sie nach ihrer Rückkehr davon berichtete. Allzu weit konnte das Camp doch nun wirklich nicht mehr sein.
»Parri, wie lange müssen wir denn noch laufen? Mir tun schon die Füße weh«, jammerte sie nun wie ein Mädchen. Parri, der wie immer vor ihr ging, drehte sich um.
»Heute gehen wir nicht mehr weit. Danach noch einen Tag und einen Morgen. Wenn dann die Sonne hoch vom Himmel scheint, sind wir bei Amarina.« Helene blieb wie angewurzelt stehen.
»Was sagst du da? Noch weitere anderthalb Tage? Machst du dich über mich lustig?«
Parri schien nun ebenso verwundert wie sie und schaute sie nur fragend an.
»Antworte mir gefälligst!«, befahl sie wütend.

»Wir gehen einen Tag und einen Morgen«, wiederholte er langsam, als wäre sie begriffsstutzig, und wandte sich dann wieder dem Weg zu. Helene raffte ihren Rock und fing an zu laufen, um zu ihm aufzuschließen.
»Warte doch! Wie kann das denn sein? Warrun hat doch gesagt, es sei nicht weit. Nur über den Fluss, gleich hinter dem großen Stein.« Außer Atem hielt sie ihn am Arm fest, damit er endlich stehen blieb. Parri hob gleichmütig die Schultern.
»Es stimmt, was Warrun sagt. Morgen gehen wir an einer seichten Stelle über den Fluss und laufen dann den Tag über in Richtung Wüste. Am Morgen darauf schon sehen wir den großen Stein, und dann sind es nur noch drei Stunden Fußmarsch.« Als hätte er damit ihre Fragen erschöpfend beantwortet, setzte er den Weg fort und schien sich nicht weiter um Helenes Tiraden zu kümmern. Nach einer Weile hatte sie sich mit ihrer lauten Schimpfrede selbst erschöpft und ließ sich schließlich ermüdet auf den Boden plumpsen.
»Mach doch, was du willst. Ich geh heute jedenfalls keinen einzigen Schritt mehr.« Parri schaute prüfend in den Sonnenuntergang und nickte.
»Gut.« Nach einer Weile riss er wortlos die wie in Fetzen hängende Borke eines hohen Eukalyptus in Streifen ab und hängte sie über ein einfaches Gerüst aus Zweigen, das er zuvor errichtet hatte, zu einer Art Giebel. Dann zauberte er aus seinem Beutel eine dünne Felldecke hervor und breitete sie unter dem simplen Zelt aus. Als er damit fertig war, sagte ihr sein Blick, dass sie reinkriechen sollte. Wortlos wickelte sie sich in das Fell, das erstaunlich weich und warm war, und schlief ein, noch bevor sie Parri weitere Fragen hätte stellen können.

Helene war erleichtert, als sie endlich Amarina sah. Der Rock, den sie trug, war der einzige, den sie bei sich hatte, und er starrte mittlerweile vor Dreck; ihre Bluse war am Ärmel von einem Strauch zerrissen und stank wahrscheinlich wie ihre Besitzerin zum Himmel. Doch das war Helene immer noch lieber gewesen, als in der Gegenwart von Parri nackt in einem kalten Fluss zu baden, deshalb hatte sie sich am Morgen mit einer Katzenwäsche begnügt.

Außerdem war sie schrecklich hungrig. Der Rest des Picknicks, das ihr die Freundinnen gepackt hatten, reichte noch als Frühstück nach der ersten Nacht. Ab dann war es an Parri, für sie zu sorgen, und er tat dies, indem er am Weg allerlei Beeren und Früchte sammelte und pflückte, von denen Helene die meisten nicht kannte. Trotz Parris Ermunterung blieb sie vorsichtig und probierte nur winzige Stückchen vom *Bushtucker*, wie es Parri nannte, der Buschnahrung der Aborigines. Ehe sie sich am Ende noch vergiftete, hielt sie sich lieber an das, was sie kannte. Parri hatte darauf bestanden, weiterhin ihren Ameisenbiss mit dem Saft der schönen Blume zu behandeln. Nach dem zweiten strammen Tagesmarsch war ihr diese kühlende Linderung sehr willkommen, und sie vergaß darüber ganz, dass es sich für eine junge Dame nicht ziemte, den Rock vor einem Fremden zu lüpfen – und schon gleich gar nicht vor einem Wilden.

Amarina hatte durch ihre große Sippe schon von Helenes erstem Gespräch mit Warrun erfahren und damit gerechnet, dass die hartnäckige weiße Frau irgendwann bei ihr auftauchen würde. Eine Traube von Kindern umstand die beiden Frauen nun, als sie sich umarmten. Einige der Kinder berührten Helene am Arm und zupften sie am Rock.

»Du nicht böse sein, Kinder hier noch nie gesehen weiße Frau.« Amarina verscheuchte die Kleinen und führte die ungleiche Freundin zur Feuerstelle in der Mitte des Lagers, wo sie sie den Stammesälteren vorstellte, die viel nickten und Helene in ihrer Sprache anredeten. Helene lächelte und nickte zurück. Dann stocherte Amarina mit einem Stock im Feuer und förderte unter der glühenden Kohle einen in Blätter eingewickelten Fisch zutage. Sie wies Helene an, sich hinzusetzen, und legte das geöffnete Päckchen vor ihr auf die Erde. Helene sah, wie die anderen aßen, und tat es ihnen gleich. Sie hatte noch nie Fisch mit den Fingern gegessen, doch diese Methode erwies sich als außerordentlich praktisch, weil sie dadurch jede Gräte fühlen konnte. Nie hatte ihr ein Fisch besser geschmeckt, auch wenn sie höllisch aufpassen musste, sich nicht die Finger zu verbrennen.

Nach dem Essen führte Amarina sie zu einem Baum am See, und sie setzten sich in seinen Schatten.

»Wie geht es dir?«, fragte Helene, doch Amarina wandte den Blick ab. Helene legte ihr die Hand auf den Arm. »Ich habe mir Sorgen um dich und Cardinia gemacht. Deshalb bin ich hergekommen – um mit eigenen Augen zu sehen, dass alles in Ordnung ist.« Amarina nickte. »Ich habe dich vermisst«, setzte Helene nach. Amarina schaute auf das Amulett, das Helene um den Hals trug. Helene nahm es in die Hand.

»Es ist wunderschön. Ich danke dir für das Geschenk. Warrun sagte etwas von einem Min-Min-Licht und dass du den Geist deines Mannes geschickt hättest.«

Amarina sah ihr in die Augen.

»Nicht geschickt, ist gekommen und hat gesungen. Sagt, ich bei dir bleiben. Wie Schwester.«

Helene wurde es seltsam zumute. Genau das hatte auch Warrun gesagt. Und tatsächlich fühlte sie sich ja auf merkwürdige Art zu dieser Frau hingezogen. Beinahe wirklich wie zu einer Schwester. Sie erschrak, denn sie kannte Amarina ja genau genommen kaum. Außerdem hatte sie bereits eine Schwester, auch wenn sie zu Katharina keinen Kontakt mehr hatte. Der Gedanke schmerzte sie kurz, wie immer, wenn sie an die Schwester dachte.

»Du bist ja sehr plötzlich verschwunden. Gibt es dafür einen besonderen Grund?« Sie hoffte, ihre Worte ermunterten Amarina, sich ihr zu öffnen. Amarinas Blick richtete sich in die Ferne. »Amarina?« Helene schaute die Freundin von unten an. Es fiel ihr nicht leicht, dieses Thema so beharrlich weiterzuverfolgen, aber sie brauchte die Gewissheit, dass sie Gottfrieds Notizen auch wirklich richtig interpretiert und nicht unter dem Eindruck der eigenen Bedrohung vielleicht doch falsch ausgelegt hatte. Sie brauchte Amarinas Bestätigung. War er wirklich so weit gegangen und hatte sich an ihr vergangen?
Amarina legte den Kopf zur Seite und erwiderte ihren Blick.
»Ich muss dich etwas fragen. Etwas, das dich vielleicht verletzt. Darf ich?«
Amarina hob Augenbrauen und Hände gleichzeitig, was Helene als Zustimmung nahm.
»Ich habe etwas gefunden. Ein Buch, in das Gottfried heimlich Dinge geschrieben hat.«
Das Weiche in Amarinas Gesicht war von einer Sekunde zur anderen einem starren Ausdruck gewichen.
»Ja?«, sagte sie, und es klang fast feindlich.
Helene räusperte sich. Sie wollte es nun so schnell wie möglich hinter sich bringen, auch auf die Gefahr hin, dass Amarina ihr böse sein würde.
»In diesem Buch habe ich Hinweise gefunden, dass Gottfried ... dass er dir weh getan hat. Stimmt das?« Sie sah auf, um Amarinas Reaktion abzuwarten.
Erst zeigte die junge Aborigine keinerlei Regung, doch dann füllten sich Amarinas Augen mit Tränen, sie liefen ihr übers Gesicht, das nun von Schmerz und Hass gezeichnet war.
»Wenn Mandu da, er ihn töten«, stieß sie zwischen zusammengepressten Lippen hervor.
Helene nickte nur. Sie war sich nicht sicher, ob Amarina umarmt werden wollte, und so saß sie einfach still neben ihr, bis

Amarina irgendwann aufhörte zu weinen. Dann standen die beiden Frauen auf und gingen ins Camp zurück.

Amarina musste den Frauen beim Fladenbacken helfen. Daher verbrachte Helene den Rest des Nachmittags mit Cardinia und ihren Freundinnen. Die Mädchen hielten sich vor Lachen die vorgereckten Bäuche, als sie vergeblich versuchten, ihr ein Fingerfadenspiel beizubringen. Helenes Hände erwiesen sich einfach als zu ungeschickt, um die Fäden in diese kunstvollen Knoten und Muster zu verweben, die die Kinder ihr mehrfach gezeigt hatten. Nach endlosen Versuchen gab sie es auf, was die Kinder geradezu verzückte. Immer wieder fassten sie die fremde Frau kurz am Arm an, und manche, zutraulich geworden, strichen ihr wie zufällig übers Haar. Cardinia schien sehr stolz auf ihre Lehrerin zu sein und führte sie den Kindern wie eine Trophäe vor. Es sah aus, als hielte sie ganze Vorträge über das merkwürdige Aussehen und die Kleidung der weißen Frau.
Verstohlen blickte Helene immer wieder mal zu Parri hinüber, der schon seit ihrer Ankunft inmitten der Stammesführer saß und gerade im Begriff war, sich wie die Alten das Gesicht mit Emufett und Asche einzureiben. Als er unvermittelt aufblickte und sich ihre Blicke kreuzten, schaute sie schnell zu Boden. Sie musste Amarina unbedingt nach Parri fragen. Soweit sie das beurteilen konnte, war er kein schlechter Mann und gutaussehend obendrein. Warum wollte die Freundin ihn nicht? Warum war sie eher bereit, ihren Stamm zu verlassen, als ihn zum Mann zu nehmen?

Am Abend tanzten die Männer ums Feuer und sangen. Dabei zischten sie manchmal wie Schlangen oder lachten wie der Kookaburra. Die Frauen schauten zu und klatschten rhythmisch in die Hände.

»Ein Corroboree für Gäste«, erklärte Amarina. Der Schein des Feuers erhellte ihr Gesicht, dessen Dunkelheit und ungewohnte Züge auf Helene exotisch und geheimnisvoll wirkten. Vielleicht war es ja vermessen, nach Parri zu fragen, aber sie wollte es dennoch wagen. Es war seltsam, doch sie fühlte eine größere Verbundenheit mit Amarina als mit jeder weißen Siedlerin, mehr noch als mit Anna oder Luise. Warum empfand sie so? Sie hatten doch so gut wie nichts gemein und kannten sich erst kurze Zeit.
»Wieso ist Parri nicht so dunkel wie du und die anderen?«, fragte sie dann einfach, nachdem sie sich kurz geräuspert hatte.
Amarina schaute traurig in die Flammen.
»Parris Mutter als Mädchen gearbeitet auf Farm von weißem Mann. Kam nachts zu ihr, wenn weiße Frau und Kinder schlafen. Später Parris Ma weggelaufen, mit Parri im Bauch.«
Helene schluckte.
»Parris Mum dann Frau von Wajtas-Mann.«
Helene verstand Amarina so, dass Parris Mutter schon seit ihrer Geburt dem Wajtas-Mann versprochen war, der sie trotz der Schändung durch den weißen Farmer wie vom Stamm vorherbestimmt zur Frau genommen hatte. Dabei erfuhr Helene auch, was es mit der *Moiety* auf sich hatte. Die Heiratsregeln erforderten, dass der Stamm in zwei Gruppen geteilt wurde, die jeweils *Moiety* genannt wurden. Jede dieser zwei Gruppen folgte einer elterlichen Abstammung, also entweder der Linie der Mutter oder der des Vaters. Es war die Pflicht eines jeden Mannes der ersten *Moiety*, eine Frau der zweiten zu heiraten und umgekehrt. Dieses alte Gesetz, erklärte Amarina, dürfe nicht gebrochen werden.
»Dann dürft ihr also nicht heiraten, wen ihr wollt?«
Amarina schüttelte den Kopf.
»Stamm bestimmt.«
»Und war das mit Mandu auch so? Hast du dich erst später in

ihn verliebt?« Amarina legte die Stirn in Falten. Kannte sie etwa die Bedeutung von »verliebt« nicht?«
»Mandu meine Mann. Immer.« Mit diesen Worten stand sie auf und begann, zwei Hölzer aneinanderzuschlagen. Anscheinend wollte sie nichts weiter zum Thema sagen, und Helene ließ es auf sich beruhen. Sie glaubte, die Freundin verstanden zu haben. Mandu war die Liebe ihres Lebens gewesen.
Eine Frage konnte Helene sich aber dennoch nicht verkneifen: »Warum spricht Parri so gut Englisch?«
Amarina seufzte. Helenes Fragerei schien ihr auf die Nerven zu gehen. Trotzdem ließ sie sich zu einer Antwort herab. Parri hatte viele Jahre seiner Kindheit in einer anglikanischen Mission gelebt. Wie es dazu gekommen war, wusste heute keiner mehr so recht, und genau wie seine Mutter schwieg Parri eisern über jene Zeit.

Am nächsten Morgen gab Amarina Helene zum Abschied das Kattunkleid. Die Aborigine hatte beschlossen, nie mehr nach Zionshill zurückzukehren, und würde es deshalb nicht mehr brauchen. Helene war für das Geschenk dankbar.
»Sehen wir uns trotzdem bald wieder?« Es fiel ihr schwer, Amarina gerade jetzt zu verlassen, da sie im Begriff waren, einander besser zu verstehen. Es gab so vieles, was sie gerne noch erfahren hätte.
Helene nestelte an dem Amulett um ihren Hals. Das Min-Min-Licht, Zeichen ihrer Freundschaft mit der jungen Aborigine. Das ihr einen Gesang schenken sollte. Hatte Warrun nicht etwas in der Art gesagt? Die Geister würden ihr im Traum einen Gesang schicken, und sie dürfe ihn nicht vergessen?
Tatsächlich hatte sie in der letzten Nacht einen wundersamen Traum gehabt, der nun in nebligen Bildern wie eine Ahnung zu Helene zurückkam. Wunderschöne Schmetterlinge tanzten

im Sonnenlicht, goldener Blütenstaub regnete ganz sachte auf sie herab und reflektierte die Strahlen. Sie erinnerte sich wieder an den herrlichen Garten, von dem sie geträumt hatte, voller exotischer Bäume und anderer Pflanzen. Und sie hatte in diesem Traum auch eine Melodie gehört, aber sosehr sie sich auch anstrengte, sie wollte ihr einfach nicht einfallen.
»Ich habe meinen Gesang vergessen«, brach es jetzt aus ihr heraus. Amarina strich ihr beruhigend über die Schulter.
»Du wirst finden deine Gesang. Amarina dir helfen. Du kommen bald zurück. Wir Schwestern.«
Helene nickte. Es war verrückt und bar jeder Vernunft, doch sie glaubte Amarina jedes Wort. Sie drückten einander, und dann gab Amarina ihr noch zwei aus Gräsern geflochtene Beutel. In den einen hatte sie Helenes schmutziges Kleid gepackt, in den anderen Damperbrot und allerlei Nüsse und Beeren als Wegzehrung.
»Parri dich bringen sicher heim.«
»Ich weiß. Lebe wohl!«

ROSEHILL, 21. JANUAR 2010

Mitch bestand darauf, Natascha seine Öljacke zu leihen. Es regnete mittlerweile in Strömen. Dann rannten sie durch das weiße Tor mit der Aufschrift »Rosehill Museum«, bis sie die überdachte Veranda erreichten. Mitch schüttelte sich wie ein nasser Hund, dicke Tropfen flogen aus seinem Haar. Natascha musste ihre Stimme heben, um gegen den prasselnden Regen auf dem Wellblechdach anzukommen. »Unglaublich, wie das auf einmal schüttet.«
»Heißt ja auch nicht umsonst Regenzeit.«
»Kommst du mit rein?«, fragte Natascha. Doch das Didgeridoo seines Handys brummte wieder, und Mitch signalisierte ihr, dass er draußen auf sie warten würde.
Natascha öffnete die Fliegentür, die quietschte, und trat ein. Ein Windspiel klirrte, als hinter ihr die Tür laut zuschlug. Sie zuckte zusammen, dann sah sie sich um. Vor ihr stand ein Drehständer mit verblichenen Postkarten, an den Wänden lehnten ein paar Regale mit Broschüren der Tourismusbehörde, wie sie Natascha schon aus Cairns kannte. Sie ging zum Schalter, niemand war da. Sie wartete einen Moment, dann schlug sie mit der flachen Hand auf die Klingel und wartete wieder. Ihre Hand spielte mit einem blauen Schmetterling aus Plastik, den sie aus dem Körbchen neben der Klingel genommen hatte. *Ulysses Butterfly. Handcrafted by local artist*, verriet der Aufkleber auf der Rückseite. Zwölf Dollar fünfzig. Stolzer Preis für diesen Kitsch, dachte sie und klingelte ein zweites Mal. Nichts geschah.
»Hallo? Ist da jemand?« Sie reckte den Kopf zur Tür, die hinter der Theke abging. Mit einem Seufzen warf sie den Schmet-

terling wieder in sein Körbchen zurück und wandte sich zum Gehen.
»Sorry fürs Warten, *Darling*. Bin schon da.« Mit einem leisen Ächzen stellte die füllige Frau einen dampfenden Teller ab. »Spätes Mittagessen. Wollte eigentlich bis halb fünf aushalten, aber … na ja.« Sie machte eine wegwerfende Bewegung, watschelte dann zur Kasse. »Nicht viel los heute. Wird auch nichts mehr bei dem Sauwetter.« Sie sah auf. »Eine Erwachsene?«
Natascha nickte. »Tut mir leid, dass ich Ihre Mittagspause unterbreche.«
Die Dame deutete auf ihre Hüften.
»Das macht gar nichts. Kann beim Essen gar nicht oft genug unterbrochen werden, *Darl*.« Der Körper der Dicken erbebte unter ihrem herzlichen Lachen. Der Geruch aufgewärmter Erbsensuppe breitete sich aus, und zusammen mit dem Regen verlieh er dem Raum eine behagliche Atmosphäre. Natascha verspürte instinktiv den Wunsch nach einer Tasse Tee und einer Wolldecke um ihre Schultern. Ihr Körper war wohl noch auf deutschen Winter gepolt, anders konnte sie sich diesen aberwitzigen Gedanken nicht erklären. Jedenfalls nicht bei dieser Affenhitze.
»Man hat mir gesagt, dass eine gewisse Helen Tanner hier gelebt haben soll.«
Die Dame nahm die Geldnote entgegen und zählte Natascha das Wechselgeld in die Hand.
»Das stimmt. Helen Tanner hat Rosehill der hiesigen Gemeinde vermacht. Ohne ihre alte Farm und das damit verbundene Erbsümmchen gäbe es unser kleines Tourismusbüro hier nicht. Sie sind ja am Dorf vorbeigekommen, da können Sie sich denken, dass so ein winziges Kaff sich keine großen Ausgaben leisten kann, um Touristen anzulocken. Na, und das Kulturzentrum der Orta gäbe es ohne Helen Tanner erst recht nicht. Tolles Ding übrigens, haben Sie es schon gesehen?«

»Ich komme gerade von dort. Wirklich beeindruckend. Diese Helen Tanner hat das alles erst möglich gemacht, sagen Sie?«
»Na ja, das war ja sozusagen die Auflage für das Erbe. Kein Kulturzentrum, keine Kohle.«
»Verstehe. Scheint ja eine interessante Frau gewesen zu sein. Kann ich hier mehr über sie erfahren?«
Die rundliche Dame schob eine Klappe im Tresen hoch und zwängte sich durch die Öffnung.
»Da sind Sie hier goldrichtig. Kommen Sie, der Raum nebenan, das war früher ihr Wohnzimmer. Der Gemeinderat hat dort eine kleine Dauerausstellung eingerichtet.« Sie ging zum hinteren Ende des Raumes und zeigte auf einen Durchgang. »Schauen Sie sich in Ruhe um, und wenn Sie Fragen haben, wissen Sie ja, wo Sie mich finden. Über meine Suppe gebeugt nämlich.« Sie warf den Kopf in den Nacken und lachte wieder schallend, dann ließ sie Natascha allein.
Natascha blickte sich um. Der schmucklose Raum war sicherlich nicht viel größer als ihr eigenes Wohnzimmer in Berlin. In einer Ecke stand ein zerschlissenes Sofa, das zu seinen besten Zeiten mal das Glanzstück dieser guten Stube gewesen sein mochte. Daneben stand ein wackliges Tischchen, darauf eine einfache Kerosinlampe. Mehr Inventar gab es nicht. Von der Decke schnarrte ein Ventilator. Natascha ging zu der Wand mit den Dokumenten, über denen ein paar Punktstrahler angebracht waren. Hinter einem Silberrahmen sah sie dieselbe Frau, deren Bild sie eben im Kulturzentrum der Orta entdeckt hatte. Es war ein Hochzeitsfoto. *Helen und John Tanner. Juni 1911.* Die Frau im Hochzeitskleid saß mit geradem Rücken und ernstem Gesicht auf einem Stuhl, der große, blonde Mann daneben hatte den Arm um die Lehne gelegt und schaute ebenfalls mit unbewegter Miene in die Linse. Daneben hingen in ungeordneter Reihenfolge ein paar alte Zeitungsartikel, die im Wesentlichen vom Wachstum der Farm und vom Erfolg der

Zuckerindustrie in Far North Queensland berichteten. Diese Artikel erstreckten sich über einen Zeitraum von mehr als dreißig Jahren, bis zum Ende des Zweiten Weltkriegs. Helen und John Tanner hatten offensichtlich eine, oder besser gesagt zwei ziemlich erfolgreiche Zuckerrohrfarmen betrieben. Bevor die beiden nach der Hochzeit ihre Güter zusammengelegt hatten, bewirtschaftete Helen Tanner Rosehill eigenständig. Später dann wurde das Ehepaar außerdem zu Miteignern zweier Zuckermühlen, verkaufte seine Anteile aber zu Beginn der Rezession rechtzeitig und konzentrierte sich fortan auf den Anbau.

Natascha rieb sich die Augen. Sie war müde, und nichts von alldem gab ihr einen Hinweis darauf, weshalb diese Frau mit ihrer Großmutter in irgendeiner Verbindung gestanden haben könnte. Als sie zur nächsten Wand ging, die sich thematisch mit einem Schiffsunglück zu befassen schien, stutzte sie plötzlich, und ihr Blick blieb an einem Brief aus dem Jahre 1911 hängen. Natascha überflog die zwei Seiten nur, denn im Augenblick interessierte sie die Handschrift viel mehr als der Inhalt des Schreibens. Sie nahm den Rucksack von der Schulter und zog den dünnen Plastikschuber hervor, in dem sie ihre Funde aufbewahrte. Sie entfaltete den jüngsten der geheimnisvollen Briefe an ihre Großmutter, den aus dem Jahre 1958, und hielt ihn neben das Schreiben hinter Glas. Die Unterschriften ließen keinen Zweifel. Helen Tanner aus Meena Creek hatte auch den Brief geschrieben, den sie gerade in den Händen hielt.

Jetzt, da sie die Verfasserin zweifelsfrei identifiziert hatte, begann Natascha, sich für die kleine Ausstellung zu erwärmen. Vielleicht würde sie hier ja auch auf den entscheidenden Hinweis stoßen, wie die Briefe aus der Schublade ihrer Mutter mit dieser entlegenen Farm in Australien zusammenhingen.

Bei dem Unglück ging es um ein Schiff namens Yongala, das

1911 in einem Zyklon vor Townsville untergegangen war. Einhunderteinundzwanzig Tote. Natascha hatte sich gerade in einen Bericht des *Brisbane Telegraph* vertieft, als ihr jemand auf die Schulter tippte. Sie fuhr herum und blickte in Mitchs Gesicht. Erleichtert legte sie eine Hand aufs Herz und atmete aus.
»Sorry, wenn ich dich erschreckt habe. Ich wollte nur nach dir sehen.« Er zeigte mit dem Daumen vorsichtig in Richtung Rezeption und senkte die Stimme. »Die gute Ruby kaut Besuchern nämlich gerne mal das Ohr ab, wenn es ihr zu langweilig wird.« Natascha lächelte und berichtete, was sie herausgefunden hatte.
»Was hatte Helen Tanner denn mit dem Untergang dieses Schiffes zu tun?«, fragte sie.
Mitch kratzte sich am Hinterkopf und warf einen Blick auf die unübersichtliche Menge an Artikeln an der Wand vor ihnen. Anders als im Kulturzentrum war hier offensichtlich kein Ausstellungsprofi am Werk gewesen.
»Soweit ich weiß, hat Rosehill einer Familie gehört, die mit der Yongala untergegangen ist.«
»Eine ganze Familie?«
Mitch nickte, suchte gleichzeitig nach den entsprechenden Informationen an der Wand. Sein Finger tippte schließlich auf einen bräunlichen Ausriss des *North Queensland Herald* vom Herbst 1911.
»Da steht es. Ein Auszug aus den Passagierlisten: Matthias Jakobsen samt Frau Katharina und drei Kindern.«
»Matthias, Katharina. Das hört sich nach deutschen Namen an.«
»Würde mich nicht wundern. In diese Ecke Australiens hat es gegen Ende des 19. Jahrhunderts viele deutsche Einwanderer verschlagen – tut es übrigens immer noch.«
»Hm. Und was hatte nun Helen Tanner mit der Yongala zu tun, mal abgesehen davon, dass sie später offensichtlich im

Haus dieser Familie lebte, die damals mit dem Schiff verunglückt ist?«

Mitch deutete auf den gerahmten Brief. Es war derselbe, der Natascha bei der Identifikation der Handschrift geholfen hatte.

»Helen Tanner hat sich seit dem Fund der Yongala dafür eingesetzt, dass die Fundstelle von den Behörden unter Schutz gestellt wird. 1961 hat es dann endlich geklappt. In diesem Brief hier bedankt sie sich beim *Department of Maritime Heritage.*«

»Das Schiff ist doch schon 1911 gesunken. Das hat aber lange gedauert, bis sie Erfolg hatte.«

»Ja und nein. Wenn man bedenkt, dass das Wrack erst 1958 gefunden wurde ...« Sein Kinn deutete auf einen Artikel aus demselben Jahr.

»1958 sagst du? Wie der Brief an meine Großmutter ...« Sie hatte Zeigefinger und Daumen an die Mundwinkel gelegt und strich sich damit nachdenklich zum Kinn hinunter. »Du scheinst dich ja gut auszukennen.«

Mitch hob die Schultern. »Immerhin gehört die Yongala zu einer der wichtigsten Touristenattraktionen in North Queensland, und ich arbeite eben in der Branche.«

»Touristenattraktion? Hab ich nicht gerade erst gelesen, dass das Wrack mehr als dreißig Meter tief liegt?«

»Genau. Es ist eine unserer *Top-Destinations.* Es gibt Taucher, die sagen sogar, es sei das beste Tauchwrack auf diesem Planeten.«

»Man kann die Yongala betauchen?«

»Ein guter Freund von mir hat eine Tauchschule in der Nähe des Wracks. Wenn du also selbst mal Lust haben solltest ...«

Natascha unterbrach ihn: »Noch mal zu Helen Tanner. Kannst du dir vorstellen, weshalb sie sich so viele Jahre für den Schutz des Wracks eingesetzt hat?«

Mitch schüttelte beiläufig den Kopf, er hatte sich gerade an einem anderen Artikel festgelesen.
»Kann ich dir nicht sagen, aber schau mal hier. Das ist ein Feature zum fünfzigsten Jahrestag des Unglücks. März 1961. Da hat ihr ein neugieriger Reporter wohl genau diese Frage schon einmal gestellt.«
Natascha beugte sich näher heran. Verblasste Farbfotos mit wenig Text. Wohl ein weniger seriöses Blatt, urteilte Natascha. Ein Foto zeigte eine alte Helen Tanner, die aufs Meer hinausschaute. Das dichte graue Haar hatte sie zu einem eleganten Knoten aufgesteckt, sie trug ein blaues Etuikleid.

Die Yongala berge das Geheimnis des Lebens, sagt Helen Tanner, als der Courier Mail sie nach der Motivation der Yongala-Stiftung befragt. Seit zwei Jahren setzt sie sich schon für den Schutz des Fundortes ein.

»Das Geheimnis des Lebens? Hört sich ja reichlich kryptisch an«, meinte Natascha.
»Ist wahrscheinlich gar nicht so geheimnisvoll gemeint, wie es klingt. Dazu musst du wissen, dass die Yongala eine unglaubliche Vielfalt an Meeresleben anzieht. Auch die großen Fische. Haie, Barrakudas, riesige Barsche. Das hat den ersten Tauchern damals einen ganz schönen Schrecken eingejagt.« Sein Finger wies wieder auf das Feature mit den Fotos. Ein Taucher hielt eine Harpune in die Kamera. Damit, las Natascha, wollte er versuchen, die Seemonster der Yongala in Schach zu halten. Natascha seufzte und rieb sich die Schläfen.
»Wann ist sie denn eigentlich gestorben?«
Es dauerte eine Weile, bis Mitch die Antwort gefunden hatte.
»1962 – ein Jahr nach diesem Feature zum fünfzigsten Jahrestag des Untergangs der Yongala.«
»Mir brummt der Schädel, Mitch. Ich krieg das alles nicht zu-

sammen. Das Foto mit Helen Tanner bei den Orta, die Yongala, der Brief in Berlin. Wie Teile eines Puzzles, nur habe ich keine Ahnung, wie ich sie zusammenfügen soll.«

Natascha rollte mit den Schultern und neigte den Kopf von einer Seite zur anderen, um die Verspannung zu lockern, die sie seit dem Flug befallen hatte.

»Vielleicht bist du nur zu verkrampft. Du bist doch gerade erst angekommen. Wie wär's, wenn du erst mal ein wenig relaxt?«

»Das wäre toll, aber ich hab leider nicht ewig Urlaub. In spätestens vier Wochen muss ich wieder zurück nach Berlin.«

Mitch dachte nach, dann strahlte er sie an.

»Wie wär's, wenn du das Nützliche mit dem Angenehmen verbindest?«

Sie schaute ihn fragend an.

»Ich hab doch meinen Freund mit der Tauchschule erwähnt. Also, was Cooleres als Tauchen gibt es auf der ganzen Welt nicht, glaub mir! So was von entspannend, dieses Schweben unter Wasser ... Und jetzt kommt der Super-Bonus: Keiner kennt die Yongala und ihre Geschichte so gut wie mein Kumpel. Also, was meinst du? Wir könnten gemeinsam hinfahren. Ich könnte auch eine Pause vertragen.«

Tauchen? Zusammen mit Mitch? Natascha war über seine Anhänglichkeit ein wenig irritiert. Zwar glaubte sie nicht länger, er könnte sie ernsthaft belästigen, aber es war auch nicht gerade so, als wären sie alte Freunde. Sie gab allerdings zu, dass Mitchs Hilfe sie bei ihren Recherchen ein gutes Stück vorangebracht hatte – auch wenn sie noch nicht wusste, wohin das alles führen würde. Mitch hatte sich jedenfalls als sehr hilfreich erwiesen. Vielleicht blieb das ja so? Natascha überlegte laut.

»Tauchen? Hm. Eigentlich wollte ich das schon immer mal lernen, aber ausgerechnet jetzt? Ich weiß nicht. Kannst du denn so einfach von deinem Job weg?«

»Die Saison ist im Januar erst mal vorbei, da kann ich mir eine

spontane Auszeit leisten.« Er rempelte sie kumpelhaft an. »Komm schon, das ist doch die Gelegenheit.«
Natascha warf ihm einen skeptischen Blick zu. Aber es war schwer, sich seiner Begeisterung zu entziehen, und bislang hatte sie auch noch keine anderen Pläne.
»Okay, von mir aus, aber wenn mich ein Hai anknabbert, mach ich dich dafür verantwortlich.«
Mitch setzte ein fettes Grinsen auf.
»Falls du dich dann noch beschweren kannst, gerne.«

Natascha taten jetzt noch die Knochen weh. Die Nacht auf dem Feldbett war der reinste Horror gewesen. Der Regen hatte bis früh in die Morgenstunden geräuschvoll gegen die hohen Fenster getrommelt, so dass es ihr trotz der Müdigkeit schwergefallen war einzuschlafen. Hätte sie nur ein klein wenig nachgedacht, als Mitch zur Übernachtung in Moondo geraten hatte, wäre sie mit ein wenig Phantasie darauf gekommen, dass einsame Nächte in einem fremden Gebäude sehr schnell sehr unheimlich werden können. Dauerregen, raschelndes Laub und Zweige, die der Wind wütend gegen das Fensterglas schlug. All dies hatte sie wach gehalten, vom Jetlag gar nicht zu reden. Erst im Morgengrauen fiel Natascha endlich in einen unruhigen Schlaf, träumte von schwarzen Männern, die um ein Feuer tanzten und fremde Lieder sangen. Gegen halb acht, als ein Mitarbeiter das Kulturzentrum aufschloss – viel zu früh –, holte Mitch sie ab. Gut gelaunt überreichte er ihr einen Pappbecher mit grässlichem Kaffee, der ihre Lebensgeister jedoch auch nicht beleben konnte. Nach einem Zwischenstopp in Cairns, wo Natascha ihre Sachen im Tropical zusammenpackte, waren sie gegen Mittag bereits auf dem Bruce Highway in Richtung Townsville unterwegs.
Mitch pfiff vergnügt vor sich hin, während er den Wagen durch die sattgrüne Landschaft steuerte. Der Highway entpuppte

sich als einfache Landstraße, und es hatte keine zehn Minuten gedauert, da hingen sie hinter einem dieser berüchtigten Roadtrains, die sich auf mehr Rädern fortzubewegen schienen, als ein Tausendfüßler Beine hat. Natascha fuhr sich über die müden Augenlider. Sie konnte den blöden Traum der vergangenen Nacht einfach nicht abschütteln. Er hatte sie verängstigt, ganz so als wäre sie wieder ein kleines Mädchen, dem es vorm schwarzen Mann graut. Besser, sie behielt diese kindische Reaktion für sich.
»Was schätzt du, wann wir da sind?«, fragte sie.
»Spielt das denn eine Rolle?«
Eigentlich nicht, sie hatte ja keinen Termin, aber verplempern wollte sie die wenige Zeit, die sie hier in Australien hatte, nun auch nicht gerade.
»Solange wir in Townsville noch die letzte Fähre nach Magnetic Island erwischen, ist alles easy«, ergänzte Mitch, der jetzt eine Kassette einlegte.
»Eine Kassette? Ein *Tape*? Dass so etwas noch existiert!« Natascha hob erstaunt die Augenbrauen. Mitch tat, als hätte er sie nicht gehört.
Natascha schob den Sitz nach hinten, lehnte sich zurück und schaute aus dem Fenster. Was sie sah, gefiel ihr. Die Straße schlängelte sich abwechselnd durch dichten, hohen Dschungel und flaches Land. Ein endloses Meer von Zuckerrohrfeldern wiegte sich im Wind, hier und da drängte sich eine Bananenplantage dazwischen. An den seltenen Stellen, an denen das Grün mal eine Pause einlegte, glänzte fette, rote Erde. Ein Schwarm Gelbhaubenkakadus flog von einem bestellten Feld auf, hochgescheucht von einem Traktor. In der Ferne sah sie Wallabys, eine kleine Känguruart, die der Lärm nicht im Geringsten zu stören schien. Der Teer der Straße vor ihnen dampfte, als würde er kochen, obwohl sich die Sonne nur für einzelne Momente zwischen den Wolken blicken ließ.

»*A Penny for your thoughts, my Dear*«, sagte Mitch fragend.
Sie wandte ihm das Gesicht zu.
Sie seufzte und setzte sich gerade hin. »Ich frage mich schon die ganze Zeit, was genau ich da eigentlich gestern rausgefunden habe. Ich kann mir einfach keinen Reim drauf machen.«
»Dann denk doch mal laut. Vielleicht fällt mir ja was dazu ein.«
Sie zögerte nur kurz. Weshalb sollte sie nicht mit Mitch gemeinsam überlegen?
»Also gut. Ich rekapituliere mal den Stand der Dinge, und bitte unterbrich mich nicht, sonst komme ich durcheinander.«
Mitch drehte die Musik leiser. *Black and White* von INXS. Passte irgendwie. Immerhin eine Band aus Australien, wenn auch nicht gerade aktuell.
»Also gut. Meine Großmutter ist laut Adoptionsurkunde ein sogenanntes Halbblut. Das heißt ja wohl, sie hatte einen weißen und einen schwarzen Elternteil. Wahrscheinlich eine schwarze Mutter und einen weißen Vater. Ein weißer Siedler, der etwas mit einer Einheimischen anfing. Dabei spielt es in meinen Überlegungen noch keine Rolle, ob diese sexuelle Begegnung freiwillig oder gewaltsam stattgefunden hat.«
»Du kannst ruhig von einer Vergewaltigung ausgehen. So wie die Machtverhältnisse waren, ist das wahrscheinlich.« Er schaute sie an. »Sorry für die Unterbrechung.« Natascha nickte.
»Okay, nehmen wir an, dass eine Aborigine von einem Weißen vergewaltigt wurde, der sich danach aus dem Staub gemacht hat. Weiter im Text. Im Kulturzentrum der Orta finde ich nun ein Foto, darauf: Helen Tanner und eine Aborigine namens Amarina. Es heißt, sie seien Freundinnen gewesen. Als Nächstes ist da dieser Brief, der in Rosehill an der Wand hängt und der beweist, dass die Helen von dem Foto mit jener Helen identisch ist, die über Jahre hinweg an meine Oma und deren Adoptiveltern geschrieben hat – im Auftrag der Orta, wie sie

selbst betont. Aus alldem schließe ich, dass möglicherweise diese Amarina meine Urgroßmutter gewesen sein könnte, und Helen Tanner wäre dann sozusagen ihre Mentorin, die für die Freundin den Kontakt zu ihrer Tochter aufrechterhalten hat.« Sie schaute Mitch erwartungsvoll an.
»Bist du fertig?«, fragte er nach einer Weile.
»Nicht ganz.« Natascha zupfte an ihren olivgrünen Shorts. »Jetzt kommen all die offenen Fragen. Beispielsweise die nach dem Vater. Mir fehlt jedenfalls der geringste Hinweis auf ihn. Und apropos Hinweis: Es gibt zwar ein Foto von Helen und Amarina, aber keines, auf dem ein Mischlingsmädchen zu sehen gewesen wäre. Es gibt bisher also nichts, was meine Großmutter tatsächlich mit diesen beiden Frauen in Verbindung brächte. Bislang sind das alles nur Vermutungen. Über diese Helen weiß ich bislang nur Folgendes: Sie hat mit ihrem Mann Rosehill übernommen, eine Zuckerrohrfarm, deren ursprüngliche Besitzer bei einem Schiffsunglück ums Leben gekommen sind. Die beiden sind erfolgreich. Dann, als 1958 das Wrack der Yongala gefunden wird, engagiert Helen sich stark für den Schutz des Fundortes, auch finanziell. Ich frage mich, warum? Weil sie die Farm einer Familie übernommen hat, die während des Unglücks ums Leben gekommen ist? Vielleicht. Von der Presse nach den Gründen für ihr Engagement befragt, redet sie jedenfalls nur obskures Zeug. 1962 stirbt sie.« Natascha schob den Sitz wieder nach vorne. »So weit meine Erkenntnisse. Irgendwelche Ideen, wie ich die klaffenden Lücken in meinen Recherchen ein bisschen verkleinern könnte?«
Mitch wiegte den Kopf hin und her. »Willst du meine ehrliche Meinung hören?«
Natascha nickte und sah ihn auffordernd an. Natürlich wollte sie das.
»Meiner Ansicht nach machst du schon ganz am Anfang einen entscheidenden Denkfehler.«

»Ach ja?«
Mitch strafte ihren spitzen Ton mit Missachtung.
»Du sagtest, deine *Nanna* müsse einen schwarzen und einen weißen Elternteil gehabt haben. Tatsächlich ist es aber so, dass schon ein kleiner Schuss schwarzen Blutes reicht, um ein Kind zum Halbblut zu machen. Oder anders gesagt: Es langt, wenn ein Elternteil ein paar Aborigine-Gene in sich trägt, um das Kind juristisch zum Halbblut werden zu lassen.«
»Du meinst, weder Vater noch Mutter müssten also ...« Natascha zögerte eine Weile, bevor sie das Wort über die Lippen brachte, »*reinrassig* gewesen sein?« Als Deutsche hatte sie mit diesem Adjektiv so ihre Schwierigkeiten, doch sie wusste nicht, welches Wort sie alternativ hätte gebrauchen können.
Mitch sah nicht so aus, als hätte er von ihrem inneren Konflikt irgendetwas mitbekommen.
»Genau, ein Hauch von *Black*, und du bist die längste Zeit weiß gewesen. Und das ist bis heute so.« Er schaute zu ihr rüber. »Ist so wie mit dem Würzen. Ein kleiner Schuss Tabasco, und schon machst du aus einem langweiligen Hackfleischeintopf ein scharfes Chili. *Got it?*« Er warf den Kopf zurück und fing an, schallend zu lachen.
Natascha verzog keine Miene. Mitchs äußerst lässig dahingeworfener Vergleich irritierte sie. »Und was genau willst du mir damit sagen?«
»Nichts weiter. Nur, dass diese Amarina keineswegs deine Urgroßmutter gewesen sein muss. Jedenfalls nicht allein deshalb, weil sie rabenschwarz war.« Natascha blickte auf ihre Füße, die in ungewohnten Flip-Flops steckten. Sie dachte nach.
»Dann wiederum ...«, fuhr Mitch fort.
»Dann wiederum, was?«
»Die Namensähnlichkeit zwischen Amarina und Maria könnte auf einen Zusammenhang zwischen den beiden hindeuten.« Natascha hörte ihm wieder aufmerksam zu.

»*Könnte*, sagte ich, nicht *muss*.« Mitch hatte den Zeigefinger erhoben, wie um den rein theoretischen Charakter seiner Überlegung zu unterstreichen. »Kinder von Aborigines, die später von Weißen adoptiert wurden, verloren oft ihren richtigen Namen.«
»Und wieso?«
»Weil ihren neuen Eltern die Namen zu fremd waren. Gehen wir mal rein theoretisch davon aus, dass deine Urgroßmutter einen typischen Aborigine-Namen hatte, Nampijimpa vielleicht. Damit konnte ein Europäer sicherlich nichts anfangen, also gab man dem Kind einen christlichen Namen – oft einen, der dem ursprünglichen Namen des Kindes oder dem eines seiner engen Familienmitglieder ein wenig ähnelte. Könnte also durchaus sein, dass deine *Nanna* als Kind einen für Weiße ungewöhnlichen Namen getragen hat. Der Name ihrer Mutter hingegen muss für europäische Ohren doch schon wesentlich vertrauter geklungen haben. Amarina. Maria. Na, wie klingt das?«
Natascha war überrascht. »Stimmt«, sagte sie, als die Erkenntnis endgültig eingesickert war. Sie blickte wieder aus dem Fenster. Noch mehr Zuckerrohrfelder.
»Wir sitzen auf einem mittelgroßen Haufen reiner Vermutungen. Im Grunde wissen wir nichts. Sehe ich das richtig?«
»Das siehst du verdammt richtig, Schwester«, bestätigte Mitch und drehte den Lautstärkeregler hoch. *Mystify*. Er schlug die rechte Hand gegen das Lenkrad und zuckte mit dem Kopf, als er in den Song einfiel. Wahrscheinlich betrachtete er die Diskussion damit als vorläufig beendet.

Sie hatten die letzte Fähre noch gerade so erwischt, und es war stockdunkel, als sie die kleine Insel erreichten. Vom Jetty in Nelly Bay dauerte es keine zehn Minuten, ehe sie über eine enge und steile Küstenstraße Horseshoe Bay erreichten, wo

Natascha eine kleine Ferienwohnung reserviert hatte. Mitch würde bei seinem Kumpel übernachten. Morgen früh wollten sie sich am Tauchshop treffen, der zu Fuß keine drei Minuten von ihrem Apartment entfernt lag.

Ihr neuer Unterschlupf war größer, als sie erwartet hatte. Ein richtiger kleiner Bungalow, mit einem hervorragenden Bett und einer etwas gewöhnungsbedürftigen Dusche. Ein kalter Strahl ließ Natascha aufkreischen. Erschöpft fiel sie ins Bett und schlief fast sofort ein. Dieses Mal träumte sie nicht, und dafür war sie dankbar.

Eine Glocke läutete. Natascha konnte das ungewohnte Geräusch zunächst nicht einordnen. Sie wälzte sich auf die andere Seite und spürte, dass ihr auch das Bett fremd war. Als sie endlich so weit wach war, dass sie wusste, wo sie sich befand, hievte sie die Beine müde über den Rand des Bettes und stand auf. Sie ging zur Haustür und öffnete. Vor ihr stand ein junger Mann, der im Begriff war, ein weiteres Mal die Kordel zu schwingen, die zu der nervtötenden Glocke gehörte.
»Hallo! Ich bin Alan, Mitchs Kumpel, der Tauchlehrer.« Er ließ die Kordel los.
Ihre vom Schlaf verklebten Augen registrierten einen großen Typen, ungefähr in ihrem Alter. Natascha rieb sich die Augen. Jetzt nahm sie auch Details wahr. Blaue Augen, Bartstoppeln, Kinngrübchen. Das Gesicht dazu hatte sich zur Seite gelegt und lächelte sie schelmisch an. Lachfalten, ergänzte sie ihre mentale Detailliste. Im selben Augenblick wurde ihr bewusst, wie sie da vor ihm stand. Verquollene Augen, ungekämmtes Haar und als Nachthemd ein altes T-Shirt, das ihr gerade mal bis zum Hintern reichte. Immerhin – sie trug einen Slip. Bildete sie sich das ein, oder hatte er sie gerade von oben bis unten gemustert? Mit einer Hand fuhr sie sich durch die Locken, die andere zog verlegen am T-Shirt.

»Äh, Natascha. Hallo.«
»Entschuldige, dass ich hier so aufkreuze, aber Mitch hat mir erzählt, dass ihr euch um neun im Tauchshop treffen wolltet. Daraus wird nämlich nichts. Mitch hat gestern auf dem Weg zu mir noch einen kleinen Umweg ins Pub eingelegt, und, tja, was soll ich sagen? Er schläft noch tief und fest, und das ist auch ganz gut so. Ich selbst bin um neun nicht mehr im Shop, sondern mit meinem Tauchkurs draußen.« Bei »draußen« bewegte er sein Kinn in die entsprechende Richtung, und als Nataschas Blick ihm folgte, sah sie das Meer, von dem sie nur eine schmale Straße und der breite Strand trennte. Alan schob eine Hand in die Hosentasche seiner Shorts. Natascha zwinkerte ins Sonnenlicht.
»Wie spät ist es denn jetzt?«
»Gleich acht. Tut mir leid, wenn ich dich geweckt habe. Dein Vermieter hat den Begriff *Türglocke* wohl ziemlich wörtlich genommen.«
Natascha lächelte, schüttelte dann den Kopf.
»Kein Problem.« Langsam wachte sie auf. Alan hielt ihr den großen Pappbecher hin, den er die ganze Zeit über in der anderen Hand gehalten hatte. »Als kleine Entschuldigung für Mitch sozusagen. Cappuccino, extrastark. Hoffe, das ist okay so.«
»Danke.« Natascha lächelte wieder und nahm dankbar den Kaffee entgegen.
»Also, ich muss dann los. Wenn du magst, sehe ich dich gegen drei am Tauchcenter? Bis dahin kannst du dir dort schon mal einen Tauchanzug und die Ausrüstung zusammensuchen. Okay?«
»Ja, gut, mach ich.«
Alan hob zum Abschied die Hand und lief zum Strand runter. Sie sah ihm nach, wie er ins Meer hineinwatete und in ein schwarzes Schlauchboot kletterte, in dem schon eine Gruppe von Leuten saß. Alans Ellbogen stieß zweimal ruckartig zu-

rück, dann hatte er den Motor angelassen und lenkte das knatternde Boot aufs Meer hinaus.

Natascha setzte sich auf die Stufen ihrer Veranda und nippte am Kaffee. Stark und cremig, genau wie sie ihn mochte.

Das Meer glitzerte in der frühen Sonne. Als sich das Boot entfernt hatte, wurde es wieder ruhig; bis auf einen einsamen Jogger lag der Strand verlassen. Sie lauschte dem Durcheinander der Vogelstimmen und ließ sich Zeit mit dem Wachwerden. Etwas war anders, seit sie auf der Insel angekommen war. Sie drehte eine Haarsträhne nachdenklich um einen Finger. Plötzlich wusste sie es. Natürlich, Mitch hatte es ihr doch gestern erzählt. Die drückende Schwüle war verschwunden. Obwohl Magnetic Island keine vierhundert Kilometer vom tropischen Cairns entfernt war, lag die Insel bereits in einer anderen Klimazone, den Subtropen. Natascha atmete die trockene Luft tief ein und war froh, Mitchs Vorschlag gefolgt zu sein. Er hatte recht gehabt, sie musste sich ein wenig entspannen, und sie glaubte nicht, dass es dazu einen besseren Ort geben konnte als diese Insel.

Rosehill, April 1911

Helene erhob sich von der Bank und begann wieder, im Garten umherzustreifen, dieses Mal ein wenig ruhiger. Dennoch schaffte sie es nicht länger, als ein, zwei Minuten still zu sitzen. Wie könnte sie auch? Noch immer gab es keine Neuigkeiten, was Katharinas Familie betraf. Und auch was die Suche nach Nellie anbelangte, hatte es keinen Fortschritt gegeben. In manchen Momenten wusste Helene nicht, wohin mit sich und all ihren Ängsten. Dann sprang sie auf und fing an, ziellos umherzulaufen. Sie musste einen klaren Kopf bewahren, durfte die Panik nicht die Oberhand gewinnen lassen, wenn sie überhaupt etwas ausrichten wollte. Vor allen Dingen musste sie sich beruhigen.

Sie setzte sich wieder und richtete ihren Blick starr geradeaus. Sie fühlte sich getrieben wie ein gehetztes Tier, das nicht wusste, wohin es fliehen sollte. In ihrer Verzweiflung klammerte sie sich an die Menschen, die ihr Mut machten. Parri – auf ihn war Verlass, das sagte sie sich in einem fort. Er hatte ihr in Brisbane versprochen, die Kinder zu finden, und sie hatte ihm angesehen, dass es ihm genauso ernst war wie ihr. Es war nur dieses tatenlose Warten, das sie noch wahnsinnig machte. Könnte sie bloß irgendetwas tun! Irgendwohin fahren, sich selbst auf die Suche machen.

Sie schaute in den hellen Himmel, als könne sie dort irgendwelche Antworten finden, erblickte aber nur ein paar heitere Wattewölkchen, die rein gar nichts mit ihrem Gemütszustand gemein zu haben schienen. Nellie hätten sie allerdings gefallen. Mit kindlicher Begeisterung hätte sie Helene auf jeden einzelnen der weißen Tupfen hingewiesen, ihre »Schäfchen«. Sie hätte sie wieder und wieder beschrieben und durchgezählt, bis die kleine Herde irgendwo in der Ferne verschwunden wäre. Helenes Mundwinkel verzogen sich zu einem Lächeln. Sie schaute den Wolken nach, bis die ersten hinter dem Haus verschwanden.

Helene zog hörbar die Luft ein. Sosehr sie auch grübelte, am Ende kam sie immer nur zu dem einen Schluss: Sie musste auf Rosehill ausharren. Wegen Nellie. Wegen Nellie war sie damals überhaupt erst nach Rosehill gekommen. Wegen Nellie hatte sie hierherkommen *müssen*. Nellie kannte im Grunde nichts anderes als diesen Ort. Vielleicht nahm die Polizei ja doch noch Vernunft an, sah das Unrecht ein und brachte Nellie zurück nach Rosehill? Es wäre immerhin möglich. Was, wenn sie dann nicht hier wäre?

Sie sollte Nellies Bettchen frisch beziehen, damit alles bereit war, wenn ihr Kind zu ihr zurückkam. Doch sie zögerte, hielt sich die Faust vor den Mund, unentschlossen und nachdenklich. Früher oder später musste sie die Tür zum Kinderzimmer öffnen und sich dem Schmerz stellen. Die Spielsachen, die Puppe. Helene fürchtete, der Anblick wäre mehr, als sie ertragen konnte.

Dennoch ließ sie die Faust sinken, atmete tief durch. Dann ging sie ins Haus, stand eine Weile vor Nellies Tür, noch nicht bereit, sie zu öffnen. Schließlich wandte sie sich wieder von der Tür ab und wanderte ziellos durchs Haus. Wie still es hier war. Kein Geklapper in der Küche, kein Kinderlachen, kein Geschrei. Von der Koppel hörte sie das Schnauben der Pferde, im Zimmer nebenan summte eine Fliege.

Es kam ihr wie eine Ewigkeit vor, seit sie Neu Klemzig verlassen hatte. Wenn Gottfried damals nicht gewesen wäre, dann wären sie und Nellie nie hierhergekommen. Ein perfider Gedanke. Ausgerechnet der Mann, den sie am allermeisten verabscheute, war für ihre glücklichsten Stunden verantwortlich, die

Stunden mit Nellie bei Katharina und ihrer Familie. Hätte Gottfried sie damals in Neu Klemzig nicht immer wieder aufs Neue bedrängt, hätte er ihr am Ende nicht angetan, woran sie eigentlich nie wieder denken wollte, dann wäre ihr Leben anders verlaufen.

Helene ließ sich schließlich auf die Küchenbank sinken und strich mit der Hand gedankenverloren über das Holz der Tischplatte. Jeden Abend hatten sie hier gemeinsam gegessen. Die unbeschwerten Momente … man nahm sie viel zu schnell als selbstverständlich hin. Das alltägliche Chaos am abendlichen Esstisch. Matthias, der, gerade vom Feld gekommen, schon mal was aus den Töpfen am Herd stibitzte, bevor er sich Gesicht und Hände wusch. Der vorgebliche Ärger der Schwestern über diese Frechheit. Schüsseln, die mal hierhin, mal dorthin quer über den Tisch gereicht wurden, von Nellie verschütteter Saft und Peters Freude darüber. Die Bilder, die Helene jetzt einfielen, erzählten ihr von Familie, von Glück. Wie anders war es doch an Vaters Tisch gewesen, streng und kalt. Manchmal, wenn hier in der Küche mal wieder ein Becher umgekippt war oder eine Gabel zu Boden fiel, sahen sich die Schwestern über den Tisch hinweg an, und dann mussten sie beide lächeln, weil sie sich an früher erinnerten und weil sie so nie wieder leben wollten.

Cairns, Regenzeit 1905 / 1906

Sie hatte es geschafft. Sie war Gottfried entkommen. Helene atmete auf. Doch schon standen neue Probleme an. Helene warf einen Blick auf ihre Reisegefährtinnen und seufzte leise. Amarina und Cardinia hatten sich nicht abschütteln lassen und darauf bestanden, sie nach Queensland zu begleiten. Jetzt war die seltsame Reisegruppe in Cairns gelandet. Helene, Amarina und Cardinia standen am Pier und blickten sich nach einer Kutsche um. Der Schweiß brach Helene aus allen Poren. Das Atmen fiel ihr schwer, und sie war durstig, obwohl es noch keine halbe Stunde her war, seit sie ein Glas Wasser getrunken hatte. Es hatte einige Mühe gekostet, Amarina davon zu überzeugen, ihr Kleid anzubehalten, und auch die kleine Cardinia beklagte sich über die klamme Hitze. Helene fühlte sich beklommen und schwindlig. Am besten, sie suchten sich sofort eine Unterkunft.

Am Ende des Piers, wo man auch ihre Zedernkiste ausgeladen hatte, fanden sie mit einiger Mühe eine Kutsche. Sie brachte sie ins Hotel in der Abbott Street, das ihnen der Steward als günstig und sauber beschrieben hatte. Wie anders es hier doch aussah, verglichen mit Adelaide oder gar Neu Klemzig! Die meisten Häuser an der Esplanade waren aus Holz und weiß gestrichen. Sie standen auf Pfählen, und statt Vorhängen befanden sich hölzerne Lamellen vor den hohen Fenstern, deren Schlitze geöffnet waren. Die Front der einstöckigen Wohnhäuser säumte in der Regel eine Veranda, die manchmal sogar das gesamte Gebäude umlief. Am meisten erstaunte Helene jedoch die Natur. Wo nicht gerade ein Haus stand oder eine Straße es verhinderte, wucherte es nur so, völlig anders als im Süden, wo

es um diese Jahreszeit verbrannt, verdörrt und braun war. Und wie es duftete! Die Blumen verströmten einen Duft, der so betörend süß war, dass er ihr sofort zu Kopfe stieg. Oder war es doch nur die ungewohnte Hitze? Oder eine Folge von ... Helene verbot sich jeden weiteren Gedanken. Sie war froh, dass sie die kurze Strecke zum Old Imperial nicht gelaufen waren, denn die Straße erwies sich als schlammig, vom starken Regen vollkommen aufgeweicht. Der Kutscher sagte ihr, dass die Fahrt nach Meena Creek, wo ihre Schwester Katharina lebte, zwei Tage dauern würde. Bis nach Innisfail könnten sie mit der Postkutsche fahren, und von dort müssten sie sich eine Kutsche mieten, die sie landeinwärts in die Misty Mountains bringen würde, an deren Fuße Meena Creek lag. Allerdings, so hatte der Kutscher sie gewarnt, müsste man in der Regenzeit damit rechnen, dass die Wege immer wieder mal unpassierbar würden, und von daher sei es reine Glückssache, ob sie durchkämen. Im schlimmsten Fall müssten sie sogar das Ende der Regenzeit abwarten, bevor sie ihre Reise fortsetzen könnten.
Er musste Helenes erschrockenen Blick bemerkt haben, denn er fügte hinzu, dass ihre Chancen zurzeit gar nicht so schlecht stünden. Ihm sei zumindest noch nichts über eine Wegsperrung auf der Strecke nach Meena Creek zu Ohren gekommen.

Die drei Frauen teilten sich ein Hotelzimmer. Amarina lehnte es nach wie vor hartnäckig ab, in einem Bett zu schlafen, ebenso Cardinia, daher ließ Helene die beiden auf dem Boden neben ihrem Bett übernachten. In der Nacht befielen sie wilde Träume, die sie schweißnass hochschrecken ließen. Sie wusste nicht, wo sie war, und erschrak, als sich ein dunkler Schatten vor ihr Gesicht schob.
»Ich. Amarina.«
Helene atmete erleichtert auf und ließ sich mit einem nassen Tuch die Stirn abtupfen und Wasser reichen.

»Du ruhen. Kindgeist dich sonst verlassen.«

»Kindgeist? Sag nicht immer solche Sachen, die mich noch zu Tode erschrecken!«

»Du neue Mutter von Kindgeist. Kindgeist wollen dich. Du nicht reisen morgen.«

»Kindgeist, Kindgeist! Hör endlich auf mit diesem heidnischen Gefasel!« Helene schrie jetzt fast. »Mir und meinem Kind geht es sehr gut. Morgen machen wir uns auf den Weg. Ich will bei meiner Familie sein, ich will zu meiner Schwester.« Helenes Nerven waren dünn wie Papier, nicht zuletzt, weil sie wusste, dass Amarina recht hatte. Sie war schwanger, und sie hatte Fieber. Ihr Geld reichte vielleicht noch für zwei Monate, wenn es hochkam für drei. Wovon sollten sie dann leben? Außerdem sehnte sie sich nach ihrer Familie, am meisten nach ihrer Mutter. Ob es daran lag, dass sie bald selbst Mutter sein würde? Eigentlich war sie ihrer Mutter nie sonderlich nahe gewesen.

Amarina hielt ihr etwas hin, das wie ein Stück Borke aussah. »Du kauen, und heiße Haut verschwinden.« Die junge Aborigine nickte ihr aufmunternd zu, bis Helene schließlich zugriff und sich die Rinde vorsichtig in den Mund schob. Sie konnte nicht leugnen, dass sie mit der Medizin der Aborigines bislang nur gute Erfahrungen gemacht hatte. Angewidert verzog sie den Mund und schüttelte sich, kaute aber weiter. Amarina schleppte in ihren geflochtenen Taschen offensichtlich ganze Apotheken mit sich herum.

»Du Kleid ausziehen.« Sie spürte Amarinas Zeigefinger auf ihrer Brust. Es widersprach zwar Helenes Gefühl für Anstand, nackt zu schlafen, aber sie hatte jetzt nicht die Kraft für eine weitere Auseinandersetzung; das Nachthemd klebte ohnehin nur unangenehm an ihrem schweißnassen Körper. Amarina half ihr beim Ausziehen und drückte sie dann behutsam ins Kissen zurück. Dann fächelte sie ihr mit einer aufgeschlagenen

Bibel, die sie auf dem Nachttisch gefunden hatte, Luft zu. Ganz gleich, was Amarina morgen sagen oder tun würde, dachte Helene noch, bevor ihr vor Erschöpfung die Augen zufielen, sie würde auf diese Postkutsche klettern und zu Katharina reisen.

»Fünf«, zählte Cardinia laut, womit sie sich darauf bezog, wie oft die Kutsche schon im Morast stecken geblieben war. Ihre Mutter schüttelte nur still den Kopf, doch anders als Amarina riss Helene langsam der Geduldsfaden. Sie beugte sich erbost über die Schulter des Kutschers.
»Grundgütiger, wie lange soll das denn noch so weitergehen? Wir sind noch keine drei Stunden unterwegs und sitzen bereits zum wiederholten Male fest. Dabei haben Sie selbst uns noch erzählt, der Weg sei frei!« Wütend hatte sie ihre Arme in die Seiten gestemmt. Der Kutscher schien sturer als seine zwei alten Gäule, die die Unterbrechung nutzten, um gemächlich ein paar Büschel Gras vom Wegesrand zu zupfen. Statt einer Antwort sprang der bullige Mann vom Bock und sah unter den Zweispänner.
»Verdamm mich noch mal! Zur Hölle mit diesem elenden Karren!« Fluchend trat er gegen das Rad, das ihm am nächsten war, so dass Helenes Rocksaum zu zittern begann. Dann murmelte er halblaut vor sich hin, ohne seinen drei Fahrgästen Aufmerksamkeit zu schenken.
»Achten Sie auf Ihre Sprache, guter Mann! Wir haben immerhin ein Kind an Bord.« Helene beugte sich zu ihm hinunter. »Was ist denn los? Können oder wollen Sie den Karren nicht mehr aus dem Dreck ziehen?«
Endlich tauchte sein Kopf wieder auf. Er zog die Mütze ab und kratzte sich am Hinterkopf.
»Tut mir leid, junge Dame, aber ich fürchte, unsere Reise ist vorerst vorbei. Die Achse ist gebrochen.«

Helene wusste genug über Fuhrwerke, um keine dummen Rückfragen zu stellen. Sie ließ sich langsam auf ihre Sitzbank sinken. Eine gebrochene Achse konnte man nicht auf die Schnelle reparieren, und schon gar nicht ohne das entsprechende Material und Werkzeug.

»Was machen wir denn nun?«, fragte sie leise. Ihre Wut war schlagartig verraucht, stattdessen spürte sie, wie sich langsam Verzweiflung in ihr regte.

»Warten, bis jemand vorbeikommt und uns Hilfe holt.«

»Und was meinen Sie, wie lange das dauern wird?«

Der Kutscher setzte seine Mütze auf und zog sich den Schirm tief in die Stirn.

»Kann ich nicht genau sagen. Wenn wir Glück haben, heute noch. Mit einigem Pech erst in drei, vier Tagen.«

»Drei, vier Tage! So lange können wir doch nicht warten.« Unbewusst hatte Helene schützend die Arme um den Bauch gelegt. Amarina hatte die Geste wohl bemerkt, und während Cardinia mit ihren nackten Beinchen lustvoll im Schlamm vor der Kutsche herumhüpfte, richtete Amarina ihren dunklen Blick auf den dichten Dschungel, der wie eine Wand vor ihnen lag. Bäume so hoch wie Häuser, die grünen Schattierungen in ihrem Laubwerk so zahlreich, dass ein ungeübtes Auge Schwierigkeiten hatte, sie überhaupt wahrzunehmen. Wo die dichten Baumkronen einen Sonnenstrahl durchließen, wuchsen riesige Farne. Amarina hob ihren Blick und sah in den Himmel, wohin sich ein Schwarm Papageien vor den menschlichen Eindringlingen geflüchtet hatte. Nach einer Weile wandte sie sich Helene zu, die zusammengesunken auf der Bank saß und nachzudenken schien.

»Wir gehen. Orta-Leute nicht weit von hier. Komm!« Amarina zog die verdutzte Helene am Ellbogen hoch und half ihr, vom Wagen herabzusteigen. »Rede mit Mann. Sag, deine Kiste hierhinstellen.« Sie deutete auf einen Farn von eindrucksvoller

Größe, der sich von den anderen durch einen silbrigen Schimmer unterschied. Regentropfen perlten hell wie geschliffene Diamanten von seinen Blättern.

»Wer sind denn diese Orta-Leute, und woher willst du wissen, wie weit es noch zu ihnen ist?« Helene sah die Aborigine fragend an.

»Orta mein *Mob*, Teil von meine Stamm. Orta-Totem ist große Schlange, sehr mächtige Totem. Komm, müssen gehen bevor dunkel.«

Helene schüttelte Amarinas Arm energisch ab. Das alles hier wurde ihr langsam zu viel und auch zu unheimlich. Amarina war ihres Wissens doch noch nie zuvor hier gewesen. Warum sollte sie sich mit zwei Wilden durch gefährlichen Dschungel kämpfen? Doch Amarina zog sie wieder am Arm, so, als hätte sie ihren Widerspruch gar nicht wahrgenommen.

Jetzt reichte es Helene, wütend stampfte sie mit dem Fuß auf. Rötlicher Schlamm bespritzte ihr weißes Leinenkleid.

Ihre Stimme klang schrill: »Lass mich endlich los! Ich bin nicht eine von deinen madenfressenden Schwestern! Ich ziehe nicht durch dunkle Wälder, um dann nackt ums Feuer zu tanzen, verstehst du? Ich will endlich zu meiner Schwester.« Tränen standen in Helenes übermüdeten Augen.

Plötzlich krümmte sie sich. Ein Schmerz so schneidend wie ein Messer war ihr durch den Unterleib gefahren und ließ sie in die Knie gehen.

»Komm, nicht warten, komm!« Erneut zog Amarina sie hoch, packte mit festerem Griff zu. Vom Schmerz noch wie betäubt, folgte ihr Helene, dieses Mal, ohne Widerstand zu leisten. Cardinia griff nach der Hand der Mutter, als Helene sich zum Kutscher umdrehte. Sie keuchte, und die Worte kamen ihr nur stockend über die Lippen.

»Die Kiste. Stellen Sie die Kiste verdeckt unter den silbernen Farn dort drüben, und merken Sie sich die Stelle, hören Sie?

Falls sie noch da sein sollte, wenn Sie das nächste Mal hier vorbeikommen, unterrichten Sie bitte die Behörden, damit sie nach mir suchen.« Der Kutscher nickte verdattert, ließ sie aber ziehen. Das hatte er in all den Jahren, in denen er als Kutscher arbeitete, noch nicht erlebt. Eine weiße Frau, die sich mit den Wilden in die Büsche schlug. Fluchend schleppte er die schwere Kiste an die von Helene bestimmte Stelle und bedeckte sie mit Efeu. Dann nahm er die Mütze ab und kratzte sich wieder den feuchten Nacken. Hoffentlich würde dieses seltsame Verschwinden seiner Passagiere nicht noch zu einem Problem für ihn. Doch für Zweifel war es nun zu spät. Er hätte nämlich schon jetzt nicht mehr sagen können, wo genau die drei Frauen die Dschungelwand durchbrochen hatten. Es war, als hätte die grüne Hölle sie einfach verschluckt.

Helene wusste nicht, ob es das Fieber war oder die unerträgliche Schwüle, was sich wie eine Dunstglocke über sie gelegt zu haben schien und ihr das Atmen fast unmöglich machte. Immer wieder wachte sie für kurze Zeit auf, und dann sah sie merkwürdige Gestalten, die sich über sie beugten und in einer fremden Sprache auf sie einredeten. Ein Gesicht kam ihr bekannt vor. Amarina. Gott sei Dank!
Ein Feuer brannte neben ihr, und grüne Zweige, die jemand aufs brennende Holz gelegt hatte, entwickelten einen starken, weißen Rauch, der sie husten ließ und aus ihrem Dämmerzustand weckte. Noch bevor sie Amarina fragen konnte, wo sie war, spürte sie wieder diesen Schmerz, an den sie sich wie an einen fernen, schrecklichen Traum erinnerte. Richtig. Sie war schwanger, und offensichtlich hatte sie Wehen. Sie war noch zu benommen, als dass die aufkommende Panik vollständig Besitz von ihr ergreifen konnte. Sie schluckte schwer und versuchte, sich zur Vernunft zu rufen. Dazu setzte sie sich auf und griff sich an die Stirn. War sie ernsthaft krank? Wo war sie

überhaupt? Amarina nahm ihre Hand und streichelte sie besänftigend.
»Ich bei dir. Du aufgewacht. Jetzt alles gut. Kind kommen bald.« Neben Amarina sah sie vier weitere Frauen, die um sie herumsaßen. Zwei kümmerten sich ums Feuer, und zwei sangen ein fremdes Lied, das ihr tröstlich erschien.
»Rauch heißen dich und Kind willkommen, Gesang rufen gute Geister.«
Eine Welle des Schmerzes übermannte Helene und brach sich in ihrem Schoß. Ihre Finger krallten sich in Amarinas Hand. Amarina lächelte und nickte ihr zu. Helene hatte keine Wahl. Sie musste diesen Frauen vertrauen.
Auf ein Zeichen Amarinas zogen die Frauen Helene vorsichtig über ein Erdloch, das sie gegraben hatten, und sorgten dafür, dass sie darüberhockte. Helene würde sich später daran erinnern, wie erschrocken sie über die Erkenntnis war, dass ihr Kind bei der Geburt in ein Erdloch fallen würde. Die nächste Wehe ließ sie aufschreien. An das, was danach geschah, erinnerte sie sich nur schleierhaft. Da war die beruhigende Hand Amarinas, der gleichmäßige Singsang der fremden Frauen, der wohlriechende Rauch und plötzlich das Kind in ihren Armen. Ihre Tochter.
Nellie Amarina.

Es dauerte einige Zeit, ehe sich Helene wieder einigermaßen bei Kräften fühlte. Wenn sie Amarina recht verstanden hatte, war sie auf halbem Weg zu den Orta in Ohnmacht gefallen. Sie konnte von Glück sagen, dass der Stamm Amarinas Rufe schließlich gehört hatte. Die Frauen der Orta, deren Sache es war, sich um Niederkünfte zu kümmern, hatten Amarina nicht viel Hoffnung machen können. Die weiße Frau war schwach. Trotzdem entzündeten sie Amarina zuliebe das Feuer und begannen mit ihrem monotonen Gesang. Amarina war an ihrer

Seite gewesen, als Helene am Ende doch noch aufwachte und ihr kleines Mädchen gesund zur Welt brachte. Nellie war zu früh zur Welt gekommen, und deshalb war es völlig ausgeschlossen, dass sich Helene mit ihr in nächster Zeit auf den Weg zur Schwester machte. So erschöpft wie sie und ihr Kind waren, nahm Helene das Angebot der Orta dankbar an, bei ihnen zu bleiben, bis sie wieder einigermaßen zu ihrer alten Kraft gefunden hatte. Jedes Mal, wenn sie in das winzige Gesicht ihrer Tochter sah, waren all ihre Sorgen, die die Zukunft betrafen, wie weggeblasen. Sie strich Nellie über das weiche, dunkle Haar und küsste ihre Stirn. Die Kleine war so zart, so zerbrechlich und doch perfekt. Ein Wunder.
Helene weinte viel in den ersten Tagen, meistens vor Freude, aber auch vor Erschöpfung. Amarina und die anderen Frauen kümmerten sich derweil rührend um sie, und ganz allmählich begann das Gefühl der Fremdheit von ihr zu weichen. Bald kannte sie die Frauen bei ihrem Namen und empfand Dankbarkeit für ihre Hilfe und Anteilnahme. Was hätte sie ohne die Aborigines nur getan? Amarina hatte die richtige Entscheidung getroffen, als sie Helene fast schon gewaltsam zum Stamm der Orta gezerrt hatte. Helene wollte sich gar nicht erst ausmalen, wie es gewesen wäre, wenn sie beim Kutscher geblieben wäre. Das war auch der Grund, weshalb Nellie als zweiten Namen den Namen der Freundin trug.
Moondo hieß dieser Ort im Dschungel. Er war nicht viel mehr als eine große Lichtung im ansonsten düsteren Urwald. Die Frauen brachten Helene Früchte und gekochte Wurzeln. Bis auf die fetten, gelblichen Larven, die Amarina und die anderen für eine Delikatesse hielten, die sie selbst aber nicht mal anfassen mochte, aß sie alles und war nicht selten überrascht, wie gut es schmeckte. Die meiste Zeit des Tages verbrachte sie im Schatten eines Gummibaums, wo ihr, wann immer sie es wünschte, eine Frau Gesellschaft leistete und ihr vorsang oder

zeigte, wie man einen Korb aus Gräsern band. Helene verbrachte viel Zeit mit Amarina. Sie lernte von ihr, wie die Frauen der Aborigines ihre Kinder sauber hielten, wie sie sie betteten und welche Geschichten sie ihnen erzählten oder vorsangen. Unter diesem fremden Himmel, umgeben nur von Gottes Schöpfung, erschien ihr dies alles fast wie selbstverständlich, und Helene staunte ein wenig über sich selbst, wie leicht es ihr fiel, sich dem Leben Amarinas und der anderen Frauen anzupassen.

Nach Wochen im Dschungel war ihr das Gefühl für Zeit abhandengekommen, und sie hatte es aufgegeben, Amarina nach dem Datum zu fragen. Es war auch gar nicht wichtig, denn ein Tag verging so wie der andere, seit sie unter den Orta lebte. Sie hätte nicht sagen können, wie lange sie und Nellie schon in der Obhut der Dschungelmenschen verbracht hatten. Doch eines Morgens, als Helene vom durchdringenden Gezeter der Papageien geweckt wurde – von farbenfrohen Lorikeets und graurötlichen Galahs –, wusste sie plötzlich, dass es an der Zeit war, zu gehen. Amarina wollte sie erst überreden, länger zu bleiben, doch Helene wollte die Begegnung mit ihrer Schwester nicht länger hinauszögern. Sie hatte Angst vor diesem ersten Treffen nach Jahren, aber ihr Mut würde nicht wachsen, wenn sie noch länger wartete. Wie die Schwester sie wohl aufnähme? Der Gedanke an Katharina versetzte ihr wie immer einen Stich im Herzen. Noch war Helene zwar nicht wieder voll genesen, aber den Weg nach Rosehill würde sie schon irgendwie überstehen. Um Nellie machte sie sich keine größeren Sorgen mehr. Die Kleine war in der Obhut der Orta prächtig gediehen. Man sah ihr kaum mehr an, dass sie ein Frühchen war. Es gab für Helene keinen vernünftigen Grund, noch länger mit der Abreise zu warten.

Amarina hatte zwei Männer organisiert, um die Truhe zu tragen. Sie selbst und Cardinia ließen es sich nicht nehmen, die weiße Freundin auch auf dem letzten Stück ihres Weges zu begleiten. Eine Stammesältere wies der merkwürdigen Reisegruppe den Weg, denn nachdem Helene ihr die Schwester beschrieben hatte, war die Alte sicher, dass Katharina zu der Farm gehörte, auf der sich ihr Sohn hin und wieder als Zuckerrohrschnitter verdingte.

Seit Helene damals mit Parri zu Amarina gewandert war, wusste sie, wie sehr sich das Empfinden der Ureinwohner für Entfernungen von dem ihren unterschied. Deshalb hatte sie lieber noch einmal nachgefragt, wann sie die Farm erreichen würden. Dieses Mal wollte sie besser vorbereitet sein. Dank ihrer Truhe hatte sie immerhin ausreichend Wäsche zum Wechseln dabei. Ganz anders sah es mit Babykleidung aus. Sie besaß nicht ein einziges Kleidchen für ihre Tochter, darum hatte sie sich kümmern wollen, wenn sie erst einmal bei der Schwester war. Wer hätte schon ahnen können, dass ihr Kind so früh geboren würde?

Bislang hatte Helene es mit Nellie so gehalten, wie sie es von den Frauen des Stammes gelernt hatte. Das Kind blieb nackt, warm genug war es dafür ja. Zum Schutz vor den aggressiven Mücken und den intensiven Sonnenstrahlen rieb sie Nellies zarte Haut mit einem Schlamm ein, den die Frauen anrührten und der sich als äußerst wirksam erwiesen hatte. Nellie schien die Prozedur zu genießen, sie gluckste jedes Mal, wenn Helene die nasse, kühle Erde zärtlich auf ihrem Körper verteilte. Helene selbst benutzte den Schlamm für Hals und Gesicht. Wie sie dabei aussah, war ihr gleichgültig, solange sie nur nicht länger von diesen zudringlichen Biestern zerstochen würde.

Mücken- und Sonnenschutz waren also kein Problem, doch was sollte sie ihrer Nellie nur anziehen? Das Bild, das sie Katharina bei der Ankunft bieten würde, bereitete Helene einiges

Kopfzerbrechen, während sie den Männern, die ihre Truhe zwischen sich trugen, auf dem engen Dschungelpfad folgte. Die exotischen Geräusche des Waldes schreckten sie nicht mehr, sie hatte sich an die merkwürdigen Tierlaute gewöhnt und wusste dank der Orta sogar meist, welcher Vogel oder welche Echse sich hinter dem Rufen oder Zischen verbarg. Nur ihre Angst vor Spinnen und Schlangen hatten ihr die Orta bislang nicht nehmen können, doch solange sie aufpasste, wohin sie trat, und Spinnennetze mied, sollte sie einigermaßen sicher sein.

Ihre Gedanken wanderten wieder zur Schwester. Was würde Katharina denken, wenn sie nach all den Jahren des Schweigens plötzlich vor ihr stand? Mit einem Baby im Arm, einer Aborigine an ihrer Seite und zwei Schwarzen, die die Truhe ihres Vaters hielten? Wusste Katharina überhaupt, dass Helene schon seit Jahren in Australien lebte? Von Helene selbst jedenfalls nicht, so viel stand fest. Und wenn nicht jemand aus Salkau oder Neu Klemzig noch heimliche Kontakte zu Katharina unterhielt, würde Helenes Auftritt morgen für eine gewaltige Überraschung in der kleinen Siedlung sorgen. Meena Creek, so hatte es ihr die Alte bei den Orta erklärt, das war nicht viel mehr als zwei oder drei Farmen, die in einiger Entfernung zueinander hauptsächlich Zuckerrohr anbauten. Zu gerne hätte Helene Näheres über Katharina und ihre Familie erfahren, doch die Alte schwieg beharrlich.

Helene schaute auf ihr Kind. Nellie schlief an ihrer Schulter. Sie hatte das Baby in ein Kopftuch gewickelt und trug es nun, so behutsam es eben ging, durch den Dschungel. Immer wieder musste sie mit einer Hand Äste fernhalten, während sie vorsichtig über Ranken und Efeu stieg, die den schmalen Pfad überwucherten. Ihr dichtes Haar hatte sie noch vor dem Aufbruch am frühen Morgen zu einem einfachen Dutt aufgesteckt, doch schon bald waren ihr schwere schweißgetränkte Sträh-

nen ins Gesicht gefallen. Helene wischte sich mit dem Ärmel über die Stirn. Wieder einmal wurde ihr bewusst, wie bedrückend ihre Lage eigentlich war. Wie war es nur dazu gekommen, wie hatte das passieren können?
Unwillkürlich wanderten ihre Gedanken zurück nach Neu Klemzig, und sie verspürte so etwas wie Zorn, als das Bild des makellosen Dorfes vor ihrem inneren Auge auftauchte. Dort ging das Leben weiter wie bisher. Es würde einfach so sein, als wäre sie dort nie aufgetaucht.
Eine Spur von Bitternis grub sich in ihre Gesichtszüge. Die Gemeinde würde wie gewohnt weitermachen. Ihr eigenes Leben hingegen war völlig durcheinandergewirbelt. Sicher, es war ihre Entscheidung gewesen zu gehen. Doch was hätte sie schon anderes tun können? Die Wahrheit war doch, dass sie gar keine Wahl gehabt hatte. Diese ach so frommen Lutheraner, deren Drohung ihr noch in den Ohren klang, hatten ihr keine andere Wahl gelassen. Helene schluckte, die Erinnerung schnürte ihr die Kehle zu. Gleichzeitig trieb ihr der Gedanke, dass sie Neu Klemzig und seine Bewohner nie wiedersehen würde, Tränen in die Augen. Die grüne Hölle, die sie jetzt umgab – war das fortan ihre Hölle? Die gerechte Strafe für ihre Sünden?
Mit einem Räuspern zwang sie sich in die Wirklichkeit zurück. Sie konnte sich diese Gedanken nicht erlauben. Sie musste stark sein, sie war eine Mutter, die allein für ihr Kind verantwortlich war. Beschützend hielt sie Nellies Köpfchen an sich gedrückt, als sie über knorriges Wurzelwerk kletterte. Nie hätte sie es für möglich gehalten, wie viel Liebe sie für dieses neue Wesen empfinden könnte. Die entfremdete Schwester um Aufnahme bitten zu müssen, das fiel ihr nicht leicht, aber sie wollte es tun. Sie würde alles tun. Sogar sich vor Katharina in den Staub werfen, wenn sie nur ihr und dem Baby half.

Als sie am nächsten Vormittag aus dem schattigen Urwald traten, blendete die bereits hochstehende Sonne Helene so sehr, dass sie zunächst nicht aufblicken mochte. Sie drückte Nellies Gesicht auf ihren Busen, um das Kind vor dem grellen Licht zu schützen. Die Träger hatten die Truhe abgestellt und diskutierten anscheinend, wohin die Reise nun gehen sollte. Die Landschaft, die sich vor ihnen auftat, war atemberaubend schön. Eine tiefgrüne, sanft geschwungene Hügelkette umrahmte das weite Tal im Westen, das auf östlicher Seite vom Dschungel begrenzt wurde. Nach Norden und Süden konnte das Auge so weit blicken, wie der milchige Dunst der Luftfeuchtigkeit es gerade zuließ. Obwohl es Helene noch immer unerträglich heiß erschien, war die Regenzeit doch schon fast vorbei und die Sicht auf das Panorama um Meena Creek daher gut. Man konnte heute sogar den Gipfel des höchsten Berges, des Misty Mountain, erkennen, der die meiste Zeit des Jahres im heißen Nebel verborgen blieb. Helene beschirmte die Augen mit beiden Händen und ließ den Blick wandern. Sie konnte in der Ferne zwei größere, helle Gebäude ausmachen, die ungefähr eine Dreiviertelstunde Fußmarsch auseinanderliegen mochten. Soweit sie es aus der Entfernung erkennen konnte, waren beide jeweils von mehreren Scheunen und Wellblechbaracken umgeben. Das Haus auf dem Hügel war von hohen Palmen gesäumt, deren Wedel sich unter einer Windbrise zur Seite neigten. Das andere, flachere Haus lag am Fluss, das war wohl jener Meena Creek, der diesem Flecken Erde seinen Namen geliehen hatte. Welches der Häuser zu ihrer Schwester gehörte, konnte sie nur raten.
Helenes Herz pochte wild. In einer dieser Farmen lebte also Katharina, und wenn alles gutging, würde sie ihr schon in sehr kurzer Zeit gegenüberstehen. Amarina, die mit den Trägern gesprochen hatte, kam nun mit Cardinia auf Helene zu.
»Männer sagen, ist diese Farm.« Sie zeigte auf das Haus auf

dem Hügel.»In andere Haus leben keine Frau, Männer sagen. Du wollen gehen auf Hügel?«
Helenes Mund war trocken, sie hatte Angst. Trotzdem nickte sie, es gab jetzt kein Zurück mehr. Amarina setzte an, den Männern zuzurufen, sie sollten sich in Bewegung setzen, doch Helene unterbrach sie. Sie wollte vorneweg gehen. Falls Katharina den merkwürdigen Zug vom Fenster aus beobachtete, könnte sie sich erschrecken und in ihrer Angst vielleicht zum Gewehr greifen. Amarina musste sie diese Gefahr nicht erst erklären, sie nickte sofort. Ihr Mann Mandu war in einer ähnlichen Situation ums Leben gekommen. Vielleicht war es sowieso am besten, wenn die Schwarzen sich so lange im Dschungel verbargen, bis Helene sicher war, dass sie von den Weißen nichts zu befürchten hatten. Sie traute ihrer Schwester zwar nicht zu, auf einen Menschen zu schießen, doch wer wusste schon, wie sehr sich Katharina in all den Jahren unter den neuen Lebensbedingungen verändert hatte? Das Leben auf Meena Creek war sicherlich nicht mit dem in Salkau zu vergleichen.
Amarina selbst ließ sich partout nicht abwimmeln, und im Grunde war Helene ganz froh darüber. Ihr rauschte vor Aufregung noch immer das Blut in den Ohren, und die Anwesenheit Amarinas würde ihr vielleicht Kraft geben und sie ein wenig beruhigen. Die Träger schleppten die Truhe auf den Dschungelpfad zurück und setzten sich mit gekreuzten Beinen davor. Helene wusste, dass die Orta stundenlang so ausharren konnten, und machte sich mit Amarina, Cardinia und Nellie auf den bisher schwersten Abschnitt ihrer Reise.
Der Wind wiegte das in Blüte stehende Zuckerrohr sachte hin und her. Drei, vier Meter stand es hoch, auf manchen Feldern, an denen sie vorüberwanderten, sogar noch höher, und dort sahen sie aus einiger Entfernung auch schon Zuckerrohrschnitter am Werk. Helene konnte die dumpfen, harten Schläge der Macheten hören und eine scharfe Stimme, die knappe

Anweisungen gab. Die Männer waren zu weit weg, um die Gesichter erkennen zu können. Vielleicht war Matthias darunter, ihr Schwager, und Helene überlegte kurz, was sie tun sollte. Nach einer Weile schüttelte sie den Kopf. Es wäre ein Umweg gewesen, zu den Schnittern zu gehen, und außerdem wollte Helene nicht riskieren, so kurz vorm Ziel vom Schwager abgewiesen zu werden, noch bevor sie Katharina überhaupt zu Gesicht bekommen hätte, und somit ohne die Chance, sich je der Schwester zu erklären.
Die zwei Frauen gingen mit ihren Kindern den Hügel hinauf.

»Katharina?«
Die Frau, die mit dem Rücken zu ihnen stand und im Begriff war, ein Laken auf die Wäscheleine zu hängen, fuhr zusammen und drehte sich in einer ruckartigen Bewegung zu ihnen um. Das nasse Wäschestück hatte sie erschrocken an die Brust gedrückt. Ihr Blick wanderte unruhig von Helene zu Amarina, die sich, genau wie Cardinia, von Helene nach einigem Zureden doch noch dazu hatte bewegen lassen, ihr Kleid zu tragen. Darüber war Helene jetzt heilfroh. Auch ohne zwei nackte Wilde an ihrer Seite musste diese Situation für Katharina schon irritierend genug sein. Die großen Augen der Schwester glitten von Amarina und Cardinia zurück und hefteten sich dann auf Helene und das Kind. Helene stand nahe genug bei Katharina, um zu sehen, wie sich allmählich das Begreifen in ihrem Gesicht spiegelte. Katharina ließ die Hände sinken und trat einen Schritt auf sie zu.
»Helene?« Ihre Stimme kratzte, und sie räusperte sich, bevor sie weitersprach. »Helene, bist du das?«
Helene spürte, wie sich ihr die Kehle zuschnürte. Ohne dass sie dies gewollt hätte, wurde sie von alten Gefühlen überwältigt, und es war, als stünde sie wieder als Sechzehnjährige vor der großen Schwester. All der Mut, den sie zusammengenom-

men hatte, all die starken Reden an die verlorene Schwester, die sie sich seit ihrer Flucht aus Neu Klemzig im Stillen wieder und wieder vorgesagt hatte – sie zerrannen unter diesem übergroßen Gefühl ins Nichts. Helene nickte nur. Katharina ließ das Laken ins Gras fallen und trat noch näher an die Schwester heran. Helene stand still, ihr Atem ging flach. Das einzige Geräusch, das sie wahrnahm, war der Wind, der jetzt deutlich aufgefrischt hatte und dem es wieder einmal zu gefallen schien, in ihrem Haar zu spielen und an den von Feuchtigkeit schweren Locken zu zerren. Sie strich sich eine Strähne aus den Augen und blinzelte gegen die Sonne in das noch immer vertraute Gesicht der Schwester. Würde Katharina sie in den Arm nehmen, oder war sie dafür zu verbittert oder auch nur zu überrascht? War die alte Wunde, die ihr die Familie geschlagen hatte, vielleicht nie wieder verheilt? Helene konnte das Klopfen ihres Herzens fast schon hören. Wann würde die Schwester endlich zeigen, was sie gerade empfand? Eigentlich hatte Helene geplant, sich gleich zu Anfang zu erklären, aber es war ihr einfach nicht möglich, der Kloß in ihrem Hals war zu groß.
Die Frauen standen einander gegenüber, unbeweglich und wortlos. Helene kam es vor wie eine Ewigkeit, als wäre die Welt plötzlich stehengeblieben. Katharina war älter geworden, natürlich. Es waren immerhin zehn Jahre ins Land gezogen. Wahrscheinlich hatte sie selbst sich noch viel stärker verändert als die Schwester. Sie war ja fast noch ein Kind gewesen – damals. Doch da war noch etwas anderes, Katharina war nicht nur einfach älter geworden, in ihren Gesichtszügen lag ein Ausdruck, der Helene neu war. Mag sein, dass sie sich täuschte, mag sein, dass es nur dem tropischen Klima geschuldet war, aber die Schwester erschien ihr ein wenig vor der Zeit gealtert. Oder war ihr Leben so hart? Hatten ihr Sorgen und Mühsal zugesetzt? Mager war sie geworden, das herzförmige Gesicht um die Wangen herum eingefallen. Aber dennoch erkannte

Helene noch immer das Mädchenhafte in Katharina, vorwiegend im klaren Blau der Augen und im Sonnenglanz, der sich in ihrem Haar verfing. Die Schwester war nach wie vor schön. Katharina war schon immer die Hübschere von ihnen beiden gewesen, fand Helene, weiblicher und weicher.
Nellies Weinen erweckte die Frauen aus ihrer Starre. Helene hob sie hoch und küsste sie auf die Wange. Endlich fand sie den Mut zu reden: »Und das hier ist meine Tochter Nellie.« Sie drehte Nellie, deren Gesichtchen unter der schwarzen Mückenpaste gar nicht genau zu erkennen war, der Schwester zu. Die nackten Beinchen zuckten unter dem Baumwolltuch hervor, und wenn Nellies Fäustchen frei gewesen wären, hätte sie sie wohl in den Himmel gereckt. Katharina sah sie für einen Augenblick fragend an und streckte dann die Arme nach dem Kind aus.
»Darf ich?«, fragte sie, ohne den Blick von Nellie zu wenden. Helene lächelte.
»Natürlich.« Sie reichte Katharina das Baby, die es sachte in die Arme nahm und zu schaukeln begann.
»Hat sie Hunger?«
»Das kann eigentlich nicht sein. Ich habe sie eben erst gefüttert. Aber sie trinkt sehr viel, und die Hitze …«
»Komm!« Katharina ließ die Schwester nicht ausreden, sondern schob sie mit einer Hand in Richtung Haus, dann schien sie sich an die andere Frau zu erinnern. »Und wer ist das?« Amarina stand mit ihrer Tochter abseits im Schatten eines großen Feigenbaums und wartete ab, wie das Gespräch der beiden weißen Frauen ausginge.
»Das sind meine Freundin Amarina und ihre Tochter Cardinia. Die beiden haben mich von Südaustralien hierherbegleitet.«
»Aus Südaustralien seid ihr gekommen?« Katharina schwieg nachdenklich. »Du lebst in Neu Klemzig?«
Helene schaute betreten zu Boden. »Nicht mehr.«

»Und wo ist Nellies Vater? Kommt er nach?« Helene blickte kurz zu Amarina, und dann sah sie die Schwester an. Gegen ihren festen Vorsatz füllten sich ihre Augen mit Tränen, die sie sich sogleich mit der Faust wegwischte.
»Nein, der Vater kommt nicht.« Sie konnte nicht verhindern, dass ihr bei den letzten Worten ein Schluchzen entfuhr. Jetzt endlich umarmte die Schwester sie und streichelte ihr über den feuchten Nacken. Helene lehnte den Kopf an ihre Schulter und schluchzte nun hemmungslos, das weinende Kind zwischen sich und Katharina. Diese klopfte ihr auf den Rücken.
»Ist ja gut. Du kannst mir später alles erklären. Kommt jetzt erst einmal rein, das Kind muss aus der Sonne.« Sie löste sich von Helene und winkte Amarina heran, die sich aus dem Schatten löste und ihnen mit Cardinia langsam folgte.
Das Haupthaus sah nach einem typischen Queenslander aus, wie Helene sie schon aus Cairns kannte. Es war aus weißgestrichenem Holz und stand auf Pfählen – als Schutz vor Termiten und flutartigen Regenfällen. Eine breite Veranda lief um das Haus, auf deren Vorderseite ein Holzgitter angebracht war, von dem sich rotleuchtende Buschröschen bis zum Boden herabrankten. Zu beiden Seiten des Gebäudes standen hohe Palmen; durch ihre langen Wedel rauschte noch immer der Wind. Etwas zurückgesetzt prangte der mächtige Feigenbaum, unter dem Amarina und Cardinia gewartet hatten. Zahlreiche Luftwurzeln wucherten von den Ästen zur Erde herab, wo sie ein bizarres Muster formten. Näher beim Haus standen zwei Mangobäume und ein Zitronenbaum. Eine breite Treppe führte zur Haustür hinauf. In der Verandaecke links neben der Tür befand sich eine Gruppe Korbstühle mit breitgeschwungenen Lehnen, deren Geflecht an einigen Stellen durchlöchert war. Davor stand ein niedriger, abgenutzter Holztisch. Gleich rechts von der Haustür lehnte eine langgestreckte Holzbank an der Wand, daneben quietschten zwei

Schaukelstühle im Wind. Das Wellblechdach zog sich tief über die gesamte Veranda und spendete Schatten. Katharina lotste die Schwester zur Sitzbank und wies Amarina mit der Hand den Platz neben der Freundin zu. Amarina und Helene setzten sich.
»Ich hole uns schnell etwas zu trinken, macht es euch so lange bequem.« Mit diesen Worten übergab sie das Baby wieder seiner Mutter und verschwand im Hausinneren. Hinter ihr fiel die Fliegentür mit einem metallischen Klacken ins Schloss.
Helene atmete erleichtert auf. Amarina ergriff ihre zitternden Hände und drückte sie. Helene warf ihr einen dankbaren Blick zu. Wieder knallte die Fliegentür ins Schloss, und Katharina stellte ein Tablett mit einem Krug und drei Gläsern auf den Tisch vor den Korbstühlen. Sie füllte die Gläser mit Wasser und reichte sie den Frauen. »Hier. Ruht euch eine Weile aus, ich schaue eben, ob Peter noch schläft.«
»Peter?«
Katharinas Züge wurden weicher, als sie nun lächelte.
»Ja, mein Sohn. Er ist gerade ein Jahr alt geworden.« Damit verschwand sie wieder im Haus. Helene nahm einen großen Schluck und knöpfte sich dann das Kleid auf, um ihre Tochter anzulegen, die gleich gierig zu saugen begann. Helene lehnte den Kopf an die Wand und schloss für einen Moment die Augen. Der liebliche Duft der Veranda-Röschen stieg ihr kitzelnd in die Nase. Als sie die Augen wieder öffnete, sah sie Insekten, die emsig um die Blüten schwirrten. Der Himmel war wolkenlos, eine sanfte Brise strich über die Bäume hinweg. Am Horizont die Berge, vor ihr endlos weite Zuckerrohrfelder. Ein paar Kühe grasten am Hang, und auf der Koppel dahinter versuchten die Pferde vergeblich, sich die lästigen Fliegen vom Leibe zu halten. Ein Bild so friedlich, dass Helene spürte, wie die Spannung langsam von ihr abfiel. Doch die Idylle konnte nicht darüber hinwegtäuschen, dass Helene noch lange nicht

mit der Schwester im Reinen war. Sie hatte Katharina noch nicht erklärt, weshalb sie überhaupt bei ihr aufgetaucht war, obwohl die sich bestimmt schon ihre eigenen Gedanken gemacht haben mochte.

»Wenn du magst, leg ich sie zu Peter ins Bettchen. Amarina setzt sich zu den Kindern, und dann können wir reden.« Die Stimme der Schwester ließ Helene aufmerken. Tief in ihre Gedanken versunken, hatte sie gar nicht gemerkt, dass Nellie an ihrer Brust eingeschlafen war. Amarina nahm ihr das Kind ab und folgte Katharina ins Haus. Helene atmete durch. Gleich würde sie also erfahren, ob sie hier willkommen waren oder ob sie neue Pläne schmieden musste. Katharina kam alleine aus dem Haus.

»Sie schläft tief und fest. Wir sollten uns da rübersetzen, damit ich dich ansehen kann. Es ist ja nun schon eine Weile her.« Die Schwestern machten es sich in den Korbstühlen bequem. Das weiche Geflecht knarzte, als Helene sich zurücklehnte. Mit beiden Händen hielt sie das Wasserglas umfasst und sah hinein, während sie ihren Mut zusammennahm. Dann sah sie die Schwester an, die nur darauf zu warten schien, dass sie das Wort an sie richtete.

»Katharina, ich ... Es tut mir leid, dass alles so gekommen ist, und es ist mir bewusst, dass ich schon viel früher den Kontakt zu dir hätte aufnehmen müssen, aber ich ...« Helene machte eine hilflose Geste, und Wasser schwappte aus dem Glas über ihren Schoß. Sie stellte das Glas auf den Tisch und strich über die feuchte Stelle auf ihrem Kleid.

»Aber was?«, fragte Katharina, und es hörte sich scharf an. Sie blickte ihrer Schwester forschend ins Gesicht.

»Ich will mich gar nicht entschuldigen, aber du weißt selbst, wie jung ich war. Sechzehn. Alles, was Vater sagte, war für mich Gesetz.« Helene schluckte. Sie wünschte, Katharina würde sie anschreien oder ihr eine Ohrfeige verpassen, irgend-

was. Doch die Schwester schwieg und blieb reglos sitzen. Irgendwo quietschte eine ungeölte Fensterangel, ein Windstoß bewegte die Schaukelstühle. Katharina stellte ihr Glas ab und legte die gefalteten Hände in den Schoß.
»Ja, du warst sechzehn damals und ich nicht viel älter. Einundzwanzig. Fünf Jahre jünger, als du es jetzt bist. Ich war einundzwanzig, als meine Familie mich aus dem Haus gejagt hat. Hast du auch nur eine Ahnung, wie ich mich gefühlt habe? Wohl kaum. Im Übrigen bist du nach zehn Jahren wohl nicht hier reingeschneit, um dich bei mir zu entschuldigen. Es ist ja nur zu offensichtlich, dass du in Schwierigkeiten steckst. Ein Kind auf dem Arm, vom Vater weit und breit keine Spur und als Begleitung eine Schwarze mit Tochter. Da stimmt doch was nicht.«
»Katharina, lass dir erklären. Es ist nicht so, wie du denkst.«
»Woher willst denn ausgerechnet du wissen, was ich denke? Aber schön. Wenn wir schon einmal dabei sind, will ich es dir gerne sagen. Sieh dich doch nur an: das dreckige Kleid, dein schmutziges Gesicht. Lass mich raten. Dir steht das Wasser bis zum Hals, und jetzt soll ich meine kleine Schwester retten, weil sie mit ihrem sehr irdischen Problem nicht zu ihren scheinheiligen Lutheranern gehen kann. Es gibt ein Kind und keinen Vater. Aus keinem anderen Grund lässt du dich bei mir blicken. Stimmt's?« Ihre Stimme hatte bei den letzten Worten leicht gebebt.
Es hatte keinen Sinn, Katharina weiterhin etwas vorzumachen. Helenes Plan hatte eigentlich vorgesehen, Katharina erst nach und nach die Wahrheit zu enthüllen. Wie das vonstattengehen sollte, wusste sie selbst nicht so genau. Jedenfalls hatte sie sich fest vorgenommen, nicht gleich laut um schwesterliche Hilfe zu schreien, sofern es sich nur irgendwie vermeiden ließe. Denn obwohl Katharina es ihr nicht abnahm – was sie ihr weiß Gott nicht verübeln konnte –, sie wollte sich tatsächlich bei

der Schwester entschuldigen. Nach alldem, was Helene im letzten Jahr widerfahren war, sah sie die Schwester mittlerweile in einem anderen Licht. Erst jetzt konnte sie nachempfinden, was die Ältere damals durchlitten haben musste, als die Familie sie verstoßen hatte.

Es brach Helene fast das Herz, zu erkennen, wie sehr Katharina noch immer unter der alten Zurückweisung litt. Es war grausam und unverzeihlich, was sie und die Eltern ihr angetan hatten.

»Ja, es ist wahr«, gab sie deshalb unumwunden zu. »Ich brauche deine Hilfe. Aber das ist nicht der einzige Grund, weshalb ich zu dir gekommen bin. Das musst du mir glauben, und wenn ich dir irgendwann meine Geschichte erzählen darf, verstehst du vielleicht, dass ich mich verändert habe, Katharina. Ich bin nicht mehr das unbedarfte junge Ding, das du in Salkau kanntest. Ich habe Schuld auf mich geladen, und dafür habe ich gebüßt. Aber ich weiß nun auch, was es heißt, zu lieben, und das werde ich nie bereuen. Manchmal weiß ich nicht mehr, was richtig und was falsch ist. Glaub mir, Katharina, das Leben hat mir in den letzten Jahren so manche Lektion erteilt. Das Leben … es ist so anders, als es uns Vater und die Kirche weismachen wollten.« Bei dem Wort *Kirche* dachte sie an Gottfried, und ein Schauder lief Helene über den Rücken.

»Die Guten sind nicht immer die Guten und die Bösen nicht die Bösen. Sieh mich an. Ich bin beides, ich bin gut und ich bin böse. Ich liebe, aber diese Liebe verursacht Schmerz. Ich liebe die Wahrheit, und doch habe ich gelogen, weil ich andere schützen wollte. War das falsch? Die Welt ist nicht so klar unterteilt in Schwarz und Weiß, wie Vater und die Lutheraner es uns immer erzählt haben. Das weiß ich jetzt, und ich weiß auch, dass du nicht falsch gehandelt hast, als du damals deiner Liebe gefolgt bist. Dein Matthias ist sicherlich ein guter Mann, und nur weil er Katholik ist, ist er doch nicht gleich schlecht.

Heute ist mir das klar, aber damals habe ich ihnen allen geglaubt. Es tut mir so leid.«
Katharina liefen die Tränen übers Gesicht, und ihre Lippen zitterten.
»Ach ja«, fügte Helene hinzu, »um meine Beichte zu vervollständigen: Gestohlen habe ich auch. Ich habe mir die Sonntagskollekte genommen.«
Unter ihren Tränen prustete Katharina los.
»Was hast du? Du hast die Kollekte mitgehen lassen?« Sie klopfte sich auf die Schenkel. »Das ist ja ein Ding. Wenn ich das Matthias erzähle, der kriegt sich gar nicht mehr ein. Die Kollekte!« Dann wurde Katharina wieder ernst.
»Ich kann nicht glauben, dass es dir auch passiert ist. Meiner kleinen Schwester. Wo du doch immer die Artige warst. Musst du mir denn alles nachmachen?« Katharina sagte dies ohne jede Ironie, es klang beinahe zärtlich.
Helene war zutiefst erleichtert. Und sie fühlte ein tiefes Bedürfnis, der Schwester zu danken, ihr nahezukommen, indem sie ihr gegenüber rückhaltlos offen war. Sie hoffte aus ganzem Herzen, Katharina werde dann erkennen, dass sie nicht alleine war. Nicht mehr.

Meena Creek, 1906

Sie durften auf Rosehill bleiben. Die alten Wunden, die Helene mit ihrer Ankunft aufgerissen hatte, bluteten zwar noch, doch wo Blut war, da war auch Leben. Die Schwestern näherten sich einander vorsichtig an; dennoch fühlte Helene, dass Katharina noch ein gewisses Misstrauen ihr gegenüber hegte. Wäre sie nur schon viel früher zur Schwester gereist und nicht erst, als sie in Not war!
Matthias sahen sie so gut wie nie. Schon bei Sonnenaufgang schlug er sich mit den Zuckerrohrschnittern in die Felder, denn die Erntezeit hatte begonnen, und Arbeitskräfte waren rar. Vor zwei Monaten hatte die Regierung damit begonnen, die Kanaken zurück auf ihre Inseln nach Melanesien zu deportieren. Seitdem war es verboten, schwarze oder asiatische Arbeitskräfte auf den Farmen anzuheuern. Die australische Regierung begründete das Gesetz damit, dass sie fürchtete, das Land werde von Schwarzen und Asiaten überrannt. Doch die Deportation der Insulaner schuf für die Farmer in North Queensland ein gewaltiges Problem: Nur wenige Weiße waren bereit, unter den mörderischen Bedingungen der Tropen auf den Zuckerrohrfeldern zu arbeiten. Jedenfalls nicht für das Geld, das man den Kanaken gezahlt hatte. Matthias nahm jeden Arbeiter, den er kriegen konnte, und heimlich heuerte er hier und da Aborigines an. Anfangs versteckte er noch – wie viele andere Farmer auch – ein paar Kanaken, die nicht wieder auf ihre Inseln zurückwollten. Sie hausten in einer der hinteren Wellblechhütten, doch die Inspektoren der Regierung drangen schließlich gefährlich weit in den Norden vor, so dass Matthias die Insulaner schweren Herzens wegschicken

musste. Die drakonischen Geldstrafen hätten ihn bei einer Entdeckung der Arbeiter um die Farm gebracht. Jede brauchbare Arbeitskraft war auf Rosehill also willkommen, und so durften Helene und Nellie bleiben, ebenso Amarina und Cardinia.

Es war Helene ganz lieb, dass sie die Motive der Schwester nicht völlig durchschauen konnte. Vielleicht wollte Katharina im Grunde ihres Herzens gar nicht, dass sie und Nellie blieben? Möglicherweise war es an jenem Abend, als sie einmal Matthias und Katharina streiten hörte, darum gegangen, dass Katharina die Schwester loswerden wollte und Matthias ihr entgegenhielt, wie sehr sie Helene auf Rosehill bräuchten? Sie kümmerte sich um die Bücher, was für Matthias sicherlich eine große Entlastung war. Sie führte den Haushalt, bewirtschaftete den Gemüsegarten und ritt die Felder ab. Sie konnte einigermaßen kochen und backen, übernahm die größeren Einkäufe in Innisfail, machte sogar die Butter. Guter Gott, sie hatte schon ganze Bäume gefällt und würde zur Not auch ein Rindvieh schlachten. Körperliche Arbeit machte Helene nichts aus – im Gegenteil.

Ihre Kiste hatte Amarina längst nach Rosehill bringen lassen. Die Träger blieben eine ganze Woche, um gegen gute Entlohnung auf den Feldern zu helfen. Amarina und Cardinia waren in einer der Wellblechhütten untergebracht. Helene schlief mit Nellie in dem Zimmer am hinteren Ende des schmalen Flurs. Wenn sie erst ein wenig größer wäre, sollte Nellie ihre eigene Kammer bekommen. Katharina hatte dies wie beiläufig erwähnt, doch Helene bedeutete es viel.

Ihr Zimmer war klein, aber es hatte ein großes Fenster, das nach hinten in den Garten hinausging. Matthias zimmerte einen Schreibtisch für Helene, der genau zwischen Bett und Fenster passte. Der Ausblick auf Bananenstauden und Mangobäume und die gepflegten Gemüsebeete entschädigten sie für

die Tage, an denen es ihr einfach nicht gelingen wollte, die Gedanken von der Vergangenheit zu lösen.
Vermisste man sie in Neu Klemzig? Sie würde es wohl nie erfahren.
Dann schweiften ihre Gedanken noch weiter zurück. Sie dachte an Brandenburg, an den Hof, die Eltern. Sie traute sich nicht, mit Katharina darüber zu sprechen, denn für die Schwester waren Vater und Mutter schon vor langer Zeit gestorben. Helene vermisste die beiden, auch wenn sie mit ihnen in vielem nicht einverstanden war – nicht *mehr* einverstanden war. Sie war es ja, die sich verändert hatte, Vater und Mutter waren die Alten geblieben. Welchen Vorwurf konnte sie ihnen also schon machen?
Die Eltern … Wie oft saß Helene an ihrem Schreibtisch, die Fensterläden weit geöffnet und begann einen Brief, den sie am Ende immer wieder zerknüllte und in den Papierkorb schleuderte. Sie musste sich endlich mit dem Gedanken anfreunden, dass sie Vater und Mutter nie mehr wiedersehen würde. *Nie wieder.* Wie konnten zwei kleine Worte nur so grausam sein?
Helene blickte auf die schlummernde Nellie. Ein Kind ohne Vater. Ein Kind ohne Großmutter, ohne Großvater.
Im Grunde, das ging Helene gerade erst auf, hatten sich die Eltern selbst abgestraft. Denn was hatte ihnen die Strenggläubigkeit schon beschert? Das ewige Leben? Vielleicht. Mit Sicherheit aber hatte es sie all ihrer Kinder und Enkel beraubt. Helene schaute durchs Fenster, die Kinder tobten im Garten. Katharinas Große, wie Helene die dreizehnjährige Magdalene heimlich nannte, brachte sich gerade auf einer Kokospalme vor der ein Jahr jüngeren Ruth in Sicherheit.
»Nimm dich vor den Baumschlangen in Acht!«, rief Katharina ihr zu.
Mit einem Satz sprang Magdalene ins weiche Büffelgras herunter. Ihre Mutter, die darauf bestanden hatte, an diesem Tag

Helene von der Gartenarbeit zu befreien, harkte die Tomaten- und Bohnenreihen. Katharina richtete sich auf und sah zu Helene herüber. »Das hat noch immer geholfen, sie von der Palme zu holen.«

»Schlangen, die auf Bäume klettern? Davon haben mir selbst die Orta nichts erzählt«, erwiderte Helene durchs offene Fenster.

»Wahrscheinlich, weil sie dich nicht unnötig erschrecken wollten. Es gibt ja ansonsten schon genug giftiges Viehzeugs, da musst du nicht auch noch unbedingt von der Baumschlange hören, die nur dann zum Problem wird, wenn man in den Baumkronen rumturnt.«

Helene war nach Wochen auf Rosehill noch immer überrascht, wie selbstverständlich die Kinder von Katharina und Matthias in der teilweise doch sehr feindlichen Umwelt aufwuchsen. In Südaustralien hatte sie sich zwar auch vor giftigen Schlangen, Skorpionen und Spinnen vorsehen müssen, doch in den Tropen schien alles mindestens doppelt so riesig und giftig zu sein. Motten so groß wie Vögel und Spinnen, die nicht viel kleiner als Ratten waren. Die Orta hatten Helene im Dschungel auch ihr Totemtier gezeigt: eine Pythonschlange, sieben beeindruckende Meter lang, und, das musste Helene trotz allen Schreckens zugeben, mit einer wunderschönen Zeichnung.

Helene stand von ihrem Schreibtisch auf und ging zu den anderen in den Garten. Der kleine Peter saß neben Nellie, die auf einer Decke bei den Gemüsebeeten lag, und brabbelte auf das Baby ein, was Nellie sehr zu gefallen schien. Jedenfalls reckte sie ihm lebhaft die kleinen Fäuste entgegen und zappelte mit den Beinchen. Helene setzte sich auf die Bank vor ihrem Fenster. Es war Winter auf Rosehill, die schönste Zeit des Jahres. Die Temperatur kletterte nicht höher als siebenundzwanzig Grad, die Luft blieb relativ trocken. Es war wie an einem dieser himmlischen Sommertage in der Heimat, an die sie sich

manchmal erinnerte. Hätte es in Salkau blühende Mangobäume und Bananenstauden gegeben, fast hätte sie glauben können, daheim zu sein.
Helene schaute sich im Garten um, ihr liebster Platz in Meena Creek. Sie empfand Dankbarkeit dafür, wie sich die Dinge entwickelt hatten.
Manchmal dachte sie natürlich an Neu Klemzig und ihre Freunde dort zurück. An Anna, an Luise. Sie vermisste die Freundinnen, aber Familie, das war doch etwas anderes. Auch wenn die Eltern fehlten, so verspürte sie dennoch fast so etwas wie Glück. Dabei hatte sie schon geglaubt, dieses Gefühl sei nur anderen vorbehalten. Denen, die gottgefällig lebten und die, anders als sie, immer die richtigen Entscheidungen getroffen hatten.
Aus dem Augenwinkel sah Helene, wie etwas an ihr vorbeiflatterte. Ein Schmetterling. Sie schaute ihm nach, er flog zu einem Baum mit grausilbriger Borke. Sie kannte den Namen des Baumes nicht, doch er stand in voller Blüte. Dichte, duftende Blumen aus zartem Rosa bedeckten seine ausladenden Äste, die schwer an der blühenden Pracht zu tragen hatten. Der Schmetterling ließ sich auf einer der größeren Blüten nieder. Er war wunderschön. Seine Flügel schimmerten metallisch blau und trugen eine schwarze Zeichnung. Helene hatte nie einen größeren Schmetterling gesehen. Ein zweiter erschien in ihrem Blickfeld und umtanzte die oberen Äste. Dann sah sie einen dritten … Auf einmal durchfuhr es sie wie ein Stich. Wo hatte sie das alles schon einmal gesehen? Fieberhaft begann sie zu überlegen.
Und dann fiel es ihr wieder ein. Sie hatte es geträumt. In jener Nacht am Fluss. Und da war noch etwas anderes gewesen … Richtig. Eine Melodie, die sie im Traum seltsam berührt hatte. Doch die Töne selbst entzogen sich ihr, sosehr sie auch ihr Gedächtnis zermarterte. Und da war noch etwas, was mit dieser vergessenen Melodie zusammenhing …

Plötzlich überkam es Helene siedend heiß. Warrun! Der Stammesführer der Wajtas nahe Neu Klemzig. Hatte der Alte mit den gelben Zahnstummeln sie nicht gewarnt, ihren Gesang nicht zu vergessen?
Helene wurde mit einem Mal ganz seltsam zumute. Was hatte es nur mit diesem Traum auf sich und damit, dass sie die Schmetterlinge, die sie doch nur erträumt hatte, plötzlich vor sich sah? Sie wünschte, sie könnte sich erinnern, aber sosehr sie sich auch das Hirn zermarterte – da war nichts.
»Sind sie nicht wunderschön?« Katharinas Worte rissen Helene aus ihren Grübeleien. Unbemerkt hatte die Schwester neben ihr Platz genommen und reichte ihr einen Becher Tee. »Man nennt sie Ulysses.« Sie wies mit dem Kinn zu dem rosafarbenen Baum. »Der da scheint sie anzuziehen, ist wohl ihre Futterquelle.«
Helene umfasste den Becher und dachte nach. Dann sah sie die Schwester mit einem Leuchten in den Augen an:
»Hast du was dagegen, wenn ich vor meinem Fenster noch einen oder vielleicht sogar zwei dieser Bäume pflanze?«
Katharina zuckte mit den Schultern. »Warum nicht? Platz genug ist ja da.«
Helene drückte ihrer Schwester einen Kuss auf die Wange.
»Danke, damit machst du mir eine große Freude.« Sie sprang auf, um das Beet vor dem Fenster genauer zu inspizieren.
Katharina sah ihr verdutzt nach. So fröhlich hatte sie ihre kleine Schwester noch nicht erlebt, seit diese bei ihr lebte. Sie fasste sich ungläubig an die Wange. Einen Kuss hatte sie von ihr auch noch nie bekommen.

Einen Monat später saß Helene auf der Veranda, Nellie zu ihren Füßen, als ein Reiter sich Rosehill in leichtem Galopp näherte. Er kam von der Farm am Fluss. War es einer der Viehtreiber, oder gab sich etwa John Tanner selbst die Ehre? Ein

Border Collie schoss schnell wie ein Pfeil und laut kläffend am Pferd vorbei. Helene meinte daraufhin, ein kehliges Lachen zu hören, doch der Reiter war noch zu weit entfernt, als dass sie hätte erkennen können, wem das Lachen gehörte. Der Hund wartete an der Pforte zu Rosehill auf seinen Besitzer, schaffte es aber nicht, ruhig auf den Hinterpfoten sitzen zu bleiben. Immer wieder sprang das junge Tier erregt auf, um nach seinem Herrchen zu sehen.
»Sitz, Digger, wie ich's dir beigebracht habe. Wo sind denn nur deine Manieren geblieben?« Der schwarz-weiße Hund kämpfte offensichtlich mit seiner überbordenden Energie und trippelte um seinen Besitzer herum, als dieser vom Pferd abstieg. Den Zeigefinger hebend, warf John Tanner dem Hund einen strengen Blick zu, bis der schließlich begriff und sich auf die Hinterpfoten setzte.
»Gut so, oder ich hätte dich noch mitsamt dem alten Gaul in die Abdeckerei gegeben.«
Als John Helene bemerkte, lüpfte er schnell seinen *Akubra*, seinen Filzhut aus feinstem Hasen-Unterhaar, den die Männer als Schutz vor der sengenden Sonne oder vor dem Regen trugen, und strich sich das helle Haar aus der Stirn. Neugierig war Helene aufgestanden und beugte sich über die Veranda.
»Was für ein schöner Hund! Seit wann haben Sie den? Ach, bitte, lassen Sie ihn doch rein, oder beißt er etwa?«
Tanner drehte verlegen seinen Hut in den Händen, und als Helene sein Zögern bemerkte, winkte sie ihn heran.
»Na, kommen Sie schon, Tanner! Ich beiße jedenfalls bestimmt nicht!« Helene lachte laut, und Tanner trat mit dem wedelnden Hund durchs Tor. Das Pferd ließ er davor grasen, es würde nicht weglaufen. Sie goss ein wenig Wasser aus dem Krug in ihre Untertasse und hielt sie dem hechelnden Hund hin, der trank, als sei er halb verdurstet. Tanner schüttelte den Kopf und lächelte.

»Darf ich vorstellen. Das ist Digger. Digger, das ist Miss Helene. Ich hab den Stromer letzte Woche auf der Schau in Cairns gekauft, ein echter Ausreißer sag ich Ihnen. Ist wohl schon zweimal weggelaufen, da hat es seinem Herrchen gereicht.«
Wie um Tanner Lügen zu strafen, hatte sich Digger mittlerweile ganz selbstverständlich auf der Veranda ausgestreckt und ließ sich die Morgensonne aufs glänzende Fell scheinen. Helene kniete sich neben ihn und kraulte dem Tier den Nacken. Sie schaute zu Tanner hoch, der verlegen von einem aufs andere Bein trat.
»Kann ich Ihnen einen Tee anbieten? Katharina ist mit den Kindern beim Schuster, und Matthias ist wie immer auf dem Feld. Ich schätze also, Sie müssen heute Morgen mit mir vorliebnehmen.«
»Kein Problem, Ma'am. Ein Tee wäre sehr nett, danke.«
Kurze Zeit später saßen sie bei einer Kanne frisch aufgebrühtem Ceylontee in den Korbstühlen. Nellie schlief auf ihrer Decke, der Hund hatte sich danebengelegt und war ebenfalls eingenickt. Ab und zu zuckte eines seiner abgeknickten Ohren, wenn sich die Fliegen auf ihm niederlassen wollten. Helene lächelte bei seinem Anblick, richtete dann ihre Aufmerksamkeit auf John Tanner. Sie mochte ihn. Matthias und Katharina konnten sich glücklich schätzen, diesen stets hilfsbereiten und zuverlässigen Mann als Nachbarn zu haben. Jeder Farmer wusste, dass man auf dem Lande auf gutes Miteinander angewiesen war, doch so mancher vermeintlich gute Nachbar kümmerte sich lieber erst um die eigenen Angelegenheiten, ehe er mit anpackte, wenn auf dem Hof nebenan Not am Mann war. John Tanner war da anders. Er suchte nie nach einer Ausrede, wenn Matthias ihn um Hilfe bat, sondern ließ alles stehen und liegen, wenn man ihn brauchte. In der letzten Zeit war das wegen der Ernte und der fehlenden Arbeiter häufiger vorgekommen, als es Matthias lieb gewesen war, doch umgekehrt packte

er bei Tanner natürlich genauso tatkräftig mit an, obgleich der viel seltener auf Hilfe angewiesen zu sein schien. Wann immer Tanner in die Stadt fuhr, um Besorgungen zu machen, versäumte er es nie, zu fragen, ob er den Jakobsens etwas mitbringen könnte. Meist lehnte Katharina ab, weil es ihr mitunter peinlich war, wie oft sie den Nachbarn schon für ihre Zwecke eingespannt hatten. Die Mädchen drängelten dann auch nicht weiter. Nicht, weil sie besonders gut erzogen gewesen wären. Das waren sie natürlich, doch bei Tanner wussten die kleinen Schlingel sehr genau, dass er ihnen ohnehin eine Kleinigkeit mitbringen würde.
Helene betrachtete Tanner aufmerksam. Er sah aus, als wollte er etwas loswerden. Er nippte kurz am Tee und knetete seine Hände, nachdem er die Tasse scheppernd abgestellt hatte.
»Ist etwas, Mr. Tanner? Kann ich Ihnen mit irgendetwas behilflich sein?« Tanner ging sicherlich schon auf die vierzig zu, doch im Moment sah er aus wie ein Schuljunge, der etwas ausgefressen hatte. Er strich sich fahrig über das Grübchen in seinem Kinn, so als müsste er mit etwas rausrücken, traute sich aber noch nicht recht.
»Nein, Ma'am. Es ist nichts weiter. Eigentlich wollte ich mich nur bei Ihnen bedanken. Ohne die Schwarzen hätte ich die Hälfte der Ernte nämlich vergessen können. Das war wirklich sehr, sehr nett von Ihnen.«
»Aber das war doch ganz selbstverständlich.«
Helene war vor einiger Zeit die Idee gekommen, Amarina zu den Orta zu schicken, um diese zu fragen, ob sie gegen guten Lohn und Verköstigung auf Rosehill und bei Tanner aushelfen könnten. Einige der Männer hatten ja früher schon als Schnitter bei den Weißen gearbeitet. Natürlich musste die Sache streng geheim bleiben, daher warf immer jemand ein Auge auf die Baracken, in denen die Aborigines untergebracht waren. Und sobald sich ein Fremder den Farmen näherte, galt es, ihn

unbedingt von den behelfsmäßigen Unterkünften fernzuhalten. Heute, wo die Familie in die Stadt gefahren war, hatte Helene diese Aufgabe übernommen.

»Das mag schon sein, aber Tatsache ist nun mal, dass Sie diesen ganz besonderen Draht zu den Orta haben. Ich bin mir nicht sicher, ob sich die Schwarzen ohne das Vertrauen zu Ihnen überhaupt aus dem Dschungel rausgewagt hätten. Jedenfalls ...« Tanner trommelte jetzt nervös mit den Fingerspitzen auf die Armlehne. »Also als kleines Dankeschön und weil ich weiß, dass Rosehill einen Hütehund gebrauchen kann, hab ich Ihnen Digger mitgebracht. Er gefällt Ihnen doch, oder?« Er grinste jetzt erleichtert, als er sah, dass Helenes Wangen sich vor Freude rot färbten. Sie wusste zunächst gar nicht, was sie sagen sollte, und strich Digger über den Rücken, um Zeit zu gewinnen. Ein Hund! Sie hatte nun ihren eigenen Hund! Das wäre so etwas wie eine weitere Wurzel, die sie auf Rosehill schlagen würde. Nellie und ihr ging es gut hier, aber sie war sich nicht sicher, ob sie auf Dauer bleiben sollten. Es war schließlich das Heim der Schwester und nicht ihr eigenes. So wohl sie sich auch im Moment fühlte, es war ihr immer bewusst, dass sie nur ein Gast war. Wenn sie sich mit Katharina jemals zerstreiten sollte, würde sie gehen müssen. Auszuschließen war das nicht, denn die Schwestern klammerten noch immer bestimmte Themen in ihren Gesprächen aus. Die Eltern, den Glauben. Irgendwann würden sie auch darüber sprechen müssen, und dann könnte es sein, dass sie einander verletzten – so sehr, dass es vielleicht keine Versöhnung mehr geben könnte. Wäre es von daher nicht klug, es gar nicht so weit kommen zu lassen, sondern vorher zu gehen und sich ein eigenes Heim zu schaffen? Helene dachte oft darüber nach, wenn sie nachts wach lag und unschlüssig war, wie es mit ihr und Nellie weitergehen sollte. Doch in der letzten Zeit häuften sich die Anzeichen, dass sie im tiefsten Inneren bereits eine

Entscheidung gefällt hatte. Vor zwei Wochen erst hatte sie die Bäumchen für die Schmetterlinge unter ihrer Fensterbank gepflanzt. Wer pflanzte schon einen Baum, wenn er vorhatte weiterzuziehen?
Und nun schenkte ihr Tanner diesen wunderschönen Border Collie. Digger öffnete träge ein Augenlid bis zur Hälfte und grunzte zufrieden, bevor er es wieder schloss.
Helene hob ihren Blick und lächelte Tanner an.
»Ja, Digger gefällt mir sehr. Bestimmt kann er uns dabei helfen, unerwünschte Gäste zu vertreiben. Was meinst du Digger, würde dir das gefallen?« Sie tätschelte sanft seinen Kopf. Der Hund gähnte und wedelte faul mit dem Schwanz.
»Dann ist es also abgemacht. Ich schleich mich mal vom Hof, solange Digger noch döst.« Tanner erhob sich vorsichtig aus dem knarzenden Sessel. Er war schon auf den Stufen, als er sich zu Helene umwandte. Tanner räusperte sich, doch er vermied den direkten Blick.
»Ach, eh ich es vergesse. Falls Ihnen mal die Decke auf den Kopf fallen sollte ... ich könnte Sie gerne mal mitnehmen. An jedem letzten Samstag des Monats ist doch Tanz in der Stadt. Wenn Sie also mal rauswollen oder so, dann geben Sie einfach Bescheid.« Er setzte den Hut auf, und ohne ihre Antwort abzuwarten, machte er sich auf den Weg.
Verwundert sah ihm Helene nach.

Magnetic Island, 23. Januar 2010

Natascha hatte sich für einen *Shortie* entschieden, einen dünnen Drei-Millimeter-Tauchanzug, der Arme und Beine freiließ. Hanne, eine hübsche Blondine aus Wolfsburg, hatte ihr auch mit dem Rest der Ausrüstung geholfen. Jetzt saß Natascha in Shortie und Tauchweste auf dem Mäuerchen vor dem Tauchshop und wartete auf Alan. Zu ihren Füßen lagen Maske, Schnorchel und Flossen Größe zweiundvierzig.
»Du lebst auf großem Fuß«, hatte ihre Mutter oft gesagt, da war Natascha erst in den Kindergarten gegangen. Der warnende Unterton war natürlich scherzhaft gemeint, aber seit Natascha den doppelten Sinn dieser Worte verstanden hatte, verband sie immer ein diffuses Gefühl von Größenwahn mit dem Anblick ihrer langen Zehen. Als hätte sie sich ihre Extremitäten aussuchen können.
»Pass auf, mein Kind, dass du nicht über die eigenen Füße stolperst!« Ach, Mutter!
Natascha atmete hörbar aus, auch weil der Tauchanzug sie beengte. Das müsse so sein, hatte diese Hanne gemeint, während sie den Reißverschluss im Rücken in einem Ruck zuzog. Das gelang nur, weil Natascha die Luft angehalten hatte. Jetzt war ihr mulmig zumute, obwohl es zunächst nur in den Pool gehen sollte. Doch der Gedanke, unter Wasser zu atmen, trieb ihr Schweißperlen auf die Stirn.
»Wollen wir?«
Natascha blickte hoch, sie musste ihre Augen mit der Hand vor der Sonne abschirmen. Fast hätte sie Alan nicht erkannt. Er trug wie sie jetzt einen Shortie, das nasse Haar hatte er zurückgestrichen.

»Regel Nummer eins. Jeder Tauchschüler ist für seine eigene Pressluftflasche verantwortlich.« Er schlug mit der Hand leicht gegen einen der zerkratzten Stahlzylinder neben sich. »Hier, das ist deine. Zum Pool geht's da lang.« Mit einem geübten Griff schulterte Alan seine eigene Flasche und setzte sich in Bewegung. Natascha war nicht ganz klar, wie sie neben Flossen und Maske auch noch den schweren Tank tragen sollte. Sie hatte doch nur zwei Hände. Mit dem schicken Schulterwurf würde es also nichts werden. Sie bog den Oberkörper hinunter, um den Tank hochzuziehen, doch als sie sich wieder aufrichten wollte, hörte sie hinter sich Hannes Stimme.
»Abstellen! Stell den Tank wieder hin!«
Vor Schreck hätte Natascha das Ding beinahe fallen lassen. Sie setzte es ab.
»So machst du dir ruckzuck den Rücken kaputt. Hier, pack deine Sachen in dieses Netz und hänge es dir über die Schulter. Dann zeig ich dir, wie du den Tank richtig hochhebst.«
Aus dem Augenwinkel sah Natascha, dass Alan stehen geblieben war und sich zu ihnen umgedreht hatte. Aus der Entfernung war sie sich nicht sicher, ob er grinste. Natascha fühlte sich tolpatschig und warf die Sachen in die Netztasche. Hanne trug ein knappes Bikini-Top und Shorts, die nicht viel Raum für Phantasie ließen. Hanne legte die Flasche der Länge nach hin, ging in die Knie, um in einer eleganten Bewegung das Gewicht auf ihre rechte Schulter zu stemmen.
»Voilà«, strahlte sie. »Und jetzt du.« Sie stellte Natascha die Flasche direkt vor die großen Füße. Alan war mittlerweile zurückgekehrt. Während Natascha sich damit abmühte, dass ihr die Netztasche beim Hochheben des Tanks nicht vom Arm rutschte, flüsterte Hanne ihm etwas ins Ohr. Dabei hatte er seinen Arm locker um ihre Taille gelegt und beugte den Kopf seitlich zu ihr herunter. Jetzt warf er den Kopf zurück und lachte, wobei er zwei perfekte Zahnreihen entblößte. Hanne

lachte nun auch, und Natascha fühlte sich wie damals in der Grundschule, als die Klassenkameraden sie auslachten, weil sie die falsche Jeansmarke trug. Einen Unterschied zu früher gab es allerdings, dachte sie und zog grimmig die Augenbrauen zusammen. Heute würde sie ganz sicher nicht mehr weinend davonlaufen. Entschlossen stemmte sie ihre Hände in die Seiten.
»Was bitte ist denn da gerade so lustig? Ich würde gerne mitlachen.« Hanne und Alan verstummten und schauten zu ihr rüber.
»Oh, sorry, du denkst hoffentlich nicht, dass wir über dich gelacht haben? Hanne hat nur wieder mal einen Anruf von einem hartnäckigen Verehrer erhalten. Ein ehemaliger Schüler, er ist über siebzig.«
»Ja, er kann's einfach nicht lassen, obwohl ich ihm schon mehrfach angedeutet habe, dass ich vergeben bin.« Hanne hob entschuldigend die Hände. »Tut mir auch leid. Viel Spaß im Pool!« Dann schenkte sie Alan wieder dieses Beach-Babe-Lächeln und ging zurück zum Tauchshop. Ehe Natascha etwas erwidern konnte, schnappte sich Alan ihren Tank und plazierte ihn auf seiner anderen Schulter.
»Wie war das noch gleich mit Regel Nummer eins?«, fragte sie, während sie versuchte, mit ihm Schritt zu halten.
»Die wird ausnahmsweise ausgesetzt, wenn der Tauchlehrer was wiedergutzumachen hat. Na, komm schon. Sonst trocknet der Pool noch aus, ehe wir überhaupt begonnen haben.«

Entgegen ihren Erwartungen war das Atmen unter Wasser gar nicht so schlimm. Im Gegenteil, es war eine tolle Erfahrung. Erst als sie unter Wasser die Maske abnehmen und über den Atemregler Luft holen sollte, hatte sie Schwierigkeiten bekommen. Doch Alan stellte sich als geduldiger Lehrer heraus, und beim dritten Anlauf klappte es dann auch. Am Ende der Stunde zeigte er ihr noch, wie man den Atemregler von der

Flasche schraubte und wo sie die Sicherheitsweste zum Trocknen aufhängen sollte.

»Morgen machen wir die gleichen Übungen im Meer, aber vorher gibt's die erste Stunde Theorie. Natürlich nur, falls du es dir mit dem Tauchenlernen nicht anders überlegt hast. Manche haben nach dem Schnupperkurs im Pool genug.«

Natascha schüttelte den Kopf und wrang sich das Haar aus. »Nein, ich freu mich schon drauf.«

»Gut, dann sehe ich dich morgen um zehn im Center?«

Sie nickte. Dann fiel ihr ein, dass sie ja nicht nur zum Tauchen hergekommen war, und sie hielt ihn kurz am Arm fest.

»Warte eine Sekunde. Mitch hat mir erzählt, dass du alles über die Yongala weißt. Könntest du mir bei Gelegenheit vielleicht etwas darüber erzählen?«

»Ja, klar. Jetzt habe ich allerdings einen Kurs.« Er schaute auf seine Tauchuhr. »Wie wär's so gegen sechs im Pub?«

Natascha lächelte. »Passt mir sehr gut.«

Die untergehende Sonne versprühte ihr Orangerot am Himmel, und zum abendlichen Spektakel hatte sich die Terrasse des einzigen Pubs in der Horseshoe Bay schnell mit Gästen gefüllt. Natascha hatte noch einen Tisch ergattert und trank ein Bier. Verstohlen schaute sie auf die Uhr. Zwanzig nach sechs. Wenn Alan in zehn Minuten nicht auftauchte, würde sie gehen. Sie war schon zweimal angequatscht worden. Normalerweise machte ihr das nichts aus, aber sie war noch immer ziemlich müde. Ein Bierchen allein auf ihrer Veranda wäre da einfach entspannter.

Als sie Alan vom Strand kommen sah, hob sie den Arm, und er grüßte zurück, doch es dauerte eine Weile, ehe er ihren Tisch erreichte. Jeder Zweite hielt ihn auf und wollte ein Wort mit ihm wechseln.

»Jetzt muss ich mich schon wieder bei dir entschuldigen. Der

Kompressor machte Probleme, und das konnte nicht bis morgen warten. Keine Luft, kein Tauchen.«
»Schon okay, betrifft mich ja auch. Du kennst wohl jeden hier?«
Alan nahm einen Schluck, seine Bierflasche steckte in einem Neoprenhalter.
»Magnetic Island ist ein Dorf. Da bleibt es nicht aus, dass man einander kennt.« Er nickte, als ihn jemand im Vorbeigehen grüßte, dann rückte er seinen Stuhl näher an den Tisch heran.
»Die Yongala interessiert dich also. Was möchtest du denn wissen?«
Natascha räusperte sich. »Wenn ich das so genau wüsste, wäre ich schon einen Schritt weiter. Ich muss leider ein wenig ausholen, bitte unterbrich mich einfach, wenn es dir zu lang dauert.«
Er lächelte sie aufmunternd an: »Dann leg mal los.«
Natascha erzählte ihm in Kurzform von Großmutter Maria und dem mysteriösen Fund im Nachtschränkchen ihrer Mutter. Sie berichtete davon, was sie und Mitch bislang über die Briefeschreiberin herausgefunden hatten. Dann nahm sie den Umschlag aus der Tasche.
»Dieser Brief aus dem Jahre 1958 ist der letzte, den diese Helen an meine Großmutter geschickt hatte.« Alan runzelte die Stirn. Er hatte sich schon eine Weile interessiert nach vorne gelehnt.
»Und was steht drin?«
»Nichts Genaues. Es geht um die Wirren des Lebens. Ganz allgemein um Kriege und Unwetter. An einer Stelle spricht sie von den tropischen Stürmen, die alles durcheinanderwirbeln können.«
»Und von wann sagtest du, war der Brief?«
»September 1958.«
»Da hatte man gerade die Yongala gefunden.«

Natascha nickte. »Gènau. Und in Meena Creek hab ich herausgefunden, dass diese Helen sich vehement dafür eingesetzt hat, den Fundort zu schützen. In einem alten Artikel sagt sie, die Yongala sei für sie wie das Geheimnis des Lebens.«
Alan schien nachzudenken. »Deutlicher ist sie nicht geworden?«
»Nein, das ist alles, was ich finden konnte.« Natascha atmete hörbar aus. »Ich tappe im Dunkeln. Aber irgendetwas ist mit der Yongala und dieser geheimnisvollen Helen. Dabei weiß ich natürlich nicht einmal, ob das Wrack überhaupt eine Rolle für meine Suche spielt, aber ich muss den wenigen Spuren nachgehen, die ich habe.«
Alan nickte abwesend. Mit dem Finger zeichnete er die Tischkerben nach.
»Alan?«
Er fuhr hoch und schaute sie an.
»Das ist eine seltsame Geschichte, Natascha. Ich fürchte nur, ich kann dir da auch nicht weiterhelfen. Ich könnte dir die technischen Daten der Yongala runterrasseln und dir detailliert beschreiben, was jetzt noch von ihr zu sehen ist. Aber bei dem, was du da suchst, da muss ich leider passen.«
Sie war enttäuscht. Irgendwie hatte sie gehofft, dass sie von ihm etwas Neues erfahren könnte. Alan trank den Rest seines Biers aus und stand auf. »Warte hier, bin gleich wieder da.«
Natascha sah ihm nach, wie er in der Menge verschwand, und ging zur Theke, um ein zweites Bier zu ordern. Am anderen Ende der Theke sah sie Alan. Neben ihm stand Hanne, die beiden unterhielten sich mit einem Bekannten. Natascha nahm ihr Bier und ging zum Tisch zurück. Was hatte sie erwartet? Es war eine seltsame Geschichte, und so würde es wohl auch bleiben.

Palm Island, Ende Januar 2010

Der Wind kräuselte die Wasseroberfläche, die blaugrau aufblitzte, wo ein Sonnenstrahl die Wolkendecke durchbrach.
Natascha kramte in den Hosentaschen ihrer Shorts nach einem Haargummi, den sie sich zwischen die Zähne klemmte, während ihre Hände versuchten, das wild um ihren Kopf wehende Haar zu einem Pferdeschwanz zu bändigen. Als die Brise für einen Moment abflaute, gelang es ihr endlich. Alan hatte ihrem Kampf gegen den Wind amüsiert zugesehen. Er saß ihr gegenüber, eine Dose Bier in der Hand. Mitch stand am Steuer, sein Haar verschwand ganz unter einer dünnen Wollmütze, die Augen verbarg er hinter einer monströsen Sonnenbrille. Sie fuhren mit Alans Tauchboot nach Palm Island. Alan hatte sich einen Tag freigenommen und Natascha angeboten, sie auf die Insel zu bringen, auf der ihre Großmutter als Kind ein Jahr lang gelebt hatte, bevor sie von dem Berliner Missionarsehepaar adoptiert und vor Ausbruch des Ersten Weltkrieges nach Deutschland gebracht worden war. Natascha war gar nicht klar gewesen, wie nahe dieses Palm Island lag, als sie den Tauchkurs gebucht hatte, aber man konnte die einstige Missionsinsel von Magnetic Island aus sogar sehen.
Natascha hatte sich über das Angebot, gemeinsam mit dem Tauchboot rauszufahren, mehr gefreut, als sie zeigen wollte. Alan hatte auch vorgeschlagen, Mitch mitzunehmen, der die Insel und ihre Bewohner viel besser kannte. Das versprach mehr Aussicht auf Erfolg, als wenn sie sich allein auf den Weg gemacht hätte. Ganz abgesehen davon wäre es auch viel umständlicher gewesen, denn die Fähre nach Palm Island ging nur

vom Festland ab. Sie hätte also zuerst zurück nach Townsville gemusst. Mitch drehte sich zu ihnen um.
»Ich glaube nicht, dass wir's bei dem Wind in unter zwei Stunden schaffen. Macht aber nichts. Hauptsache, wir treffen Onkel Charlie noch vor vier.«
»Hat er danach was vor?«, fragte Natascha.
Mitch lachte kurz auf, hob seine Bierdose hoch und tippte mit dem Zeigefinger dagegen.
»Um vier macht das Insel-Pub auf, und dann kannst du Onkel Charlie für den Rest des Tages vergessen.«
»Alkoholprobleme?«
»Mein Onkel? Die halbe Insel säuft.«
Natascha zog die Stirn in Falten.
»Gibt es dafür einen besonderen Grund?«
»Nur einen? Schön, wenn's so wäre. Wie erkläre ich dir nur Palm Island?« Mitch kratzte sich mit dem Zeigefinger hinterm Ohr. »Angefangen hat es jedenfalls damit, dass ein paar weiße Männer vor rund hundert Jahren dachten, diese Insel wäre prima, um eine Menge störender Aborigines loszuwerden.«
»Warum wollten sie das?«, fragte Natascha. Mitch klang bitter.
»Auch dafür gibt es mehr als nur einen Grund. Hauptsächlich wollten die Siedler unser Land. Wer sich widersetzte, wurde kurzerhand verschleppt. Besonders unliebsame Schwarze brachte man nach Palm Island, wo man vor ihnen sicher war. Aborigines aus ganz Australien haben sie hier zusammengepfercht, Menschen, die nicht einmal dieselbe Sprache teilten.«
Natascha schaute betroffen zu Boden. Es war ihr unangenehm, dass sie so wenig von der Geschichte der Aborigines wusste. Aber sie war ja hier, um zu lernen.
»Nimmst du ihnen ihr Land, raubst du ihnen die Seele«, sagte Mitch. Natascha nickte, das immerhin hatte sie bereits verstanden. Sie schwiegen eine Weile.
»Wenn Palm Island so etwas wie eine Gefängnisinsel war, was

hatte dann meine Großmutter dort verloren? Sie war doch nur ein kleines Mädchen.«

»Die Weißen haben eben alles auf die Insel verfrachtet, was ihnen ein Dorn im Auge war. Halbblutkinder zum Beispiel oder Frauen, die sich von einem weißen Mann haben schwängern lassen. Ganz nach dem Motto: *Aus den Augen, aus dem Sinn.* So mussten sie keine unangenehmen Fragen beantworten.«

»Und die Mission? Gab es die, damit sich jemand um diese Frauen und Kinder kümmerte?«

»Wenn du das *kümmern* nennen willst … Die Kirchen …«, Mitch schnaufte verächtlich, »ach, hör mir doch mit denen auf. Was uns Aborigines anbelangt, haben die sich bestimmt nicht mit Ruhm bekleckert.«

Der Wind blies ihnen jetzt kräftig ins Gesicht, und Mitch wandte sich wieder ganz dem Steuer und den Bordinstrumenten zu. »Du wirst ja gleich selbst sehen, was die weißen Männer und ihre Kirche mit meinen Leuten angestellt haben«, rief er ihr noch über die Schulter zu.

Alan setzte sich neben Natascha, damit er nicht gegen den Wind anbrüllen musste.

»Wirst du seekrank? Das sind nämlich locker über zwanzig Knoten, so wie das Boot schaukelt.«

Natascha schüttelte tapfer den Kopf, aber ganz wohl war ihr nicht im Magen. Sicher war sie kreidebleich.

»Immer auf den Horizont schauen, das hilft.« Als das Wasser hochspritzte, legte Alan ihr seine Windjacke um die Schultern und drückte ihren Oberarm. »Halt die schön fest. Nicht dass du meine beste Jacke verlierst.«

Natascha lächelte schwach.

»Ich hoffe, du findest, was du suchst«, sagte er leise.

Onkel Charlie war schon schlechterer Laune gewesen, was laut Mitch eher am mitgebrachten Sixpack denn am Besuch des Neffen lag. Der faltige Finger krümmte sich und knackte den Aluring nach oben. Mit einem Zischen schäumte das Bier aus der kleinen Öffnung, die Onkel Charlie sofort mit den Lippen abdichtete.
»Schäumt die See, schäumt das Bier. Alte Seemannsweisheit«, sagte Mitch und deutete vage aufs Meer hinaus. Onkel Charlie war zu beschäftigt, die Dose zu leeren, um ihm Beachtung zu schenken. Erst als er seinen Finger erneut unter einen Aluring klemmte, besah er Mitch und die anderen genauer. Seine geröteten Augen wanderten von einem zum anderen und verweilten schließlich auf Natascha.
»Du und deine Freunde, was wollt ihr hier?«
Natascha wechselte einen Blick mit Alan, der mit den Schultern zuckte.
»Ich freu mich auch riesig, dich wiederzusehen, Onkel.« Mitch klopfte ihm auf die Schulter.
»Sag schon. Keiner kommt allein wegen unserer schönen Strände. Ihr wollt doch was.«
»Obwohl die Strände tatsächlich sehr schön sind«, erklärte Mitch. Er fing den unruhigen Blick des Alten auf und räusperte sich.
»Also gut. Alan kennst du ja bereits. Unsere Freundin Natascha hier kommt aus Deutschland. Sie hat gerade erst erfahren, dass ihre Großmutter eine *Halfcaste* gewesen sein soll, die als Mädchen hier auf der Mission gelebt hat.« Natascha nickte und reichte ihm die Hand, die Charlie zögernd ergriff. Seine Haut fühlte sich an wie feines Schmirgelpapier.
»Und was hab ich damit zu tun?« Das Weiß um seine blauschwarzen Pupillen war blutunterlaufen. Wieder schaute er Natascha an, die nun ungemütlich von einem Bein aufs andere trat.

»Nichts natürlich«, antwortete sie. »Mitch sagte nur, sie wüssten vielleicht jemanden, der mir etwas über die alte Mission erzählen könnte.« Hilfesuchend blickte sie in Mitchs Richtung.

»Gab es hier nicht dieses Gemeindehaus mit dem kleinen Museum, Onkel Charlie?«

Charlie nieste heftig und wischte sich die laufende Nase mit dem Handrücken ab. »Also gut.« Dann setzte er sich gemächlich in Bewegung. »Hier lang.«

Gemeinsam folgten ihm die drei auf dem Weg zum Gemeindehaus. Natascha sah sich um. Sie spürte mehr, als dass sie sah, wovon Mitch auf dem Boot gesprochen hatte. Vor ihr lag eine tropische Insel wie aus dem Bilderbuch mit weitgeschwungenen Buchten, weißen Stränden, grünen Hügeln und Palmen im Wind. Doch was sie fühlte und was ihre Augen erkannten, klaffte wie eine Schere auseinander. Mitch hatte sie nicht umsonst vorgewarnt. Dies war ein trauriger Ort, ein Platz für Vergessene.

Sie begann zu frösteln und zog Alans Jacke enger um ihre Schultern. Sie kamen an halbverfallenen Häusern vorbei. In einem verwilderten Vorgarten lagen zwei verrostete Räder ohne Reifen, in einem anderen ein altes Sofa; die Polster waren zerschnitten, zerfressener Schaumstoff quoll daraus hervor. Der Wind trieb zerfetzte Plastiktüten vor sich her. Die Armut hing so deutlich über allem, dass Natascha fast meinte, sie mit Händen greifen zu können. Dann sah sie Kinder. Ihre großen Augen lachten unter dichten Lockenschöpfen. Ihre Gesichter strahlten so unbekümmert, dass Natascha schon geneigt war, ihrem ersten Eindruck zu misstrauen. Wo Kinder lärmten und spielten, konnte es so schlecht nicht sein. Doch dann hörte sie aus einem der Häuser Streit, Scherben klirrten. Auf der Veranda saßen sicherlich zehn Menschen, und nicht einer davon zeigte eine Gefühlsregung oder griff gar ein.

»Allambee«, sagte Charlie. »Ist mittwochs immer dasselbe mit dem Kerl.« Er schüttelte kaum merklich den Kopf.
»Was ist denn mittwochs?«, rutschte es Natascha raus. Charlie sah sie abschätzig von der Seite an und ließ sich mit einer Antwort Zeit, so als wöge er ab, ob die neugierige Frau aus Deutschland eine Erklärung wert wäre.
»Die Stütze wird immer donnerstags ausgezahlt. Spätestens am Dienstag hat Allambee sein Geld versoffen, und dann macht er einen Heidenaufstand. Er schlägt sie aber nie.«
Natascha überlegte, worauf sich das *sie* bezog. Die Kinder? Schloss Charlies Bemerkung die Mutter ein?
»Da gibt es auch ganz andere«, meinte Charlie dann. Er zerdrückte seine leere Dose und warf sie in die Böschung.
Charlie schien eine besondere Stellung in der Gemeinde zu haben, denn aus den Tiefen seiner schmutzstarrenden Jeans kramte er einen dicken Schlüsselbund hervor. Nach einer Weile bildreichen Fluchens fand er den passenden Schlüssel.
Das Gemeindehaus war nicht mehr als ein Betonklotz mit Wellblechdach. Zwei Fensterscheiben waren zerbrochen, die Fenster von innen mit Pappe abgedeckt. Drinnen stand ein leerer Schreibtisch aus Resopal, dahinter ein wackliger Stuhl, und von der Decke baumelte eine nackte Glühbirne. Ein paar ergraute Plastikstühle stapelten sich in einem schiefen Turm an der Wand, in deren Ecken schwarzer Schimmel wucherte.
Hierhin würde es sicherlich keine Touristen verschlagen, vermutete Natascha und verglich den traurigen Bunker mit dem Kulturzentrum der Orta.
Charlie stieß eine zweite Tür auf und winkte sie in den engen Raum.
»Bitte sehr, das Museum. Wenn ihr Broschüren oder so etwas wollt, müsst ihr ein andermal nachfragen. Miss Spencer kommt nur zweimal im Monat für ein paar Stunden aus Townsville rüber, um den Papierkram zu erledigen. Den Schlüssel für den

Schreibtisch hat nur sie.« Onkel Charlie zog eine Dose aus dem restlichen Sixpack, das er mitgenommen hatte. Es knackte, und Charlie schlürfte sein nächstes Bier.

»Wenn ihr Fragen habt: Ihr findet mich draußen.«

»Danke.« Natascha sah ihm nach, wie er davontrottete. An seinem Daumen baumelte an einem Plastikring der Rest des Sixpacks, mit der linken Hand, in der er die Bierdose hielt, fingerte er umständlich in der Brusttasche nach Zigaretten. Sie wandte sich den Fotos an der Wand zu. Es sah nicht danach aus, als würde sie an diesem trostlosen Ort etwas finden, was sie nicht schon gesehen hatte. Sie besaß ja ein Foto von Maria auf Palm Island.

Dieses Foto, auf dem die Missionare ihre Großmutter an den Händen hielten, hatte, seit sie denken konnte, im schweren Silberrahmen im Wohnzimmerregal ihrer Mutter gestanden, neben einigen Fotos von ihrem Vater und dem offiziellen Hochzeitsbild der Eltern. Vor ihrer Reise nach Australien hatte Natascha die Klemmen hinter dem staubigen Samtpolster geöffnet und das Foto vorsichtig aus dem Rahmen gleiten lassen. Um Eselsohren zu vermeiden, hatte sie die Schwarzweißfotografie in ein gebundenes Buch gelegt. So hatte sie Maria mit auf die Reise genommen, zurück nach Australien, zurück nach Palm Island.

Natascha nahm nun das Bild und verglich es mit denen, die vor ihr an der Wand hingen. Die kleine Holzkirche, vor der Maria mit den Missionaren gestanden hatte, als der Fotograf abdrückte, war offenbar Kulisse für ganze Generationen von Palm Islandern gewesen. Was ihrer Großmutter passiert war, war offensichtlich kein Einzelschicksal, wie sie es all die Jahre naiverweise angenommen hatte. Natascha erkannte gleich auf mehreren der alten Aufnahmen das Ehepaar aus Berlin. Herbert und Irmtraud. Sie, stets mit einem angedeuteten Lächeln und weißem Hut, er, stattlich mit Schnauzer unterm Tropenhelm. Kein Mensch sonst trug einen Tropenhelm auf diesen Bildern.

Natascha erblickte schwarze Kinder in adrettem Sonntagsstaat: Steif und ernst sahen sie aus in ihren nicht ganz passenden Anzügen und Kleidchen. Wie lange sie da wohl in der sengenden Hitze hatten still halten müssen, bis das Bild endlich im Kasten war? Natascha schaute sich die Mädchen genauer an, aber ihre Großmutter konnte sie unter all den dunklen Gesichtern nicht finden. Außer dem Missionarsehepaar waren nur drei, vier weitere Erwachsene zu sehen, und Natascha hätte gerne gewusst, wer sie waren. Ob sie die Antwort in ihrer Suche weiterbringen würde? Wahrscheinlich nicht, aber da sie nun einmal hier war, konnte sie auch gleich Charlie fragen. Sie wollte ihn gerade holen, da schlurfte er bereits in ihre Richtung.

»Können Sie mir sagen, wer die Leute auf den Fotos sind? Was ist zum Beispiel mit dem hier? Dieser Mann ist gleich mehrfach abgelichtet worden.« Sie zeigte auf einen hageren Mann, der dem Ehepaar die Hand schüttelte. Die Kinder hatte man um die Erwachsenen herum gruppiert. Charlie neigte sich vor und kniff die Augen zusammen. Er schob die Unterlippe vor.

»Hm. Bin mir nicht sicher, wird wohl dieser Pfaffe aus SA sein.«

»SA?«

»Südaustralien«, erklärte Alan.

»Einige Jahre lang hat sich der Typ hier ziemlich oft blicken lassen. War Lutheraner wie alle. Das Pack hat ja zusammengehalten.« Charlie scharrte mit den Füßen über den schmutzigen Betonboden.

»Was kann er denn gewollt haben?«

»Was weiß ich? Die Kerle haben uns aus dem ganzen Land zusammengetrieben und hierherverschickt. Meist gab's dafür auch noch Geld von der Regierung. Für einige war das Grund genug.« Charlie sah jetzt aus, als hätte er die Lust am Gespräch verloren.

»So eine Missionsstation zu unterhalten war ein nettes Zubrot für arme Siedlergemeinden«, fiel Mitch ein. »Vielleicht gab es auch eine Art Austauschprogramm zwischen Missionen in Südaustralien und der hier. Wundern würde es mich jedenfalls nicht.«

Natascha nickte. Das war zwar alles ungeheuer interessant, brachte sie aber keinen Schritt weiter. »Was ist denn eigentlich aus der kleinen Holzkirche geworden? Ich habe sie auf dem Weg hierher jedenfalls nicht gesehen«, fragte sie jetzt.

Charlie zuckte gleichgültig mit den Schultern.

»Abgebrannt. Die Kirche und beide Häuser der Mission. Als die Mission Ende der 1960er geschlossen wurde, hatten die Leute genug, wollten nicht ständig an die Vergangenheit erinnert werden.«

»Sie meinen Brandstiftung?«

»Ich meine gar nichts. Eines schönen Tages stand die Mission in Flammen, und das war's.« Er wandte sich zum Gehen, doch Natascha hielt ihn an der Schulter fest.

»Nur eine Frage noch. Haben Sie das schon einmal gesehen?« Sie öffnete ihre Hand und zeigte ihm das Amulett. Wieder kniff er die Augen zusammen und ging dann näher ran. Natascha wollte es ihm in die Hand legen, doch er schüttelte den Kopf.

»Wo haben Sie das her?«

»Von meiner Großmutter.«

»Sieht nach einem magischen Amulett aus, glaube aber kaum, dass es von der Insel stammt.«

»Magisch? Und woher wissen Sie, dass es nicht von hier stammt?«

Charlie lachte auf. »Woher?« Er schüttelte sich plötzlich aus vor Lachen. »*Jeez*, Lady, Sie sind vielleicht komisch.«

Natascha schaute ihn unsicher an. Mitch sprang ihr bei.
»Was Onkel Charlie meint, ist, dass jeder Stamm seine ureigenen Muster hat. Diese Wellen und Zacken, die du auf dem Amulett siehst, das ist wie eine eigene Sprache. Wusstest du, dass es vor der Kolonisation Australiens fast dreihundert Stammessprachen gegeben hat? So ähnlich musst du dir das mit den Artefakten der Stämme vorstellen. Jede Kerbe auf deinem Amulett hat ihre eigene Bedeutung, die dir aber nur der betreffende Stamm genau erläutern könnte.« Mitch deutete mit dem Daumen auf Charlie, der sich eine Träne aus dem Auge wischte. Er senkte die Stimme.
»Für Charlie war deine Frage in etwa so, als hättest du Picasso gefragt, woher er weiß, dass die *Sonnenblumen* von van Gogh sind.«
»Sorry, das wusste ich tatsächlich nicht. Dafür kennst du dich umso besser in europäischer Kunstgeschichte aus.«
»Und das überrascht dich«, stellte er fest und verzog beleidigt das Gesicht.
Alan, der ihrem Gespräch zugehört hatte, verschränkte die Arme vor der Brust und grinste. Sein Blick wanderte erwartungsvoll zwischen Mitch und Natascha hin und her. Offensichtlich genoss er den kleinen Schlagabtausch. Natascha hatte sofort abwehrend die Hände gehoben.
»O Gott, nein! So hab ich das doch nicht gemeint. Ich dachte nur, weil ich so wenig über eure Kultur weiß …«
»… kann es umgekehrt nicht sein, dass ein Eingeborener aus dem Busch etwas von deiner Kultur versteht«, vollendete Mitch ihren Satz.
Natascha war rot angelaufen. »Du drehst mir absichtlich die Worte im Mund herum. Gib es zu! Ich hab doch genau gesehen, wie du gerade Alan angegrinst hast.«
»Okay, okay, ich wollte dich aufziehen. Aber etwas Wahres ist schon dran, oder?«

Natascha holte tief Luft, um sich zu verteidigen, doch Mitch winkte ab.
»Lass gut sein, ich bin das gewohnt.« Dann klatschte er in die Hände. »Okay, Leute, wir sollten dann mal schleunigst los, wenn wir nicht im Dunkeln noch auf dem Wasser dümpeln wollen. Kommt ihr?«
Alan und Natascha nickten. Die junge Deutsche reichte Charlie zum Abschied die Hand. »Danke für Ihre Mühe.«
»Das Amulett ...«
Natascha verdrehte die Augen. »Ich weiß, ich hab mich komplett zum Idioten gemacht.«
»Ich glaube, es stammt aus Südaustralien.«
Natascha nickte leise. Dann riss sie ein Stück Papier aus ihrem Buch und schrieb ihre Handynummer auf.
»Hier. Falls Ihnen noch etwas einfallen sollte, rufen Sie mich dann an?«
Charlie steckte den Zettel wortlos in seine Hosentasche und hob zum Abschied die Hand.

Der Wind hatte nachgelassen. Natascha streckte sich rücklings auf der Sitzbank aus und schaute in den bewölkten Himmel, den die untergehende Sonne mit ihren leuchtenden Farben ausmalte. Sie waren später losgekommen, als Mitch lieb war, und jetzt jagte er den Motor hoch, um die verlorene Zeit wettzumachen. Alan nutzte die Gelegenheit und inspizierte die Ausrüstung für die morgige Tauchfahrt. Als er damit fertig war, setzte er sich neben Natascha. Sie sah plötzlich den Boden einer Bierdose direkt über ihrem Kopf.
»Hier, war ein langer Tag.«
Mit einem Ächzen richtete sie sich auf und griff zu.
»Ja, das war es, danke. Leider bin ich fast so schlau wie vorher.« Sie öffnete die Dose und nahm einen großen Schluck. Alan hatte aus der Kombüse eine Packung Cracker und etwas

Cheddar mitgebracht. Erst jetzt bemerkte sie, wie hungrig sie war. Sie stand auf, um Mitch ebenfalls mit Bier und Käse zu versorgen, und legte sich dann wieder neben Alan auf die Bank.
»Bist du enttäuscht?« Alan strich sich müde über die Augen.
Sie seufzte leise.
»Ach, ich weiß nicht. Vielleicht ein bisschen, andererseits hab ich mir auch nicht allzu viel von unserem Trip erwartet. O Gott, jetzt bin ich schon wieder in ein Fettnäpfchen getreten!« Sie war hochgefahren, doch Alans Hand drückte ihre Stirn sanft zurück. »Versteh mich nicht falsch. Dass ihr mit mir rausgefahren seid zur Insel, das war unglaublich toll, danke nochmals. Ich bin wohl nur ein wenig deprimiert. Die Insel ... sie macht einen so hoffnungslosen Eindruck.«
Alan schob sich ein Stück Käse in den Mund. »Ich weiß genau, was du meinst. Als Weißer fühlt man sich nicht gerade wohl dort, stimmt's?«
Natascha hob den Kopf, trank einen weiteren Schluck und legte sich wieder hin.
»Du kannst deinen Kopf gerne auf meinen Schoß legen, wenn du magst.«
Sie zögerte. War das eine Anmache?
Als ahne er, was ihr durch den Kopf ging, faltete er ein Handtuch zusammen und schob es ihr unter den Kopf. »Oder du entscheidest dich für die zweitbeste Lösung.« Sie lächelte ihn dankbar an. Erste Sterne zeigten sich am gerade noch hellen Himmel. Nicht mehr lange, und die Mondsichel würde die Sonne endgültig verdrängen. Alan räusperte sich.
»Darf ich dir mal eine persönliche Frage stellen?«
»Nur zu.«
»Wieso machst du das?« Sie schaute ihn fragend an. »Ich meine, wieso ist es dir so wichtig zu wissen, warum deine Großmutter ein Halbblut war? Oder andersrum gefragt: Wärst du

jetzt auch hier, wenn du nicht erfahren hättest, dass deine Oma schwarzes Blut in ihren Adern hatte?«
Natascha schwieg.
»Das ist seit langem die beste Frage, die mir jemand gestellt hat«, meinte sie dann. Sie schwang ihre Beine von der Bank und setzte sich auf. Eine Weile blickte sie ihn gedankenverloren an.
»Nein, wahrscheinlich wäre ich dann nicht hier. Wenn ich auf den Adoptionspapieren nicht den Eintrag *halfcaste* gefunden hätte und dazu noch diese mysteriösen Briefe, wäre ich heute mit einiger Sicherheit nicht auf deinem Schiff, sondern im bitterkalten Berlin. Aber ich hätte dann auch keinen Grund gehabt, meine Familiengeschichte zu hinterfragen. Die Schublade mit dem doppelten Boden hat eben alles verändert.«
»Das hört sich aber reichlich melodramatisch an.«
Er sah ihre hochgezogenen Augenbrauen.
»Sorry, dass ich so geradeheraus bin. Kann ich leider nicht ändern, alte Charakterschwäche. Eine Sache verstehe ich nämlich nicht: Deine Mutter bleibt doch deine Mutter, und Gleiches gilt für deine Großmutter. Nur weil sie dir ein Detail deiner Herkunft verheimlicht haben, heißt das doch noch lange nicht, dass nichts mehr stimmt.«
Natascha streckte den Rücken durch und sah ihn entgeistert an.
»Du hältst das also für nebensächlich, dass die beiden mich belogen haben?«
Alan atmete hörbar aus. Wahrscheinlich überlegte er, wie weit er noch gehen konnte, ohne seine Tauchschülerin zu verlieren.
»Was hat man dir denn über die Herkunft deiner Großmutter erzählt, bevor du die Dokumente gefunden hast?«
»Nicht viel. Dass ihre Eltern Siedler waren, die unter unbekannten Umständen ums Leben gekommen sind. Es war eben eine gefährliche Zeit damals für die Pioniere.«

»Und das hat dir als Erklärung gereicht?«
»Ja, mehr wussten meine Mutter und Oma doch selbst nicht.«
»Du bist vorher nie auf die Idee gekommen, in Australien nach deinen Urgroßeltern zu forschen?«
Sie sah ihn aus schmalen Augen an. »Nein, bin ich nicht.«
»Siehst du, und genau das finde ich komisch. Da reicht es dir all die Jahre, gar nichts zu wissen, und dann findest du plötzlich einen Fetzen Papier, auf dem steht, dass deine Oma Aborigine-Blut hat, und schon fliegst du um den halben Erdball.«
Natascha war aufgestanden und setzte sich auf die andere Seite. Was bildete sich dieser Kerl ein, dass er so persönlich wurde? Sie schaute aufs Meer hinaus.
»Ich wollte dich wirklich nicht verletzen. Manchmal kann ich einfach meine große Klappe nicht halten. Sorry!«
»Hast du Familie, Alan?«, unterbrach sie ihn. Alan rutschte unruhig auf der Bank herum und schien vom plötzlichen Richtungswechsel ihres Gesprächs überrascht.
»Ja und nein.« Er fuhr sich durchs Haar, zögerte mit seiner Antwort. »Verdammt, da hast du einen wunden Punkt erwischt.«
Natascha konnte ihm auch so ansehen, dass sie mit ihrer Frage ins Schwarze getroffen hatte. Sie wollte ihm mit einer Antwort Zeit lassen, nicht nachbohren. Dunkles Wasser schwappte schmatzend gegen das Boot, und das erste Mondlicht spiegelte sich bleiern auf der See. Als Natascha schon nicht mehr glaubte, dass er reden würde, hörte sie, wie Alan sich räusperte.
»Okay, reden wir also über meine Familie, oder was davon übrig geblieben ist. Eine kleine Warnung: Meine Geschichte ist nicht schön, dafür ist sie schnell erzählt. Mein Vater hat sich zu Tode gesoffen. Hat wohl nicht verkraftet, dass seine Frau ihn sitzengelassen hat. Als meine Mutter nämlich von seiner Sauferei genug hatte, ist sie eines schönen Tages ohne ein Wort abgehauen. Da war ich zwei. Ich kann's ihr nicht verübeln. Sie war damals fast selbst noch ein Kind, knapp neunzehn. Dad

und ich haben daraufhin unser Städtchen verlassen. Es sei ihm dort unter all den Spießern zu eng geworden, sagte er. Erst als ich größer war, begriff ich, dass ihm die soziale Kontrolle dort zugesetzt hatte. Zu viele Bekannte, die ihm offen die Meinung geigten, wenn er mal wieder sternhagelvoll seinen Pflichten nicht nachkam; die ihn daran erinnerten, was für ein Versager er war. In seinem Beruf und als Vater.« Alan strich sich das Haar aus der Stirn und schaute aufs Meer hinaus. Natascha schwieg. Mitch summte hinter dem Steuerrad ein Lied, das sie nicht kannte.

Alan trank einen Schluck und zerknüllte die Dose.

»Na, egal. Ist alles verdammt lange her. So viel jedenfalls zu meiner Familie. Ich hab dir ja versprochen, dass es eine kurze Geschichte wird.« Geschickt warf er die leere Dose in eine Kiste, die unter ihrer Sitzbank stand.

»Und was ist aus deiner Mutter geworden? Habt ihr noch Kontakt?«

Alan sog scharf die Luft ein.

»Nein, ich hab nicht die geringste Ahnung, wo sie steckt und was sie treibt. Alles, was ich weiß, ist, dass meine Mutter ein Blumenkind war, ein Hippie. Sie ist mit ihren Kifferfreunden quer durch Europa gezogen. Kein fester Wohnsitz, keine Sozialversicherungsnummer, nichts. Frag mich nicht, wovon sie gelebt hat.« Alan schluckte. »Bier?«, fragte er.

»Danke, ich bin versorgt.«

Alan ging runter zum Kühlschrank. Auf dem Rückweg hielt er einen Schwatz mit Mitch. Die beiden lachten. Er klopfte Mitch auf die Schulter und setzte sich dann neben Natascha.

Ohne weiter nachzudenken, legte sie ihren Kopf auf seinen Schoß.

»Und du hast nie selbst nach deiner Mutter gesucht?«

Es war eine Weile still. Mitch sang immer noch in einer fremden Sprache vor sich hin, das Boot schaukelte sacht.

»Nein, was hätte das gebracht? Sie wollte nichts mit mir zu tun haben, sonst hätte sie mich ja gesucht. Und irgendwann wollte ich sie auch nicht mehr.«
»Ich verstehe«, sagte sie leise.
»Was verstehst du?«
Ihre Hand griff nach seinem Arm, hielt ihn fest. Er zögerte für einen Moment, doch dann beugte er sich zu ihr hinunter, berührte ihre Lippen. Sie mussten beide lachen, weil sie sich verkehrt herum küssten, was nicht so recht gelingen wollte. Alan zog sie schließlich zu sich hoch und nahm sie in die Arme.
»Ich bin jedenfalls verdammt froh, dass du nach Australien gekommen bist.« Er strich ihr mit dem Handrücken über die Wange. Natascha probierte ein Lächeln, doch ihre Mundwinkel zitterten. War sie etwa im Begriff, sich zu verlieben? In einen Tauchlehrer? Sämtliche Alarmglocken in ihrem Kopf schrillten, aber sie kamen nicht dagegen an, wie gut es sich anfühlte, in seinen Armen zu liegen.
Nach einer Weile löste sie sich aus der Umarmung.
»Ich hab natürlich kein Recht zu fragen, aber du und Hanne, ihr seid doch ein Paar, oder?«
Er wand sich kein bisschen, als er ihr antwortete.
»Als Paar würde ich uns nicht gerade bezeichnen. Hanne arbeitet seit drei Jahren während ihres Urlaubs als meine Assistentin, und dann schlafen wir zusammen.« Er schaute sie an. »Wenn es das ist, was du wissen wolltest.«
»Ja, das war so ziemlich genau das, was ich meinte.« Sie versuchte, so cool zu klingen wie er.
»Es passt eben für beide. Keine Verbindlichkeiten, *no trouble*. Wenn ihre Ferien vorbei sind, gehen wir getrennte Wege, und wenn wir uns im nächsten Sommer wiedersehen, stellt keiner dem anderen dumme Fragen. *Easy peasy.*«
»Hört sich ganz nach dem perfekten Arrangement an. Ich gratuliere.«

Die letzten beiden Worte waren ihr so rausgerutscht, und sie hätte sich dafür ohrfeigen können. Sie klangen, als hätte er sie verletzt. Außerdem hatte sie ihm mehr über ihre Gefühlslage preisgegeben, als ihr lieb war.
»Ja, bis jetzt war es das auch.«
Natascha wollte sich keine Blöße geben und nachfragen, worauf sich dieses *bis jetzt* bezog. Mitch hatte schon vor einer Weile den Motor gedrosselt, die spärlichen Lichter von Nelly Bay wurden langsam größer.
»Magst du noch auf ein Bier zu mir kommen?«, hörte sie sich sagen und wunderte sich über ihre eigenen Worte.

Ihr Schädel brummte, als sie vom Geklapper in der Küche wach wurde, und sie musste einen Augenblick lang überlegen, wo sie war – und mit wem. Doch als sich Alans blonder Schopf in den Türrahmen schob, war ihr die vergangene Nacht wieder äußerst gegenwärtig. Ein wohliger Schauer lief ihr bei der Erinnerung über den Nacken.
»Ich wollte dich nicht wecken, aber da du schon mal wach bist: Rührei oder Spiegelei? Ich war so frei, deinen Kühlschrank zu plündern.«
Natascha befühlte ihre Stirn.
»Dicker Schädel? Hast du irgendwo Tabletten?«
Sie nickte.
»Im Badezimmerschränkchen. Danke. Und bitte nur Kaffee.«
Sie hörte ihn im Bad wühlen und war erstaunt, dass seine Anwesenheit sie nicht störte. Dass ER sie nicht störte. Alan kam mit einem Aspirin zurück und stellte Wasser und Kaffee auf ihren Nachttisch. Dann setzte er sich neben sie aufs Bett und drückte ihr die Tablette in die Hand.
»Ich muss zum Boot. Ich sehe dich dann am Nachmittag, ja?«
Sanft strich er ihr eine Strähne aus der Stirn und küsste sie auf die Wange. »Es war schön.«

Natascha lächelte andeutungsweise und fuhr sich verlegen über die Augen. Alan stand auf und wandte sich zum Gehen.
»Ach, und überleg dir, worüber wir gestern gesprochen haben. Hanne bucht dir bestimmt gerne einen Flug. Bis dann.«
Sie hörte die Tür zufallen und lehnte sich in die Kissen zurück. Ihre Hände umfassten den dampfenden Becher, als müsste sie sich daran festhalten. Das glaubte sie Alan gerne, dass Hanne ihr beim Verlassen der Insel behilflich sein wollte. Sie musste lächeln, obwohl sie sich Hanne gegenüber ein wenig mies fühlte, und das hatte sie Alan gestern auch so gesagt; doch der hatte abgewiegelt. Hanne und er wären schließlich weder verlobt noch verheiratet, Hanne solle sie mal seine Sorge sein lassen. Damit war Natascha sehr einverstanden. Wieder musste sie an letzte Nacht denken und spürte Schmetterlinge im Bauch. Unwillkürlich verzog sie den Mund zu einem Grinsen. Es war wirklich wunderschön gewesen – wild, aber gleichzeitig auch sehr zärtlich. Ihr Magen zog sich zusammen und verursachte dieses untrügliche Gefühl. War sie etwa tatsächlich verliebt? Unsinn! Sie kannte Alan doch gar nicht. Warum nur fühlte sie sich wie ein verschossener Teenager, wenn sie an ihn dachte?
Alan sah gut aus und war quasi von Berufs wegen charmant, da flogen ihm natürlich schnell die Herzen zu. Doch wenn sie schon so schlau war und die Situation durchschaute, wieso fiel sie dann auf seine Masche rein? Es war doch eine Masche, oder etwa nicht? Andererseits – wie sanft er sie heute Morgen beim Aufwachen umarmt hatte … Sie lächelte versonnen vor sich hin, und wieder zog es verdächtig in der Magengrube. Besser, sie wappnete sich für eine Enttäuschung.
Sie atmete mit einem Seufzen aus und stellte die Kaffeetasse auf dem Nachttisch ab. Dann schwang sie die Beine über die Bettkante und stand auf. Zeit für eine kalte Dusche. Sie musste noch überlegen, ob sie Alans Idee aufgreifen und nach Adelaide in Südaustralien fliegen sollte. Alan hatte beim Bier auf

der Terrasse vorgeschlagen, dort vor Ort zu recherchieren. Natascha fragte sich allerdings, ob sie eine Reise ins entfernte Adelaide nicht eher von ihrem Ziel wegführen würde, denn die Orta lebten nun mal hier im Norden, genau wie jene Helen Tanner. Andererseits war sie mit ihren Recherchen in eine Sackgasse geraten. Alle neuen Informationen stammten von Onkel Charlie und wiesen in Richtung Süden. Die wichtigste war der Hinweis auf die Herkunft des Amuletts.

Wenn es stimmte, was Charlie vermutete, stammte es aus der Gegend um Adelaide. Die andere Information war die über »diesen Pfaffen«, wie ihn Charlie genannt hatte, jenen Kirchenmann, von dem Charlie vermutete, dass er eine Art Menschenhandel betrieben haben könnte, indem er für Geld Aborigines aus Südaustralien nach Palm Island gebracht hatte. Eine Verbindung zwischen diesen neuen Informationen und ihrer Familiengeschichte erschien Natascha konstruiert, aber da sie nun mal keinen anderen Anhaltspunkt hatte, war der hier so gut wie jeder andere. Stochern im Nebel, mehr konnte sie im Augenblick nicht tun.

Sie trank ihren Kaffee aus und ging ins Bad. Sie hatte sich entschieden.

Rosehill, April 1911

Helene war wieder in den Garten zurückgegangen. Ihr erster Versuch, das Zimmer ihrer entführten Tochter zu betreten, war gescheitert. Sie hatte es am Ende nicht über sich gebracht, die Klinke runterzudrücken, obwohl sie eine ganze Weile vor der Tür gestanden und sich Mut zugeredet hatte. Eigentlich wollte sie nur Nellies Bett neu beziehen, es war gar nichts Besonderes dabei. Doch als sie endlich die Hand auf die Klinke legte, fing sie am ganzen Leib an zu zittern und konnte sich gar nicht mehr beruhigen. Es hatte keinen Sinn, sie war noch nicht so weit, sich dem Schmerz zu stellen, der sie unweigerlich überfallen würde, sobald sie Nellies Zimmer betrat.
Sie hatte sich wieder auf ihre Gartenbank gesetzt. Was sollte sie nur tun? Sie durfte die Hoffnung nicht aufgeben. Einen Tag noch, sagte sie sich. Wenn sie noch einen weiteren Tag durchhielt, allein auf Rosehill, dann kämen sie bestimmt nach Hause. Katharina, Matthias, die Kinder und Nellie, sie alle würden zurückkommen.
Helene gab sich einen Ruck und ging erneut ins Haus, um Nellies Bett zu machen, und dieses Mal drückte sie entschlossen die Klinke herunter. Im Türrahmen blieb sie unbeweglich stehen. Sofort stieg ihr ein vertrauter Geruch in die Nase, der einzigartige Duft ihrer Tochter. Sie atmete tief ein, gab sich einen Moment lang der Illusion hin, sie wäre nur hier, um das schlafende Kind zu wecken. Dann öffnete sie die Augen, und ihr Blick fiel auf das leere Bettchen, das noch immer ungemacht in der Ecke stand. Sie ging hinüber, setzte sich auf den Rand, wobei ihr das frische Bettzeug vom Arm auf den Boden rutschte. Vorsichtig strich Helene über das zerknautschte Laken, das

sich über die dünne Matratze spannte. Sie fürchtete, sie könne den Abdruck zerstören, den Nellies Körper hinterlassen hatte. Dann legte sie sich langsam mit dem Gesicht nach unten auf das Kissen und umfasste es mit beiden Händen. Nellie. Der Geruch ihres Mädchens umgab sie nun ganz. Helene atmete tief ein, bis es ihr in der Lunge schmerzte, und sie wartete mit dem Ausatmen so lange, wie sie es gerade noch aushielt. Erst als sie fürchtete, in Ohnmacht zu fallen, ließ sie den Duft von Nellie widerwillig aus ihrem Körper entweichen.
Plötzlich bekam sie es mit der Angst zu tun. Es kam ihr so vor, als würde sie die noch spürbare Anwesenheit ihrer Tochter vertreiben, als würde jeder ihrer Atemzüge ein wenig von Nellie wegnehmen. Sie wusste nicht, wie lange sie so dagelegen hatte, doch als sie ihr Gesicht wieder vom Kissen erhob, war der Bezug durchnässt. Ob von Tränen oder Schweiß, hätte Helene nicht sagen können.
Sie setzte sich aufrecht hin, nahm das Kissen auf den Schoß und starrte an die kahle Wand. Dann blickte sie sich im Raum um. Was für ein unordentliches Kind die Kleine doch war! Hatte sie ihr nicht schon hundertmal gesagt, sie solle am Abend das Spielzeug vom Boden räumen? Kopfschüttelnd ließ sie sich auf den Holzboden gleiten und kniete inmitten der kindlichen Unordnung nieder. Sie zog die Spielkiste zu sich heran und begann, zunächst zögerlich, dann immer geschäftiger, die auf den Boden verstreuten Spielsachen einzuräumen. Erst die Klötze, dann den Blechaffen, dessen nervtötendes Scheppern sie schon so manches Mal dem Wahnsinn nahegebracht hatte, und schließlich die bunten Glasmurmeln, die aus irgendeinem Grunde über den Boden rollten, sobald sie nach ihnen greifen wollte. Als sie die bunten Kugeln endlich eingesammelt hatte, langte sie automatisch nach der Stoffpuppe und wollte sie schon zu den anderen Sachen in die Kiste legen, als sie innehielt. Es war die alte Puppe mit den losen Fäden, die schon

Helene als Kind von ihrer Mutter bekommen hatte. Nellie hatte sie heiß geliebt und konnte ohne sie nicht einschlafen. Helene drückte das schmutzige Ding an ihr Herz, und ein langgezogener Laut wie von einem Tier entrang sich ihrer Brust. Noch immer auf den Knien, warf sie ihren Kopf in den Nacken und schloss die Augen. *Oh, mein Gott, warum hast du mich verlassen?* Nach einer Weile wurde der Klagelaut zu einem Wimmern. Irgendwann ließ sie sich zur Seite fallen. Wie ein kleines Kind krümmte sie den Körper und zog die Beine an, wobei sie die Puppe noch immer eng an ihre Brust gedrückt hatte. Sie war eine schlechte Mutter. Sie hätte besser auf ihr Kind aufpassen müssen. Jetzt war es zu spät. Helene küsste die Puppe und strich ihr mit dem Daumen über das fadenscheinige Gesicht.
Schlafe, mein Kindchen, schlaf ein.

Meena Creek, Ende Oktober 1909

Der Tag, an dem Gottfried vor dem Einfahrtstor nach Rosehill stand, war einer der letzten Erntetage in Meena Creek. Die Regenzeit stand kurz bevor, die Luft war schon wieder schwer vor Feuchtigkeit, die Hitze erdrückend.
Anfangs, Helene war erst kurze Zeit bei Katharina und Matthias, hatte sie der Schwester noch von ihrer Befürchtung erzählt, dass Gottfried sie verfolgen würde.
»Wenn er kommt«, hatte sie Katharina einzuschärfen versucht, »musst du aufpassen wie eine Füchsin. Du darfst nicht auf seine Tricks hereinfallen. Er wird mit allen Mitteln versuchen, aus dir herauszulocken, wo ich bin und was du über mich weißt. Bleib stark, sag nichts und erlaube ihm nicht, mit den Kindern zu sprechen! Irgendwann wird er wieder gehen müssen. Ich werde so lange mit Amarina zu den Orta verschwinden.«
Katharina hatte genickt, aber dann, ganz schleichend, hatten sie beide immer weniger über diese Gefahr gesprochen, die doch unentwegt wie ein Damoklesschwert über ihnen schwebte.
Im Nachhinein konnte Helene von Glück sagen, dass sie nicht, wie so manches Mal in den letzten Tagen, mit den Kindern draußen auf der Veranda gesessen hatte. Sie und Katharina kümmerten sich in der Hektik der letzten Erntetage tagsüber außer um Peter, Nellie und Cardinia auch um zwei Aborigine-Mädchen, deren Mütter seit ein paar Tagen ebenfalls auf den Feldern arbeiteten. Das Zuckerrohr musste geschnitten werden, bevor der große Regen einsetzte, denn wenn sich der Boden erst einmal in Schlamm verwandelt hatte, konnten sich die Arbeiter im Feld nicht mehr bewegen, ohne im Schlick stecken zu bleiben. Die Schwestern erledigten währenddessen den

Haushalt und hielten abwechselnd von der Veranda aus ein wachsames Auge auf einen möglicherweise in der Gegend herumschnüffelnden Regierungsinspektor. Wer auch immer sich der Farm näherte, sie würden ihn sehen, ehe er vor dem weißen Gatter stand, das den Eingang zu Rosehill bildete. Ob derjenige zu Fuß oder auf dem Rücken eines Pferdes zu ihnen unterwegs war, machte natürlich einen Unterschied. Doch in beiden Fällen bliebe noch genügend Zeit, um durch die Hintertür zu den Ställen zu laufen und ungesehen im weiten Bogen hinaus auf die Felder zu reiten, wo sie Matthias und John rechtzeitig warnen konnten. Nach Möglichkeit sollte Helene diesen letzten Part übernehmen, denn sie war die bessere Reiterin. Doch heute war Waschtag, und das anstrengende Rühren im Zuber ging zu zweit leichter von der Hand. Daher hatte keiner Gottfried kommen sehen, nur Digger bellte.
Katharina wischte die Hände an der Schürze ab.
»Ich geh schon. Wir brauchen mehr Wasser. Setzt du noch einen Kessel auf? Sonst kriegen wir die Hemden nie sauber.«
Kein Gedanke an Gefahr. Reicht die Seife noch? Ist der Ofen heiß genug? Viel mehr ging den Frauen nicht durch den Kopf, als Katharina die Tür öffnete und Gottfried an der Pforte stehen sah.
»Katharina Jakobsen?«, rief er.
»Ja? Was wollen Sie?«, fragte sie misstrauisch. Digger sprang am Pfosten hoch und wollte gar nicht mehr aufhören zu bellen.
»Erkennst du mich denn nicht? Ich könnte es dir nicht verübeln. Es ist schon eine ganze Weile her, dass du Salkau verlassen hast. Aber willst du nicht deinen Hund zurückrufen, damit wir in Ruhe reden können?«
Unwillkürlich schaute Katharina zur Haustür. Gottfrieds Blick folgte dem ihren.
»Gottfried?«, fragte sie so laut als möglich in der Hoffnung, dass Helene sie hören würde.

»Ganz recht, mein Kind. Gottfried, und ich muss dringend mit dir sprechen. Lass mich also bitte rein!« Er machte sich am Tor zu schaffen, doch Digger schnappte nach seiner Hand.
»Verdammter Köter. Ruf ihn zurück, sage ich!«
Katharina hatte sich halbwegs gefasst und straffte den Rücken.
»Den Teufel werde ich tun. Ich wüsste auch nicht, was wir noch miteinander zu bereden hätten. Du verschwindest besser, bevor Matthias auftaucht und dir eine Ladung Schrot verpasst!«
»Aber, aber, Katharina! Wer wird denn gleich so aufbrausen? Ich will dir doch nur von deiner Schwester erzählen. Die ist nämlich ganz plötzlich aus Neu Klemzig verschwunden. Eure Eltern haben mich gebeten, nach ihr zu suchen. Ich dachte, das könnte dich interessieren.«
Noch ehe Katharina antworten konnte, hörte sie hinter sich, wie die Haustür von innen geöffnet wurde. Sie hielt den Atem an, doch es war nur Cardinia. Gottfried schaute das Mädchen aufmerksam an. Die Tochter von Amarina! Amarina, dieser schwarzen Hure, die ihn damals auf Zionshill der Lächerlichkeit preisgegeben hatte. Die alle Männer aufgeilte, indem sie am helllichten Tag nackt vor ihnen posierte, die beim Jäten in die Hocke gegangen war, so dass sich – für jeden sichtbar – ihre bloßen Schenkel gespreizt hatten, bis er schließlich hart wurde, und die ihn hinterher dafür auslachte.
Amarina war also hier, denn was sonst sollte ihre Tochter auf Rosehill? Gottfried lächelte zufrieden. Die lange und anstrengende Reise hatte sich am Ende doch noch gelohnt. Amarina und Helene. Sie waren hier, beide. Die Dinge liefen besser, als er zu hoffen gewagt hatte.
»Digger, was bellst du nur so? Komm her!«
Katharina reagierte nicht schnell genug, und Digger galoppierte freudig auf Cardinia zu, die auf der Veranda stand und ihn anfeuerte, indem sie sich auf den Schenkel schlug. Das Mäd-

chen achtete gar nicht auf den Besucher, sie war zu sehr ins Spiel mit dem Hund vertieft.
»Na, komm! Guter Hund. Guck mal, was ich für dich habe!« Cardinia hielt ihm einen Knochen vor die Nase, den sie schnell wegzog, als er danach schnappen wollte. Dann lief sie mit dem Knochen in der Hand ums Haus.
»Hol ihn dir doch, hol ihn dir doch!«
»Cardinia!«, rief Katharina verzweifelt, doch es war zu spät. Mit Angst im Blick drehte sie sich zu Gottfried um, der mit seiner Hand übers Tor reichte und den Hebel umlegte. Er trat durchs Tor.
»Sie ist hier, nicht wahr?«
»Verschwinde, oder ...« Katharina war einen Schritt zurückgewichen. Gottfried lachte.
»Oder was? Matthias taucht urplötzlich vom Feld auf und jagt mir eine Ladung Schrot in den Hintern? Gib dir keine Mühe, mein Kind.« Katharina stockte der Atem. Gottfried hatte recht. Es gab nichts, womit sie diesen Mann aufhalten konnte, und er wusste es. Ihr Herz begann zu rasen. Gab es denn gar keine Möglichkeit, Helene zu warnen, ohne dass Gottfried es merkte? Wenn sie doch nur klarer denken könnte! *Mach schon, Katharina, denk nach!* Wenn ihr nicht sofort etwas einfiel, war es vielleicht schon zu spät. Hoffentlich war Helene längst in einem Versteck. Aber wo auf Rosehill wäre sie vor ihm sicher? Sie hatten zwar irgendwann besprochen, wie sie vorgehen würden. Es gab einen Plan, für den Fall, dass er hier auftauchte. Doch das alles schien jetzt eine Ewigkeit her zu sein.
Hilflos sah sie zu, wie Gottfried mit schnellen Schritten an ihr vorbeilief, auf die Treppe zu, und gleich mehrere Stufen auf einmal nahm, um dann hinter der Haustür zu verschwinden, die Cardinia offen gelassen hatte.
Für einen Moment stand Katharina wie zur Salzsäule erstarrt, dann lief sie, so schnell sie konnte, hinter ihm her ins Haus.

Keuchend blieb sie neben Gottfried stehen, der sich in der Küche umblickte. Er sah zwei schwarze Mädchen auf dem Boden, einen brodelnden Kessel auf dem Herd, dessen Inhalt im Raum verdampfte. Ein einziger Blick auf den Wasserstrudel im Zuber verriet ihm, dass es nicht länger als einen Augenblick her sein konnte, dass jemand in der schmutzigen Wäsche gerührt hatte.
»Dies ist mein Haus, und ich will, dass du es sofort verlässt!« Katharina hatte für diesen Satz allen Mut zusammengenommen, doch Gottfried tat so, als hätte er sie nicht gehört. Zielstrebig öffnete er eine Tür nach der anderen, die vom engen Flur abging, und steckte seinen Kopf in den jeweiligen Raum. Das Schlafzimmer der Eheleute – darin ein Kinderbettchen –, das Zimmer von Ruth und Magdalene, die Wäschekammer. Auf der anderen Seite die gute Stube, davor der Vorratsraum. Ganz am Ende des Flurs, rechts neben der Tür zum Garten eine Kammer – ein Einzelbett, ein Bettchen, eine Puppe. Gottfried nahm die Puppe aus dem Bett und betrachtete sie. Dann legte er sie aufs Kissen. Die Truhe. Ein Schrank, daran ein taubengraues Frauenkleid auf einem Bügel hängend. Gottfried trat in die Kammer, strich leicht über den abgenutzten Baumwollstoff und vergrub dann sein Gesicht im Kleid. Die Augen geschlossen, sog er den Geruch so tief ein, dass Katharina, die ihm gefolgt war, es hören konnte. Es schien ihn nicht zu kümmern, dass er nicht allein war. Helenes Duft.
Katharina war stehen geblieben und hielt den Atem an. Sie war starr vor Angst. Dieser Mann erschien ihr unberechenbar. Was hatte er nur vor?
Gottfried ließ Helenes Kleid los und ging auf Katharina zu, doch noch ehe er bei ihr war, versteinerte sich seine Miene, und er blieb stehen.
»Was machen Sie hier?« Tanners Stimme, daneben ein knurrender Digger.
»Gottfried Schmitter mein Name. Katharina und ich sind alte

Bekannte aus Deutschland.« Er drehte ihr den Kopf zu. »Nicht war, Kathrinchen?«
»Nenn mich nicht so. Verschwinde endlich!«
»Katharina …«
»Haben Sie nicht gehört, was Ihre *alte Bekannte* gerade gesagt hat? Hauen Sie ab, Mann, ehe ich mich vergesse!«
Gottfried scharrte mit den Füßen. Er sollte sein Glück nicht herausfordern. Er hatte gefunden, was er gesucht hatte. Sie würden eines Tages wieder von ihm hören, hier auf Rosehill. Irgendwann, wenn sie schon gar nicht mehr an ihn dachten. Dieser Gedanke erfüllte ihn mit Befriedigung. Er hatte Macht über Helene.
»Hier lang!«, befahl Tanner und schubste ihn zum Hinterausgang, »das ist der kürzeste Weg hinaus.«
Gottfried beachtete Tanner nicht weiter und wandte sich stattdessen an Katharina. Dabei wackelte er mit dem Zeigefinger vor ihrem Gesicht hin und her.
»Na, ich muss schon sagen, Kathrinchen … Dein Freund hier ist gerade zur rechten Zeit aufgetaucht. Kommt er dich öfters besuchen, wenn dein Mann auf dem Feld ist?«
»Es reicht, Mann. Ziehen Sie endlich ab!«
Katharina sah, dass Tanner vor Wut zitterte. Gottfried ignorierte ihn noch immer.
»Oder kommt er wegen Helene? Sie soll ja durchaus ihre Qualitäten haben, wie man hört.« Ehe er sich's versah, ließ ihn ein dumpfer Schlag die Steintreppe zum Garten hinunterstürzen. Stöhnend rappelte er sich auf und hielt sich die blutende Nase. John Tanner hatte ihm mit der Rechten einen sauberen Haken verpasst. Instinktiv wollte Katharina nach der Verletzung sehen, doch Tanner hielt sie am Arm zurück. Mit dem Kinn wies er Gottfried stumm den Weg. Gottfried hob seinen Hut auf, klopfte den Staub ab und setzte ihn auf. Dann tippte er mit dem Finger zum Abschied an die Krempe.

»Grüß mir die Schwester, mein Kind. Schade, dass ich sie nicht angetroffen habe. Sie hätte sich bestimmt über meinen Besuch gefreut.« Dann ging er ums Haus herum in Richtung Pforte. Tanner folgte ihm, um sicherzugehen, dass er auch wirklich verschwand. Er kehrte in den Garten zurück, um die zitternde Katharina zu beruhigen. Helene stand neben ihr, den Arm um die Schwester gelegt. Als sie Tanner sah, bemühte sie sich um ein Lächeln.

»Danke, John. Ich weiß gar nicht, was wir ohne Sie getan hätten.« John hob abwehrend die Hände.

»Es war mir ein Vergnügen, Sie von diesem ausgesprochen unsympathischen Zeitgenossen zu befreien.«

»Wieso waren Sie nicht wie sonst auf dem Feld?«

Tanner verzog das Gesicht und kratzte sich verlegen am Nacken.

»Ich, äh … ich musste noch ein paar Macheten vom Hof holen. Wir haben heute zwei Arbeiter mehr als gedacht, und bei der Gelegenheit dachte ich, ich schau mal kurz vorbei.«

»Was für ein Glück!«, rief jetzt Katharina, deren Gesicht wieder ein wenig Farbe angenommen hatte. »Ich hatte solche Angst. John, ich danke Ihnen sehr für Ihre Hilfe. Wo hattest du dich denn versteckt?«, fragte sie nun ihre Schwester.

»Hier im Garten, hinter den Büschen. Ich hab alles mit anhören können.« Helene wirkte gefasst, doch in Wirklichkeit hatte sie Mühe, die aufwallende Panik zurückzuhalten. Sie versuchte mit aller Kraft, ihre innere Ruhe wiederzufinden, und besann sich auf den ursprünglichen Plan. Je eher sie ihn in die Tat umsetzte, desto besser. Doch zunächst musste sie ihre Angst irgendwie in den Griff kriegen. Sie atmete tief durch und sah ihre Schwester an. Dabei hoffte sie, dass ihr Blick fest blieb und nicht von Angst getrieben unruhig hin und her wanderte.

»Hör zu, Katharina, ich werde mich mit Nellie für eine Weile bei den Orta verstecken. So wie wir es für diesen Fall immer

geplant hatten. Amarina und Cardinia werden mich begleiten. Später sehen wir weiter.« Katharina umarmte die Schwester.
»Wann gehst du?«
»Morgen bei Tagesanbruch.«
»Wie lange werdet ihr fort sein?«
»Ich weiß es nicht. Ich werde mich auf mein Gefühl verlassen müssen.«
Katharina nickte und wischte sich eine Träne aus den Augen. Helene sah zu Tanner, der sich ein wenig abseits gehalten hatte. Sie trat auf ihn zu.
»Was gerade geschehen ist, muss für Sie völlig unverständlich gewesen sein. Irgendwann werde ich Ihnen alles erklären, ich verspreche es. Ich hoffe, Sie wissen, wie dankbar wir Ihnen sind.« Helene und Katharina gingen ins Haus.
Tanner hätte tatsächlich gerne mehr über diesen merkwürdigen Gottfried erfahren, doch er sah selbst, dass dies nicht der richtige Zeitpunkt war. Und wahrscheinlich hatte er auch gar kein Recht auf weitere Erklärungen. Er hoffte nur, dass Helene nicht völlig aus seinem Leben verschwand, sondern er sie irgendwann wiedersähe. Hoffentlich bald, denn er mochte sie. Mit einem Seufzer drehte er sich zum Gehen und lief in Cardinia hinein.
»Entschuldige, kleine Lady.« Sie hielt noch immer den Knochen in der Hand.
»Wo sind denn alle hin? Und wo ist Digger?« Schwanzwedelnd tauchte der Hund hinter Tanner auf und schnappte sich, den Überraschungsmoment nutzend, den Knochen. Die Kleine fiel dem Hund lachend um den Hals.
»Ich hab dich so lieb. Du darfst mir nie wieder weglaufen, hörst du?«

Adelaide, Anfang Februar 2010

Natascha hielt Ausschau nach einer Frau, die als Erkennungszeichen einen schwarzen Regenschirm unter den Arm geklemmt hatte, doch Debra Schubert bemerkte sie zuerst und winkte ihr schon mit dem geschlossenen Knirps zu, als sie gerade erst die Ankunftshalle betreten hatte. Natascha hob ebenfalls die Hand und streckte sie kurz darauf zum Gruß aus, als sie der älteren Frau gegenüberstand. Diese trug einen praktischen Kurzhaarschnitt und ein ärmelloses Sommerkleid mit Blumendruck.
»Mrs. Schubert? Ich bin Natascha. Freut mich sehr, Sie kennenzulernen«.
»Bitte nennen Sie mich Debra. Mit den Förmlichkeiten haben wir es in Australien nicht so.«
Natascha lächelte. »Ich weiß gar nicht, wie ich mich bei Ihnen für die Hilfe bedanken soll. Dass Sie mich sogar vom Flughafen abholen, ist ...«
»*No worries*«, fiel ihr Debra ins Wort und bewegte sich auf den Ausgang zu; Natascha folgte ihr. »Die *Valley and Hills Historic Society* hört sich pompöser an, als sie ist. In Wirklichkeit sind wir nur ein kleiner Haufen alter Leutchen, die viel zu viel Zeit haben.« Sie lachte, und die Fältchen in ihren Augenwinkeln sahen nun aus wie von Kinderhand gezeichnete Sonnenstrahlen. »Glauben Sie mir, wir erhalten bestimmt nicht jeden Tag den Anruf einer deutschen Journalistin, die etwas über unsere Lokalgeschichte erfahren will. Und da ich heute sowieso in die Stadt musste, konnte ich ebenso gut am Flughafen vorbeifahren.«
Natascha blieb stehen. »O je, ich hoffe, Sie machen sich keine

falschen Vorstellungen. Wie ich ja schon am Telefon sagte, ist meine Recherche rein privater Natur. Einen Artikel wird es also nicht geben.«
Debra Schubert hob die zierlichen Schultern.
»Na wenn schon, das macht gar nichts. Unsere Truppe freut sich über jede Anfrage. Und wer weiß? Vielleicht stoßen Sie im Zuge Ihrer Nachforschungen ja auf eine historische Sensation, und dann kommen wir am Ende doch noch groß raus.« Als sie Nataschas ernstes Gesicht sah, stieß sie ihr leicht den Ellbogen in die Seite. »Keine Angst, war nur ein Scherz. Ich habe absolut keine Erwartungen an Ihren Besuch, und es ist mir eine Freude, Ihnen bei der Suche nach Ihrer Familiengeschichte weiterzuhelfen. Sind Sie nun beruhigt?«
Debra öffnete ihren Knirps und hielt ihn sich als Sonnenschutz über den Kopf, während sie den unbedachten Parkplatz überquerten. Natascha verfluchte die Auswahl ihrer Garderobe. Lange Jeans waren bei vierzig Grad im Schatten nicht gerade ideal. Wieso war es hier noch heißer als in den Subtropen?
»Sie haben unseren Hochsommer erwischt, und der ist in Südaustralien immer furchtbar trocken und heiß. Aber trösten Sie sich, ich werde mich auch nie daran gewöhnen.« Wie um ihre Worte zu unterstreichen, hob Debra Schubert kurz den Schirm. Ihr Wagen parkte in der prallen Sonne. Sie ließ den Schirm zuschnappen und warf ihn auf die Rückbank. Dann fegte sie ein paar historische Zeitschriften vom Beifahrersitz und bedeutete Natascha einzusteigen. »Erster Stopp Universität, wenn es Ihnen recht ist.« Sicher bugsierte sie den alten Holden aus der kleinen Lücke. Natascha brach der Schweiß aus, doch Debra hatte die Klimaanlage schon voll aufgedreht. »Keine Sorge, wenn australische Autos eines haben, dann eine gute *Aircon*.«

An der Ecke North Terrace/Kintore Avenue bogen sie ins Parkhaus ein. »Ich hab nach Ihrem Anruf schon mal überlegt, wer uns am besten mit Ihrem Amulett weiterhelfen könnte. Die Uni hat in der Archäologie einen kostenlosen Service, wo Fundstücke der einheimischen Kultur begutachtet werden. Außerdem gibt es dort eine sogenannte Referenz-Ausstellung, wo man selbst einen ersten Vergleich anstellen kann.« Sie standen an einer belebten Kreuzung. Natascha musste sich erst noch daran gewöhnen, wie großstädtisch Adelaide im Vergleich zu Cairns oder Townsville auf sie wirkte. Debra zeigte auf das Gebäude gegenüber. »Das ist die Uni, und praktischerweise ist fast alles, was Sie für Ihre Nachforschungen brauchen, gleich in der Nachbarschaft. Dort drüben ist die State Library, und schräg dahinter befindet sich das Immigrantenmuseum. In der Library sollten Sie allerdings eher fündig werden als im Museum. Das ist mehr was zum Anschauen für Familien mit Kindern.«

»Debra, ich weiß gar nicht, wie ich Ihnen danken soll. Sie tun all das für mich, und dabei kennen wir uns gar nicht.«

Debra setzte ein breites Lächeln auf und winkte ab.

»Wenn Sie wüssten, wie viel Freude es mir bereitet, würden Sie noch Geld von mir verlangen. Also reden wir nicht mehr davon, einverstanden?«

»Bitte sehr!« Die kleine Frau mit Pferdeschwanz und randloser Brille deutete auf die Stühle vor ihrem Schreibtisch. »Bitte setzen Sie sich. Könnte ich das Stück gleich sehen?«

Natascha legte das Amulett, das sie in ein Taschentuch eingewickelt hatte, auf den Tisch. Die wissenschaftliche Mitarbeiterin der Archäologie streifte sich ein Paar Latexhandschuhe über und faltete den Stoff auseinander. Sie knipste eine Lampe an und hielt das Amulett in deren Schein, wobei sie es wiederholt drehte und wendete. Dann schnalzte sie mit der Zunge.

»Wenn Sie nichts einzuwenden haben, würde ich das Stück gern für einen Tag hierbehalten, um das Material zu untersuchen.« Natascha sah Debra an, die mit den Schultern zuckte, dann wandte sie sich wieder der Frau im Kittel zu.
»Kein Problem. Können Sie denn schon irgendetwas über die Herkunft sagen?«
»Nein, wir müssen die Laborergebnisse abwarten.«
Das Amulett fiel in ein Plastiktütchen. Die kleine Frau griff nach einem Marker, zog die Kappe mit den Zähnen ab. Dann beschriftete sie die Tüte und zog ein Formular aus der Ablage.
»Bitte ausfüllen und unterschreiben.«
Sie kritzelte etwas auf einen Block, riss die Seite ab und reichte sie Natascha. »Zur Kasse geht's unten links. Die Quittung brauche ich sofort.«
»Ich dachte, dieser Service kostet nichts«, sagte Debra mit entrüsteter Stimme.
Die Wissenschaftlerin blickte Natascha über den Brillenrand hinweg an. »Sind Sie Aborigine oder *Torres Strait Islander*?«
Natascha fand die Frage ein wenig albern. War es nach dem ersten Wortwechsel nicht offensichtlich, dass sie nicht einmal aus der Nähe von Australien stammte? Dann fiel ihr die Adoptionsurkunde der Großmutter ein. *Halfcaste* hatte dort gestanden, Halbblut. Was machte das eigentlich aus ihr? Ein Achtelblut?
Die Mitarbeiterin unterbrach ihre Gedanken.
»Wenn Sie sich nicht sicher sind, müssen Sie zahlen.«
Debra stand auf: »Lassen Sie mal, ich mach das schon. War ja mein Fehler.«
Noch bevor Natascha Einspruch erheben konnte, hatte Debra ihr den Zettel aus der Hand genommen und war verschwunden.
»Wie bereits erwähnt, müssen wir zunächst den Ursprung des Materials klären, aber einiges deutet darauf hin, dass wir es mit einer Art Tjuringa zu tun haben.«

»Entschuldigen Sie mein Unwissen, aber was bitte ist ein Tjuringa?«
Die kleine Frau setzte sich auf ihren Stuhl.
»Ein heiliger Gegenstand. Normalerweise ist das ein länglicher Stein, auf dem unter anderem das Totem des Stammes eingeritzt ist. Im Glauben der Aborigines hat dieser polierte Stein magische Kräfte, und ausschließlich initiierte Männer des Stammes dürfen im Besitz eines solchen Artefakts sein. Dafür müssen sie mehrere Jahre lang schmerzhafte Prüfungen über sich ergehen lassen, damit sie sich in den Augen der Älteren der Tjuringas als würdig erweisen. Viele dieser Riten sind äußerst unangenehm. Man zieht ihnen beispielsweise ohne Betäubung die Fingernägel. Frauen und Kinder dürfen den Stein nicht einmal in Augenschein nehmen, er wird an einem geheimen Ort aufbewahrt, in der Regel in einer Höhle.« Natascha hatte bei der Fingernagelgeschichte das Gesicht zur Grimasse verzogen. Die kleine Person schien die Wirkung ihrer Worte zu genießen. Sie lehnte sich zurück und sah sie schweigend an.
»Das passt dann aber nicht so ganz, oder? Sagten Sie nicht, dass dieser Tjuringa eigentlich länglich sei?«
Ihr Gegenüber klopfte mit dem Marker nachdenklich auf die Tischkante.
»Und dann die Sache mit den Männern«, fuhr Natascha fort. »Wenn nur Männer im Besitz eines solchen Amuletts – oder wie auch immer Sie es bezeichnen – sein dürfen, dann frage ich mich, wie ich dazu komme? Ich habe das Amulett von meiner Mutter, und die wiederum hat es von ihrer Mutter. Wie kann das sein?«
Debra trat durch die Tür und reichte der kleinen Frau die Quittung. Die nickte, klickte die Kappe wieder auf den Marker und stand auf.
»Hm, wir werden sehen. Morgen weiß ich hoffentlich mehr. Ich ruf Sie an.«

Auf dem Weg zur Staatsbücherei klingelte Nataschas Handy. Es war Alan.
»Ich dachte, du wolltest mich anrufen.« Sie blickte kurz zu Debra, die sich dezent absetzte.
»Das wollte ich auch, ich bin nur noch nicht dazu gekommen. Jemand von der *Historic Society* hat mich vom Flughafen abgeholt und gleich zur Uni gebracht.« Natascha setzte gerade an, um ausführlicher zu berichten, da hörte sie das bekannte gurrende Lachen am anderen Ende der Leitung. Hanne. Es fühlte sich an wie ein Schlag in den Magen. Verdammt! Es machte ihr doch etwas aus, dass er mit Hanne zusammen war. Sie sollte schleunigst ihre Gefühle sortieren, wenn sie nach Magnetic Island zurückkehren wollte.
»Hör zu Alan, ich erzähl dir alles, wenn ich wieder bei euch bin. Ich bin gerade in Eile.«
»Gut, weißt du denn schon, wann das sein wird? Nicht, dass ich drängeln will, aber man vermisst dich hier.« *Man?* Sie sah förmlich, wie er in den Hörer grinste, wahrscheinlich zwinkerte er gerade Hanne zu.
»Das hängt ganz davon ab, was ich hier herausfinde. Ich melde mich, sobald ich mehr weiß.« Sie schob ein hastiges »Tschüss« hinterher und drückte auf die rote Taste, noch bevor Alan etwas erwidern konnte.

Sie saßen nun seit mehr als zwei Stunden im Leseraum der Staatsbücherei, als Debra aufstöhnte und sich in den Rücken griff.
»So langsam könnten sie die alten Dokumente doch nun wirklich mal digitalisiert haben. Mir tut vom vielen Sitzen schon das Kreuz weh.« Natascha schaute überrascht vom Bildschirm auf. Debra mochte zwar über sechzig sein, aber sie schien durchaus auf der Höhe der Zeit.
»Sollen wir eine Pause machen?«

Debra massierte sich für einen Moment mit Daumen und Zeigefinger die Augenlider.
»Ach was«, winkte sie ab, »machen Sie nur weiter. Auf mein Gemeckere dürfen Sie nichts geben. Das wird einem im Alter zur zweiten Natur.«
Natascha legte einen weiteren Streifen Mikrofilm ein. Noch auf Magnetic Island hatte sie sich im Internet über die Recherchemöglichkeiten in Adelaide informiert und einen Plan gemacht. Dem folgend, gingen sie nun als Erstes die Kirchenblätter der umliegenden deutschen Gemeinden durch. Danach wollte Natascha die Zeitungsarchive auf brauchbare Artikel hin durchkämmen. Sie rieb sich die Nasenwurzel und gähnte. Die sprichwörtliche Nadel im Heuhaufen würde sich leichter finden lassen. Alles, was sie in der Hand hatte, war der Vorname dieser Aborigine. Amarina. Und sie wusste, dass sie nach einem Lutheraner aus Südaustralien fahndete, dessen Name sie nicht einmal kannte. Nicht gerade viel. Sie würde all ihr journalistisches Können bemühen müssen, um bei dieser spärlichen Ausgangslage weiterzukommen. Fast fragte sie sich schon, ob es die Mühe überhaupt lohnte. Sie drehte sich zu Debra, die neben ihr saß.
»Kommen Sie, ich lade Sie zum Mittagessen ein. Dann können Sie mir ein wenig über die Lutheraner erzählen. Vielleicht ist mir danach klarer, wie ich die Suche am besten anpacke.«
»Genau das wollte ich schon vorschlagen, aber dann …«
»Aber dann was?«
Debra zögerte eine Weile. »Na ja. Sie sind doch der Profi, Journalistin bei einer Zeitung in Berlin. Da wollte ich nicht amateurhaft dazwischenfunken.«
Natascha legte lachend ihren Arm um Debras Schultern und zog sie an sich. »Bitte seien Sie nicht albern. Südaustralien ist Ihre Heimat, hier sind Sie die Expertin. Also, gehen wir. Ich hab einen Mordshunger.«

Sie ließen den Wagen stehen und nahmen die Straßenbahn zum Pier nach Glenelg, wo sie auf ein wenig Erfrischung durch eine kühle Meeresbrise hofften. Natascha versuchte, das Ende des Strandes auszumachen, doch stattdessen verlor sich ihr Blick im wolkenlosen Blau des Horizonts.

Tatsächlich war die Sommerhitze am Pier um einiges erträglicher als im nahe gelegenen Stadtzentrum. Debra empfahl ihr als Mittagessen den *Pie Floater*, eine lokale Pasteten-Spezialität, die auf grüner Erbsensuppe schwamm. Doch allein der Gedanke an etwas Heißes ließ in Natascha Übelkeit aufsteigen, und so saßen sie jetzt vor *Caesar's Salad* und kühlem Bier.

Noch bevor der Salat serviert wurde, hatte Natascha auf Debras Wunsch hin ihr Problem näher umrissen. Natascha wollte wissen, wer der unbekannte Lutheraner auf den Fotos von Palm Island war. Konnte es sein, dass er tatsächlich aus Südaustralien kam, wie Onkel Charlie vermutet hatte?

In Debra schien es zu rumoren.

»Ich muss eine Weile in Ruhe überlegen, kümmern Sie sich nicht weiter um mich.« Dann knabberte sie gedankenverloren an der Unterlippe, und als das Essen serviert wurde, stocherte sie geistesabwesend im Salat herum. Zwischendurch hob sie einmal kurz den Finger, um ein zweites Bier zu bestellen, und versank dann wieder in ihren Gedanken.

Natascha fand dieses Verhalten äußerst merkwürdig. Wahrscheinlich waren die Mitglieder der *Historic Society* nicht nur alt, sondern auch ganz schön verschroben.

Als der Teller vor ihr leer war, tupfte sich Debra den Mund ab und legte das Besteck ab.

»Ich weiß jetzt, wer der lutherische Besucher auf Palm Island war.«

Natascha hätte sich fast am Bier verschluckt.

»Was? Sie wissen, wer dieser Pfaffe war, der vor hundert Jahren mal eine Missionsinsel im Norden besucht hat?«

»Vor *knapp* hundert Jahren, und bitte sagen Sie nicht *priestling*, das verletzt meine Gefühle. Ich bin nämlich selbst gläubig.«
»Oh, entschuldigen Sie, ich wollte keineswegs …«
»Schon gut, schon gut.« Debra winkte ungeduldig ab, als wäre die Zeit zu kostbar, um sich mit Höflichkeiten aufzuhalten.
»Gottfried Schmitter, ja, so hieß er. Es kann kein anderer gewesen sein. Er leitete selbst eine Mission. Auf Zionshill, das ist im Barossa Valley, gar nicht weit von hier. Und er hat wohl so manchen schwarzen Mann, mit dem er nicht zurechtkam, höchstpersönlich in den Norden verfrachtet. Nach … Wie hieß noch mal gleich diese Insel, von der Sie erzählt haben?«
»Palm Island.«
»Richtig. Palm Island. Das war diese ganz spezielle Insel, wohin die Missionen ihre sogenannten Problemfälle gebracht haben. In der Hauptsache gewalttätige Männer, die man sich vom Halse schaffen wollte.«
Nataschas Gesicht verriet ihre Verblüffung. Debra zuckte mit den Schultern.
»Ich habe Ihnen doch gesagt, dass ich mich auskenne. Die deutsche Gemeinde in Südaustralien ist eine kleine Welt, und Zionshill liegt nicht weit von Tanunda, wo ich lebe. Also hören Sie auf, sich zu wundern. Stellen Sie mir lieber Ihre Fragen.« Natascha nickte stumm. Wonach sollte sie nur fragen? Am besten, sie verschaffte sich erst mal einen Eindruck von diesem Gottfried und seinem Zionshill. Daraus würden sich dann schon Anknüpfungspunkte ergeben.
»Erzählen Sie mir einfach von ihm.« Sie kramte nach ihrem Notizbuch und zückte den Kuli. Dabei bemerkte sie Debras fragenden Blick. »Keine Sorge, unser Gespräch bleibt privat.« Sie hob den Kuli in die Luft. »Alte Berufskrankheit, ich kann mir sonst nichts merken.«
»Schade, ich dachte schon, Sie hätten es sich noch einmal überlegt mit dem Artikel. Also gut. Wo fange ich am besten an?«

Das hochfrequente Gekreische einer Fledermauskolonie, die über ihren Köpfen hinweg ihrem Futterplatz zuschwärmte, ließ Natascha hochschrecken. Wie lange hatten sie nun schon hier gesessen und über die Lutheraner gesprochen? Natascha blickte in die untergehende Sonne. Siedend heiß fiel ihr ein, dass sie sich noch gar nicht um ein Hotelzimmer gekümmert hatte. Sie schaute auf ihr Handy. Fast halb sechs. Debras Blick ruhte auf dem Meer, seit Natascha die letzten Notizen gemacht hatte. Der Kaffee vor ihr war kalt geworden.
»Debra?«
Die ältere Frau wandte ihr das Gesicht zu.
»Ich glaube, es ist Zeit zu gehen.«
Debra warf einen Blick auf ihre Armbanduhr, dann nickte sie.
»Wenn Sie möchten, können Sie gerne bei mir übernachten. Tanunda ist eine Stunde Fahrt von hier.«
Natascha legte ihr die Hand auf den Arm.
»Danke, aber Sie haben schon genug für mich getan.« Sie blickte sich um. »Es gefällt mir hier. Können Sie mir ein Hotel in der Gegend empfehlen?« Nichts schien Debra eher in die Gegenwart zurückzurufen, als wenn man sie um Hilfe fragte. Sie wies mit dem Zeigefinger auf die nächste Straßenecke.
»Das Pier-Hotel soll ganz nett sein oder das Beach Inn weiter die Straße runter.«
Natascha zahlte und räumte ihre Sachen zusammen. Alles, was sie für ein, zwei Nächte brauchte, war in ihrem Rucksack, den sie sich über die Schulter warf. Das Metall des Stuhls kratzte über den Betonboden, als sie aufstanden.
»Warten Sie, ich bringe Sie selbstverständlich zum Auto.«
»Keine Umstände, bitte. Ich kenne den Weg, und an einer alten Schachtel wie mir vergreift sich so schnell niemand.«
»Sind Sie sich da sicher?«
»Verdammt sicher. Glauben Sie mir, ich wünschte manchmal, es wäre anders.« Debra warf den Kopf in den Nacken und gab

wieder dieses warme Lachen von sich, das Natascha gleich gemocht hatte.
»Ich würde Ihnen gerne selbst die alten Gemeinden zeigen. Was meinen Sie?«
Natascha überlegte kurz. Das Angebot hörte sich verlockend an. Sie wollte morgen früh noch einmal in die Bibliothek, um dort hoffentlich doch etwas über Amarina herauszufinden, aber danach wäre sie frei. Natascha wollte mit dem Zug zu Debra rausfahren, doch diese Idee traf auf erbitterten Widerstand. Schließlich gab sie nach. Punkt zwölf würde Debra sie an der Bibliothek abholen.

Obwohl Natascha todmüde war, konnte sie nicht einschlafen. Immer wieder tauchten Bilder vor ihr auf; Schemen von Menschen, die längst nicht mehr lebten und die sie nie gekannt hatte. Debras Erzählungen vom Nachmittag hallten noch in ihr nach. Die resolute Dame hatte mit ihrer lebendigen Art die Vergangenheit geradezu gegenwärtig werden lassen. Es war faszinierend gewesen, ihren Geschichten zu lauschen.
Natascha wälzte sich auf die andere Seite, entschlossen, endlich zur Ruhe zu kommen. Doch immer, wenn ihr trotz des dröhnenden Aircondition-Kastens endlich die Lider zufielen und ihr die Kontrolle über die Gedanken langsam entglitt, sah sie ihn vor sich. Einen dürren Mann mit verhärmten Zügen. Strähniges Haar, das vor der Zeit weiß geworden war, fiel ihm ins schmale Gesicht. Ob es der Wahrheit entsprach oder nicht: Dieses Bild hatte sich ihre Vorstellungskraft von jenem Gottfried Schmitter gemacht, von dem Debra am Nachmittag berichtet hatte und an dessen Gestalt sie sich nur noch vage vom Foto auf Palm Island erinnern konnte. Kein sonderlich angenehmer Zeitgenosse, wenn sie Debras Berichten Glauben schenken durfte. Nicht einmal wenn man die Zeiten und die Umgebung mit einbezog, in denen er lebte. Andererseits galt

er wohl als begnadeter Theologe und Scholastiker, dessen Sonntagsschule über die Grenzen von Zionshill hinaus bekannt war und die selbst die gebildeten Städter aus Adelaide angezogen hatte. Die Reinheit der altlutherischen Lehre, der er sich verschrieben hatte, wurde in bestimmten akademischen Zirkeln sehr geschätzt, sagte Debra. Ein guter Diplomat war dieser Gottfried allerdings nicht. Ursprünglich gehörten die südaustralischen Gemeinden Neu Klemzig und Zionshill zusammen, bis sich Gottfried Schmitter mit dem Pastor aus Neu Klemzig unwiderruflich überworfen hätte. Worum es bei diesem Streit im Detail gegangen war, daran konnte sich Natascha nicht mehr genau erinnern. Es hatte irgendetwas mit Gottfrieds Missionsstation auf Zionshill zu tun und damit, dass er die andere Gemeinde für verweichlicht und verdorben hielt. Eine Zeitlang, so Debra, hätten die Neu Klemziger noch versucht, die Risse zwischen den beiden Gemeinden zu kitten, doch dann hatte sich Gottfried endgültig für die Spaltung entschieden. In der Folge hatte er so manches Schäfchen verloren, das sich lieber den angeblich so sittenlosen Neu Klemzigern anschloss, als sich dem Regiment des Kirchenälteren unterzuordnen. Doch im Grunde hatte Gottfried sein Ziel erreicht: Mit der Mission konnte er innerhalb weniger Jahre so viel Geld verdienen, dass er auf die ehemalige Bruder-Gemeinde nicht länger Rücksicht nehmen musste.

Diesen Punkt verstand Natascha nicht. Wieso war seitens der Regierung überhaupt Geld an die Missionen geflossen? Debra hatte ihr bestätigt, dass Australien seit 1901, als das Land zur Konföderation geworden war, Kirche und Staat voneinander trennte. Insbesondere Südaustralien sei schon immer stolz auf sein freies Erbe. Die Kolonie um Adelaide hätte nur freie Siedler aufgenommen, keine Strafgefangenen.

Debra hatte geseufzt, als Natascha das Thema Regierungsgelder und Kirchenmissionen vertiefen wollte.

»Bestimmt haben Sie schon von den *stolen generations* gehört? Diese Mischlingskinder, die man ihren Eltern wegnahm, um sie auf einer Mission europäisch zu erziehen?« Natascha schüttelte überrascht den Kopf.
»Nein, darüber habe ich noch nie etwas gehört. Können Sie mir mehr erzählen?« Sie saß jetzt kerzengerade und schaute Debra gespannt an.
»Nun, damals haben wohl Regierung und Kirche an einem Strang gezogen, auch wenn die Beweggründe aus heutiger Sicht kaum mehr verständlich sind. Die meisten Verantwortlichen waren damals überzeugt, das Richtige zu tun, indem sie Eltern und Kinder für immer trennten. Insgesamt ein sehr, sehr trauriges Kapitel der australischen Geschichte«, sagte sie abschließend und atmete laut aus. »Am besten, Sie sprechen darüber mit jemandem, der sich in der Materie wirklich auskennt. Ich würde Ihnen ein indigenes Kulturzentrum oder eine ähnliche Einrichtung als erste Anlaufstelle empfehlen.«
Natascha war wie elektrisiert. Über die *stolen generations* musste sie unbedingt mehr erfahren. War ihre Großmutter eines der Opfer? Hatte man sie als kleines Mädchen tatsächlich ihren Eltern gestohlen? Der Gedanke wühlte Natascha auf. Sie griff nach dem Rucksack und nahm ihren Reiseführer heraus, in dem sie das Kinderbild ihrer Großmutter aufbewahrte. Natascha legte das Bild vor Debra auf den Tisch und tippte mit dem Finger auf das Mädchen zwischen den beiden Missionaren.
»Das ist sie, Maria, meine Großmutter.« Sie schaute Debra an. »Glauben Sie, es wäre möglich, dass man sie ihren Eltern weggenommen hat? Sie sieht doch gar nicht aus wie eine Aborigine.« Debra zuckte bedauernd mit den Schultern.
»Das kann ich Ihnen beim besten Willen nicht sagen, da müssten Sie sich, wie gesagt, an jemanden wenden, der sich in dieser Thematik auskennt.«

Die neuen Fragen, die Debra mit der Erwähnung der *stolen generations* aufgeworfen hatte, ließen Natascha auch in der Nacht nicht los, während sie sich schlaflos in ihrem Bett wälzte. Könnte es so gewesen sein? Hatte man die kleine Maria gestohlen? Mal angenommen, es war trotz Marias heller Haut so gewesen: Warum schickte man ein Kind nach Palm Island, also ausgerechnet auf eine Insel, die als Aufnahmeort für gewalttätige Männer berüchtigt war?

Natascha hoffte für ihre Großmutter, dass sie mit ihren Überlegungen vollkommen falschlag, denn sie wollte sich gar nicht erst ausmalen, was die kleine Maria andernfalls durchlitten hätte.

Natascha gab auf. Dann würde sie eben nicht schlafen. Ihre Hand tastete nach dem Lichtschalter. Sie stand auf und ging unschlüssig im Zimmer umher. Schließlich kniete sie sich vor die Minibar, suchte nach dem Gordon's und mixte sich einen Gin Tonic. Auf die angetauten Eiswürfel verzichtete sie lieber. Den Drink in der Hand, schlenderte sie zum Fenster, öffnete die Blendjalousien und schaute aufs mondbeschienene Meer hinaus, das in gleichmäßigen Wellen auf dem weiten Strand auslief. Dank der alles übertönenden Klimaanlage fehlte der dazugehörige Sound von heranrollendem Wasser. Plötzlich fühlte Natascha wieder diesen Stich im Herzen. Regina. Wie so oft in letzter Zeit, wenn sie traurig war und an ihre Mutter dachte, wallte neben der Trauer auch Zorn in ihr auf.

Warum hast du mir nie etwas von den Briefen aus Australien erzählt, Mutter? War es dir nicht wichtig, oder hast du es nur vergessen? Oder wolltest du mir etwas verheimlichen? Aber was? Und wieso?

Vielleicht war es ja auch nur der Eigensinn ihrer Mutter. Regina hatte schon immer gerne die Dinge mit sich selbst ausgemacht. *Die Dinge*, dachte Natascha bitter. *So wie das Ding in deinem Körper, das dich still und heimlich zerfressen hat.*

Wärst du nicht kurz vor Weihnachten im Einkaufszentrum neben mir zusammengeklappt, wer weiß, wann du mir davon erzählt hättest. Ob du mir überhaupt davon erzählt hättest. Davon, dass der Krebs den Kampf längst gewonnen hatte und du am Sterben warst. Davon, dass du lieber klammheimlich in einer Ecke verreckt wärest, als mit mir zu reden.

Natascha merkte erst, dass sie weinte, als eine Träne auf ihrem Zeh zerplatzte. Sie wischte sich mit der flachen Hand über die Augen und leerte ihr Glas. Verdammtes Alleinsein, es stellte die merkwürdigsten Dinge mit einem an.

Sie sollte sich einfach wieder hinlegen.

Wieder im Bett, verschränkte sie die Arme hinter dem Kopf und starrte an die Decke. Nach einer Weile knipste sie das Licht aus. Würde diese Leere, die sie empfand, jemals wieder verschwinden? Natascha fuhr sich mit beiden Händen übers Gesicht. Blödsinn, was dachte sie sich da nur? Sie trauerte um ihre Mutter. Da war es nur natürlich, dass ihr etwas fehlte. Regina fehlte. Natascha atmete hörbar aus. *Nächste Angehörige.* Ihre Hand hatte gezittert, als sie beim Einchecken die Antwortzeile durchgestrichen hatte.

Der Tod ihrer Mutter hatte eine Lücke gerissen, die sich nicht mehr schließen ließ, und damit würde sie leben müssen. Aber war es nur das? Oder gab es da noch etwas, dem sie sich stellen musste?

Natascha drehte sich zur Seite und wartete mit offenen Augen auf den Schlaf.

Mit dem Tageslicht war zwar wie gewohnt die Zuversicht in ihr wieder erwacht, doch gegen die Müdigkeit half auch die nicht. Natascha rieb sich die Augen und nahm einen Schluck Kaffee aus dem Pappbecher. Er war kalt geworden. Die Internetrecherche zu Amarina hatte bislang nicht das geringste Ergebnis erbracht. Dabei hatte sie schon die meisten Zeitungen der Umgebung, deren Archiv sich im Netz durchforsten ließ, mit den entsprechenden Stichwörtern gefüttert. Komischerweise hatten die meisten dieser Stichwörter mit einem A angefangen. *Amarina, Aborigine, Amulett.* Sie seufzte. *Allein. Australien, am Arsch der Welt. – Alan.*

Was war es nur, was sie an ihm so anzog? Es war eine Art Klang, der ihn umfing wie ein unsichtbares Netz. Der eine Saite in ihr, vielleicht ihre Verlorenheit, vibrieren ließ. War es das, was sie verband? Dabei stand sein Beruf doch für Spaß und ein unbeschwertes Leben, aber wenn sie näher darüber nachdachte, wirkte er selbst eigentlich gar nicht so unbeschwert, wie er tat. Natascha seufzte erneut. Jetzt müsste sie doch wieder zum Mikrofilm greifen, und die Zeit für diese aufwendige Recherche hatte sie im Grunde nicht. Trotzdem wollte sie es weiter versuchen. Aufzugeben – das war nicht ihre Art. Mit einer solchen Haltung hätte sie es in ihrem Job nie so weit gebracht, jedenfalls bestimmt nicht zur Redakteurin einer der größten Tageszeitungen Deutschlands. Sie reckte und streckte sich und stand dann auf, um zum anderen Leseraum zu gehen, als ihr Handy klingelte. Der zornige Blick der Studentin am Nebentisch ließ sie vor die Tür gehen.

»Jennifer Miles hier. Archäologisches Institut. Ich rufe wegen Ihres Artefakts an?« Diese Eigenart der Australier, eine normale Aussage wie einen Fragesatz zu betonen, irritierte Natascha noch immer.

»Ja?«, fragte sie unsicher zurück.

»Falls Sie in der Nähe sind – würde es Ihnen etwas ausmachen, hier vorbeizuschauen? Ich würde gerne persönlich mit Ihnen über das Amulett sprechen.«

Natascha schaute auf die Uhr. »Geben Sie mir eine halbe Stunde?«

»*No worries.* Bis gleich dann.«

Natascha strich sich mit den Knöcheln übers Kinn. Hörte sich

so an, als hätte diese Jennifer etwas Interessantes zu berichten. Nur noch eine halbe Stunde. *Dann mal los.* Sie gab sich einen Ruck und griff nach dem Kästchen mit dem Aufkleber: »Adelaide Observer 1910–1920«.
Wären die meisten Plastikstreifen des Jahres 1910 nicht derart verkratzt gewesen, so dass sie sich verärgert gleich dem nächsten Jahrgang zugewandt hatte, Natascha hätte wohl kaum gefunden, wonach sie suchte. Doch so stieß sie bald auf einen Artikel, wonach eine Aborigine namens Amarina eine größere Summe Geldes von Zionshill gestohlen haben und damit geflohen sein sollte. Triumphierend hob sie die Faust. *Yes!* Endlich eine Spur, nach der sie so lange gesucht hatte. Der Artikel stammte vom 15. März 1911.
Glücklich speicherte Natascha den Mikrofilm auf ihrem USB-Stick und steckte ihn ein. Dann durchquerte sie rasch die hohe Eingangshalle, um ihre Verabredung mit Jennifer Miles einzuhalten.

»Kaffee?«
»Ja, gerne.«
»Ich hab nur Espresso.«
Jennifer Miles schob ein Kaffeepad in die Maschine und stellte eine Tasse darunter. Sie blieb neben der zischenden Maschine stehen, bis der Espresso fertig war.
»Milch, Zucker?«
Natascha schüttelte den Kopf. Ein weiterer Milchkaffee an diesem Morgen, und sie würde platzen.
»Also, Miss Miles, was ist mit dem Amulett?«
»Jennifer.«
»Wie bitte?« Dann fiel es ihr wieder ein. Man sprach sich in Australien mit dem Vornamen an, egal ob einer Prime Minister oder Professor war. Natascha nickte.
»Jennifer, selbstverständlich.«

Jennifer legte das Amulett auf den Tisch zwischen ihnen.
»Wie ich erwartet hatte, ist das Artefakt nicht aus Stein, sondern aus Akazienholz, das aus den Adelaide Hills stammt.« Sie deutete mit dem kleinen Finger auf den Stein. »Das ist ein Opal, vermutlich aus der Wüste im Norden.«
Natascha nahm das Amulett in die Hand und befühlte es.
»So weit ist die Sache nicht weiter ungewöhnlich. Besonders ist etwas ganz anderes. Das Amulett stammt mit einiger Sicherheit von den Wajtas, einem Aborigine-Stamm, der seit der Epidemie im Jahre 1836 beinahe ausgestorben ist.«
Natascha war auf dem Sitz nach vorne gerutscht und hörte wie gebannt zu.
»Pocken. Von europäischen Siedlern nach Australien eingeschleppt. Die einheimische Bevölkerung stand diesen Erregern völlig wehrlos gegenüber. Ihr Immunsystem kapitulierte vor den neuen, ungewohnten Krankheiten, und so war es leider keine Seltenheit, dass europäische Krankheiten ganze Stämme in der neuen Welt dahinrafften.« Jennifer Miles stand auf, steckte ihre Hände in die Taschen des weißen Kittels und ging vor der breiten Glasfront auf und ab. »Dieser Stamm, die Wajtas, war etwas Besonderes, und zwar in dem Sinn, dass Frauen im Besitz der magischen Kräfte und ihrer Symbole waren.«
»Normalerweise hatten also die Männer die Macht über den Stamm?«
»Richtig. Eigentlich war das auch bei den Wajtas so. Auch dort hatten die männlichen Stammesälteren offiziell das Sagen, doch anders als sonst üblich, hatten ausschließlich die weisen Wajtas-Frauen Zugriff auf den Tjuringa. Nur sie wussten, wo er aufbewahrt war; Männer durften ihn nicht einmal berühren. De facto handelte es sich also bei den Wajtas um ein Matriarchat, wenn auch um kein offenes. Sozusagen ein Ausnahmefall in der indigenen Bevölkerungsgeschichte Australiens. Und damit natürlich auch von besonderem Interesse.«

»Für die Forschung, meinen Sie?«
»Ja. Für die Forschung, aber auch für die australische Kulturgeschichte insgesamt. Ich will ganz offen zu Ihnen sprechen. Dieses Amulett ist ein ausgesprochener Glücksfall. Es untermauert, was wir in der Theorie eigentlich schon längst wissen, aber noch nicht hinlänglich belegen konnten.«
»Der fehlende Beweis für das bislang nur als These existierende Matriarchat?«
»Genau. Sehen Sie. Wie ich Ihnen bereits gestern erzählt habe, sind Tjuringas eigentlich länglich. Sie könnten jetzt sagen, ihre Gestalt sei phallisch, und ich würde Ihnen da gar nicht widersprechen wollen. Dieser Tjuringa hier ist rund, das weibliche Gegenstück sozusagen, und die Zeichen auf ihm, soweit wir sie identifizieren konnten, sind ebenfalls allesamt weiblich. Haben Sie vom Schöpfungsmythos der Regenbogenschlange gehört? Um sie geht es in der Hauptsache. Sie gilt den Aborigines als Schöpfer der Traumzeit. Ich will hier nicht zu weit ausholen. Sollten Sie sich für die Traumzeit und die Schöpfungslegenden der Aborigines interessieren, gebe ich Ihnen gerne eine Literaturliste an die Hand. Jedenfalls ist dieses Amulett, das Sie mir gestern gebracht haben, für die Forschung, aber auch für die Urbevölkerung unglaublich wertvoll.«
»Welchem Zweck dienen diese Tjuringas denn eigentlich genau?«
Jennifer Miles zog ihre Brille tiefer auf die Nasenspitze und schaute Natascha über den Rand hinweg an.
»So einfach lässt sich diese Frage leider nicht beantworten. Zuallererst ist der Tjuringa ein magischer Gegenstand, der als heilig verehrt wird und zu dem nur Zugang hat, wer initiiert ist. Das gilt auch für diesen weiblichen Tjuringa. Die Frauen mussten sich schwierigen, oftmals schmerzhaften Ritualen unterziehen, um sich den Umgang mit dem Artefakt zu verdienen.«

»Was waren das für Rituale?«
Die Wissenschaftlerin seufzte jetzt und schob die Brille wieder auf die Nasenwurzel zurück.
»Der ganze Komplex des Rituellen in der indigenen Kultur ist für uns Weiße kaum nachvollziehbar. Nicht zuletzt deshalb, weil wir nur sehr wenig über die magische Welt der Aborigines wissen. Die Stämme schützen ihr Wissen, es soll geheim bleiben, ist für uns Außenstehende tabu. Mit einem Weißen über den Stammes-Tjuringa zu sprechen wäre für einen Aborigine, gelinde gesagt, keine gute Idee.«
»Was droht denn demjenigen, der das Tabu bricht?«
»Wer es bricht, wird im schlimmsten Falle zu einem grausamen Tode verurteilt. Es könnte aber auch sein, dass der Verräter besungen wird und einen langwierigen, schleichenden Tod stirbt.«
»Besungen?«
»Ja, schwarze Magie, wenn Sie so wollen. Sie können selbst heutzutage lange suchen, ehe Sie einen Aborigine finden, der davor keinen Respekt hätte – egal, wie verwestlicht er Ihnen erscheinen sollte.«
»Das ist ja beängstigend.«
»Genau das soll es ja auch sein. Soziale Kontrolle, und es funktioniert seit Jahrtausenden. Die Aborigines schweigen sich über ihr Heiligstes aus, und da ihre Kultur auf mündlicher Überlieferung gründet, haben wir eigentlich nichts, worauf wir unsere Forschungen stützen könnten. Und das ist ganz im Sinne der Aborigines.«
»Bis auf die Artefakte. Die helfen Ihnen weiter, richtig?«
Die Wissenschaftlerin nickte. Sie kam um den Tisch herum und lehnte sich gegen die Tischkante.
»Natascha, ich möchte, dass Sie sich überlegen, den Tjuringa zurückzugeben. Ich weiß, das ist kein leichter Schritt für Sie, aber bitte hören Sie mir zu.«

»Sie wollen mein Amulett behalten?« Natascha fuhr auf.
»Ja, das heißt, nicht ich. Australien will es zurück. Das *National Museum of Australia* in Sydney hat ein Programm, das sich um die Rückführung von Fundstücken wie dem Ihren kümmert. Brian Hurst, der Kurator des *Repatriation Departments* dort, ist ein guter Freund von mir. Erst letztes Jahr hat er die erfolgreiche Rückgabe eines Tjuringa aus einem Museum in Seattle betreut.«
Natascha runzelte die Stirn. Eigentlich war sie nicht nach Australien gekommen, um noch mehr zu verlieren. Das Amulett hatte ihrer Großmutter gehört, warum sollte sie ihren Privatbesitz einem Museum in Sydney schenken?
»Schauen Sie, Natascha. Viele Artefakte, die in Privatbesitz sind, wurden vererbt oder im guten Glauben verschenkt. Alles, worauf wir hoffen können, ist, dass Menschen wie Sie sie eines schönen Tages zurückgeben.«
Natascha sah Jennifer an. »Und warum sollte ich das Ihrer Meinung nach tun?«
»Weil Sie ein gutes Herz haben und spüren, dass Ihr Amulett hierhergehört. Auf den Boden der Wajtas.«
Natascha überlegte.
»Angenommen, ich tue, was Sie empfehlen. Was passiert dann mit dem Amulett?«
»Brian würde sich mit Ihnen in Verbindung setzen und Ihnen die Prozedur ausführlich erläutern. Wahrscheinlich wird er das Amulett in einem speziellen Raum unterbringen, zu dem nur bestimmte Leute Zugang haben. Dann wird er Stammesältere aus Südaustralien konsultieren, um gemeinsam mit ihnen zu beraten, wie das Amulett kulturell angemessen aufbewahrt und gemanagt wird. Wahrscheinlich wird das Museum das Amulett an die rechtmäßigen Erben des Wajtas-Landes zurückgeben, also an Aborigines, die in einer direkten Linie mit den Wajtas stehen.«

Natascha schluckte. Das hörte sich alles sehr vernünftig an, aber es bedeutete, dass sie ein Opfer bringen müsste, und sie wusste nicht, ob sie dazu bereit war. Jennifer drückte ihr zwei Visitenkarten in die Hand.
»Rufen Sie mich oder Brian jederzeit an, wenn Sie Fragen haben, und lassen Sie sich ruhig Zeit mit Ihrer Entscheidung. Das Amulett war so lange verschwunden, da kommt es auf ein paar Tage mehr oder weniger auch nicht mehr an.« Sie lächelte Natascha aufmunternd zu und gab ihr das Amulett zurück. »Werden Sie es sich überlegen?«

Kieselsteine knirschten unter den Reifen, als Debra den Wagen am Straßenrand parkte. »Näher kommen wir mit dem Auto leider nicht ran, oben gibt es keine Haltemöglichkeit, und nur autorisiertes Personal darf auf dem Gelände selbst parken. Aber zu Fuß können wir uns bis zum Eingang vorpirschen, und von dort können Sie wenigstens einen Blick durch den Zaun werfen.« Die beiden Frauen marschierten den Hügel hinauf, Debra unter ihrem Schirm, Natascha mit Baseballkappe. Hinter ihnen lag der Onkaparinga; in seinem breiten Flussbett verlor sich ein dünnes Rinnsal schmutzigen Wassers. Nach etwa dreihundert Metern erreichten sie die Einfahrt des umzäunten Geländes. Debra blieb keuchend stehen und nahm einen Schluck aus der Wasserflasche, die sie aus ihrem geräumigen Rucksack gefischt hatte. Sie wischte sich über den Mund und hielt Natascha die Flasche hin.
»Wie unaufmerksam von mir, hier!«
Dankbar griff Natascha zu. Während sie trank, wies ihr Kinn in Richtung Eingang. Sie setzte die Flasche ab.
»Und es gibt wirklich gar keine Möglichkeit, sich das Gelände von innen anzusehen?« Sie drehte den Verschluss zu und gab die Flasche zurück. Vor ihnen stand ein moderner Zweckbau aus Beton und Glas.

»Keine Chance. Was Sie da sehen, ist das AALH, unser nationales Forschungslabor für Tiergesundheit. Hier werden unter anderem sehr gefährliche Krankheitserreger wie das Hendra-Virus untersucht. Viel zu riskant, Besuchern Zutritt zu gewähren. Aber kommen Sie mal mit.« Debra marschierte rechts am Zaun entlang, Natascha folgte ihr.

»Wieso hat man das alte Zionshill nicht unter Denkmalschutz gestellt?«

»Berechtigte Frage. Normalerweise wäre das auch geschehen. Australien kann mit historischen Gebäuden ja nicht gerade wuchern. Doch im Fall von Zionshill war einfach zu wenig Substanz vorhanden. Es hätte sich nicht gelohnt. Das AALH hat beim Kauf des Grundstücks aber immerhin die Auflage erhalten, das wenige, was noch da ist, zu schützen, und das tun sie wohl auch. Schauen Sie mal, von dort drüben hat man eine ganz gute Sicht.« Debra zeigte mit dem Finger knapp am Gebäude vorbei. »Sehen Sie den verfallenen Schornstein dahinten? Der gehört zum ehemaligen Backhaus. Und weiter oben den riesigen Pfefferbaum? Mit etwas Phantasie können Sie dahinter noch die Überreste des alten Schulhauses erkennen.«

Natascha nahm die Sonnenbrille ab und kniff die Augen zusammen, um Debras Beschreibung zu folgen, doch alles, was sie außer dem Schornstein sah, waren ein paar Steine hinter einem Baum. Schnell setzte sie die Brille wieder auf. Sie wollte nicht, dass Debra ihr die Enttäuschung ansah.

»Ist nicht gerade viel, was von Zionshill übrig geblieben ist, was?«, sagte Debra. »Sollen wir weiter? Wo wir schon mal in den Hills sind, würde ich Ihnen gerne Neu Klemzig zeigen. Das ist nämlich deutlich besser erhalten.«

Der Motor des altersschwachen Holden heulte auf, als er sich die Serpentinen hochquälte. Die Landschaft, auf die Natascha von den Adelaide Hills aus blickte, war die reinste Bergidylle.

Weitläufige Wiesen, auf denen hier und da Schafe weideten. Dazwischen schlängelte sich ein schmales Bächlein, doch nur selten sahen sie ein Haus oder eine Farm, und schon gar nicht irgendein Anzeichen von Industrie. Einzig die krächzenden Rosellasittiche und die ausladenden Eukalypten störten die Illusion, sie könnten sich irgendwo in den Alpen befinden.
»Wenn es in den nächsten Tagen so heiß bleibt, ist das Gras auch hier oben bald verdörrt. Sieht ganz danach aus, als müssten wir bald mit den ersten Buschbränden rechnen.« Debras Bemerkung riss Natascha aus ihrer träumerischen Betrachtung. Wahrscheinlich klärte es den Blick auf die Umgebung, wenn man erst einmal dort lebte.
Neu Klemzig bestand im Grunde nur aus der breiten Hauptstraße, an der sich die herausgeputzten Häuschen der deutschen Pioniere wie Perlen auf der Schnur aneinanderreihten.
»Putzig«, rutschte es Natascha heraus, als sie sich in den kleinen Strom von Touristen eingefügt hatten und die Main Street entlangschlenderten.
»Sonderlich beeindruckt scheinen Sie ja nicht zu sein«, bemerkte Debra. Natascha biss sich auf die Unterlippe. Da gab sich Debra so viel Mühe, ihr die Gegend zu zeigen, und alles, was ihr dazu einfiel, war eine blöde Bemerkung.
»Doch, doch«, beeilte sie sich, »es gefällt mir. Es wirkt nur irgendwie …« Natascha suchte nach den richtigen Worten.
»Deutscher als zu Hause?«, half Debra aus.
»Genau das meinte ich«, sagte Natascha erleichtert. »Woher wussten Sie, was ich sagen wollte?«
»Ich mag vielleicht ein wenig altmodisch sein, aber ich bin nicht von gestern. Ich war erst letztes Jahr in Berlin und weiß, dass unser Neu Klemzig nicht viel mit dem modernen Deutschland zu tun hat. Aber Sie müssen verstehen, dass die Siedler so bauten, wie sie es aus der Heimat kannten, und die nachfolgenden Generationen – also auch ich –, wir wollen dieses Erbe

bewahren.« Sie blieb stehen und umfasste in einer Bewegung den ganzen Ort.
Dann hielt sie plötzlich inne und sah aus, als horche sie in sich hinein. Jetzt hörte auch Natascha das Grummeln.
»Ich muss unbedingt was essen. Wie steht es mit Ihnen?«
Es war Pech, dass die drei Busse mit den Japanern knapp vor ihnen die »Dorfküche« erreicht hatten. Nur mit Mühe war es ihnen gelungen, einen Tisch zu ergattern. Schnitzel mit Rotkraut, Spätzle und Jägersoße, das Tagesmenü für 16 Dollar 50. Natascha verkniff sich jeden Kommentar zur Zusammenstellung des Gerichts, zumal sie sehen konnte, wie sehr es Debra schmeckte.
»Wie der Name schon sagt: Das hier war mal die Dorfküche. Hier hat man gemeinschaftlich gekocht, sei es für Feste, bei Großernten oder aber in Krisenzeiten. Eine schöne Einrichtung. Schade, dass das heute nicht mehr üblich ist.« Debra schob sich genussvoll eine weitere Gabel Spätzle in den Mund. Hinterher bestand sie auf einen Schnaps. Danach streckte sie wohlig die Beine unterm Tisch aus.
»Schon besser. Gibt es denn sonst noch etwas, das ich für Sie tun könnte?«
Natascha überlegte, schüttelte dann aber den Kopf.
»Auf die alten Kirchenbücher habe ich ja über die Bibliothek Zugriff, aber falls Sie noch auf irgendetwas in Ihrer *Historic Society* stoßen sollten, wäre es sehr nett, wenn Sie mich anrufen könnten.« Sie schrieb ihre Handynummer auf den Bierdeckel und reichte ihn über den Tisch.
»Natürlich, ich stöbere immer wieder mal in den alten Kisten. Gibt es denn noch etwas anderes, das Sie im Hinblick auf Ihre Geschichte hier in Südaustralien interessiert?«
Natascha rieb sich den Hals, dann kam ihr plötzlich etwas in den Sinn.
»Ja, vielleicht. Die Yongala. Haben Sie schon mal von der ge-

hört?« Natascha wartete Debras Antwort gar nicht erst ab. »Wenn ich mich recht erinnere, gehörte die zur Adelaide Steamship Company. Das heißt, der Dampfer hat seine letzte Reise in Adelaide angetreten. Das müsste stimmen, oder?«
»Das ist richtig. Wie kommen Sie denn ausgerechnet auf die Yongala?« Debra setzte sich kerzengerade auf und lehnte sich interessiert nach vorne.
»Wahrscheinlich ist es nichts. Es ist nur so, dass der einzige weitere Hinweis außer dem auf Gottfried Schmitter und Amarina, den ich in Australien bislang gefunden habe, auf die Yongala hindeutet.« Sie sah Debra an, die die Augenbrauen zu einer Linie zusammengezogen hatte.
»Und was ist das für ein Hinweis?«
»Nichts Konkretes, leider. Diese australische Frau, die meiner Großmutter geschrieben hat, interessierte sich wohl sehr für das Schiffsunglück. Das ist alles.« Natascha zuckte mit den Schultern und rieb sich mit den Handballen über die Augen. Am besten, sie fuhr gleich nach Adelaide zurück. Dann könnte sie wenigstens die restliche Zeit ihres Aufenthalts noch sinnvoll nutzen, um in den Kirchenbüchern von Zionshill zu stöbern. Von diesem deutschen Disneyland hier hatte sie jedenfalls genug. Sie hob die Hand, um zu zahlen.
»Interessant, dass Sie die Yongala erwähnen«, übernahm Debra jetzt wieder das Gespräch. »Es gibt nämlich in der Tat eine Verbindung zwischen dem Schiff und Neu Klemzig.«
Die Kellnerin im Dirndl legte die Rechnung auf den Tisch und wandte sich gerade dem Nachbartisch zu, als Debra sie am Handgelenk festhielt. »Zwei Kaffee, *Love*.«
Einen Cappuccino später hatte Natascha Folgendes erfahren: Neu Klemzig hatte sein eigenes Opfer der Yongala-Katastrophe zu beklagen, eine gewisse Helene Junker, die Kirchensekretärin. Warum sie überhaupt auf dem Schiff gewesen war, hatte nie jemand erfahren. Keiner im Dorf hatte davon ge-

wusst. Eines Tages war die junge Frau wie vom Erdboden verschluckt und seither nie wieder aufgetaucht. Das Nächste und zugleich Letzte, was die Gemeinde über sie hörte, erfuhr sie aus der Zeitung, wo sich ihr Name auf der veröffentlichten Passagierliste fand.

»So weit die geschichtlichen Fakten«, schloss Debra ihren Bericht, nur um dann fortzufahren. »Doch mir bedeutet sie mehr. Ich glaube nämlich zu wissen, dass mein Großvater Georg mächtig in diese Helene Junker verschossen war. Ich erinnere mich jedenfalls noch genau daran, wie ich als Mädchen einmal auf seinem Schoß gesessen habe und er mir von früher erzählte. Es war das einzige Mal, dass ich ihn habe weinen sehen, als er mir von jener Helene Junker und der Yongala erzählte. Ein kleines Mädchen vergisst so was nicht. Ich war richtig bestürzt über seine Tränen.« Debra sah auf, ihre Hand umkreiste für eine Weile die leere Kaffeetasse, dann schlug sie mit der Hand auf den Tisch und stand auf.

»Wissen Sie was? Wir statten jetzt dem alten Matthew einen kleinen Besuch ab. Der sitzt nämlich auf einem hübschen Haufen von Presseausschnitten – allesamt über die Yongala.«

»Wer ist denn dieser alte Matthew?«

Debra schulterte ihre Tasche und arbeitete sich hinter dem Tisch hervor.

»Das erzähle ich Ihnen unterwegs. Ist nur ein kurzes Stück die Hauptstraße runter.«

Matthew entpuppte sich als unangenehmer Zeitgenosse, und Natascha hätte am liebsten auf dem Absatz kehrtgemacht, als sein schlechtgelauntes Gesicht im Türrahmen erschien. Der alte Mann mit dem mürrischen Blick schien nicht gerade geneigt, sie in sein Haus zu bitten, doch Debra ließ nicht locker.

»Matthew, das ist Natascha, Besuch aus Berlin. Natascha, das ist Matthew. Der Letzte seiner Art.«

»Was willst du schon wieder hier, und was soll das mit *der Letzte seiner Art?*«, raunzte er sie an. Nataschas Anwesenheit ignorierte er.
»Jetzt lass uns schon rein. Wir sind nur auf ein Schwätzchen hier.« Debra machte einen Schritt auf den Eingang zu, doch Matthew machte keinerlei Anstalten, sie hereinzulassen.
»Wüsste nicht, was ich mit dir zu bereden hätte. Du kommst doch sowieso am Mittwoch wieder.« Debra verdrehte kurz die Augen.
»Wenn du dich weiterhin so aufführst, komme ich gar nicht mehr. Dann kannst du in Zukunft mit der Wand reden. Auch wenn du es nicht glaubst, ich hab Besseres zu tun, als mich von einem alten Stiesel wie dir beschimpfen zu lassen.«
»Was willst du?« Matthew schien von ihren Drohungen vollkommen unbeeindruckt, und Debra seufzte laut. Resigniert hob sie die Hände.
»Also gut. Du hast doch diese modrige Holzkiste mit all den Presseausschnitten über die Yongala.«
»Ja, und?«
»Könnten wir die vielleicht mal kurz sehen? Meine Freundin hier«, sie wies mit der Stirn auf Natascha, »die ist sehr interessiert an der ganzen Geschichte.«
»So, ist sie das? Und warum, wenn man fragen darf?« Er machte keinen Versuch, das Misstrauen in seiner Stimme zu verhehlen. Natascha zog Debra am Ärmel; sie wollte jetzt wirklich gehen, doch Debra schüttelte sie ab.
»Ihr Großvater war wahrscheinlich mit dem ersten Steuermann verwandt.« Natascha erstarrte.
»Stimmt das?« Matthews wachsame Augen verengten sich zu Schlitzen, als er Natascha endlich ansah.
Debra stieß ihr heimlich den Ellbogen in die Seite.
»Ich, äh, glaube schon, aber ich, äh ...«, stotterte Natascha.
»Um es kurz zu machen: Sie sucht noch nach dem letzten Be-

weis«, ergriff Debra wieder das Wort. »Ihre Hoffnungen ruhen nun auf dir und deiner Schatzkiste.«
Die Tür knarzte unangenehm, als Matthew sie ganz öffnete.
»Die könntest du auch mal wieder ölen«, sagte Debra vorwurfsvoll, als sie vor Natascha in den engen Flur trat.
Natascha konnte es kaum erwarten, das muffige Wohnzimmer wieder zu verlassen. Wenn es stimmte, was Debra ihr erzählt hatte, und dieses Haus von den ersten Siedlern gebaut worden war, dann hatte sich dieser Matthew wirklich alle Mühe gegeben, den engen, niedrigen Bau im Originalzustand zu erhalten. Trotz der Hitze draußen roch es modrig. Die tiefen Decken verdüsterten den Raum, und die vor Schmutz starrenden Vorhänge trugen ein Übriges zur finsteren Atmosphäre dieses Ortes bei. Natascha konnte für Matthews Vorfahren nur hoffen, dass die Stimmung in diesem Haus damals weniger deprimierend gewesen war. Sie nahm auf einem wackligen Stuhl Platz und vermied es, sich anzulehnen, weil sie befürchtete, das klapprige Ding könne unter ihr zusammenbrechen.
Nach einer Ewigkeit kehrte Debra mit Matthew zurück. In der Hand hielt sie triumphierend eine kleine Kiste und stellte sie auf den Teetisch zwischen ihnen. Matthew ließ sich stöhnend in den speckigen Ohrensessel plumpsen, der am Fenster stand.
»Ihr Großvater. Wie hieß er denn?«, grummelte er. Natascha warf Debra einen hilflosen Blick zu.
»Das darf das arme Kind nicht verraten«, antwortete Debra für sie, »böse Erbschaftsgeschichte.« Matthew schwieg und betupfte sich die Stirn mit einem Lappen. Debra öffnete die Kiste. Obenauf lag vielleicht ein Dutzend vergilbter Artikel. Wortlos hielt Debra ihr die alten Ausschnitte hin und kramte nun in den Dingen, die darunter verborgen lagen. Natascha legte die Zeitungsausschnitte beiseite und lugte neugierig in die Holzkiste.

»Das hier sind nur ein paar Sachen, die Matthew von seinem Vater geerbt hat.« Peinlich berührt wandte sich Natascha gleich wieder ihren Artikeln zu. Debra wühlte derweil weiter und hielt einen Füller hoch, dessen Federspitze abgebrochen war. Dann einen Haarkamm aus Schildpatt, eine Geldklammer, ein paar Murmeln, ein Armband, zwei goldene Halsketten und anderen Schmuck, der nicht sonderlich wertvoll aussah. Sie drehte sich zu Matthew um, dessen übergewichtige Silhouette sich im schwachen Gegenlicht undeutlich von den Vorhängen hinter ihm abhob.
»Ist das alles?«
Matthew reagierte nicht.
»Dann eben nicht. Geht mich ja auch nichts an.« Debra legte die Sachen zurück und beugte sich über Nataschas Schulter. »Und? Sind Sie auf etwas Interessantes gestoßen?« Natascha schüttelte den Kopf.
»Nein, nichts, was ich nicht schon in Queensland über das Unglück gelesen hätte.«

Natascha atmete befreit auf, als sie endlich draußen waren. Debra legte ihr freundschaftlich den Arm um die Schulter.
»Entschuldigen Sie, ich hätte Sie vor dem alten Kauz warnen sollen. War es sehr schlimm für Sie?«
Natascha lachte auf. »Angenehme Gesellschaft ist was anderes. Was ich vor ihm nicht fragen mochte: Was meinten Sie denn damit, als Sie sagten, er sei der Letzte seiner Art?«
»Ach, das. Es ärgert ihn immer furchtbar, wenn ich ihn daran erinnere. Er ist der letzte Namensträger der Petersfamilie, also der letzte Peters der männlichen Linie. Die Peters hatten seit ihrer Ankunft in Südaustralien einen großen Einfluss auf Neu Klemzig und die Region. Johannes, Matthews Großvater, war Pastor in Neu Klemzig. Im Übrigen war er derjenige, der mit Gottfried aneinandergerasselt ist. Georg, mein Großvater, und

Johannes waren Brüder. Die beiden gehörten zur ersten Generation, die in der neuen Heimat geboren wurden. Tja, und nun ist männlicherseits nur noch der olle Matthew übrig. So viel zu Darwin und seiner natürlichen Auslese.« Sie lachte, als sie den Wagen aufschloss.
»Gibt es denn einen Grund dafür, weshalb Matthew so ... seltsam ist?«
»*Seltsam.* Da haben Sie ihn aber nett umschrieben.« Debra lachte wieder. Sie legte ihren Arm auf die offene Fahrertür. »Er war nicht immer so. Früher war er passionierter Landschaftsmaler, hat all seine Zeit und seinen Ehrgeiz in die Kunst gesteckt. Darüber hat er wohl vergessen, sich um eine Familie zu kümmern. Tja, und nun ist er über achtzig, und die alten Freunde sind nicht mehr da.« Wie um ihre Worte zu unterstreichen, klopfte sie mit der Faust aufs Wagendach. »So ist das eben. Wir werden alle nicht jünger, und was man verpasst hat, hat man verpasst.« Sie lächelte Natascha zu. »Tut mir leid, wenn Sie unser kleiner Ausflug heute nicht weitergebracht hat.« Sie beschied Natascha mit einer Geste einzusteigen. »Kommen Sie. Ich fahre Sie jetzt nach Adelaide zurück.«
Natascha hob abwehrend die Arme.
»Keine Widerrede, steigen Sie ein.«
Natascha gehorchte. Wenn sie die Frau neben sich besser gekannt hätte, hätte sie sie gerne gefragt, ob sie selbst eine Familie hatte.

Rosehill, April 1911

Digger kratzte winselnd an der Hintertür, die vom Garten ins Haus führte. Es war noch früh am Vormittag, und Tanner war mit seinem Besuch früher dran als üblich. Er hatte schlechte Nachrichten und wollte sie Helene so schonend wie möglich beibringen.

In der letzten Zeit machte er sich große Sorgen um Helene. Wie viel Leid konnte ein Mensch verkraften? Nachdenklich kraulte er den Border Collie im Nacken, der ihm entgegengelaufen war und nun versuchte, seine Hand zu lecken. Tanner sehnte sich nicht gerade danach, Helene die Neuigkeiten zu überbringen. Seufzend legte er die *Cairns Post* auf der Bank ab und kniete sich vor den Hund.

»Na, mein Guter, wo ist denn dein Frauchen? Schläft sie etwa noch? Ach, du hast Hunger? Ist ja schon gut, ich hol dir was.« Tanner tätschelte Diggers Kopf und klopfte dann zaghaft an die Tür. Als sich drinnen nichts regte, drückte er die Klinke und trat ein. Weil er Helene nicht wecken wollte, ging er auf Zehenspitzen durch den Flur zur Küche, wo er Futter für den Hund zu finden hoffte. Auf halbem Weg kam er an Nellies Kammer vorbei, und als er sah, dass die Tür offen stand, ging er hinein. Digger, der ihm gefolgt war, schob sich an Tanner vorbei, stupste Helene mit der Schnauze an und schnüffelte in ihrem Haar.

»Weg, raus mit dir!«, befahl Tanner, der sich gleich neben sie gekniet hatte. Digger schlich mit eingezogenem Schwanz davon. John strich Helene übers Haar. Sie war schrecklich blass. »Helene, mein Gott. Wachen Sie auf!« Er schüttelte sie am Oberarm, erst leicht, dann, als sie nicht reagierte, heftiger.

Endlich schlug sie die Augen auf. Verwirrt richtete sie sich auf.
»John? Was machen Sie hier, wo bin ich?«
Er half ihr aufzustehen.
»Keine Sorge. Sie sind in Nellies Zimmer und müssen wohl eingeschlafen sein. Alles in Ordnung mit Ihnen?« Er versuchte ein aufmunterndes Lächeln, und sie gab es schwach zurück.
»Kommen Sie, heute mach ich uns mal den Tee.« Helene schaute sich im Raum um, und nun fiel es ihr wieder ein. Sie glättete ihren Rock und strich sich das Haar aus dem Gesicht. Dann sah sie ihn an.
»Danke, das wäre sehr freundlich. Sie wissen, wo alles ist?«
John nickte.
»Leisten Sie mir in der Küche Gesellschaft?«
»Wenn Sie nichts dagegen haben, würde ich mich lieber ein wenig frisch machen.«
»Natürlich.« Tanner half ihr beim Aufstehen, und als er sah, dass sie zurechtkam, ging er in die Küche und füllte den Kessel mit Wasser. Die Glut war über Nacht verloschen, und er machte sich am Herd zu schaffen. Als das Feuer endlich brannte, nahm er die Teedose vom Regal und löffelte Blätter in die Kanne. Dann fiel ihm ein, dass Digger noch nichts zu fressen bekommen hatte, und er begann, den Vorratsschrank zu durchsuchen. Da er nichts finden konnte, rief er in den Flur:
»Wo haben Sie denn das Futter für den Hund versteckt?«
»Hier draußen, im Gartenhaus. Ich hab ihn schon versorgt.«
Tanner nickte zufrieden, dann zeichnete sich Erschrecken auf seinem Gesicht ab. Helene war im Garten. Die Zeitung.
Der Kessel pfiff, doch Tanner kümmerte sich nicht drum und lief hinaus. Er fand Helene auf der Bank, die aufgeschlagene Zeitung auf dem Schoß.
Als sie ihn kommen hörte, hob sie langsam den Kopf, die Augen weiterhin auf die Zeilen gerichtet, bis sie sich von ihnen lösen mussten, um John anzusehen.

»Haben Sie das hier schon gelesen?« Sie tippte auf den Aufmacher.
Er setzte sich neben sie und legte seine Hand auf die ihre. Ein kaum merkliches Zittern umspielte ihre Mundwinkel, als sie laut zu lesen begann:

> *Die Adelaide Steamship Company (ASC) hat gestern eine Meldung herausgegeben, nach der sie nicht länger davon ausgeht, noch Überlebende des Schiffsunglücks zu finden. Schon seit dem Verschwinden der Yongala habe erstes Treibgut, das eindeutig als Fracht des unglücklichen Dampfers identifiziert werden konnte, diesen Verdacht genährt. In den letzten Tagen wurde diese Annahme durch weiteres Treibgut, wie leere Zuckersäcke der CSR, untermauert. Der grauslichste Fund bisher war jedoch ein übel zugerichteter Pferdekadaver, der auf Palm Island angespült wurde und den der ehemalige Besitzer als »Moonshine«, ein erfolgreiches Rennpferd, identifizierte. Am selben Strand fanden Aborigines jetzt eine Zedernkiste mit dem Namensschild »Junker«. Die Leitung der ASC bestätigte auf Nachfrage der* Cairns Post, *dass sich eine Helene Junker auf der Passagierliste befunden habe. Die ASC drückt hiermit allen Angehörigen der Opfer ihr tiefempfundenes Beileid aus.*

»Es tut mir so leid, Helene.« Der Kessel pfiff noch immer.
»Wollten Sie nicht den Tee aufbrühen?«
John drückte im Aufstehen ihre Hand. Zögernd ging er in die Küche.
Als er mit dem Tablett zurückkam, saß Helene nicht mehr auf der Bank. Sie stand beim Schmetterlingsbaum und pflückte ein Blatt, das sie ihm in der offenen Hand hinhielt.
»Sehen Sie das, John? Die Raupen sind in diesem Jahr früh

dran, und es sind außergewöhnlich viele in diesem Herbst. Wir können uns auf wunderschöne Schmetterlingswochen freuen.«
John trat einen Schritt auf sie zu.
»Helene, wollen Sie nicht darüber reden?«
»Reden? Worüber?« Sie folgte seinem Blick, der die Zeitung im Visier hatte. »Ach, das meinen Sie.« Behutsam klaubte sie die Raupe vom Blatt und setzte sie zurück auf einen Zweig. »Da, such dir neues Futter.« Sie drehte ihren Kopf zu Tanner. »Ich glaube, es wäre eine gute Idee, wenn Sie Ihren Tee in der nächsten Zeit woanders trinken. Halten Sie mich bitte nicht für undankbar«, sagte sie und griff sich an die Schläfen, »aber ich habe seit einigen Tagen diese fürchterlichen Kopfschmerzen und werde mich hinlegen müssen.« Tanner wollte etwas entgegnen, doch sie sprach einfach weiter: »Und vergessen Sie Ihre Zeitung nicht. Ich sehe Sie dann ein andermal?« Ohne seine Antwort abzuwarten, nahm Helene ihm das Tablett ab und wandte sich zur Tür. Auf dem Treppenabsatz drehte sie sich noch einmal um.
»Ich brauche ein wenig Ruhe, das verstehen Sie doch?«
Tanner biss sich auf die Unterlippe, dann nickte er ernst, nahm Hut und Zeitung und verließ Rosehill.
Nachdem Helene die Küche in Ordnung gebracht hatte, ging sie in ihr Zimmer, zog die Vorhänge zu und legte sich angezogen aufs Bett. Sie kühlte sich die Stirn mit einem nassen Lappen. Dieser Schmerz, dieser unerträgliche Schmerz, wann hörte er endlich auf?
Die Zeitungsmeldung, dieser Artikel, sie weigerte sich, daran zu glauben. Helene presste die Lippen aufeinander. Zweifel beschlichen sie. Woher wusste der Reporter von ihrer Truhe? Und wenn schon, sagte sie sich, eine angespülte Kiste bewies noch gar nichts. Jedenfalls nicht, dass alle Passagiere umgekommen sind. Warum nur war sie die Einzige, die nicht gleich

das Schlimmste annahm, die weiter hoffte? Katharina und ihre Familie lebten noch, bestimmt. Helene atmete durch. Wie konnte das alles nur passieren? Wann hatte es begonnen, dass ihr Glück sich in sein Gegenteil verkehrte? Ihr Leben in Australien, es hatte doch so hoffnungsfroh angefangen. Helene schloss die Augen. Dann kamen wieder die Erinnerungen.

Port Adelaide, Südaustralien, September 1902

Helene stand auf dem Dollbord der Ophir, einem imposanten Dampfer der britischen Orient Line, der sie in nur sechs Wochen von Southampton nach Australien gebracht hatte. Das heißt, noch waren sie nicht da, aber viel länger konnte es nun nicht mehr dauern.
Helene schaute verstohlen nach links und rechts, um dann rasch ihre Haube abzunehmen. Befreit schüttelte sie ihr Haar, warf den Kopf in den Nacken und lachte. Sie schloss die Augen und hob ihr Kinn. Die Sonne wärmte ihre rosigen Wangen. Sie war glücklich. Fast hätte sie vor Übermut die Haube in die Luft geworfen, aber dann hätte der Wind sie sicher nicht mehr hergeben wollen, und was würde Gottfried sagen, wenn sie ohne Haube von Bord gehen musste? Sie ahnte, dass sie den vom Vater eingesetzten Beschützer nicht unnötig verärgern dürfte; er würde ihr neues Leben ansonsten beträchtlich erschweren. Doch seit sie am Morgen Land gesichtet hatten, wollte ihre Brust vor Aufregung fast zerspringen. Sie konnte sich nicht erinnern, jemals so aufgewühlt, so erwartungsvoll gewesen zu sein.
Helene schaute wieder um sich, und da sie sich unbeobachtet wähnte, tat sie einen Luftsprung, warf ihre Arme in die Höhe und gab einen kleinen Freudenschrei von sich. Nicht zu laut, damit Gottfried sie nicht hören konnte, aber auch nicht zu leise, denn schließlich wollte ihre Brust vom Druck dieser Erregung erleichtert werden – ein klein wenig nur.
Helene tat einen Schritt zurück und hielt sich mit beiden Händen an der Reling fest, während sie aufs azurblaue Meer schau-

te. Der Kapitän hatte erklärt, dass die Farbe lediglich auf die Tiefe des Ozeans schließen ließ – je seichter die Gewässer, desto heller ihr Blau. Helene glaubte dem erfahrenen Seemann natürlich, doch sie wusste, dass diese nüchterne Erklärung nur ein Teil der Wahrheit war, denn Gott hatte die Welt nach seinem Willen erschaffen, und in seinem Reichtum hatte es ihm gefallen, mit den Farben verschwenderisch und großzügig zu sein. Delfine begleiteten das Schiff, schwammen seitlich vor dem Bug.

Auf dieser Seereise hatte Helene Bekanntschaft mit den herrlichsten und absonderlichsten Kreaturen gemacht. Da war nicht nur das Begrüßungskomitee der Großen Tümmler gewesen, sondern es gab auch Fische, die fliegen konnten! Das würde ihr in Salkau sicherlich niemand glauben. Und dann, eines Abends, kurz vor Sonnenuntergang, war das Unglaubliche geschehen: Helene und Gottfried hatten gerade ihren allabendlichen Deckspaziergang begonnen, als ein ungewohnter Laut sie aus ihren Gedanken aufschrecken ließ. Helene drehte sich nach dem Geräusch um und folgte den schnellen Schritten der anderen Passagiere, die es auch gehört hatten. Plötzlich tauchte vor ihnen mit einem Schnauben das wundersamste Wesen aus dem Wasser, das Helene jemals gesehen hatte: ein Wal! Es musste ein Wal sein, genau so hatte ihn der Kapitän beschrieben. Ein Wesen so groß wie ihr Schiff.

Sie war, wie die anderen Zuschauer auch, halb begeistert, halb verängstigt, als die Kreatur eine Wasserfontäne so hoch wie ein Haus aus einem Loch im Rücken spie. Die Damen kreischten, die Herren raunten, und man wich zurück, um nicht noch mehr durchnässt zu werden. Nur Helene war wie angewurzelt stehen geblieben. Vor lauter Staunen hatte sie kaum gemerkt, wie nass ihr Kleid bereits war. Erst als Gottfrieds Hand prüfend über ihre Schulter strich, spürte sie das Salzwasser auf der Haut. Zu Beginn der Reise hatte der Kapitän zwar einen

äußerst interessanten Vortrag über die zu erwartenden Begegnungen und Erlebnisse während der bevorstehenden Überfahrt gehalten, doch was war schon seine Beschreibung im Vergleich zur eigenen Wahrnehmung?
Helene hatte sich jedenfalls bekreuzigt und ihrem Schöpfer für die Erschaffung dieses wundervollen Wesens gedankt. Dann erst hatte sie bemerkt, dass sie ihr Kleid zum bevorstehenden Dinner wechseln musste, und hatte zögernd als eine der Letzten das Deck verlassen.
Auch jetzt bekreuzigte sie sich und lobte den Herrn, der sie hierhergeführt hatte. Zu einem anderen Kontinent, nach Neu Klemzig. So nannte sich die neue Gemeinde der ausgewanderten Lutheraner. Seit Annemarie, Helenes Freundin aus der Sonntagsschule, ihr vor einem Jahr heimlich einen Brief ihrer Tante zugesteckt hatte, konnte sie kaum an etwas anderes denken. Immer und immer wieder hatte Helene den Brief lesen müssen, bis Annemarie sie schließlich gebeten hatte, sie möge ihn ihr doch endlich zurückgeben. Helene hatte die Zeilen abgeschrieben und im Kopfkissenbezug versteckt. Jeden Abend nach dem Nachtgebet zog sie nun das gefaltete Papier hervor. Es machte nichts, dass das Licht meistens schon gelöscht worden war. Sie entfaltete dennoch die Seite und strich für gewöhnlich zärtlich mit dem Zeigefinger darüber. Längst kannte sie den Inhalt auswendig.

Liebste Annemarie, meine einzige Nichte!
Ich schreibe Dir, um von meinen wundervollen und gesegneten Erfahrungen in unserem Dorf Neu Klemzig zu berichten. Meine Liebe zu Gott war noch nie so groß, und noch nie war ich so glücklich. Du weißt, dass Gott mir immer wichtig war, doch nun fühle ich Ihn, als ob ich Ihn kennen würde. Er ist jetzt jeden Tag bei mir. Hoffentlich hältst Du meine Worte nicht für vermessen, doch ich fühle

mich wie Hiob, der sagte: »*Vom Hörensagen hatte ich von Dir gehört, aber nun hat mein Auge Dich gesehen.*« *Früher, mit Euch allen in Salkau, wenn wir zusammen die Bibel studiert und gemeinsam gebetet haben, da habe ich von Ihm gehört, aber gekannt habe ich Ihn nicht. Und, glaube mir, liebste Nichte, selbst unsere Kirchenältesten haben Ihn nie wirklich gekannt, sondern nur über Ihn gelesen, sich nur nach Ihm verzehrt. Törichte alte Männer mit ihren Büchern und Vorschriften. Verzeih, ich will niemanden beleidigen, ich bin nur eine einfache Frau, die versucht, ihrem Herzen Ausdruck zu verleihen.*

Die Person, die mir auf meiner Reise mehr als alle anderen geholfen hat, ist Johannes Peters, unser Pastor. Mit seinen sechsundzwanzig Lenzen ist er sicherlich noch sehr jung, doch glaube mir, liebe Annemarie, er ist gesegnet wie der junge Schäfer David, den Gott zum König salben lässt, weil er Gnade vor Seinen Augen gefunden hat. »*Der Mensch sieht auf das, was vor Augen ist, der Herr aber sieht das Herz an.*«

Oh, Annemarie, wir sind mit diesem Mann und seiner Familie mehr als gesegnet. Stets geht Johannes mit gutem Beispiel voran. Erst kürzlich vermochte er einen unglücklichen Mann, dem die Frau gestorben war und der in seiner Verzweiflung unsere kleine Herde verlassen wollte, sehr sanft zum Bleiben zu überreden. Dabei hatte sich dieser Mann unserem Pastor zuvor öffentlich widersetzt. Doch Johannes schenkte dem oberflächlichen Schein keine Beachtung und schaute dem armen Mann direkt in sein verletztes Herz. Er setzte sich zu dem Mann, und die beiden haben viele Stunden miteinander geredet. Am Ende war alles gut, der Mann bleibt nun bei uns, und Johannes hat ihm verziehen. Noch nie habe ich eine solche Führungsstärke, solch eine Ausstrahlung erlebt. Wir alle beten

für seine junge Frau, da sie bislang noch keine eigene Familie haben gründen können.
Der Sommer hier kann glühend heiß werden, so dass der Weizen auf den Feldern verbrennt, weil nicht genug Wasser da ist. Dann drohen auch die gefürchteten Buschbrände, die alles, das sich ihnen in den Weg stellt, in ihren Flammen verzehren. Unser Alltag ist von harter Arbeit geprägt. Doch auch wenn das Leben in Neu Klemzig oft kein leichtes ist, fühle ich mich so selig, als wären wir hier in diesem fernen Land am Ende des Regenbogens angekommen.
Liebste Annemarie, ich wünschte, Deine Mutter ließe Dich gehen, und Du könntest es selbst sehen! Da ich aber um die Ängste und Sorgen meiner lieben Schwester weiß, will ich Dich oder andere in Salkau nicht zum Aufbruch drängen. Die Zeit wird kommen!
Für den Augenblick halte ich es für besser, wenn Du meinen Brief für Dich behältst und nicht der Mutter zeigst. Es würde sie nur unnötig erregen und sorgen.
In Liebe und Zuversicht,

Deine Tante Luise

Helene seufzte, doch nicht vor Sorge oder gar Kummer. Sie seufzte, weil ihr die Vorfreude die Brust zu sprengen drohte. Bald schon würde sie mit eigenen Augen sehen, wovon Annemaries Tante so begeistert berichtet hatte. Sie würde ein Teil dieses Himmels auf Erden werden.
Jetzt machte sie vorne am Bug einen dunklen Schatten aus, der langsam größer wurde und ab und zu den Hut lüftete, um die an Deck flanierenden Herrschaften zu grüßen. Gottfried. Helene versuchte hektisch, ihr zerzaustes Haar zu ordnen und unter die Haube zu bringen. Ihre geschickten Hände arbeiteten schnell und genau, doch eine wilde Strähne schien die neu-

gewonnene Freiheit partout nicht aufgeben zu wollen. Zu spät. Gottfried stand schon vor ihr.

»Verlierst du gerade den Kampf mit den Elementen, mein Kind? Dann lass dir von einem alten Streiter beistehen, der weiß, wie man Wind und Wetter trotzt.«

Helene senkte den Blick und knickste. Gottfried setzte ein Lächeln auf, während er die freche Strähne mit einer langsamen Bewegung unter ihre Haube schob. Seine Hand verweilte für einen Moment auf ihrer Wange.

»Danke, Gottfried. Diese Brise … So einen Wind kenne ich aus Salkau nicht.«

Gottfried schaute sie fragend an, und da Helene sich bei einer kleinen Lüge ertappt fühlte, errötete sie.

»Hast du deine Kiste gepackt? Keine halbe Stunde, und wir legen an.«

Seine dürren Finger hielten nun das Geländer umfasst, sein Blick hatte sich längst von Helene abgewandt; er starrte auf den Horizont.

»Oh, danke für den Hinweis! Ich schau besser nach, ob ich auch nichts vergessen habe. Ich sehe Sie dann an Land, lieber Gottfried!«

Damit eilte Helene in ihre Kabine, wo sie wenig später den Schlüssel im Schloss der roten Zedernkiste gerade noch rechtzeitig umdrehte, bevor der Steward bei ihrer Kabine haltmachte, um das Gepäck an Deck zu tragen.

Es kam Helene wie eine Ewigkeit vor, bis sie das Schiff verlassen konnten, doch nun war es endlich so weit. Ihr junges Herz pochte wie wild, als sie begann, die Bootsrampe hinunterzueilen. Gottfried hielt sie am Arm zurück.

»Nicht so schnell, mein Kind! Du brichst dir sonst noch die Rippen, bevor wir überhaupt an Land sind!«

Gottfried lachte selten, doch wenn er es tat – so wie jetzt –,

dann hatte es etwas Düsteres, Dunkles. Helene hielt sofort inne. Es gehörte sich nicht, dass sie vor Gottfried das Schiff verließ.
»Sie haben recht, Gottfried, verzeihen Sie!«
Sie drehte sich zur Seite, damit ihr Beschützer an ihr vorbeikonnte. Gottfried nickte, schaute dann nach vorne, das Kinn erhoben, die Hände hinter dem Rücken verschränkt. Als er Maximilian erkannte, hob er gemächlich die Hand zum Gruß, die er dann, während er sich dem Glaubensbruder näherte, ausstreckte.
»Gott zum Gruße, mein lieber Maximilian. Es sind doch einige Jahre verstrichen, da wir uns zum letzten Mal die Hände schüttelten.«
Maximilian ging auf die große Gestalt zu und umfing die Hand des Glaubensbruders mit beiden Händen.
»Gott zum Gruße, mein Freund«, erwiderte er innig. »Ich kann dir gar nicht sagen, wie sehr ich … wie sehr sich die gesamte Gemeinde freut, dich in unserer Mitte begrüßen zu dürfen. Herzlich willkommen, Bruder!«
Helene, deren Körper hinter dem Gottfrieds verschwunden war, reckte nun ihren Kopf über Gottfrieds Schulter. Sie stellte sich auf die Zehenspitzen. Gutes Benehmen hin oder her, sie konnte sich doch nicht die ersten Willkommensworte auf dem neuen Kontinent entgehen lassen!
»Ah, das muss unsere Helene sein, wenn mich nicht alles täuscht.«
Maximilian schob mit einer sanften Geste Gottfried aus dem Weg, um Helene zu umarmen.
»Helene, gutes Kind. Herzlich willkommen auch du!«
Damit drückte der alte Mann ihr ein Küsschen links und eins rechts auf die Wange. Helene schoss das Blut in die Wangen. Diese körperliche Herzlichkeit war ihr neu, und sie fühlte sich peinlich berührt, obwohl sie sich über die gefühlvolle Begrü-

ßung freute. Sie machte wieder einen Knicks und senkte den Blick. Maximilian hob ihr Kinn an.

»Nicht so schüchtern, mein Kind! Du hast dich tapfer auf einen so langen Weg begeben, da wird dich doch ein alter Mann wie ich nicht einschüchtern können, oder?«

Sein weißer Bart wippte, als er jetzt lachte, und dann fiel eine andere, viel jüngere Stimme ins Gelächter ein. Helene blickte auf und sah einen hochgewachsenen jungen Mann, der nun auf sie zutrat. Helene streckte sich, strich sich nervös über ihr Kleid. Dann knickste sie wieder – sie wusste nicht, was sie sonst hätte tun sollen. Der junge Mann berührte sie an den Schultern, um sie aufzurichten.

»Das brauchen Sie vor mir doch nicht zu tun, Helene. Mein Name ist Georg, ich bin der jüngste Sohn von Pastor Maximilian. Herzlich willkommen in unserer Gemeinde!«

Damit schüttelte er herzlich ihre Hände. Es dauerte noch ein paar Sekunden, ehe Helene sich traute, dem jungen Mann ins Gesicht zu sehen. Sie schaute in die freundlichsten grünen Augen, die sie jemals gesehen hatte. Ihre dunklen Augen lächelten zurück.

Nun, da die Straße bergan führte, verlangsamten die Gäule ihren Schritt. Sie konnten den leichten Trab, mit dem sie den Karren durch Adelaide gezogen hatten, nicht mehr halten. Anfangs hatte Helene noch versucht, dem Gespräch der zwei alten Männer aufmerksam zuzuhören, doch schon bald hatte das städtische Treiben sie abgelenkt. Adelaide war bezaubernd – die Stadthäuser, Gärten und Geschäfte sahen so ganz anders aus als die, welche Helene von zu Hause kannte. Sie mochte nicht glauben, dass diese Stadt am anderen Ende der Welt vor kaum mehr als fünfzig Jahren gegründet worden war. Alles, was eine richtige Stadt ausmachte, war vorhanden. Und vielleicht sogar noch mehr. Helene hatte außer Hamburg – und da eigentlich auch nur den Hafen – noch keine richtige Stadt gesehen. So wusste sie nicht, ob andere Städte ebenfalls mit solch breiten Straßen wie dem Victoria Square aufwarten konnten. Welch ein reger Kutschenverkehr! Und was war das dort drüben? Helene verrenkte sich fast den Hals, als sie der von einem Gaul gezogenen Tram nachblickte. Als diese hielt, strömten Menschen gleich dem Treiben im Bienenstock hinein und heraus. So etwas hatte sie noch nie gesehen!

Die North Terrace säumten imposante Regierungsgebäude wie das Parliament House, doch am meisten hatte es Helene die Rundle Street angetan, eine geschäftige Straße, wo tadellos herausgeputzte Bürger an den Schaufenstern der zahlreichen Geschäfte vorbeiflanierten. Manche blieben stehen und betrachteten in aller Ruhe die Auslagen.

Und die Kirchen! Wie viele Kirchen es hier wohl gab? Helene hatte schon fünf gezählt, und dabei waren sie noch gar nicht lange durch die Stadt gefahren. Sie drehte sich immer wieder nach allen Seiten um, wollte nichts von dem verpassen, worauf Georg oder Maximilian sie hinwiesen. Hier! Der Markt, der alles zu bieten hatte, was das Umland hergab. Und dort! Der Polizist in schneidiger Uniform, der mit den zwei Ladys sprach, die sich mit Sonnenschirmen vor der Hitze zu schützen versuchten. Jetzt nahm er ihnen die Schirmchen ab und hielt sie den Damen, die sich rechts und links bei ihm untergehakt hatten, über den Kopf, während alle drei gemeinsam die Straße überquerten. Wie städtisch elegant sie die Röcke rafften!

Diese Stadt war so fremdartig, so anders als das ländliche Salkau, und doch so einladend, so faszinierend. Und wie idyllisch Adelaide am Fuße der grünen Hügelkette lag! Fast zärtlich schmiegte sich die Stadt landeinwärts an üppig dichte Wälder, während sich im Süden nichts als das ewig blaue Meer vor ihr ausbreitete. Einen schöneren Ort konnte sich Helene nicht vorstellen, in Deutschland jedenfalls gab es für sie nichts Vergleichbares.

Das Meer hatte sie zum ersten Mal gesehen, als Gottfried und sie vor mehr als sechs Wochen zum englischen Hafen Southampton aufgebrochen waren, um von dort mit der Ophir die große Reise nach Australien anzutreten. Schon die rauhe See zwischen Hamburg und England hatte Helene zum Staunen gebracht, doch das grünblaue Meer hier, darüber dieses klare Licht, die warmen Farben – das alles war einfach unbeschreiblich schön.

Helene wollte die Stadt einsaugen und von ihr umarmt werden. Am liebsten hätte sie einen Rundgang durch den Ort unternommen, aber es stand ihr natürlich nicht zu, diesen Wunsch laut zu äußern. Es war wohl auch besser, sie wollte doch genau wie Gottfried so schnell wie möglich in die Adelaide Hills, dorthin, wo hoch oben das Dorf ihrer Sehnsucht lag – Neu Klemzig.

Sie sah sich ein letztes Mal um, bevor sich der Ausblick auf die größte Stadt im Süden Australiens verlor und der Weg zu ihrem Ziel, dem deutschen Dorf, sich durch herrliche Wälder ganz langsam bergaufwärts wand.

Helene schaute nach oben, die Augen mit der Hand vor der Sonne schützend, und blinzelte durch die Baumkronen in den Himmel. Nie hatte sie ein gleißenderes Licht gesehen, nie ein strahlenderes Blau. Und wie heiß es war! Sie verschaffte sich Luft, indem sie den Halskragen ein wenig abhielt. Georg hatte sie wohl beobachtet, denn er reichte ihr mit einem ermunternden Nicken die Trinkflasche. Helene fühlte sich ertappt, nahm jedoch dankbar an.

»Was sind denn das für Bäume?«, fragte sie. »Die sehen ganz anders aus als daheim.«

»Eukalypten, weit und breit nichts als Gum Trees.«

Georg nahm eine Hand vom Zügel, mit der er dann einen weiten Bogen beschrieb. »Sie werden hier vergeblich nach Eichen oder Birken Ausschau halten. Der mächtige Baum da vorne – Eukalyptus. Der mit dem schlanken Stamm hier oder der da drüben mit der silbrigen Borke – ebenfalls Eukalyptus. Und können sie die Gruppe mit der weißgrauen Borke dahinten erkennen? Geistereukalyptus. Nachts stehen sie so unheimlich in der Landschaft, dass sie an Gespenster erinnern.« Er lachte, als er ihr erschrockenes Gesicht sah. »Keine Angst, sie tun keinem etwas zuleide.«

Helene nahm einen weiteren Schluck, wischte sich über den Mund und gab die Flasche zurück. Insgeheim musste sie lächeln, denn sie wusste, dass Georg nicht aus eigener Anschauung wissen konnte, wie eine deutsche Eiche aussah. Georg und sein Bruder, Pastor Johannes, hatten das Licht der Welt in Neu Klemzig erblickt. Deutsch war zwar ihre Muttersprache, aber das Land ihrer Vorfahren hatten sie selbst nie gesehen. Helene schüttelte ungläubig den Kopf; dies alles war so fremd und doch gleichzeitig eigenartig vertraut, so als hätte der Herr sie in einem Traum schon einmal hierhergeführt.

Sie hörte die Papageien, bevor sie sie sah. Ein wohl hundertköpfiger Schwarm flog unter krächzendem Protest vor ihrem Karren auf und flatterte in alle Richtungen davon. Helene war von ihrem Sitz aufgesprungen, um einen besseren Blick auf die farbenprächtigen Vögel zu haben.

Gottfried, der ebenfalls vorne saß, wandte sich nur so weit um, wie es nötig war, um ihr einen strengen Blick zuzuwerfen.

»Mein Kind, wenn dich jede unbekannte Pflanze oder Kreatur gleich von deinem Sitz aufscheucht, wirst du bald kaum mehr die nötige Kraft für unsere Aufgabe haben.«

Helene gefror bei seinen Worten, nahm sofort wieder Platz und saß nun stockstreif.

Ihr Beschützer drehte sich ganz zu ihr um.

»Nur dafür sind wir doch aber hier, ist es nicht so? Zum Wohl

der Gemeinde, nicht zu unserem Vergnügen, nicht wahr, meine kleine Helene?«
Maximilian und Georg verstummten in ihrem Gespräch und tauschten einen kurzen Blick aus. Helene schaute beschämt zu Boden. Gottfried hatte recht, sie musste lernen, sich besser zu beherrschen. Sie war hier, weil eine Aufgabe auf sie wartete.
»Entschuldige, Gottfried. Das war töricht, es wird nicht wieder vorkommen.«
Maximilian räusperte sich und stupste seinen Sohn an. »Besser, du gibst den Gäulen die Peitsche, sonst schaffen wir es nicht mehr vor Einbruch der Dunkelheit.«
Den Rest des Weges schwieg Helene. Sie wunderte sich nur noch still, als sie drei weiße Kakadus mit ihren imposant gezackten Kämmen im Baum sitzen sah. Schweigend blickte sie ihnen nach, wie sie ihre Flügel spreizten und – vom Lärm der Pferdehufe aufgeschreckt – mit einem lauten Krächzen davonflogen. Selbst dieses seltsame, große Tier mit dem langen Schwanz und dem fuchsartigen Fell, das ihr scharfer Blick in der Ferne ausgemacht hatte, ließ sie unerwähnt. Dabei hätte sie Georg nur zu gerne danach gefragt, traute sich aber nicht recht, und bevor sie noch länger überlegen konnte, ob sie nicht doch eine vorsichtige Bemerkung wagen sollte, war das komische Vieh auch schon wieder aus ihrem Sichtfeld gehüpft.

Das war es also, Neu Klemzig, der Himmel auf Erden. Die Sonne stand schon tief, tauchte die Landschaft in ihr goldenes Licht. Das Erste, was Helene auffiel, war der Kirchturm. Sie hatte nicht recht gewusst, was sie erwarten sollte. Sie hatte vor Augen, was man sich in Salkau erzählte: dass die ersten Häuser in Neu Klemzig primitiv gewesen seien, schlicht aus Stroh und Lehm gebaut, die Kirche aus groben Holzbrettern gezimmert. Doch nun konnte sie schon von weitem erkennen, dass die Kirche nicht einfach aus Holz errichtet war. Sie war aus Stein, wie daheim – und auf dem Kirchturm posierte stolz der Wetterhahn, den noch ihr Onkel, der Schmied in Salkau war, angefertigt hatte. Der Gockel drehte sich nicht, es wehte kein Lüftchen, doch er blickte in ihre Richtung. Helene war jetzt so aufgeregt, dass ihr plötzlich übel wurde. Sie kämpfte mit sich, ob sie Georg bitten sollte, kurz anzuhalten, damit sie sich im Schutz eines Baumes erbrechen könnte. Wie peinlich, doch ihr Magen sagte ihr, dass sie keine andere Wahl hatte.

»Georg, würden Sie die Güte haben, mich kurz aussteigen zu lassen?«

Georg fragte nicht nach dem Grund, sondern brachte das Gefährt einfach zum Stillstand. Helene nickte den Männern zu und kletterte, so schnell sie konnte, vom Wagen. Gottlob war der größte der Bäume, welche die Straße säumten, auch der nächste, und so schaffte sie es gerade noch rechtzeitig, sich ungesehen zu erleichtern. Erschöpft lehnte sie sich mit dem Rücken an den glatten Stamm, strich mit der Hand forschend darüber. Wie samtig sich die Borke anfühlte. Sie hielt für einen Moment die Augen geschlossen, atmete tief die nach warmem Gras duftende Frühlingsluft ein.

Dies ist dein neues Leben, Helene! Ab jetzt wirst du dir keine Schwäche mehr erlauben, wirst der Gemeinde nicht zur Last fallen. Du wirst von nun an als ein Teil dieser Gemeinde arbeiten, arbeiten und nochmals arbeiten.

Helene lugte hinter dem Baum hervor, um sicherzustellen, dass sie keiner sehen konnte; dann bekreuzigte sie sich und hastete zurück zu ihren Mitreisenden. Sie fühlte sich stark wie nie.

Gottfried und Helene waren fürs Erste im Gemeindehaus untergebracht. Eigentlich war mit dem Vater verabredet, dass sie gleich bei einer Familie wohnen sollte, doch die Versammlung hatte beschlossen, dass die junge Frau sich zunächst in aller Ruhe in ihre neue Rolle als Gemeindesekretärin einarbeiten sollte. Gleichzeitig würde sie auf diese Weise die Familien des Dorfes kennenlernen und könnte dann später entscheiden, mit wem sie in Zukunft zusammenleben wollte. Jeder hier hätte sie gerne unter seinem Dach beherbergt, ihr Ruf war einwandfrei, der Vater weithin respektiert. Helene fühlte sich geschmeichelt. Es würde ihr nicht leichtfallen, eine Entscheidung zu treffen, doch Maximilian hatte ihr versichert, dass man ihre Wahl widerspruchslos akzeptieren würde. Helene war mit dem Arrangement sehr zufrieden, sie fühlte sich ernst genommen und zum ersten Mal wirklich frei. Sie durfte selbst entscheiden, wo sie leben würde!

In der Zwischenzeit war ihr ein bescheidenes Zimmer im oberen Stock zugewiesen – ein einfaches Bett, ein Tisch samt Stuhl unter einem quadratischen Fenster, das auf die Hauptstraße blickte, ein schmuckloser Schrank. Dennoch hätte Helenes Unterkunft in ihren Augen nicht besser sein können, denn es war ganz allein ihr Zimmer. Keine Magd, mit der sie es hätte teilen müssen. Gottfrieds Kammern lagen neben der ihren; er besaß neben einem Schlafzimmer, das dem ihren ähnelte, eine winzig kleine Wohnstube mit Kamin.

Georg trug ihre Kiste in den oberen Stock und ächzte, als er sie endlich vor ihrem Schrank absetzen konnte. Helene wurde sich schlagartig bewusst, wie schwer die Zederntruhe sein musste. Vater hatte sie eigens für ihre Überseereise anfertigen lassen, sie war ihr ganzer Stolz. Entgegen seiner sonst so strengen Art hatte Vater sie sogar selbst den Messingverschluss aussuchen lassen. Ohne Inhalt war sie schon nicht leicht, doch jetzt, da sie randvoll bepackt war mit allem, was ihr an Besitz aus der Heimat lieb und teuer war, musste die Kiste so schwer sein, dass es eigentlich übermenschlicher Kräfte bedurfte, um sie zu bewegen. Helene lief rot an. Sie hatte sich doch gerade erst entschlossen, niemandem mehr zur Last zu fallen, und jetzt das!

»Entschuldigen Sie, ich ... die Kiste ... Es tut mir leid, Georg!«
»Keine Ursache. Packen Sie in aller Ruhe aus, und dann hole ich Sie zum Abendessen ab. Sie werden sehen, Mutter kocht, als hätte sie Salkau nie verlassen. Ihr Kuchen und ihre Marmeladen werden sogar auf dem Markt in Adelaide verkauft. Wie es aussieht, kann sie gar nicht genug davon backen. Diese Engländer und Australier sind regelrecht verrückt danach. Wussten Sie, dass Apfelkuchen auf Englisch *apple pie* heißt?«
Georg lachte nun leicht befangen, er war geschwätzig wie ein Weib.
»Ja, also ... Wenn ich im Augenblick nichts mehr für Sie tun kann, dann lass ich Sie nun allein.«
Als er die Tür hinter sich zugezogen hatte, wartete Helene noch kurz, bis sie das Knarzen der Stufen hörte, dann warf sie sich erschöpft, doch zufrieden aufs Bett. Sie war froh darüber, wie herzlich und zuvorkommend Georg und sein Vater sie empfangen hatten. Sie würde sich schnell einleben, da war sie sich nun ganz sicher. Helene freute sich jedenfalls schon jetzt aufs Abendessen, wo sie auch Anna, die Frau des Pastors, kennenlernen sollte. Plötzlich sprang sie wie von der Tarantel gestochen auf. Siedend heiß war ihr eingefallen, dass sie noch heute Vater und Mutter hatte schreiben wollen. Die Eltern waren ohnehin schon so besorgt, da musste sie nicht auch noch mit ihrer Nachlässigkeit eine weitere Furche auf Vaters Stirn treiben. Sie öffnete ihre rote Kiste, warf Kleider und Bücher auf den Boden, bis sie Federhalter, Tinte und die Briefbögen gefunden hatte. Sie wollte, sie musste einfach berichten, wie gut alle zu ihr waren, und vor allem musste sie die Eltern noch einmal bitten, schnellstmöglich ihr Versprechen zu halten und unbedingt nachzukommen – bald, sehr bald.

Maximilian öffnete ihnen die Tür. Schon von außen sah das Fachwerkhaus aus wie daheim. Es stand in einer langen Reihe

von Häusern, die sich untereinander kaum unterschieden. Alle hatten sie zwei oder drei kleine, der Straße zugewandte Fenster; der Haupteingang befand sich auf der linken Längsseite. Vor dem Haus lag ein winziger Vorgarten, den eine Rosenhecke zierte; hinter dem Haus dehnte sich ein gepflegter Gemüsegarten weit bis zur angrenzenden Weide aus, wo das Vieh graste.
»Hereinspaziert!« Maximilian breitete seine Arme aus und wies ihr den Weg ins Haus. Hinter ihm tauchte eine ältere Frau auf, das silbrige Haar streng unter der schwarzen Haube gescheitelt, die Hände vor der Schürze gefaltet. Sie stand gerade, nickte ihnen höflich zu. Maximilian schob die Frau sachte aus seinem Schatten nach vorne.
»Darf ich vorstellen? Elisabeth, nicht nur meine treuliebende Gattin seit mehr als vierzig Jahren, sondern auch die Seele dieses Hauses, wenn nicht sogar der ganzen Gemeinde.«
Elisabeth lächelte verhalten, streckte die Hand zum Gruß aus. Helene ergriff sie, knickste und berührte mit der Stirn den dargebotenen Handrücken.
»Willkommen in meinem Haus. Wir alle hoffen, dass du dich hier wie zu Hause fühlen wirst.«
Helene hörte im Nebenraum eine junge Frau auflachen, Elisabeth bemerkte ihren Blick.
»Das ist Anna, unsere Schwiegertochter. Bruder Gottfried unterhält uns schon seit einer Stunde mit Neuigkeiten aus der Heimat. Verzeiht uns, wir konnten es einfach nicht erwarten!«
Georg schüttelte den Kopf und küsste seine Mutter auf die Wange, während Maximilian Helene den Weg in die Stube wies, wo sich eine blasse junge Frau gleich erhob und auf sie zuschritt. Gottfried, der in einem schlichten Sessel saß, nickte ihnen wortlos zu und zog an seiner Pfeife.
»Du musst Helene sein. Willkommen, Schwester! Ich habe schon so viel von dir gehört und freue mich darauf, deine Freundin zu sein.«

Sie drückte Helene an sich. Maximilian räusperte sich.
»Gut, gut, nachdem wir das geklärt hätten, lasst uns zu Tisch gehen. Ihr müsst von unserer kleinen Reise sehr hungrig sein, ich jedenfalls bin es.«
Er strich sich über den flachen Bauch und brummte wie ein hungriger Bär.
Das Essen wurde in der Küche serviert, denn nur am heiligen Sonntag trug man das Mahl in der guten Stube auf, und heute war Samstag. Helene wurde der Platz neben Anna zugewiesen, die es sich nicht nehmen ließ, erneut ihrer Freude über den neuesten Gemeindezugang Ausdruck zu verleihen.
Annas Arm legte sich um Helenes Schulter, und sie zog den Gast an sich.
Helene versuchte ein unverkrampftes Lächeln, was ihr nicht recht gelingen wollte. Sie war ja froh über die herzliche Begrüßung, und diese Offenheit kam im Grunde ihrem eigenen Naturell entgegen, dennoch musste sie sich erst daran gewöhnen. Maximilian erhob sich zum Gebet, nahm die Hand seiner Frau und die seines Sohnes. Alle anderen taten es ihm nun gleich und hielten einander zur Rechten und zur Linken. Die Gesellschaft senkte den Blick, schloss die Augen und öffnete sie erst wieder, als Maximilian sein Gebet mit folgenden Worten schloss:
»Und so danken wir Dir, großer Gott, für die sichere Überfahrt unserer Schwester Helene und unseres Bruders Gottfried, die Dein Wille wohlbehalten zu uns geführt hat. Wir wollen in Ehrfurcht vor Deinem Entschluss und Deiner Weisheit dafür Sorge tragen, dass es ihnen an nichts mangeln wird. Gepriesen sei der Herr, Retter aller Seelen. Amen.«
»Amen«, wiederholte die Gesellschaft im Chor und bekreuzigte sich. Helene begann sofort, gierig die Suppe zu löffeln, tunkte gleichzeitig das Brot in den vollen Teller. Während des langen Gebets hatte ihr das kräftige Aroma der Fleischbrühe

den Mund wässrig gemacht – Georg hatte recht, der herrliche Duft und der Geschmack erinnerten sie an das Essen daheim. Plötzlich ließ Anna den Löffel in die Suppe fallen und sprang auf.
»Entschuldigt mich bitte, das Kind ...«
Ohne eine Antwort abzuwarten, eilte sie aus der Küche, die Stufen hinauf. Jetzt hörte auch Helene das Weinen eines Babys. Die Magd räumte gerade die Teller ab, als Anna mit dem Kind auf dem Arm im niedrigen Türrahmen erschien, die Wangen glühend vor Stolz.
»Das ist Michael, mein Erstgeborener, dem hoffentlich bald viele Geschwisterchen folgen werden.«
Zärtlich küsste sie ihn auf die Stirn. Helene stand auf, um sich den Kleinen näher anzusehen.
»Darf ich?« Anna nickte und legte ihren Sohn in Helenes Armbeuge.
Helene schaukelte den Kleinen vorsichtig, bis Anna ihn ihr wieder abnahm und in die Wiege neben dem Esstisch legte.
Sie führte Helene zum Tisch zurück, in dessen Mitte nun eine große Schüssel heißer Pudding mit Apfelmus dampfte.
»Ich bin gespannt, was du sagen wirst, wenn du den Vater siehst. Die meisten sagen, Michael sehe ihm ähnlich. Johannes müsste eigentlich recht bald von der Missionsstation zurück sein, und dann hält er eine Messe zu eurer Begrüßung.«
Helene war verblüfft, dass der Pastor ihretwillen eine Messe halten wollte. Ihre Augen mussten diesen Gedanken verraten haben.
»Keine Sorge, liebes Kind«, sagte Elisabeth mit sanfter Stimme, »Johannes liest die Messe, sooft es ihm möglich ist. Es braucht keine Neuankömmlinge, um ihn an seine Pflichten zu erinnern. Noch etwas Pudding, Helene?«
Mit einem zuckersüßen Lächeln reichte sie die Schüssel über den Tisch. Helene fühlte sich peinlich berührt. Natürlich würde

der Pastor keine Ausnahme für sie machen. Wie hatte ihr Blick sie wieder einmal so bloßstellen können? Sie musste sich in Zukunft an Gottfried halten, der sie doch schon gewarnt hatte. Sie musste ihre Gefühle besser kontrollieren. Sonst würde sie sich und andere mit ihrem ungestümen Wesen früher oder später noch in Schwierigkeiten bringen.
Plötzlich fühlte sie, wie sich ihr Herz leicht zusammenkrampfte. Was war das? Sie wusste es nicht, aber es war eine Empfindung, die sie zur Vorsicht zu mahnen schien. Sie versuchte, ruhig zu bleiben, und atmete durch. Doch da war etwas, das sie nicht in Worte fassen konnte; etwas, das ihr Angst machte.
Sie verabschiedete sich schon bald nach dem Nachtisch. Sie sei müde, die lange Reise stecke ihr noch in den Knochen, und da Elisabeth und Anna für den kommenden Tag einen Empfang für die Neuankömmlinge angekündigt hatten, wolle sie für diesen Anlass ausgeschlafen sein.

Anna ließ es sich nicht nehmen, die neue Freundin einzuführen. Wer es sich in Neu Klemzig leisten konnte, hatte sich für dieses späte Frühstück in der Dorfküche Zeit genommen. Schließlich war man neugierig auf die Neuen, von deren Ankunft man schon längst gehört hatte. Jetzt wollte man sich selbst einen Eindruck verschaffen, schließlich handelte es sich bei den jüngsten Mitbürgern um einen respektablen Kirchenmann und die zukünftige Kirchensekretärin. Da wollte man eher früher als später wissen, mit wem man es zu tun hatte.
Anna hatte sich bei Helene untergehakt und wanderte mit ihr von einem Grüppchen zum nächsten, wo sie Helene voller Stolz und Wärme präsentierte. Maximilian kümmerte sich derweil um Gottfried, den er gerade unter viel Kopfnicken durch die Menge geleitet und nun endlich zur Gruppe der Kirchenälteren bugsiert hatte. Ein breiter Kerl mit kahlem Schädel schlug ihm zur Begrüßung mit der flachen Hand auf den Rü-

cken, so dass der dünne Gottfried wie ein Halm im Wind zu schwanken begann, sich aber schnell wieder fing.
»Hans Gösser mein Name. Willkommen in Neu Klemzig, mein Guter! Leider kennen wir uns nicht mehr aus Salkau, ich bin ja wie Maximilian noch als Kind ausgewandert. Wie steht es denn mit der alten Heimat? Nach all den Jahren sind wir immer noch viel zu neugierig, was daheim so passiert. Die meisten Salkauer kennen wir immerhin noch vom Hörensagen.« Gösser schaute sich, Zustimmung heischend, um, und sein Blick quittierte zufrieden das Nicken der Runde. Dann klopfte er Gottfried erneut zwischen die Schulterblätter, der daraufhin seine Lippen zu einem dünnen Lächeln verzog.
»Gottfried Schmitter, angenehm.« Er bewegte das Kinn nur so viel, dass es gerade noch als Nicken durchgehen konnte, und verschränkte die Hände auf dem Rücken. »Dann weißt du wahrscheinlich bedeutend mehr über die Salkauer als ich.«
Gösser lachte und hielt sich den runden Bauch. »Na, das nenne ich mal einen guten Scherz.« Er stieß Bäcker Kortens mit dem Ellbogen in die Seite. »Ich war seit meinem fünften Lebensjahr nicht mehr in Salkau und soll nun mehr über das Dorf wissen als er, der es gerade erst verlassen hat. Das ist gut, haha!« Er zeigte mit dem Finger auf Gottfried und lachte noch immer.
Bäcker Kortens stimmte zu: »Ja, wie soll das denn gehen? Das musst du uns schon genauer erklären, Bruder!«
»Da gibt es gar nicht viel zu erklären. Ich kümmere mich nur lieber um meine eigenen Angelegenheiten als die der anderen. Das ist alles. Dorfgeschwätz ist für Waschweiber, und ich hab weiß Gott Besseres zu tun.«
Dem alten Gösser verschlug es die Sprache, einige Männer tauschten heimlich Blicke aus, und betretenes Schweigen machte sich breit.
Maximilian räusperte sich. »Darf ich vorstellen?«, unterbrach er die Stille. »Hermann Kortens.« Der Bäcker verneigte sich,

Gottfried tat es ihm gleich. »Ich kann mit Fug und Recht behaupten, dass es weit und breit kein besseres Brot gibt als das seine.« Maximilian brach ein Stück vom krossen Laib auf dem Tisch neben ihnen ab und reichte es Gottfried. »Auf dem Markt in Adelaide reißen sie es ihm fast aus den Händen, so beliebt ist es.« Gottfried probierte und nickte anerkennend.

»Gut, sehr gut. Es gibt doch kaum einen wichtigeren Mann in der Gemeinde als den Bäcker. Hab ich nicht recht?«

Kortens lief vor Freude rot an. Maximilian, der heilfroh war, dass sich die Stimmung gebessert hatte, schob Gottfried weiter.

»Die Gebrüder Rohloff, Josef und Roland, beide hervorragende Schweinezüchter.« Wieder höfliches Nicken.

»Und Gustav Ritter, der Schmied. Zeig mal deine Oberarme, damit Gottfried weiß, an wen er sich im Notfall halten sollte.« Die Männer lachten, als der Schmied tatsächlich die Ärmel hochkrempelte und sich den Bizeps befühlen ließ.

»Und zum guten Schluss unser treuer Diakon, Ferdinand Mahler. Er begleitet mich in meinem Amt, seit ich denken kann.« Ferdinand verbeugte sich.

»Es ist mir eine Ehre, ich hab schon viel von deiner Gelehrsamkeit gehört.«

»Das ehrt mich. Dann auf gute Zusammenarbeit, Ferdinand.« Gottfried blickte den Männern schief ins Gesicht. »Auf gute Zusammenarbeit mit euch allen.«

Zur gleichen Zeit versuchte Helene ebenfalls, sich mit den neuen Gesichtern vertraut zu machen. Sie war froh, dass Anna ihr dabei zur Seite stand.

»Hildchen Mahler, die Frau des Diakons. Die Gute gehört eigentlich schon zum Inventar der Kirche, nicht wahr, Hildchen?« Die zierliche Frau mit dem grauen Haar reichte Helene die Hand. »Herzlich willkommen, liebe Helene. Ich hab mich schon so auf dich gefreut.« Dann wandte sie sich an Anna und zog die

Augenbrauen zusammen. »Und du nenn mich nicht immer Hildchen. Ich könnte schließlich deine Mutter sein.« Die Frauen lachten auf. Anna nahm Hilde Mahler in den Arm. »Du weißt doch, wie es gemeint ist, Hildchen.« Hilde hob die Faust, als wäre sie empört, und die Frauen kicherten wieder.
Anna stellte Helene noch eine Reihe von Frauen jeden Alters vor. Hildegard Herder zum Beispiel. Sie war Anfang dreißig und bewirtschaftete mit ihrem Mann Jakob den Hof vor dem Ort. Anna flüsterte ihr zu, dass die beiden sich nicht weiter im Dorf sehen ließen, offensichtlich genügten sie einander, und man sah sie eigentlich nur sonntags zur Messe oder anlässlich besonderer Ereignisse wie heute.
Helene lernte Dorothea kennen, die Frau des Bäckers, und deren hübsche Tochter Rosalinde, die Frauen der Rohloff-Brüder und die Gattin des Schmieds. An all die anderen konnte sich Helene am Ende dieses erlebnisreichen Morgens beim besten Willen nicht mehr erinnern, doch sie war zufrieden. Sie hatte bemerkt, mit welchem Wohlwollen sie hier empfangen wurde, und das nahm ihr die anfängliche Beklommenheit. Der sonnige Morgen hatte jedenfalls gehalten, was er versprochen hatte. Helene war voller Zuversicht. Mit diesen Menschen würde es sich gut zusammenleben lassen. Sie zweifelte nicht daran, dass sie in der neuen Heimat Freundinnen finden würde. Vor allem freute sie sich jedoch auf die Arbeit.
Sie war ungeduldig und brannte auf die neue Herausforderung, doch damit würde sie sich noch gedulden müssen, bis Johannes zurück war. Maximilian hatte sich jedenfalls nicht erweichen lassen, ihr eine erste Übersicht über die Kirchenbücher zu geben. Das hätte er schon vor Jahren seinem Sohn überlassen, sagte er zu seiner Entschuldigung. So blieb Helene nichts anderes übrig, als abzuwarten. In spätestens zwei Wochen, so hieß es, würde der Pastor wieder bei ihnen sein. In der Zwischenzeit wollte sie sich in der Gemeinde eben ander-

weitig nützlich machen. Sie war schließlich auf einem Hof groß geworden, da sollte sich schon eine Betätigung finden lassen.

Helene streckte sich und gähnte. Sie war todmüde, dennoch schossen ihr so viele Eindrücke und Gedanken durch den Kopf, dass sie erst nach einer Ewigkeit einnickte. Sie träumte die absonderlichsten Dinge über ihre Schwester, so dass sie am Ende froh war, als sie aus dem Traum hochschreckte und für den Rest der Nacht wach lag.
Katharina, die sie seit zehn Jahren nicht mehr gesehen hatte. Sie selbst war gerade erst sechzehn Jahre geworden, als der Vater die sechs Jahre Ältere vom Hof jagte. Ausgerechnet einen Katholiken hatte sich Katharina aussuchen müssen und sich durch nichts davon abbringen lassen, Matthias Jakobsen zu heiraten. Drei Jahre später war das Paar mit seinen Töchtern dem Ruf eines Freundes nach North Queensland gefolgt.
Und nun hatte das Schicksal es gewollt, dass es Helene ebenfalls nach Australien verschlagen hatte. Oder war es vielleicht gar nicht nur Schicksal? Wenn Helene es recht bedachte, hatte sie die eigene Abreise aus Deutschland sehr ehrgeizig betrieben. Fühlte sie sich unbewusst zur Schwester hingezogen? Wie auch immer, von Katharina blieb sie selbst hier in Australien noch immer unbegreiflich weit entfernt. Auf dem Schiff hatte sie den Kapitän gefragt, wie weit es von Südaustralien nach North Queensland wäre. Dreitausendfünfhundert Kilometer, hatte er geantwortet. Sie hatte Mühe, sich diese Entfernung auch nur vorzustellen. Der Kapitän wollte es ihr mit einem Vergleich veranschaulichen. Dreitausendfünfhundert Kilometer, das sei, so hatte er gesagt, etwas weniger als die Distanz zwischen Hamburg und Kairo. So weit wie nach Ägypten? Es wollte Helene nicht recht in den Kopf, wo sie und die Schwester doch bald in ein und demselben Land leben würden.

Trotz der seltsamen Gefühle, die sie beim Gedanken an Katharina beschlichen und wach gehalten hatten, war Helene nicht traurig, als der neue Morgen heraufdämmerte, denn hätte sie durchgeschlummert, wäre ihr womöglich der betörende Gesang der Vögel entgangen.
Sie rieb sich die Augen. Heute würde sie neue Energie für ihre Aufgabe schöpfen. Die letzten zwei Wochen waren wie im Flug vergangen. Pastor Johannes würde predigen und ihr eine Perspektive für ihr neues Leben geben. Sie war jetzt hellwach, zog aus dem Kopfkissenbezug den kaum mehr leserlichen Brief von Luise hervor und drückte ihn an ihr Herz. Heute würde sie erfahren, was es bedeutete, ein Teil des Himmels auf Erden zu sein. Ja, bestimmt würde sie auch endlich Luise treffen, doch ihre eigentliche Neugier galt dem spirituellen Herzen der Gemeinde, Pastor Johannes.
Helene hatte schon so einiges von seiner neuen Art zu predigen gehört, auch wenn die Alten daheim hinter vorgehaltener Hand zu tuscheln begannen, wenn die Sprache auf Neu Klemzig kam. Sie wusste darüber zwar nichts Bestimmtes, doch sie war eine gute Beobachterin: Sie hatte viel Kopfschütteln auf den Bänken unter der Marktplatzlinde gesehen, wo die Alten immer saßen, und auch der Vater hatte die ein oder andere abfällige Bemerkung fallenlassen. Er hatte Helene erst nach langem Betteln ziehen lassen, nachdem Gottfried sich schließlich bereit erklärt hatte, die Tochter zu begleiten. Helene konnte sich keinen rechten Reim darauf machen, aber gerade das hatte ihre Neugier geweckt.
Sie stand auf und schüttete den Inhalt des Krugs in die Waschschüssel. Mit beiden Händen schöpfte sie sich Wasser ins Gesicht, tastete dann mit geschlossenen Augen nach dem Handtuch. Sie zog ihr Nachthemd über den Kopf und begann, sich zu waschen. Dann schlüpfte sie in frische Unterwäsche, die sie nach einer Weile schließlich unter einem Stapel ihrer Bücher

gefunden hatte. Hätte sie doch gestern bloß ihre Habseligkeiten ordentlich zusammengelegt und weggeräumt! Die Röcke waren zerdrückt, und sie würde ihren Sonntagsstaat einigermaßen zerknittert tragen müssen. Aber das war jetzt nicht zu ändern. Wenigstens hatte sie schon einen weiteren Brief an die Eltern geschrieben, und schon morgen würde er sich auf den Weg nach Europa machen, würde die Eltern noch einmal in ihrem Entschluss bestärken, sich ebenfalls auf die große Reise zu begeben.

Das sanfte Murmeln schwoll ein wenig an, als Gottfried und Helene die kleine Kirche betraten. Die Gläubigen standen vor dem Gottesdienst in kleinen Gruppen zusammen und besprachen die Ereignisse der vergangenen Woche. Sonntags war es verboten zu hasten, und so traf man zeitig vor der Messe ein, um in Ruhe ein Schwätzchen mit dem Nachbarn zu halten. Der Hilfsgeistliche, der sie an der Tür warmherzig begrüßt hatte, geleitete Helene zu einer Gruppe, die sich vor dem Altar versammelt hatte. Gottfried war bereits von Georg zu den Kirchenältesten geführt worden. Von beiden Seiten nickten ihnen freundliche Gesichter zu, man winkte oder hob die Hand zur Begrüßung. Helene war nervös; sie hatte befürchtet, dass man sie von oben bis unten kritisch beäugen würde – und das in ihrem ungebügelten Kleid!
Unbewusst glätteten ihre Hände das dunkel eingefärbte Leinen über den Hüften. Doch ihre Sorge war grundlos gewesen, von überall spürte sie nur Wohlwollen, fühlte tief im Inneren die Erleichterung, dass sie willkommen war. Ihre Gesichtszüge entspannten sich, und als der Diakon ihr Luise vorstellte, machte ihr Herz einen kleinen Freudensprung. Sie konnte einfach nicht anders und umarmte sie zur Begrüßung. Luise schaute erst verwundert, doch dann küsste sie Helene auf beide Wangen. Erst jetzt fiel Helene ein, dass Luise ja gar nicht

wissen konnte, dass sie ihren Brief gelesen hatte, geschweige denn, dass sie dessen Abschrift wie einen Schatz hütete. Helene lief puterrot an und holte schon zu einer Erklärung aus, als Luise ihr den Finger auf den Mund legte und den Kopf schüttelte. Plötzlich kam Bewegung in die Gemeinde, der Diakon bat die Anwesenden, Platz zu nehmen. Langsam füllten sich die Bänke, Helene hielt nach Gottfried Ausschau, der ihr aus der ersten Reihe zuwinkte. Helene setzte sich neben ihn, gleich vor die Kanzel. Die Seitentür öffnete sich, und die Stimmen wurden leiser. Als sie Maximilian hinter die Kanzel treten sah, war sie zunächst ein wenig enttäuscht. Maximilian hieß die Gemeinde willkommen und führte sie zum gemeinsamen Gebet. Als Helene genauer hinschaute, bemerkte sie, dass Maximilian weder die Bibel noch irgendwelche Notizen vor sich hatte, von denen er ablas. Er sprach frei und von Herzen, betete für Leute, die er offensichtlich in- und auswendig kannte, und als er an einer Stelle Gott um Hilfe für einen Bauern bat, den eine merkwürdige Krankheit ans Bett fesselte, sah Helene, wie die Gemeinde zustimmend nickte.

Sie schaute sich um und bemerkte in ihrer Nähe eine Frau mittleren Alters, der die Tränen in Strömen übers Gesicht liefen. War sie die Frau des Bauern? Die Gemeinde sang ein Lied, dann begrüßte Maximilian Gottfried und Helene, erzählte der Gemeinde, wie sehr er die Reise mit den Neuankömmlingen genossen hätte. Helene blickte schüchtern, aber doch lächelnd in die Runde. Maximilian hatte die Angewohnheit, auf den Fußballen zu wippen. Jetzt, da er über Gottfried sprach, stellte er sich auf die Zehenspitzen und hob den rechten Zeigefinger. »Allen, die unseren Gottfried nicht mehr von Salkau kennen, sei Folgendes gesagt: Er ist ein rechter Mann Gottes, der sich ganz der Heiligen Schrift verschrieben hat. Seine spirituelle Tiefe sucht seinesgleichen.«

Zustimmendes Gemurmel und anerkennendes Nicken begleiteten Maximilian, als er die Kanzel verließ, um Gottfried die Hände zu schütteln.

»Willkommen, Bruder!«

Er küsste ihn auf die Wangen, was Gottfried mit einigem Widerwillen über sich ergehen ließ; sein steifer Oberkörper verriet, dass er sich nicht wohl in seiner Haut fühlte. Maximilian klopfte ihm abschließend auf die Schulter, bewegte sich dann langsam, so als würden die alten Knochen schmerzen, wieder zur Kanzel und stützte sich an deren Pult mit beiden Händen ab.

»Und nun, da ich Alter meine Pflicht getan habe, sollen die Jungen sprechen. Johannes ist zurück von seiner Reise, um mit uns zu beten und um unseren neuen Bruder und unsere neue Schwester in unserer Mitte zu begrüßen.«

Er streckte den Arm zur selben Seitentür aus, durch die auch er die Kanzel betreten hatte und aus der nun sein Sohn Johannes trat.

Er war also doch hier.

Jetzt sprach der Sohn, und wie zuvor sein Vater tat er dies ganz ohne Notizen, ohne die Heilige Schrift vor sich zu haben.

»Vater, Deiner Gnade haben wir es zu verdanken, dass wir heute hier versammelt sind. Du hast unsere Vorfahren in dieses wunderbare und doch so harsche Land geführt, damit wir hier unseren Glauben ausüben können. Heute, da unsere Brüder und Schwestern in Deutschland sich längst wieder offen als Altlutheraner bekennen dürfen, kommen trotzdem noch immer Menschen zu uns nach Südaustralien. Ich weiß, dass jene andere Gründe zum Aufbruch bewegt haben als noch unsere Väter. Nach harten Wintern in Deutschland und dem Verlust der Ernte waren sie verzweifelt. Wie sollten sie nun ihre Kinder ernähren? Da hat man sich an Neu Klemzig erinnert, hat die Briefe von ausgewanderten Verwandten und Freunden hervorgekramt und sie wieder und wieder gelesen. Nein, es

hörte sich nicht danach an, als würden den Nachbarn von einst in der neuen Heimat plötzlich gebratene Gänse in den Rachen fliegen.« Ein Lachen ging durch die Reihen. Johannes lächelte und hob die Hand. »Doch es schien ihnen auch nicht schlechtzugehen. Dank harter Arbeit hatten die meisten mehr, als sie zum Leben brauchten. Und so gab man sich daheim einen Ruck und reiste in eine ungewisse Zukunft.«
Johannes machte eine Pause und sah sich um. »Fast alle konnten sich ein neues Leben aufbauen, und so schrieben sie ermutigende Briefe in die Heimat, die den Nachkommenden Unterstützung versprachen. Heute heißen wir Gottfried und Helene als neue Gemeindemitglieder willkommen. Wir sehen Gottes fürsorgliche Hand, die sie zu uns gebracht hat. Sie kamen nicht aus wirtschaftlicher Not zu uns, sondern um unsere spirituelle Gemeinschaft zu bereichern. Sie haben ein großes Herz bewiesen, als sie aus der Heimat aufgebrochen sind, um mit uns zu leben. Viele hier haben erfahren, welche Kraft und Entbehrungen es kostet, die Familie und die Freunde zu verlassen. Doch Du hast uns den Mut zum Träumen gegeben, Herr! Den Mut, ein besseres Leben zu suchen, und dieser Mut gibt uns täglich aufs Neue Kraft. Herr, wir beten darum, dass Du auch heute in unserer Liebe füreinander bei uns bist.«
Die Gemeinde hielt sich bei den Händen. Dann erzählte Johannes von den Orten, die er in den letzten Tagen besucht hatte. Er sprach von der Stärke der Bauern, die mit den Widrigkeiten des Landes und des Wetters zu kämpfen hatten und sich dennoch nicht unterkriegen ließen. Zuletzt sprach er von einer Tragödie, die sich weiter unten am Fluss ereignet hatte, wo ein junger Mann von einem umstürzenden Baum getötet worden war. Er war der einzige Sohn des Bauern und seiner Frau gewesen. Johannes schwieg eine Weile, um sich zu sammeln, und die Gemeinde, selbst die Kinder, wurde still.
Helene lief ein Schauder über den Rücken. So und nicht anders

sollte Kirche, sollte Gemeinschaft sein. Fürsorge und Zuwendung – und Liebe.

Nachdem Johannes die Messe mit einem Gebet beendet hatte, mischte sich die Gemeinde wieder zum ungezwungenen Gespräch. Helene war noch unter dem Eindruck des gerade Erlebten und stand am Rande. Plötzlich erkannte sie aus dem Augenwinkel, wie Johannes auf sie zukam. Was sollte sie nur sagen? Johannes enthob sie weiterer Überlegungen, als er schlicht ihre Hände in die seinen nahm und sich vorstellte.

»Es tut mir sehr leid, dass ich eure Ankunft verpasst habe. Umso glücklicher bin ich, dass ich Sie und Bruder Gottfried heute begrüßen darf.«

Sie knickste, überlegte noch immer, was sie sagen sollte. Schließlich hob sie verlegen den Blick. Er traf auf ein offenes, lächelndes Gesicht. Dunkle Locken umrahmten ebenmäßige Züge, seine Bartstoppeln ließen ihn ein wenig älter aussehen, als er eigentlich war. Johannes sprach noch von anderen Dingen, die mit ihrer Ankunft zu tun hatten, doch hinterher konnte sich Helene an nicht viel mehr erinnern als den Klang seiner Stimme und sein Lächeln.

CAIRNS, ANFANG FEBRUAR 2010

»Danke für den Anruf, Mitch – und auch fürs Abholen. Ich bin gespannt, was du da ausgegraben hast.« Mitch öffnete schwungvoll die Schiebetür des Toyotas und warf Nataschas Rucksack auf die Rückbank. Natascha kletterte auf den Beifahrersitz, Mitch stieg auf der anderen Seite ein. Er grüßte den Parkwächter mit einem Kopfnicken und fuhr los.
»*No worries, mate*. Ich dachte mir, du würdest das gerne selbst sehen wollen. Und dann bist du ja immer noch nicht bei den Orta gewesen. Zwei gute Gründe also, um deinen Tauchgang zur Yongala zu verschieben. Das alte Wrack läuft schließlich nicht davon.« Das Didgeridoo brummte in Mitchs Hosentasche, der daraufhin seinen Hintern vom Sitz anhob, um nach dem Handy zu greifen.
»Entschuldige.« Sein Blick glitt vom Display zu Natascha. Dann schob er seinen Daumen übers Display, um das Gespräch anzunehmen.
»Hallo, Alan!«, sagte er betont fröhlich.
Natascha atmete hörbar aus und strich sich das Haar aus dem Gesicht. Eigentlich hatte sie Alan versprochen, noch aus Adelaide anzurufen, doch als beim ersten Mal nur der Anrufbeantworter ansprang und sich beim zweiten Versuch eine atemlose Hanne auf seinem Handy meldete, war ihr die Lust vergangen, und sie hatte ohne ein Wort aufgelegt. Mitchs Anruf hatte sie gerade noch rechtzeitig erreicht, so dass sie ihren Rückflug von Adelaide auf den letzten Drücker umbuchen konnte. Magnetic Island und Alan würden nun ein wenig warten müssen.
Der Toyota fädelte sich von der Flughafenstraße in die belebte

Sheridan Street ein und fuhr Richtung Innenstadt. Mitch warf ihr von der Seite einen Blick zu und räusperte sich.
»Ob ich was von Natascha gehört habe?«
Natascha fuhr sich mit den Händen über die Augen.
»Warum ich wie ein Geisteskranker, statt zu antworten, nur laut deine Frage wiederhole?« Mitch deutete mit dem Handy fragend in ihre Richtung, und mit einem Seufzer nahm sie es ihm schließlich ab. Mitch schüttelte erleichtert den Kopf.
»Natascha hier. Hallo.« Sie schaute aus dem Seitenfenster auf die sonnengebleichten Motels, von denen sich eins ans andere reihte. Die meisten dieser einstöckigen Gebäude hatten sicherlich schon bessere Zeiten gesehen.
»Ja, tut mir leid. Ich hätte eine Nachricht hinterlassen sollen. Mitch hat etwas rausgefunden, wollte mir aber am Telefon nicht verraten, um was es geht. Okay, mach ich.« Sie hielt Mitch das Handy hin. »Alan will noch ein paar Takte mit dir reden.«
Mitch hob abwehrend die Schultern. »Bist du verrückt? Weißt du denn nicht, dass es verboten ist, ohne Freisprechanlage beim Fahren zu telefonieren? Sag ihm, ich ruf ihn bei Gelegenheit zurück.«
Natascha gab die Nachricht weiter, wobei sie amüsiert ins Handy lächelte. Kurz darauf legte sie auf und sah Mitch an.
»Schöne Grüße von Alan. Er sagt, deine Freisprechanlage liegt seit mindestens einem Jahr im Handschuhfach. Ob er dir vielleicht beim Auspacken helfen soll?« Mitch machte eine abschätzige Geste und grummelte etwas Unverständliches, dann schob er das Handy in die Hosentasche zurück und legte eine Kassette ein. Als sich die Stimme von Bob Marley zwischen ihnen breitmachte, trommelten Mitchs Finger längst im Takt aufs Steuer.
»Der kriegt sich schon wieder ein«, sagte er dann. »In ein, zwei Tagen hat er dich ja wieder. Es sei denn, du erwärmst dich doch

noch für den guten, alten Mitch.« Ehe Natascha darauf etwas erwidern konnte, hatte er schon längst grinsend abgewinkt und die Musik aufgedreht.

Erst klirrte das Windspiel, dann knallte die Fliegentür, als sie in den Rahmen zurückschnappte, und wie schon beim letzten Mal war Natascha vor Schreck beinahe das Herz stehengeblieben. Mitch legte zur Beruhigung kurz seinen Arm um sie und ging dann in Richtung Ruby, die gerade im Begriff war, eine Kiste mit Broschüren auszupacken.
»*Rubs*«, sagte er mit einem Grinsen in der Stimme, »wenn du nicht willst, dass die paar Touristen, die sich hierherverirren, vor Schreck tot umfallen, noch bevor sie *hallo* sagen können, solltest du vielleicht mal ein wenig Spannung aus der Feder nehmen. Ich kann das sofort für dich erledigen, wenn du willst.« Er wies mit dem Daumen zur Tür hinter sich.
Ruby war vor Anstrengung rot im Gesicht, als sie sich mühselig aus der Hocke erhob. Sie griff sich mit beiden Händen in den breiten Rücken.
»Bloß nicht.« Sie schaute zu Natascha. »Entschuldigen Sie, tut mir leid, wenn Sie sich erschreckt haben sollten, aber je langsamer die Tür zufällt, desto mehr Fliegen und Mücken hab ich hier drinnen.« Natascha winkte lächelnd ab.
»Bitte keine Umstände wegen mir.«
Ruby nickte ihr zu und schenkte Mitch einen Blick, als hätte sie keine andere Antwort erwartet. Dann wandte sie sich wieder ihrer Kiste zu.
»Wir gehen dann mal nach hinten, *Rubs*.«
»Ja, ja, geht nur«, murmelte sie, ohne sich nochmals umzudrehen.
Mitch dirigierte Natascha in den kleinen Ausstellungsraum und schob sie vor das Hochzeitsfoto von Helen und John Tanner.

Natascha sah ihn mit fragendem Blick an: »Das habe ich doch alles schon gesehen.«
»Hast du eben nicht. Schau mal genauer hin.« Natascha trat näher ans Bild heran und kniff die Augen zusammen. Das Bild war einigermaßen unscharf und mit den Jahren verblasst. Sie konnte beim besten Willen nichts Besonderes daran erkennen. Ein altes Foto von einem Hochzeitspaar. Sonst nichts.
Mitch rieb sich die Hände.
»Na?«, fragte er und klang erwartungsvoll.
Natascha seufzte und wandte sich erneut dem Foto zu. Dann sah sie es. Wieso hatte sie das nicht schon vorher bemerkt? Helen Tanner trug das Amulett! Ihr Amulett. Beim genauen Betrachten konnte sie auf dem grobkörnigen Bild sogar ein paar Rillen auf dem Amulett erkennen, es war ungefähr zur Hälfte von Helens Hand bedeckt. Erstaunt sah sie Mitch an, der die Arme vor der Brust verschränkt hatte und sie zufrieden anlächelte.

Als sie gerade nach Moondo aufbrechen wollten, hielt Ruby Natascha am Arm fest.
»Ich will mich ja nicht in Ihre Reisepläne einmischen, aber bevor Sie gehen, sollten Sie sich unseren Schmetterlingsgarten anschauen. Bei dem wunderbaren Wetter heute würden Sie es todsicher bereuen, nicht wenigstens einen Blick auf die Ulysses geworfen zu haben.« Natascha sah Mitch an, der gleichmütig mit den Schultern zuckte.
»Geh nur, ich mache draußen so lange ein paar Telefonate.«
Natascha folgte Ruby zum Hinterausgang. Diese öffnete die Tür und wies mit dem Kopf in den Garten.
»Die Beete sind zurzeit nicht sonderlich gepflegt. Wir sind gerade auf der Suche nach einem neuen Gärtner.« Ruby zeigte auf eine halb verfallene Holzbank, die unter einem Fenster stand, von dessen Rahmen die letzte Farbe abblätterte. »Den

besten Ausblick haben Sie von der Sitzbank aus. Vorsicht, ist ein bisschen wackelig. Bleiben Sie, solange Sie wollen. Falls Sie Fragen haben, wissen Sie ja, wo Sie mich finden.« Damit drehte sie sich um und ging in ihr Büro zurück.

Natascha stieg die ausgetretenen Steinstufen hinab, und mit einem Mal war es ihr, als befände sie sich in einer anderen Welt. Sie drehte sich um die eigene Achse, um die Umgebung in sich aufzunehmen, und ließ sich dann auf die Holzbank sinken. Es kitzelte ihr in der Nase. Wahrscheinlich war sie gegen irgendetwas, das hier wuchs, allergisch. Oder war es der Zauber dieses versteckten Ortes, der das Kribbeln in ihr verursachte?

Vor ihr lag ein Garten, wie sie ihn sich verwunschener nicht hätte vorstellen können. Wie eine Illustration aus einem alten Märchenbuch, dachte sie. Dieser Garten war nicht nur »ein bisschen ungepflegt«, wie Ruby sich ausgedrückt hatte, sondern völlig verwildert. Aber in diesem Klima dauerte es ohne die ordnende Hand eines Gärtners wahrscheinlich nur ein paar Wochen, ehe die Natur sich ihr Territorium zurückholte und einen Garten in den Dschungel zurückverwandelte, der er einmal gewesen war. Natascha schätzte die Größe des Areals ungefähr auf ein Viertel eines Fußballfeldes, wobei sie sich nicht ganz sicher war, wo der Garten aufhörte. Das Grün wucherte viel zu dicht, um ihr einen Ausblick auf den begrenzenden Zaun zu gestatten. Ein verschlungener Kiespfad trennte sie von alten Obstbäumen. Der ausladende Mangobaum vor ihr trug so schwer an seinen überreifen, orangeroten Früchten, dass er einem schon leidtun konnte. Einige waren zu Boden gefallen, wo sie einen süßlich-fauligen Geruch verströmten. Ein Dutzend unscheinbar aussehender Vögel machte sich eifrig daran zu schaffen. Krächzend stritten die braungefiederten Tiere um die Ausbeute. Eine überalterte Kokospalme schaffte es gerade noch, den Mangobaum zu überragen. Ihre abgeworfenen Wedel hingen braun und welk in den verwilderten

Büschen. Sonnenstrahlen brachen sich vielfach in dem unübersichtlichen Pflanzengewirr, und wenn der Wind in den Garten fuhr, begannen dunkle Schatten auf dem krausen Wuchs zu tanzen. Tropfen vom letzten Regenschauer lösten sich hier und da träge von den Blättern und fielen als schimmernde Perlen zur Erde. Aus dem Augenwinkel erspähte Natascha ein verwaistes Vogelbad. Sie stand auf und kniete sich davor, um es näher zu betrachten. Es trug die Figur eines Mädchens, von dessen Arm eine Puppe baumelte. Das Kind saß auf dem Beckenrand, die nackten Beinchen im Wasser, so als wäre die Schüssel ein See. Das feuchte Klima hatte dem Vogelbad und seiner Skulptur sichtlich zugesetzt. Auf der Wetterseite war es von einer schwärzlichen Schicht überzogen, wahrscheinlich Schimmel. Das Gesicht des Mädchens war schon nicht mehr zu erkennen.

Der Märchengarten jagte Natascha einen wohligen Schauder über den Rücken, und es hätte sie nicht weiter überrascht, hinter den wuchernden Rosenhecken tanzende Elfen zu entdecken. Was sie jedoch geradezu verzückte, waren die Schmetterlinge. Ruby hatte nicht zu viel versprochen. Erst nahm sie nur das metallische Blau wahr, das im Flug kurz aufblinkte und dann wieder verschwand, nur um einen Augenblick später woanders wieder aufzuleuchten. Das Blau der Flügel war so brillant, dass Natascha selbst die weiter entfernten Schmetterlinge erkennen konnte, die hinten im Garten eine zweite Futterquelle zu haben schienen. Doch so weit musste sie gar nicht schauen. In den rosafarbenen Blüten der Bäume rechts und links neben ihr wimmelte es geradezu von Schmetterlingen. Aus der Nähe sah sie, dass die Unterseite der Flügel von einem unscheinbaren Braun war. Das erklärte wohl dieses beinah elektrische Flirren, wenn die Falter in der Luft waren. Bei geschlossenen Flügeln passten sich die Ulysses nämlich der Umgebung optimal an und waren kaum zu sehen. Das Blau

machte sie dann in ihrem Flug wieder sichtbar. Natascha konnte sich gar nicht sattsehen und hätte beinahe die Zeit vergessen, wenn Mitch nicht den Kopf aus der Tür gestreckt hätte.
»Was dagegen, wenn wir uns langsam auf den Weg machen? Ich hab Kacey gesagt, dass wir gegen drei bei ihr sind.« Natascha stand widerwillig auf. Bevor sie ins Haus ging, drehte sie sich noch einmal um. Wie traumhaft, wie geheimnisvoll dieser Garten doch war. Helen Tanner musste eine sehr glückliche Frau gewesen sein, hier leben zu dürfen.

Auf der Fahrt nach Moondo geriet Natascha ins Grübeln. Helen Tanner musste das Amulett von Amarina bekommen haben. Ganz sicher war sie sich allerdings nicht. Theoretisch könnte Helen Tanner den Tjuringa auch von einer anderen Wajtas-Frau aus Südaustralien erhalten haben, doch das hielt Natascha für unwahrscheinlich. Die beiden hatten offensichtlich sehr enge Bande geknüpft. Anders wäre es nicht zu erklären, dass beide mehr oder weniger am selben Ort lebten – weit weg von Neu Klemzig und Zionshill. Es sah so aus, als wären die beiden Frauen zusammen aus Südaustralien weggegangen, um sich im fernen Queensland niederzulassen. Aber warum?
Wie Natascha die wenigen Fakten, über die sie verfügte, auch drehte und wendete, sie kam den Beweggründen dieser Helen nicht auf die Spur. Bei Amarina sah sie da schon klarer: Wenn die Aborigine von einem Weißen geschwängert worden war, war sie wohl aus Scham über diese Schande gegangen und hatte aus Rache gleich die Kollekte der Kirchengemeinde mitgehen lassen.
An einem braunen Schild mit weißer Schrift bog Mitch von der geteerten Strecke ab und steuerte den Minibus geschickt an den größten Schlaglöchern der unbefestigten Straße vorbei. Dann fuhren sie geradewegs in den Dschungel hinein. Der Wechsel von grellem Licht zu Schatten tat Nataschas Augen

gut. Nur vereinzelt brachen Sonnenstrahlen durch das dichte Blätterdach.

Nach ungefähr drei Kilometern waren sie da. *Moondo – Aboriginal Reserve,* las sie auf dem Ortsschild. Mitch winkte ein paar Kindern zu, die, seinen Namen rufend, neben dem Bus herliefen. Natascha musste lächeln. Plötzlich tat sich vor ihnen eine riesige Lichtung auf, durch die sich träge ein brauner Fluss schlängelte. Auf einer Seite der dichtbewachsenen Uferböschung stand in einiger Entfernung rund ein Dutzend schlichter Holzhäuser auf Stelen. Mitch parkte den Hiace vor einem kleinen Laden.

»Ich hab vergessen, den Kids was Süßes mitzubringen, und wir kommen hier nicht lebend wieder weg, wenn ich nicht noch schnell was besorge. Dauert nicht lange.« Schon war der Bus umstellt, und Mitch hatte Mühe, die Wagentür zu öffnen. Scherzend bahnte er sich schließlich einen Weg durch die Traube, die ihm auf Schritt und Tritt folgte.

Als Mitch jedoch im Laden verschwand, blieben die Kinder stehen und warteten brav auf seine Rückkehr. Ob sie nicht reindurften? Sobald Mitch wieder ins Freie trat, war es mit der Ruhe vorbei. Er verteilte seine Bonbons, stieg ein und hupte sich den Weg frei.

»Du scheinst ja sehr beliebt zu sein – zumindest bei den Kindern.«

Er hielt ihr die leere Tüte hin. »Wundert dich das?« Natascha zuckte mit den Schultern und lächelte.

»Warte mal ab, bis du Kacey kennenlernst. Die zeigt sich nämlich meist nicht so begeistert von meinen Besuchen.« Er fuhr ein Stück die matschige Straße hinunter, bis er vor einem Haus hielt, das ein Schild als *Health Service* auswies.

»Pass auf die Pfütze auf.«

Im letzten Moment konnte Natascha verhindern, mit beiden Beinen in einer riesigen Wasserlache zu landen. Im Türrahmen

erschien eine schlanke Frau, die Natascha auf Ende dreißig schätzte. Natascha nahm an, dass sie eine Aborigine war, obwohl sie lange nicht so dunkel war wie Mitch. Sie trug eine blaue Uniform mit heller Bluse, das Haar hatte sie streng zurückgebunden. Sie lehnte am Türrahmen und streckte die Hand aus, als Natascha den obersten Treppenabsatz erreicht hatte.
»Kacey, hallo.«
Natascha schüttelte die Hand und stellte sich ebenfalls vor.
Kacey wies mit dem Kopf auf Mitch.
»Ich hoffe, unsere Kokosnuss hier hat Sie auf der Fahrt nicht allzu sehr belästigt. Er hat ein Faible für weiße Frauen, aber das haben Sie sicherlich schon längst bemerkt.«
»Das will ich jetzt aber nicht gehört haben«, sagte Mitch in scherzhaft empörtem Ton.
»Wenn Sie damit meinen, Mitch sei verrückt wie eine Kokosnuss, dann könnte da durchaus was dran sein«, sagte Natascha und grinste.
»Nein, das meinte ich nicht«, sagte Kacey mit einem scharfen Unterton, der keinen Zweifel daran ließ, dass sie nicht spaßte. »Ich meinte, Mitch ist außen schwarz und innen weiß. Wie eine Kokosnuss eben.«
»Ach so«, erwiderte Natascha und blickte verlegen zu Boden. Da war sie wohl zwischen die Fronten einer Privatfehde geraten. Doch bevor sich eine unangenehme Stille zwischen den dreien ausbreiten konnte, schob Mitch die Frauen in den Flur.
»Die gute, alte Kacey. Kämpferisch wie eh und je.« Er setzte ein charmantes Lächeln auf. »Tu mir den Gefallen und lass unseren kleinen Kulturkampf wenigstens für heute mal ruhen. Natascha ist nicht hergekommen, um mit anzusehen, wie wir einander beharken.«
Natascha hielt Abstand zu den beiden.
»*Right.* Ist schon recht, Mitch. Immer schön die Weißen be-

schützen und verteidigen. Man will ja weiterhin von ihnen profitieren, indem man ...« Mitch gab vor zu gähnen.
»... indem man den Ausverkauf unserer Kultur betreibt. Ich weiß«, vollendete er ihren Satz. »So wie der böse Mitch zum Beispiel, wenn er für Geld den Touristen was vortanzt oder ihnen zeigt, wie man einen Ton aus dem Didgeridoo herausbekommt. Musst du denn jedes Mal wieder damit anfangen? Es langweilt mich langsam zu Tode.«
»Ich höre nicht eher damit auf, bis du endlich ein schwarzes Bewusstsein entwickelst, *Bro*.«
Sie blieb vor einer offenen Tür stehen. *Kacey Nurrumbi – Remote Area Nurse,* las Natascha auf dem Türschild. Kacey signalisierte den beiden, sie sollten hereinkommen und auf den Stühlen vor dem Schreibtisch Platz nehmen. Sie stellte den Deckenventilator aus und setzte sich ebenfalls.
»Ich hoffe, Sie können es eine Weile ohne das Ding aushalten. Ich verstehe mein eigenes Wort nicht bei dem Geklappere.«
Natascha nickte höflich, doch allein der Gedanke, hier länger als eine Minute ohne Ventilator sitzen zu müssen, trieb ihr den Schweiß auf die Stirn. Kacey faltete ihre Hände ineinander und stützte die Ellbogen auf die Tischplatte. Dabei warf sie einen Blick auf ihre Armbanduhr.
»Also, was ist nun? In zwanzig Minuten hab ich einen Hausbesuch.« Die Blicke beider Frauen richteten sich erwartungsvoll auf Mitch, der sich zu räuspern begann.
»Okay. Natascha ist auf der Suche nach ihren Urgroßeltern, und es scheint da eine Verbindung nach Moondo zu geben. Vielleicht magst du, Kacey, uns ein wenig von deiner Großmutter erzählen?«
»Von Cardinia?« Kacey zog die Augenbrauen zusammen.
»Ja. Und von ihrer Mutter Amarina.«

Erst hatte es so ausgesehen, als würde es eine Weile dauern, ehe Mitch sein Gegenüber davon überzeugen konnte, ihre Familiengeschichte vor der fremden Frau auszubreiten. Doch als Natascha ausführlich erklärte, weshalb sie an Kaceys Vorfahren so interessiert war, fing Kacey an zu reden und hörte erst auf, als sie zu ihrem Hausbesuch aufbrechen musste. Am Ende hatte ihre Stimme rauh und trocken geklungen.

Als sie gegangen war, schwirrte Natascha der Schädel von all den neuen Informationen, und sie bat Mitch, mit ihr einen kleinen Spaziergang am Fluss zu unternehmen. Sie drehte ihr feuchtes Haar zu einem losen Knoten und schob ihre Kappe darüber. Der Cooler gluckerte, als Mitch einen Becher mit eiskaltem Wasser abzapfte und an Natascha weiterreichte. Er füllte einen weiteren Becher, und sie gingen zum Fluss hinunter, wo ein schattiger Pfad zu einem natürlichen Pool führte. Sie setzten sich ins Gras der Böschung und sahen eine Weile den Kindern zu, die an Baumlianen hin- und herschwangen, um sich endlich jauchzend ins trübe Wasser fallen zu lassen. Das Zirpen unzähliger Zikaden erfüllte die Luft.

»Und? Was denkst du jetzt?«, fragte Mitch. Er faltete seine Hände hinterm Kopf und legte sich hin. Natascha umfasste ihre angewinkelten Beine und legte ihre Wange auf die Knie.

»Ich weiß es nicht. Was Kacey erzählt hat, ist mindestens genauso verwirrend, wie es erhellend ist.« Sie hob den Kopf und sah Mitch an, der die Augen geschlossen hatte.

»Dieser Parri, der muss ja ein richtiger Held gewesen sein. Nicht nur, dass er Cardinia und die anderen entführten Kinder gerettet hat, sondern auch, wie er es angestellt hat.«

Mitch brummte schläfrige Zustimmung.

»Dass er sich getraut hat, sich mit der Regierung anzulegen, sie sogar auf Rückgabe der Kinder zu verklagen, das finde ich mehr als mutig.« Mitch blinzelte in die Sonne.

»Da hast du recht. Er muss ein außergewöhnlicher Mann gewesen sein, sehr gebildet. Du hast ja gehört, dass er sich später im Kampf um Landrechte verdient gemacht hat. Nicht, dass sie damals schon etwas erreicht hätten, aber Parri galt wohl als Mabos Vorreiter. Hast du gesehen, wie Kaceys Augen geleuchtet haben?«

»Auch auf die Gefahr hin, mal wieder als unwissend dazustehen. Wer ist oder war Mabo?«

»Eddie Mabo vom Volk der Meriam hier aus North Queensland. Er hat Anfang der Neunziger Jahre einen spektakulären Sieg vor Gericht errungen. Erstmals in der Kolonialisierungsgeschichte Australiens wurden Aborigines Landrechte eingeräumt.« Mitch hatte sich aufgerichtet und saß nun neben Natascha. »Jedes Kind kennt Eddie. Er ist ein Volksheld.«

»Erst Anfang der Neunziger? Und bis dahin hatten deine Leute keinerlei Anrecht auf ihr Land?«

»*Nope, Miss.* Zweihundert Jahre lang nicht. Das heißt, ein Anrecht hatten sie natürlich immer, doch die Regierung hat es all die Jahre ignoriert. Die Entscheidung im Mabo-Fall bedeutet aber noch lange nicht, dass alles in Butter ist. Das Thema Landrechte ist jedenfalls ein weites Feld.« Mitch gähnte wieder, dieses Mal war es nicht gespielt. »Wollen wir noch ein bisschen gehen? Sonst schlafe ich nämlich gleich ein.«

Mitch stand auf und zog Natascha hoch.

»Ich hatte ein bisschen Angst vor Kacey. Ist sie immer so barsch, oder lag es nur daran, dass ich eine Weiße bin?« Mitch lachte laut auf.

»Du meinst, ob sie eine Rassistin ist?« Der Gedanke schien Mitch eine ganze Weile lang zu amüsieren.

»Nein«, er schüttelte den Kopf. »So würde ich die gute Kacey nicht gerade bezeichnen. Aber es stimmt schon. Sie hat so ihre Ansichten, wenn das Gespräch auf die Geschichte unseres Volkes kommt und darauf, welche Rolle die Weißen dabei gespielt haben.«

»Wenn es stimmt, was ihr eben erzählt habt, haben die Ungleichheiten zwischen Schwarz und Weiß ja auch noch lange kein Ende gefunden. Ist das denn wirklich so? Aborigines sterben im Durchschnitt zwanzig Jahre früher als der Rest der Bevölkerung?« Mitch sog scharf die Luft ein.

»*Yep.* Schlechte Ernährung, Drogen, Alkohol, Armut, kein Zugang zum Gesundheitssystem … *You name it.* Die Gründe sind zahlreich. Kacey kennt das alles nur zu gut. Sie arbeitet schon seit Ewigkeiten als Krankenschwester in entlegenen Aborigine-Communities.«

»Das ist sicherlich ein harter Job.«

»Das kannst du laut sagen. Und oft ganz schön frustrierend«, fügte er hinzu.

»Komm, lass uns fahren«, schlug er dann vor. »Ich will noch vor Einbruch der Dunkelheit auf dem Weg sein.«

Als sie gerade ins Auto einsteigen wollten, kam Kacey auf sie zugeeilt und hob die Hand.

»Wartet einen Augenblick.« Natascha tauschte einen fragenden Blick mit Mitch und ging ihr dann entgegen. Kacey atmete flach und hielt sich die Brust.

»Ist alles okay mit Ihnen?«, fragte Natascha und legte ihr besorgt die Hand auf den Oberarm. Kacey nickte.

»Ich sollte bei meinem Asthma nicht mehr so rennen«, schnaufte sie und schüttelte den Kopf über sich selbst. Dann sah sie Natascha an. »Mir ist da etwas eingefallen. Ich habe Ihnen ja bereits erzählt, dass ich mich nicht an irgendwelche Geschwister von Cardinia erinnern kann. Ich glaube, wenn sie einen Bruder oder eine Schwester gehabt hätte, wüsste ich das oder zumindest hätte ich das von jemandem hier in Moondo mal gerüchteweise gehört. Andererseits kann man nie wissen. Es ist so unglaublich viel passiert, so viele sind spurlos verschwunden – auch später noch.« Sie hatte sich auf die Treppe gesetzt. Mitch hatte von drinnen Wasser besorgt und reichte es ihr. Natascha nahm neben ihr Platz und sah sie gespannt von der Seite an.

»Gibt es denn keine Möglichkeit, das herauszufinden? Ich meine, es muss doch Behörden geben, die mir bei dieser Frage behilflich sein können. Adoptionsbehörden, Standesamt, die Kirche ... was weiß ich. Irgendwo muss es doch Aufzeichnungen über Ihre Großmutter geben.«

»Nicht unbedingt. Wenn sie nicht in die Mühlen der Weißen geraten ist, werden Sie kaum etwas finden. In unserer Kultur hat man jedenfalls nichts schriftlich festgehalten. Das war auch gar nicht notwendig, traditionell wusste jeder genau, wo sein Platz war und mit wem er verwandt war, sei es auch noch so weit verzweigt.«

»Aber damit ist es vorbei, weil die Kinder gestohlen wurden?«

»Zum großen Teil leider ja«, sagte jetzt Mitch. »Du darfst nicht vergessen, dass die weiße Regierung unsere Vorfahren von ihrem Land vertrieben hat. *Kinship,* unser kompliziertes, aber sehr effektives Verwandtschaftssystem, und das Land, auf dem wir leben, gehören seit Menschengedenken zusammen wie Sonne und Mond.« Kacey sah ihn erstaunt an.

»Was höre ich denn da, *Bro?* Erzähl mir jetzt bitte nicht, dass du am Ende doch noch ein schwarzes Herz hast?«

Mitch zog eine Grimasse in ihre Richtung, und Natascha hörte sie zum ersten Mal lachen. Dann wandte sich Kacey wieder Natascha zu.

»Hören Sie, ich muss gleich wieder weg. Ich möchte Ihnen einen Vorschlag machen. Anfang nächster Woche hab ich beruflich in Brisbane zu tun. Was halten Sie davon, wenn wir uns dort treffen?« Natascha hob fragend die Augenbrauen. Kacey stand auf, sah wieder auf ihre Uhr.

»In Brisbane laufen alle Fäden zusammen. Ich kenne in der Landeshauptstadt ein paar einflussreiche Menschen, die uns möglicherweise weiterhelfen können. Oder eben auch nicht, aber jedenfalls hätten wir damit alle Möglichkeiten ausgeschöpft, etwas über Cardinia in Erfahrung zu bringen.« Kacey kramte in ihrer Handtasche nach einer Visitenkarte und drückte sie Natascha in die Hand.

»Lassen Sie sich mein Angebot durch den Kopf gehen und rufen Sie mich dann an. Wenn möglich, heute noch, damit ich ein paar Vorbereitungen treffen kann.«

»Das ist sehr freundlich von Ihnen, aber warum wollen Sie das für mich tun?«

Kacey lachte zum zweiten Mal. »Sie meinen wohl, weil ich vorhin nicht gerade viel Freundliches über Weiße zu sagen hatte?«

Natascha zögerte für einen Moment, doch dann erwiderte sie Kaceys festen Blick und sagte: »Ja. Ich hätte nach unserem Gespräch nicht unbedingt vermutet, dass Sie mir weiterhelfen wollen.« Kacey nickte anerkennend, so als gefiele ihr Nataschas direkte Art.

»Ich halte nichts von Sippenhaft. Sie selbst trifft ja keine Schuld, also warum sollte ich Ihnen als Fremde in meinem Land nicht helfen wollen?« Ihre Augen glänzten nun warm. »Und dann ist Cardinia schließlich meine Großmutter. Würde mich schon brennend interessieren, ob ich noch mehr Verwandte habe. Meinen Sie nicht auch?«

Natascha hatte ihrem Blick standgehalten. »Natürlich. Haben Sie vielen Dank für Ihre Hilfe. Ich ruf Sie dann später an.«

Kacey sah ihnen nach. Als Natascha sie im Rückspiegel nicht mehr erkennen konnte, lehnte sie sich im Sitz zurück und überlegte. Montag nach Brisbane. Eigentlich passte ihr das gut. Morgen früh wollte sie nach Magnetic Island. Sie hätte dann ein ganzes Wochenende auf der Insel und könnte am Sonntag oder sogar erst am Montagmorgen von Townsville aus nach Brisbane fliegen. Sie wäre dumm, wenn sie sich diese Gelegenheit entgehen ließe. Kacey hatte zweifellos recht. Auch wenn sich Kaceys Vermutung bestätigen sollte und Cardinia wirklich keine weiteren Geschwister gehabt hätte, wäre dies ein Fortschritt in ihrer Recherche. Immerhin könnte sie dann ausschließen, dass Amarina ihre Urgroßmutter war. Fast jedenfalls. Kacey hatte ihr ja deutlich zu verstehen gegeben, dass die Aufzeichnungen der weißen Behörden nicht der Wahrheit letzter Schluss waren. Natascha seufzte laut. Diese Suche nach ihrer Großmutter hatte es in sich. Ein Schritt vor, zwei zurück, nur um in einer weiteren Sackgasse zu landen. Wer weiß, was sie in Brisbane noch alles herausfinden würde?

Mitch lächelte sie verständnisvoll an. »*A pain in the ass, isn't it?*«

Neu Klemzig, 1903–1904

Johannes kletterte auf den Stuhl und griff nach einem dicken Ledereinband, der rechts oben im Regal stand. Bevor er ihn Helene in die Hand drückte, blies er den Staub vom Buchschnitt. Helene wedelte mit der Hand vor ihrem Gesicht.
»Entschuldigung. Da hätten wir es also. Das Soll und Haben der Kirchengemeinde Neu Klemzig.«
Helene zeigte auf den Stuhl vor dem bescheidenen Schreibtisch, der unter dem Fenster stand. »Darf ich?«
»Aber natürlich. Die Schreibstube der Kirche gehört ab sofort Ihnen.«
Helene setzte sich auf den harten Stuhl und legte das Buch vor sich auf den Tisch. Sie öffnete es und blätterte darin, bis sie zur letzten Eintragung kam. Dann sah sie Johannes fragend an, der, noch immer auf dem Stuhl stehend, damit begonnen hatte, den Staub von den anderen Büchern zu pusten.
»3. September? Ist das etwa der letzte Eintrag?«
Johannes stellte ein Buch zurück und stieg vom Stuhl. Er beugte sich über ihre Schulter und las. Dann blätterte er nach vorne und wieder zurück.
»Hm, ja. Sieht ganz danach aus. 3. September 1901, ein Markttag.«
»Das war vor einem Jahr.« Helene konnte die Überraschung in ihrer Stimme kaum verbergen. Johannes trat von einem Bein auf das andere, dann atmete er hörbar aus.
»Ja, ist schon eine ganze Weile her. Deswegen sind wir ja auch so froh, dass wir Sie für die Position der Kirchensekretärin gewinnen konnten.« Er strahlte sie unverhohlen an. Helene blickte wieder ins Buch.

»Was ist denn mit dem Kirchenzehnt? Wo sind diese Abgaben denn verzeichnet? Und was besitzt die Kirche überhaupt?« Helene schüttelte den Kopf, während sie mit dem Finger Zeile für Zeile entlangfuhr. Johannes verrückte den Stuhl und kletterte wieder hinauf.
»Was machen Sie denn da?« Helene hatte die Stirn in Falten gelegt und blickte zu ihm auf.
»Ich suche nach der Kiste mit den Abgaben. Wo war die denn noch gleich? Aha. Hier.«
Helene traute ihren Augen nicht, als ihr der Pastor eine Kiste vor die Nase setzte und öffnete.
»Bitte schön, der Kirchenzehnt«, sagte er mit einem triumphierenden Unterton.
Helene blickte abwechselnd von den zerknüllten Banknoten zu Johannes. Es fiel ihr schwer zu glauben, dass dieser Mann derselbe sein sollte, der in seiner Predigt eine ganze Gemeinde in den Bann ziehen konnte. Wie war es nur möglich, dass ein so intelligenter junger Mann, dessen Führung sich ein ganzes Dorf anvertraute, nicht in der Lage war, die Finanzen der Gemeinde einigermaßen in Ordnung zu halten? Sie stützte ihren Kopf in die Hände und seufzte.
»Wir hatten eine ganze Zeit lang niemanden, der die Bücher geführt hätte, und wie Sie selbst unschwer bemerkt haben, gehören die Finanzen nicht gerade zu meinen Stärken. Es tut mir leid, aber es sieht wohl so aus, als hätten Sie da eine Menge Arbeit vor sich«, meinte Johannes jetzt entschuldigend.
Helene rieb sich die Nasenwurzel. »Ja, sieht ganz danach aus. Dann wollen wir mal. Als Erstes zähle ich das Geld in der Kiste und trage es ein. Ist Ihnen das recht?«
Johannes hob abwehrend die Hände.
»Machen Sie es nur ganz so, wie Sie denken, Helene. Ich vertraue Ihnen vollkommen.«
Helene schluckte. Sie war überrascht, wie selbstverständlich

Johannes ihr die Finanzen übertrug. Er hatte wohl eine hohe Meinung von ihrem Können. Wenn er sich da mal nur nicht täuschte! Sie atmete tief ein und aus.
»Also dann.« Sie drehte die Kiste um und schüttete die Noten und Geldstücke auf den Schreibtisch. Im Buch zog sie mit dem Lineal neue Spalten, versah sie mit Überschriften und begann, das Geld zu zählen.
»Kann ich Ihnen noch irgendwie behilflich sein?«
»Fürs Erste nicht. Es wäre mir allerdings lieber, wenn das Geld auf der Bank läge. Könnten Sie vielleicht dafür sorgen?«
»Natürlich. Normalerweise fahre ich regelmäßig nach Adelaide zur Bank, aber in der letzten Zeit bin ich dazu einfach nicht gekommen.« Er hob entschuldigend die Achseln.
»Das sehe ich«, sagte Helene mit einem Lächeln.
»Wollen Sie vielleicht das nächste Mal mitkommen? Ich wäre sehr froh, wenn Sie die Bankgeschäfte bald übernehmen könnten.«
Helene zuckte innerlich zusammen. Die Bankgeschäfte übernehmen? Damit hatte sie nun wirklich keine Erfahrung. Aber sollte sie deshalb gleich den Pastor enttäuschen? Er schien so große Erwartungen an sie zu haben. Wer weiß? Vielleicht war es am Ende gar nicht so schwer. Es würde sich doch sicherlich erlernen lassen.
»Gern, ich komme gern mit.«
Johannes nickte zufrieden und klopfte ihr auf die Schulter.
»Ich bin sehr froh, dass Ihr Vater Sie hat gehen lassen, Helene. Wir können Sie schon jetzt kaum mehr entbehren. Danke.«
Helenes Wangen wurden heiß. Woher nahm er nur diese Sicherheit? Vielleicht war es nur die pure Verzweiflung, die ihn so vertrauen ließ. Hoffentlich würde sie ihn und Neu Klemzig nicht enttäuschen.

Helene musste sich beeilen, wenn sie das Morgengebet nicht verpassen wollte. Hastig versuchte sie, ihr widerspenstiges Haar zu einem Knoten zu drehen und mit Haarnadeln festzustecken, die sie sich zuvor in den Mundwinkel geklemmt hatte und nun einzeln herauszog. Sie überprüfte mit beiden Händen, ob der Dutt saß, und flog auch schon aus der Tür ins Treppenhaus, wo Gottfried bereits auf sie wartete.
»Guten Morgen, mein Kind. Hast du etwa zu schön geträumt, dass du nicht rechtzeitig aufwachen wolltest?«
Er lächelte dünn und ließ ihr den Vortritt zur Treppe. Helene errötete, doch dann machte sie sich klar, dass Gottfried von ihren Träumen gar nichts wissen konnte, sondern dass er nur diese ungeheuerlich anstrengende Art hatte, blumig zu umschreiben, was ihm missfiel. Wenn er doch nur ein einziges Mal geradeheraus sagen könnte, was ihn an ihr störte! So musste sie immer erst raten, um was es eigentlich ging. Doch heute war sie zu müde und erschöpft, um auf seine Marotten einzugehen. Wenn er wollte, dass sie sich bei ihm entschuldigte, dann sollte er es gefälligst sagen.
»Ja danke«, erwiderte sie deshalb nur, »ich habe sehr gut geschlafen. Und Sie?«
Endlich, sie hatte sich doch tatsächlich getraut, ihrem Aufpasser Paroli zu bieten. Als sie allerdings die ärgerliche Furche zwischen seinen Brauen sah, fragte sie sich, ob sie nicht zu weit gegangen war. Gottfried hielt ihr wortlos die Haustür auf, und sie traten auf die noch dunkle Hauptstraße. Die Vögel waren schon erwacht, erzählten einander lautstark von den Erlebnissen der Nacht. Helene liebte diese nun schon vertrauten Stimmen.
Sie war jetzt seit fünf Monaten in Neu Klemzig und konnte beim besten Willen nicht sagen, wo all die Zeit geblieben war. Sie hatte so viel in der Gemeinde zu tun, dass sie manchmal nicht recht wusste, wo ihr der Kopf stand. Jeden Tag begann

sie in aller Herrgottsfrühe mit ihrer Arbeit und fiel erst spät am Abend todmüde in ihre Kissen. Außer an den Sonntagen, an denen nicht gehastet werden durfte, hatte sie kaum einen müßigen Moment. Es lag ihr fern, sich darüber zu beschweren, sie hatte es ja so gewollt. Sie mochte es, gebraucht zu werden. So sehr, dass sie nie nein sagen konnte, wenn Johannes oder die Kirchenälteren sie um einen Gefallen baten. Mehr noch, sobald sie das Gefühl hatte, eine Aufgabe einigermaßen im Griff zu haben, schielte sie schon selbst nach der nächsten Herausforderung.

Helenes Alltag begann in der Regel wie heute mit dem Morgengebet, zu dem sich die Kirchenvorderen um sechs in der Kirche trafen. Es war nicht nur die beste Gelegenheit, um vor den Aufgaben und dem Lärm des Tages ungestört beten zu können, sondern auch, um gemeinsam die Angelegenheiten der Gemeinde zu besprechen. Für Helene war das allmorgendliche Gebet eine wunderbare Möglichkeit gewesen, sich mit ihren Pflichten als Gemeindesekretärin vertraut zu machen und gleichzeitig die Älteren kennenzulernen. In dieser vertrauten Runde offenbarten die Männer einander ihr Innerstes, denn sie beteten laut zu Gott. Jeder konnte hören, was dem anderen auf der Seele brannte. Helene konnte über diese ungewöhnliche Offenheit nur staunen, denn die Männer machten sich damit verwundbar, doch es sah so aus, als kümmerte es sie nicht weiter.

Mit der Zeit stellte Helene jedoch feine Unterschiede fest. Sie bemerkte, dass lange nicht jeder gleich freimütig in seinem Gebet war wie der Nachbar.

Helene warf einen Blick auf Gottfried, der immer noch schweigend neben ihr ging; die erste Dämmerung hatte ihn in graue Schatten getaucht. Gottfried zum Beispiel hielt sich im Gebet bedeckt, lauschte lieber, als dass er sprach. Er lehnte sich dann zurück und legte seine Hände in den Schoß, als wollte er möglichst gar nicht auffallen. Wenn dann die Reihe an ihm war, flüchtete er sich in seiner Zwiesprache mit Gott in Allgemeinplätze, sprach vom Wohl der Gemeinde, das ihm am Herzen läge, und von der spirituellen Stärkung, die er sich für Neu Klemzig erhoffe. Das eine oder andere Mal hatte sie gesehen, wie er eine Notiz in sein kleines, schwarzes Buch kritzelte, um es dann schnell wieder in der Innentasche seines Rocks verschwinden zu lassen. Sie wusste nicht, was das zu bedeuten hatte, aber ihr Gefühl sagte ihr, dass er nicht mit offenen Karten spielte. Vielleicht war sie aber auch nur überempfindlich, was Gottfried anbelangte, denn seit zwei, drei Wochen wich er kaum mehr von ihrer Seite. Sie empfand seine Gegenwart als geradezu erdrückend. Neuerdings tauchte er überall dort auf, wo sie bislang allein und unbeaufsichtigt gearbeitet hatte, wie in ihrer winzigen Schreibstube in der Kirche. Erst vorgestern hatte er sie fast zu Tode erschreckt. Sie hatte am Schreibtisch gesessen und ihre täglichen Eintragungen gemacht, als sich plötzlich sein Kopf über ihre Schulter schob und seine Hand über ihren Oberarm strich. Hatte er sich angeschlichen? Sie hatte ihn überhaupt nicht kommen hören. Aber warum sollte er das tun? Sie hatte doch nichts zu verheimlichen.

Gottfried hatte ihren Schrecken weggelacht, es sich dann aber nicht nehmen lassen, ihre letzten Einträge zu den Gemeindesitzungen auf Rechtschreibfehler hin zu überprüfen. Dasselbe tat er bei ihrem Rechnungsbuch. Er rechnete akribisch die Markteinnahmen vom vergangenen Samstag nach.

Pastor Johannes hatte Helene gezeigt, wie sie die Finanzen zu verbuchen hatte. Seit dem letzten Monat durfte sie nun völlig selbständig alle eingehenden und ausgehenden Zahlungen der Gemeinde eintragen. Außerdem hatte sie der Pastor zu den monatlichen Bankgeschäften nach Adelaide mitgenommen. Er wünschte sich, hatte er ihr auf der Hinreise erklärt, dass sie ihm schon bald diese regelmäßige Reise in die Stadt abnahm,

damit er seinen eigentlichen Pflichten mehr Zeit widmen konnte.
Als er bemerkte, dass Helene zögerte, weil sie sich der Größe der Aufgabe noch nicht gewachsen fühlte, fasste er sie nur lachend bei den Schultern: »Helene, glauben Sie mir, es gibt nichts, was Sie nicht könnten. Alles, was Sie bis jetzt in Angriff genommen haben, haben Sie verwandelt. Nehmen Sie zum Beispiel mein gutes, altes Rechnungsbuch: Nachdem ich Sie damit verfahren ließ, wie es Ihnen gefiel, erkenne ich es nun kaum mehr wieder.«
Helene blickte ängstlich zu Boden. Jetzt würde sie also für ihren Hochmut abgestraft werden. Sie hatte den Soll- und Habenspalten des Rechnungsbuchs eigenmächtig zwei weitere hinzugefügt. Eine, die sie »das Ziel« und eine andere, die sie »der Weg« nannte. Dort hatte sie eingetragen, was ihrer Meinung nach wirtschaftlich für die Gemeinde erreicht werden und wie das ihres Erachtens nach geschehen könnte. Dabei hatte sie in ihrem Eifer nicht bedacht, dass andere natürlich ihre Bücher prüfen würden. Jetzt befürchtete sie, für ihr eigenmächtiges Handeln getadelt zu werden. Während sie schon nach entschuldigenden Worten suchte, hob Johannes ihr Kinn: »Was ist denn mit Ihnen? Ihr neues System ist doch phantastisch. Es wird sich für uns alle in barer Münze auszahlen. Es ist großartig, dass sich endlich jemand um unser Geld kümmert. Uns Neu Klemzigern fehlt dafür das Talent.«
»Aber mir doch auch«, rutschte es Helene raus. Sie wollte nicht, dass der Pastor dachte, ihr läge mehr am Materiellen als an der Liebe Gottes. Sie wollte doch nur, dass es allen gutging. Die Gemeinde arbeitete schließlich so hart dafür.
»Eben nicht, Helene, und genau das ist gut für unsere Gemeinde. Ich möchte, dass Sie wissen, wie sehr ich Ihre Unterstützung schätze. Wenn ich es recht bedenke, weiß ich gar nicht, wie ich ohne Sie jemals zurechtgekommen bin.«

Seine blauen Augen lächelten sie an, was ein seltsames Ziehen in ihrem Bauch verursachte. Nach Johannes' lobenden Worten badete sie geradezu in einem Hochgefühl. Noch eine ganze Woche nach diesem Vorfall schwebte Helene wie auf Wolken. Zu ihrer Überraschung sah sie am Morgen Anna in der Runde sitzen, als sie die Paulskirche betrat. Sie war froh, dass sie heute nicht die einzige Frau beim Morgengebet sein würde. Es war den Frauen zwar nicht verboten, doch die meisten mussten sich zu dieser frühen Stunde um ihre Kinder und das Vieh kümmern. Anna stand gleich auf und umarmte die Freundin, wie sie es schon getan hatte, als sie Helene zum ersten Mal gesehen hatte. Die junge Frau des Pastors sah müde aus, dunkle Augenringe zeichneten sich auf ihrer blassen Haut ab. Helene erschrak.
»Bist du krank? Du siehst gar nicht gut aus. Stimmt etwas nicht?«
Besorgt betrachtete sie die zartgebaute Freundin. Ein anderer hätte es vielleicht nicht wahrgenommen, doch Helene entging das leichte Zittern nicht, das Annas schmale Lippen umspielte. Helene führte Anna zu ihrem Stuhl zurück, zwang sie mit sachten Händen auf den Sitz.
»Ach, Helene. Ich bin so verzweifelt, ich weiß nicht, wie ich es sagen soll, mein Kind ist …«
An dieser Stelle brach Anna in ein Schluchzen aus, das alle Anwesenden zum Schweigen brachte.
»Schon gut«, wehrte sie jede Anteilnahme ab, »schon gut, bitte beachtet mich nicht. Ich bin nur hier, um still zu beten.«
Johannes war schon an ihrer Seite und reichte ihr ein Taschentuch. Als er Helenes fragenden Blick sah, sagte er nur: »Klein Michael geht es gut, keine Sorge. Lasst uns nun beten, Brüder und Schwestern.«
Er drückte die Hand seiner Frau und ließ sie während des Gebets nicht mehr los. Immer wieder brach Anna in Tränen aus.

Helene legte dann den Arm um sie, um ihr beizustehen, doch Johannes hob jedes Mal abwehrend die Hand. Die Männer der Runde warfen sich Blicke zu. Helene spürte, wie unangenehm ihnen die Situation war.

Als die Männer gegangen waren, versuchte Helene ein weiteres Mal, mit Anna ins Gespräch zu kommen. Es fiel ihr schwer, die neue Freundin zu verstehen. Ihre Art war von ihrer eigenen so verschieden. Anders als Helene schien es Anna nicht weiter zu kümmern, was andere denken mochten, wenn sie ihre Gefühle in aller Öffentlichkeit zeigte. Helene an ihrer Stelle wäre lieber im Erdboden versunken, als vor den Kirchenälteren in einen Heulkrampf auszubrechen, selbst wenn ihr danach zumute gewesen wäre. Gleichzeitig beneidete sie die neue Freundin ein wenig. Es musste eine Erleichterung sein, seine Gefühle nicht verstecken zu müssen. Sie bewunderte Anna auch für die Güte, die diese ausstrahlte, und für die Wärme, mit denen sie sich anderen widmete. Eine solche Gabe hatte sie selbst nicht. Helene war eher praktischer Natur. Sie krempelte die Ärmel hoch, wenn sie sah, dass sie mit ihrer Hände Arbeit Leid lindern konnte, aber lieber pflügte sie einen ganzen Acker, als einem Leidenden eine Nacht hindurch tröstende Worte zuzusprechen.

Als nur noch sie drei in der Kirche waren, ermunterte Johannes seine Frau, mit der Freundin zu reden.

»Nur zu, Anna. Es wird dir guttun. Helene hat so viel Kraft und Mut. Vielleicht kann sie dir davon ein wenig abgeben.«

Er ließ die Frauen alleine. Anna weinte nun laut und warf sich Helene an die Brust. Helene strich ihr beruhigend über den Rücken.

»Willst du mir nicht sagen, was dich so traurig macht?«

Anna trat einen Schritt zurück und schneuzte sich in ihr durchnässtes Taschentuch.

»Ich wollte dich nicht mit meinem Kummer belasten, aber Jo-

hannes meint ja, ich könne mich dir ruhig anvertrauen, du hättest ein großes Herz. Ich weiß, dass er damit recht hat.«
Sie hielt nun beide Hände der Freundin.
»Ich habe unser Kind verloren. Es ist schon das dritte Mal, und ich weiß nicht, ob ich Michael jemals ein Geschwisterchen schenken kann.«
Die Tränen liefen ihr über beide Wangen, Helene wischte sie mit den Daumen weg.
»Das tut mir so leid für dich! Ich weiß gar nicht, was ich sagen soll. Ich weiß nur, dass du ganz bestimmt noch Kinder haben wirst. Dein Sohn ist doch der beste Hinweis, dass es so sein wird.«
»Ach, wenn du nur recht behalten würdest. Warum schickt mir Gott diesen Schmerz? Bin ich etwa eine schlechte Mutter?«
»Bitte sag so etwas nicht. Ich kenne keine bessere als dich. Gib dir ein wenig Zeit. Du bist noch so jung.«
Helene war bewusst, wie unbeholfen ihre Worte klangen, doch sie wusste nichts anderes zu sagen. Sie räusperte sich, als Anna weiterhin schwieg, und zwickte sie dann aufmunternd in die Seite, bis sich Anna unter ihren Tränen ein Lächeln abrang.
»Meinst du wirklich?«
»Aber sicher. Entschuldige den Vergleich, aber ich kenne es ja nur von den Kühen auf Vaters Hof. Wenn eine erst einmal gekalbt hatte, blieb es nicht bei dem einen. Du wirst schon sehen. Bald habt ihr einen ganzen Stall voller Kinder.«
Anna schüttelte nun lachend den Kopf.
»Du bist eine wundervolle Freundin, Helene. Ich könnte mir keine bessere wünschen.«
Helene war erleichtert, dass das Gespräch eine erfreulichere Wendung genommen hatte, und tatsächlich schien Anna nun ein wenig getröstet. Helene hoffte jedenfalls inständig, so bald kein weiteres Gespräch dieser Art führen zu müssen.

Georg half Helene auf den Einspänner, wo sie nun zwischen Gottfried und ihm auf dem Kutschbock saß. Georg hatte angeboten, sie und Gottfried ins Missionsdorf zu fahren, wo Helene dreimal in der Woche die Kinder der Einheimischen unterrichtete. In den ersten Wochen hatten entweder Georg oder Johannes sie begleitet, um zu sehen, wie sie mit den Kindern und dem Englischunterricht zurechtkäme, doch sehr bald fühlte sie sich in der neuen Rolle als Lehrerin sicher genug. Zu Kindern hatte sie schon immer einen guten Draht gehabt, sie liebte die natürliche Wissbegier und den Eifer der Kleinen. In Salkau hatte sie zuletzt in der Sonntagsschule unterrichten dürfen, diese Erfahrung kam ihr jetzt zugute. Allerdings musste sie hier auf Zionshill den Kindern erst einmal Lesen und Schreiben beibringen, und das war in einer fremden Sprache gar nicht so leicht. Die Unterrichtssprache war Englisch – auch für die Siedlerkinder, die zusätzlich vom Diakon aus Neu Klemzig zweimal wöchentlich deutschen Bibelunterricht erhielten. Englische Lehrbücher gab es nicht, denn die, so hatte Gottfried verlauten lassen, konnte sich Zionshill nicht leisten. So musste sich Helene mit der großen Schiefertafel begnügen, und die Kleinen versuchten mit vor Anstrengung zusammengepressten Lippen, die noch unvertrauten Linien und Kurven mit weißer Kreide auf ihre eigenen Täfelchen zu übertragen.

Die Schule bestand aus einem einzigen großen Raum, der von einer umlaufenden Veranda eingefasst wurde. Der Boden war nichts weiter als festgestampfte Erde, das strohgedeckte Dach wies so viele Löcher auf, dass Helene Eimer im Schulraum verteilen musste, wenn es zu regnen begann. Die kleineren Kinder wurden draußen auf der Veranda unterrichtet und die größeren drinnen. Es gab nicht genügend Tische und Stühle, und eine Hälfte der Kinder musste auf dem Boden hocken, während die andere auf den Bänken mit Pult saß.

Das Erste, was Helene änderte, als sie mit dem Unterricht auf

Zionshill anfing, war diese Sitzordnung, die sie als zutiefst ungerecht empfand.

Herr Tannhaus, ein deutscher Lehrer aus Adelaide, der sie in ihre Arbeit eingeführt hatte und sich in der ersten Zeit um den Unterricht der Kleineren kümmerte, hatte ihr erklärt, die älteren Schüler, die regelmäßiger als die anderen zum Unterricht erschienen, hätten sich dadurch ein Anrecht auf ein eigenes Pult erworben. Wer weniger oft in der Schule auftauchte, musste mit dem Erdboden vorliebnehmen. Helene wusste noch nicht viel über die einheimischen Kinder und auch nicht, warum vor allem die jüngeren Schüler so häufig schwänzten. Aber sie dachte sich, dass es wohl kaum die Schuld der Kleinen sein konnte. Wenn sie das Leuchten der Kinderaugen nicht täuschte, waren diese Kinder mehr als froh, etwas lernen zu dürfen. Welche Gründe auch immer dazu führten, dass diese Knirpse nicht mit der geforderten Regelmäßigkeit im Schulgebäude auftauchten, es war schwerlich ihr eigenes Vergehen. Und so entschied sich Helene für eine Art rotierendes System: Ab sofort hatte kein Schulkind mehr einen Anspruch auf ein eigenes Pult, jeder Schüler saß nach einem detaillierten Plan, den Helene in langen Nächten mühselig ausgearbeitet hatte, mal im Staub, mal auf der begehrten Holzbank. Helene konnte an den strahlenden Kindergesichtern ablesen, dass sie über die Entscheidung ihrer Lehrerin glücklich waren. Kinder haben noch diesen untrüglichen Gerechtigkeitssinn, dachte Helene zufrieden.

Seltsam war nur, dass die Kinder dennoch nicht regelmäßiger zum Unterricht erschienen. Wenn also selbst das Pult, das den Kindern offensichtlich so viel bedeutete, sie nicht dazu brachte, jeden Tag zur Schule zu kommen, musste es dafür Gründe geben. Helene war entschlossen, herauszufinden, was die Kinder von der Schule abhielt. Doch noch bevor sie dazu eine Gelegenheit hatte, konfrontierte sie eines Morgens Herrn Tannhaus mit ihrer neuen Sitzordnung, der ganz und gar nicht damit einverstanden war.

»Was machen Sie da nur, Helene? Ist Ihnen klar, dass Sie ein jahrelang erprobtes System grundlos auseinandernehmen – und dass Sie damit unter den Schülern nichts als Unruhe und Unsicherheit schaffen? Kein Kind hat mehr Grund, jeden Morgen pünktlich zur Schule zu erscheinen, wenn nun jedes Kind irgendwann einen Pultplatz haben kann. Sie sind doch gar keine ausgebildete Lehrerin, und wenn Sie nicht von selbst einsehen, dass Sie einen schwerwiegenden Fehler begangen haben, werde ich mit Gottfried sprechen müssen, der sicherlich meine Einschätzung teilen wird.«

Helene versuchte, ruhig zu bleiben, doch innerlich war sie aufgewühlt. Gottfried. Immer wieder Gottfried. Sie hasste es, dass ihr Schicksal in der neuen Heimat so eng mit diesem Mann verknüpft war. Sie konnte ihn nicht ausstehen. Da, jetzt war es heraus, sie hatte es sich ein für alle Mal eingestanden: Sie konnte Gottfried nicht ausstehen! Genau so war es.

Helene fühlte sich erleichtert, endlich war sie ehrlich mit sich selbst. Die widerwärtige Art, wie Gottfried sie von der Seite ansah, wenn er glaubte, sie bemerkte es nicht. Oder wie er ihr viel zu nahe kam, wenn er in seinem Flüsterton auf sie einredete. Und wie er sie in all ihren Tätigkeiten für die Gemeinde ständig kontrollieren musste, so als wäre sie eine Grundschülerin. Dabei kam sie in Australien viel besser zurecht als er. Sie war beliebt, und zwar nicht nur bei ihren Schülern. Sie merkte das daran, dass die Neu Klemziger und auch die Siedler vom Zionshill nicht zögerten, sie um Hilfe zu bitten, wenn sie glaubten, Helene könnte etwas für sie tun. Bei Gottfried war das anders. An ihn wendeten sich die einfachen Gemeindemitglieder nur, wenn es unumgänglich war. Zum Beispiel in Angelegenheiten, bei denen sie ihn als neuen Leiter der Mission nicht ignorieren durften. Gottfried schien diese Zurückhaltung in der Gemeinde ihm gegenüber nicht einmal zu bemerken.

Meist saß er über Bücher gebeugt an seinem Schreibtisch, wo er lange Zahlenreihen addierte oder eifrig in sein schwarzes Büchlein schrieb, das er immer bei sich trug. Wenn sie sich ihm näherte, schloss er das Buch schnell und sah sie strafend an. Sie war sich über Gottfrieds Ziele nicht im Klaren, hielt es aber durchaus für möglich, dass er ganz andere Absichten als die offensichtlichen hegte. Es war nicht leicht, aus ihm schlau zu werden. Helene wollte auf der Hut sein; sie ahnte, dass sie mit ungewohnten Mitteln kämpfen müsste, falls es zu einem Zerwürfnis mit Gottfried kommen sollte. Keinesfalls würde sie ihre Kinder im Stich lassen.

Jetzt aber hatte Helene es zunächst einmal mit Tannhaus zu tun. Der alte Schulmeister hatte völlig recht, sie war keine ausgebildete Lehrerin, aber sie konnte beobachten, welche Fortschritte ihre Schüler machten, sah täglich mit eigenen Augen, wie ihre Schutzbefohlenen schreiben und lesen lernten. Und das war es doch, was sie als Lehrerin zu leisten hatte.

Wahrscheinlich, so überlegte Helene weiter, war es zu diesem Zeitpunkt angebracht, taktisch zu handeln. Und so warf sie dem alten Tannhaus versuchsweise so etwas wie einen lasziven Blick zu. Sie war sich anfangs gar nicht sicher, ob sie dazu überhaupt imstande wäre, denn, und das schwor sie bei Gott, so hatte sie im Leben noch keinen Mann angeschaut. Sie hatte auch gar kein Vorbild im Sinn, das sie für ihre Zwecke hätte kopieren können. Was Helene da an Lehrer Tannhaus ausprobierte, war ein Schuss ins Blaue, gegründet nur auf dem undeutlichen Gefühl, dass Männer, insbesondere die in die Jahre gekommenen, empfänglich für weibliche Blicke sein könnten. Nicht für die gewöhnlichen, alltäglichen Blicke – nein, empfänglich für jene besonderen Augenaufschläge, die so etwas wie ein Versprechen in sich trugen. Worin genau jenes liegen sollte, war Helene selbst nicht ganz klar. Das plötzlich in Tannhaus' Wangen einschießende Blut zeigte ihr jedoch, dass sie ins Schwarze getroffen hatte.

Innerlich noch über ihren so leicht errungenen Sieg staunend, lächelte sie Tannhaus selbstsicher an, woraufhin dessen Gesichtsfarbe einen noch dunkleren Rotton annahm.

»Oh, Herr Tannhaus, es war mir gar nicht bewusst, dass ich Sie so erzürnt habe. Das tut mir sehr leid! Dabei wollte ich die Kinder doch nur besonders anspornen. *Miss Junker,* haben mir Joel und Amber neulich erst gesagt, nur ein einziges Mal möchten wir vor Herrn Tannhaus an einem ordentlichen Pult sitzen. Nur damit er weiß, dass wir ordentliche Schüler sind.«

Tannhaus räusperte sich und lockerte seinen Kragen.

»Das weiß ich doch ohnehin, Helene. Was erzählen Sie mir denn da?«

Mochte sich der olle Tannhaus auch sträuben wie ein wilder Hund, den man zum ersten Mal an die Kette legte, Helene wusste längst, dass sie gesiegt hatte. Nun musste sie es nur noch von ihm selbst hören. Also setzte sie, durch ihren ersten Erfolg ermutigt, noch einmal nach:

»Die Kinder schauen zu Ihnen auf, Herr Tannhaus. Sie wollen Ihnen nahe sein. Bitte zerstören Sie ihnen diesen Traum nicht.«

Sie hatte ihren Blick noch immer fest auf ihn geheftet, fand immer mehr Gefallen an ihrem Theater.

Tannhaus räusperte sich wieder, sagte dann nur knapp: »Also gut, wenn Sie meinen, probieren wir es aus. Aber ich warne Sie, wenn es nicht klappt und die Kinder rebellieren, spreche ich ein ernstes Wort mit Gottfried über Sie und Ihre äußerst eigenwilligen Methoden.« Damit drehte er sich abrupt um und verließ das Schulhaus schnellen Schritts.

Helene indes dachte noch eine ganze Weile über sich selbst nach. Nie hätte sie es für möglich gehalten, dass sie so berechnend sein könnte. Aber genau das war sie gewesen. Für einen guten Zweck, und es fühlte sich sehr, sehr gut an!

Helene war ihren Eltern dankbar; sie hatten noch in der Heimat dafür gesorgt, dass die Tochter rechtzeitig vor ihrem Aufbruch nach Australien Englisch lernte. Um dies zu ermöglichen, hatten sie für sechs Monate eigens einen Hauslehrer aus Hamburg eingestellt, für dessen Kosten sie ganz allein aufgekommen waren. Helene war sehr überrascht gewesen, als die Eltern ihr dieses Geschenk machten. Ihrer Mutter hätte sie diese Selbstlosigkeit jederzeit zugetraut, aber dem Vater? Außerdem hatte Helene auf der sechswöchigen Schiffsreise vier Stunden täglich Lektionen in Englisch von der Schiffslehrerin Mrs. Hamilton erhalten, die sie für ihren Fleiß mehrfach lobte. Insgesamt fühlte sich Helene für ihre Pflichten im Missionsdorf daher ganz gut gerüstet. Jeder neue Tag auf Zionshill ließ sie zudem etwas selbstsicherer werden, und so freute sie sich auch heute auf ihren Arbeitstag, hoffte insgeheim sogar, dass sie eines Tages ausschließlich hier wirken dürfte. Es gefiel ihr nämlich außerordentlich, Lehrerin zu sein, besonders jetzt, da die Kinder Zutrauen zu ihr gefasst hatten und sie einen ersten Machtkampf mit Tannhaus gewonnen hatte. Falls sie tatsächlich ihre Pflichten in Neu Klemzig für die Schule in Zionshill aufgab, bedeutete dies allerdings, dass sie inmitten der Eingeborenen leben müsste. Sie selbst schreckte der Gedanke nicht, doch wenn ihr Vater davon erführe, wäre er sicherlich nicht begeistert. Helene seufzte innerlich, als sie wieder einmal an die Eltern dachte.
Sie glaubte allerdings auch nicht, dass Gottfried ihr diesen Wunsch erfüllen würde. Sicherlich hielt er ein solches Ansinnen für eine junge Dame ihres Alters für gänzlich unschicklich. Eine weiße Frau unter halbnackten Wilden! In Gedanken konnte Helene förmlich hören, wie Gottfried ihren seiner

Meinung nach vermessenen Wunsch in der Luft zerriss. Nein, völlig ausgeschlossen, dass sich Gottfried in dieser Hinsicht erweichen ließe. Vielleicht war es auch besser so. Sie mochte sich gar nicht ausmalen, wie farblos ihr Leben wäre, wenn sie die Neu Klemziger nur noch zur Messe am Sonntag sehen könnte. Selbst Johannes war ja so sehr mit seinen Schäfchen in Neu Klemzig ausgelastet, dass er kaum mehr nach Zionshill kommen konnte. Der junge Pastor hatte vollkommen auf den erfahrenen Gottfried gesetzt, der ihn bei den zahlreichen Problemen des Dorfes entlasten sollte. Helene betete, dass dies kein Fehler gewesen war.

Ja, Gottfried war gewiss ein angesehener Kirchenlehrer, doch sie konnte sehen, wie sehr ihn seine neue Rolle überforderte. Öfters schon war sie nicht umhingekommen zu bemerken, dass es zwischen ihm und den Aborigines große Verständigungsprobleme gab. Sie hatte versucht, ihm helfend unter die Arme zu greifen, doch stets hatte er entrüstet abgelehnt. Was sie sich erlaube, er wüsste schon, was er täte. Es tat Helene in der Seele weh, tatenlos danebenzustehen, wenn er wieder einmal Anweisungen auf Deutsch gab, die von den Eingeborenen natürlich nicht verstanden wurden. Gottfried setzte Hände und Füße ein, um sich verständlich zu machen, und wenn das immer noch nichts half, wurde er schließlich wütend und fing an zu brüllen. Auch Helene konnte sich noch lange nicht mit allen Schwarzen im Dorf unterhalten, nur wenige sprachen Englisch, doch Gottfried sprach so gut wie gar kein Englisch und schon gleich gar nicht die Sprache der Aborigines. Als umso wichtiger empfand es Helene, den Kindern die neue Sprache beizubringen. Da Englisch auch nicht ihre Muttersprache war, konnte sie sich gut in die Kinder einfühlen, die sich mühsam Wort um Wort die fremden Laute und deren Bedeutung aneignen mussten. Sie war wild entschlossen, alles daranzusetzen, um den Kindern ein besseres Verhältnis mit den Siedlern zu ermöglichen. Kinder waren die Zukunft dieses Landes. Ob sie nun weiß oder schwarz waren, das war Gott völlig egal, aber miteinander reden können, das müssten sie schon, wenn sie einander verstehen wollten.

Helene dachte jetzt wieder an die eigenen Eltern. Leider hielt sie es mittlerweile für unwahrscheinlich, dass diese sich noch für ein Leben in Australien entscheiden würden. Dabei hatten sie es bei ihrer Abreise aus Deutschland versprochen. In ihrem letzten Brief hatten sie auf Helenes begeisterte Beschreibung Australiens nur ausweichend geantwortet. Erst hatte Helene das Verhalten von Vater und Mutter überhaupt nicht verstehen können, sie dachte anfangs sogar, ein Teil des Briefes müsse auf der langen Reise abhandengekommen sein. Sonst hätten die Eltern doch von der Tochter sicherlich sehr viel mehr wissen wollen. Seit Katharina, ihre ältere Tochter, nicht mehr bei ihnen lebte, hatten sie doch nur noch Helene, und bestimmt wollten sie bald wieder mit der Tochter vereint sein. Sicherlich waren sie schon drauf und dran, ihre Siebensachen zu packen! Daran hatte Helene ganz fest geglaubt.

Doch mit der Zeit war sie sich gar nicht mehr so sicher, ob es für die Eltern wirklich das Beste wäre, ihr in dieses Land zu folgen. Lag es daran, dass sie nun aus erster Hand und auch am eigenen Leib erfuhr, wie schwer es war, sich auf dem neuen Kontinent eine Existenz aufzubauen? Helene konnte jeden Tag beobachten, wie bitter es mitunter sein konnte, bis die Familien aus Brandenburg mit den Widrigkeiten der unbekannten Umgebung einigermaßen zurechtkamen. Wie mit dieser Hitze, die den Bauern schon seit Dezember zu schaffen machte. Hatten die Felder noch im September dank der reichlichen Niederschläge in sattem Rotbraun geleuchtet, so waren sie Anfang Oktober knochentrocken, und die Bauern bangten um die Ernte im November. Der Himmel war gnädig und hatte rechtzeitig den so dringend erflehten Regen gebracht, doch

dann hielt kurz vor der Erntezeit erneut eine Trockenperiode Einzug, wie sie die deutschen Bauern zuvor noch nicht erlebt hatten. Innerhalb einer Woche drohte der Weizen in diesem Sommer förmlich zu verbrennen, und während die Bauern weiterhin um die Hilfe Gottes gegen die Dürre flehten, zog bereits eine neue Gefahr für die Ernte in Gestalt von riesigen Heuschreckenschwärmen herauf. Diese waren nicht nur selbst gefräßig, sondern hinterließen außerdem ihre klebrigen Eier auf den Halmen. Einige Siedler fühlten sich an die achte Plage erinnert, wie sie im zweiten Buch Mose beschrieben wurde. Die Älteren unter den Bauern hatten bereits eine fürchterliche, nur Ödland hinterlassende Heuschreckenplage erlebt, und noch heute stiegen ihnen die Tränen in die Augen, wenn sie davon erzählten. Die Arbeit eines ganzen Jahres war innerhalb weniger Stunden von den geschlüpften Heuschrecken vollständig vernichtet worden. Ohne ihr Gottvertrauen wären sie verzweifelt. Doch glaubten sie fest daran, es gemeinschaftlich und mit Seiner Hilfe zu schaffen, wenn sie nur weiterhin beharrlich diese fremde rote Erde beackerten.
Ob die Eltern dieselbe Glaubensstärke aufbringen könnten? Helene war sich nicht mehr so sicher. Zögerten sie deshalb? Wollten sie etwa gar nicht kommen?
Irgendwann hatte sich in Helenes Trauer und Enttäuschung Wut gemischt – eine Wut, die sie gar nicht mehr verlassen wollte. Hatten die Eltern vielleicht nie ernsthaft in Erwägung gezogen, nach Australien zu gehen, und die Tochter mutwillig über ihre Absichten getäuscht? So viele aus dem alten Salkau lebten mittlerweile in Südaustralien, was hielt ausgerechnet ihre Eltern davon ab, es den anderen gleichzutun? War es ihnen egal, dass die Tochter so weit weg von ihnen lebte und dass sie sich vielleicht nie wiedersehen würden? Helene hatte schwer mit den dunklen Gedanken zu kämpfen.
Als sie nicht mehr wusste, was sie eigentlich noch denken oder

fühlen sollte, suchte sie schließlich Hilfe. Sie hatte sowohl mit Gottfried als auch mit Johannes über ihre gemischten Gefühle den Eltern gegenüber gesprochen, und beide Seelsorger waren zu völlig unterschiedlichen Ergebnissen gelangt. Warum war dieses Leben nur so schwierig? An wessen Rat sollte sie sich nun halten? Insgeheim wusste sie die Antwort schon längst, aber es erschien ihr nicht recht, und so wog sie die unterschiedlichen Argumente wieder und wieder gegeneinander ab.

Gottfried gab zu bedenken, dass ihre Eltern in der Heimat viel aufzugeben hätten. Der Hof lief gut, er war sogar in den letzten Jahren gewachsen, das war auch Helene klar. Aber es ging doch in der lutherischen Gemeinde nicht in der Hauptsache um Gut und Haben, oder? Sicher, die meisten Salkauer, die in den letzten Jahren Richtung Australien aufgebrochen waren, hatten nicht viel zu verlieren gehabt. Sie hatten kleine und kleinste Höfe bewirtschaftet, die meisten auch nur zur Pacht, und als die letzten beiden Winter vor ihrer Abreise ungewohnt hart ausgefallen waren, hatten sie kaum mehr einen Groschen besessen. Gottfried sagte nichts weiter, und Helene war es, als fiele sie in ein tiefes Loch. Sie wollte nicht glauben, dass ihre Eltern nur deshalb zurückblieben, um ihren Reichtum zu mehren.

Johannes machte ihr dann wieder Hoffnung, dass alles auch ganz anders sein konnte. Obwohl das Bild, welches er von den Beweggründen ihrer Eltern zeichnete, vielleicht nicht völlig verschieden von dem war, was Gottfried für wahrscheinlich hielt, so war es doch ein Bild, das ihre Eltern in einem vertrauteren, einem freundlicheren Licht erscheinen ließ. Johannes nahm Helene in ihrem kleinen Büro in der Kirche in den Arm, als ihr gegen ihren Willen heiße Tränen über beide Wangen liefen. In ihren Händen hielt sie den Brief der Eltern, der nichts, aber auch gar nichts darüber verriet, ob und wann sie nach Australien nachkommen wollten.

»Sie müssen Nachsicht mit ihnen üben, Helene. Sicherlich be-

wundern sie ihre Tochter sehr für ihren Mut, den sie selbst vielleicht nicht mehr aufbringen können. Alles, was sie sich im Leben aufgebaut haben, ist in Salkau. Glauben Sie mir, Helene. Es war sicher nicht leicht für Ihre Eltern, Sie ziehen zu lassen. Wenn es so wäre, könnten sie darüber reden. Ihr Schweigen erzählt mir mehr über ihre Gefühle als tausend Worte.«
Er strich ihr sachte über die Wangen. Helene nickte und schaute ihn dankbar an.

Gottfried war auf seinen eigenen Wunsch hin die vollständige Leitung des Missionarsdorfes übertragen worden, und auch wenn er es nicht sagte, so schien er doch froh, zumindest an drei Tagen in der Woche Helene an seiner Seite zu haben, weil sie Englisch sprechen konnte.
Die Fahrt von Neu Klemzig nach Zionshill führte in einer langen Schleife am Mount Barker vorbei und dann hinunter in Richtung Tal, wo erhabene Eukalypten den gewundenen Weg durch die Ebene säumten. Die Februarhitze des Hochsommers trübte die Aussicht auf eine Landschaft, die in den regenreicheren Monaten sonst so idyllisch anmutete. Dort, wo im Frühling Gruppen von Schafen auf grünen Weiden zwischen den Hügeln grasten, brannte nun die Sonne gnadenlos aufs verdorrte Land. Und dort, wo überhaupt noch etwas vom eigentlich sehr widerstandsfähigen Kängurugras stand, war es nun bräunlich verfärbt, wenn nicht schon gelb. Zwischen diesen traurigen Büscheln leuchtete die rote Erde, hart und trocken wie gebrannter Lehm.
Die armen Schafe, dachte Helene, als sie beobachtete, wie sich die Tiere im spärlichen Schatten der Bäume drängten, die gottlob nie ihr Grün abwarfen. Sie hoffte, dass der Schafzüchter die Tiere an ein Bohrloch führen würde, denn der Onkaparinga River, der sich im Frühling und Herbst als beachtlicher Strom durch das malerische Tal wand, war nun zu einem dün-

nen Rinnsal vertrocknet. Hier und da hatte das stehende Gewässer warme Wasserlachen gebildet. Helene nannte sie lieber Miniaturseen, was irgendwie ein wenig kühlender klang. Kaum vorzustellen, dass sie noch vor wenigen Monaten genau an dieser Stelle nach den großen Regenfällen einen reißenden Fluss gesehen hatte.

Helene hob ihren Blick zu der Bergkette, die das Tal umrahmte. Ihre Gipfel waren noch grün. In den Baumkronen über ihr sah sie ganze Legionen von Kakadus und Papageien, die unter den dichten Blättern der Eukalypten Schutz vor der intensiven Hitze und dem grellen Licht suchten wie sie unter ihrem Hut. Sie fächelte sich mit der Hand die heiße Luft zu.

Helene trug einen schlichten knöchellangen Baumwollrock, darüber eine karierte Bluse, deren oberste Knöpfe, wie sie es den Männern abgeguckt hatte, geöffnet waren.

Jetzt beugte sich Gottfried nach vorne zum Fahrer. Helene konnte seinen heißen Atem spüren und drehte unwillkürlich ihren Kopf zur anderen Seite.

»Wann werde ich meinen eigenen Wagen haben, Bruder? Ich kann doch als Leiter von Zionshill unmöglich dauerhaft auf Transport von Neu Klemzig angewiesen sein.«

Er verharrte gespannt in seiner Position, während er auf Georgs Antwort wartete.

»Eigentlich war ein eigenes Gespann für die Station nicht vorgesehen, Gottfried. Dafür haben wir die Mittel nicht, und wir sorgen ja dafür, dass jeden Morgen und Abend eine Kutsche den Hin- und Rückweg macht.«

Georg schaute weiterhin auf den Weg und sah deshalb nicht, was Helene in dem Moment beobachten konnte, als sie ihren Blick ebenfalls wieder nach vorne richtete. Gottfried hatte seine Faust erhoben! Sie sah, dass seine Knöchel weiß waren. Was war nur in diesen Mann gefahren? Was brachte ihn nur so auf? Gottfried musste Helenes erschrockenen Blick bemerkt haben, denn langsam und wie absichtslos ließ er die nun wieder geöffnete Hand sinken.

»Nun, dann sollte es jetzt vorgesehen werden. Ich beabsichtige nämlich, auch tagsüber in Sachen Mission Reisen zu unternehmen, wenn es denn nötig sein sollte. Und – mit Verlaub, lieber Bruder – ich habe den Eindruck, dass es mehr als nötig ist, wollen wir in Zukunft mit den Wilden auch nur irgendeinen Fortschritt erzielen. Außerdem, Bruder Georg«, fügte Gottfried nun mit seiner gewohnt leisen und sanften Stimme hinzu, »möchte ich keinesfalls Eure Hilfsbereitschaft mehr strapazieren als unbedingt erforderlich. Die Zeit, die Ihr auf die Fahrten verschwendet, könnte sicherlich sehr viel wirksamer für die Gemeindearbeit in Neu Klemzig eingesetzt werden. Meint Ihr nicht auch, Georg?«

Seine letzten Worte klangen trotz seines leisen Tons bedrohlich, doch Georg blieb unbeeindruckt.

»Wenn das deine Auffassung ist, dann sollten wir bei der nächsten Sitzung darüber mit der Gemeinde sprechen. Wie auch über die anderen Dinge, die du in den letzten Tagen angemerkt hast.«

Gottfried nickte befriedigt und setzte sich wieder gerade hin. Helene atmete auf. Seine Nähe hatte ihr fast die Luft zum Atmen geraubt. Was hatte Gottfried denn nun schon wieder zu kritisieren gehabt? Sie zog die Stirn in Falten. Gottfried hatte sich in den vergangenen Wochen über so manches beklagt, doch meist war es lediglich um Kleinigkeiten wie etwa die Erneuerung seiner Garderobe oder eine neue Bibel gegangen. Alles Wünsche, die man ihm gerne und ohne weitere Worte bewilligt hatte. Doch langsam häuften sich seine Eingaben, und Helene begann sich zu fragen, ob etwas anderes dahinterstecken könnte. Sie würde es ja während der kommenden Sitzung von ihm selbst hören. Als Gemeindesekretärin war sie nämlich auch für das Protokoll aller Versammlungen verantwortlich.

Georg spornte den Gaul an, so als wollte er die Zeit abkürzen, die er neben Gottfried verbringen musste. Helene konnte ihm dies nicht verübeln.

Zionshill lag auf einer bewaldeten Anhöhe, an deren Fuß sich ein kleiner See ausbreitete. Die Eingeborenen nannten ihn »Billabong«, was Wasserloch hieß. Ein Dutzend gemauerter Häuschen drückte sich an die Anhöhe, so als suchten sie deren Schutz. Die Häuser waren kleiner, sahen aber genauso ordentlich und einladend aus wie die in Neu Klemzig. Die Vorgärten waren allerdings nicht zur Zierde da, sondern wurden genau wie der langgestreckte Hintergarten mit allem bewirtschaftet, was das Land um diese Zeit hergab. Die Früchte waren der Beweis für den Fleiß ihrer Gärtner: Salat, Kartoffeln, Bohnen, Gurken, Karotten, Zwiebeln, Erbsen, Kohl und Spinat, Mais und Schwarzwurzel. Die Bedingungen waren gut, allerdings musste man im trockenen Sommer die Pflanzen regelmäßig wässern.

Einer der Siedler, von Hause aus Bauer, hatte herausgefunden, dass man in Australien den Kohl für ganze drei Jahre stehen lassen konnte. Je mehr Köpfe man vom Strunk abschnitt, desto mehr neue Köpfe wuchsen. Der Bauer hatte so aus einer einzigen Pflanze ganze fünf Köpfe gewonnen. Der Bibelspruch habe sich für ihn bewahrheitet, erzählte er Helene einmal voll stolzer Zuversicht, als er seinen Sohn von der Schule abholte: *Und jeglicher, der Häuser verlassen oder Brüder oder Schwestern oder Vater oder Mutter oder Weib oder Kinder oder Äcker um meines Namens willen, der wird Hundertfältiges dafür erhalten und das ewige Leben erwerben.*

Einige Siedler hatten aus ihrer Heimat Obstbäumchen importiert, und Helene staunte, als sie Kirsch- und Pfirsichbäume sah, die üppige Früchte trugen. Den Kirschen schien es in diesem Jahr allerdings zu heiß zu werden; sie waren klein und sahen nicht sonderlich saftig aus, doch die andere Steinfrucht hatte sich wohl mit dem heißen Klima angefreundet, die Äste hingen schwer herab vor lauter Obst.

Niemand in Neu Klemzig oder Zionshill musste sich um seine Kühe sorgen, denn obwohl es im Sommer sehr trocken wurde, taugte das Gras zum Füttern noch genauso gut wie Hafer. Die Tiere grasten das ganze Jahr über frei auf der Weide. Abgesehen von den Zuchttieren gab es in der Umgebung reichlich Wild, und anders als in Europa durfte es von jedermann gejagt werden. Auch dies ließ sich genau wie das Gemüse gut auf dem großen Wochenmarkt in der Stadt verkaufen.

Helene lächelte, fühlte sich leichten Herzens. Dennoch wusste sie, dass Zionshill es schwerer hatte als die Geschwistergemeinde Neu Klemzig. Obwohl das Missionsdorf anders als Neu Klemzig von der Regierung unterstützt wurde und erst im Frühjahr drei Rinder, vier Schweine und fünf Säcke Weizensaatgut zugewiesen bekommen hatte, blieb am Ende nichts übrig, was sie in der Mission für schlechtere Zeiten zur Seite hätten legen können. Die möglichen Gründe, warum sich Zionshill noch nicht selbst unterhalten konnte, waren jedes Mal Anlass hitziger Diskussionen im Klemziger Gemeinderat, doch unbestritten war, dass die Arbeit mit den Einheimischen gewisse Tribute forderte, vor allem an Zeit, die dann anderswo fehlte.

Luises Familie hatte sich vor knapp zwei Monaten entschlossen, von Neu Klemzig auf den Zionshügel zu ziehen. Sie verkauften ihr gemütliches Häuschen an der Hauptstraße für wenig Geld an eine neu angekommene Familie, der sie sogar die meisten Möbel überließen. Luise hatte Helene erzählt, ihre Familie fand es an der Zeit, sich neuen Aufgaben zu stellen. Helene stutzte zunächst, so ganz schlau wurde sie aus dieser Begründung nicht, doch sie erwiderte nichts. Sie spürte, dass Luise nicht vollständig hinter ihren eigenen Worten stand.

Helene vermutete, dass Gernot, Luises Mann, die treibende

Kraft hinter der Entscheidung war, das vertraute Terrain zu verlassen, denn Gernot war ein Mann, der alle irdische Zufriedenheit ablehnte. Sobald er merkte, dass der Alltag gewisse Annehmlichkeiten bereithielt, man sich gewissermaßen eingerichtet hatte, war dies für ihn ein Zeichen, die Lebenslage seiner Familie zu verändern.

Helene hatte Luise seufzen hören, als Gernot ihr nach der Sonntagsmesse begeistert seine neueste Idee für Zionshill unterbreitete, doch zu mehr Widerstand ließ sich die dreifache Mutter, deren jüngstes Kind gerade ein Jahr alt geworden war, nicht hinreißen.

»Macht dir das denn gar nichts aus?«, fragte Helene sie noch vorsichtig in der Kirche, als Gernot sich aus ihrem Kreis entfernt hatte, um nun, mit Luises Zustimmung, seine Pläne den Kirchenälteren mitzuteilen. Helene konnte nicht glauben, dass diese intelligente Frau sich klaglos in diese, so erschien es Helene zumindest, zufälligen und unberechenbaren Launen ihres Mannes fügte. Luise zuckte nur mit den Schultern und rang sich ein Lächeln ab.

»Weil wir Freundinnen sind, will ich ganz ehrlich mit dir sein. Natürlich macht es mir etwas aus – nicht wegen mir. Mir ist es gleich, ob ich hier lebe oder dort. Es ist nur ... Ich finde es wegen der Kinder so schwer. Alle paar Jahre hat Gernot neue Ideen für uns, und ich kann nichts für die Kinder planen. Manchmal frage ich mich, was aus ihnen werden soll. Sie sind so heimatlos, ohne Wurzeln. Dann wiederum denke ich mir, dass sie bereits alles haben, wovon sie nur träumen können: dieses gesegnete Land, die Gemeinde, den wunderbaren Pastor. Warum also sollte ich mir irgendwelche Sorgen machen? *Jehova ist mein Hirt, ich leide nicht Mangel. Auf grünen Angern lagert er mich.* Verstehst du, Helene?«

Luise senkte ihren Blick, und Helene sah, dass die Freundin nicht weiter über das Thema reden wollte.

Heute war ein besonderer Tag, und Helene konnte nicht aufhören zu grinsen. Heute feierte Zionshill das Fastenfest, und alle würden kommen. Nicht nur die Neu Klemziger, sondern auch die Geschwistergemeinde aus Adelaide wurde erwartet. Die Luft vibrierte vor Spannung. Helene hatte schon aus einiger Entfernung die dünnen Rauchsäulen gesehen, die von den Holzscheiten stammen mussten, über deren Kohle bald ganze Schweine rösten würden. Sie schämte sich ein bisschen dafür, doch allein der Gedanke, dass sie am Abend krosse Speckschwarte zwischen ihren Zähnen zerkrachen lassen würde, ließ ihr das Wasser im Mund zusammenlaufen. Die Aussicht auf saftiges Schweinefleisch und geröstete Kartoffeln machte sie schon jetzt schwach.

»Wo willst du hin?«, rief Gottfried ihr nach. Helene war bereits vom Wagen gesprungen, noch bevor der ganz halten konnte, und war ein Stück in Richtung Schulhaus gelaufen, als sie sich nun umdrehte und stehen blieb.

»Verzeihung, ich war in Gedanken. Wir sehen uns später beim Fest«, mit diesen knappen Worten raffte sie schnell ihre Röcke und stob davon. Gottfried sah ihr nach. Sein Blick brannte ihr länger im Rücken, als ihr lieb war, und sie rannte, so schnell sie konnte. Das allgemeine Gewühl und chaotische Treiben dieses Festtags würden ihr hoffentlich die Gelegenheit geben, sich vollständig Gottfrieds Kontrolle zu entziehen. Wie hatte sie sich auf diesen Tag gefreut! Erst als sie glaubte, außerhalb seiner Sichtweite zu sein, blieb sie keuchend stehen. Ihre Brust bebte vor Anstrengung, und sie versuchte mit ihrer Hand, den Atem flacher zu halten. Langsam beruhigte sie sich und warf einen Blick zur Kutsche. Sie konnte Gottfried nicht mehr sehen.

Georg winkte ihr später aus der Ferne zu, als sie im Schulhaus damit beschäftigt war, Säcke mit Heu zu füllen; ein einfaches Nachtlager für diejenigen, die keine Unterkunft bei Freunden gefunden hatten. Helene hatte sich überlegt, zwanzig bis dreißig Säcke unter dem Dach auszubreiten, das tagsüber die Schulkinder vor der Sonne schützte. Es war Hochsommer und mit Temperaturen um die achtunddreißig Grad alles andere als kalt; selbst in der Nacht kühlte es kaum ab. Mehr als ein Laken würde niemand brauchen, dennoch hielt Helene ein paar leichte Wolldecken bereit. Unter einer Decke schlief es sich gleich ein wenig sicherer und geschützter. Sie selbst würde im Büro schlafen, denn ihr Bett in Luises Haus, wo sie nun lebte, wenn sie auf Zionshill war, hatte sie einer alten Magd aus Neu Klemzig angeboten. So ganz selbstlos, wie es sich anhörte, war diese Offerte allerdings nicht. Keineswegs wollte Helene nämlich die lustige und chaotische Nacht unter den Sternen verpassen, mit allen Brüdern und Schwestern, die aus Neu Klemzig angereist waren, um gemeinsam den Beginn der Fastenzeit zu feiern. Helene nieste wie ein schnaubendes Pferd, während sie die Säcke füllte. Das Heu kitzelte in ihrer Nase, und als es gar zu schlimm wurde, schneuzte sie sich kurz, aber heftig in ihr Tuch, nur um dann mit doppelter Geschwindigkeit den Heuballen zu zerteilen, damit sie mit den Säcken endlich zu einem Ende käme. Johannes und seine Familie hatten die Einladung Gottfrieds, in seinem Hause zu übernachten, ausgeschlagen und bestanden darauf, das schlichte Gemeindelager auf dem Schulgrund zu teilen. Helene war selig, als sie davon am Morgen gehört hatte. Das kommunale Lager war ja ihre Idee gewesen, und deshalb fühlte sie sich nun auch persönlich dafür verantwortlich, dass Johannes' Familie sich als ihre Gäste wohl fühlen würde. Sie band den Sack zu, schüttelte ihn kräftig und schlug mit beiden Händen auf ihn ein, um die Füllung gleichmäßig zu verteilen. Klein Michael würde es hier gut gefallen, freute sie sich. Sie legte sich auf den Sack, verschränkte die Arme unter dem Kopf und blickte in den wolkenlosen Himmel. In ihrem Mundwinkel steckte ein Halm, den sie sich aus dem Haar gezogen hatte und auf dessen Ende sie nun zufrieden herumkaute. *Das Leben meint es gut mit dir, Helene Junker,* dachte sie, bevor sie ein weiterer Niesanfall vom Lager ihrer Träume scheuchte.

»Helene, kommen Sie doch zu uns! Wir diskutieren gerade die Frage der Lehrmittel für Ihre Schüler.«
Helene war gerade auf dem Weg zum Backhaus, um beim Brotbacken zu helfen, doch Johannes' Stimme ließ sie innehalten. Als sie sich umdrehte, sah sie ihn und Gottfried, wie sie auf der Veranda des Vorsteherhauses beieinanderstanden. Helene atmete tief durch. Sie konnte sich wohl kaum dem Wunsch des Pastors widersetzen, aber dass ihre gottfriedfreie Zeit nicht länger als eine Stunde angehalten hatte, ließ ihre Feiertagslaune deutlich sinken. Andererseits, so sagte sie sich schnell, war es eine willkommene Gelegenheit, um Johannes endlich einmal ihre Sicht der Dinge darzulegen. Bislang hatte sie noch niemand nach ihrer Meinung gefragt, und so war es immer nur Gottfried, der der Gemeinde in Neu Klemzig versicherte, dass »besondere Lehrmittel«, wie er Schulbücher nannte, seines Erachtens überflüssig waren. Er hielt die Kosten für deren Anschaffung für vergeudet. Helene, die Gottfried in Zionshill als Assistentin zugeordnet war, musste mit ihren Worten vorsichtig sein. Ein flüchtiger Blick auf ihren Beschützer machte ihr klar, dass Gottfried ganz ähnliche Gedanken durch den Kopf gingen. Seine Augen starrten sie aus dem knochigen Gesicht übergroß an. Helene wandte sich schnell Johannes zu.
»Wir haben ja nichts außer den Schreibtafeln und ein paar alten Heften, die schon ganz zerfleddert sind. Das ist nicht gerade viel«, begann sie und vermied es dabei tunlichst, Gottfried anzusehen.
»Ist das wahr, Gottfried? Als ich dich in der Versammlung gefragt habe, was du für die Schule brauchst, wolltest du nichts.«

Gottfried streckte seinen Körper, als ginge er in Angriffsstellung. »Was sollten wir schon brauchen?« Er drehte sich zum Haus um und zeigte in sein Büro, dessen Tür offen stand. »Hier drinnen auf meinem Regal steht der *Große Katechismus*. Wir haben bestimmt an die zwanzig Ausgaben. Alle so gut wie neu. Und warum? Weil sie kaum jemals benutzt worden sind. Erzähle mir jetzt bitte keiner, dass da nicht alles drinstünde, was die Schwarzen wissen müssten! Mein Vorgänger – Gott hab ihn selig – hat sie bei den Wilden nicht zum Unterricht benutzt, und ich frage mich, warum nicht? Warum bringen wir den Wilden nicht das bei, weshalb wir vom Herrn zu ihnen geführt worden sind? Was sollen wir denn hier in der Wildnis, wenn nicht das Wort Gottes verbreiten? Was, frage ich dich, Bruder!« Gottfrieds Gesicht hatte sich Johannes bedrohlich genähert. Sein ansonsten fahler Teint leuchtete zartrosa vor Erregung, seine gestikulierenden Hände zitterten leicht. Helene hatte wie gebannt auf seinen vorstehenden Adamsapfel blicken müssen, der während seiner Rede Polka zu tanzen schien. »Der Große Katechismus, von Luther eigens für den Unterricht der Kinder und Einfältigen zusammengestellt. Die Zehn Gebote und das Vaterunser. Johannes, falls ich in meiner begrenzten Weisheit das Wesentliche übersehen haben sollte, erkläre mir doch bitte, was im Himmel noch wissenswerter sein könnte als der Katechismus!«
Gottfrieds ungewohnt lauten Worten folgte Schweigen, das nur von den ewig surrenden Fliegen unterbrochen wurde. Helene war gespannt, was Johannes entgegnen würde, doch statt zu antworten, verscheuchte er nur die Buschfliegen vor seinem Gesicht, während er den Blick auf den Kirchenältesten geheftet hielt. Helene war überrascht darüber, wie feindselig sich Gottfried gegenüber dem Pastor aufführte. Plötzlich dämmerte es ihr, dass dies nicht nur ein Meinungsaustausch oder ein kleiner Streit war, wie sie ihn schon so oft innerhalb der Kirche daheim

mit angehört hatte. Nein, dies war etwas anderes, ein regelrechter Machtkampf, der vor ihren Augen ausgebrochen war.

Nachdem Helene die Tragweite dieses Gesprächs erkannt hatte, vergaß sie vor Spannung fast das Atmen. Die Luft zwischen den Kontrahenten schien elektrisch aufgeladen. Was würde Johannes als Nächstes tun? Gottfrieds Anklage war dermaßen provozierend gewesen, müsste Johannes ihn da nicht am Kragen packen? Er musste sich doch verteidigen. Wenigstens mit Worten.

Helene schaute Johannes fast flehend ins Gesicht. Warum sprach er denn nicht, warum schleuderte er Gottfried nicht eine ätzende Gegenrede entgegen, die ihn ein für alle Mal zum Verstummen bringen würde? Sie krallte vor Spannung die Finger beider Hände in ihre Oberschenkel und biss sich gleichzeitig auf die Unterlippe. *Johannes, sag doch was!,* bat sie innerlich, und als sie die schreiende Stille zwischen den Männern nicht länger ertrug, rief sie ohne weiteres Nachdenken einfach dazwischen.

»Erst müssen die Kinder doch lesen und schreiben lernen, damit sie den Katechismus überhaupt verstehen.« Wie über ihren eigenen Mut erschrocken, hielt sie sich nun die Faust vor den Mund. Was war ihr nur eingefallen, sich in das Gespräch der Männer einzumischen? Noch immer schweigend schob Johannes sie nun sachte die Treppe hinunter. Helene drehte sich zu ihm um, wollte sich entschuldigen. Er hielt seinen Zeigefinger hoch, um sie daran zu hindern. »Lassen Sie uns bitte alleine, Helene. Das ist eine Sache, die nur Gottfried und mich angeht.«

Helene nickte beschämt und entfernte sich von den beiden. Johannes hatte recht, natürlich ging es nicht um sie. Als sie ihr Büro erreicht hatte, schloss sie die Tür hinter sich und sank auf den Stuhl hinter dem Schreibtisch. Ein Geräusch ließ Helene wenig später den Kopf heben. Georg stand im Türrahmen.

»Ist etwas mit Ihnen? Sie sehen so erschöpft aus.« Besorgt ging er neben ihr in die Hocke und betrachtete prüfend ihr Gesicht. »Sie sind kreidebleich.« Helene schüttelte den Kopf.
»Es ist nichts weiter. Die Hitze setzt mir ein bisschen zu, das ist alles.« Georg griff nach seinem Taschentuch und wischte ihr den Schweiß von der Stirn. Helene sah ihn an und begann, leise zu weinen. Georg nahm sie vorsichtig in den Arm und drückte sie an sich. Sich aufrichtend, zog er Helene zu sich hoch. Sie standen einander gegenüber, und er sagte nichts, strich ihr nur beruhigend über den Rücken. Der körperliche Trost tat Helene gut, und so ließ sie sich von Georg halten. Sie vermisste ihre Mutter, die sie immer zu trösten wusste. Manche Dinge waren so schwierig, und sie musste damit allein zurechtkommen, ohne den Rat der Eltern. Warum nur hatte sie unbedingt nach Australien gehen müssen? Hätte sie doch nur auf Vater gehört! Er wollte ja nie, dass sie ging.
In diesem Anfall von Selbstmitleid befreite sie sich aus Georgs sanfter Umarmung und schlang ihm beide Arme um den Hals. Georg schien vor Überraschung nicht recht zu wissen, wohin mit seinen Händen, doch dann legte er sie um Helenes schmale Taille und zog sie langsam an sich. Helene wurde bewusst, dass sie sich nicht länger wie Bruder und Schwester umarmten, sondern wie Mann und Frau. Sie löste ihren Kopf von seiner Brust und sah ihn an. In seinen verwunderten Augen las sie Zuneigung, aber auch etwas Forschendes, so als suche er nach der Antwort auf eine überaus wichtige Frage. Sie lächelte ihn unsicher an, wollte ihn aber noch nicht loslassen. Helenes Lächeln erwidernd, wischte er ihre Wangen mit dem Handrücken trocken und drückte sie abermals fest an sich. Helene ließ es geschehen, genoss es sogar. Dann sah sie plötzlich Anna in der Tür stehen. Langsam löste sie ihre Hände von Georgs Nacken, wand sich aus seiner Umarmung.
»Anna«, sagte sie erschrocken. Sie fühlte sich ertappt, dabei

hatte sie doch gar nichts getan. War das, weil Anna einfach nur schweigend im Raum stand? Wie lange sie wohl schon dort gestanden hatte – ihren Schwager und sie beobachtend? Georgs Blick glitt zwischen den Frauen hin und her. Er machte auf Helene nicht den Eindruck, als wollte er die Harmlosigkeit der Situation erklären. Anna war inzwischen auf die beiden zugegangen, umarmte erst Helene, dann Georg. Helene war nicht ganz wohl dabei, sie beschlich das unangenehme Gefühl, dass Anna die Situation missverstanden hatte. Dabei war es doch klar, dass Georg sie nur tröstete, oder etwa nicht? Helene schaute Georg und Anna an, die sich gerade aufs herzlichste umarmten, einander auf die Schulter klopften. Es war wohl besser, ein paar klärende Worte zu sagen, doch noch bevor sie den Mund öffnen konnte, nahm Anna sie an die eine Hand und Georg an die andere. Lächelnd blickte sie mal zum einen, dann zum anderen.

»Liebste Freundin«, sagte sie schließlich, »es fällt mir schwer, in Worte zu fassen, wie glücklich ich bin, dich als Freundin zu wissen. Dein immerwährender Optimismus, deine Begeisterung und deine praktische Art sind für mich ein wahrer Quell nie versiegender Freude. Du ergänzt mich.« Helene blickte verlegen zu Boden, trat von einem Fuß auf den anderen, als stünde sie auf glühenden Kohlen. Am liebsten wäre sie einfach weggerannt. Ein ungutes Gefühl breitete sich in ihrer Magengrube aus. Sie hob vorsichtig den Blick und bemerkte, dass Georg sie anlächelte, während Anna sie geradezu anstrahlte. Als sich die Blicke der Frauen trafen, drückte Anna die Hand der Freundin noch ein wenig fester. Helene wollte etwas sagen, irgendetwas, das ein wenig Leichtigkeit in diese, wie es ihr erschien, unnötig ernste Lage bringen könnte. Doch wieder kam ihr Anna zuvor, die jetzt den Kopf schüttelte.

»Entschuldige, ich rede die ganze Zeit nur von mir – wie selbstsüchtig! Es ist nur so … Georg und du, ihr seid mir neben Johannes und meinem Sohn die wichtigsten Menschen, noch vor den geliebten Schwiegereltern. Und seit du zu uns nach Neu Klemzig gefunden hast, liebste Helene, habe ich mir für dich – für euch! – nichts sehnlicher gewünscht, als dass ihr zueinanderfindet. Ja, ich weiß, es ist ein selbstsüchtiger Wunsch, aber ich fühle ganz tief im Herzen, dass er richtig ist. Für euch, für die Gemeinde. Ach, Helene, Georg, ich freu mich so sehr für euch. Lasst euch drücken, liebste Freunde!« Eine Träne löste sich aus Annas Augenwinkel, als sie Helene nun umarmte. Die wusste nicht recht, wie ihr geschah, und blickte hilfesuchend zu Georg. Als sie sah, dass auch ihm eine Träne über die Wange floss, hätte sie sich vor Verzweiflung am liebsten mit beiden Händen die Haare gerauft. Waren die beiden denn von allen guten Geistern verlassen? Glaubten die etwa, sie und Georg wären ab heute ein Paar? Was sollte sie denn jetzt tun? In ihrem Kopf pulsierten die Gedanken. War Georg etwa in sie verliebt? Und wenn dem so war, wieso hatte sie es dann nie zuvor bemerkt? Panik schnürte ihr den Hals zu. Georg war ein lieber Mensch, ein sehr lieber sogar, mit dem sie gerne Zeit verbrachte, doch Georg als ihr – ja, was eigentlich, was wurde von ihr erwartet? –, als ihr Ehegatte? Das wäre ihr nie und nimmer eingefallen. War sie wirklich so unsensibel, dass sie von seinen Gefühlen für sie nie etwas bemerkt hatte? Und auch nicht davon, dass Anna sie wohl nur zu gerne mit dem Schwager verkuppeln wollte? Oh, mein Gott, hilf! Anna und Georg schauten sie erwartungsvoll an, während Helene noch auf eine rettende Eingebung hoffte, die dieses peinliche Missverständnis schleunigst aufklären könnte. Am liebsten eine Erklärung, die alle in ein erleichterndes Lachen ausbrechen ließ. Doch sie schaffte es einfach nicht, die richtigen Worte zu finden.

»Anna, Georg. Ihr seid so lieb, aber ich kann nicht. Ich kann einfach nicht. Verzeiht mir!« Mit diesen hilflosen Worten raffte Helene ihre Röcke und lief zwischen den beiden hindurch ins Freie. Sie blickte nicht zurück, verlangsamte ihren Schritt erst, als sie schon fast bei der Backstube war. Dort würden sie schon seit geraumer Zeit auf ihre Hilfe warten, das Brot buk sich schließlich nicht von allein. Auf dem Weg ins Backhaus hatte Helene eine Entscheidung getroffen: Was sie anbelangte, so hatte diese verstörende Szene im Schulhaus nie stattgefunden.

»Da bist du ja endlich! Ich dachte schon, du würdest uns das Brot des Herrn allein durchwalken lassen.« Luise lachte hell auf. Die anderen Frauen stimmten ein. Eine nahezu unerträgliche Hitze drang aus dem Backhaus in den Vorraum, wo die Frauen in einer Reihe standen und den Sauerteig zum zweiten Mal für heute kneteten. Luise rückte zur Seite und stieß ihre Nachbarin an, damit sie es ihr gleichtat. »Komm schon her, wir haben gerade erst angefangen, du kannst dich also austoben. Und weil du saubere Hände hast, kannst du uns zunächst mal ordentlich Wasser nachschenken. Diese Gluthitze sengt einem ja fast das Haar vom Kopf!« Wieder lachten die Frauen, Luise war offensichtlich trotz der harten Arbeit in allerbester Stimmung. Helene tat wie geheißen und füllte die Becher mit frischem Wasser, die Frauen nickten dankbar. »Die höllischen Temperaturen haben aber auch ihr Gutes, immerhin ist es wohl selbst den Fliegen zu heiß. Verübeln kann ich es ihnen nicht.« Helene lächelte still und nahm ihren Platz in der Mitte der Reihe ein. Die körperliche Anstrengung tat ihr gut, sie lenkte ihre verworrenen Gedanken ab. Der Teig lag in einem Stück auf dem langen Holztisch, und wenn die Frauen mit ihm fertig waren, würde er, zu Laiben geformt, in kleinen Körben aufgehen. Diese würden in dem schon seit Stunden befeuerten Ofen verschwinden, doch das kümmerte die Frauen schon nicht mehr, denn das eigentliche Backen des Brotes war Aufgabe der Männer. Luise hatte heute die Aufsicht im Backhaus und bestimmte somit, wie lange sie hier noch gemeinsam schwitzen mussten. Die Frauen hatten allesamt ihre Hauben und Schürzen abgelegt; Strähnen, die sich aus den hochgebundenen Haaren gelöst hatten, klebten ihnen an den Wangen, und der Stoff unter ihren Achseln war vom Schweiß dunkel. Doch die Laune im Backhaus hätte nicht besser sein können. Eine Alte am rechten Ende des Tisches fing nun zu singen an, und es dauerte nicht lange, bis die anderen in das fröhliche Lied einstimmten. Endlich fiel auch Helene ein, während ihr Handballen den Teig mit einer Inbrunst bearbeitete, als müsste sie ein Zuviel an Energie loswerden. Sie drückte beide Hände kräftig und tief in die weiche Masse. Sie hatte es immer schon geahnt. Eines Tages würde sie mit ihrer Art in Schwierigkeiten geraten, doch dass dieser Tag schon so bald kommen würde, damit hatte sie nicht gerechnet. Doch was sollte sie nun tun? Davonlaufen war ausgeschlossen. Wohin denn auch? Ihre Finger waren nun ganz im Sauerteig vergraben und walkten die zähe Masse kraftvoll durch, bis sie langsam geschmeidig wurde. Der Rhythmus der Hände ließ ihre Gedanken allmählich ruhiger werden. Von der Seite betrachtete sie Luise, ihre beste Freundin, die mit der Nachbarin in eine Art scherzhaften Singwettstreit getreten zu sein schien. Eine schmetterte jetzt lauter als die andere, immer wieder unterbrochen von glucksendem Gelächter, dabei immer den Teig im Takt walkend. Luise begegnete ihrem Blick und verstummte für einen Augenblick. Helene beeilte sich, ein Lächeln aufzusetzen. Hatte Luise etwas in ihren Augen gesehen?

Als sie dabei waren, die Laibe zu formen, kam Elisabeth ins Backhaus. »Wo bleibt ihr denn nur, Mädchen? Maximilian will gleich am großen Baum unten am Wasserloch die Messe halten. Wir warten nur noch auf euch.« Die Frauen trieben sich nun gegenseitig zur Eile an. Helene hatte sich die Hände abgewischt, um einen sorgfältig gefalteten Stapel Baumwolltücher aus dem Regal zu holen, mit denen später der gehende

Teig in den Körben abgedeckt würde. Sie blieb vor der trotz der Sommerhitze dunkelgekleideten Elisabeth stehen.
»Das ist meine Schuld. Ich habe getrödelt und bin zu spät ...«
Luise unterbrach sie mit einem heimlichen Fußtritt.
»Wir sind gleich fertig, Elisabeth. Wir hatten einfach viel zu viel Spaß zusammen, oder etwa nicht?« Von allen Seiten erhielt sie zustimmendes Raunen. Elisabeth trat auf Helene zu. Luises Worte missachtend, sagte sie mit festem Blick: »Deine Schuld?« Sie machte eine Pause, fuhr dann fort: »Na gut. Dann geh zu den Männern, sag ihnen, dass sie gleich nach der Messe das Brot backen können.« Im Weggehen wandte sie sich um und blieb kurz vor Luise stehen. Sie trug ihr süßes Lächeln: »Es ist schön, dass ihr Freude an der Arbeit habt. Nur – Freude allein hat noch keinen satt gemacht.«
Die Frauen warfen einander scheue Blicke zu, ohne ihre Arbeit zu unterbrechen. Mit flinken Händen rollten sie das letzte Stück Teig zu Kugeln und legten sie in die geflochtenen Körbe. Elisabeth nahm ein Messer aus der Schublade und begann, ein Kreuz in jede Kugel zu ritzen.
»Dann gehe ich jetzt wohl besser zu den Männern«, sagte Helene. Elisabeth nickte stumm.

Alle hatten sich zur Messe im Schatten des großen Geistereukalyptus zusammengefunden. Nicht nur die beiden Gemeinden Neu Klemzig und Zionshill, sondern auch Mitglieder der Kirche aus Adelaide, die den Ausflug in den Busch, wie man hier eine Landpartie nannte, zu genießen schienen. Die Städter konnte man ohne Schwierigkeit daran erkennen, dass sie feiner gekleidet waren. Die meisten waren auch nicht wie die Brüder und Schwestern hier oben Bauern und Handwerker, sondern Anwälte, Lehrer oder Ärzte. Doch natürlich trugen auch die Bauern heute ihren besten Zwirn, das Fastenfest zu Beginn der vierzigtägigen Passionszeit verlangte danach.

Heute würde zum letzten Mal vor Ostern so richtig geschmaust und gefeiert werden, mit allem, was das neue Land an Köstlichkeiten hergab. Sogar ein wenig Wein aus dem nahe gelegenen Barossa Valley würde zur Feier des Tages fließen, und darauf freuten sich ganz besonders die Männer.
Weiter hinten stand ungefähr ein Dutzend Aborigines, die ebenfalls eingeladen waren. Sie hatten sich zu Ehren der Mission mit Emufett eingerieben und mit Asche traditionelle Muster auf ihre Körper gemalt. Einige der Älteren trugen Federschmuck und Amulette. Die Männer hielten Schilde und Speere in der Hand und machten, wie sie so still als Gruppe zusammenstanden, einen imposanten Eindruck. Trotzdem fand Helene, dass sie zwischen den weißgekleideten städtischen Damen mit ihren Sonnenschirmen und den Herren im stadtfeinen Dreiteiler aus bestem Zwirn irgendwie fehl am Platze wirkten. Die meisten von ihnen hatten es ohnehin vorgezogen, statt am Abend am Festmahl der Weißen teilzunehmen, eine Extraration Kartoffeln und Schwein zu ihren Hütten und Zelten zu nehmen, die unterhalb der Siedlung auf der anderen Seite des Billabongs standen. Damit hatte man aus Erfahrung gerechnet, und allein deshalb hatte sich Gottfried überhaupt damit einverstanden erklärt, die Schwarzen einzuladen.

Pastor Maximilian stand auf einer Holzkiste, damit er von allen gesehen werden konnte. Wie immer, wenn er die Messe las, wurde es schnell still. Da er sein Amt selten und nur noch zu besonderen Anlässen ausübte, wollte ihm die Gemeinde besonderen Respekt erweisen. Selbst die Kleinsten waren ziemlich ruhig, allein die ewige Geste des Fliegenverscheuchens brachte Bewegung in die versammelte Runde. Maximilian sprach wie gewöhnlich warme und ermunternde Worte, Worte, die die Gemeinde ein wenig näher zusammenrücken ließen. Doch an Helenes Ohr, die sich absichtlich ein wenig abseits

gehalten hatte, drangen nur Wortfetzen, die der heiße Wind ihr zutrug. Um diese Jahreszeit kam er aus der Wüste und blies wie heißer Atem über die trockenen Hügel. Helene bezweifelte, dass sie mehr verstanden hätte, wenn sie dichter am Baum gestanden hätte. Noch immer war sie viel zu sehr mit den aufwühlenden Ereignissen des Tages beschäftigt. Wie zum Beispiel die Erkenntnis, dass Gottfried Johannes anfeindete. Warum nur? Was führte er im Schilde? Sie musste unbedingt mehr darüber in Erfahrung bringen. Notgedrungen arbeitete sie eng mit ihm zusammen, und das gab ihr Gelegenheit, ihm etwas genauer auf die Finger zu sehen.
»Beschützer« – wie Hohn erschien Helene jetzt die Bezeichnung, die ihr Vater Gottfried gegeben hatte. Nach all den Monaten, in denen sie ihn besser kennengelernt hatte, konnte sie nun wirklich nicht sagen, dass sie sich von ihm sonderlich beschützt fühlte. Eher im Gegenteil: Wenn er sie mal nicht für ihr Verhalten oder ihre Arbeit kritisierte, was nur zu häufig vorkam, dann wurde er auf eine Weise nett zu ihr, die sie vor Widerwillen schaudern ließ. Er strich dann um sie herum wie ein räudiger Hund um den Knochen, mit vor Speichelfäden triefenden Lefzen, nur auf eine Gelegenheit lauernd, um zuzuschnappen. Er wollte etwas von ihr, so viel war sicher, doch was er wollte, was dieser »Knochen« war, um den er bei diesen unangenehmen Gelegenheiten immer enger werdende Kreise zog, darüber war Helene noch immer im Zweifel.
Sie hatte Zugang zu allen Aufzeichnungen der Gemeinde. War es das, was ihn so anzog? Andererseits konnte er in die Kirchenbücher doch selbst Einsicht nehmen, es war ihm als Kirchenältestem gestattet. Was wollte er? Und was trieb er? Dieses schwarze Büchlein zum Beispiel, in das er so fleißig Eintragungen machte und das er stets in seiner Westentasche trug, wenn er nicht gerade mit seinem Federhalter über die Seiten kratzte. Was sollte das?

Und dann Anna und Georg. Wieder kam Helene die Szene in den Sinn. Und auch jetzt, da sie zum wiederholten Male daran dachte, was sich vor kaum zwei Stunden im Schulhaus zugetragen hatte, überkam sie so etwas wie Atemnot. Sie schien einfach nicht genügend Luft zu bekommen. Aus Gründen der Schicklichkeit konnte Helene ihre Bluse unmöglich noch weiter aufknöpfen, als sie es eh schon gewagt hatte, und fächelte sich deshalb mit beiden Händen die heiße Luft ins Gesicht.
»Soll ich dir einen Schluck Wasser bringen?« Die besorgte Stimme gehörte Anna, die ihr überraschend und fast zärtlich eine vom Wind getrocknete Strähne hinters Ohr strich.
»Wasser – das wäre sehr lieb, ja.« Helene nahm ihren Mut zusammen und sah Anna an. In ihrem Gesicht fand sie nichts außer Freundschaft, Liebe und Wärme. Keine Spur von Unverständnis oder gar Verärgerung.
»Ich wünsche uns allen eine besinnliche Fastenzeit. Nutzen wir sie, um uns auf das zu besinnen, was im Leben wirklich zählt – auf das, was uns vor allen anderen Dingen wichtig ist. Die Liebe zu Gott und den Menschen. Amen.« Diese letzten Worte von Maximilians Predigt drangen auch bis zu Helene durch. Die Gemeinde wiederholte das Amen und bekreuzigte sich.
»Und jetzt lasst uns ordentlich mit Braten und Wein feiern. Von dieser Erinnerung werden wir eine ganze Weile zehren müssen. Es sei denn, ihr gehört zu denen, über die sich Luther in seinem *Sermon von den guten Werken* auslässt, wo er sagt: *Ich will jetzt davon schweigen, dass manche so fasten, dass sie sich dennoch vollsaufen; dass manche so reichlich mit Fischen und anderen Speisen fasten, dass sie mit Fleisch, Eiern und Butter dem Fasten viel näher kämen ...*«
Ein leises Lachen ging durch die Runde, das der Wind über die Weizenfelder trug. Dann griff Johannes zur Gitarre und begann zu singen; nach und nach fielen alle ein. Er saß auf einer

Kiste links vom Vater, neben ihm Georg. Johannes nickte dem Bruder zu, der mit der zweiten Stimme in das Lied einstimmte. Sie lächelten sich an.

Vielleicht glaubte Georg immer noch, dass er sie für sich gewonnen hatte? Helene wusste es nicht; sie würde abwarten müssen, ob er nochmals auf sie zukäme. Heute wollte sie ihm keinesfalls mehr begegnen. Nur gut, dass er mit seinen Eltern bei Gottfried übernachten würde. Wenn sie es sich recht überlegte, war Georg schüchtern, er hatte ja auch eben im Schulhaus kein einziges Wort gesagt, nachdem Anna zu ihnen gestoßen war. Ohne das Zutun der Schwägerin hätte er ihr wahrscheinlich nicht offenbart, wie es um ihn stand. Gesagt hatte er in dieser Hinsicht ja sowieso nichts, es war nur sein Verhalten, das ihn verriet. Wie Anna und er sich angeschaut und vor Freude gedrückt hatten.

Immerhin wäre es doch möglich, dass er dies mittlerweile schon bereute. Helene fasste neuen Mut. Sie wollte es darauf ankommen lassen. Solange er sie nicht auf den heutigen Vorfall ansprach, erschien es ihr am besten, die Sache einfach auf sich beruhen zu lassen. Falls er aber, was Gott verhüten möge, am Ende gar um ihre Hand anhalten sollte, musste sie ihm die Wahrheit sagen: dass sie ihn nicht liebte.

Plötzlich schoss ihr ein stechender Schmerz durch den Kopf, der sie an die Schläfen greifen ließ. Unter den Fingerspitzen konnte sie fühlen, wie das Blut dicht unter der Haut hämmerte. Sie rieb sich die Seiten, doch der Schmerz wollte nicht nachlassen.

»Hier. Ein Becher Wasser. Geht es dir inzwischen besser?«, fragte Anna teilnahmsvoll.

Helene nickte reflexartig und nahm einen großen Schluck. Sie wischte sich mit dem Handrücken ein paar Tropfen aus dem Mundwinkel und atmete erleichtert auf.

»So blass habe ich dich noch nie gesehen. Komm, setz dich!«

Anna machte Anstalten, sich auf den Boden zu setzen, doch Helene schüttelte den Kopf.
»Danke, es geht schon wieder.« Wie um sich dessen zu vergewissern, sog sie tief die frühabendliche Luft in ihre Lungen. Dieser mittlerweile so vertraute Geruch von strohigem Gras, ein herber Duft, darüber die frische Note des allgegenwärtigen Eukalyptus, und aus der Siedlung stieg ihr der verlockende Geruch saftigen Bratens in die Nase. Bis auf das vor sich hin brutzelnde Schwein am Spieß duftete es hier auf den Hügeln Südaustraliens ganz anders als in Preußen, und dennoch: Für Helene war das bereits der Geruch von Heimat.
Annas Griff nach Helenes Schultern riss sie aus den Gedanken. Anna sah sie ernst an.
»Hör zu, Helene. Ich will nicht, dass du denkst, ich dränge dich zu irgendetwas, was du nicht willst. Ich glaube zwar, dass du und Georg das perfekte Paar wärt, aber die Entscheidung liegt natürlich bei dir, bei euch, meine ich.«
»Danke, Anna. Du meinst es gut, das weiß ich.«
Anna lächelte: »Natürlich meine ich es gut. Ich will für alle das Beste, für dich und Georg, für uns alle eben. Was denn sonst?«
Sie versicherte sich nochmals, dass es Helene gutging, bevor sie sich zu ihren Schwiegereltern gesellte. Elisabeth wiegte ihren Enkel im Arm. Aus der sicheren Entfernung blickte Helene hinüber zu den Brüdern. Warum konnte sie Georg nicht lieben? Alles wäre so einfach.
Sie rieb sich wieder die pochenden Schläfen. Die Sonne stand schon tief, die trockenen Grashalme reflektierten das goldene Licht. In der Ferne blökten ein paar Schafe wie erleichtert darüber, dass sich die Luft ein wenig abgekühlt hatte. In der Myrtenheide neben ihr hatte sich ein geschwätziges Finkenpaar niedergelassen, die Nähe zu Menschen schien es nicht im Geringsten zu stören. Helene wollte diesen friedvollen Augenblick nicht vergessen, wollte ihn sich ins Gedächtnis brennen.

Helene lag schon auf ihrem Lager in der Schreibstube des Schulhauses, als sie hörte, wie die ersten Gäste versuchten, es sich auf den Strohsäcken bequem zu machen.
»Au, pass doch auf, wo du hintrittst.« Sie hörte etwas umfallen, jemand kicherte. »Psst, leise! Helene schläft bestimmt schon.«
Helene setzte sich auf und schaute hinaus auf die Veranda. Sie hatte eine Kerosinlampe in ihr offenes Fenster gehängt, damit die Gäste sich zurechtfanden. Im schwachen Schein erkannte sie in der Gruppe den Diakon mit seiner Frau Hilde, die kichernd etwas vom Holzboden aufhob. Helene legte sich schnell wieder hin. Sie wollte nicht gesehen werden, denn ihr war nicht nach Unterhaltung zumute. Als die Kopfschmerzen nicht besser werden wollten, hatte sie das Fest schnell verlassen. Es tat ihr leid, denn die Stimmung war ausgesprochen gut, ja nahezu ausgelassen, wie man es unter Lutheranern nur selten erlebte. Von diesem Fest würde man noch lange reden. Es wurde gegessen, getrunken und gelacht, dann tanzten die Jungen und schließlich sogar die Alten. Die Ablenkung hätte ihr sicherlich gutgetan, zumal Georg tatsächlich auf Abstand hielt. Ein-, zweimal hatte sie bei Tisch seinen Blick gespürt, verstohlen von der Seite, doch er schien zu merken, dass sie auf Distanz bedacht war, und schließlich hatte sie ihn den Rest des Abends nicht mehr gesehen. Sie wartete der Höflichkeit halber noch ab, bis Johannes seine Ansprache an die Gäste aus Adelaide beendet hatte, musste dann aber einsehen, dass es mit ihrem Kopfschmerz keinen Sinn mehr hatte, und zog sich früh zurück.
»Ist alles in Ordnung bei euch da vorne, Ferdinand?« Helene schlug die Augen auf. Johannes hatte das gefragt.
»Ja, wenn ich mal davon absehe, dass meine Holde wohl mehr Wein als Wasser getrunken hat.«
Johannes lachte.

»Wie redest du denn von mir?«, sagte Hilde mit unsicherer Stimme. »Als wäre ich eine Trinkerin.« Wieder schepperte es.
»Ruhe jetzt. Du legst dich sofort hin, bevor du noch den gesamten Distrikt aufweckst!«
»Ja, Mann, ist schon gut.« Sie plumpste auf einen Strohsack und stöhnte leicht auf.
»Da komm ich nie mehr hoch.«
»Solltest du vorläufig auch nicht. Gute Nacht, meine Schnapsdrossel.« Helene hörte einen schmatzenden Laut, wahrscheinlich ein Kuss, den der Ehemann seiner Gattin aufdrückte. Es dauerte keine Minute, bis diese friedlich vor sich hin schnarchte. Plötzlich platzte ein Lacher aus Helene heraus. Erschrocken hielt sie sich die Hand vor den Mund, aber es war schon zu spät.
»Helene, sind Sie das?« Schritte näherten sich ihrem Fenster.
»Da haben wir's«, sagte der Diakon und schlug seine Hände auf die Schenkel. »Jetzt hat Hildchen doch tatsächlich die gute Helene geweckt. Na, das wird ihr morgen schön peinlich sein.«
Helene stand auf und trat ans Fenster.
»Verzeihung, ich wollte nicht lachen, es war nur so …«
»Schon gut, Helene. Ich bin es, der sich für Hilde entschuldigen muss. Ich hätte besser auf sie aufpassen sollen. Ist ja nicht das erste Mal, dass ihr beim Fastenfest der Wein zu Kopfe steigt.«
»Sei gnädig, alter Freund«, Johannes klopfte dem Diakon kumpelhaft auf die Schulter. »Ist doch nur einmal im Jahr, gönn ihr doch die Freude! Wir sind heute schließlich zum Feiern hergekommen.«
»Du hast ja recht, aber ich mag es nun mal nicht sonderlich, wenn sie über die Stränge schlägt.«
»Ach, das hat sie doch gar nicht. Deine Hilde ist eben sehr zierlich, da verträgt man nicht so viel wie andere. Und was ist mit dir? Willst du denn nicht wieder zum Fest zurück?«
Der Diakon strich sich über den dünnen Ziegenbart.

»Hm, ich würd ja schon gerne, aber ich kann Hilde doch nicht ...«

»Und ob du kannst, Helene und ich passen schon auf sie auf. Geh du nur und amüsier dich, Bruder!«

Der Blick des Diakons wanderte von Johannes zu Helene, und als sie ermunternd nickte, tippte er zum Gruß zwei Finger an die rechte Schläfe.

»Also gut. Ein Gläschen oder zwei könnt ich schon noch vertragen, und meine Freunde von der Liedertafel lass ich auch nur ungern im Stich.« Jetzt hörte Helene den Männerchor, der ein altes Lied von grünen Tannen und blauen Seen sang. Johannes und Helene sahen dem Diakon eine Weile hinterher, wie er sich nun beeilte, zum Fest zurückzukehren.

»Der gute Ferdinand. Er tut nur so, als wäre er ihr böse, dabei liebt er seine Hilde über alles. Und sie ihn.« Johannes kniete neben Hilde, aus deren leichtgeöffnetem Mund nur noch leises Schnarchen drang.

»Ein Laken braucht sie in dieser Nacht wohl kaum, was meinen Sie?«

Helene kam aus ihrem Zimmer heraus und kniete sich neben ihn. Sie schüttelte kaum merklich den Kopf.

»Nein. In einer Nacht wie dieser braucht man nur die Sterne über sich, und sonst gar nichts.« Sie blickte in den Himmel, stand auf und deutete mit dem ausgestreckten Arm nach oben. »Schauen Sie doch nur!« Johannes stand auf und hob den Blick, sein Mund verzog sich zu einem Lächeln.

»Göttlich! Ich wüsste gerne, wie viele Sterne da oben funkeln, es müssen Milliarden sein.« Er schaute Helene an. »Ist der Sternenhimmel über Salkau auch so schön? Ich kenne ihn ja nicht.« Wieder schüttelte Helene den Kopf.

»Kein Vergleich. So ein Glitzern und Funkeln hab ich dort noch nie gesehen. Ist das nicht das Kreuz des Südens?« Helene deutete auf eine trapezförmige Sternenformation.

»Ja, und das kann man von Salkau aus ganz sicher nicht sehen.«
Er schaute sie an. »So deutlich habe ich es noch nie wahrgenommen.« Helene schaute noch immer in den Himmel. Plötzlich wurde ihr bewusst, dass sie mit Johannes ganz alleine war. Die Gruppe, mit der Ferdinand und Hilde gekommen war, hatte es sich anders überlegt und war wieder zum Fest zurückgekehrt. Außer der selig schlummernden Hilde war niemand mehr da.
»Warum haben Sie das Fest eigentlich so früh verlassen? Sie haben doch nicht etwa wie Hilde einen über den Durst getrunken, oder? Zumindest kommt es mir nicht so vor.«
Helene musste kichern. »Nein, ich hatte nur Kopfschmerzen.«
»Oh, das tut mir leid«, sagte Johannes und klang anteilnehmend. »Haben Sie es schon mal mit Myrtenheide probiert?«
»Myrtenheide?« Helene kannte den Baum, ein besonders prächtiges Exemplar stand ja gleich hier am Schulhaus.
»Warten Sie mal einen Augenblick«. Johannes stand auf und trat an den Rand der Veranda. »Die Apotheke ist hier nie weit weg und immer geöffnet.« Er pflückte ein paar längliche, feste Blätter von einem überhängenden Ast. Mit triumphierendem Blick hielt er ihr die Blätter unter die Nase. »Riechen Sie das? Die Myrtenheide wird auch Teebaum genannt. Blätter und Rinde enthalten ein Öl, das alles Mögliche heilt. Zum Beispiel Kopfschmerz. Das hab ich von den Aborigines gelernt. Versuchen Sie es ruhig einmal.« Helene nahm ein Blatt und steckte es zögerlich in den Mund.
»Vertrauen Sie mir etwa nicht?« Ohne weiter nachzudenken, schob Helene den Rest des Blattes in den Mund und begann folgsam, darauf herumzukauen.
»Pah, das ist ja widerlich.« In hohem Bogen spuckte sie das bittere Grünzeug aus und schüttelte sich. Johannes lachte laut. Hatte er sich etwa einen Scherz mit ihr erlaubt? Sie wollte sich schon beschweren, da verstummte er und legte einen Arm um ihre Schulter.

»Verzeihung, aber es hat sehr komisch ausgesehen, wie Sie das so angeekelt ausgespuckt haben.« Peinlich berührt blickte sie zur Seite. Johannes musste bemerkt haben, wie ihr zumute war, denn schnell setzte er nach: »Das war genau das Richtige. Ich hätte Sie ansonsten dazu auffordern müssen.« Sie sah ihn fragend an.
»Zu viel Teebaumöl, und es wirkt giftig. Aber keine Sorge, ein einziges Blatt kann nicht viel Schaden anrichten.«
»Da bin ich aber beruhigt, dass Sie mich nicht um die Ecke bringen wollten.«
»Warten Sie, ich bringe Ihnen ein Glas Wasser, damit Sie den Geschmack loswerden.« Er verschwand im Schulhaus, Helene setzte sich auf einen der Säcke. Die Beine mit den Armen umfassend, legte sie ihre Stirn auf die Knie und begann, sich zu entspannen. Urplötzlich war der Kopfschmerz verschwunden. Sie hob den Kopf, vor ihr stand Johannes. Er kniete sich vor sie hin und reichte ihr den Becher.
»Besser?« In seinen Augen leuchteten die Sterne. Er legte seine Hände an ihre Schläfen und massierte sie sanft. Helene schloss die Augen.
»Ich muss jetzt gehen, Helene. Ich hab Anna gesagt, dass ich nur schnell nach dem Rechten schaue und sie und den Jungen dann holen komme.« Er war aufgestanden und zog sie zu sich hoch. »Ich bin sehr froh, dass die Schmerzen aufgehört haben. Ruhen Sie sich mal richtig aus, Sie haben so viel für mich, für uns getan. Ich danke Ihnen dafür, Helene.« Johannes ging, drehte sich aber nochmals um. »Ach, das Gespräch heute mit Gottfried. Seien Sie mir nicht böse, dass ich Sie weggeschickt habe. Glauben Sie mir, Sie haben nichts verpasst. Es war ein hässlicher Streit. Gute Nacht dann.« Er hob zum Abschied kurz die Hand.

Helene war den zweiten Sommer in Australien, als nach einer langen Dürre das gefürchtete Feuer ausbrach. Helene hatte die Bauern oft und ängstlich davon reden hören. Wie ein Damoklesschwert hing die Bedrohung über ihnen. Diejenigen Siedler, die schon lange genug in Neu Klemzig waren, um den letzten großen Brand vor zwölf Jahren erlebt zu haben, sprachen nun schon seit Wochen von nichts anderem und von den Zeichen, die sie gesehen hätten.

Da waren zunächst die Fliegen, deren penetrante Anwesenheit an sich nichts Ungewöhnliches war. Im Sommer schwirrten sie überall herum, und sie waren lästig. Sie ließen sich nicht aus den Häusern vertreiben, und schon gar nicht aus der Küche, wo sie sich gierig auf jede noch so winzige Krume setzten. Gleich, was sie an Nahrung fanden, ob Obst, ein Stück Käse oder einen Krug Milch, sie stürzten sich darauf oder, wie im Falle der Milch, gleich mitten hinein. Saßen sie erst mal auf ihrem Futter, machten sie sich sofort daran, die Lebensmittel mit ihren Eiern zu verseuchen. Wenn die erst einmal gelegt waren, entwickelte sich in kurzer Zeit ein bestialisch-süßlicher Gestank wie von Verwesung. Wer es dann versäumte, die verdorbene Nahrungsquelle rechtzeitig zu entfernen, hatte bald den Nachwuchs im Haus. In der Hitze des Hochsommers dauerte es nicht lange, bis die Maden schlüpften. Hunderte gelblich-weißer Leiber mit übergroßen schwarzen Augen krochen dann langsam wie eine Armee in einer Richtung über den Boden, bereit zu schlüpfen und auf der Suche nach dem nächsten Futtertrog. Sie aus dem Haus zu fegen war nahezu unmöglich, und noch nach Tagen tauchten sie wieder aus irgendeiner Ecke auf.

Die Anwesenheit von Fliegen war im Sommer also nicht weiter auffällig. Doch in diesem Jahr war es anders, sagten die Alten. Die Fliegen begannen, aggressiv zu werden. Sie setzten sich auf die Haut von Mensch und Tier und ließen sich kaum mehr verscheuchen. Pferde und Kühe zuckten ohne Unterlass und wie reflexartig ihre Muskeln. Besonders die Pferde litten, die sich anders als Kühe von den Insekten nervös machen ließen. Sie warfen den Kopf wild von links nach rechts und wieder zurück, schlugen sich den Schweif und schüttelten die Mähne, doch all das nutzte nichts. Die Fliegen stoben höchstens kurz auf, um sich dann in aller Seelenruhe gleich wieder auf dem Tier niederzulassen. Einige der Feldarbeiter trugen jetzt einen Hut, von dessen breiter Krempe Korken an einem Faden herunterbaumelten, damit die Fliegen wenigstens dem Gesicht fernblieben. Sie klebten sich ansonsten an die Ränder der Augenwinkel.

Das war das erste Zeichen. Wenn sich die Fliegen nicht mehr davon abhalten ließen, selbst den Menschen in die Augen zu fliegen, um die Tränenflüssigkeit zu trinken, dann hieß das: Es gab weit und breit keinen Tropfen Wasser mehr.

Das zweite Zeichen war offensichtlicher. Jedermann konnte schließlich mit eigenen Augen sehen, wie knochentrocken das Gras war. Aber auch dies war in einem heißen Sommer in Südaustralien nichts Neues. Was den Alten, die das große Feuer damals überlebt hatten, Sorgen bereitete, war ausgerechnet die Frucht des lebenspendenden Regens, der lange vor der Dürre das Land so reichlich gesegnet hatte.

Im November des vergangenen Jahres hatte es mehr geregnet als in den drei Monaten zuvor, und die Bauern tanzten vor Freude auf den Feldern. Jetzt allerdings erwies es sich als Fluch, denn die Niederschläge hatten das Gras in langen Halmen sattgrün aus dem Boden schießen lassen. So reichlich hatte die Natur gegeben, dass Mensch und Tier unmöglich von alldem Gebrauch machen konnten. So fleißig die Neu Klemziger auch das Gras mähten, um es als Heu für den Winter vorrätig zu haben, es wuchs schneller, als es eingefahren werden konnte. Und so stand es nun im heißesten Sommer seit Jahren trocken wie Zündschnüre zwischen den Feldern, gelb und verdorrt, als warte es nur auf den ersten Funken.

In der außerordentlichen Gemeindeversammlung, die Johannes wegen der brenzligen Situation ausnahmsweise schon für den Mittwoch einberufen hatte, wurden die Notfallpläne einhellig als sofort wirksam beschlossen. Niemand wollte kostbare Zeit verschwenden, um die sich möglicherweise anbahnende Katastrophe von der Gemeinde abzuwenden. Helene und Johannes hatten im Anschluss an die Sitzung die Nacht damit verbracht, einen Schichtplan zu erstellen, der alle arbeitsfähigen Klemziger zum Hauen der Feuerschneise einteilte. Im Grunde war diese bereits vorhanden, denn die Siedler hatten aus der früheren Katastrophe gelernt. Das halbe Dorf war seinerzeit abgebrannt, so mancher Bauer hatte außer seinem Haus all sein Vieh verloren, aber das waren nicht die schlimmsten Verluste. Der Sohn vom alten Gösser war in den Flammen umgekommen bei dem verzweifelten Versuch, noch schnell die Schafe von der Koppel zu treiben. Er war nicht der Einzige, der die Kraft und vor allem die Schnelligkeit der Flammen unterschätzt hatte. Eine ganze Familie, die Miegels mit ihren fünf Kindern, wurde ebenfalls von der Wucht des Feuers überrascht. Obwohl sie das Feuer selbst gesehen hatten – oder vielleicht gerade deshalb –, wähnten sie sich in ihrer Hütte am Nordhang sicher. Doch dann schlug plötzlich der Wind um, wie es hier oben in den Hügeln manchmal geschehen konnte, und trieb das Flammenmeer direkt auf sie zu. Wie eine immer größer werdende Walze war das Feuer vom Westen her blitzartig über das offene Land gerollt. Am Ende war es reines Glück, dass nicht das ganze Dorf den Flammen zum Opfer gefallen war.

Heute gab es zwar eine Feuerschneise und auch einen recht ausgeklügelten Handlungsplan für den Fall einer Feuersbrunst. Doch da war dieses trockene Gras, überall – zwischen den Feldern und den Häusern, an den Ufern des Creeks oberhalb des Dorfes und unterhalb in der Talebene. Es würde das reinste Fest für jeden Flammenherd sein. In diesem Sommer hatte niemand Zeit und Kraft gehabt, um die Schneise instand zu halten. Der Sommerweizen stand früh sehr hoch und musste in die Scheunen, bevor er auf den Feldern von der Sonne verbrannt wurde. Da blieb keine Zeit für die Instandhaltung der Schneise. Jetzt sah es so aus, als könnte sich diese Nachlässigkeit rächen. Plötzlich, da die Bedrohung greifbarer wurde, rissen sich die Männer geradezu um die Schichten für die Schneise; manche wollten länger arbeiten und sogar noch nachts das Gras mähen oder gar Bäume fällen. Doch Helene und Johannes schickten die Männer am Abend nach Hause, es wäre zu gefährlich gewesen. Sie teilten Beobachtungsposten ein. Kräftige Windböen, die sich über dem Meer zusammenbrauten, könnten die Flammen schnell vorantreiben, allerdings müsste sich das Feuer in diesem Falle erst noch den Hügel bis nach Neu Klemzig hinauffressen, was die Flammen in ihrer Gier zumindest ein wenig bremsen würde. Die größte Sorge allerdings war, dass das Feuer aus dem Norden, dem Landesinneren kam, getragen vom ofenheißen Wind der Simpson-Wüste, hungrig nach Nahrung. Das Feuer würde sich den Hügel hinabfressen, unausweichlich auf Neu Klemzig zu. Dass es so schlimm nicht kommen würde, darum beteten in jenen Tagen alle.

Kein Zeichen war jedoch mehr gefürchtet als das dritte, denn wenn es sich offenbarte, war es schon zu spät: ganze Herden von Kängurus, Emus, Goannas und unzählige Kaninchen, die über die Koppeln und entlang der Weizenfelder flüchteten. Wenn sie kamen, war das Feuer irgendwo ausgebrochen und rückte näher.

Es waren die Pferde vom jungen Herder, die als Erste im Stall unruhig wurden. Sein Hof war weiter draußen und stand näher als die der anderen am Hang. Später sollte er der Gemeinde erzählen, dass er zunächst gedacht hatte, eine Schlange habe sich in den Stall verirrt und die Pferde scheu gemacht. Doch als er nachschauen ging, stieg ihm der Geruch von Rauch in die Nase. Die Pferde hatten die Gefahr längst gewittert. Er warf die Gabel auf den Boden, eilte aus dem Stall und rannte so schnell er konnte den Hang hinauf. Von dort sah er es. Ein Flammenmeer so breit, dass er nicht hätte sagen können, wo es anfing und wo es aufhörte. Ein Ende war ohnehin nicht in Sicht, das verhinderte die Wand aus dichtem, dunklem Rauch, die bis in den Himmel aufstieg. In ungefähr dem gleichen Moment wie Herder musste ein Beobachtungsposten den Rauch gesehen haben, denn jetzt läutete eine Glocke, und jeder im Dorf wusste, was das zu bedeuten hatte.

Helene saß in der Schreibstube, als sie aus der Ferne das Läuten hörte. Wie immer, wenn sie sich um die Rechnungsbücher kümmerte, war sie hoch konzentriert; sie wollte sich keinen Fehler erlauben. Gottfried hatte es sich nämlich neuerdings zur Aufgabe gemacht, selbst die unwichtigste ihrer Eintragungen zu überprüfen. Warum er ihr dermaßen misstraute, wusste sie immer noch nicht, aber keinesfalls wollte sie zur Zielscheibe für seine mittlerweile schon berüchtigten Zornesausbrüche werden. Ein Wort von dem Kirchenälteren zu ihrem Vater, und sie müsste nach Salkau zurückkehren, so viel war ihr klar. Dabei war eine Rückkehr nach Deutschland für Helene vollkommen ausgeschlossen. Sie konnte sich ein Leben woanders gar nicht mehr vorstellen. Neu Klemzig war jetzt ihre Heimat. Nicht nur der Ort an sich, sondern auch die Summe seiner Menschen, deren vereintes Hoffen auf ein besseres Leben, sowohl im materiellen als auch im spirituellen Sinn, Helene so für sich einnahm. Die Art, wie die Menschen hier zusammenlebten, wie sie sich gegenseitig unterstützten, um gemeinsam ihren Glauben im Alltag zu verwirklichen – das würde sie in Salkau nicht finden. Einen Pastor wie Johannes gab es in Salkau ebenfalls nicht. Wie er die Brüder und Schwestern zusammenschweißte, indem er ihnen immer wieder Mut zusprach, selbst wenn es so aussah, als gäbe es keine Hoffnung mehr. So auch am letzten Sonntag in der Messe, als die Angst vor dem Feuer bereits allenthalben spürbar war. Johannes hatte das verstanden, und so hatte er gar nicht erst versucht, dieses Gefühl kleinzureden, denn die Bedrohung, das wusste er, war allzu real. Er appellierte an Kräfte, die in jedem schlummerten, und erinnerte daran, wie wertvoll diese für die Gemeinschaft waren. Wer sich nicht von den eigenen Ängsten einschüchtern ließ, der konnte sich vorbereiten. Obwohl es ein Sonntag gewesen war, machten sich nach dem kurzen Gottesdienst alle auf, um sich mit erneuertem Mut in die Arbeit zu stürzen. Die Männer, die nicht für die Schneisenarbeit eingeteilt waren, fingen an, die Dächer der Häuser am Rande der Gemeinde aus Schläuchen mit Wasser zu bespritzen. Zwei Fuhrwerke hatten zu diesem Zweck Tanks geladen. Wasser war zwar äußerst knapp, doch wenn die Häuser am Dorfrand erst einmal Feuer gefangen hätten, würden sie erst recht nicht über genügend Wasser verfügen, um den dann um sich greifenden Brand zu löschen. Die Arbeit ging geordnet und ohne große Unruhe vonstatten. Helene glaubte, dass dies Johannes' besonnener Art zu verdanken war. Während die Männer draußen ihr Bestes gaben, kümmerten sich die Frauen um die Farmen; ein großer Teil von ihnen war dafür in Arbeitseinheiten organisiert. Helene und Johannes hatten sich das überlegt: Eine Gruppe Frauen kümmerte sich ausschließlich um die Kinder, während ihre Mütter anderes zu tun hatten; eine andere versorgte das Vieh oder die Felder. Und eine dritte Gruppe kochte in der Großküche des Gemeindehauses. Da Helene sich einigermaßen sicher war, dass die meisten Fäden in der Küche zusammenlaufen würden – so war es ja schließlich auch in jedem privaten Haushalt –, hatte sie sich selbst zur Arbeit dort eingetragen.

Als Helene die Glocke hörte, brauchte sie ein paar Sekunden, um sich zu sammeln. Dann klappte sie das Rechnungsbuch zu, klemmte es sich unter den Arm, weil sie es nicht zurücklassen wollte, und rannte in Richtung Gemeindeküche, die sich in einem Steinhaus in der Mitte der Hauptstraße befand. Dort liefen bereits die Vorbereitungen an, und schon bald würde hier unter Hochdruck gekocht werden. Ein ausgewachsenes Buschfeuer konnte tagelang wüten, und darauf wollte man vorbereitet sein. Eine innere Unruhe überkam Helene. Wie sollten sie in der Küche nur die Ruhe bewahren, wenn zur gleichen Zeit die Männer den Kampf mit den Elementen verloren, am Ende sogar verbrannten, während die Frauen in der Suppe rührten?
Sie sah den Frauen die Anspannung an. In einer Notlage wie dieser regelten sie sonst die Angelegenheiten auf ihrem eigenen Hof. Jetzt kümmerten sich Nachbarinnen um ihr Vieh und ihre Kinder, während sie hier in der Küche arbeiteten. Doch nach dem Läuten der Glocke würden die Männer so lange gegen die Flammen kämpfen, wie sie sich auf den Beinen halten konnten, und wer von ihnen ins Dorf zurückkehrte, würde erschöpft und ausgehungert sein. Für sie musste gesorgt werden. Das überzeugte selbst diejenigen Frauen hier, die insgeheim vielleicht daran gedacht hatten, sich aus dem Staub zu machen, um nach ihrem Hof zu sehen.
Helene und die Frauen konnten das Buschfeuer mittlerweile schon hören. Anna lief wie kopflos von einer Ecke zur anderen, begann erst die Kartoffeln zu schälen, um dann mittendrin aufzuhören und die Tischplatten abzuwischen.
»Was ist los mit dir?«, fragte Luise, die gerade den großen Kessel für den Eintopf aufgesetzt hatte. Sie war dabei, das Gemüse

zu putzen. Helene sah, dass es auch Luise nicht leichtfiel, der so alltäglichen Beschäftigung nachzugehen, während das Feuer als unheimliche Geräuschkulisse im Hintergrund röhrte. Auch sie selbst hatte Mühe, sich auf die Küchenarbeit zu konzentrieren. Doch Anna war kurz davor, die Nerven zu verlieren. Als diese schließlich auch noch anfing, das Brot hektisch in viel zu dicke Scheiben zu zersäbeln, wischte sich Luise die Hände an der Schürze ab und ging zu ihr.

»Anna, ich habe dich etwas gefragt. Was ist mit dir?« Sie hielt Anna nun an den Oberarmen fest, schüttelte sie leicht. In den geweiteten Augen der Jüngeren flackerte Panik auf.

»Nichts, es ist nichts. Ich kann nur nicht ... Klein Michael, er war doch noch nie von mir getrennt, das Feuer, ich ...«

»Schon gut«, beruhigte Luise sie, »dein Sohn ist in Sicherheit. Er ist bei Elisabeth und den anderen Kindern. Mach dir also keine Gedanken.« Sie hatte Anna in die Arme genommen und wiegte sie sachte. Die schien sich tatsächlich etwas zu beruhigen, ihr zarter Körper schmiegte sich eng an Luise, die sie auf den Scheitel küsste. »Du musst dir klarmachen, dass du nichts Besseres tun kannst, als hier mit uns in der Küche zu arbeiten. Dein Sohn ist derweil sicher im Schlafhaus aufgehoben.« Anna sah zu Luise auf. Ein zittriges Lächeln auf dem Gesicht, wischte sie sich die aufsteigenden Tränen aus den Augen.

»Du hast recht. Verzeih mir!«

Luise lächelte zurück und reichte ihr das Schälmesser.

»Dann mal ran an die Kartoffeln. Und nicht, dass du mir vor Aufregung Blumen aus den Knollen schnitzt!«

Anna machte sich an die Arbeit. Plötzlich stand Johannes in der Tür, das Gesicht vor Anstrengung gerötet. Helene sprang sofort auf und lief zu ihm hin.

»Was ist? Gibt es Neuigkeiten?«

Johannes keuchte. Es dauerte eine Weile, ehe er sprechen konnte.

»Schnell, ein Glas Wasser!«, befahl Helene.

Jetzt war auch Anna bei ihrem Mann und warf sich in seine Arme: »Johannes. Oh, mein Gott. Was ist passiert?«

»Das Feuer ...«, brachte er hervor und keuchte wieder. Die Frauen hörten auf zu arbeiten und wandten ihm die Gesichter zu. Eine junge Frau reichte ihm ein Glas Wasser, das Johannes in einem Zug austrank. Wahrscheinlich war er vom inneren Rand der Schneise bis hierher gerannt, überlegte Helene. Die Männer versuchten, das Feuer dort zurückzudrängen, indem sie mit behelfsmäßigen Tanks die Schneise von der Seite her bewässerten, von der sich das Feuer näherte.

Die Küchenfrauen versuchten, in Johannes' Gesicht irgendeine Botschaft zu lesen, noch bevor er sie aussprechen konnte. Helene hielt es nicht länger aus, zog ihn fordernd am Ärmel.

»Was ist mit dem Feuer?«

Johannes schluckte hart und sah eine nach der anderen an, während er Annas Hand nahm und sie drückte.

»Es kommt aus der Wüste, der Wind treibt es auf uns zu.«

Helene zog die Stirn in Falten.

»Aber die Schneise wird es doch aufhalten, oder etwa nicht?«, fragte sie besorgt. Alle Blicke hingen an Johannes' Lippen. Er verzog keine Miene, nickte langsam.

»Ja, das hoffen wir, doch der Wind ist stark, da fliegen die Funken weit. Wir müssen auf das Schlimmste gefasst sein. Wenn es passiert, wenn die Flammen es über die Schneise schaffen sollten, hört ihr wieder die Glocke läuten.« Sein Blick suchte Helene. Dann hielt er sie bei den Schultern, schaute sie durchdringend an. »Sie wissen, was dann zu tun ist. Ich verlasse mich auf Sie, Helene. Viel Glück uns allen, Gott sei mit uns.« Er küsste Anna zum Abschied, und noch bevor sie etwas erwidern konnte, hatte er sich zum Gehen gewandt, hielt dann aber kurz inne: »Wenn das Feuer kommt, wenn ihr die Glocke hört, dann müsst ihr tun, was Helene sagt. Habt ihr gehört?«

Die Frauen blickten einander an und nickten.
»Oh, Johannes, wohin gehst du, was ist mit Michael? Geh nicht, bitte. Ich hab solche Angst!« Anna hatte wieder die Arme um Johannes' Hals geworfen. Der befreite sich sachte, doch bestimmt aus ihrer Umarmung und lief auf die Hauptstraße hinaus. Abermals blieb er stehen und rief Anna zu:
»Habt Vertrauen, hört auf Helene. Ich sehe nach Elisabeth und den Kindern und komme zurück, wenn alles vorbei ist. Seid stark!«
»Johannes, warte! Ich komme mit«, rief Anna ihrem Mann nach, doch er war schon hinter dem nächsten Haus verschwunden. Helene hielt die schluchzende Anna am Arm zurück, wollte sie ins Haus zurückziehen. Hier draußen sah es gespenstisch aus. Qualmschwaden umwaberten die Häuser schon so dicht, dass man kaum mehr die Hand vor Augen sehen konnte. Anna hustete. Helene zog sie in die Küche und schloss die Tür.
»Macht die Fenster zu, schnell.«
Die Frauen gehorchten, keine sprach jetzt mehr.
»Jetzt die Tischdecken, holt die Tischdecken, und tränkt sie im Spülstein mit kaltem Wasser. Wenn ihr die Glocke hört, nimmt sich jede eine der Decken, legt sich mit dem Gesicht auf den Boden und deckt sich damit zu. Helft einander dabei.«
Die Frauen taten wie befohlen, sahen einander immer wieder ängstlich an. Als sie mit den Vorbereitungen fertig waren, standen sie unsicher im Raum und lauschten auf jedes Geräusch, das von draußen hereindrang. Allein das Prasseln des herannahenden Feuers war zu hören.
Plötzlich klatschte Luise in die Hände.
»So, meine Damen. Noch ist ja nichts passiert, also Schluss mit dem Müßiggang. Jetzt kochen wir endlich unsere Suppe, dazu sind wir schließlich hier.« Helene lächelte ihr dankbar zu und machte sich selbst gleich ans Zwiebelschälen. Die Frauen lös-

ten sich aus ihrer Erstarrung und nahmen die Arbeit wieder auf. Neben einer reichhaltigen Suppe mit viel Speck und Rindfleisch sollte es sättigendes Brot geben. Doch da es an Zeit mangelte, hatten sich die deutschen Siedler von den australischen Viehtreibern das Damperbrot abgeguckt. Es handelte sich um einen ungesäuerten Laib, der nur aus Mehl, Wasser und Salz bestand und ursprünglich im Campfeuer gebacken wurde. Es dauerte nicht lange, und der beißende Brandgeruch wurde allmählich von vertrauten Küchendüften überlagert. Der Duft frisch gebackenen Brotes stieg auf, und obwohl es hinter den Fenstern nicht heller wurde, schienen sich die Frauen langsam zu beruhigen. Sie bewegten sich nun beinahe so in der Küche, als gelte ihre einzige Sorge dem Abendessen, das sie zu kochen hätten.

Als sie die Glocke zum zweiten Mal hörten, wirkten die Frauen erstaunlich gefasst. So als ob sie es zuvor geprobt hätten, ergriff jede von ihnen ihre nasse Tischdecke und legte sich mit dem Gesicht flach auf den festgetretenen Erdboden, genau wie Helene es ihnen erklärt hatte. Helene und Luise halfen den Frauen mit den Decken und sprachen ihnen aufmunternde Worte zu. Helene zitterte, als sie Luise darum bat, sich nun als letzte neben den anderen Frauen hinzulegen.
»Ich bin die Ältere. Eigentlich sollte ich dich zudecken und nicht umgekehrt«, sagte Luise, als Helene ihr die karierte Tischdecke erst über den Kopf und dann über den ganzen Körper legte. Schließlich, als es nichts weiter zu tun gab, als abzuwarten, legte Helene sich zwischen Luise und Anna, die leise vor sich hin wimmerte. Helene strich ihr über den Kopf, dann flüsterte sie für Anna unhörbar in Luises Ohr: »Ich habe Angst.«
Luise tastete nach ihrer Hand, umfasste sie fest.
»Kannst du das Feuer hören? Der Gedanke zu verbrennen ...«

»Wo denkst du denn nur hin? Wir werden das überstehen und hinterher lachen wir drüber. Wirst schon sehen!« Luises Hand strich über den zitternden Rücken der Jüngeren. Leise fügte sie hinzu: »Du musst nicht immer so tapfer sein, Helene. Manchmal ist es gut zu weinen.«
Helene nickte.
»Sieh mal, ich lebe schon so lange in diesem fremden Land, und dies ist nicht mein erstes Feuer, und es wird auch nicht mein letztes sein. Wir werden es überleben, glaube mir.« Helene hob den Kopf, drehte ihn zu Luise.
»Ich weiß; ich wünschte, ich hätte deinen Mut.«
Luise lachte auf und musste sofort husten. Sie schlüpfte wieder unter ihre Decke.
»Das überlegst du dir besser zweimal. Weißt du, weshalb ich so furchtlos bin? Weil ich schon tausend Tode gestorben bin, seit ich in diesem seltsamen Land lebe. Vertraue dem Herrn!«
»Ich bin so froh, dass es dich gibt. Du bist für mich wie eine Schwester.« Dankbar drückte Helene die Hand der Älteren.
Ein knackendes Geräusch ließ sie hochfahren, das Helene zunächst nicht zuordnen konnte. Sie lauschte angestrengt.
»Da, schon wieder!«
Jetzt hatten es auch die anderen Frauen gehört und lugten ängstlich unter ihren karierten Decken hervor.
»Risse im Fensterglas. Von der Hitze«, erklärte Luise.
»Unter die Decken, macht schon!«, befahl Helene, die jetzt mit einer Hand nach Luise griff, mit der anderen nach Anna, deren Wimmern lauter wurde:
»Lieber Gott im Himmel, nimm mich, aber bitte nicht mein einziges Kind!«
»Sei ruhig, es wird schon alles gut werden.« Helene drückte Annas Hand noch fester. Rauch, der unter der Tür und durch die Fensterritzen durchkam, breitete sich allmählich in der Küche aus, die ersten Frauen begannen zu husten. Das Feuer war da.

Gott stehe uns bei, dachte Helene nur und begann, mit fester Stimme laut zu beten, bis nach und nach die anderen einfielen.

Krachend schlug brennendes Dachgebälk von einem der Nebenhäuser auf der Straße auf, wo es in mehrere Teile zerbarst. Das Feuer dröhnte den Frauen in den Ohren, von den Gebeten war höchstens noch ein Murmeln zu vernehmen. Sie hielten sich unter ihren nassen Decken an den Händen. Die, die sich noch an das große Feuer von damals erinnern konnten, wussten, dass nicht notwendigerweise jedes Haus niederbrannte. Unberechenbar fraß sich das Feuer durch die Ortschaften, nahm in einer Straße jenes Haus und ließ ein anderes stehen. Launisch wie ein ins Spiel vertieftes Kind raste es beispielsweise eine ganze Straßenflucht hinunter, änderte unterwegs plötzlich seine Meinung, um am Ende der Häuserreihe in seiner Zerstörungswut wieder zuzuschlagen.

Helene versuchte, sich zu überzeugen, dass der lichterloh brennende Dachstuhl des Nachbarhauses nicht unbedingt ihr Ende bedeuten musste. Sie – und sicherlich ebenso wenig die anderen Frauen – glaubte nicht ernsthaft daran, dass die feuchten Tücher irgendeinen Schutz böten, wenn die Großküche in Flammen aufging. Sie glaubte nicht, dass sie dann irgendetwas ausrichten könnte, um sich und die Frauen zu retten. Gott allein würde über ihr Schicksal entscheiden, und ihm vertraute sie sich nun an.

Allerdings ließ die Angst deswegen nicht plötzlich nach. Helene zitterte. Doch dann erinnerte sie sich daran, was sie Johannes versprochen hatte: Sie würde stark sein. Entschlossen hob sie die Stimme und betete lauter.

Und dann wurde es endlich leiser. Nicht ihr Gebet, sondern das bedrohliche Knistern und Züngeln der Flammen. Zwar konnte Helene noch hören, wie ein weiteres Dach in sich zusammenbrach, doch es war nicht länger in ihrer unmittelbaren

Umgebung. Das Feuer war weitergezogen, es hatte sie verschont! Als dies Helene klargeworden war, sprang sie hoch und riss die Tür auf. Es machte ihr nichts aus, dass ihr sofort der Rauch in die Augen stieg und ihr vor lauter Tränen die Sicht verschwamm. Das Entscheidende konnte sie sehen: Die Gemeindeküche brannte nicht, das Feuer war weitergezogen! Helene stieß einen Freudenschrei aus, der die Frauen veranlasste, sich aus ihren Decken zu schälen. Die meisten waren noch ganz benommen, als sie langsam aufstanden.
»Es ist vorbei!«, rief sie jetzt triumphierend, »es ist vorbei.« Luise war als Erste an ihrer Seite, um sich selbst davon zu überzeugen. Halb weinend, halb lachend umarmten sie einander, während sich die anderen, noch immer wie betäubt, langsam zu ihnen gesellten. Das Feuer war nicht nur die Straße hinuntergezogen, es hatte Neu Klemzig verlassen. Und schon auf den ersten Blick war klar, dass die allermeisten Häuser verschont geblieben waren.
Warum das Feuer so verhalten zugeschlagen hatte, wusste niemand, doch eine Welle der Erleichterung machte sich unter den Frauen breit. Luise inspizierte oberflächlich die Häuser rechts und links auf Schwelbrände, die noch nach Stunden zu einem erneuten Brand auflodern konnten. Genaueres konnte sie nicht sagen, weil sie nicht ohne den Rat erfahrener Männer die einsturzgefährdeten Gebäude betreten wollte, doch von außen sah es so aus, als drohe keine unmittelbare Gefahr.
Als sich die erste Freude über das eigene Überleben etwas gelegt hatte, liefen Helene und Luise die Hauptstraße ab, um zu sehen, wessen Haus es getroffen hatte und wer von den Flammen verschont geblieben war. Die anderen Frauen versuchten, die Freundinnen zurückzuhalten, doch die beiden fühlten sich sicher und schlugen die Ermahnungen in den Wind. Ganz bestimmt würden sie nichts Unvernünftiges unternehmen, wie etwa in Häuser hineinzugehen oder Dinge hochzuheben, die

noch glutheiß sein konnten. Sie wollten sich nur einen Eindruck vom Ausmaß der Katastrophe verschaffen, um gleich, wenn sie hoffentlich die Männer sehen würden, einen hilfreichen ersten Bericht liefern zu können. Vielleicht war auch jemand verletzt und konnte nicht vom Fleck, weil ein herabgestürzter Balken ihn oder sie festhielt.
Doch als sie am Ende der Hauptstraße angekommen waren, fanden sie nichts dergleichen. Drei Häuser waren niedergebrannt, und es war natürlich nicht auszuschließen, dass es in den Trümmern verbrannte Körper gab. Sie hatten Anna versprochen, gleich anschließend nach den Kindern im Schlafhaus zu sehen, das am oberen Ende der Straße unweit der Kirche lag. Helene wohnte dort noch immer in ihrem kleinen Zimmer im Obergeschoss neben Gottfried, wenn der nicht gerade auf Zionshill weilte. Die vordringliche Frage war jetzt, ob das Haus noch stand. Helenes und Luises Schritte beschleunigten sich, als sie von weitem sehen konnten, dass am oberen Ende der Hauptstraße viel mehr Häuser gebrannt haben mussten. Der wieder dichter werdende Rauch machte Helene Angst. Die Kinder! Sie musste nur Luise ansehen, um zu erkennen, dass die Freundin das Gleiche dachte.
Sie nahmen einander bei der Hand, dann hielten sie sich die Schürzen vor den Mund, um sich vor dem Rauch zu schützen, und begannen, so schnell zu laufen, wie es unter den Umständen nur irgend ging.
»Halt, wartet doch!«, rief es unerwartet hinter ihnen. Anna war ihnen nachgelaufen, stolpernd und hustend holte sie zu ihnen auf. Sie nahmen sie in ihre Mitte.
»Entschuldige«, sagte Helene und meinte es ernst. Sie hätten Anna gleich mitnehmen sollen.
Das Schlafhaus lag hinter der kleinen Anhöhe. Es war nicht weit, keine fünfzig Meter mehr, doch bevor sie nicht auf dem höchsten Punkt der Hauptstraße angekommen waren, konn-

ten sie es nicht sehen. Anna hatte sich von den Freundinnen gelöst, war als Erste oben und stand dann wie starr. Sekunden später waren Luise und Helene bei ihr.

Der Anblick, der sich ihnen bot, war ein Schock. Die drei Frauen standen still, zu erschüttert, um einen Schreckenslaut von sich geben zu können. Der Wind hatte sich gelegt. Rauch stieg in Säulen zum Himmel auf und gab die Sicht frei auf das, wovon sich das Feuer genährt hatte: Von der Bäckerei am unteren Ende der Anhöhe standen nur noch der steinerne Ofen und der Kamin. Die Kirche hingegen, drei Häuser neben der Bäckerei gelegen, hatte das Feuer wie durch ein Wunder verschont. Nur zwei Straßenecken weiter lag das Schlafhaus. Von ihrem Aussichtsposten sahen sie das wenige, das von ihm geblieben war. Der Dachstuhl war abgebrannt, und alles andere, was aus Holz gebaut war, ebenfalls. Die stützenden Balken hatte das Feuer vollständig aufgefressen; Wände und Decken, die sie einst getragen hatten, waren eingestürzt. Nur die Außenmauern standen noch.

Helene sah, dass das obere Stockwerk, wo ihr Zimmer und die Räume Gottfrieds lagen, in sich zusammengebrochen war. Wo soll ich heute Nacht nur schlafen?, fuhr es ihr durch den Kopf, als wäre diese Frage von irgendeiner Bedeutung.

Dann erst begriff sie. Das obere Stockwerk war eingestürzt … auf das Erdgeschoss und hatte womöglich die Kinder unter sich begraben! Helene rannte den Hügel hinab, ohne darauf zu achten, ob die beiden anderen ihr folgten. Aus den Augenwinkeln registrierte sie, dass die Goldakazien, die die Hauptstraße säumten und im Sommer in goldgelber Blüte standen, nun mit Ruß überzogen und ihrer Blütenpracht beraubt waren. Schwer atmend stand sie schließlich vor dem klaffenden Loch in der Mauer, das einmal die Haustür gewesen war. Helene durchfuhr ein eiskaltes Zittern. Hilfesuchend drehte sie sich nach den Freundinnen um, die hinter sie getreten waren. Anna hatte ihre Hände auf den Mund gepresst, die Augen vor Schreck geweitet.

»Vorsicht!« Luise riss Helene am Arm zurück, ein brennender Balken schlug vor ihren Füßen auf. Anna löste sich aus ihrer Starre und lief in die Hausruine hinein, ohne sich nach den Freundinnen umzudrehen.

»Bist du verrückt?«, rief Luise ihr nach und eilte hinterher. »Komm sofort zurück! Die Mauern können jeden Moment einstürzen.« Doch Anna schien sich nicht um die warnenden Worte zu kümmern.

Als beide Freundinnen in der verkohlten Tiefe des Hauses verschwunden waren, blickte sich Helene verzweifelt nach Hilfe um. Am liebsten wäre sie den anderen beiden nach, doch dann siegte die Vernunft.

Sie rannte zur Kirche. Irgendjemand musste dort sein, der ihr helfen konnte! Sie betrat die Kirche durch ihre Schreibstube an der Rückseite. Von dort führte eine weitere Tür zum winzigen Chorraum. Niemand. Helene schnaufte vor Anstrengung und Angst. Fast wäre sie schon zum Gemeindehaus zurückgelaufen, da hörte sie ein Rascheln und Flüstern. Es war doch jemand in der Kirche! Sie hörte Stimmen und riss die Tür auf. Elisabeth kniete in der ersten Reihe, den Kopf gesenkt, und betete. Links und rechts neben ihr hatten sich die Kinder an sie gedrängt. Einige der Kleineren weinten. Als sie Helene sahen, sprangen sie von den Bänken und liefen ihr entgegen.

»Helene, Helene! Ist es vorbei? Können wir nach Hause, zu unseren Eltern?«

Helene war so erleichtert. Sie kniete sich hin und drückte die Kleinsten, die sich freudig und ängstlich zugleich an ihrem Rock festhielten. Michael zog an einer ihrer Strähnen und lachte sie an. Dann stand Elisabeth neben ihr. Helene erhob sich.

»Wo ist Johannes?«, hörte sie sich fragen und erkannte noch

im selben Augenblick ihren Fehler. Wie konnte sie sich als Erstes nach Johannes erkundigen, wo doch Elisabeth offensichtlich die Kinder gerettet hatte? Helene hätte sich ohrfeigen mögen, doch jetzt war es zu spät. Sie spürte Elisabeths kalten Blick auf sich ruhen.

»Mein Sohn hat uns gerade noch rechtzeitig vor den Flammen in Sicherheit bringen können, bevor er wieder zu den Männern rausgeritten ist.« Sie machte eine Pause. »Du sorgst dich um ihn?«

»Nein, es ist nur … Ich habe ihn zuletzt in der Gemeindeküche gesehen, bevor er zu Ihnen und den Kindern wollte und daher …«

Elisabeth lachte trocken auf.

»Gib dir keine Mühe, Helene! Ich weiß genau, wie viel dir an Johannes liegt. Ich müsste ja blind und taub sein.« Wieder lachte sie auf, und dieses Mal klang es bitter. Helene lief bis zu den Haarwurzeln rot an. Sie fühlte sich ertappt, dabei gab es nichts, dessen sie sich schämen müsste. Überhaupt ging es jetzt nicht um sie oder ihre Gefühle. Sie beschloss, auf Elisabeths Worte einfach nicht einzugehen.

»Ich bin so froh, dass es Ihnen und den Kindern gutgeht.«

Elisabeth setzte ihr süßliches Lächeln auf, bevor sie antwortete.

»Ja, es fehlt uns an nichts. Danke der Nachfrage.« Der hämische Unterton war Helene nicht entgangen, doch das war ihr gleich. Luise und Anna waren noch im Gemeindehaus, oder besser gesagt in dem, was davon übrig geblieben war, und suchten nach den Kindern. Sie musste ihnen unbedingt Bescheid geben, dass die Kleinen in Sicherheit waren. Da sie Elisabeth nicht unnötig aufregen wollte, verschwieg ihr Helene die Gefahr, in der Anna sich befand.

»Würden Sie noch für einen Moment hier warten? Ich hole Luise und Anna, dann können wir alle zusammen zur Küche

gehen. Die Kleinen haben sicherlich einen Riesenhunger.« Die Kinder nickten heftig. Noch bevor Elisabeth antworten konnte, hatte Helene die Tür schon hinter sich zugezogen. Sie lehnte sich von außen dagegen und atmete tief durch. Anna, Luise. Hoffentlich, hoffentlich war den beiden nichts passiert!
Dann rannte sie zurück Richtung Schlafhaus und fand die Freundinnen auf der Straße, die Kleider grau und schwarz von Ruß und Asche. Die zwei wirkten unschlüssig, doch als sie Helene sahen, liefen sie ihr entgegen.
»Wir können sie nicht finden. Die Kinder …«, sagte Anna verzweifelt.
Helene schloss sie in den Arm. »Es geht ihnen gut. Sie sind mit Elisabeth in der Kirche. Kommt!«
Sie rannten zu den Kindern. Anna wirbelte ihren Michael durch die Luft, drückte ihn dann an sich.

In der Küche summte es geschäftig wie in einem Bienenstock. Wie von Helene nicht anders erwartet, hatte sich die Küche in eine Art Telegrafenamt verwandelt, wo alle Informationen zusammenliefen und ausgetauscht wurden. Dort erfuhren sie zuerst, wer sein Haus verloren hatte und wo es noch etwas zu retten gab. Es sah so aus, als wären die Neu Klemziger noch einmal davongekommen. Dennoch – jedes Haus, das bis auf die Grundmauern abgebrannt war, war ein Haus zu viel. Auf der Stelle wurden Notunterkünfte organisiert, damit die verzweifelten Familien, die alles verloren hatten, wenigstens ein Dach über dem Kopf hätten. Helene behielt bei der Koordination die Fäden in der Hand, ganz so, wie mit Johannes vorab besprochen. Da sie nichts anderes zur Verfügung hatte, trug sie alles in ihr Rechnungsbuch ein. Einige konnten ihr Lager gleich in der geräumigen Küche aufschlagen, andere wurden den glücklicheren Familien zugeteilt, die einander in ihrer Hilfsbereitschaft zu überbieten suchten.

Die Gefühlswogen schlugen hoch. Man klopfte sich tröstend auf die Schultern, nahm einander in die Arme. Es war nicht nur die Verzweiflung der Opfer, die Ungewissheit, wie es nun weitergehen würde, zum Beispiel bei den Kortens, der Bäckerfamilie. Johannes und Helene hatten ohne viel Aufhebens dafür gesorgt, dass die Bäckerei fürs Erste in die Gemeindeküche einziehen konnte. Der junge Herder brachte die Empfindungen, die durch die Luft schwirrten, auf den Punkt:
»Es ist, als würde man nie ankommen. Gerade erst glaubt man, nach Jahren harter Plackerei seine Schäfchen ins Trockene gebracht zu haben, und am nächsten Tag steht man ohne alles da. Dieses Land ist verdammt hart.«
Die ersten Männer von der Feuerfront fanden sich ein und stopften sich hastig große Stücke vom Damperbrot in den Mund. Um gute Manieren scherte sich keiner. Sie redeten, während sie aßen, und hielten sich die Teller mit der Rindfleischsuppe unters Kinn, damit sie schneller löffeln konnten. Ihre Gesichter waren verdreckt und verschwitzt, doch auch das kümmerte niemanden.
»Gibt es denn kein anständiges Bier hier?« Der alte Gösser lehnte verächtlich ab, als ihm die Tochter des Bäckers aus einem Krug Wasser einschenken wollte. »Das Wasser könnt ihr den Pferden geben. Lauf mal schnell zum Gasthof und lass uns ein paar Flaschen Bier bringen, und eine große Flasche Schnaps noch dazu. Geh, beeil dich, Mädchen!«
»Mensch, Gösser!«, fuhr ihn der Diakon an. »Die Bäckerei ist abgebrannt, und du schickst das arme Mädchen ins Pub?« Die Menge raunte Zustimmung, woraufhin Gösser abwehrend die Hände hob. »Gut, gut, ich entschuldige mich. Wo ist denn dein Vater jetzt, Rosalinde?«
Rosalinde begann zu weinen. »Erst waren Vater und Mutter gar nicht von den Trümmern wegzukriegen, aber da ist gar nichts mehr, unser Haus ist einfach verschwunden.« Wie un-

gläubig schaute sie in die plötzlich verstummten Gesichter. »Sie sind mit dem, was sie in den Ruinen noch gefunden haben, zu den Verwandten ins Barossa Valley gefahren. Sie konnten den Anblick nicht länger ertragen. Ich wollte aber nicht mitkommen. Einer muss doch schließlich nachsehen, was morgen ist. Vielleicht passiert ja noch ein Wunder.«
Betretenes Schweigen legte sich über die Gruppe. Sie alle waren tiefgläubig, aber an ein Wunder mochte niemand glauben. Die Landschaft hier begann nach einem Brand schnell wieder zu blühen und zu gedeihen. Das war Gottes Werk und ein wahrer Segen. Doch ein Wunder?
Gösser, der die Stille nicht länger aushielt, nahm seinen Hut, drehte ihn eine Weile ungeschickt in den Händen und wandte sich zur Tür: »Ähem, ich geh dann mal kurz ins Wirtshaus und komme mit einer Runde zurück. Tut mir wirklich leid für euch, Rosalinde. Wir helfen alle, die Bäckerei wiederaufzubauen. Ich hoffe, du und deine Eltern wissen das.« Die Umstehenden raunten Zustimmung.
»Gute Idee. Etwas Stärkeres als Wasser könnten wir jetzt wohl alle gut gebrauchen«, sagte Helene, um die Situation ein wenig aufzulockern. Der Diakon, der neben ihr stand, nickte, und Rosalinde lächelte unter Tränen.
»Ihr wollt doch nicht etwa vor den Kindern trinken? Weißt du denn nicht mehr, was sich gehört, Gösser?« Elisabeths Augen funkelten den beleibten Mann böse an, dann wandte sie sich an Helene. »Ich muss schon bitten, Helene! Einfach so im Wirtshaus Schnaps zu bestellen, das finde ich ausgesprochen unpassend für eine junge Dame. Wenn das dein Vater wüsste!«
Helene fuhr sich mit der Hand über die müden Augen und schüttelte kaum merklich den Kopf. Sie hatten doch weiß Gott andere Probleme, und wenn sich die Männer mit einem Bier und einem Schnaps stärken wollten, bevor sie ihren Dienst an

der Feuerschneise wiederaufnahmen, was sollte daran schon so verwerflich sein?
Elisabeth wartete offensichtlich auf eine Antwort. Helene seufzte kaum hörbar: »Mein Vater würde sicherlich auch ein kühles Bier mit uns trinken, wenn er jetzt hier wäre.« Elisabeth war für eine Weile sprachlos, scharte dann wie eine Glucke die Kinder um sich und trieb sie rüber an den Ecktisch. »Kommt, Kinder, setzt euch hierhin.« Sie selbst setzte sich mit dem Rücken zu Helene. Der war es jedoch herzlich gleichgültig, dass Elisabeth schmollte. Diese ewige Krittelei begann, ihr auf die Nerven zu gehen. Sie war doch kein Kleinkind!
Georg und Johannes traten gemeinsam durch die Tür. Johannes nahm den breitkrempigen *Akubra* ab und fuhr sich durchs dichte, dunkle Haar. Die Augen vom Rauch gerötet, wischten sich die Brüder mit dem Handrücken Tränen aus den Augen. Anna umarmte die beiden, Helene schöpfte Suppe in zwei Blechteller und gab ihnen dazu einen Laib Brot. Erschöpft ließen sie sich auf die Bank sinken. Georg schob sich wie ein richtiger australischer *Stockman*, wie die Viehtreiber hier hießen, den speckigen Hut in den Nacken und wischte sich mit dem Ärmel den Schweiß aus der Stirn. Gierig rissen die Männer Stücke vom Brot ab, tunkten es in die Suppe. Man ließ sie essen, ohne Fragen zu stellen. Endlich, nachdem der Wirt höchstpersönlich Bier und Schnaps vorbeigebracht hatte, gab Johannes einen kurzen Bericht, bei dem er sich selbst immer wieder unterbrach, wenn er entweder Suppe aus dem Teller schlürfte oder ins Brot biss. Schließlich schob er den Teller von sich, nahm einen großen Schluck Bier.
»Ah, das tut gut.«
Helene konnte es nicht lassen und lugte kurz zu Elisabeth hinüber, deren Rücken allerdings keinerlei Reaktion verriet. Johannes hatte sich neben Rosalinde gesetzt und redete ihr nun gut zu.

»Ich habe noch mit deinen Eltern gesprochen, bevor sie ins Valley aufgebrochen sind. Jetzt sind sie noch verzweifelt und wütend, aber sie werden zurückkommen, und dann bauen wir gemeinsam unsere Gemeinde wieder auf. Die Bäckerei genauso wie das Gemeindehaus und all die anderen Häuser, die das Feuer uns heute genommen hat.« Johannes drückte die Hand des Mädchens, dann stand er auf und richtete seinen Blick in die Runde. »Draußen sieht es gar nicht so schlecht aus, aber noch ist es nicht ausgestanden.« Er strich sich mit beiden Händen übers Gesicht. Georg stimmte ihm nickend zu. »Das Feuer, das durchs Dorf ging, hat sich zwar abgeschwächt, aber es hat sich weitergefressen, runter, ins Tal hinein.« Die Neu Klemziger tauschten erschrockene Blicke. »Im schlimmsten Fall erreicht es Zionshill. Eine Gruppe Männer um Rohloff ist schon mit Hacken, Spaten und Sandsäcken dorthin unterwegs. Hoffen wir, dass sie schneller sind als das Feuer.« Ein unruhiges Murmeln ging durch die Gruppe. Jeder hier wusste, dass ein Buschbrand, war er durch kräftigen Wind erst mal richtig entfacht, schneller vorwärtspreschen konnte als jedes Pferd.

Johannes wandte sich zum Gehen. Georg folgte seinem Beispiel. »Wir reiten zurück zur Schneise. Auch dort ist es leider noch nicht vorbei. Es schwelt an allen Ecken und Enden.«

»Wenn Wind aufkommt«, ergänzte Georg, »brennen die Felder im Nu.« Johannes schlug dem Bruder mit der Hand auf den Rücken: »Dann mal los!«

Helene brachte ihnen die Schnapsflasche und zwei Gläser. »Hier, eine Stärkung für den Weg.«

Johannes schenkte dem Bruder und sich ein, prostete den Anwesenden zu. »Wir haben es fast geschafft, Brüder und Schwestern. So schnell lassen wir uns nicht unterkriegen!« Die Geschwister warfen den Kopf in den Nacken, als sie die Gläser leerten.

»Helene!«, Johannes hielt sie am Ärmel fest, als sie die Gläser zurück aufs Tablett stellten. »Es tut mir sehr leid wegen dem Zimmer und Ihren Sachen.« Helene wurde gegen ihren Willen plötzlich sehr traurig, als ihr bewusst wurde, dass all ihr Hab und Gut verbrannt war. Das wenige, das sie aus der Heimat mit in die Fremde genommen hatte, war unwiederbringlich verloren. Und wenn schon, dachte sie trotzig, dann war es eben so, es gab Schlimmeres. Jetzt war sie wenigstens gezwungen, einen Schlussstrich zu ziehen. Zwischen hier und Salkau, zwischen sich und den Eltern, die ihr ja doch nicht nach Australien folgen würden.

In Gedanken versunken, hatte Helene den Blick zu Boden gerichtet, als ein dumpfes Geräusch sie aufschreckte. Unmöglich! Das war doch nicht etwa ihre Kiste, die Johannes und Georg da gerade neben ihr abgestellt hatten? Ihr Blick glitt ungläubig von den Brüdern zur Kiste und wieder zurück. Doch! Die rote Zedernkiste mit Messingschild, auf dem unmissverständlich ihr Name stand. Sie wollte etwas sagen, war aber zu überwältigt, und so stammelte sie nur »Wie?« und »Woher?«.

Die Brüder schauten einander vielsagend an, mussten dann über Helenes Verwirrung lachen.

»Verzeihung, dass wir Sie ein wenig an der Nase rumgeführt haben. Es war einfach zu verlockend.« Johannes hatte brüderlich den Arm um sie gelegt, drückte sie herzlich an sich. Er deutete auf die Kiste. »Deren Überleben haben Sie übrigens allein Georg zu verdanken. Während ich die Kinder in die Kirche geführt habe, hat er sich an die Kiste erinnert und sie in Sicherheit gebracht.«

Georg erwiderte nichts. Wie immer seit der Geschichte auf der Fastenfeier mied er Helenes Blick, doch er lächelte still. Sein Bruder stieß ihn an.

»Na komm jetzt! Wir haben zu tun.«

Helene hatte sich schon neben den Koffer gekniet und ihn ge-

öffnet. Ganz obenauf lagen ihr Notizbuch und die Briefe der Eltern, die sie im Schreibtisch aufbewahrt hatte. Georg hatte also noch während des Brandes daran gedacht, wie wichtig ihr diese Dinge waren, hatte sich im Chaos der Katastrophe sogar die Zeit genommen, um ihren Schreibtisch zu durchsuchen. Ein außergewöhnlicher Mann! Dankbar sah sie ihm in die grünen Augen, die er entgegen seiner sonstigen Art dieses Mal nicht sofort niederschlug. Sie leuchteten.
»Danke«, sagte sie endlich und hoffte, dass er erkennen würde, wie ernst es ihr damit war.

Johannes und Georg waren im Graben in ihre wasserdichten *Swags* geschlüpft, eine Mischung aus aufrollbarer Matratze und Einmannzelt, wie sie die australischen Wanderarbeiter auf ihrem Weg durchs Land mit sich trugen und die sich auch auf den Farmen als enorm praktisch erwiesen hatten. Die Brüder waren Teil der ersten Wache. Immer zwei Mann hatten sich in einem Abstand von ungefähr zweihundert Metern auf einer Front von insgesamt drei Kilometern verteilt. Das war die Breite, auf die das Feuer angewachsen war, bevor es sich noch vor Erreichen des Dorfes geteilt hatte. Die eine Hälfte hatte sich als Feuerwand ins Dorf gewälzt, und die andere, weitaus gewaltigere, war lodernd direkt auf den Onkaparinga River zugerast, der gottlob den Flammen Einhalt geboten hatte.
Die Nacht war alles andere als kühl. Die Sommerhitze und das Feuer hatten die Männer stark ins Schwitzen gebracht. Der Schnaps tat sein Übriges und verbreitete mehr wohlige Wärme im Körper, als Johannes lieb war. Auf dem Bauch ausgestreckt, hatte er den Hang im Blick, wo es noch immer glimmte und glühte. Er fühlte sich von den körperlichen Anstrengungen dieses Tages wie erschlagen. Am liebsten hätte er die Stiefel ausgezogen, doch das wagte er nicht. Die Schwelbrände könnten erneut an Kraft gewinnen, dann wäre Schnelligkeit gefragt.

Jetzt war allerdings alles friedlich. Wenn der Rauch, der noch immer in der Luft hing, nicht den Ausblick auf die Sterne vernebelt hätte, wäre es fast wie früher, als Georg und er noch Kinder waren. Johannes musste lächeln. Eine großartige Zeit war das damals gewesen. Die Eltern hatten ihnen erlaubt, für mehrere Wochen mit den Viehtreibern unterwegs zu sein. Wenn Vater gewusst hätte, wie derb es dabei zuging, hätte er seinen Söhnen diesen Riesenspaß mit Sicherheit verboten. Allein die Sprache der Treiber! Natürlich hatten die Brüder beileibe nicht alles verstehen können, aber manches eben doch, und dann hatten sie einander nur mit großen Augen und offenem Mund angeschaut. Wie nahe er und Georg sich als Kinder doch gewesen waren.

Johannes drehte sich auf den Rücken, verschränkte die Arme hinterm Kopf und sah hinaus in die Schwärze. Plötzlich fiel ihm etwas ein. Er hob den Kopf und blickte zum *Swag* des Bruders.

»Hey, Georg, erinnert dich diese Nacht an etwas?«

»Diese Nacht? Ich weiß nicht. Was meinst du?« Georgs Stimme klang schleppend, als hätte ihn Johannes aus einer Träumerei gerissen.

»Weißt du nicht mehr? Jack, der alte Knochen und sein *Billy Tea?*« Johannes lachte bei der Erinnerung laut auf. Das war dem Ernst dieses Tages eher unangemessen, aber es konnte ihn ja niemand außer dem Bruder hören.

»O Gott, ja. Der alte Jack und wie er bloß wegen seines Fünf-Uhr-Tees einmal den Busch abgefackelt hat«, erinnerte sich Georg. Jetzt lachte auch er. Dann schwiegen die Brüder wieder, und jeder hing seinen Gedanken und Erinnerungen nach. Es war die Nacht dafür.

»Weißt du, was aus dem alten Jack geworden ist?«, fragte Johannes nach einer Weile.

»Nein, aber ich glaube, dass ihm seit jenem Ereignis keiner mehr einen Job geben wollte.«

»Ganz schön traurig. Armer, alter Jack. Im Grunde war er ein guter Kerl, hat jederzeit unsere neugierigen Fragen beantwortet.«

»Ja. Ohne Jack hätte ich noch lange darauf warten können, zu erfahren, wo die Kälber herkommen.«

Die jungen Männer kicherten jetzt fast wie Mädchen, es war wohl die Erschöpfung. Dann verfielen sie wieder ins Schweigen, hingen den Kindheitserinnerungen nach.

»Georg?«

»Ja?«

»Darf ich dich was Persönliches fragen?«

»Sicher.«

»Du und Helene. Ist da etwas zwischen euch?«

In der Ferne zirpten die Grillen, als hätte es nie ein Feuer gegeben. Georg atmete hörbar aus.

»Ich möchte sie heiraten.«

Johannes stockte das Herz.

»Hat Anna es dir nicht erzählt? Sie hat es mir nämlich auf den Kopf zugesagt, dass ich in Helene verliebt bin. Ich glaube, vorher wusste ich es selbst gar nicht so recht.«

Johannes schluckte. »Ja, vor ein paar Monaten hat sie mal so etwas in der Richtung erwähnt. Dass ihr beide gut zusammenpassen würdet.«

Ein *Magpies*-Paar war zurückgekehrt; die australischen Elstern übertönten mit ihrem eindringlichen, unverkennbaren Ruf die Grillen.

»Ich hab mich gleich in sie verliebt. Schon damals am Hafen, als sie plötzlich vor mir stand. Fast wie ein Engel.«

Eine Pause entstand.

»Wieso hast du sie nicht schon längst gefragt?«

»Du kennst mich doch, ich bin nicht so wie du, ich kann nicht so reden.«

Georg konnte nicht sehen, dass Johannes nickte.

»Glaubst du denn, dass sie dich auch liebt?«
»Ich hoffe es. Was meinst du denn? Du siehst sie ja viel öfter als ich, täglich fast. Spricht sie manchmal von mir?«
»Oh, sie mag dich sehr, das weiß ich. Erst vor ein paar Tagen hat sie gesagt, wie sehr sie deine stille, ernste Art schätzt.«
»Wirklich? Das hat sie gesagt?« Georg klang aufgeregt. Dann wurde er still. »Du hast recht. Ich sollte sie bald fragen, vielleicht wartet sie ja längst darauf. Danke für den Rat, Bruder.«
»Ihr zwei wärt ein schönes Paar.« Johannes hatte den letzten Satz mehr zu sich selbst gesprochen. Er schaute auf den pechschwarzen Hang, die letzten Funken waren verglüht. Dann drehte er sich zur Seite und legte die Hände unter die Wange.
»Gute Nacht, Georg.«
»Gute Nacht, Bruder.« Es dauerte lange, ehe Johannes in dieser Nacht Ruhe fand.

Als die Männer aus ihren wüsten, verwirrenden Träumen erwachten, erwartete sie schon Hubert, ein kräftiger Bursche, der beim Schmied lernte und mit den Rohloffs nach Zionshill geritten war, um dort vor dem Feuer zu warnen. Müde und mitgenommen kroch einer nach dem anderen aus seinem *Swag*, um sich, wie am Abend verabredet, in der Mitte der Schneise zu treffen. Über dem Lagerfeuer brodelte der Kaffee, den die letzte Wache aufgesetzt hatte, und duftete verlockend. Johannes und Georg gesellten sich zur Runde und stellten sich wie die anderen Männer dicht ans Feuer. So früh am Morgen war es kalt und klamm.
»Hubert, nun erzähl schon! Was ist mit Zionshill?« Johannes reichte dem jungen Mann einen Becher Kaffee. Alle Blicke richteten sich nun auf den Lehrling, der die Aufmerksamkeit zu genießen schien. Er straffte den muskulösen Rücken, nahm erst einen Schluck und sagte dann betont langsam, als könnte dieser Moment zu schnell vergehen:

»Zionshill ist davongekommen!« Die Haltung der Männer entspannte sich, manche warfen vor Erleichterung ihren Hut in die Luft, andere klatschten laut in die Hände. Hubert wollte weiterreden, wusste aber offensichtlich nicht, wie er sich Gehör verschaffen sollte.

»Ruhig, Leute!«, befahl Johannes mit scharfer Stimme. »Lasst Hubert doch ausreden!« Dann wandte er sich wieder an ihn: »Habt ihr es noch vor dem Feuer ins Dorf geschafft?« Hubert trat unsicher von einem Bein auf das andere, verschüttete dabei ein wenig von seinem Kaffee.

»Wir, also die Rohloffs, ich und ein paar andere sind mit den Flammen um die Wette geritten. Es sah gar nicht gut aus für uns, das Gras im Tal stand ja hüfthoch.«

»Schwafel nicht so rum!«, rief einer ungeduldig dazwischen. Johannes warf ihm einen scharfen Blick zu. Hubert räusperte sich daraufhin unsicher, fuhr dann aber fort:

»Na, unten im Tal schafften wir's jedenfalls doch noch am Feuer vorbei, sind dann wie die Teufel den Hügel hinaufgeprescht. Oben angekommen, trafen wir zunächst auf Gottfried, der uns anwies, seine Bücher und einige Dinge aus der Kirche zu retten, bevor wir etwas anderes unternähmen. Wir wollten aber zuerst die Schneise hauen.« Die Männer wurden jetzt lauter, ein paar stemmten empört ihre Fäuste in die Hüften. »Was? Der Pfaffe wollte den eigenen Hintern zuerst retten? Noch vor der Gemeinde? Das ist ja wohl die Höhe!« Die Männer ereiferten sich nun lauthals.

»Ruhe, Leute, Ruhe!«, rief Johannes energisch dazwischen. »Lasst ihn um Gottes willen ausreden.« Zunächst noch widerwillig, doch letztlich einsichtig, gaben die Männer nach und wurden ruhig.

»Und?«, setzte Johannes nach. »Was ist dann passiert?« Hubert hob den Blick, schaute nun mutiger in die Runde.

»Wir haben nicht auf ihn gehört. Die Rohloffs haben das so

entschieden.« Zustimmendes Gejohle verschluckte seine letzten Worte. Durch die Reaktionen ermutigt, sprach Hubert nun lauter: »Wir mähten das Gras und fällten sogar noch drei Bäume. Dann erreichte uns das Feuer, und wir konnten nur noch beten.« Hubert machte eine Pause, sichtlich die Spannung seines Publikums genießend.
»Und dann? Mach schon, Hubert, zier dich nicht so.« Die Runde lachte. Hubert zog ärgerlich die Brauen zusammen, besann sich dann doch eines Besseren und brachte seine Geschichte zu einem Ende.
»Plötzlich fing es an zu regnen. Erst nur ein paar Tropfen, aber eh wir's uns versahen, schüttete es wie aus Eimern und löschte das Feuer.«
Die Männer schauten Johannes an. Der bekreuzigte sich, die Männer taten es ihm gleich.
»Gelobt sei der Herr!«, sagte der junge Herder, den Hut auf die Brust gedrückt.
»Gelobt sei der Herr«, murmelte es zurück.
Es war nicht ungewöhnlich, dass das Wetter unten im Valley anders war als in den Hills. Im Tal hatte das Meeresklima stärkeren Einfluss, und wenn sich über der See ein Unwetter zusammengebraut hatte, passierte es nicht selten, dass es sich noch im Tal entlud. Doch heute kam es ihnen wie ein Wunder vor.
Johannes klopfte Hubert auf die Schultern.
»Danke, mein Junge! Das hast du gut gemacht. Geh jetzt heim und ruh dich aus. Du hast es dir verdient.« Hubert nickte zum Abschied und ritt davon.
Johannes fuhr sich mit der Hand über die Wange. Sicher würde er wieder einmal mit Gottfried diskutieren müssen. Er war es leid, aber was konnte er tun? Gottfried war von der Heimatgemeinde eingesetzt, um Neu Klemzig und ganz besonders ihn zu kontrollieren. Der Erfolg der Pioniere in dem unbe-

kannten Land hatte lange nicht jeden in der Heimat erfreut, sondern hatte auch Neid und Missgunst geweckt – mitunter sogar Misstrauen. Natürlich hatte Johannes längst gehört, was man sich in Salkau über ihn und Neu Klemzig erzählte. Dass hier nicht länger nach der Tradition gebetet wurde, dass die Sitten in Neu Klemzig loser seien, als man es in Salkau je geduldet hätte, und dass er angeblich die Leute gegen die alte Art aufwiegelte.

Nach Johannes' Dafürhalten waren die Salkauer einfach überängstlich. Es stimmte schon, er ging so manches anders an, als sie es in Salkau gewohnt waren. Nicht, dass er die Gottesdienste in Salkau aus eigener Erfahrung kannte, doch sein Vater Maximilian hatte sie noch erlebt. Maximilian wäre im Traum nicht eingefallen, an der Tradition zu rütteln. Doch Johannes, der in der Neuen Welt geboren war, hatte darauf bestanden, dem Gottesdienst seine eigene Prägung zu geben. Auseinandersetzungen mit dem Vater waren unausweichlich gewesen, doch am Ende hatte er sich einverstanden erklärt. Auch wenn der alte Pastor es nie zugegeben hätte: Er selbst hatte sich in all den Jahren, seitdem er Deutschland verlassen hatte, verändert. Und – das immerhin gab der Alte zu – es handelte sich nicht gerade um eine Rebellion, die Johannes mit seinen Änderungen anzetteln wollte.

Im Grunde waren es Kleinigkeiten. Die Kinder mussten beispielsweise nicht länger den ganzen Gottesdienst über mucksmäuschenstill auf den Bänken sitzen, Johannes hielt das für unnatürlich. Hatten nicht auch die Erwachsenen viel mehr Freude an der Messe, seit die Kinder fröhlich vor der Kirche spielen durften, anstatt dauernd von den Eltern zur Ruhe ermahnt werden zu müssen? Johannes liebte es außerdem, mit der Gemeinde zu singen, insgesamt hatte er die Messe aufgelockert. Nichts, was an den Grundfesten der lutherischen Lehre rüttelte. Und so hatte Johannes sich nie gesorgt, wenn ihm mal wieder jemand aus einem Brief der Verwandten in Deutschland vorlas, die sich zweifelnd über ihn und seine Methoden äußerten.

Dann kam Gottfried. Und mit der Zeit wurde immer deutlicher, dass dieser nicht nur Johannes' Herangehensweise aufs heftigste kritisierte, sondern dass er, und das machte Johannes wirklich zu schaffen, sein Wirken in der Gemeinde heimlich zu hintertreiben suchte. Zunächst hatte Johannes es nicht wahrhaben wollen. Erst als Helene ihn mehrfach darauf aufmerksam machte, stellte er fest, dass sie recht hatte. Kaum eine Gemeindesitzung verging, in der Gottfried nicht etwas zu bemängeln oder auszusetzen hatte. Es fing mit Kleinigkeiten an, wie dem eigenen Wagen, den er für sich einforderte. Eine Forderung, der sie dank der Familie Gösser schnell nachkommen konnten, die ihren alten Gaul der Gemeinde spendete. Der Schmied hatte noch einen alten Einspänner im Schuppen stehen, und so hatten sich die Dinge gefügt. Doch das war nur der Anfang. In der darauffolgenden Sitzung und in jeder weiteren danach brachte Gottfried die Unwirtschaftlichkeit Zionshills auf die Tagesordnung. Seit er die Leitung der Siedlung unten im Tal übernommen hatte, erwartete er wie selbstverständlich, dass die prosperierende Gemeinde Neu Klemzig für sämtliche Ausgaben der Geschwistergemeinde aufkommen sollte. Schließlich, so insistierte er, überließ Neu Klemzig die arbeitsaufwendige, kostspielige Missionierung der Schwarzen völlig der anderen Gemeinde. Zionshill hatte die Wilden am Hals, die in Gottfrieds Augen bestenfalls dazu taugten, das Unkraut in den Gemüsebeeten zu rupfen – und selbst das nur unter dem wachsamen Auge eines Missionars. Mit dieser Haltung hatte sich Gottfried in den vergangenen Monaten wenig Freunde in Neu Klemzig gemacht. Was er in der von ihm angezettelten Diskussion hartnäckig missachtete, war, dass die Klemziger nie die Absicht gehegt hatten, die Einheimischen dem Wort Gottes zuzuführen. Sie waren vollkommen damit beschäftigt, ihr eigenes Überleben zu sichern. Die Schwarzen waren ihnen von Beginn an überwiegend freundschaftlich gesonnen, und mit den Jahren hatte man sich aneinander gewöhnt, teilweise sogar angefreundet. Manchmal arbeiteten sie für die Bauern als Viehtreiber oder schlugen ihnen für Gemüse und Schweinefleisch das Holz. Nach all der Zeit des friedlichen Nebeneinanders wäre niemand mehr auf die Idee verfallen, die Aborigines missionieren zu wollen.

Die Brüder und Schwestern vom Zionshill waren Jahrzehnte später ausgewandert, rund ein Dutzend Familien, allesamt Missionare. Ihre Priorität war die Christianisierung, und ob sie, anders als die Neu Klemziger, für immer in Australien bleiben würden, hing vom Erfolg ihrer Mission ab. Da sie ebenfalls dem lutherischen Glauben angehörten, war es nur natürlich, einander auch finanziell zu unterstützen, doch davon, dass die Neu Klemziger für Zionshill verantwortlich sein sollten, konnte in Johannes' Augen keine Rede sein.

Wie dem auch sei, dachte er, und ein Seufzer entrang sich seiner Brust, ein Ende des Streits mit Gottfried war nicht in Sicht, zumal der fleißig nach Salkau schrieb und auch telegrafierte, wo man seine Auffassung teilte.

»Sei auf der Hut«, hatte ihn Maximilian gewarnt. »Auch wenn Gottfried in unserer Gemeinde nicht viel Unterstützung findet, darfst du seine Macht innerhalb der Kirche nicht unterschätzen. Wer Gottfried als Gegner hat, lebt gefährlich.«

Helene hatte sich vom Schmied dessen Vollblüter ausgeliehen, um hinaus zur Schneise reiten zu können. Sie war eine geübte Reiterin. Schon als kleines Mädchen hatte sie auf dem elterlichen Bauernhof die Zügel in der Hand gehalten. Von den Satteltaschen stieg der Duft frisch gebackenen Brotes auf. Es war zwar nicht so gut wie das des Bäckers, aber solange der noch im Barossa Valley über den Verlust seiner Bäckerei hinwegzukommen suchte, mussten die Frauen des Dorfes das Brotbacken eben selbst in die Hand nehmen. Außerdem hatte Helene jede Menge saftigen Speck eingepackt. Die Eier hatte sie sicherheitshalber schon aufgeschlagen und in Trinkbehälter gefüllt. So konnten sie gleich in die Pfanne gegeben werden, die sie ebenfalls mitbrachte. Normalerweise hätte sie den kurzen Ritt in vollen Zügen genossen. Wenn der Tag erwachte und das erste, rosige Licht die Welt in einen sanften Schein hüllte, fühlte sich Helene am lebendigsten. Doch heute war alles anders. Zu sichtbar waren schon im Licht des frühen Morgens die Spuren der Verheerung. Wie würde es erst bei der Schneise aussehen?

Die Männer sahen fürchterlich aus. Ihre Gesichter, ganz verdreckt vom Ruß, waren kaum zu erkennen. Sie hatten gerade damit begonnen, die Koppeln und Weiden auf Brandschäden hin zu untersuchen. Die Männer rechneten damit, dass viele Meter Zaun zerstört worden waren. Doch die größte Sorge bereitete ihnen das Vieh, vor allem die Schafe, die erst im Januar gelammt hatten. Sie konnten nur hoffen, dass die Muttertiere ihre Lämmer aus dem Feuer hatten führen können. Die Bauern hatten es deshalb eilig, wollten auf ihre Weiden, um sich endlich ein Bild vom wahren Ausmaß ihrer Verluste zu machen. Trotz dieser spürbaren Unruhe konnte Helene die meisten überreden, erst noch ein Frühstück zu sich zu nehmen. Damit es schneller ging, schnitten die Männer das Brot selbst, und Johannes briet den Speck. Helene erntete Lob für ihren Einfallsreichtum, als sie die Eier aus der Trinkflasche in die zischende Pfanne gleiten ließ.
Das Frühstück war in rekordverdächtiger Zeit verzehrt, die Männer bedankten sich und machten sich auf den Weg. Als Johannes und Georg sich ebenfalls anschickten zu gehen, um

das Teilstück zu durchkämmen, für das sie eingeteilt waren, hielt Helene sie für einen Augenblick zurück.

»Habt ihr was dagegen, wenn ich mitkomme? Ich möchte sehen, was das Feuer hier draußen angerichtet hat.« Die Brüder sahen einander fragend an. Jetzt erst wurde Helene bewusst, dass sie die beiden soeben geduzt hatte, doch noch ehe sie sich dafür entschuldigen konnte, sagte Johannes: »Gut, komm mit. Wir können wegen dir aber nicht langsamer reiten.« Helene lächelte und schwang sich auf den Vollblüter. »Das ist auch gar nicht nötig.«

Seit fast zwei Stunden erklomm die kleine Truppe schon die verwüstete Anhöhe. Von hier oben konnten sie sich erstmals einen Überblick über das Ausmaß der Katastrophe verschaffen. Ringsum sahen sie nichts weiter als Ruß und verkohlte Landschaft, abgeflammte Äste ragten traurig in den Himmel, kein grüner oder auch nur gelbbrauner Halm weit und breit. Sie sprachen kaum, die Düsternis der Umgebung legte sich auf ihr Gemüt wie Flugasche auf verbrannte Erde. Bevor sie in das schwarze Feld von Baumstrünken hineinritten, das gestern noch ein Akazienhain gewesen war, verabschiedete sich Georg. Er hatte Jakob versprochen, seinen kleinen Weidegrund jenseits der Anhöhe zu begutachten. Jakob Herder war der Erste gewesen, der das Feuer gesehen hatte, weil sein Hof draußen vor Neu Klemzig lag.

»Wir treffen uns dann in einer Stunde südlich der Leipold-Koppel, unterhalb der Tränke oder was von ihr übrig geblieben ist.« Georg hob die Hand zum Abschied und trabte davon.

Wären da nicht das gleißende Sonnenlicht und der strahlend blaue Himmel über ihnen gewesen, Helene hätte sich am Ende der Welt geglaubt. Nichts als Zerstörung um sie herum. Der Sommertag erschien ihr fast wie Hohn. Sie ritten eine Zeitlang

schweigend nebeneinander her, zu viele verbrannte Tiere sahen sie auf ihrem Weg. Sie hatten die Aufgabe, eine Schätzung abzugeben, wie viele Tiere vom Feuer erfasst worden waren. Daher mussten sie dicht an die schwarzen Haufen heranreiten, sonst hätten sie nicht sagen können, ob es eine Kuh oder ein Schaf gewesen war, was das Feuer bis auf diesen grässlichen Rest aufgefressen hatte.
»Glaubst du, dass die meisten der Tiere verbrannt sind?« Helene duzte Johannes nun wie selbstverständlich.
»Ich hoffe nicht. Der Zaun ist an einigen Stellen zerstört worden. Viele Tiere konnten sicherlich ins Tal flüchten. Wenn die Männer vom Taltrupp zurückkehren, wissen wir mehr.«
Helene hielt den Blick auf den Boden geheftet. Plötzlich sah sie, wie sich vor ihr auf dem dunklen Boden etwas bewegte. Es war nicht groß und eher braun als schwarz. Als sie näher kam, erkannte sie das Tier. Ein *Joey*, ein Känguru-Baby, das hellbraune Fell über und über mit Ruß bedeckt. Sie glitt geräuschlos aus dem Sattel und schlich sich an das zitternde Fellknäuel heran. Neben dem Tier kniend, hob sie das verlorene Bündel hoch, besah es von allen Seiten, um es dann vorsichtig an ihre Brust zu drücken. Es wehrte sich nicht.
»Es zittert am ganzen Leib, scheint aber nicht verletzt zu sein.« Sie strich dem *Joey* übers Fell. Johannes war mittlerweile ebenfalls abgestiegen und kniete neben Helene. Sachte fuhr er mit der Hand über den weichen Rücken.
»Ein *Eastern Grey*. Seine Mutter muss es wohl in der Panik verloren haben. Und was fangen wir jetzt mit dem Wollknäuel an?«
»Wird seine Mutter nicht nach ihm suchen?« Eine andere Möglichkeit hatte Helene noch gar nicht in Betracht gezogen.
»Eher unwahrscheinlich. Außerdem könnte sie ebenso gut tot sein.« Helene sah auf das bebende Wesen in ihren Armen und musste plötzlich weinen. Johannes sah sie bestürzt an.

»Entschuldige, ich wollte dich nicht erschrecken. Bestimmt lebt die Mutter des Kleinen noch.« Johannes legte tröstend den Arm um sie. Helene sah ihn mit geröteten Augen an und winkte ab, wie um sich für ihren Gefühlsausbruch zu entschuldigen.
»Aber darauf können wir uns doch nicht verlassen. Können wir es nicht mitnehmen, nach Hause, meine ich?« Sie hatte Annas Angebot angenommen, bei den Peters zu wohnen, wenn sie in Neu Klemzig war. Johannes überlegte kurz.
»Warum nicht? Hinter der Scheune ist genug Platz. Ich muss nur einen Zaun ziehen.« In ihrer Begeisterung drückte Helene ihm einen Dankeskuss auf die Wange. Davon überrascht, wandte ihr Johannes das Gesicht zu, und ihre Lippen streiften sich für den Bruchteil einer Sekunde. Johannes zuckte erschrocken zusammen, doch Helene wich nicht zurück. Sie sah ihm in die Augen. Er wirkte noch immer erschrocken, doch hielt ihrem Blick stand. Die Zeit schien stillzustehen, dann fanden sich ihre Lippen, und sie küssten sich.
Oben auf dem Hügel stand Georg und sah seinen Bruder mit der Frau, die er heiraten wollte. Tausend Gedanken schossen ihm durch den Kopf. Nach einer Weile lenkte er sein Pferd seitlich, bis er weit genug entfernt war, um, von Johannes und Helene unbemerkt, zur Tränke hinabzureiten.

Magnetic Island, 6. Februar 2010

Pünktlich zur verabredeten Zeit stand Natascha am alten Jetty und wartete darauf, aufs Tauchboot gelassen zu werden. Sie war nervös, denn heute würde sie zum ersten Mal zur Yongala tauchen. Ihre Knie wurden ganz zittrig, sobald sie nur daran dachte, doch jetzt gab es kein Zurück mehr. Immerhin hatte sie als teure Vorbereitung auf diesen Tag zwei Tauchkurse gebucht und erfolgreich absolviert. Sie war nun schon zweieinhalb Wochen in Australien, mehr als die Hälfte ihres Urlaubs lag bereits hinter ihr. Hoffentlich hatte sie ihre Zeit auf Magnetic Island nicht sinnlos vergeudet. Auf dem Papier galt sie als fortgeschrittene Taucherin, die Praxis sah allerdings anders aus. Auf fünfunddreißig Meter würde sie sich heute sinken lassen müssen, so tief wie noch nie zuvor. Sie würde den Wasserdruck spüren, der ihre Lungenflügel zusammenquetschte, jedes Mal wenn sie die Luft aus dem metallischen Zylinder sog. Falls ihr da unten schlecht werden sollte oder sie es mit der Angst zu tun bekam, konnte sie nicht einfach wieder zurück an die Oberfläche. Wer so tief taucht, muss erst einen sogenannten Dekompressionsstopp einlegen, was in ihrem Fall bedeutete, dass sie sich in zehn Metern Tiefe für zehn Minuten ans Seil hängen musste, ehe sie langsam auftauchen durfte. Tat sie das nicht, riskierte sie, ein Opfer der berüchtigten Taucherkrankheit zu werden, die, verursacht durch Gasblasen im Körper, sie schlimmstenfalls das Leben kosten könnte. Trotz der Sommertemperaturen begann Natascha zu frieren. Es schauderte sie auch, weil sie die alten Geschichten von den Seemonstern nicht abzuschütteln vermochte. Alan hatte ihr von den Berichten der Taucher erzählt, die das Wrack der Yongala kurz nach seiner Entdeckung in den 1950er Jahren als Erste erkundet hatten. Wahrscheinlich hatten diese Typen sich nur wichtig machen wollen, doch trotz kritischer Nachfragen ließen sie sich nicht von ihrer Version abbringen. Da unten, so sagten sie, lebten Wesen, wie sie die Welt noch nicht gesehen hätte. Ob diese Berichte nun auf Wahrheit beruhten oder nicht, spielte keine Rolle. Das Wrack hatte seitdem jedenfalls den Ruf, zur Wahlheimat gefährlicher Kreaturen geworden zu sein.

Natascha schaute auf die Uhr. Schon sieben. Sie seufzte. Außer dem älteren Ehepaar auf der Holzbank war noch niemand da. Wieso gewöhnte sie sich nicht einfach ihre preußische Pünktlichkeit ab? Sie ärgerte sich nur jedes Mal, wenn sie sich irgendwo die Beine in den Bauch stand. Sie nahm eine ihrer Tauchflossen aus der Tasche und fächelte sich Luft zu. Dass es am frühen Morgen schon dermaßen heiß sein konnte!

Endlich tauchte am anderen Ende des Holzstegs die Crew auf, die Natascha an den hellblauen T-Shirts erkannte. Als sie näher kamen, entdeckte sie zu ihrer Überraschung Alan in deren Mitte, der sich bestens zu unterhalten schien. Was machte der denn hier? Dabei hatte sie absichtlich das Konkurrenzunternehmen für ihren Tauchgang zur Yongala gebucht. Sie wollte für sich klären, was sie von Alans Lebensstil und vor allem von seiner wahllosen Flirterei zu halten hatte. Sich darüber klarwerden, was ihr dieser Kerl eigentlich bedeutete. Sie ärgerte sich nämlich noch immer darüber, dass er nach jener gemeinsamen Nacht weiterhin mit den Tauchschülerinnen und seiner Hanne herumgeflirtet hatte, als sei es das Normalste von der Welt. Wahrscheinlich war es das ja auch – für ihn. Aber wieso hatte er sich dann auf dem gemeinsamen Trip nach Palm Island so interessiert an ihrer Geschichte gezeigt? Oder war das nur Teil seiner langerprobten Jagdstrategie, von der sie schließlich aus eigener Erfahrung wusste, wie erfolgreich sie war? Nata-

scha blies hörbar Luft durch die Nase. Im Grunde war sie sauer auf sich selbst. Sie war wie ein blöder Teenager auf ihn reingefallen.
Als Alan sie sah, löste er sich aus der Gruppe schlanker und braungebrannter Menschen und kam auf sie zu. Plötzlich hatte sie einen Frosch im Hals. Zusammen mit den Schmetterlingen im Bauch war das fast schon ein Zoo, den sie in sich spürte, und das verwirrte sie noch mehr. Sie wusste nicht, wohin mit den Händen, und steckte sie schließlich in die hinteren Hosentaschen ihrer Jeans.
Alan blieb vor ihr stehen und öffnete zur Begrüßung weit die Arme.
Wie theatralisch! Für einen Augenblick fragte sich Natascha, was er damit bezweckte, doch da drückte er sie schon fest an sich und küsste sie auf beide Wangen. Er strahlte sie mit diesem unverschämten Lächeln an. Sein blondes Haar war vom Schlaf noch ganz verdrückt.
Erst in allerletzter Minute aus den Federn gekommen, dachte sie. Wofür es aller Wahrscheinlichkeit nach einen weiblichen Grund geben dürfte.
»Wie schön, dass du zurück bist. Ich hab dich vermisst.«
Natascha lächelte dünn.
»Ja, ich freu mich auch«, erwiderte sie knapp und schaute auf ihre Füße, die über die Planken strichen. Ihre Hände waren noch immer in den Taschen vergraben, was komisch ausgesehen haben musste, als er sie umarmte. Jetzt ruderten ihre Ellbogen vor Verlegenheit hilflos vor und zurück. Vielleicht sollte sie einfach an Bord gehen.
»Nach dir!« Alan machte eine galante Bewegung in Richtung Bootsplanke, die die Crew mittlerweile ausgelegt hatte. Endlich wagte sie, ihm in die Augen zu schauen.
»Was machst du eigentlich hier? Müsstest du nicht selbst mit dem Boot raus?«

Alan legte den Kopf schief und strubbelte sich durchs Haar. Dann sah er ihr verschmitzt in die Augen.
»Du glaubst doch nicht im Ernst, ich bringe dir mühselig das Tauchen bei, nur damit du am Ende mit der Konkurrenz das Wrack betauchst?«
Natascha nahm ihre Tasche und ging wortlos an Bord. Ihr war mit einem Mal aufgegangen, was hier eigentlich los war. Natürlich, man kannte sich auf Magnetic Island! Sie ging jede Wette ein, dass Alan nach der Buchung ihres heutigen Trips sofort einen Anruf erhalten hatte. Innerlich musste sie grinsen, denn dass er hier war, hieß doch wohl, dass ihm etwas daran lag, mit ihr zu tauchen. Er verdiente heute keinen Pfennig an ihr – im Gegenteil, er machte Verluste, weil er nicht mit seinen eigenen Kunden rausfahren konnte.
»Ich komme mit, als dein Tauch-Buddy.«
»Ja, aber …«
»Nichts aber«, unterbrach er sie, »keiner kennt den alten Dampfer so gut wie ich, und daher werde ich dir die Yongala zeigen. Punkt.« Sein schelmischer Gesichtsausdruck war verschwunden und mit ihm der ironische Unterton. »Ich weiß zwar nicht, welches Problem du mit mir hast, aber eines weiß ich ganz genau: Du wirst diesen Tauchgang mit mir nicht bereuen. Das verspreche ich dir. Also?«
»Also was?«
»Worauf wartest du? Sind wir nun ein Tauchteam oder nicht?«
Sie zuckte betont gleichgültig mit den Schultern.
»Meinetwegen.« Sie beeilte sich, ihre Sachen unter der langen Sitzbank zu verstauen, bevor sie in seinem Gesicht auch nur den Hauch von Triumph lesen konnte.

Mit einem weiten Grätschschritt sprang sie von der Plattform ins Wasser, wo Alan schon auf sie wartete. Das Meer war einladend warm und von einem tiefen Blau. Sie schwamm zum

Seil und hielt sich mit einer Hand daran fest. Durch ihre Maske schaute sie in die Tiefe. Sie spürte, wie die Strömung an ihrem Körper zog, und klammerte sich noch ein wenig fester ans Seil. Alan überprüfte sofort die Funktion ihres Atemgerätes und der Tauchweste. Er zurrte ihren Bleigurt fester und warf einen genauen Blick auf den Luftdruckmesser. Ihr Herz begann heftiger zu schlagen, und ihr Mund wurde trocken, als Alan mit dem Daumen nach unten zeigte – das Zeichen zum Abtauchen. Das andere Seilende war am Bug der Yongala befestigt. Alan folgend, hangelte Natascha sich daran langsam in die Tiefe hinab. Ihr schwindelte, wenn sie nach unten schaute, und sie versuchte, sich zu beruhigen.

Eine Schildkröte drehte gemächlich den alten Kopf, um dann im Schatten unter ihr zu verschwinden. Wenig später tauchte eine Wolke aus Gelbschwanzmakrelen wie aus dem Nichts vor ihnen auf und begleitete sie eine Weile auf dem Weg nach unten.

Endlich sah Natascha die Yongala, das Schiff schien ihnen aus dem Meeresboden entgegenzuwachsen. Ihr Herz klopfte wild. Erneut ermahnte sie sich zur Ruhe, andernfalls würde sie zu viel Luft verbrauchen und müsste wieder aufsteigen, ehe sie das Wrack überhaupt betaucht hätte. Alan ließ das Seil los und gab ihr ein Zeichen, es ihm gleichzutun. Es kostete sie einige Überwindung, den sicheren Halt preiszugeben, doch als Alan abdrehte und in Richtung Wrack schwamm, hatte sie gar keine andere Wahl, als ihm zu folgen. Die Arme vor der Brust verschränkt, ließ sich Alan elegant mit den Knien auf den Grund sinken. Natascha versuchte, es ihm nachzumachen, verlor jedoch das Gleichgewicht und musste heftig mit den Armen rudern, um auch nur ungefähr in seine Nähe zu plumpsen. Obwohl sie bei diesem Landemanöver zu viel Sand aufgewirbelt hatte, um es mit Bestimmtheit sagen zu können, hätte sie dennoch schwören können, dass Alan hinter seiner Maske

hämisch grinste. Als sie ihr Gleichgewicht zurückgewonnen hatte, zückte er ein Whiteboard und einen Marker. Aha, er wollte sie einem Test unterziehen, um herauszufinden, ob sie vielleicht am Tiefenrausch litt. Tatsächlich schrieb Alan eine einfache Rechenaufgabe auf. Sofort hielt Natascha die entsprechende Anzahl an Fingern hoch. Sie fühlte sich etwas sicherer und traute sich nun, sich umzuschauen.
Das Schiff hatte sich mit einer Längsseite in den weichen Boden gegraben, was eine gute Sicht aufs Oberdeck ermöglichte. Neben ihnen ragte der zerbrochene Mast der Yongala auf. Seeschlangen wanden sich um die Überreste der alten Reling. Ihr Anblick machte Natascha nervös und erinnerte sie an die Seemonster, von denen die Taucher erzählten. Angeblich waren die Tiere harmlos, das hatte Alan ihr zumindest versichert. Ihr Blick wandte sich vom Wrack ab, und sie schaute ins dunkle Blau. Höchstens zwölf Meter Sichtweite, hatte Alan sie vor dem Tauchgang gewarnt. Ein Gedanke ließ ihren Puls hochschnellen. Was, wenn sich plötzlich ein Hai aus der blauen Wand löste und auf sie zuschoss? Das hörte man doch immer wieder, dass Taucher in Australien von Weißen Haien angegriffen wurden. Waren es nur ihre flatternden Nerven, oder war da tatsächlich ein großer Schatten, der sich auf sie zubewegte? Alan, der vor ihr tauchte, drehte sich um und formte mit Daumen und Zeigefinger das Okay-Zeichen. Sie atmete wieder ruhiger, doch das Adrenalin schoss noch immer durch ihren Körper, als das riesige Wesen lautlos an ihnen vorüberglitt. Ein langnasiger Gitarrenhai – völlig harmlos, wie sie selbst wusste, doch beeindruckend groß. Sie tauchten um den Bug herum. Alan und sie schwebten mit der Strömung fast anstrengungslos am Bauch der Yongala entlang. Regenbogenmakrelen schwammen an ihrer Seite, so nahe, dass Natascha ihre Hand ausstreckte, um eine zu berühren. Ein Stromstoß schien den Fischkörper zu durchzucken, als er daraufhin ab-

rupt die Richtung änderte. Der Schwarm tat es ihm gleich, kehrte um und verschwand über ihren Köpfen.
Die Schiffsseite wurde schmaler, und Natascha konnte nun das Heck erkennen, umgeben von Myriaden von Fischen. Sie bemerkte, dass die eisernen Hebevorrichtungen der Rettungsboote, die Davits – oder was von ihnen übrig geblieben war –, nicht ausgefahren waren. Ein dichter Schwarm Maori-Lippfische nahm ihr für einen Augenblick die Sicht. Alan und sie waren ein paar Meter aufgestiegen, und als sie nach unten blickte, sah sie einen gigantischen Barsch über dem Ruder schweben. Sie hatte schon von dem legendären Wrackbewohner gehört, hielt seine angeblichen Ausmaße bislang jedoch für stark übertrieben. Jetzt sah sie es mit eigenen Augen: Der Fisch war tatsächlich so groß wie ein Kleinwagen. Eine dicke Kruste Austernschalen schützte den guterhaltenen Schiffsrumpf vor dem vorzeitigen Verfall, nur an einer Stelle war der Schriftzug freigelegt worden. »Yongala«, las Natascha. Alan zeigte auf ein Waschbecken, das wie der Rest des Decks von Korallen überwuchert war. Daneben erkannte Natascha eine bauchige Badewanne, die noch auf ihren Füßen stand. Sie mussten wohl gerade über die erste Klasse hinwegtauchen, denn von Alan wusste sie, dass nur diese den Luxus privater Badezimmer geboten hatte. Weiter vorne ragten zwei Säulen ins Wasser, die, auch dies hatte Alan ihr vor dem Tauchgang verraten, einst den Speisesaal der zweiten Klasse geschmückt hatten. Zahllose Fische knabberten hier und da an dem Bewuchs, und Natascha sah eine Schule von Barrakudas, die im großen Bogen kreisten, immer darauf bedacht, sich den Tauchern mit ihrer bedrohlich aussehenden Längsseite zu präsentieren. Alan deutete auf etwas. Zuerst konnte sie nichts erkennen, doch dann entdeckte sie den mächtigen Oktopus, der zwischen all den Seepocken, Korallen und Schiffsrosten fast verschwand. Sein großes Auge öffnete und schloss sich träge. Natascha hätte sich in dem Bild

völlig verlieren können, doch Alan tippte auf ihr Finimeter und sah sie an. Die Luft wurde langsam knapp. Wie in Trance schwamm Natascha zum Seil und hangelte sich langsam nach oben. Den Blick hielt sie dabei nach unten gerichtet; sie wollte sich keine Sekunde dieses einzigartigen Spektakels entgehen lassen.

An Bord hatte die Crew ein leichtes Mittagessen vorbereitet, doch Natascha war noch viel zu aufgedreht, um essen zu können. Sie schälte sich aus der Ausrüstung und trocknete sich kurz ab. Trotz der Hitze zitterte sie. Ein älterer Herr drückte ihr eine Dose Bier in die Hand.
»Schiffstaufe«, sagte er nur, und als sie fragend die Brauen hob, kam er einen Schritt näher. »Das war doch ihr erster Tauchgang zur Yongala, oder etwa nicht?«
»Sieht man mir das etwa an?«
Der ältere Herr hob wie entschuldigend die Hände und nahm einen ordentlichen Schluck. Alan malte mit dem Zeigefinger große Kringel vor ihrem Gesicht in die Luft.
»Du hast da zwei ziemliche Maskenringe. Beim nächsten Mal die Maske nicht mehr ganz so straff ziehen, ja?«, sagte er eher zärtlich als besserwisserisch. Natascha strich sich mit der Handfläche über die Augen und trank von ihrem Bier. Ihr Misstrauen war der Begeisterung für das gerade Erlebte gewichen. Alan schob ihr einen Teller mit Krabben und Nudelsalat rüber.
»Hier, iss was. Es dauert noch eine ganze Weile, bis wir zu Hause sind.«
Natascha schaufelte sich ein paar Gabeln voll in den Mund und spülte mit dem Bier nach. Dann lehnte sie sich zurück, um sich von der Sonne trocknen zu lassen. Wenn das Glück nur aus einzelnen Momenten bestand, dann war dieser hier sicherlich einer davon.

»Und? Hat der Tauchgang deinen Erwartungen entsprochen?«
Alan war näher gerückt, seine Hüfte berührte leicht die ihre.
»Das war unglaublich! Die beste halbe Stunde meines Lebens.«
Alan verzog gespielt gekränkt den Mund. »Verstehe. Und wo rangiere ich auf deiner Skala?«
Natascha war froh, die frühere Leichtigkeit im Umgang mit Alan wiedergefunden zu haben. Sie grinste ihn an.
»Du?« Sie spielte Unverständnis. »Ach, *das* meinst du. *Das* ist auf einer anderen Zeitskala vermerkt. Ich würde sagen, auf der gehörst du zu den eher besseren Viertelstunden.« Alan kniff die Augen zusammen und legte den Kopf schief. Wie er so mit angewinkeltem Bein in der gleißenden Mittagssonne saß, die eine Hand im nassen Haar, mit der anderen das Bier auf dem Knie balancierend, sah er einfach unwiderstehlich aus.
Plötzlich musste Natascha lachen. Über sich und ihre blöde Arroganz, die ihr verboten hatte, sich für einen Tauchlehrer zu interessieren. Spätestens jetzt, nach diesem wunderbaren Tauchgang, schwante ihr, warum sich Alan für dieses Leben entschieden hatte.
Alan nahm den Fuß von der Bank und wischte sich über die Wange. »Was ist los? Klebt da etwa eine Nudel in meinem Gesicht?«
Natascha wurde bewusst, dass sie ihn noch immer anstarrte, und schüttelte schnell den Kopf. Eine tropfnasse Strähne fiel ihr ins Gesicht. Sie fasste ihr Haar mit beiden Händen zusammen und legte es sich über die Schulter.
»Nein, nichts. Ich bin einfach nur glücklich.«
»Und das nennst du *nichts*?« Er strich ihr über die Wange.
Dann beugte sie sich vor und küsste ihn.

Neu Klemzig, Januar 1905

Die Kirche war wie üblich gut besucht. In letzter Zeit hatte der Gemeinderat sogar überlegt, anzubauen oder eventuell sogar eine neue, größere Kirche zu errichten. Noch wollte man eine solch weitreichende und vor allem teure Entscheidung nicht treffen, und so mussten diejenigen, die zuletzt zum Gottesdienst eintrafen, sich damit begnügen, hinten am Eingang zu stehen.
Johannes berichtete von den Fortschritten seit dem großen Feuer. Längst schon standen die meisten der niedergebrannten Gebäude wieder. Zur Erleichterung aller war vor einigen Monaten selbst der Bäcker wieder aufgetaucht und hatte seine Arbeit aufgenommen. Wie hätte er auch anders können? Die Neu Klemziger hatten an derselben Stelle, wo einst die alte Bäckerei stand, eine neue hochgezogen – um den alten Ofen herum. Bäcker Kortens hatte vor lauter Dankbarkeit in der Kirche geschluchzt und die Wangen seiner peinlich berührten Tochter Rosalinde über und über mit Küssen bedeckt.
Am Ende der Messe trat Johannes noch einmal auf die Kanzel. Er nahm einen Brief aus der inneren Brusttasche, entfaltete ihn. Dann räusperte er sich und begann zu sprechen.
»Ein knappes Jahr ist es nun her, seit mein Bruder mich darum gebeten hat, nach Van Diemens Land aufbrechen zu dürfen.« Er legte den Brief auf das Pult, strich mit der Hand darüber. »Wie ihr wisst, ist er gegangen, weil er fühlte, dass unsere Brüder und Schwestern in Hobart ihn mehr brauchten als wir. Ich denke, damit hat er nicht ganz unrecht gehabt.« Er schaute in die Runde, wobei sein Blick für den Bruchteil einer Sekunde den Helenes streifte. »Er hat mich gebeten, diesen Brief an

euch vorzulesen. Georg hat euch nicht vergessen und möchte, dass ihr wisst, dass er in Gedanken immer bei uns ist.« Johannes räusperte sich erneut, las dann laut: »Liebe Freunde, ich wünschte, Ihr könntet mit eigenen Augen sehen, wie anders es hier ist als in den beschaulichen Adelaide Hills. Nicht schlechter, das will ich nicht sagen, nur sehr viel kälter und rauher. Es heißt, nach Van Diemens Land kommt nur noch die Antarktis, und so wie ich hier im Winter trotz des gemütlich prasselnden Kaminfeuers gefroren habe, will ich das gerne glauben.« Johannes sah vom Brief auf und lächelte, die Gemeinde lachte kurz auf. Nach einer Pause fuhr er fort. »Die Probleme, die unsere Brüder und Schwestern auf dieser abgeschiedenen Insel haben, sind andere als die Euren. Hobart ist eine Hafenstadt, die vom Fisch- und Walfang lebt, und so arbeiten die meisten meiner Gemeinde auf den Booten, was für sie äußerst ungewohnt ist, aber gut bezahlt wird. Sie kannten wie Ihr zuvor nur die Landarbeit.« Ein Raunen ging durch die Kirche. So ein Leben als Fischer auf rauher, fremder See, das konnten sich die Bauern nur schwer vorstellen, und es nötigte ihnen Respekt ab.

»Die, die aus gesundheitlichen Gründen nicht aufs Boot können, helfen auf dem Markt oder arbeiten wie bisher gegen Lohn draußen auf den Feldern. Ich selbst habe eine bescheidene Wohnung in Hafennähe und kümmere mich um die mannigfachen Sorgen der Fischer. Wenn sie mal wieder nicht genug gefangen haben, weil die Witterung zu stürmisch war, suche ich den braven Brüdern eine Beschäftigung auf den Feldern und sehe zu, dass sie trotz alldem noch sonntags in der Kirche erscheinen. Kein leichtes Unterfangen, glaubt mir! Denn hier im Hafen reiht sich eine Spelunke an die nächste, und drinnen trinken leichte Mädchen mit den Matrosen. Unser Pastor Frische ist zwar voller Elan und entschlossen, gerade unsere jungen Männer vom schlechten Einfluss des Hafens fernzuhalten, aber, wenn ich mir die Bemerkung erlauben darf, er ist dabei nicht halb so überzeugend wie mein Bruder. Das behaltet Ihr aber bitte für Euch. Nicht dass ich hier noch Ärger bekomme.« Die Gemeinde lachte, Johannes schmunzelte. »Ich hoffe, bald zu Euch zurückzukehren. Bis dahin danke ich dem Herrn für meine neue Aufgabe. Der Herr sei mit Euch, Ihr alle seid in meinen Gebeten, Euer Georg.«

Johannes nickte zum Abschied in den Raum, und während sich die Gläubigen langsam von den Bänken erhoben, erschien plötzlich Gottfried in seinem Blickfeld, der sich daranmachte, die gewundene Holztreppe zur Kanzel zu erklimmen. Johannes wollte keinen öffentlichen Eklat, und so ließ er den Älteren sich vorbeidrängen, bis dieser schließlich vor ihm stand, unmittelbar vor dem Pult.

Gottfried hob die Hand, um die Aufmerksamkeit der Neu Klemziger zu erregen.

»Geht noch nicht, Brüder und Schwestern! Lasst mich noch kurz zu euch sprechen, dann geht mit Gott!«

Grummelnd und etwas zögerlich nahm die Gemeinde wieder Platz. Es kam nicht oft vor, dass Gottfried in ihrer Kirche zu ihnen sprach. Sie hörten ihn höchstens dann öffentlich reden, wenn sie ihre Freunde in Zionshill besuchten.

Gottfried hatte rote Flecken im Gesicht und wandte sich zu Johannes um. »Du erlaubst doch, oder?« Ohne eine Antwort abzuwarten, richtete er den Blick wieder auf die Gemeinde. »Neu Klemziger«, hob er an, »wie ihr zur Genüge wisst, brauchen wir eure Hilfe.« Einige der Kirchgänger begannen, ungeduldig mit den Füßen zu scharren. Dieses Thema kannten sie schon aus den Gemeindesitzungen. Gottfried hob beschwichtigend die Arme. »Ich weiß, ich weiß, Freunde! Ihr zahlt wie eh und je brav euren Zehnten und glaubt, damit eure Schuldigkeit getan zu haben. Ich aber frage euch: Habt ihr auch wirklich gegeben, was ihr konntet? Und reicht das?«

Gottfrieds knochiger Zeigefinger schoss nach vorne. »Ich sage euch, dass dem nicht so ist, und wenn ihr nur tief genug in euch hineinhorchen würdet, dann könntet auch ihr das Rasseln eures schlechten Gewissens endlich hören. Was will es euch sagen? Nun, ich denke, ihr wisst es. Lasst eure Freunde auf Zionshill nicht im Stich! Sie vollbringen, was der Herr von uns allen, also auch von euch, fordert. Sie bringen den Wilden schreiben und lesen bei, damit sie das Wort des Herrn verstehen. Das nämlich will ER von uns, dass wir Sein Wort in der Welt verbreiten. Nun frage ich euch, was tragt ihr dazu bei?« Er hielt nun seine Hand wie einen Trichter ans Ohr und gab vor zu lauschen. Man hätte eine Stecknadel fallen hören können. »Aha. Dachte ich mir's doch. Nichts. Gar nichts. Und wie fühlt ihr euch dabei? Zu wissen, dass die so viel ärmere Gemeinde im Tal sich geradezu aufreibt, um ihrer göttlichen Aufgabe gerecht zu werden, und man selbst kümmert sich hauptsächlich darum, den eigenen Wohlstand zu mehren?« Er machte eine bedeutungsvolle Pause, genoss sichtlich die Wirkung seiner Rede. Die Frauen lehnten sich ein wenig enger an ihre Männer, zwei Kinder suchten in den Falten der mütterlichen Schürze Schutz vor dem Wortgewitter.

Obwohl er es eigentlich nicht geplant hatte, ging Johannes nun dazwischen. Schließlich war es seine Gemeinde, die hier von Gottfried beleidigt wurde.

»Es ist genug, Gottfried. Die Messe ist nicht der rechte Ort, um Dinge wie diese zu diskutieren. Dazu haben wir unsere wöchentlichen Sitzungen. Wenn ich dich nun bitten darf, die Kanzel zu verlassen.«

Gottfried funkelte ihn an.

»Es ist an der Zeit, dass die Gemeinde aus erster Hand erfährt, wie es um ihr Seelenheil bestellt ist. Nicht ich, sondern der Herr wird ihr Handeln richten, doch ich bin hier, um sie daran zu erinnern – wenn du es schon nicht tust!« Einige Männer

waren nun erbost von ihren Bänken aufgesprungen, schäumten über vor Entrüstung.
»Was soll das, Gottfried? Bist du nur hergekommen, um Zwietracht zu säen und Unfrieden zu stiften? Das wird dir nicht gelingen, verlass dich drauf.« Manche hatten gar ihre Faust erhoben.
Doch der Kirchenmann ließ sich nicht beirren, und wie er sich so im Raum umblickte, konnte er in einigen ängstlichen Augenpaaren erkennen, dass seine Saat hier und da aufgegangen war. Mit dem Arm hielt er Johannes ab.
»Ihr wisst gar nicht, wie tief ihr in Schuld verstrickt seid. Ja, ihr scheint noch nicht einmal zu erkennen, dass ihr gesündigt habt. Dabei seid ihr drauf und dran, allesamt in die Hölle einzufahren. Selbstsucht vergisst der Herr nicht. Noch könnt ihr euer Schicksal wenden, wenn ihr Zionshill in dem Bemühen unterstützt, den Willen des Herrn auf Erden zu verwirklichen. Es geht um euer Seelenheil!«
Nun zog Johannes ihn in einer entschlossenen Bewegung vom Pult, und weil er deutlich der Stärkere war, leistete Gottfried keinen Widerstand.
»Das ist nun wirklich genug, Bruder. Geh!«, befahl Johannes dem Älteren mit erzürntem Blick. Doch Gottfried ordnete nur in aller Ruhe seinen Rock, lächelte ihn schief von unten an und machte sich daran, von der Kanzel hinabzusteigen. Einmal noch drehte er sich nach Johannes um und flüsterte ihm ins Ohr: »Denk bloß nicht, ich hätte keine Ahnung, was zwischen dir und deinem Bruder vorgefallen ist. Die Hölle ist groß, mein Sohn, sehr groß.« Mit diesen Worten ließ er Johannes stehen und machte sich durch die Seitentür aus dem Staub.
Johannes hielt es eigentlich für ausgeschlossen, dass Gottfried damals wirklich etwas vom Streit zwischen ihm und seinem Bruder mitbekommen hatte. Gottfried hätte schon draußen unterm Fenster des Chorraums sitzen müssen, um zu hören,

wie sich die Brüder geprügelt hatten. Nachdenklich hielt Johannes inne. Gottfried war wie ein Wiesel, das sich ungesehen mal hierhin, mal dorthin bewegte, jederzeit darauf bedacht, nicht aufzufallen. Widerwillig versuchte Johannes, sich jene hässliche Szene zwischen ihm und Georg noch einmal ins Gedächtnis zu rufen.

Neu Klemzig, Februar 1904

Johannes hatte sich am Nachmittag, als er ins Dorf zurückgekehrt war, schon bald unter einem Vorwand in die Kirche zurückgezogen. Er brachte es einfach noch nicht über sich, Anna gegenüberzutreten und so zu tun, als wäre nichts gewesen. Denn seit ein paar Stunden war alles anders, seine Welt war nicht mehr dieselbe.

Johannes war gerade im Begriff, im Chorraum die aus Deutschland eingetroffenen Bibeln in die Regale zu sortieren, als Georg in die Tür trat. Der Bruder bebte am ganzen Leib und atmete schwer. Johannes machte sich Sorgen und ging auf Georg zu, doch der plazierte gleich einen zielsicheren rechten Haken direkt unter Johannes' Kinn. Johannes schwankte, fing sich jedoch wieder. Er wusste gar nicht, wie ihm geschah, und starrte den Bruder entgeistert an.

»Du Schwein!«, rief der, und obwohl eine leise Ahnung in ihm aufstieg, war Johannes noch weit davon entfernt, die Situation zu begreifen. »Ich hab euch gesehen. Wie ihr euch geküsst habt. Du und Helene. Ihr habt euch geküsst!«, wiederholte Georg, als würde die Ungeheuerlichkeit seiner Anschuldigung dadurch mehr Glaubwürdigkeit gewinnen.

»Wovon redest du da?«, fragte Johannes, in der Hoffnung, ein wenig Zeit zu gewinnen. Er kam sich erbärmlich vor. Erst am Abend vor diesem dummen, dummen Kuss hatte er Georg ein Liebesgeständnis abgerungen. Was war nur in ihn gefahren?

Der Kinnhaken seines Bruders war geradezu eine Erleichterung. Endlich wurde er abgestraft für sein jämmerliches Verhalten! Seit jenem Augenblick in den verbrannten Feldern mit Helene hatte er nicht aufgehört, sich schuldig zu fühlen. Hele-

ne gegenüber, Anna gegenüber, aber fast mehr noch Georg gegenüber. Georg liebte Helene, er wollte sie heiraten. Was war er nur für ein Schuft!
»Es tut mir so leid, Georg. Das hätte nicht passieren dürfen. Aber du musst mir glauben, das war das erste und einzige Mal, und es wird sich nicht wiederholen.« Er hatte die Arme auf die Schultern des Bruders gelegt und sah ihm fest ins Gesicht. In der Situation mit Helene war er schwach geworden, jetzt würde er Stärke zeigen, indem er dem Bruder und dessen berechtigter Wut nicht auswich.
Georg befreite sich mit einer kräftigen Bewegung. Eigentlich war Johannes der körperlich Stärkere, doch Georgs Zorn schien seine Kräfte wachsen zu lassen. Er atmete heftig, und sein glattes, dunkles Haar hing ihm in wirren Strähnen ums Gesicht. Obwohl seine seegrünen Augen vor Wut blitzten, konnte Johannes die Verletztheit in ihnen erkennen. Georg war außer sich. Unwillkürlich tat Johannes einen Schritt zurück, doch schon kam Georg auf ihn zu und drängte ihn in die Ecke neben dem Regal.
»Erzähl mir keinen Unsinn! Wie lange geht das schon mit euch? Los, sag schon! Ich habe ein Recht darauf, die Wahrheit zu erfahren!« Georgs erhitztes Gesicht war nun ganz nahe.
»Ich schwöre dir bei Gott, dass dieser Kuss, den du mit angesehen hast, alles war, was zwischen mir und Helene jemals war oder sein wird. Bitte verzeih mir, Bruder!«
»Wie kannst du es wagen, den Namen des Herrn in den Mund zu nehmen? Wo du ihn mit deinem Dreck besudelt hast.« Blitzartig hatte Georg Johannes am Kragen gepackt und schüttelte ihn.
»Ich weiß, dass es nicht recht war, und ich werde beichten und Buße tun.«
»Beichten und Buße tun«, wiederholte Georg bitter und stieß den Bruder von sich. »Und dann ist alles wieder gut, ja? Und

was ist mit Anna? Wird für deine Frau auch alles wieder gut werden, wenn ich ihr erst erzählt habe, was ihr frommer Gatte mit der Kirchensekretärin in den Feldern treibt?«

Eine glühende Hitze schoss Johannes in Brust und Gesicht. »Lass Anna aus dem Spiel!« Ehe er sich's versah, holte er weit aus und schlug Georg mit der flachen Hand ins Gesicht. Georg hielt sich die feuerrote Wange und starrte ihn ungläubig an. Noch bevor Johannes etwas Entschuldigendes hätte sagen können, spürte er die Fäuste des Bruders. Erst im Gesicht, dann auf Brust und Bauch. Dieses Mal wehrte er sich nicht, schützte nur mit verschränkten Armen den Kopf.

»Schlag nur zu, ich habe es verdient. Aber ich bitte dich, halte Anna da raus.« Ein Fausthieb traf ihn von der Seite. Johannes begann zu taumeln, verlor das Gleichgewicht. Krachend fiel er gegen das schwere Holzregal, und ein Teil der eben erst einsortierten Bibeln fiel den Brüdern vor die Füße. Dann, als hätte ihn alle Kraft verlassen, ließ Georg die Fäuste sinken, ging in die Hocke und weinte, das Gesicht in den Händen vergraben.

»Warum hast du das getan, Bruder?« Er schaute langsam auf, als Johannes neben ihm niederkniete und ihm behutsam den Arm um die Schultern legte.

»Ich weiß es nicht, doch ich wollte bestimmt niemandem weh tun.«

»Und was ist mit Helene? Liebst du sie denn? Liebt sie dich?«

Johannes meinte, etwas wie Hoffnung in den tiefgrünen Augen des Bruders schimmern zu sehen, doch statt ihm zu antworten, stand er auf, wobei er sich leise stöhnend die schmerzende Rippe hielt.

»Komm, gib mir deine Hand. Ich helfe dir auf.« Georg schien einen Augenblick nachzudenken, ließ sich dann aber vom Bruder hochziehen. Sie sahen einander an.

»Ich verstehe.« Georg nickte und wischte sich an der Hose den Staub von den Händen.

»Wirst du Anna etwas sagen?« Johannes sah den Bruder ernst an. Georg schob sich mit dem Ärmel eine verschwitzte Strähne aus der Stirn und hob den verbeulten Hut auf. Johannes hielt den Atem an, dann schüttelte Georg den Kopf.
»Du hast es wahrlich nicht verdient, so davonzukommen, aber ich werde schweigen, Anna zuliebe.« Johannes schloss vor Erleichterung kurz die Augen, atmete tief ein.
»Danke«, sagte er.
»Ich kann nicht länger im Dorf bleiben. Euch zu sehen und gleichzeitig zu wissen, dass …« Georgs Stimme versagte, und er sah auf seine Hände, die den Hut drehten.
»Du darfst nicht gehen, Georg! Ich habe dir doch versprochen, dass es sich nicht wiederholen wird.«
Georg schwieg, und um die spannungsgeladene Stille mit irgendetwas zu füllen, sammelte Johannes die im Streit zu Boden gefallenen Bibeln auf und stellte sie ins Regal zurück. Georg drückte sich den Hut auf den Kopf und sah den Bruder an.
»Mein Entschluss steht fest. Ich gehe.«
Johannes zog besorgt die Brauen zusammen.
»Wo willst du denn hin?«
»Ich weiß es noch nicht genau. Vielleicht nach Van Diemens Land. Vater kennt doch den alten Pastor dort noch aus Schultagen. Und weit genug weg von allem wäre es ja.«
Johannes schluckte schwer. Welche Schuld hatte er da nur auf sich geladen?
»Ich bitte dich, Georg, schlafe wenigstens noch eine Nacht darüber. Morgen sieht die Welt vielleicht schon wieder ganz anders aus.« Er hätte sich für seinen letzten Satz ohrfeigen können. So redete er sonst nur mit Kindern. Georg lachte auch schon dunkel auf.
»Spar dir die Mühe. Mein Entschluss steht fest. Überleg dir lieber, wie wir das hier erklären.« Er wies mit einer umfassenden Geste auf das Chaos ringsum. Überall verteilt lagen Papie-

re, die die Streithähne im Kampf vom Schreibtisch gefegt hatten; umgestoßene Stühle und das im Staub liegende Messgewand ergänzten das wenig friedvolle Bild. Johannes sah übel zugerichtet aus. Seine gekrümmte Haltung verriet die angeknackste Rippe, hinzu kamen ein geschwollenes Auge und eine leichte Platzwunde auf der Stirn, die allerdings nicht allzu stark blutete. Georgs Wange trug noch immer den Umriss der brüderlichen Hand. Johannes schüttelte den Kopf, nachdem er das Ergebnis ihrer Schlägerei betrachtet hatte.

»Das letzte Mal, dass wir uns so geprügelt haben, liegt schon eine ganz Weile zurück«, dachte er laut. Georg nickte nur ernst, und Johannes verstand, dass der Bruder nicht vorhatte, ihren Streit in das seichtere Gewässer geteilter Kindheitserinnerungen zu treiben. Er sah an sich hinunter: »Ich werde sagen, ich bin auf dem Rückritt vom Pferd gefallen.«

Zusammen schafften sie schnell Ordnung, dann ging jeder nach Hause. Johannes war dankbar, dass die Frau, wegen der er sich gerade mit seinem Bruder geprügelt hatte, die nächsten Tage in Zionshill verbringen würde. Es fiel ihm auch so schon schwer genug, seiner Frau unter die Augen zu treten. Allein der Gedanke an Helenes Rückkehr, wenn sie wieder mit ihnen unter einem Dach lebte, war ihm fast unerträglich.

Zionshill, Mai 1904

Helene hatte ihren üblichen Aufenthalt in Zionshill zunächst nur um ein paar Tage verlängert, dann entschloss sie sich, auf unbestimmte Zeit ganz von ihrer Gemeindearbeit in Neu Klemzig zurückzutreten. Johannes brauchte sie ihren Wunsch nicht erst lange zu erklären, er verteilte die laufenden Aufgaben gleich auf Mitglieder des Kirchenrats. Helene begründete ihren Entschluss mit dem neuen Lehrplan, den sie für ihre Schüler erstellen musste. Jetzt, da sie die neuen Lehrmittel, die Johannes in Adelaide bestellt hatte, in Händen hielt und die Schulstunden damit gestalten konnte, hatte sie vor, den Unterricht auf vier Tage auszudehnen, doch dafür würde sie wohl unter den Aborigines einen oder sogar zwei Hilfslehrer ausbilden müssen.

Helene hielt es für einen glücklichen Umstand, dass die neuen Materialien gerade jetzt eingetroffen waren, da sie den Abstand zu Neu Klemzig, oder besser gesagt zu Johannes und Anna, so dringend nötig hatte. Johannes ging es sicherlich nicht anders.

Abgesehen davon gab es eine Vereinbarung zwischen ihnen, an die sich beide bislang eisern hielten. Sie wollten den »Vorfall«, wie Johannes es nannte, so gut es ging, vergessen. Der »Vorfall«, das war ein Fehler gewesen, ein Ausrutscher vom rechten Weg. Es war ihre Pflicht, dafür zu sorgen, dass dieser Fehltritt nicht das zerstörte, was ihnen im Leben wichtig war.

Dennoch: Etwas in Helene wünschte sich, dass nicht alles vergessen wäre. Trotz der Absprache hatte sie insgeheim gehofft, Johannes würde ihr vielleicht einen langen Blick schenken oder sie wie zufällig am Ärmel streifen, wenn sie gemeinsam über den Rechnungsbüchern brüteten. Doch nichts dergleichen war geschehen. Manchmal fragte sie sich, ob sie den Kuss nicht nur geträumt hatte und nun wie im Fieber phantasierte. Aber was hatte sie erwartet? Dass Johannes nach einem Kuss die Familie und die Gemeinde im Stich ließ, um mit ihr durchzubrennen? Sie lachte laut auf. Völlig undenkbar! Das hätte sie auch gar nicht gewollt. Es ließe sich mit ihren eigenen Werten nicht in Einklang bringen. Obwohl sie nicht mehr sicher war, ob sie die noch so genau kannte. Mit dem Kuss hatte sie eindeutig gegen jede Moral, gegen alle Anforderungen der lutherischen Kirche verstoßen.

Plötzlich fielen ihr wieder die üblen Unterstellungen und Vergleiche ein, die Gottfried über sie, Georg und Johannes in seinem schwarzen Buch angestellt hatte, und ein Schauder lief ihr über den Rücken:

Helene ist wie die begehrenswerte Bathseba, die gleich zwei Männern zum Verhängnis wurde. Der eine wurde zum hinterhältigen Mörder, indem er ihren Gatten in den Krieg schickte, um mit Bathseba schlafen zu können. Die wunderbare Bathseba, gesegnet und verflucht zugleich mit einem Körper wie aus Alabaster, dem kein Mann widerstehen kann. Aber ist Bathseba wirklich so unschuldig, wie sie es uns glauben machen will? Ich sage: Nein! Sie weiß um ihre Macht über die Triebe der Männer, und sie genießt es, wenn sie sich nach ihr verzehren, labt sich geradezu an deren Niedergang.

Der arme Georg wird zu Uriah, Bathsebas Mann, der dem wollüstigen Treiben eines anderen Mannes zum Opfer fällt.

Bleibt nur noch Johannes. Johannes ist natürlich König David, der einst ein einfacher Schäfer war und den der Herr in seiner endlosen Güte zum König gesalbt hat. Hat es der Herr mit David vielleicht zu gut gemeint? David hat es IHM nicht gerade gedankt, als er seine Macht nutzte, um sich zwischen den Schenkeln der Frau eines anderen zu betten.

König David! Diesen Vergleich hatte schon Luise in einem Brief nach Salkau bemüht, allerdings nur, um Johannes' Eigenschaften zu loben. Auch Helene selbst hatte den bewunderten Pastor seither im Stillen so genannt. Jetzt fragte sie sich allerdings, was Gottfried von ihr und Johannes wusste. Es konnte einfach nicht sein, dass er irgendetwas gesehen oder gehört hatte, was sie oder Johannes kompromittieren könnte. Dafür waren sie viel zu vorsichtig gewesen. Oder doch nicht?
Helene war aufgesprungen und ging nun unruhig im Zimmer auf und ab. Sie hatte kurz mit sich gerungen, ob sie Johannes vom »Fund« des Notizbuchs berichten sollte, hatte sich dann aber dagegen entschieden. Er hätte darauf bestanden, das Buch in die Hände seines rechtmäßigen Besitzers zurückzugeben. Doch da war Helene dagegen. Gottfried würde zu jedem Mittel greifen, um Johannes zu vernichten, davon war sie überzeugt. Um ihn auszuschalten, musste man entschlossen vorgehen. Das Buch würde ihr dabei eines Tages hoffentlich helfen. Doch zunächst musste sie einen Weg finden, mit ihren Gefühlen ins Reine zu kommen. Sie hatte den Mann ihrer Freundin geküsst, der auch noch der Pastor der Gemeinde war. Damit nicht genug, lebte sie mit diesem Mann samt seiner Familie unter einem Dach. Das Schlimmste war jedoch, dass sie Johannes liebte.

Luise stieß sie mit dem Ellbogen an. »Helene? Warum bist du heute so schweigsam?«
Helene lächelte mühsam.
»Bedrückt dich etwas? Ich habe schon seit längerem den Ein-

druck, dass du etwas mit dir rumschleppst. Willst du es mir nicht sagen?« Luise hatte ihr die Hand aufs Knie gelegt und schenkte ihr einen aufmunternden Blick.
Helenes Herz schlug plötzlich schneller. Dies war nicht das erste Mal, dass Luise sie zum Reden bringen wollte. Eigentlich hätte Helene nichts lieber getan, als sich ihren Liebeskummer von der Seele zu reden, aber es war schlicht unmöglich. Helene war sich sicher, dass die Freundin ihr Wissen für sich behalten würde, doch fortan würde es für Luise so sein, als ob sie mit einer Lüge leben müsste. Helene war dies deshalb so klar, weil sie es seit dem Kuss selbst so empfand: Nichts, was sie seither in der Gemeinde sagte oder tat, fühlte sich noch echt an. Es war ein schreckliches Gefühl, das sie Luise nicht aufbürden wollte.
»Hat es was mit Georg zu tun?«
Helene fuhr erschrocken zusammen. Das hatte sie nicht erwartet.
»Wie, was meinst du damit?«
»Komm schon, mir kannst du es doch sagen.« Luise stupste Helene freundschaftlich an: »Das sieht doch selbst ein Blinder, wie verschossen der arme Kerl ist.«
Helene lief blutrot an. Luise hob ihr Kinn an und sah ihr verständnisvoll in die Augen. Sofort senkte Helene schuldbewusst den Blick. Was sollte sie darauf nur sagen? Sie ahnte ja seit dem Fastenfest, dass Georg in sie verliebt war. Aus dem Augenwinkel warf sie einen Blick auf Luise. Anna musste ihr von der Geschichte im Schulhaus erzählt haben. Von ihr selbst kannte Luise sie jedenfalls nicht. Wer außer den beiden wusste sonst noch davon? Womöglich ganz Neu Klemzig und Zionshill noch dazu! Wahrscheinlich wurden schon Wetten abgeschlossen, wann die Hochzeitsglocken läuteten. Helenes Atem ging flach, sie fühlte sich in die Ecke gedrängt.
»Georg soll in mich verliebt sein? Das hat er mir nie gesagt.«

Luise schneuzte sich geräuschvoll die Nase, dann lachte sie auf.
»Du weißt doch, wie schrecklich schüchtern er ist. Georg läuft doch schon rot an, wenn sich die Pferde necken. Magst du ihn denn nicht?«
»Natürlich mag ich ihn. Wie kann man Georg nicht mögen? Er ist der freundlichste Mensch, den ich kenne.« Helene beschlich plötzlich ein Verdacht. »Hat Anna dich etwa gebeten, mit mir über Georg zu reden?« Täuschte sie sich oder lief Luise nun rot an? Die schüttelte entrüstet den Kopf.
»Nicht doch, nein! Wir haben uns nur mal darüber unterhalten, dass ihr zwei ein hübsches Paar abgeben würdet, aber das war auch schon alles.«
»Dann ist's ja gut. Als Kupplerin taugst du nämlich rein gar nicht.« Helene grinste jetzt und fühlte sich nach diesem Scherz ein wenig leichter. Vielleicht, so hoffte sie, wäre das Thema damit ein für alle Mal beendet.
»Ich will überhaupt niemanden verkuppeln«, sagte Luise beleidigt. »Ich will nur wissen, ob meine Freundin verliebt ist, weil Freundinnen über solche Dinge für gewöhnlich miteinander reden. Aber wenn du nicht willst …« Helene holte tief Luft, und beinahe gegen ihren Willen brachen die nächsten Worte aus ihr heraus: »Ja, ich bin verliebt.« Angstvoll sah sie Luise in die Augen. Sie fühlte ihr Herz so heftig klopfen, dass sie sich unwillkürlich beide Hände um den Hals legte. Hätte sie doch nur den vorlauten Mund gehalten, jetzt war es zu spät.
Luise nahm sie in den Arm und drückte sie an sich. »Oh, ich wusste es, ich wusste es!«, jubilierte sie. Helene befreite sich aus der Umarmung und ergriff Luises Hände. Sie konnte ihre Worte nicht mehr zurücknehmen, und so blieb ihr keine andere Wahl, als mit der Wahrheit herauszurücken. Sie konnte Luise nicht in dem Irrglauben lassen, sie sei in Georg verliebt.

Das machte alles nur noch schlimmer. Nein, sie musste Farbe bekennen. Jetzt! Entsetzen machte sich in ihr breit, als ihr bewusst wurde, was sie der Freundin damit antat. Würde Luise ihr das verzeihen können? Helene schluckte und schloss für einen Moment die Augen, um sich zu sammeln. Dann blickte sie der Freundin ins Gesicht.
»Ich bin verliebt, es ist wahr. Aber nicht in Georg.« Luise verschlug es für einen Moment die Sprache. Helene drückte jetzt fest die Hände der Freundin, sah sie noch immer an.
»Ich liebe Johannes«, sagte sie leise, aber doch so deutlich, dass Luise ausschließen konnte, sich verhört zu haben. Sofort schüttelte diese Helenes Hände ab und sprang auf. Das Blut war aus ihren Wangen gewichen, und als sie endlich zu sprechen begann, bebte ihre Stimme:
»Das darfst du nicht. Hörst du? Das darfst du nicht!« Dabei schüttelte sie immer wieder den Kopf. Helene legte sich erschrocken die Hand vor den Mund. Dabei gab es für den Schrecken eigentlich keinen Grund, es hatte sich ja nur bewahrheitet, was sie ohnehin befürchtet hatte: Luise wandte sich von ihr ab und rang mit ihrem Gewissen, wie sie mit Helenes Beichte umgehen sollte. Auf einmal überkam Helene eine schreckliche Angst: Könnte Luise sie tatsächlich verraten? Wenn sie in der Gemeinde von ihr und Johannes erzählte, dann wäre alles aus. Von Panik erfasst, sprang sie auf und griff nach dem Arm der Freundin.
»Bitte, Luise. Hab keine Sorge, es bleibt mein Geheimnis.« Sie sah Luise forschend ins Gesicht. »*Unser* Geheimnis«, fügte sie eindringlich hinzu. Luise setzte sich wieder hin, schien zu überlegen. Dann zog sie Helene auf den Platz neben sich.
»Ist jemals etwas zwischen dir und Johannes …?« Luises Augen weiteten sich vor Schrecken, als Helene schwieg. »Habt ihr etwa …?«, setzte sie nach.
»Wir haben uns geküsst. Ein einziges Mal nur, das ist alles.«

Helene schaute zu Boden, scharrte verlegen und nervös mit den Füßen im Staub.
»Liebt er dich denn auch?« Luise hatte Helene bei den Schultern gefasst. Helene sah sie an.
»Ich weiß es nicht. Wir haben vereinbart, nicht mehr darüber zu sprechen. Es ist vorbei.« Luise atmete hörbar auf.
»Gut. Und so muss es auch bleiben. *Muss,* Helene! Verstehst du? *Muss!*« Sie schüttelte die Freundin leicht. »Wenn das jemals bekannt wird, bedeutet dies das Ende für Neu Klemzig.«
Helene fiel ein Stein vom Herzen. Sie hatte sich nicht in Luise getäuscht. Die Freundin würde sie nicht verraten, natürlich nicht.
»O Gott, Helene! Was hast du nur getan? Die arme Anna.« Luise fuhr sich mit der Hand über die Stirn, stand wieder auf und ging mit verschränkten Armen auf und ab. Schließlich blieb sie vor Helene stehen. »Die einzige Lösung, die ich sehe, ist, dass du so schnell wie möglich Georg heiratest und Johannes für immer vergisst.« Sie tat einen Schritt auf Helene zu. »Georg ist ein guter Mann, einen besseren findest du nicht.«
Helene schüttelte nur still den Kopf.
»Oder aber …«, fügte Luise hinzu.
»Oder was?«, fragte Helene.
»Oder du musst gehen.«

Brisbane, 10. Februar 2010

Nataschas letzte Urlaubswoche war angebrochen. Drei Wochen war sie schon in Australien, die Zeit lief ihr in Riesenschritten davon. Eine Tatsache, die sie, so gut es ging, zu verdrängen suchte. Sie hatte sich mit Kacey im Starbucks in der City verabredet. Die Krankenschwester trug einen elegant geschnittenen Hosenanzug, und Natascha sah unwillkürlich an sich hinunter, nachdem sie sich in ihrer Ecke zu erkennen gegeben hatte. Sie trug helle Jeans und ein tailliertes T-Shirt mit buntem Aufdruck, das sie in einem Surfshop gekauft hatte. Ihre Füße steckten in den gewohnt flachen Sandalen. Die beiden begrüßten einander mit einer knappen Umarmung, dann ließ sich Kacey auf den Stuhl neben Natascha fallen. Um ihren Hals baumelte eine ID-Karte, die sie als Konferenzteilnehmerin einer internationalen Tagung auswies. Natascha bestellte Kaffee für sie beide, und als sie von der Bar zurückkam, hatte Kacey bereits ihren Laptop hochfahren lassen und tippte geschäftig vor sich hin. Natascha rückte ihren Stuhl näher und warf einen neugierigen Blick auf den Bildschirm.
»Ich habe mit meinem Kontakt die beste Vorgehensweise besprochen«, erklärte Kacey, ohne den Blick vom Computer abzuwenden. »Als Erstes müssten wir uns durch ein paar Online-Archive pflügen – oder besser gesagt, *Sie* müssen das. Ich muss nämlich gleich noch eine Pflichtveranstaltung über mich ergehen lassen. Ich hole Sie in ungefähr einer Stunde hier ab, und mit den hoffentlich grandiosen Ergebnissen Ihrer Recherche gehen wir dann zu dieser Agentur, die sich um die Zusammenführung indigener Familien bemüht. Einverstanden?«
Natascha nickte. »Klar. Hört sich sehr gut an.«

Ihr Name wurde aufgerufen. Natascha stand auf, um den Kaffee zu holen. Sie stellte die Pappbecher auf den Tisch und setzte sich wieder. »Also, wo genau soll ich denn nun recherchieren?« Es juckte ihr schon in den Fingern. Immerhin kamen die Empfehlungen von jemandem, der sich mit Fällen wie dem ihren von Berufs wegen auskannte. Kacey kritzelte hastig ein paar Zeilen auf einen Zettel, den sie ihr im Aufstehen in die Hand drückte.

»Oben stehen die Archiv-Adressen, und hier unten die vollen Namen von Amarina, Cardinia und Parri. Wundern Sie sich nicht, ich habe mehrere Schreibweisen aufgeführt. Es wäre gut, wenn Sie die bei der Suche ebenfalls eingeben würden.«
Kacey schulterte ihre lederne Handtasche und wandte sich zum Gehen.

»Bis später«, rief Natascha ihr hinterher. Recherche war ihr schon immer der liebste Part der journalistischen Arbeit gewesen, und sie bildete sich ein, dass sie gut darin war. Sie zog ihr Notebook aus dem Rucksack, linste auf Kaceys Zettel und krempelte innerlich die Ärmel hoch. Ihr Elan wurde allerdings vorzeitig ausgebremst. Als sie in den Staatsarchiven von Queensland die Seite für Familienforschung anklickte, wie Kacey es ihr geraten hatte, wurde ihr schnell klar, dass sie dieser Weg keinen Millimeter voranbringen würde. Angespannt strich sie eine Strähne hinters Ohr und starrte auf den Bildschirm. Sie klickte sich durch den Index des Archivs, doch mehr als die Eintragungen des Standesamtes waren dort nicht zu finden. Weder Parri, Amarina noch Cardinia waren in Queensland geboren worden, und obwohl Natascha wenig Hoffnung auf Erfolg hatte, gab sie alle Varianten ihrer Namen in die Suchmaske des Hochzeits- und Sterberegisters ein. Erst schöpfte sie noch Hoffnung, als sie einen Parri und zwei Amarinas fand, doch zeitlich wollten diese Suchergebnisse einfach nicht passen. Natascha wusste zwar nicht, wann Parri und

Amarina geboren worden waren, aber sie konnte deren Lebenszeitraum zumindest grob kalkulieren, und die gefundenen Einträge lagen deutlich vor dieser Zeitspanne. Natascha versuchte es daraufhin auf der entsprechenden Website für Südaustralien, doch auch dort entdeckte sie nichts. Einzig für Cardinia fand sie eine Eintragung in Queensland über eine Sterbeurkunde, aber das half ihr auch nicht weiter. Sie wusste ja bereits von Kacey, Cardinias Enkelin, wo deren Großmutter gelebt hatte und dass sie verheiratet gewesen war, aber eben auf die traditionelle Weise, und die hatte mit dem australischen Standesamt herzlich wenig zu tun.

Natascha probierte es nun beim *Australian Institute of Aboriginal Studies,* wollte sich schon freuen, als sie dort von einem *Family History Team* las, das einem bei der Suche nach Vorfahren behilflich sein wollte. Doch dann fand sie – klein gedruckt – den Hinweis, dass dieser Service der Öffentlichkeit aus Kostengründen nicht länger zugänglich sei. Die letzte Website, die Kacey auf dem Zettel notiert hatte, beraubte Natascha dann auch noch ihrer letzten Hoffnung. Der Adoptionsservice der Regierung wies gleich auf der Startseite darauf hin, dass ausschließlich die biologischen Eltern oder das adoptierte Kind einen Zugriff auf die Daten hätten. Eine Ausnahme werde nur für Kinder gemacht, deren Akten vor mehr als neunundneunzig Jahren angelegt worden waren.

Frustriert klappte Natascha den Laptop zu. Gedankenverloren griff sie nach ihrem Kaffee, der inzwischen kalt geworden war und bitter schmeckte. Eine bleierne Müdigkeit überfiel sie. Sie würde nie erfahren, wer Marias leibliche Eltern waren. Die lange Reise, die Aufregung – sie hätte sich die Anstrengung und die Kosten sparen können. Alan hatte ganz recht gehabt. Was machte es schon, wenn es stimmte, was die Adoptionsurkunde behauptete, und in den Adern ihrer Oma tatsächlich ein wenig Aborigine-Blut geflossen war? Dadurch würde weder Oma Maria noch sie selbst zu einem anderen Menschen.

Und doch: Eine Stimme tief in ihr schien darauf beharren zu wollen, dass es gut und richtig gewesen war, sich auf den Weg nach Australien zu machen, um vor Ort nach ihren Wurzeln zu fahnden. Irgendetwas gab es hier, das konnte sie fühlen. Eine schwache Hoffnung keimte in ihr, dass diese Leere, die sie seit Reginas Tod spürte, verschwinden würde, wenn sie nur erst wüsste, wie alles zusammenhing. Vielleicht würde sie sich nicht mehr so allein fühlen, sobald ihr erst klar war, wie sich die einzelnen Glieder zu einer Kette fügen ließen. Nach ihr gäbe es jedenfalls niemanden mehr, der sich noch dafür interessieren könnte, dachte sie in einem Anflug von Melancholie.

Sie war übermüdet und wünschte sich plötzlich in Alans Arme zurück, doch auch diese Geschichte war kompliziert. Nach dem gemeinsamen Tauchgang zur Yongala war sie so glücklich und aufgekratzt gewesen, dass sie ihre mentalen Alarmglocken ausgeschaltet hatte. Als das Tauchboot wieder am Jetty anlegte, konnte sie es gar nicht erwarten, mit Alan in ihren Bungalow zurückzukehren. Auf dem kurzen Weg von der Haustür zum Bett hatten sie einander förmlich die Klamotten vom Leib gerissen. So wild kannte sie sich eigentlich nicht. Doch an jenem Nachmittag schaltete sich ihr Gehirn wie von selbst ab.

Natascha seufzte. Auch jetzt, da sie nur an Alan dachte, zog es wieder verdächtig in ihrem Unterleib. Sie vermisste das satte Gefühl, wenn sich nach dem Höhepunkt alle Muskeln entspannten. Ein lustvoller Schauder lief Natascha bei der Erinnerung über den Rücken.

Sie schüttelte den Kopf. Vielleicht stimmte es ja wirklich, was Alan gesagt hatte? Nachdem sie um den letzten Quickie fast noch hatte betteln müssen, weil er endgültig aufs Boot zurückmusste, drehte er sich im Weggehen noch einmal nach ihr um: »Ich bin so was wie dein *Toyboy*, stimmt's?« Sie hatte ihn nur

verständnislos angesehen. Er hatte doch nicht etwa verletzt geklungen?
Plötzlich hatte sie Kopfschmerzen. Sie war froh, als Kacey endlich auftauchte.

Das Büro von *Connect* befand sich in einem unscheinbaren Flachbau schräg gegenüber dem Riverside Centre, einem glitzernden Bürohochhaus mit Ausblick auf den Fluss.
»Jackson, Natascha – Natascha, Jackson.« Kacey machte eine vage Geste in die Richtung des jeweiligen Namensträgers. Jackson nickte knapp und wies ihnen die Stühle vor seinem Schreibtisch an.
»Kacey hat mich bereits telefonisch von Ihrem Anliegen unterrichtet. Haben Sie selbst übers Netz etwas rausfinden können?« Er legte die Hände auf dem Tisch übereinander.
»Leider nein. Nur, dass es eine Sterbeurkunde von Cardinia gibt. Das ist alles.« Natascha lief unter dem ernsten Blick des Beamten rot an. Sie fühlte sich wie eine kleine Volontärin, die den Chefredakteur mit dem mageren Ergebnis ihres ersten Auftrags enttäuscht hatte. Jackson nickte kaum merklich.
»Das war zu erwarten. Ich fürchte, Sie dürfen sich insgesamt keine großen Hoffnungen machen, was Aufzeichnungen über Ihre Großmutter und deren Eltern anbelangt. *Connect* kann zwar als Regierungsbehörde auf alle offiziellen Dokumente zugreifen, aber gerade in Adoptionsfällen wie dem Ihrer Großmutter findet sich in den meisten Fällen die Angabe: Eltern unbekannt. Dahinter steckt natürlich System. Man wollte den Eltern ihre Kinder wegnehmen, und indem man behauptete, die Eltern seien unbekannt, erhöhte man die Chancen, dass die Familien auch in Zukunft zerrissen blieben. Diese Taktik war leider äußerst erfolgreich.«
Natascha schlug die Beine übereinander und faltete die Hände über dem Knie.

»Ich habe meine Erwartungen schon deutlich nach unten geschraubt«, seufzte sie. »Sehen Sie denn überhaupt irgendeine Möglichkeit, mir weiterzuhelfen? Ich meine, es kann doch nicht sein, dass ich als Angehörige rein gar nichts über meine Großmutter in Erfahrung bringen kann.« Sie stellte die Füße wieder nebeneinander und tippte mit dem Kuli auf die offenen Seiten ihres Notizbuchs.

»Entschuldigen Sie«, sagte sie und legte den Kuli aus der Hand, als sie bemerkte, dass sowohl Kacey als auch Jackson ihre Bewegungen verfolgt hatten. »Es macht mich fast wahnsinnig, wie wenig ich tun kann. So langsam frage ich mich nämlich, warum ich überhaupt nach Australien gekommen bin.« Es war nicht ihre Absicht gewesen, ihren Frust ausgerechnet an Jackson und Kacey auszulassen, aber sie fühlte sich jämmerlich und hatte im Augenblick nicht die Kraft, diesen Zustand zu verbergen.

»Da befinden Sie sich in bester Gesellschaft. Sehen Sie, viele Akten existieren überhaupt nicht mehr. Allein in Südaustralien wurden beispielsweise zwischen 1973 und 1985 fast sämtliche Akten des Familienministeriums vernichtet. Mit Absicht.« Natascha hob erstaunt die Augenbrauen. Jackson schien die Wirkung seiner Worte kalkuliert zu haben, denn er nickte zufrieden. »Ein Kind, das erfolgreich adoptiert worden war, so glaubte man damals, benötigte keine Unterlagen mehr. Eine unglaubliche Ignoranz, aber so war es. Die Verbindung dieser Kinder zum Ort ihrer Herkunft, zu ihrem Stamm und ihrer Vergangenheit wurde auf immer gekappt. Sie können sich leicht ausrechnen, was das in der Folge für indigene Familien bedeutete und noch immer bedeutet. Zu viele blieben für immer getrennt.«

Eine Fliege surrte in der Stille, die sich zwischen ihnen ausbreitete. Mit einem Mal kam sich Natascha lächerlich vor. Angesichts der katastrophalen Dimensionen, die Jackson für sein

Volk beschrieben hatte, war ihre Suche nach Maria nichts weiter als ein persönliches Problem. Kommentarlos nahm sie ihren Rucksack von der Lehne und war schon im Begriff aufzustehen, als Kacey sie mit einer Geste anwies zu warten.
»Jackson, die Lady hier ist um die halbe Welt geflogen, um die Verbindung zum Land ihrer Großmutter zu finden. Wir sollten sie nicht so gehen lassen. Gibt es denn wirklich gar nichts, was du für sie tun kannst?« Natascha öffnete ihren Mund, um zu widersprechen, schloss ihn dann aber wieder, ohne etwas zu sagen. Kacey schaute Jackson an, als hätten die beiden mindestens eine gemeinsame Leiche im Keller. Jackson begann, seine Krawatte zu lockern, obwohl es dank der Klimaanlage angenehm kühl im Raum war. Er verzog das Gesicht wie im Schmerz, doch Kacey ließ nicht locker.
»Na, komm schon. Du willst doch nicht etwa, dass ich deinem Großvater bei meinem nächsten Besuch am Mooloo Creek erzählen muss, wie unhöflich sein Enkel in der großen Stadt geworden ist.« Jackson atmete hörbar aus. Nataschas Blick glitt von Kacey zu Jackson und wieder zurück. Dann schlug Jackson mit der Hand ärgerlich auf den Tisch.
»Verdammt, du weißt ganz genau, dass ich das nicht darf.«
Vermeintlich erstaunt riss Kacey die Augen auf und hob die Hände.
»Wenn du für sie nicht nachschauen darfst, gib eben mich als Suchende ein. Cardinia war schließlich meine Großmutter. Schon vergessen?« Ihre Augen funkelten kampflustig.
»Und was soll ich als Grund für deinen plötzlichen Wunsch nach Einsicht in die Polizeiakten deiner Großmutter angeben? Ich muss ein verdammtes Protokoll über jede Anfrage führen, das weißt du doch!«
»Dann schreib eben, dass es in meiner Familie schon seit Ewigkeiten diesen hässlichen Streit darüber gibt, ob Oma Cardy damals nun die Mangos des schrulligen Herb geklaut hat oder

nicht. Es kam sogar schon zu Schlägereien darüber.« Jackson schwieg.
Kacey war auf die Stuhlkante vorgerutscht. »Was ist jetzt?«
»Also schön«, seufzte er und zeigte dann mit dem Finger auf Kacey. »Aber wenn nur ein verdammtes Wort unseres Gesprächs nach draußen dringt, bist du eine tote Frau, Kacey Nurrumbi.«
Eine halbe Stunde später überraschte Jackson sie mit der Aussage, dass Amarina und eine Helene Junker wegen öffentlicher Ruhestörung im Frauengefängnis von Brisbane eingesessen hatten. Nicht lange allerdings, denn ein gewisser Parri schaltete einen Anwalt ein, der die Frauen nach drei Tagen und Nächten wieder freisetzte. Natascha stellte sich neben Jackson und schaute ihm mit zusammengekniffenen Augen über die Schulter.
»Mehr als *öffentliche Ruhestörung* steht da nicht?«
Jackson schüttelte den Kopf, »Nein, doch allein die Tatsache, dass die Frauen vor dem Protektorat verhaftet wurden, lässt mit einiger Sicherheit darauf schließen, dass es um gestohlene Kinder gegangen sein dürfte.« Dann wandte er seinen Blick vom Bildschirm zu Natascha. »Auch das ist leider typisch. Die Polizei, die die Entführungen ja hauptsächlich ausgeführt hat, hielt sich gerne bedeckt. Man hat nur das Nötigste protokolliert. Keine Namen, keine Umstände.«
»Sie können mir nicht zufällig dieses Dokument ausdrucken?« Natascha lächelte ihm unverhohlen ins Gesicht. Sie sah seinen skeptischen Gesichtsausdruck und machte eine Geste, als schlösse sie einen Reißverschluss vor ihrem Mund. Dann hörte sie Jackson zum wiederholten Male seufzen, und keine drei Sekunden später verfiel ein Drucker mit jenem unverkennbaren Geräusch in den Arbeitsmodus.

Natascha hatte darauf bestanden, Kacey zum Lunch einzuladen, doch die hatte keine Zeit für ein Restaurant, und so saßen sie bei Fish & Chips vor der Bude am Riverside Walk.

»Tut mir leid, dass ich Ihnen nicht mehr helfen konnte.« Kacey schob sich mehrere Pommes gleichzeitig in den Mund und kaute hastig. »Wenn ich das gewusst hätte, hätte ich Sie gar nicht erst nach Brisbane bestellt.« Natascha schüttelte den Kopf.

»Machen Sie sich keine Gedanken. Ich bin Ihnen wirklich dankbar für Ihre Hilfe. Wenigstens muss ich mir nicht irgendwann mal vorwerfen, dass ich nicht alles probiert hätte.« Sie biss in das Fischfilet, dessen frittierte Kruste in ihrem Mund zerkrachte. Zwei Möwen umkreisten sie erwartungsvoll.

Plötzlich hielt Natascha inne, legte das fettige Zeitungspapier zur Seite und wischte sich geistesabwesend die Hände am Zitronentüchlein ab, das sie mit den Zähnen aufgerissen hatte.

»Ist was?«

»Ich bin mir noch nicht sicher, aber es könnte sein, dass Sie und Jackson mir sehr viel mehr geholfen haben, als wir dachten.«

Sie nahm den Mac auf den Schoß und schaltete ihn ein. Eine Möwe schoss lärmend auf sie zu und erbeutete eine Fritte. Natascha beachtete sie nicht weiter.

»Das wäre ja ein Ding«, sagte sie mehr zu sich selbst als zu Kacey. Diese schaute sie verwirrt an.

»Hier steht es, im *Brisbane Courier* vom Folgetag. Die Yongala hat den Hafen von Brisbane am 21. März 1911 pünktlich um zwei Uhr nachmittags verlassen.«

»Und das bedeutet was?« Kacey schien nicht zu begreifen.

Natascha beugte sich zu ihrem Rucksack hinunter und langte nach dem Ausdruck. Sie entfaltete die Seiten und deutete auf eine Stelle.

»Helene und Amarina wurden aber erst am Morgen des 22. März 1911 aus dem Gefängnis entlassen. Das heißt, Helene

Junker kann nicht auf der Yongala gewesen sein, wie man bislang angenommen hat. Wie auch immer diese Frau aus Neu Klemzig zu Tode gekommen ist, sie ist jedenfalls nicht mit der Yongala untergegangen.«

Kacey knüllte das leere Zeitungspapier zusammen und warf es in den Mülleimer.

»Ich weiß zwar nicht so recht, wie diese Erkenntnis Ihrer Sache dient, aber ich freue mich, wenn es so ist.« Sie stand auf und legte ihre Hand zum Abschied auf Nataschas Schulter. »Ich wünsche Ihnen viel Glück. Es war schön, Sie kennengelernt zu haben.« Beim Blick auf die Uhr seufzte sie. »Ich muss leider los. Mein Flieger geht um vier. Sie kommen zurecht?« Es war mehr eine Feststellung als eine Frage. Natascha legte den Laptop zur Seite und umarmte die andere Frau.

»Danke. Vielleicht können wir ja über Mitch ein wenig Kontakt halten?« Kacey lachte auf.

»Mitch ... Ja, vielleicht.« Nur wenig später hatte der Schatten des Riverside Centre sie verschluckt. Natascha lauschte eine Weile dem Klappern ihrer Stilettos nach. Die Möwen hatten die Überreste der Mahlzeit verspeist, und Natascha zerdrückte gedankenverloren das Papier zu einer Kugel, die sie mit einem gezielten Wurf im Mülleimer landen ließ. Sie war sich nicht sicher, was sie als Nächstes tun sollte. Auf jeden Fall brauchte sie einen Rat. Sie wühlte nach ihrem Handy und wählte, ohne zu zögern, Alans Nummer.

»Wie komme ich an Passagierlisten aus dem Jahre 1911? Wenn es um die großen Dampfer voller Immigranten aus Übersee ginge, hätte ich kein Problem, die sind alle im Netz, aber ich brauche Einsicht in die Listen der Küstenliner. Mit etwas Glück finde ich nämlich dort den Namen Helene Junker.«

Es rauschte am anderen Ende.

»Hallo? Alan? Bist du noch dran?« Natascha nahm das Handy

vom Ohr, um nachzusehen, ob sie versehentlich die Aus-Taste gedrückt hatte.
»Bin noch dran.«
Schnell hielt sie sich das Telefon wieder ans Ohr.
»Ich denke nach, wer dir vor Ort weiterhelfen könnte. In Brisbane bist du schon mal am richtigen Ort, aber persönlich kenne ich dort niemanden. Wenn jemand allerdings die alten Schiffslisten haben könnte, dann wohl das *Maritime Museum*.«
»Das hört sich nach einem prima Tipp an. Danke.«
Eine Pause entstand.
»Natascha?« Alan hörte sich an, als wollte er noch über ganz andere Dinge reden. Natascha setzte sich kerzengerade auf. Die Schmetterlinge im Bauch flatterten wieder.
»Ja?« Sie hielt kurz die Luft an.
»Ach, nichts weiter.« Er schwieg für einen Moment, räusperte sich dann. »Es freut mich, dass du mit deiner Suche endlich weitergekommen bist.« Hatte ihn der Mut verlassen? Natascha bemühte sich, ihre Enttäuschung zu verbergen.
»Wurde auch Zeit. Ich war schon drauf und dran, alles hinzuschmeißen.«
Es rauschte wieder am anderen Ende, und Natascha wurde unruhig.
»Sehen wir uns denn noch, bevor du nach Hause fliegst?« Alans Stimme klang ein wenig zittrig.
Plötzlich wurde ihr flau im Magen. Sie hatte noch gar nicht richtig an die Rückreise gedacht oder daran, dass sie Alan vielleicht gar nicht mehr wiedersehen würde. Ein paar Tage noch, dann musste sie zurück. Sie verspürte einen Anflug von Panik, und ihre Stimme wurde rauh.
»Ich denke schon. Das heißt, nur wenn du willst, natürlich.«
»Ich würde mich sehr freuen.«
»Ja?«
»Ja.«

»Ich melde mich, wenn ich sehe, wie es hier läuft.«
»Gut. Viel Erfolg und bis später.«
Als sie aufgelegt hatte, schossen ihr ungefragt die Tränen in die Augen, und sie setzte schnell die Sonnenbrille auf. In der letzten Zeit war sie sich selbst ein Rätsel geworden.

Am *City Cat Terminal* nahm sie ein Wassertaxi, das sie auf die andere Seite zur Southbank brachte. Zwei Stunden später hatte sie es schwarz auf weiß: Auf der Passagierliste der Cooma fand sich tatsächlich eine H. Junker.
Natascha ließ den jüngsten Stand der Recherche in ihr Bewusstsein einsickern, während sie ihre von der Hitze geschwollenen Füße in der künstlichen Badebucht zwischen dem Museum und der Uni abkühlte. Sie saß am Beckenrand und ließ die Beine im Wasser kreisen, als ihr ein Gedanke kam, der sie unruhig werden ließ. Sie war auf einer Spur, endlich! Verbindungen schälten sich wie Figuren aus der Finsternis und traten langsam ins Licht. Ihr Herz klopfte etwas schneller. Sie griff zum Handy, um Debra anzurufen.
»Natascha! Wie schön, von Ihnen zu hören. Wie geht es Ihnen? Was macht Ihre Familiengeschichte?«
»Gut, danke. Ich rufe an, weil mir eine Idee durch den Kopf spukt. Vielleicht ist es eine Sackgasse, aber Sie könnten mir dabei helfen, das herauszufinden. Würden Sie für mich etwas in Neu Klemzig recherchieren?«
»Aber natürlich, *Darl*. Spucken Sie's nur aus!«
Debra wurde im Verlauf des Gesprächs zunehmend aufgeregter und versprach, sich sofort an die Arbeit zu machen. Mit etwas Glück konnte Natascha also noch heute mit einer E-Mail aus Südaustralien rechnen.
Plötzlich fühlte sie sich wie erschlagen und wollte nur noch ins Hotel. Der heutige Tag war eine einzige Achterbahn der Gefühle gewesen. Sie war froh, dass sie den Flug nach Brisbane

gebucht hatte, doch nun gab es nichts weiter zu tun, als abzuwarten, was Debra in den verstaubten Kirchenkladden Neu Klemzigs finden würde.

Natascha lag seit einer halben Stunde in der Badewanne, als ihr Handy klingelte und sie davor bewahrte, im lauwarmen Wasser einzunicken. Debras Stimme klang aufgeregt.
»Sie müssen versprechen, gleich zurückzurufen, sobald Sie die Schriftstücke miteinander verglichen haben, hören Sie?«
»Ja, natürlich, Debra. Das ist das mindeste, was ich Ihnen schulde. Bis gleich also.« Natascha legte auf und stieg aus der Wanne. Sie wickelte ein flauschiges Handtuch um ihren Körper, das sie über der Brust verknotete, und setzte sich vor den Mac. Dann öffnete sie den Anhang, um den sie Debra gebeten hatte. Als die Zeilen aus dem alten Rechnungsbuch auf dem Schirm flimmerten, griff sie nach dem jüngsten Brief, den Helen Tanner ihrer Großmutter geschrieben hatte. Man musste kein Graphologe sein, um zu erkennen, dass die Schrift auf beiden Dokumenten identisch war.
Es stimmt also, dachte Natascha, Helen Tanner und Helene Junker sind ein und dieselbe Frau. Sie griff zum Handy, um Debra zu unterrichten, die über diese neuen Erkenntnisse völlig aus dem Häuschen geriet.
»Das sind ganz wundervolle Nachrichten, *Darling*. Ich bin schon so gespannt, was die anderen für Gesichter machen, wenn ich davon auf der nächsten Sitzung der *Historic Society* berichte.« Plötzlich nahm ihre Stimme einen besorgten Ton an. »Ich habe doch Ihre Erlaubnis, oder?«
»Natürlich haben Sie die.« Natascha lächelte in den Hörer. »Und nochmals tausend Dank für Ihre Mühe, Deb.«
Als sie aufgelegt hatte, leuchtete der Hinweis auf einen verpassten Anruf auf ihrem Display auf. Eine australische Nummer, die sie nicht kannte. Natascha wählte und setzte sich aufs

Bett, das Handy am Ohr. Sie wollte schon auflegen, als sich eine weibliche Stimme meldete.

»Palm Island Government, Rita Spencer am Apparat.«

Natascha holte tief Luft, mit einem Anruf von der Insel hatte sie gar nicht mehr gerechnet. Es war schon mehr als zwei Wochen her, dass sie mit Alan und Mitch dort gewesen war.

»Hier spricht Natascha Berentz. Sie hatten versucht, mich zu erreichen?« Natascha fiel auf, dass sie sich bereits die Fragesatz-Intonation der Australier angewöhnt hatte, und machte sich eine mentale Notiz, sich von dieser seltsamen Eigenheit so schnell wie möglich zu befreien.

»Natascha? Ah, ja ... Warten Sie eine Sekunde. So, hier hab ich's. Onkel Charlie hat mir Ihre Nummer gegeben. Sie hatten ihn gebeten, Sie anzurufen, falls ihm noch etwas zu Ihrer Sache einfallen sollte?«

»Ja ... ja, das ist richtig«, stammelte Natascha überrascht. Onkel Charlie. Sie erinnerte sich wieder lebhaft an Mitchs Onkel, der auf der ehemaligen Missionsinsel lebte. Richtig unheimlich war er ihr zunächst vorgekommen, abweisend und unfreundlich. Doch immerhin hatte ihr Charlie den Hinweis auf Südaustralien gegeben. Ihr Amulett, so glaubte er, stamme von dort, ebenso wie jener hagere Missionar, der ihr auf mehreren Fotos aufgefallen war. Und nun meldete sich diese Miss Spencer, weil Natascha Onkel Charlie am Ende ihres Inselausflugs ihre Nummer in die Hand gedrückt hatte.

»Okay, also ich kümmere mich unter anderem um das kleine Museum hier, bin aber nur unregelmäßig auf Palm Island. Und als ich gestern hier ankam, hat mir Onkel Charlie Ihre Nummer gegeben – für den Fall, dass mir etwas einfällt, verstehen Sie?«

»Sicher. Und ist Ihnen etwas eingefallen?«

»Das könnte man so sagen. Ich hab hier eine Notiz. Die hab ich übrigens schon seit wenigstens zehn Jahren oder so. Fast

ein Wunder, dass ich mich überhaupt noch daran erinnern konnte. Na, jedenfalls ist dieser Zettel von einem Jamie Edwards. Seines Zeichens lutherischer Pastor in Cairns.«
Natascha saß nun pfeilgerade auf dem weichen Hotelbett.
»Und was steht auf diesem Zettel?« Ihre Stimme hatte vor lauter Anspannung einen gereizten Beiklang. Sie spürte, dass sie im Begriff war, ihre guten Manieren zu vergessen, und mahnte sich zur Ruhe.
»Da steht, dass ich, falls eines Tages jemand auf die Insel kommen sollte, um nach den Wurzeln einer gewissen Maria zu suchen, diese Person zu ihm nach Cairns schicken solle. Was ich hiermit getan habe.«
Natascha war für einen Augenblick schwindlig geworden.
»Miss?«
»Bin noch dran.« Natascha räusperte sich die Trockenheit aus der Kehle. Dann notierte sie Telefonnummer und Adresse von diesem Jamie Edwards. Als sie aufgelegt hatte, wählte sie gleich die Nummer, doch der Anschluss existierte scheinbar nicht mehr. Im Internet fand sie zwar einen Eintrag für die Lutherische Kirche Cairns, aber es war wohl schon zu spät, um dort noch jemanden zu erreichen. Eine automatische Ansage sprang an, und eine freundliche Stimme schnurrte die Öffnungszeiten des Kirchenbüros herunter, gab ihr aber keine Gelegenheit, eine Nachricht zu hinterlassen. Natascha beschloss, das Risiko einzugehen, und buchte für sich einen Platz in der Frühmaschine nach Cairns.

Neu Klemzig, Juni 1905

»Gib mir sofort meine Haarspange zurück, du frecher Kerl! Na warte, wenn ich dich kriege!«
Vor Freude kreischend, rannte Michael in seinem langen Nachthemd den Trampelpfad zwischen den Gemüsebeeten entlang, dabei drehte er sich immer wieder um, um sich zu vergewissern, dass Helene ihm noch nachjagte.
»Du kriegst mich ja doch nicht.«
Helene geriet langsam außer Atem, wollte sich aber vor dem Jungen nicht so schnell geschlagen geben.
»Komm sofort zurück, Frechdachs!«
Ihr Befehl hatte keine andere Wirkung, als dass der Junge sich kurz umdrehte und ihr ins Gesicht lachte.
»Na gut, Michael Peters«, rief sie ihm mit gespielter Strenge hinterher, »du hast es nicht anders gewollt. Wenn du nicht sofort stehen bleibst, kannst du deinen Ausritt heute Nachmittag vergessen.« Der Junge schaute sie entrüstet und gleichzeitig fragend an.
»Ich streiche ihn, verstanden?«
Der Junge hielt auf der Stelle an, kehrte um und lief ihr geradewegs in die ausgebreiteten Arme.
»Bitte nicht! Hier, deine Haarspange! Ich wollte dich nicht ärgern.« Der Vierjährige steckte ihr die Spange unbeholfen ins offene Haar. Dann drückte er sein vom Lauf erhitztes Gesicht an ihre Brust. Helene streichelte ihm über die dunklen Locken.
»Das weiß ich doch. Ich kann aber doch nicht jeden Morgen hinter dir herrennen.«
»Und wieso nicht?« Michael schaute sie aus seinen großen blauen Augen an.

»Weil ich anderes zu tun habe, darum!« Helene gab ihm einen kurzen Klaps auf den Hintern und schob ihn in Richtung Haus. Dabei zog sie den groben Wollschal, den sie sich um die Schultern geknotet hatte, ein wenig enger. Es war kalt geworden in den letzten Tagen. Offiziell begann der Winter am 1. Juni, doch die schlimmste Kälte erlebten sie meist erst im Juli. Die großen Magpies, die auf dem Scheunendach kauerten, gaben schauerlich verlorene Rufe von sich.
Viel lauter und durchdringender als die Krähen daheim, dachte Helene, und ein Kälteschauder lief ihr über den Rücken. Als sie die mit Stroh abgedeckten Beete entlang zurück zum Haus lief, den hüpfenden Michael vor ihr, fiel ihr Blick auf das Gehege mit den Hühnern, und sie erinnerte sich an die Zeit, da es noch Joey gehörte, den sie als zitterndes Knäuel von den verbrannten Feldern mitgebracht hatten. Sie zog ihn geduldig mit der Flasche auf, zur großen Freude Klein Michaels, doch als Joey in etwa so groß war wie Arko, der Schäferhund der Peters, und begann, Gras zu fressen, da beschlossen Johannes und sie, das zahme Tier in die Wildnis zu entlassen. Sie hatten versucht, Michael auf jenen Moment vorzubereiten, doch als es dann so weit war und sie Joeys Drahtverhau öffneten, weinte der Kleine bitterlich und wollte sich gar nicht mehr beruhigen. Zu sehen, wie das Kind unter dem Verlust seines ungewöhnlichen Spielgefährten litt, zerriss ihnen fast das Herz. Auch Helene trauerte insgeheim eine ganze Weile dem so liebgewonnenen Tier nach. Sie glaubte nicht weniger als Michael, dass Joey sich nach all den Monaten der Fürsorge ein wenig anhänglicher zeigen würde. Doch Johannes hatte recht. Das Tier gehörte ihr nicht, es brauchte seinen natürlichen Lebensraum. Sie war aber noch aus einem anderen Grund traurig, obwohl ihr bewusst war, dass es pure Sentimentalität war. Joey verband sie nämlich auf eine besondere Weise mit Johannes, mit jenem Moment, da sie sich geküsst hatten, als hätten sie einander erkannt.

Anna hatte den Vorhang des Küchenfensters zur Seite geschoben und winkte ihnen zu, das Baby im Arm. Sie winkten zurück. Anna deutete eindringlich auf einen Punkt hinter ihnen, und als Helene und Michael sich umdrehten, sahen sie ein Känguru hinten am Feldrand stehen, ganz still, die spitzen Ohren aufgestellt.
»Joey!«, rief Michael freudig, und schon hüpfte das Tier in großen Sprüngen auf sie zu. Helene lächelte. Sie wussten nie genau, wann Joey auftauchen würde, nur dass das eher nachtaktive Tier alle paar Tage entweder in aller Frühe oder am Abend, wenn es anfing zu dämmern, auf dem Hof der Peters erschien. Dann ließ es sich von Helene ausgiebig das weiche, hellgraue Fell kraulen, und weniger gern von Michael über den Hof jagen. So plötzlich, wie das Känguru aufgetaucht war, verschwand es in der Regel auch wieder.
Michael hielt dem Tier ein Büschel Gras hin, das es nun ruhig kaute, während Helene es zwischen den Ohren kraulte.
»Ich kann gar nicht glauben, wie klein Joey mal war. Schau ihn dir nur an, er ist mittlerweile viel größer als du.« Michael schien der Vergleich gar nicht zu gefallen.
»Aber nicht mehr lange. Dann bin nämlich ich der Größte. Größer als Joey und größer als du. Vielleicht sogar größer als Vater.«
»Das kann schon sein«, lachte Helene. »Aber jetzt verabschiedest du dich lieber von Joey. Wir müssen zurück ins Haus.«
»Bis bald, Joey.« Michael tätschelte dem Känguru den Rücken und folgte Helene.
Anna goss Kaffee aus der großen Emaillekanne ein und reichte Helene den dampfenden Becher.
»Hier, ihr zwei müsst ja völlig durchgefroren sein. Der Winter ist in diesem Jahr aber auch wirklich früh gekommen.« Sie schüttelte sich und gab ihrem ältesten Sohn seine heiße Morgenmilch, während sie ihn liebevoll auf den Scheitel küsste.

»Wie oft habe ich dir schon gesagt, du sollst die arme Helene nicht so ärgern, sonst läuft sie uns noch eines schönen Tages davon.« Michael blickte erschrocken auf.
»Das machst du doch nicht, oder?« Er hatte seinen Becher abgestellt und fuhr sich mit dem Handgelenk über den Mund, um den Milchbart zu entfernen. Helene lachte nur.
»Könntest du bitte Matthias für eine Weile halten? Ich hole nur schnell ein wenig Holz von draußen. Sieht nicht so aus, als würde es heute noch sehr viel wärmer werden.« Helene nahm Anna das Kind aus den Armen und legte es an ihre Schulter. Sie spürte seine winzige Faust an ihrer Wange. Anna hatte sich ihr Tuch umgelegt und verschwand durch die Hintertür zum Hof.

»Guten Morgen!« Helene war tief in Gedanken und hatte nicht bemerkt, dass Johannes die Küche betreten hatte.
»Oh, guten Morgen«, entgegnete sie leicht verwirrt. Sie war nicht mehr oft mit Johannes allein. Es schien eine unausgesprochene Vereinbarung zwischen ihnen zu geben, Situationen wie diese zu vermeiden. Sie bedauerte dies zutiefst, doch der Kuss stand nun einmal wie ein Gebirge zwischen ihnen. Dennoch bedeuteten ihr diese wenigen Minuten damals alles.
Johannes war schon für die Sonntagsmesse gekleidet, er strich mit seinen langen, schlanken Händen fahrig über den dunklen Gehrock. Er sah müde aus, ein wenig blass. Wenn er sie wie jetzt anlächelte, konnte sie deutlich erste Fältchen erkennen, die strahlenförmig von seinen äußeren Augenwinkeln abgingen. Sie standen ihm gut, gaben ihm ein reiferes Aussehen, dachte sie. Als ihr bewusst wurde, wie ungekämmt sie hier vor ihm saß, beeilte sie sich, mit der freien Hand eine ordentliche Schnecke aus ihren Locken zu drehen, doch es wollte ihr nicht gelingen. Schließlich gab sie es auf und begnügte sich damit, ein paar Strähnen hinters Ohr zu streichen.
»Anna holt Holz«, sagte sie, als müsste sie deren Abwesenheit

rechtfertigen. Johannes nickte gedankenverloren, während er sich Kaffee eingoss. Er hielt die Kanne hoch.
»Möchtest du auch?« Helene verneinte. Das Duzen hatten sie beibehalten, sie mochte das.
»Entschuldige«, meinte Johannes schließlich, »ich hätte dir längst Matthias abnehmen sollen. Ich weiß auch nicht, wo ich schon wieder mit meinen Gedanken bin.« Helene stand auf und gab ihm seinen Sohn, wobei sie Johannes zufällig am Arm berührte. Sie drehte sich schon weg, da legte er seine Hand auf ihre Schulter und schaute sie an.
»Danke, Helene. Für alles. Wir sind sehr froh, dass wir dich haben. Ich wollte dir das schon längst einmal sagen.« Seine Worte trafen Helene unvorbereitet. Eine Welle der Liebe durchflutete sie. Für ihn, für seine Familie, für alles, wofür er und diese Gemeinde standen.
Da sie aus Erfahrung wusste, dass man in ihrem Gesicht die Gefühle wie in einem offenen Buch lesen konnte, zwang sie sich zu einem aufgesetzten Lächeln.
»Gern geschehen«, antwortete sie. Sie schluckte, spürte, dass sie ihre Empfindungen nicht länger kontrollieren konnte, und verließ die Küche, wobei sie darauf achtete, dass ihr Aufbruch nicht auffällig erschien. »Ich mache mich dann mal fertig«, setzte sie sicherheitshalber hinzu.
Sie ließ sich auf den Rand ihres Bettes fallen. Erst jetzt bemerkte sie, dass ihre Finger zitterten. Würde das jemals ein Ende nehmen? Sie konnte doch nicht jedes Mal, wenn sie dachte, Johannes mache irgendeine Anspielung auf seine Gefühle für sie, dermaßen aus dem Gleichgewicht geraten. Sie musste sich zusammennehmen. Es war wirklich an der Zeit, dass sie sich für die Messe zurechtmachte.

Auch Anna zeigte sich froh, Helene wieder bei sich zu wissen, und Klein Michael wich ihr sowieso kaum von der Seite, wenn sie im Hause war. Er drängte sie in seiner kindlich-charmanten Art jeden Morgen, gemeinsam nach Joey Ausschau zu halten, und Helene ließ sich jedes Mal von seinem Enthusiasmus anstecken. An einem besonders eisigen Morgen überraschte Anna sie dabei mit zwei dicken Wolldecken, die sie ihr sanft um die Schultern legte. Annas Gutmütigkeit hatte Helene sofort die Tränen in die Augen getrieben. Oder war es ihr Schuldgefühl? Es war schwer auseinanderzuhalten, aus welcher Quelle sich ihre zwiespältigen Gefühle speisten. Doch allein der Gedanke, dass Anna den ganzen Herbst über an diesen Decken gestrickt hatte, ließ in Helene unwillkürlich die Hitze der Scham aufsteigen. Sie begann zu verstehen, dass sich dies nie mehr ändern würde. Sie würde mit der Schuld leben müssen.

Der Donner rollte schon bedrohlich nahe über das Land, und sie sahen die ersten Blitze am Himmel zucken, als sie Adelaide verließen. Helene fuhr sich über die Augen, sie war müde. Der Tag in der Stadt war anstrengend gewesen.
Sie hatten mit dem stellvertretenden Direktor der Bank die Möglichkeit besprochen, einen größeren Kredit aufzunehmen, um als Gemeinde Landkäufe tätigen zu können. In dieser einen Stunde waren die Zahlenreihen wie Fliegen im Outback nur so hin und her geschwirrt, am Ende dröhnte ihr der Kopf. Johannes hatte die Verhandlungen vollständig ihr überlassen. Seelenruhig balancierte er eine Tasse Tee auf dem Knie und blätterte wie abwesend in einer Broschüre des Bankhauses, während es ihr abwechselnd heiß und kalt den Rücken hinunterlief. Mein Gott! Wieso vertraute er ihr dermaßen rückhaltlos? Es war ja nicht so, dass sie besonders viel Erfahrung im Bereich Finanzen aufzuweisen hätte. Erst in Neu Klemzig hatte sie ihr Talent für Zahlen und Rechnungsbücher entdeckt. Und nun saß sie hier in dem beeindruckenden Gebäude mit hochrotem Kopf auf dem schweren Ledersessel, der seine

Politur in den hohen Raum ausatmete, und sollte weitreichende Entscheidungen für ihre kleine Gemeinde treffen. Wollte Johannes sich tatsächlich nicht einmischen? Ihr Blick glitt unsicher zwischen ihm und dem stellvertretenden Direktor der Bank hin und her, doch Johannes sah kaum von seiner Lektüre auf. Wenn er es doch tat, dann nur, um ihr aufmunternd zuzulächeln.

Am Ende hatte Helene die Gemeinde deutlich vergrößert, was bedeutete, dass Neu Klemzig in Zukunft wachsen durfte, ja, dass aus dem Dorf sogar eine Stadt werden konnte. Doch Helene hatte das für diesen Zweck von der Gemeindesitzung veranschlagte Budget nahezu vollständig ausreizen müssen.

Als der Landkauf endgültig getätigt war, fuhren sie mit ihrer Ladung zu den Adelaide Markets, wo sie das Wintergemüse und das Steinobst der Bauern zum Verkauf an einem bestimmten Stand ablieferten. Normalerweise liebte Helene die Geschäftigkeit des großen Wochenmarkts, doch die Bankgeschichte setzte ihr nach wie vor zu, und so drängte sie zum baldigen Aufbruch. Johannes lachte sie wegen ihrer Bedenken aus und hatte im Gegenteil darauf bestanden, den Erfolg ihrer Mission im *Armadale Pub* bei einem Steak und Kidney Pie zu feiern. Hier bestellte er gleich einen ganzen Krug Bier. Sie stießen miteinander an, und während sie an der Theke auf ihren Pie warteten und durstig ihr Bier tranken, füllte sich das Pub zusehends mit Angestellten aus den umliegenden Geschäften, die hier offensichtlich ihre Mittagspause verbrachten. Der Geräuschpegel war ohrenbetäubend, doch zusammen mit dem Bier betäubte das laute Durcheinander der Stimmen Helenes gereizte Sinne auf angenehmste Weise.

Nachdem sie ihr Mittagessen beendet hatten, bezahlte Johannes, und sie brachen auf. Helene genoss die Fahrt durch die Stadt fast wie beim ersten Mal, als sie gerade mit dem Schiff im Hafen angekommen war. Wie damals bewunderte sie auch heute wieder die Stadtfrauen in ihren modern geschnittenen Kleidern. Ihre Röcke reichten nur noch knapp bis zum oberen Rand des Stiefels und zeigten zwischen Schuhwerk und Saum sogar ein ganz klein wenig Bein. Sie sah den Straßenhändlern nach, von denen einige die absonderlichsten Dinge feilboten. Wie der junge Mann an der Ecke Wakefield und Pulteney Street, der lauthals Teetassen anpries, die den Herren der Schöpfung den manierlichsten Teegenuss versprachen, weil ihre Schnäuzer mittels eines eingebauten Bänkchens vor der Feuchtigkeit geschützt wurden, während sie ihren Tee schlürften. Johannes und Helene lachten herzlich über so viel Geschäftssinn, doch dann grollte der Donner vom Meer herüber, und Johannes schnalzte mit der Peitsche, was die Gäule in einen ungemütlichen Trab versetzte. Dunkle Wolken fegten jetzt tief über den Himmel, der Wind hatte zugenommen. Es dauerte nicht lange, und erste dicke Tropfen fielen auf sie herab. Johannes hielt das Gespann an, um das Verdeck aufzuspannen. Keine Sekunde zu früh, denn als er sich wieder auf den Kutschbock schwang, brach die Wolkendecke auf und schüttete ihr Wasser wie aus Kübeln über ihnen aus.

»Wir müssen zusehen, dass wir es noch über den Creek schaffen, bevor er unpassierbar wird. Halt dich fest!« Johannes gab den Pferden die Peitsche. »Wenn wir es nicht rechtzeitig schaffen, sitzen wir hier für Tage fest.« Der harte Boden begann, das Wasser aufzusaugen, und weichte schnell auf. Die trockene, rote Erde verwandelte sich zusehends in eine glitschige Masse. Zunächst nur an der Oberfläche, doch dann verloren die Pferdehufe immer öfter ihren Halt; die Tiere sackten fesseltief im braunen Schlamm ein. Helene sah Johannes besorgt von der Seite an, doch der hielt den Blick konzentriert auf den Weg gerichtet.

»Hoffen wir, dass es nur ein kurzer Wolkenbruch ist, der schnell vorübergeht. Brrrr, ruhig, Brauner!« Die Pferde wurden nervöser, sie rutschten jetzt nur noch auf der unwegsamen Strecke.

»Wir müssen absteigen und die Tiere führen.«

Johannes sprang vom Kutschbock und eilte zu den Pferden. Helene kletterte ebenfalls von ihrem Sitz und landete glücklich auf Gras. Ein greller Blitz zerfetzte den dunklen Himmel, zuckte ganz in der Nähe zur Erde hinab. Der Wind frischte deutlich auf. Er ließ die Baumkronen wild tanzen und spuckte ihnen den Regen mitten ins Gesicht. Helene zog den Kopf ein, hob mit einer Hand den Rock und griff mit der anderen nach Halfter und Führstrick. Binnen Sekunden war sie bis auf die Haut durchnässt, doch es kümmerte sie nicht. Sie hatte die Entschlossenheit in Johannes' Augen gesehen. Er wollte es unbedingt über den Fluss schaffen, bevor die Wassermassen eine Überquerung unmöglich machten.

Johannes hatte sein Pferd beruhigen können und kam jetzt Helene zu Hilfe. Wortlos setzte er ihr seinen Hut auf, obwohl sie abwinkte. Was war da noch vor dem Regen zu schützen? Ihr Haarknoten hatte sich längst gelöst, sie spürte das Gewicht des nassen Haars auf ihrem Rücken. Das Kleid klebte ihr am Körper und machte es schwer, sich darin zu bewegen. Johannes fuhr dem Gaul, den Helene hielt, beruhigend über den Hals und hielt den Führstrick kurz. Das Tier wehrte sich zunächst, warf den Kopf schnaubend zur Seite, doch dann schienen Johannes' warme Worte zu wirken.

»Denkst du, du kommst mit ihm zurecht?« Helene nickte und nahm den Strick an sich. Sie hoffte, dass sie nun bald am Flussufer wären. Ihre Stiefel versanken nicht weniger im erdigen Brei als die Hufe der Pferde. Jeder Schritt fiel ihr schwerer als der davor. Außerdem begann sie jetzt zu frieren, und es würde nicht mehr lange dauern, bis sie mit den Zähnen klapperte.

Die Pferde wurden unruhig. Helene fasste den Strick enger, und jetzt hörte sie es auch. Das Tosen von dahinschießendem

Wasser. Am Flussufer angekommen, staunte sie über die Wucht, mit der die Wassermassen sich schäumend durch das schmale Flussbett zwängten. Auf ihren früheren Reisen nach Adelaide war ihr das Flüsschen nie so recht aufgefallen, dessen brackiges Wasser normalerweise eher stand, als dass es floss. Doch die wütend aufspritzende Gischt, die sich nun ihrem Anblick bot, hatte mit dem harmlosen Bächlein nichts mehr gemein.

»Was sollen wir tun?« Die Tiere scheuten. Es kostete Helene eine gehörige Portion Kraft, ihr Pferd zu halten. Johannes schaute in die wolkenverhangene Dämmerung.

»Sieht nicht danach aus, als würde es bald aufhören. Ich schlage vor, dass wir den Fluss jetzt durchqueren.« Er sah sie erwartungsvoll an. Helene blieb fast die Luft weg. Sie starrte in die tobenden Wassermassen und hatte keine Ahnung, wie sie da, ohne zu ertrinken, hindurchsollten. Hoffentlich wusste Johannes, was er ihnen da zumutete.

»Gut. Kein Problem«, sagte sie trotz ihrer Bedenken. Johannes nickte und machte sich daran, die Tiere abzuschirren.

»Kannst du auch ohne Sattel reiten? Wir müssen den Wagen zurücklassen.« Helene hatte auf dem Bauernhof in Salkau schon mehrfach Pferde zugeritten und nickte Johannes daher zu.

»Gut. Ich geh zuerst. Hier, nimm das Seil. Warte erst auf mein Kommando, bevor du mir mit dem zweiten Pferd folgst.« Johannes rutschte auf dem Hosenboden die Uferbank hinunter. Sein Pferd trat schon beim ersten Schritt auf schlüpfrigen Grund und schlitterte unter panischem Wiehern die Böschung hinab ins Wasser, wo Johannes schon wartete. Den Strick enger fassend, führte er das Tier ruhig durch das Flussbett, das Wasser reichte ihm bis zur Brust. Helene setzte vor Schreck beinahe das Herz aus, als Johannes ein-, zweimal ausrutschte. Sie zog fest am Strick und wickelte das Seil schnell um ihre Hand. Dann hielt sie das Ende straff, bis ihr die Knöchel schmerzten. Johannes hatte sich jedes Mal fangen können und fasste wieder Boden, ehe das Wasser ihn mit sich reißen konnte. Sie atmete auf, als seine Finger sich schließlich in die Grasböschung des anderen Ufers krallten. Doch beim Versuch, das Ufer hochzuklettern, rutschte er immer wieder aus und glitt auf allen vieren zurück ins Wasser. Das Pferd versuchte nun seinerseits, Tritt zu fassen. Wieder und wieder setzte es verzweifelt seinen Huf ans schlammige Ufer, nur um sofort wieder zurückzugleiten. Endlich gelang es Johannes, die Böschung zu erklimmen, und sofort zog er am Führstrick, rief dem vor Kälte und Erregung zitternden Tier ermunternd zu. Nichts geschah. Das Pferd stand wie erstarrt mitten im Fluss und machte keinerlei Anstalten, sich zu bewegen.

Helene sog scharf die Luft ein, bekreuzigte sich und schritt dann beherzt aufs Wasser zu. Sie wartete nicht erst auf Johannes' Aufforderung. Sie wusste auch so, was zu tun war. Mit der einen Hand hielt sie den Führstrick ihres Pferdes, mit der anderen die Sicherungsleine, die sie mit Johannes verband. Die Kälte des Stroms verschlug ihr für einen Moment den Atem. Sie zog am Strick, rief ihrem Gaul zu, der sich nur sehr widerwillig in Bewegung setzte, ihr dann aber folgte. Langsam tastete sich Helene mit dem Fuß vor. Glitschige, eisglatte Kiesel machten es ihr schwer, einen halbwegs sicheren Halt zu finden, doch sie hatte ja das Seil, an dessen anderem Ende sie Johannes wusste. In der Mitte angekommen, wollte sie Johannes' Pferd am Halfter packen. Es hatte offenbar genug von der glitschigen Böschung, die es nicht bezwingen konnte, und war zurückgewichen. Jetzt stand es stocksteif und verängstigt im Fluss. Ihre eisigen Finger hatten das Gefühl verloren, und so merkte Helene zunächst nicht, dass sie die Sicherungsleine verloren hatte, als sie nach dem Halfter des Tiers griff. Irritiert beobachtete sie, wie Johannes sich den Hang hinunter in den Fluss stürzte. Doch noch bevor Helene gewahr wurde, in wel-

cher Gefahr sie sich befand, hatte er ihre Hand und sein Pferd ergriffen.
Der seltsame Zug bewegte sich nun langsam aufs andere Ufer zu. Erschöpft kämpfte sich Helene die Böschung hoch, fiel wieder zurück, versuchte es aufs Neue. Johannes kümmerte sich derweil um die Tiere, und nach einer Weile, die Helene wie eine Ewigkeit vorgekommen war, hatten sie es alle geschafft.
Abgekämpft warf sich Helene auf der kalten Erde auf den Rücken, keuchend und hustend. Die Pferde grasten schon wieder friedlich neben ihr. Es regnete noch immer, und Helene zitterte am ganzen Leibe. Als Johannes, der nach Luft ringend neben ihr lag, wieder zu Atem kam, setzte er sich auf und reichte ihr die Hand, um sie hochzuziehen.
»Du musst aus den nassen Kleidern raus, sonst holst du dir noch den Tod.«
Obwohl sie fror wie noch nie, seit sie auf dem neuen Kontinent lebte, schoss ihr das Blut in die Wangen. Was sollte sie denn anziehen, wie stellte er sich das vor? Doch dann sah sie, dass er bei den Pferden stand. Er musste ihnen vor der Flussüberquerung die in Leder eingewickelten Reisedecken umgebunden haben, was sie in der Aufregung gar nicht bemerkt hatte.
»Es ist zwar nicht die neueste Mode, aber fürs Erste wird es reichen.« Er gab ihr zwei trockene Decken samt Gürtel und deutete auf den Wilga-Baum hinter ihr. Dankbar griff sie nach den Wolldecken und verschwand hinter dem Baum. Bibbernd entledigte sie sich der nasskalten Kleider, was einige Zeit in Anspruch nahm. Der Stoff wollte sich nicht von ihrer Haut lösen, und sie zitterte so sehr, dass sie die Finger nur mit Mühe bewegen konnte. Doch dann endlich war sie von Rock und Bluse befreit und hüllte sich in die Decken. Die eine wickelte sie sich als Rock um die Hüften und schloss den Gürtel darüber. Die andere schlang sie um den nackten Oberkörper.

»Helene? Ist alles in Ordnung?« Johannes' Stimme klang besorgt. Sie zögerte einen Moment, sah an sich hinunter, doch dann trat sie aus ihrem Versteck hervor. Der Regen hatte fast aufgehört. Hinter den Wolken sandte die Sonne ihre letzten Strahlen über das weite Land. Helene schüttelte verlegen ihr feuchtes Haar und zog die Decken fester um ihren Körper, als sie Johannes gegenübertrat, doch als sie ihn sah, musste sie laut lachen. Er war wie sie in Decken gehüllt, seine nackten Beine waren wie die ihren mit Schlamm bedeckt, und das Haar hing ihm genauso wirr in die Stirn. Zusammen mussten sie ein Bild des Jammers abgeben.

»Magst du einen Schluck?« Johannes reichte ihr den Wasserbeutel und außerdem einen Flachmann. Helene griff nach der silbernen Flasche.

»Wo hast du den denn her?«

»Den Scotch hab ich auf längeren Reisen immer dabei. Für unvorhergesehene Fälle wie diesen. Das habe ich von den Treibern gelernt. Decken, Wasser und Schnaps. Brot haben wir heute zwar leider keins, aber normalerweise steht das auch auf der Treiberliste.« Seine blauen Augen funkelten schelmisch. Helene nahm einen großen Schluck. Der Scotch brannte nur kurz und floss dann wärmend durch ihren Körper. Ein wohliger Schauder lief ihr über den Rücken.

»Sehr klug, diese Treiber. Aber was machen wir denn nun?« Ihre Stimme klang verzweifelter, als sie es in Wirklichkeit war. Was sollte ihnen schon passieren? Sie hatten warme Decken, der Wilga-Baum mit seinem dichten Blätterwerk würde den leichten Nieselregen weitgehend abhalten, und frieren würde es heute Nacht wohl auch kaum.

»Gleich morgen früh reite ich zum nächsten Hof und borge uns ein paar Kleider. So wie es aussieht, müssen wir die Nacht hier verbringen. Ängstigt dich das?«

»Nicht im Geringsten.« Sie lächelte und sie meinte es ernst.

Eine Nacht neben Johannes zu verbringen, in der sie völlig ungestört über Gott und die Welt reden könnten, das war die schmutzigen Füße und ein klatschnasses Kleid schon wert. Sie setzten sich nebeneinander ins Gras.
»Hör zu, es tut mir leid, dass ich dich in diese Situation gebracht habe.«
»Schon gut. Es macht mir nicht viel aus.«
»Ist dir kalt?«
»Ein wenig, ist aber nicht weiter der Rede wert.«
Johannes rückte näher an sie heran, um ihr einen Teil seiner Decke um die Schulter zu legen.
»Besser so?«
Sie nickte. Zwischen den grauen Schleiern am Himmel zeigte sich hier und da der aufgehende Vollmond, kaum ein Stern war zu sehen. Der Regen hatte nun fast vollständig nachgelassen, doch noch immer nieselte es. Helene hatte sich an den Stamm gelehnt und schloss die Augen. Sie zog die Decke noch ein wenig fester und atmete bewusst die frische Luft des nahenden Abends ein. Sie roch so gut, nach fetter Erde. Dem Winterweizen hatte der kräftige Guss sicherlich sehr gutgetan. Mit Gottes Hilfe würde die Ernte in diesem Jahr reichlich ausfallen. Sie hoffte es so sehr, dann würden ihr nämlich die Bauern den hohen Landpreis, den sie heute ausgehandelt hatte, nicht weiter nachtragen.
Die Pferde wieherten zufrieden. Ihre beruhigenden Rupf- und Zupfgeräusche wurden hin und wieder vom leisen Schütteln ihrer Mähnen unterbrochen, dem in der Regel ein Schnauben folgte. Sie waren daran gewöhnt, dort zu grasen, wo man sie vom Zügel ließ, und würden nicht weglaufen.
»Wovon träumst du, Helene?«
Helene wandte ihm das Gesicht zu. Die Dämmerung ließ seine scharfen Konturen weicher wirken und spiegelte sich sanft in seinen Augen. Ein tiefblauer See, in dem sie ertrinken könnte …

»Helene?«
Sie rief sich aus ihren Träumereien.
»Was ... Wie meinst du das?«
»Wovon träumst du? Was willst du in deinem Leben erreichen?«
»Wieso fragst du mich das? Stimmt etwa was nicht mit meiner Arbeit?« Helene war alarmiert. Er zog sie freundschaftlich an sich und verzog seine vollen Lippen zu einem stillen Lächeln, das seine ebenmäßigen Zähne entblößte.
»Wo denkst du nur immer hin? Wir wären ohne dich doch völlig verloren. Jeder Einzelne in der Gemeinde weiß, dass ich nicht einmal eins und eins richtig zusammenzählen kann.« Er lachte bei dem Gedanken auf. »Nein, du leistest Großartiges für uns alle. Und das weißt du auch. Aber gerade weil du dich so für die Gemeinde plagst, will ich dich wenigstens ein einziges Mal fragen, was du dir selbst wünschst.«
Helene wusste nicht, was sie darauf sagen sollte, doch sein Anliegen berührte sie. Niemand hatte sie jemals gefragt, was sie eigentlich vom Leben wollte. So war sie nicht erzogen worden. In Salkau sollte sie den Eltern helfen, den Hof zu führen; ob ihr das gefiel oder nicht, hatte nie zur Debatte gestanden. Es war schlicht das, was man als Kind tat. Nur ein einziges Mal musste sie ihren eigenen Willen unbedingt und gegen alle Widerstände durchsetzen, nämlich als sie von den Lutheranern in Südaustralien gehört hatte. Dieser Brief der Fremden aus Neu Klemzig, den ihr die Freundin zu lesen gegeben hatte, war der Auslöser gewesen.
Seither hatte sie an nichts anderes mehr denken können, als dass sie unbedingt auch dorthin wollte. Zum ersten Mal im Leben hatte sie genau das getan, was sie wollte, und es war goldrichtig gewesen. Ihr Leben war erfüllt. Was sollte sie also noch wollen, was sie nicht schon hatte? Doch Johannes' Frage hatte etwas in ihr geweckt. Ja, ihre Aufgabe füllte sie aus, aber

war sie auch glücklich? Bis jetzt hatte sie sich diese Frage nicht gestellt.

Vorsichtig suchte sie seine Augen und konnte nicht mehr wegschauen. Wie Magneten das Eisen hielten sie Helene in ihrem Kraftfeld. Dicke Tropfen lösten sich aus Johannes' Haar und liefen ihm über das unbewegte Gesicht, doch er wischte sie nicht weg. Plötzlich kniete er sich vor sie hin und nahm ihre Hand. Sein Gesicht war nun unmittelbar vor dem ihren. Er hob ihr Kinn und küsste sachte ihre feuchten Augenlider, dann ihre Schläfe, die Augenwinkel. Als sie langsam ihre Augen öffnete, traf sein Blick sie mitten ins Herz. Sofort bemerkte sie auch wieder diese merkwürdige Auswirkung auf ihren Unterleib, wo es verstörend und gleichzeitig wunderbar zu ziehen begann, als er seinen Blick zu vertiefen schien. Er strich ihr die widerspenstigen, tropfnassen Strähnen aus der Stirn und küsste ihre Nasenspitze, die Oberlippe. Als sie den leichten Druck fühlte, öffnete sie die Lippen ein wenig, und seine Lippen schlossen sich unendlich zart um die ihren, mal um die untere, dann die obere. Zärtlich streichelte seine Zunge ihre Lippen von innen. Sie öffnete den Mund ein wenig mehr, und ihre Zungenspitzen fanden sich. Tastend erst, vorsichtig forschend, dann tiefer, fordernder. Helene stand in Flammen. Noch nie im Leben hatte sie jemanden so sehr begehrt wie Johannes, noch nie hatte sie so geküsst. Sie wurde gewahr, mit welcher Wucht das Blut durch ihren Körper schoss. Johannes kniete sich vor sie und zog sie zu sich hoch. Er umarmte sie, legte den Kopf auf ihre Schulter.

»O Helene, meine süße Helene.« Er drückte sie innig wie zu einem langen Abschied, hielt sie dann mit den Armen auf Distanz und schaute sie eindringlich an. »Es tut mir leid. Ich habe kein Recht, das zu tun. Bitte verzeih mir!« Er war aufgestanden und griff sich mit beiden Händen erst in die Haare, fuhr sich dann übers Gesicht.

»Um Gottes willen, was tue ich hier nur?« Seine Stimme klang jetzt verzweifelt.
Helene stand auf und legte ihm eine Hand auf die Schulter.
»Es ist doch nichts weiter passiert. Komm, beruhige dich!« Sie schob ihre Hand in sein dichtes, nasses Haar, ließ sie über seinen Hinterkopf gleiten und begann, seinen Haaransatz zu streicheln. Johannes bewegte sich nicht, doch als er den sanften Druck im Nacken spürte, beugte er sich zu ihr und umschlang ihren Körper fest mit beiden Armen. Im gleichen Augenblick fanden sich ihre Lippen wieder; sie wollten nicht mehr voneinander lassen.
Helene löste sich aus seiner Umarmung und setzte sich. Dann nahm sie seine Hand und zog ihn zu sich hinunter. Als sie nebeneinandersaßen, küssten sie sich wieder. Helene bog ihren Oberkörper zurück und lag schließlich im Gras, Johannes mit sich ziehend. Er lag nun auf ihr, und ihre Hüften pressten sich unwillkürlich an die seinen. Das Atmen fiel ihr schwer, ihr ganzes Wesen wurde von einer Welle der Begierde erfasst, die sie nie gekannt und auch nicht für möglich gehalten hatte. Ohne seine Lippen von den ihren zu lösen, öffnete Johannes mit fahrigen Fingern den Gürtel, mit dem sie ihre Decke in der Taille festgezurrt hatte. Die Decke wurde zu ihrem Bett, und Helene lag vor ihm. Zitternd, doch nicht vor Kälte. Er nahm ein wenig Abstand, um sie für einen Augenblick betrachten zu können. Das zwischen den Wolken hindurchblinkende erste Mondlicht zeichnete Schatten auf ihre blasse Haut. Sie bedeckte weder ihre Brüste noch den Schoß mit ihrer Hand, sie fühlte keinerlei Scham. Er streifte seine Decke ab und legte sich neben sie. Seine Fingerspitzen fuhren ihren Hals hinunter, den Busen entlang, wo sie eine Weile ruhten. Sofort zogen sich ihre Brustwarzen zusammen, wurden hart, und sie hoffte inständig, er würde sie berühren. Als das nicht geschah, fürchtete sie schon, er würde ganz von ihr ablassen. Das durfte er ihr nicht

antun! Ihr Körper war ganz gespannte Erwartung, ihr Atem ging flach.

Dann endlich wanderte seine Hand tiefer, umkreiste ihren Bauchnabel. Er küsste ihn, entdeckte ihn mit der Zungenspitze. Alles Blut rauschte in ihren Unterleib, der vor Verlangen zu schmerzen begann. Seine Hand glitt sanft zwischen ihre feuchten Schenkel, in deren Mitte es wild pochte. Helene hatte die Augen geschlossen, ihr Körper war zum Zerreißen gespannt. Sie hob ihr Becken an, seiner Berührung entgegen. Ihr Atem ging nun schneller, und ihre Schenkel öffneten sich. Sie stöhnte auf, als er sich zwischen sie legte und vorsichtig in sie eindrang. Sie sog scharf die Luft ein und hielt den Atem für eine Sekunde an, doch sie spürte den Schmerz nur kurz. Johannes hielt sie fest und küsste sie. Beide lagen ganz still, doch auch Johannes' Atem ging nun heftiger. Schließlich begann er, sich in ihr zu bewegen, zunächst noch verhalten, doch Helene reagierte instinktiv, und es dauerte nicht lange, bis sie zu einem gemeinsamen Rhythmus fanden, der Empfindungen in Helene auslöste, für die sie auf der Stelle bereit war zu sterben. Sie fühlte sich vollkommen eins mit Johannes, fühlte sich zum ersten Mal im Leben ganz. Ganz Seele, Körper und Geist. Während sie ihn in sich spürte, küsste er ihre Brust, streichelte sie, ließ seine Hand dann unendlich langsam hinabgleiten, und als er sie ganz sacht dort streichelte, wo er in sie eingedrungen war, wuchs ihre Leidenschaft, pochte nach Erlösung, bis sie plötzlich glaubte zu explodieren. Ihr Schrei war lautlos, und Johannes hielt sie eng in seinen Armen, als ihr ganzer Körper lautlos bebte. Erschöpft lösten sie sich voneinander, und Helene schmiegte sich in seinen Arm. Johannes deckte sie beide zu, und sie blickten eine Weile wortlos in den sternenlosen Himmel.

»Ich liebe dich«, sagte Johannes.

»Ich weiß«, erwiderte sie nur.

»Gott allein weiß, wie verzweifelt ich mich seit dem Kuss damals zwingen wollte, nicht mehr an dich zu denken. Nicht so jedenfalls. Aber das ist mir wohl gründlich misslungen.« Er drehte ihr das Gesicht zu und lächelte sie fast ein wenig verlegen an. Seine Augen glänzten im fahlen Schein des Mondes. Sie nickte, küsste ihn. Widerstrebend löste er sich von ihren Lippen.
»Dann weißt du auch, dass wir damit aufhören müssen. Keine Küsse mehr und auch keine Umarmungen.«
»Ja. Nur diese eine Nacht heute. Die gehört uns ganz allein, für immer.« Sie hatte sich auf die Seite gelegt, sah ihn an. Eine Träne schimmerte in ihrem Augenwinkel.
»Ich werde unsere Nacht nie vergessen, Helene. Ich werde dich nie vergessen. Niemals.« Er hielt sie so fest, als wollte er sie nie wieder loslassen, dann liebten sie sich, kürzer, heftiger als beim ersten Mal, und schliefen erst ein, als der Morgen bereits zu dämmern begann.
Helene träumte einen seltsamen Traum von einem Garten, in dem blaue Schmetterlinge tanzten. Dazu spielte eine Musik. Kam sie von einer Geige oder einer Gitarre? Helene hätte es nicht sagen können. Nur, dass die Melodie nicht recht zu dem Garten zu passen schien. Die Schmetterlinge hatten majestätische Flügel, deren Blau in der Sonne metallisch glänzte. Sie umtanzten einen Baum mit silbrig heller, blättriger Borke, dessen üppige Krone in rosafarbener Blütenpracht stand. Weder die Schmetterlinge noch den Baum hatte Helene je zuvor gesehen, und auch die Musik kannte sie nicht, aber es war ein schöner, ein friedlicher Traum. Als sie erwachte, erinnerte sie sich noch an die blauen Falter und das staubige Rosa zwischen den sattgrünen Blättern und musste unwillkürlich lächeln. Die Melodie hatte sie vergessen.

Rosehill, April 1911

Sie gab Nellie nicht auf, würde sie nie aufgeben. Nellie lebte, da war sie ganz sicher. Die Hoffnung, dachte Helene, war das Letzte, was man ihr nehmen konnte, und solange sie atmete und auf dieser Erde wandelte, würde sie die nicht verlieren. Katharina, Matthias und die Kinder. Sie waren trotz allen Hoffens und Bangens nicht heimgekehrt. Aber das hieß noch lange nicht, dass auch Nellie nicht zurückkommen würde.
Helene hatte das Haus geputzt und die Tiere versorgt. Erschöpft ließ sie sich jetzt auf ihre Gartenbank sinken und schaute den Schmetterlingen bei ihrem Tanz um die Blüten zu. Sie trank einen Schluck lauwarmen Tee aus dem alten Emaillebecher und lehnte sich mit dem Hinterkopf an die Mauer. Sie schloss die Augen. Wenn es doch nur wahr wäre! Blind tasteten ihre Finger in der Schürze nach dem Telegramm, das sie vor zwei Tagen von Parri erhalten hatte.

Glaube zu wissen, wo die Kinder sind. Bin unterwegs dorthin. Halte durch! Parri

Als Parri ihr in Brisbane sagte, er würde die Kinder aufspüren, hatte er es genau so gemeint. Seither reiste er in Queensland umher, von einer Missionsstation zur nächsten, von einem Stamm zum anderen. Ruhelos durchstreifte er den riesigen Staat auf der Suche nach Nellie, Cardinia und den beiden Orta-Mädchen. Und jetzt hatte er sie gefunden, würde sie heimbringen! Helene fing an zu zittern und stellte den Becher auf der Bank ab. Wenn sie doch nur mehr wüsste. Was genau bedeutete es, wenn Parri schrieb, er *glaube zu wissen*? Wusste er es nun oder wusste er es nicht? Dazwischen gab es doch eigentlich nichts.

Helene öffnete die Augen und schlug sich mit den Händen auf die Oberschenkel. Sie wurde noch verrückt. Wann konnte sie mit einer weiteren Nachricht rechnen? Wie lange brauchte Parri, um dorthin zu reisen, wo er die Mädchen vermutete? Helene hatte keine Ahnung. Konnte er sich nicht denken, dass sie vor Ungewissheit, Spannung und Sorge schon ganz krank war? Sie stand auf und griff zur Hacke, die gegen das Gartenhäuschen gelehnt war. Sie musste sich beschäftigen, pausenlos. Parri tat, was er konnte. Er war ein Mann, der sein Versprechen hielt. Daran zweifelte sie nicht, und aus diesem Grund verbat sie sich auch die aufkeimenden Gefühle von Wut, die sich gegen ihn richteten. Sie schlug die Eisenzinken fest in die fettglänzende Erde und bückte sich, um ihr das Unkraut zu entreißen, als wäre es ihr persönlicher Feind. Helene versuchte, sich auf die Aufgabe zu konzentrieren, aber ihre Ungeduld ließ sie nach einer Weile die Hacke auf den Boden werfen. Im gleichen Moment schlug Digger an. Helene wischte sich mit der Schürze den Schweiß von der Stirn und lief zum Tor. Es war derselbe Bote, der ihr erst kürzlich Parris Telegramm überstellt hatte.

»Bei Ihnen scheint ja Wichtiges im Schwange zu sein«, meinte der Mann und stieg seelenruhig von seinem Gaul ab. »Zwei Telegramme in einer Woche«, nickte er anerkennend und schürzte die Lippen. Helene lächelte dünn. Ihr war nicht nach Konversation zumute, und sie glaubte, noch im nächsten Moment ohnmächtig zu werden, wenn der Bote sich nicht endlich anschickte, ihr das Telegramm auszuhändigen. Der schien zu begreifen, dass Helene nicht in Plauderlaune war, und fasste mit einem leisen Seufzer tief in die Satteltasche. Endlich übergab er ihr einen Umschlag, der genauso aussah wie der letzte, den sie von Parri erhalten hatte. Ihre Finger wollten ihr kaum gehorchen, als sie den Umschlag öffnete, und sie sah nicht, wie der Bote sich aufs Pferd schwang und zum Abschied an die Hutkrempe tippte. Alles, was sie wahrnahm, waren ein paar maschinengeschriebene Worte, und sie rissen ihr das Herz aus dem Leib.

Habe mich getäuscht. So sorry. Werde sie finden! Parri

Neu Klemzig, Mai 1904

Die Kunde von Georgs baldigem Weggang verbreitete sich noch vor der offiziellen Verkündigung. Mit der Hilfe seines Bruders hatte er sich eine glaubwürdige Geschichte zurechtgelegt, die im Kern besagte, dass ein junger Mann etwas von der Welt sehen sollte, bevor er sich auf ewig bindet. Besonders die Männer nickten zustimmend und klopften ihm freundschaftlich auf die Schulter, als sie sich nach der Sonntagsmesse ein Bier in der Kneipe genehmigten. Helene hingegen bemerkte in der Kirche so manchen mitleidigen Seitenblick aus der Nachbarbank, den sie geflissentlich ignorierte. Sie ahnte, was man tuschelte. Die arme Helene! Ihr Zukünftiger machte sich für ein paar Monate oder gar länger aus dem Staub. Hatte er es denn mit der Hochzeit überhaupt nicht eilig? Ein so hübsches Mädchen lässt man doch besser nicht zu lange allein.
Für Georg tat es ihr unendlich leid, das hatte er nicht verdient. Johannes hatte sie vor ein paar Tagen eingeweiht und ihr von dem Streit erzählt, damit sie auf das zu erwartende Gerede vorbereitet war. Wollte er ihr damit indirekt nahelegen, sich doch noch für Georg zu entscheiden? Oder hoffte er vielleicht im Gegenteil, dass ihr Herz weiter ihm gehörte? Sie wusste es nicht, doch sie betete inständig, dass es für Georg die richtige Entscheidung war, nach Hobart zu gehen. Und sie hoffte, dass er eines Tages zurückkehren und sich mit seinem Bruder aussöhnen würde. Dass die Brüder sich ihretwegen entzweit hatten, ließ sie oft nachts wach liegen. Vielleicht hatte Luise recht, und sie sollte Neu Klemzig verlassen? Doch wohin sollte sie gehen?

Neu Klemzig, 1905

Helene wusste, dass sie schwanger war, als ihr am Morgen speiübel wurde. Sie erinnerte sich an Annas letzte Schwangerschaft. Wie oft hatte sie der Freundin die Haare zurückgehalten, wenn Anna sich wieder mal über den Kübel beugen musste. Und nun sie selbst.
Seit einigen Monaten hatte Helene schon nicht mehr geblutet. In der ersten Verzweiflung hatte sie noch Ausflüchte finden wollen, redete sich ein, dass sie etwas Schlechtes gegessen hätte. Doch die Zeichen waren eindeutig, und Helene wusste, was sie erwartete, denn Anna hatte sie an jeder Phase ihrer Schwangerschaft teilhaben lassen. Ihr Bauch fühlte sich geschwollen an. Noch konnte sie ihn zwar unter dem weiten Rock verbergen, doch lange würde es nicht mehr dauern, bis es auch die anderen merkten. Schon morgen in aller Frühe musste sie heimlich das Dorf verlassen.
Auch wenn es anders aussehen mochte: Ihr Aufbruch war keineswegs überstürzt. In den letzten zwei Wochen hatte sie viel nachgedacht und ihre weiteren Schritte überlegt. Erst war sie unsicher gewesen, was sie tun sollte, doch dann hatte ihr Elisabeth die Entscheidung leichtgemacht. Johannes' Mutter hatte sie in ihrer Schreibstube aufgesucht und darauf bestanden, dass Helene die Tür abschloss.
»Eine Unterredung unter vier Augen«, sagte sie und setzte sich in die Ecke, die man durchs Fenster nicht einsehen konnte.
Helene lief es eiskalt den Rücken runter.
»Nur weil ich nie etwas zu dir gesagt habe, heißt das nicht, ich wüsste nicht, was hier gespielt wird. Ich bin nicht dumm, Helene.« Helene war von ihrem Stuhl aufgesprungen und wollte

etwas zu ihrer Verteidigung sagen, doch Elisabeth fuhr sie scharf an: »Unterbrich mich nicht, wenn ich mit dir rede! Du hast Georg ins Verderben gestürzt, wir haben ihn für die Gemeinde verloren.« Sie hob energisch die Hand, um Helene das Wort zu verbieten. »Und jetzt auch noch Johannes. Versuche nicht, es abzustreiten. Luise, Gottfried und ich – wir haben Augen im Kopf. Leugne es also nicht!« Elisabeths kalter Blick wanderte ihren Körper entlang, und unwillkürlich strich sich Helene mit der Hand schützend über den Bauch. Alles Blut war ihr aus dem Gesicht gewichen, und ein starker Schwindel zwang sie wieder auf ihren Stuhl zurück. Elisabeth war aufgestanden und machte einen Schritt auf sie zu.
»Geh, Helene! Wenn du auch nur ein Fünkchen Anstand im Leibe hast, geh! Bevor noch ein Unglück passiert.« Sie schenkte Helene einen letzten eisigen Blick und wandte sich dann zur Tür. Sie hatte schon die Hand auf der Klinke, als sie innehielt. »Und kein Wort davon zu irgendwem, oder ich sorge dafür, dass es dir sehr leidtun wird. So wahr mir Gott helfe.« Langsam drehte Elisabeth den Schlüssel um und drückte die Klinke nieder. Sie schaute vorsichtig in beide Richtungen und war dann genauso schnell verschwunden, wie sie aufgetaucht war.
Es dauerte eine Weile, ehe Helene begriff, was gerade geschehen war. Ihr Gefühl war also richtig gewesen. Vom ersten Tag an hatte sie gespürt, dass Elisabeth ihr nicht sonderlich gewogen war. Doch woher kam nur dieser Hass? Das konnte nur Gottfrieds Werk sein, oder?
Helene wollte es nicht glauben, dass sich auch Luise gegen sie verbündet haben sollte, oder war sie da zu gutgläubig? Immerhin hatte ihr die Freundin ebenfalls nahegelegt, die Gemeinde zu verlassen. Ein Zufall? Daran glaubte Helene nicht.
Sie wusste kaum, was sie überhaupt noch denken sollte, doch sie zwang sich zur Ruhe. Was konnten die drei von ihr und

Johannes wissen? Louise wusste vom Kuss, doch das andere? Johannes und sie waren übereingekommen, so nahe wie möglich bei der Wahrheit zu bleiben, was ihre Nacht auf freiem Feld anbelangte. So etwas kam immer wieder mal vor, dass das Wetter Kapriolen schlug und die Menschen zwang, ihre Pläne zu ändern. Was genau in jener Nacht geschehen war, behielten sie natürlich für sich. Im Grunde konnte sie es Luise nicht verübeln, wenn die sich ihren Teil dachte. Also gut, Luise wusste wohl Bescheid, aber hatte sie ihren Verdacht auch herumerzählt? Was war mit Elisabeth, die ihren Körper so eindringlich gemustert hatte, wo doch eigentlich noch nichts zu sehen war? Luise war eine Verräterin. Es musste so sein, wie sonst kam es, dass Elisabeth überhaupt von Johannes und ihr wissen konnte? Von Georg bestimmt nicht. Er war lieber gegangen, als zum Verräter zu werden.
Helene legte ihre Hand auf den wachsenden Bauch. Die Zeit spielte so oder so gegen sie. Ein Kind wuchs in ihrem Leibe heran, und es ging keinen etwas an, wer der Vater war. Nicht einmal den Vater selbst.

Sie hatte die Kollekte für Zionshill, die sie nach Gottfrieds Kirchenrede seinerzeit einrichten musste und die sich trotz der Tatsache, dass Gottfried in der Gemeinde nicht sonderlich gelitten war, erstaunlich gut füllte, vollständig geplündert. Für die braven Bürger tat es ihr leid, nicht aber für Gottfried. Natürlich war der Diebstahl Sünde, aber blieb ihr eine Wahl?
Das Geld aus der Kollekte würde wohl reichen, um sich in den nächsten Wochen alleine durchzuschlagen, doch für mehr auch nicht. Wie sich ihre Lage darstellte, wenn sie erst einmal das Kind hätte, das würde sie dann sehen.
Das Kind sollte und musste ihr Geheimnis bleiben, also musste sie stark sein, wenn Johannes gleich, wie besprochen, zu ihr in die Gemeindeküche käme. Sie hatte es ihm gestern schon

gesagt, dass sie gehen würde. Doch er hatte darauf bestanden, sie noch einmal allein zu sehen.

Helene wollte sich der Gemeinde ein letztes Mal nützlich erweisen und machte eine gründliche Inventur der Vorratskammer. Wenn sie schon ihre arglosen Mitbürger bestahl, konnte sie wenigstens versuchen, den Schaden etwas wettzumachen. Sie hatte sich ihren tiefen Griff in die Kollekte nochmals überlegt und ein paar Scheine wieder zurückgelegt. So würde ihr Verrat hoffentlich nicht gleich auffliegen, denn niemand außer ihr konnte wissen, wie viel Geld überhaupt für Gottfried zusammengekommen war. Sie kniete vor dem tiefen Regal der Gemeindeküche, wo sie die Blechdosen mit Zucker, Mehl und Salz zählte und deren Inhalt überprüfte. Anschließend trug sie alles fein säuberlich ins Haushaltsbuch ein. Auf die andere Seite schrieb sie, was an Nachschub besorgt werden musste. Die Arbeit lenkte sie von ihren Sorgen ab, und vor allen Dingen vom bevorstehenden Gespräch mit Johannes. Wenn sie daran dachte, dass sie Johannes heute vielleicht zum letzten Mal sah, war es ihr, als würde man ihr das Herz bei lebendigem Leibe herausreißen. Und doch zweifelte sie keine Sekunde an ihrem Entschluss. Es war das einzig Richtige.
Immerhin brauchte sie sich nach der grässlichen Begegnung mit Elisabeth keine Sorgen darüber zu machen, was man in Neu Klemzig über ihr spurloses Verschwinden sagen würde. Dieses Problem konnte sie getrost Elisabeth überlassen. Wahrscheinlich hatte die sich längst schon eine passende Geschichte für ihren wortlosen Abgang zurechtgelegt, dachte Helene bitter. Elisabeth, das stand fest, würde sie ganz sicher keine Träne nachweinen. Ihr fröhlicher Mann dagegen, Johannes' Vater Maximilian, würde ihr fehlen. Wie herzlich und warmherzig er sie damals bei ihrer Ankunft im Hafen begrüßt hatte! Ach, sie vermisste das kleine Dorf im Süden Australiens schon jetzt.

Doch sie verbot sich, diesen traurigen Gedankengängen nachzuhängen. All ihre Kraft musste sie auf das anstehende Gespräch mit Johannes konzentrieren; es würde die schwerste Unterhaltung werden, die sie jemals geführt hatte.

Eine Maus lief ihr über den Fuß, als sie die letzte Vorratskammer öffnete, und vor Schreck stieß Helene einen kleinen Schrei aus. Im gleichen Moment hörte sie, wie sich hinter ihr die Eingangstür öffnete. Sie drehte sich um. »Johannes. Ich hab dich gar nicht kommen hören.«

»Habe ich dir etwa einen solchen Schrecken eingejagt, dass du gleich schreien musst? Dann ist es ja kein Wunder, dass du mich verlassen willst.« Seine Lachfältchen wurden sichtbar, und am liebsten hätte sich Helene in seine Arme geworfen und ihn geküsst. Für den Bruchteil einer Sekunde stellte sie sich vor, sie wären nur ein glückliches Paar, das sich zärtlich neckte. Doch statt auf seinen Scherz einzugehen oder ihn gar zu küssen, senkte sie nur den Blick und schüttelte leise den Kopf. Ängstlich, er könnte ihre wahren Empfindungen in ihrem Gesicht lesen, blickte sie noch immer zu Boden, tat so, als würde sie die Maus suchen.

»Natürlich nicht. Wir haben Mäuse in der Vorratskammer. Ich werde es leider nicht mehr schaffen, die Fallen aufzustellen. Kannst du dich darum kümmern?«

Er hob ihr Kinn mit dem Zeigefinger und sah sie einen Augenblick lang durchdringend an. Helene glaubte, vor Sehnsucht zu verbrennen. Er zog sie in die Spülküche und schloss die Tür hinter ihnen. Er umarmte sie von hinten, legte seine Wange an die ihre. Sie ließ es geschehen, schloss die Augen. Nur dieser eine Moment noch. Sie atmete ganz still und merkte erst, dass sie weinte, als Tränen auf ihre Hand fielen. Im Nachhinein hätte Helene nicht sagen können, wie lange sie so dastanden und kein einziges Wort sagten, doch schließlich drehte Johannes sie zu sich um und blickte ihr forschend ins Gesicht. Als er erneut ihr Kinn anhob, merkte sie, dass auch er feuchte Augen hatte. Trotzdem schenkte er ihr ein Lächeln und küsste sie. Sie löste sich von ihm und wich, um sicherzugehen, einen Schritt zurück. Er durfte ihren Bauch nicht berühren, zu groß war ihre Angst, dass er ihren Zustand bemerkte.

»Du gehst doch nicht etwa wirklich, oder? Sag, dass du mir nur Angst machen willst, weil ich es nicht besser verdient habe!« Wieder setzte er sein strahlendes Lächeln auf, das Helene so liebte, und strich ihre zwei widerspenstigen Strähnen aus dem Gesicht. Doch an seinen zitternden Mundwinkeln erkannte sie, dass er durchaus befürchtete, sie könnte es ernst meinen. Helene schluckte schwer an ihrem Kloß im Hals.

»Doch, es ist mein Ernst. Ich gehe morgen.« Damit er gar nicht erst versuchte, sie umzustimmen, setzte sie gleich nach: »Ich werde meinen Entschluss nicht ändern.«

»Aber warum, Helene?« Sie sah echte Bestürzung in seinem Blick. Seine Brauen hatten sich zusammengezogen, und sein Griff wurde fester. »Warum? Ich weiß, ich habe einen großen Fehler begangen, und Gott ist mein Zeuge, ich büße jeden Tag dafür. Aber wir hatten doch einen Weg gefunden, um zusammenzubleiben. Oder etwa nicht? Warum willst du mich so plötzlich verlassen? Ich verstehe dich nicht, Helene. Erkläre es mir!« In seiner Verzweiflung schüttelte er sie leicht. Eine eiserne Kralle legte sich um ihr Herz, sie fühlte, wie er litt. Dennoch, sie musste sich unbedingt zusammenreißen. Zu viel hing davon ab. Neu Klemzig brauchte diesen Mann, er war die Seele der kleinen Truppe Deutscher in diesem großen, unbekannten Land. Ohne ihn wären sie verloren, ohne ihn würde der »Himmel auf Erden« über kurz oder lang einstürzen, dessen war sie sich sicher. Sie hatte kein Anrecht auf ihn, er gehörte Anna und den Kindern und danach nur noch dem lieben Gott und der Gemeinde.

Du hast kein Recht, sagte sie sich und wiederholte damit nur, was sie sich schon seit Tagen wieder und wieder beschwörend vorsagte, wenn sie drohte, doch noch schwachzuwerden und ihm alles zu beichten: ihre unendliche Liebe zu ihm einerseits; die Schwangerschaft, Gottfrieds Anmaßung und die Gespräche mit seiner Mutter und Luise andererseits.

Wenn du ihn liebst, musst du ihn verlassen, sagte sie sich, wie um sich selbst Mut zu machen. Er braucht sein Leben hier, um er selbst sein zu können. Das ist der Weg, den Gott ihm vorgezeichnet hat und den er zu Ende gehen muss, für sich und für die anderen, die auf seine Führung und Liebe vertrauen. Dich braucht er dabei nicht. Lass ihn los!

Sie nahm ihren ganzen Mut zusammen, als sie ihren Blick auf sein Gesicht richtete, und sagte dann mit fester Stimme, was sie sich schon seit Wochen zurechtgelegt hatte:

»Du weißt selbst, dass es auf Dauer nicht gutgehen kann mit uns. Anna ist meine Freundin, wir leben unter deinem Dach. Jeden Tag fühle ich mich wie eine Verräterin an deiner Frau, deinen Kindern, an ganz Neu Klemzig. Es ist an der Zeit, meinen eigenen Weg zu finden. Verstehst du das nicht?«

Johannes atmete lange aus, bevor er antwortete. Die Tränen liefen ihm nun über die Wangen, als er langsam nickte.

»Natürlich verstehe ich dich, aber es ist so ungerecht. Du verlierst alles, was du dir hier aufgebaut hast. Alle Freunde und alle, die dich lieben.« Er sah sie mit geröteten Augen an, sein Blick traf sie mitten ins Herz. »Das hast du nicht verdient, Helene!« Er machte sich nicht die Mühe, seine Tränen vor ihr zu verbergen. Stattdessen nahm er ihre Hände und hielt sie an seine Wange. Sie spürte die feuchte, warme Haut und streichelte sein Gesicht.

»Ich gehe ja nicht mit leeren Händen. Alles, was ich hier lernen und erfahren durfte, nehme ich mit. Es wird mir auf meiner Reise zu mir selbst helfen. Mach dir keine Sorgen, ich komme schon zurecht.« Sie lächelte ihn an und gab sich Mühe, nicht

wieder in Tränen auszubrechen. Er durfte von ihrer Verzweiflung nichts spüren.
»Das weiß ich. Du bist eine außergewöhnlich starke und kluge Frau. Trotzdem: Dieses Land ist so groß und voller unbekannter Gefahren. Wo willst du denn überhaupt hin? Du kennst doch weiter nichts außer den Adelaide Hills!« Seine Augen spiegelten seine Besorgnis wider.
»Ich gehe in die Stadt.«
»Nach Adelaide? Was willst du dort denn tun?« Unruhig suchte er ihren Blick.
»Nein, nicht nach Adelaide. Ich gehe nach Brisbane. Ich werde dort bei einer guten Familie als Gouvernante arbeiten, bis mir etwas Besseres einfällt.«
Helene versuchte, einen optimistischen Eindruck zu vermitteln, doch Johannes runzelte sofort die Stirn.
»Gouvernante? In Brisbane? Ich verstehe dich nicht. Was soll das? So weit weg! Und wie bist du überhaupt an diese Stelle geraten?«
Helene wich seinem verzweifelt wirkenden Blick aus. Ihm offen ins Gesicht zu lügen war noch schwerer, als sie vermutet hatte. Aber sie konnte ihm nicht die Wahrheit sagen. Sie würden sonst zuallererst bei ihrer Schwester in Far North Queensland nach ihr suchen, wenn sie herausfanden, dass sie die Kollekte gestohlen hatte. Es gab ja niemanden sonst in Australien, bei dem Helene sich für eine Weile verstecken konnte. Von der Lüge mit der Gouvernantenstelle in Brisbane erhoffte sie sich einen gewissen zeitlichen Vorsprung. Sie machte sich nichts vor. Früher oder später würde Gottfried sie finden. Sie lächelte Johannes an.
»Es war ganz leicht. Gute Kindermädchen sind gefragt, und als ich das letzte Mal wegen der Bankgeschäfte in der Stadt war, habe ich mich mit einer Dame getroffen, die dringend eine Hilfe für ihre Kinder braucht.«

»Warum muss es denn ausgerechnet Brisbane sein? Wenn du schon gehen musst, warum suchst du dir dann nicht eine Position in Adelaide, wo ich dich besuchen kann?«
Sie sah ihn aus verschwommenen Augen an.
»Weil ich nicht will, dass du mich besuchst. Wir werden uns nie wiedersehen, Johannes. Begreifst du das denn nicht?« Johannes griff sich mit einer fahrigen Bewegung ins Haar und atmete laut aus.
»Ich kann dich doch nicht einfach so gehen lassen, ohne zu wissen, wo du bist! Sag mir wenigstens den Namen der Familie, ich flehe dich an, Helene!« Helene hatte mit seinem Widerspruch gerechnet, doch er kam heftiger als erwartet.
»Es sind ehrbare Leute, mehr kann ich dir nicht sagen.«
Doch Johannes gab noch nicht auf. »Wieso nicht? Wie stellst du dir überhaupt die lange Reise nach Brisbane vor? Hast du eine Ahnung von den Entfernungen?« Er machte eine Pause und sah sie eindringlich an. Helene blieb ganz ruhig und erwiderte fest seinen Blick. Endlich schien ihm die Erkenntnis einzusickern, dass Helene sich nicht umstimmen ließe. »Willst du nicht wenigstens den Einspänner bis zum Hafen nach Adelaide nehmen?«, fragte er leise. »Und was sage ich den Leuten hier, wo du abgeblieben bist? Hast du überhaupt genug Geld?«
»Sorge dich nicht und vertraue mir, wie du es immer getan hast. Ich habe alles gründlich durchdacht, das versichere ich dir. Du sollst, ja du darfst den Leuten rein gar nichts über meinen Verbleib sagen. Morgen werde ich einfach verschwunden sein.«
Johannes begann, wie ein Kind zu weinen, als er endlich begriff, wie entschlossen sie war. Hilflos ließ er sich auf die kleine Sitzbank sinken und sackte schluchzend in sich zusammen. Sein Anblick brach Helene das Herz, doch sie konnte nicht mehr zurück. Sie setzte sich neben ihn und legte ihm tröstend die Hand auf den Rücken. Er hob den Blick.

»Darf ich dir wenigstens schreiben? Du wirst mich doch wissen lassen, wie es dir ergangen ist?«
Helene schüttelte traurig den Kopf. »Nein, Johannes. Glaub mir, es ist besser so.« Sie wandte den Blick ab.
Seine Hand fuhr suchend in seine Rocktasche, aus der er ein gefaltetes Taschentuch hervorzog, das er ihr überreichte. Seine Hand zitterte.
»Hier, das ist für dich. Ich wollte es dir eigentlich zu deinem Geburtstag schenken.«
»Was ist das?« Helene blickte ihn fragend an und öffnete das eierschalenfarbene Tüchlein.
»Ich hab ihn bei einem Juwelier in Adelaide anfertigen lassen. Gefällt er dir?«
Sie blickte auf einen goldenen Ohrring, in dessen Anhänger ein glitzernder weißer Stein eingefasst war. Sie hob das Schmuckstück hoch und betrachtete es von allen Seiten. Ein einzelner Ohrring? Johannes' Geschenk überraschte sie. Dann entdeckte sie auf der Rückseite der goldenen Strebe eine Gravur. Sie hielt den Ohrring dicht an die Augen. *Liebe ist stark wie der Tod,* las sie. Johannes hielt ihr auf der flachen Hand das Gegenstück hin, dann schloss er sie zur Faust.
»Den anderen behalte ich. Eines Tages wird er mich zu dir führen. Darum bete ich zu Gott.« Der Schmuck sah teuer aus, und obwohl Helene sich wegen der Ausgaben schuldig fühlte, war sie gerührt.

Amarina schloss Helene sanft in die Arme. »Ich gewusst, du kommen. Du ausruhen. Ich bleiben bei dir wie Schwester.«
Mit einem Mal fiel die schreckliche Anspannung der letzten Tage von Helene ab, und sie heulte sich an Amarinas Brust aus, bis sie keine Tränen mehr übrig hatte.
Sie hatte Johannes verboten, sich noch ein allerletztes Mal von ihr zu verabschieden, wenn sie im Laufe der Nacht aufbrach.

Es war zu gefährlich, und außerdem befürchtete sie, dass sie sich zu einer Schwachheit hinreißen lassen könnte. Sie würde nur mit einer leichten Tasche gehen, in die sie Kleidung für einige Tage gepackt hatte. Wenn alles gutgegangen war, wartete der Rest ihrer Habseligkeiten bereits im Hafen auf sie. Ihre Zedernkiste hatte sie am Vortag dem alten Gösser auf seiner Fahrt zum Markt in Adelaide mitgegeben und ihn gebeten, sie am Gepäckschalter am Hafen unter ihrem Namen abzugeben. Gösser, direkt wie er nun mal war, hatte sie gleich gefragt, was es denn damit auf sich hätte, doch darauf war sie vorbereitet gewesen. Verschwörerisch hielt sie sich den Finger vor ihr charmantestes Lächeln.

»Pst! Das kann ich dir nicht verraten. Nur so viel, es soll eine große Überraschung für meine Eltern werden.«

Da sie wusste, dass Gösser für mehrere Tage in Adelaide bleiben wollte, bestand keine Gefahr, dass er in Klemzig mit einer solchen Nachricht irgendeinen Verdacht wecken könnte, bevor sie auf dem Schiff war. Und was danach geschah, war ihr gleichgültig. Sie hoffte nur, dass die Kiste Elisabeth bei dem Versuch, ihr Verschwinden zu erklären, ein wenig ins Straucheln brächte. Sicherheitshalber hatte sie ein Ticket nach Brisbane erstanden. Falls also jemand aus Neu Klemzig auf die Idee verfallen sollte, bei den Schaltern der Schiffsgesellschaften nach ihrem Verbleib zu forschen, würde man hoffentlich annehmen, sie sei tatsächlich nach Brisbane gereist. Am Schalter hatte sie sich absichtlich ganz unmöglich und affektiert aufgeführt, so dass sie der arme Angestellte wohl in schlechter Erinnerung behalten sollte.

Mit einigem Groll dachte sie an Luise. Dass sie mit Gottfried und Elisabeth gemeinsame Sache gegen sie machte, ließ Helene keine Ruhe und war der Grund, dass es in ihrem Inneren böse rumorte. Vielleicht, so hoffte sie dann, wenn der Groll gegen die ehemalige Freundin allzu groß wurde, war es nur ein Missverständnis, und Luise hatte sie am Ende gar nicht verraten oder gar einen Pakt mit dem verhassten Gottfried geschlossen. Dessen Kladde trug sie in der Tasche bei sich; sie war ihre Versicherung, dass er Johannes in Ruhe ließ. Sie könnte das Büchlein schließlich anonym an die Kirchenältesten in Salkau schicken, die dann erfahren würden, wie Gottfried wirklich über sie und die Salkauer Gemeinde dachte. Helene war sich fast sicher, dass Gottfried dann seines Amtes enthoben würde und fortan nicht mehr Unterstützung aus der Heimat rechnen könnte, weder finanziell noch ideell. Er wäre auf sich gestellt. Gottfried würde es sich zweimal überlegen, ehe er dieses Risiko einging.

Als sie die Hintertür leise ins Schloss zog, spürte sie vom Fenster im oberen Stock Johannes' Blick im Rücken, doch sie drehte sich nicht um. Es war so weit. Sie verließ Neu Klemzig für immer.

Am Dorfausgang traf sie zu ihrer Überraschung Parri.
»Was machst du denn hier?«, fragte sie ihn erstaunt, doch anstatt ihr auf diese einfache Frage zu antworten, bedeutete er ihr zu folgen.
»Komm, Amarina wartet auf dich.«
Eigentlich wollte Helene mit der Postkutsche gleich nach Adelaide, wo sie sich um die Schiffspassage nach Cairns in Far North Queensland kümmern wollte. Andererseits lag Amarinas Camp fast noch auf dem Weg, und es wäre schön, sich wenigstens von einer ihrer Freundinnen zu verabschieden.
Es versetzte ihr einen Stich, wenn sie an Anna dachte. Welche Sorgen würde sich die sensible Seele wohl machen, wenn sie erfuhr, dass Helene wie vom Erdboden verschluckt war?
Es war ein harter Schnitt, ein grausamer Schnitt, so ganz ohne Abschied von allen Freunden zu scheiden, und Helene spürte die Tränen in sich aufsteigen. Neu Klemzig, das waren in der

Hauptsache seine liebenswürdigen Bewohner: der joviale Maximilian, der alte Gösser, Jakob Herder, Diakon Ferdinand mit seiner Hilde, die Rohloffs, Bäcker Kortens und Tochter Rosalinde, der Schmied und sein Lehrling Hubert. Und Georg natürlich, auch wenn er jetzt auf Tasmanien lebte. *Es tut mir so leid, Georg! So unendlich leid.* Und so viele mehr noch, von denen sie nicht einen Einzigen zum Abschied drücken würde. *Wir sehen uns wieder, bestimmt. Wenn nicht in diesem Leben, dann im nächsten. Ich wünsche euch von ganzem Herzen alles Gute!* Sie alle würden immer ein Teil von ihr bleiben, doch sie trug ein Kind unter ihrem Herzen, das ein Recht auf ihre Fürsorge und eine eigene Zukunft hatte. Als zukünftige Mutter sah sie es als ihre dringlichste Aufgabe an, jenen Ort zu finden, wo diese Zukunft möglich war.

Endlich löste sie sich von Amarinas Brust.
»O Amarina, entschuldige! Es ist nur, dass ...« Es war unmöglich, ausgerechnet die schwarze, eigentlich fremde Frau in ihr Geheimnis einzuweihen, und so verstummte Helene. Stattdessen zwang sie sich zu einem Lächeln, als sie sich die letzten Tränen entschieden aus dem Augenwinkel wischte.
»Lachen ist gut. Viel besser für Kind als weinen.« Erst glaubte Helene, sich verhört zu haben, und sah Amarina erschrocken an. Doch als die ihr zärtlich über den Bauch strich, war klar, dass sie ganz richtig verstanden hatte. Sie wich einen Schritt zurück.
»Woher weißt du ...?«
Amarina lächelte. »Ich schon lange wissen. Schon seit deine letzte Besuch. Habe auch gesehen, du nicht glücklich. Also habe Parri geschickt, um zu warten auf dich.«
Helene hatte schon einiges von der Eingebung der Wilden gehört, aber dass Amarina noch vor ihr gewusst haben sollte, dass sie schwanger war, hielt sie für schlicht unmöglich.

»Wie lange hat Parri denn auf mich gewartet?«
»Seit deine letzte Besuch. Du mir nicht glauben? Dann fragen Parri!« Lächelnd schüttelte Amarina den Kopf über Helenes Misstrauen. Ihr schwarzes Kraushaar war so dicht, dass es sich trotz der leichten Brise kaum bewegte.
»Du hast also gewusst, dass ich Neu Klemzig verlassen würde?«
»Ja. Geist von deine Kind will, du gehen woanders. Weit weg. Und ich und Cardinia, wir gehen mit dir und deine Kind.« Helene stand für eine Weile sprachlos vor Amarina, zu der sich nun auch Cardinia gesellt hatte, die Hand der Mutter haltend.
»Aber wieso? Warum bleibt ihr nicht hier, wo ihr hingehört?« Helene hatte von Amarina gelernt, dass Aborigines nach Möglichkeit immer bei ihrem Stamm blieben; und wenn sie sich schon von ihm entfernen mussten, dann mit Sicherheit nicht bis nach Cairns. Über zweitausend Meilen! Amarina war sich bestimmt nicht im Klaren, was ihre Worte bedeuteten. Helene war zwar gerührt von dem naiven Angebot, doch sie schüttelte lächelnd den Kopf.
»Wir Schwestern. Bleibe bei dir und Cardinia auch«, insistierte Amarina. Die kleine Cardinia, der zwei Schneidezähne fehlten, lächelte erst ihre Mutter an, dann Helene. *Guter Gott, Amarina!* Wie konnte ein Mensch nur so starrsinnig sein!
»Wir müssen mit dem Schiff nach Cairns fahren. Das ist ein langer Weg, und die Reise kostet viel Geld. Ich habe nicht genug Geld, um für euch Tickets zu kaufen.« Endlich ein Argument, dass die schwarze Frau zum Schweigen bringen würde. Doch Amarina griff in ihren Grasbeutel und zauberte einen kleinen Goldklumpen hervor.
»Parri mir geben diese Stein. Sagt, weiße Frau verkaufen Stein in Adelaide und zahlen Reise für Amarina und Cardinia.« Helene betrachtete den Goldklumpen näher.
»Wo hat Parri den denn her? Hier in der Gegend gibt es doch gar kein Gold.«

Amarina zuckte gleichmütig mit den Schultern, als hätte Helene die überflüssigste Frage aller Zeiten gestellt.
»Haben Parri schon lange. Hat bekommen als große Junge auf Missionsstation von weiße Mann bevor tot.«
Helene atmete tief aus. Seufzend ergab sie sich in ihr Schicksal. Ihr fehlte schlichtweg die Kraft für eine weitere Auseinandersetzung mit Amarina, obwohl der Gedanke an die Fortsetzung ihrer Reise mit einer Wilden und deren Kind sie nicht gerade in Hochstimmung versetzte. In der Zivilisation würde sie sich wahrscheinlich rund um die Uhr um Mutter und Tochter kümmern müssen. Und daran, dass sie im Leben noch kein Gold verkauft hatte, wollte sie gar nicht erst denken.
»Aber du hast doch nichts mehr, was du anziehen könntest. Dein einziges Kleid hast du damals mir gegeben.«
Amarina deutete auf Helenes Tasche.
»Du mir geben deine Kleid, kaufen neue in Stadt von Stein.«
Helene verdrehte die Augen. Diese Reise konnte ja heiter werden, wenn das so weiterging. Amarina zog sich Helenes Kleid über den Kopf, und noch am Nachmittag machten sie sich auf den Weg.

Helene hätte sich gar nicht so sehr sorgen müssen. In Adelaide angekommen, fand sie schnell ein Bed & Breakfast, das bereit war, die seltsame Reisegesellschaft aufzunehmen. Allerdings gab sie Amarina als ihre Dienerin aus, was ihr nicht leichtgefallen war. Schließlich war sie außer bei seltenen Restaurantbesuchen oder mal auf einer Feier in ihrem ganzen Leben noch nicht bedient worden. Gleich nebenan befand sich ein kleines Pub mit einem einfachen, aber sauberen Speiseraum. Die Gäste schauten kurz auf, als das weibliche Trio hereinkam, doch dann schien es keinen weiter zu kümmern, dass eine Weiße mit einer Schwarzen und deren Kind zu Abend aß. Unterkunft und Mahlzeiten waren also kein Problem. Die nächste Hürde

war der Goldverkauf, für den Parri Helene zum Abschied einige Anweisungen gegeben hatte. Sie sollte zu dem Uhrmacher und Juwelier in der Rundle Street gehen und dort nach einem Mr. Hardy fragen. Woher Parri all diese Informationen hatte, wusste Helene nicht, und im Grunde war es ihr auch gleich, solange sie nur den Klumpen zu Geld machen konnte, um so bald wie möglich in See stechen zu können. War es ihr in den letzten Jahren erlerntes Verhandlungsgeschick, der zuvorkommende Mr. Hardy oder einfach nur Glück? Sie wusste es nicht, doch ihre Wangen glühten vor Stolz, als sie den Juwelier verließ, um sich wie verabredet mit Amarina an der Straßenecke zu treffen. Sie hatte sogar ein wenig mehr für das Edelmetall bekommen, als Parri in Aussicht gestellt hatte. Wieder einmal wunderte sie sich, wie gut informiert Parri zu sein schien.
»Kommt, lasst uns schnell die Karten fürs Schiff kaufen, bevor Mister Hardy es sich vielleicht noch anders überlegt.«
Nachdem sie bei der Gulf Steamship Company drei Fahrten ohne Rückfahrt gebucht und sich darum gekümmert hatte, dass ihre Reisetruhe auf das entsprechende Schiff geladen wurde, kaufte sie für sich, Amarina und das Kind neue Kleider, dann überschlug sie die Finanzen. Sie selbst würde von der Kollekte noch gut einen Monat leben können, Amarina von dem restlichen Erlös aus dem Goldverkauf sicherlich ebenfalls, wobei sie ihr klarmachte, dass sie gar kein Geld brauchen würden, wenn sie erst mal bei ihren Leuten wären. *Bei ihren Leuten*, die Worte klangen in Helene wehmütig nach. Wenn ihr das Geld ausginge, würde sie mit etwas Glück schon bei Katharina sein, die sie hoffentlich erst einmal aufnahm, bis das Kind zur Welt kam. Weiter konnte und mochte sie nicht denken. Zumal sie keineswegs sicher war, ob die entfremdete Schwester sie mit offenen Armen empfangen würde. In den Momenten, da sie die nagenden Zweifel in ihrem Inneren nicht mehr zurückdrängen konnte, kamen ihr Bedenken. Was, wenn

sie überhaupt nicht willkommen war? Was, wenn Katharina sie noch an der Tür abwies? Was dann?

Die Schiffssirene schreckte Helene aus ihren düsteren Gedanken. Vor drei Jahren erst war sie hier im Hafen von Adelaide angekommen. Sie erinnerte sich noch genau an das Hochgefühl, an all die Möglichkeiten, die sie sich damals erträumte, als sie wie heute vom Promenadendeck auf die nahe Küste schaute, und dazu dieses nervöse Kribbeln in ihrem Bauch, wenn sie an die wundervolle Veränderung in ihrem Leben dachte, die sie in dem fremden Land erwartete. Worum sie ihr früheres Ich jedoch am meisten beneidete, war das völlige Fehlen von Angst. Sie war sehr nervös gewesen, aufgeregt, aber ohne Furcht. Helene schüttelte leise den Kopf. Was war nur aus dem sorglosen Mädchen von einst geworden? Aus ihren zahllosen Träumen, aus ihrer unbändigen Lust am Leben?

Ihr Sinn fürs Praktische ermahnte sie, sich an die Realität zu halten. Helene umfasste die Reling fester, so wie sie es damals bei ihrer Ankunft getan hatte. Tief sog sie die salzige Luft ein, bis es in ihren Lungen schmerzte. Kein Gottfried weit und breit, der sie beaufsichtigen oder gar belästigen könnte. Sie atmete nochmals ein. Dann öffnete sie die Schleife ihrer Haube, riss sie sich vom Kopf und warf sie mit einer entschlossenen Handbewegung über Bord. Ein Lächeln zeichnete sich auf ihrem blassen Gesicht ab, als sie die dunklen Locken im Wind schüttelte und ihn in ihrem Haar spielen ließ, wie es ihm gerade gefiel.

Bei ihrer Abreise in Adelaide war es sehr heiß und trocken gewesen, doch an den südaustralischen Sommer hatte sich Helene schon einigermaßen gewöhnt, solange sich nur irgendwo ein schattiges Plätzchen fand, an dem sie Zuflucht vor der herabbrennenden Sonne finden konnte. Als sie kurz hinter Brisbane waren, der Hauptstadt Queenslands, hatte sich das Klima schon deutlich verändert. Die Luft fühlte sich feuchter an, ließ sich schwerer atmen, und der Küstenstreifen sah viel grüner und üppiger aus, als Helene es von Adelaide her kannte. Die Regenzeit des tropischen Nordens befand sich auf dem Höhepunkt. Außerdem kam es Helene auf der Höhe von Townsville so vor, als wären die Sommertage hier kürzer, denn schon am späten Nachmittag verabschiedete sich die Sonne mit einem kurzen, aber prächtigen Farbenspiel über der See. Gegen halb sechs am Abend war es bereits stockdunkel. Gottlob verfügte ihr modernes Dampfschiff über elektrisches Licht. Welch ein Luxus! Helene genoss es, beim Schein der Lampe im Salon zu lesen oder mit den anderen Passagieren nach dem Dinner eine Runde Karten zu spielen. Amarina und Cardinia hielten sich derweil auf dem Unterdeck auf, obwohl Helene sie, zugegebenermaßen nur halbherzig, aufgefordert hatte, sie in den Salon zu begleiten. Doch Amarina hatte mit ihrem üblichen Starrsinn abgelehnt. Helene war erleichtert und versuchte nicht, sie zu überreden.

Einmal hatte sich ihre Rommé-Bekanntschaft, eine junge Dame aus England, deren Gatte im Norden Queenslands eine Zuckerrohrplantage erwerben wollte, verabschiedet, um einen Brief an ihre Eltern in der Heimat zu schreiben. Diese Entschuldigung, mit der sie sich vom Spieltisch erhob, hatte Helene einen Stich versetzt. Bis jetzt hatte sie die Frage verdrängt, wie sie sich ihren Eltern gegenüber verhalten sollte. Ja, ob sie sich ihnen überhaupt erklären durfte.

Es konnte nicht lange dauern, bis Gottfried sie über das Verschwinden ihrer Tochter informieren würde. Durfte sie Vater und Mutter im Unklaren über ihren Verbleib lassen?

Helene biss sich auf die Unterlippe. Sie konnte ihnen wohl kaum erklären, dass sie schwanger war und Johannes, den verheirateten Pastor, liebte. Es würde den Eltern das Herz brechen, sie schlimmer treffen, als wenn ihre Tochter aus unerklärlichen Gründen ganz plötzlich verschwunden wäre. Natürlich war es

denkbar, dass Gottfried den Eltern gegenüber eine üble Andeutung fallenließ, aber sie hoffte, dass das Druckmittel, das sie mit seinem Notizbuch gegen ihn in der Hand hatte, ihn davon abhalten würde. Er konnte schließlich nicht sicher sein, ob sie in Neu Klemzig nicht Freunde hatte, die wussten, wo sie war, und die sie über die Ereignisse dort auf dem Laufenden hielten.
Zögerlich ging Helene zum Schreibpult, nachdem die Engländerin ihren Brief ins Kuvert gesteckt hatte und dann aus dem Salon gegangen war. Helene nahm einen der hübschen Briefbögen der Schifffahrtsgesellschaft in die Hand. Sie strich mit dem Daumen über das Büttenpapier und legte es vor sich hin. Dann griff sie zum Füllfederhalter. Nach einigem Zögern begann sie schließlich, hastig zu schreiben:

Lieber Vater, liebe Mutter,
wie Ihr dem Briefkopf entnehmen könnt, bin ich auf der Reise. Es geht mir gut, doch ich hatte mit einem Mal das dringende Bedürfnis, Katharina wiederzusehen, und so habe ich nach einigen Überlegungen Neu Klemzig verlassen, um mich auf den Weg nach Cairns zu machen. Katharina soll nicht weit von dort leben. Ich weiß nicht, ob sie mich überhaupt sehen will, doch ich möchte es wenigstens nicht unversucht lassen. Jetzt, da ich weiß, dass Ihr es wohl nicht nach Australien schaffen werdet, denke ich oft an meine Familie oder das, was mir hier von ihr geblieben ist. Ich erwarte nicht, dass Ihr meine Entscheidung gutheißen werdet, doch ich hoffe, Ihr könnt meinen Gedanken folgen und schenkt mir weiterhin Eure Gunst und Liebe. Ich hoffe, dieser Brief trifft Euch bei bester Gesundheit an!
In Liebe,

Eure Tochter Helene

Nachdem Helene den Brief unterschrieben hatte, las sie ihn ein weiteres Mal durch und zerknüllte ihn dann. Nein, es ging einfach nicht. Sie musste auch den Eltern gegenüber ihr Schweigen bewahren, sosehr sie es sich auch wünschte, ihnen den Schmerz über ihr Verschwinden zu ersparen. Helene warf den Brief in den Papierkorb und ging zu ihrer Kabine. Sie machte kein Licht und legte sich auf das schmale Bett, wo sie in der Dunkelheit darauf wartete, dass der Kopfschmerz nachließ.

Cairns, 11. Februar 2010

Der Himmel über Cairns war wolkenverhangen. Obwohl es erst früh am Morgen war, legte sich die klamme Hitze wie eine verschwitzte Hand auf ihren Kopf und drückte sie nieder. Natascha rang unwillkürlich nach Luft, als sie aus dem Ankunftsterminal ins Freie trat. In den vergangenen Wochen hatte sie die Last des Tropensommers immer weniger gespürt, doch nun fühlte sie sich an den Tag ihrer Ankunft erinnert. Kaum zu glauben, dass ihr Urlaub schon fast vorbei war und sie übermorgen abreisen würde. Sie schluckte. Die Zeit schien ihr zwischen den Fingern zu zerrinnen. Dabei gab es noch so viele ungeklärte Fragen! In den wenigen Stunden, die ihr in Australien noch blieben, würde sie wohl kaum mehr alle Antworten darauf finden. Sie spürte, wie sich ein Druck auf ihre Brust legte, der ihr das Atmen noch schwerer machte. Entgegen ihres ursprünglichen Plans nahm sie direkt ein Taxi in die Severin Street. Den Koffer hatte sie zunächst bei der Gepäckaufbewahrung gelassen.
Als das Taxi vor dem unscheinbaren Bau in einer Vorortsiedlung hielt, ließ zunächst nur die überlebensgroße Jesusfigur an der Vorderfront darauf schließen, dass sie sich nicht in der Adresse getäuscht hatte. Beim Näherkommen sah Natascha jedoch, dass der seitliche Anbau gewisse Anzeichen einer Kirche zeigte, vorausgesetzt, man konnte sich von althergebrachten Vorstellungen trennen. Das Kreuz auf dem Giebel war jedoch eindeutig. Hinter einem der Fenster brannte Licht. *Cairns Lutheran Parish,* las sie und drückte die Klingel. Einen Moment später hörte sie das energische Klackern von Absätzen auf gekacheltem Boden. Zwischen diesem Geräusch und

dem Öffnen der Tür gab es keine Pause, weshalb Natascha erst einmal vor Schreck zurückfuhr, als sich unvermittelt ein Frauenkopf in die Türöffnung schob.
»Ja?«
Zwischen den Brillengläsern der Frau bildete sich eine Falte, während sie den Eindringling musterte.
Natascha entschuldigte sich für den frühen Besuch und fasste ihr Anliegen in wenigen Sätzen zusammen. Während sie sprach, öffnete sich die Tür allmählich ganz.
»Ich bin Rhonda. Möchten Sie auf einen Kaffee reinkommen?«
Natascha nickte dankbar und folgte der gepflegten Erscheinung in die Küche, wo Rhonda den Wasserkocher einschaltete und Pulverkaffee in zwei Becher löffelte.
»Interessante Geschichte«, meinte Rhonda, während sie das kochende Wasser aufgoss. »Davon hat Pastor Edwards mir nie erzählt. Milch? Zucker?«
»Nur einen Schuss Milch, danke. Dann hoffe ich nur, dass ich hier keine Vertraulichkeiten ausplaudere.« Natascha nahm einen Schluck. Der Kaffee war dünn. Rhonda strich sich den Rock glatt, bevor sie sich zu ihr setzte.
»Da machen Sie sich mal keine Gedanken«, winkte sie ab. »Wenn er, wie Sie sagen, die Notiz vor mehr als zehn Jahren hinterlassen hat, dann war er damals schon längst pensioniert. Es ist also möglich, dass ich nichts von irgendeinem vergilbten Zettel auf Palm Island weiß. Aber ungewöhnlich ist es doch.«
Sie pustete in ihren Becher. Ihre Brille beschlug, und sie nahm sie ab, um sie zu putzen. Natascha befürchtete mit einem Mal, dass dieser Pastor Edwards vielleicht gar nicht mehr unter den Lebenden weilte.
»Ist der Pastor denn überhaupt noch zu sprechen?«, fragte sie und hoffte, dass es diplomatisch genug klang.
»Natürlich«, strahlte Rhonda. »Der alte Herr freut sich immer über Besuch.«

»Wie alt ist er denn?«
»Sechsundachtzig.«
Nataschas Herz begann, schneller zu schlagen. Sechsundachtzig. Theoretisch könnte er also Helen noch persönlich gekannt haben. Wieder spürte sie, wie die Zeit drängte, und bemühte sich, das Gespräch mit Rhonda abzukürzen.
»Können Sie mir sagen, wo ich ihn finde?«
Rhonda schaute zur Wanduhr, die kurz nach acht anzeigte. Sie schien einen Augenblick lang zu überlegen, dann stand sie auf.
»Warten Sie. Ich muss kurz etwas nachschlagen.«
Natascha trommelte mit den Fingern auf die Resopalplatte, nachdem Rhonda den Raum verlassen hatte. Endlich kehrte diese mit einem Notizbuch zurück. Sie setzte die Brille auf, blätterte vor und zurück, bis Natascha es kaum noch aushielt und mit sich rang, ob sie unhöflich werden sollte. Endlich schaute Rhonda sie über den Brillenrand hinweg an.
»Also, wenn Sie wollen, könnte ich Sie gleich ins *Coral Gardens* begleiten.«
»Ins *Coral Gardens*? Ich fürchte, ich kann Ihnen nicht ganz folgen.«
»Oh, bitte entschuldigen Sie. Das *Coral Gardens* ist das Altersheim, in dem Pastor Edwards seinen Lebensabend verbringt.« Rhonda schaute wieder in ihre Kladde und tippte auf die aufgeschlagene Seite. »Um neun ist er mit seiner Ballgymnastik fertig, dann könnten wir ihn dort auf einen Kaffee treffen.«
»Das wäre großartig.«
Rhonda klappte das Buch zu und griff nach ihrer Handtasche.
»Kommen Sie, gehen wir.«

Eine Krankenschwester schob den Rollstuhl mit dem zerbrechlich aussehenden Greis auf die Veranda und positionierte ihn unter dem Sonnenschirm, bevor sie die Bremse feststellte. Rhonda hob ihre Stimme, als sie die beiden einander vorstellte.

»Das ist Natascha, Pastor. Aus Berlin. Sie würde sich gerne ein wenig mit Ihnen unterhalten und dabei die eine oder andere Frage stellen.« Sie hielt kurz inne, und Natascha hatte den Eindruck, als koste sie ihren Wissensvorsprung genüsslich aus. »Es geht um die Nachricht, die Sie vor langer Zeit auf Palm Island hinterlassen haben.« Sein Kinn, das bislang wie erschöpft auf seiner Brust geruht hatte, hob sich, und Rhonda wechselte einen vielsagenden Blick mit Natascha. Ohne sie dabei anzusehen, nickte er kaum merklich in ihre Richtung und deutete mit zittriger Hand auf die Stühle am anderen Ende des Tischs.

»Setzen Sie sich, bitte. Den Zettel hatte ich fast schon vergessen.« Er schüttelte langsam und wie geistesabwesend den Kopf. Natascha war sich nicht sicher, wie es um seine geistige Gesundheit stand, doch dann sah er sie aus hellen Augen an.

»Zehn Jahre sind eine lange Zeit, selbst für einen alten Mann wie mich.« Natascha atmete auf. Seine klare Stimme wollte nicht recht zu dem fragilen Körper passen, der sich jetzt unter Anstrengungen nach vorne gebeugt hatte, um ihr die Hand zu reichen.

»Ihr Besuch freut mich, mein Kind.« Er legte die andere Hand darauf und hielt sie so für eine Weile fest, aber es machte ihr nichts aus. Bis auf die Altersflecke war seine Haut fast durchscheinend wie Pergament, und so fühlte sie sich auch an. Die blauen Adern traten jedes Mal deutlich hervor, wenn er den leichten Druck auf Nataschas Hand erneuerte. Endlich ließ er sie los und winkte Rhonda heran.

»Rhonda, sind Sie so lieb und holen mir etwas aus meinem Zimmer?«, bat er mit sanfter Stimme. »Im Schreibtisch hinten rechts finden Sie ein Bündel alter Briefe. Das hätte ich gerne.«

Rhondas Mundwinkel verzogen sich zu einem gehorsamen Lächeln, und sie ging mit schnellen Schritten zum Haus. Natascha hatte nicht vor, gleich mit der Tür ins Haus zu fallen, doch es wollte ihr einfach nicht länger gelingen, ihre Neugier zu zügeln.

»Diese alten Briefe ... haben die etwas mit Maria zu tun?« Statt zu antworten, nickte der alte Pastor nur und blickte aufs Meer hinaus, das bleiern und unbewegt zwischen den leuchtend roten Blüten der Johannisbrotbäume zu erkennen war.

»Maria war Ihre Großmutter, sagten Sie?« Er sah sie von der Seite aus an.

»Ja. Bedauerlicherweise weiß ich so gut wie nichts über ihre Herkunft. Deshalb bin ich überhaupt nach Australien geflogen. Um mehr zu erfahren«, fügte sie hinzu, als wäre das nötig gewesen. Er legte seine Hand wieder auf die ihre und tätschelte sie wie die eines kleinen Kindes. Den Blick hatte er wieder gedankenverloren in die Ferne gerichtet. Natascha zwang sich, ihn nicht mit Fragen zu bombardieren, und wartete stattdessen ungeduldig auf Rhondas Rückkehr.

»Ist es das hier?« Rhonda wedelte mit einem Stapel Umschlägen vor der Nase des Pastors herum.

»Geben Sie doch Acht, Rhonda! Das sind alte Dokumente.« Er klang verärgert, und Rhonda streckte ihm mit gekränktem Blick die Briefe hin. Er nahm das Bündel und strich sanft darüber. Dann reichte er es Natascha.

»Hier, nehmen Sie. Die gehören nun Ihnen.« Natascha sah ihn überrascht an.

»Aber Sie kennen mich doch gar nicht«, entfuhr es ihr.

Jamie Edwards lachte leise. Dabei schloss er die Augen. Die geäderten Lider erinnerten Natascha an Walnusshälften.

»Sie meinen, ich sollte darauf bestehen, dass Sie sich ausweisen?« Er wischte sich eine Träne aus dem Augenwinkel.

»Grundgütiger! Wer außer Ihrer Familie sollte schon ein Inter-

esse an der kleinen Maria haben? Entschuldigen Sie, wenn ich es so schonungslos formuliere, aber ihr Schicksal war nur eines von vielen.« Er schenkte ihr einen aufmunternden Blick. »Nur zu, mein Kind. Lesen Sie in Ruhe die Briefe, und danach können wir uns bis zum Beginn meiner Bibelstunde noch ein Weilchen unterhalten, sofern Sie das wünschen. Bitte entschuldigen Sie mich so lange. Sie finden mich auf meinem Zimmer.«
Auf seinen Blick hin erhob sich Rhonda aus ihrer Schmollecke und schob ihn ins Gebäude zurück.
Natascha platzte fast vor Ungeduld. Woher hatte Edwards die Briefe? Von Helen? Vielleicht Briefe, die sie nie abgeschickt hatte? Briefe an Maria? Das Herz pochte ihr bis zum Hals, als sie über die Umschläge strich. Wenn sie doch nur mehr als diese paar Stunden hätte, bevor sie wieder zurückmusste! Was, wenn sie hier den entscheidenden Hinweis auf ihre Großmutter in den Händen hielt und keine Zeit mehr hätte, dem nachzugehen? Verdammt, wieso war sie nicht schon eher nach Palm Island gefahren?

Die Briefe waren nach Datum sortiert und ausnahmslos an Helen Tanner adressiert. Natascha überflog die Namen der Absender, bevor sie mit dem Lesen begann. Bis auf den letzten stammten sie alle von Irmtraud und Herbert, den deutschen Missionaren, die Maria auf Palm Island adoptiert hatten. Der jüngste Brief war anders. Sein Umschlag war größer und aus griffigerem Papier, und natürlich war die Handschrift eine andere. Diesen letzten Brief hatte Maria geschrieben. Natascha legte ihn wieder nach unten. Sie wollte die Briefe in der chronologischen Reihenfolge lesen. Mit unsicheren Händen öffnete sie einen Umschlag nach dem anderen.

Berlin, im November 1914

Liebe Helen,

wir freuen uns, dass Sie uns im Namen der Orta geschrieben haben.

Die kleine Maria ist ein entzückendes Kind, das uns sehr viel Freude bereitet. Hier im nebligen deutschen Herbst denken wir gerne an unsere Zeit auf Palm Island zurück und an das wunderbare Werk, das Gott dort vollbracht hat. Es waren glückliche Tage.

Maria ist gesund und munter. Sie liebt all ihr Spielzeug, mit dem wir sie verwöhnt haben. Seien Sie versichert, dass es dem Kind in unserer Heimat an nichts mangelt. Mit Gottes Hilfe soll dies auch so bleiben.

Helen, nun, da unsere Völker miteinander im Krieg sind, wird es wohl nicht so ohne weiteres möglich sein, den Kontakt aufrechtzuerhalten, doch wir werden unser Bestes tun, um Ihre Briefe zu beantworten.

Der Herr schütze Sie,

Herbert und Irmtraud

Berlin, Weihnacht 1914

Liebe Helen,

vielen Dank für Ihre frommen Weihnachtswünsche! Es ist schon etwas anderes, das Fest unterm Christbaum bei eisigem Wetter zu begehen statt unter Palmen am anderen Ende der Welt. Doch im Grunde ist es natürlich gleich, wo wir das Heilige Fest feiern, solange wir IHN nur im Herzen tragen.

Es ist uns ein Privileg, Maria als gute Christin zu erziehen und sie auf dem Weg der Wahrheit zu begleiten. Ihr australisches Stammeserbe gehört nun der Vergangenheit an. Maria ist auf dem besten Wege, ein sittsames und pflicht-

bewusstes Gemeindemitglied zu werden, auf das wir alle stolz sein können. Wir behandeln sie wie unser eigenes Kind, und Sie können dem Stamm ausrichten, dass sie sich in Berlin äußerst gut eingelebt hat. Mittlerweile spricht sie fließend Deutsch und geht auf eine der besten lutherischen Schulen unseres Landes.
Ein gesegnetes Fest wünschen Ihnen und den Orta,
Herbert und Irmtraud

Berlin, im Juni 1915

Liebe Helen,
unsere Antwort kommt verspätet und kann auch nur kurz ausfallen. Der Krieg fordert seinen Tribut von uns allen, doch seien Sie unbesorgt: Maria und uns geht es so weit gut. Das Mädchen macht sich hervorragend in der Schule. Richten Sie das bitte dem Stamm aus.
Herzliche Grüße,
Herbert und Irmtraud

Berlin, im Dezember 1918
Liebe Helen,
dies ist nur eine kurze Antwort auf Ihren letzten Brief. Wie Sie zweifellos wissen, ist der Krieg zu einem bitteren Ende gekommen. Wir führen ein ruhiges Dasein in der Provinz, hoffen jedoch, bald wieder unser altes Leben in Berlin aufnehmen zu können.
Maria hat ihren zwölften Geburtstag mit uns gefeiert. Sie hatte eine hübsche kleine Feier mit ihren lieben Freundinnen. Leider können wir sie nicht mehr so großartig beschenken wie früher, doch wir geben ihr all unsere

Zuwendung und Liebe. Seien Sie versichert: Es geht ihr gut.
Frohe Weihnachten,

Herbert und Irmtraud

Berlin, im Sommer 1933

Liebe Helen,
Maria hat sich zu einer wunderbaren jungen Frau entwickelt. Noch ist sie nicht verheiratet und sehr in unsere Kirchengemeinde eingebunden. Wir erleben zurzeit interessante Entwicklungen in Deutschland, und es ist aufregend für Maria, Teil dieses Landes und seiner Kultur zu sein.
Helen, wir sind nun an einem Punkt angelangt, da wir glauben, dass wir Ihnen nicht länger von Maria berichten sollten. Glauben Sie uns: Sie ist nicht an der Vergangenheit interessiert, und wir suchen unsererseits auch nicht das Gespräch über eine Zeit, die uns so fern erscheint. Es würde Maria sicherlich sehr aufregen und verwirren, wüsste sie von allen Details ihrer Übersiedelung. Es ist gut so, wie es ist, und daran sollte niemand rühren.
Seien Sie ein letztes Mal versichert, dass Maria ein glücklicher und zufriedener Mensch ist, dem hier alle Möglichkeiten offenstehen. Wir möchten, dass sich daran nichts ändert, und haben beschlossen, in Zukunft nicht mehr auf Ihre Briefe zu reagieren. Wir danken Ihnen für Ihr Verständnis und wünschen Ihnen und den Orta alles nur erdenklich Gute.
Der Herr sei mit Ihnen,

Herbert und Irmtraud

Berlin, 15. August 1949

Liebe Helen,
vielen Dank für Ihren Brief. Ich weiß Ihre Bemühungen um mich und diesen Stamm in Australien zu schätzen, obwohl mir – und ich weiß, dass dies unhöflich klingt – das rechte Verständnis für den Grund dieser Anstrengungen abgeht. Doch, ehrlich gesagt, suche ich danach auch gar nicht. Verzeihen Sie meine Offenheit.
Vielmehr möchte ich, dass Sie verstehen, wie gut es mir in Deutschland geht. Ich glaube, meine Eltern haben Ihnen dies schon mehrfach mitgeteilt. Abgesehen vom schrecklichen Krieg und seinen Auswirkungen ist mein Leben in Berlin erfüllend und voller Liebe. Ich bin vollkommen zufrieden und vermisse nichts. Meine Heimat ist Deutschland, hier bin ich aufgewachsen, hier ist mein Zuhause. Bitte verstehen Sie: Australien ist nur ein Wort für mich, ich kann mich kaum noch daran erinnern. Seien Sie mir nicht böse, wenn ich Sie deshalb eindringlich darum bitte, mir nicht wieder zu schreiben.
Freundliche Grüße

Ihre Maria

PS: Haben Sie Dank für den hübschen Anhänger. Ich werde ihn hier sicherlich nicht oft tragen, werde ihn aber sorgsam verwahren.

Natascha hielt die geöffneten Briefe in der Hand. Wie zuvor der Pastor schaute sie nun zwischen den Bäumen aufs Meer hinaus, von wo sich eine Regenwand im Eiltempo der Küste näherte. Es dauerte nicht lange, da hatte sich der Wolkendunst mit dem Meer zu einem einzigen Grau vermählt. Dunstschwaden stiegen vom Wasser auf.
Natascha wusste nicht, was sie fühlen sollte. Diese Briefe leg-

ten nahe, dass Helen beinahe verzweifelt versucht hatte, den Kontakt zu Maria und ihren Adoptiveltern aufrechtzuerhalten, doch offenbar wünschten dies weder die Missionare noch Maria selbst.

Natascha konnte nicht umhin, Mitgefühl für Helen zu empfinden. Sie musste eine außergewöhnlich starke Frau gewesen sein, die sich nicht so schnell geschlagen gab, wenn sie trotz der zunehmend kürzer werdenden Antworten der Missionare und deren nur mühsam verhaltener Ungeduld, die sich zwischen den Zeilen so deutlich offenbarte, immer weiter ihre Briefe schrieb. Doch am Ende war ihr wohl keine Wahl geblieben. Besonders diese letzte Antwort, der Brief von Maria, musste Helen unsäglich geschmerzt haben. Danach folgten auch keine weiteren Briefe mehr an Helen, weshalb Natascha im ersten Moment annahm, dass umgekehrt auch Helen nicht mehr nach Deutschland geschrieben hatte. Aber das stimmte ja nicht. Natascha legte wie schützend ihre Hand auf den Rucksack, in dem sich der Brief von Helen von 1958 befand, den sie in der Schublade ihrer Mutter gefunden hatte. Maria hatte den Brief aufgehoben, also musste er der Großmutter irgendetwas bedeutet haben.

Natascha fuhr sich mit der Hand über die feuchte Stirn und drehte sich zum Altersheim um. Sie sollte mit dem Pastor sprechen. Wenn er derjenige war, dem Helen diese Briefe anvertraut hatte, dann wusste er vielleicht mehr, als er ihr gegenüber angedeutet hatte. Sie faltete die Briefe rasch und schob sie zu einem kleinen Stapel zusammen, den sie vorsichtig in ein Fach ihres Rucksacks steckte. Dann stand sie auf und machte sich auf die Suche nach Jamie Edwards.

Rhonda schüttelte ein Kissen auf und legte es dem Pastor in den Nacken. Er saß mehr im Bett, als dass er lag, und nickte höflich, als Natascha ihn um ein Gespräch bat.

»Natürlich«, sagte er und wies mit der Hand auf den Stuhl neben dem Kopfende. Höflich komplimentierte er Rhonda hinaus, doch Natascha sah ihrer Miene an, dass sie darüber nicht glücklich war. Sie rief Rhonda ein Dankeschön hinterher, für den Fall, dass sie sich nicht mehr sehen sollten. Rhonda hob nur kurz die Hand, drehte sich aber nicht mehr um.
»Sie dürfen es ihr nicht übelnehmen. Rhonda fühlt sich der Kirche und mir seit langen Jahren verbunden und hütet uns ein klein wenig zu eifersüchtig, wenn ich das so sagen darf. Sie mag es nicht, wenn ich Geheimnisse vor ihr habe.« Jamie Edwards lachte kurz auf. Dann sah er Natascha unverwandt an.
»Also, was halten Sie von den Briefen?«
»Ich finde sie traurig. Sie lesen sich so, als hätte Helen alles versucht, in Kontakt zu bleiben, doch letztlich wurde ihr Angebot, als Vermittlerin zwischen den Kulturen zu wirken, kalt zurückgewiesen. Die Missionare wünschten offensichtlich einen klaren Schnitt, und auch Maria, um die es dabei ja ging, schien einen solchen Schritt durchaus zu befürworten. Das alles muss Helen zutiefst verletzt haben.« Sie atmete hörbar aus, und in den Sekunden des Schweigens sammelte sie Mut für ihre Fragen. Sie strich sich eine Strähne hinters Ohr und schlug die Beine übereinander.
»Wussten Sie, dass Helen Tanner eigentlich Helene Junker hieß und aus Neu Klemzig in Südaustralien kam?« Sie fahndete in seinem Gesicht nach verräterischen Zügen, doch er hob nur kurz eine Braue.
»Ja, das wusste ich, und es wundert mich nicht, dass Sie es so schnell herausgefunden haben. Sie machten mir gleich einen aufgeweckten Eindruck.« Er kicherte heiser und verfiel dann in einen unangenehmen Husten. Natascha stand auf und beugte sich über ihn.
»Soll ich die Schwester holen? Brauchen Sie ein Medikament?« Doch Edwards deutete nur auf ein Glas, das auf dem Nacht-

tischchen stand. Sie schenkte aus der Karaffe Wasser nach und drückte ihm behutsam das Glas in die Hand. Nachdem er einen Schluck getrunken hatte, ließ der Husten allmählich nach. Als sie sich wieder setzen wollte, griff er nach ihrer Hand und bedeutete ihr mit einem Blick, auf dem Bettrand Platz zu nehmen. Sie folgte seinem Wunsch.

»Ich kannte Helen. Nicht übermäßig gut, doch gut genug, um während ihrer letzten Stunden an ihrer Seite zu sein.« Natascha atmete flach. Sie wollte nichts tun, was den Fluss seiner Rede unterbrechen könnte, und wie sie es gehofft hatte, sprach er weiter. Stockend zwar, doch er wirkte entschlossen.

»Meine Gemeinde war immer schon in Cairns und die ihre in Meena Creek. Da ist man sich nicht allzu oft begegnet, aber über die Jahre haben wir uns trotzdem näher kennengelernt. Die lutherische Gemeinde baut in der Fremde auf den Zusammenhalt, verstehen Sie?« Natascha nickte und schenkte ihm Wasser nach. Er hustete jetzt gar nicht mehr und hielt für eine Weile inne. Plötzlich machte er eine Handbewegung, als wolle er alte Geister verscheuchen.

»Jedenfalls, als es auf ihr Ende zugegangen ist, hat sie mich hier in Cairns aufgesucht. Sie hat mich ganz bewusst ausgewählt, denke ich. Ich war weit genug entfernt, bei mir konnte sie sich sicher sein, dass ich keine engen Kontakte zu ihrer Gemeinde unterhielt oder gar nach Südaustralien.« Der Pastor schwieg wieder, und als er die Augen schloss, überfiel Natascha die Befürchtung, dass er einnicken könnte.

»Und dann? Was ist dann passiert?«, sagte sie ein wenig zu laut. Der Pastor fuhr zusammen und strich sich übers rechte Auge, dessen Lid zu flattern begonnen hatte.

»Wir haben uns in ihrem letzten Lebensjahr mehrmals getroffen, vielleicht dreimal. In jener Zeit hat sie mir ihre Geschichte anvertraut. Nicht die ganze Geschichte, aber doch mehr als andere über sie wussten. Ich denke, ihr Mann John hat es auch

gewusst, aber der war zu diesem Zeitpunkt schon tot. Er war ein paar Jahre vor ihr an Herzversagen gestorben.«
Natascha spürte, wie das Blut in ihren Schläfen pulsierte.
»Was hat John auch gewusst?« Sie hatte ihre Hände ineinander verschränkt und sah ihn erwartungsvoll an. Seine hellen Augen starrten sie an, aber er sagte nichts. Natascha wollte sich gerade seinem Blick entziehen, als er unter einem Seufzer anhob: »Ich habe es mir lange und reiflich überlegt, Natascha. Alles, was Helen mir anvertraute, unterliegt dem Siegel der Verschwiegenheit. Das war ihre Bedingung für unsere vertraulichen Gespräche, und die habe ich respektiert.« Er schaute auf seine Hände, die auf dem Laken ruhten, das als Decke herhielt. »Doch irgendwann fing mein Gewissen an, mich zu plagen. Ich fragte mich: Was, wenn es da draußen noch jemanden gibt, der nach wichtigen Antworten sucht, und ich der Einzige bin, der sie geben kann?« Natascha legte ihre Hand auf seinen Arm.
»Was wollen Sie mir sagen, Pastor?«
Er seufzte wieder. »Der Herr möge mir vergeben.« Er bekreuzigte sich knapp. »Maria war Helens Tochter«, sagte er. Dabei hob er den Blick und verengte die Augen zu Schlitzen, wohl um zu sehen, wie sie die Nachricht aufnahm. Doch Natascha nickte nur leicht. Dann begegnete sie wieder den Augen von Jamie Edwards und lächelte ihm zu.
»Das habe ich mir fast schon gedacht. War der Vater ein Aborigine? Und sie hielt ihn deswegen geheim?« Der alte Pastor stopfte sich mit der Rechten das Kissen fester in den Rücken, und Natascha ging ihm dabei zur Hand.
»Diese Frage kann ich leider nicht beantworten. Helen hat dazu nichts weiter gesagt. Ich vermute aber stark, dass es mit dem Vater zusammenhängt.« Natascha fuhr herum.
»Sie haben eine Ahnung, wer der Vater ist?«
Jamie Edwards schüttelte müde den Kopf. »Nein, als ich sie damals fragte, ob der Vater nicht hätte helfen können, Maria

nach der Entführung wieder zurückzuholen, da sagte sie nur, der Vater spiele keine Rolle, und so würde es auch immer bleiben.«

Natascha knetete ihr Kinn mit Daumen und Zeigefinger.

»Sie wollte also weder ihre eigene Mutterschaft noch den Vater preisgeben?«

»Richtig. Ihnen diese Briefe zu übergeben, das war ganz alleine meine Idee. Helen hätte das bestimmt nicht gewollt.«

»Warum hat sie Ihnen dann die Briefe gegeben?«

Edwards zuckte mit den Schultern. »Wer weiß? Vielleicht hat sie am Ende das Gewissen geplagt. Vielleicht hatte sie die Hoffnung, dass man ihre Geschichte eines Tages entdecken und verstehen würde. Jemand, der zur Familie gehört.«

Natascha schluckte.

»Warum hat sie denn nicht um ihre Tochter gekämpft? Die Briefe beweisen doch, dass ihr Maria alles andere als gleichgültig war.« Wieder schüttelte er den Kopf.

»Ich weiß es wirklich nicht. Vielleicht waren ihr aus irgendeinem Grund die Hände gebunden. Es waren andere Zeiten damals.«

»Noch mal gefragt: Könnte es sein, dass der Vater ein Aborigine war?«

Pastor Edwards hob sich ein Stück aus den Kissen. »Möglich wäre das durchaus«, sagte er dann. Natascha dachte an Parri, behielt den Gedanken jedoch für sich.

»Und warum hat sich Maria nie weiter für ihre Vorfahren interessiert? Ich finde das äußerst merkwürdig.« Der Pastor wackelte mit dem Kopf, als wöge er ihre Worte ab.

»Wenn sie als Kind entführt wurde, kann es durchaus auf das Trauma des Erlebten zurückzuführen sein. Ich habe in meiner Gemeinde von vielen Geschichten dieser Art gehört. Was hat man den Kindern nicht alles erzählt! Dass ihre Eltern sie nicht mehr gewollt und an die Mission weggegeben hätten oder sogar, dass die Eltern tot seien. Wer weiß, was sie Ihrer armen Großmutter erzählt haben. Vielleicht wollte Maria nicht mehr zurückschauen, weil sie es nicht ertragen konnte, weil es zu viel Kraft kostete und der Schmerz zu groß war.« Natascha fühlte, wie der Kloß in ihrem Hals größer wurde, und kämpfte mit aufsteigenden Tränen. Sie wollte aufstehen, um im Rucksack nach einem Taschentuch zu suchen, doch die Hand des Pastors hielt sie zurück.

»Natascha, Sie müssen mir eines versprechen. Bitte machen Sie nicht den Fehler, Maria oder Helen im Nachhinein zu grollen.« Sie sah ihn aus großen Augen an. Wie kam er denn darauf? Sein Atem ging rasselnd, er ließ ihre Hand los.

»Ich weiß, noch sind Sie nur traurig und empfinden Mitleid, aber später wird die Wut in Ihnen hochkochen. Das kann ich Ihnen aus meiner Erfahrung und Arbeit mit zerrissenen Familien fast schon garantieren. Eine durchaus normale Reaktion übrigens, schließlich haben die Entscheidungen der beiden Frauen Ihre Familiengeschichte geprägt. Aber Sie müssen sich vor Augen führen, dass es das Recht dieser Frauen war, ihr Leben so zu leben, wie sie es für richtig hielten. Es ist nicht an uns, darüber zu urteilen – das gilt auch für Sie, Natascha. Bitte vergessen Sie nicht: Die Zeiten waren andere, und was den beiden Frauen damals geschehen ist, ist für unsere Begriffe völlig unfassbar. Sie müssen in Ihrem Urteil nachsichtig sein, wollen Sie mir das versprechen?« Eine erwartungsvolle Pause entstand.

»Ich werde es versuchen«, sagte Natascha endlich. Ihre Stimme klang rauh, und sie räusperte sich.

»Pastor Edwards?«

»Ja?«

»Wie ist Helen gestorben? Ich weiß nicht, wie Sie es ausdrücken würden, ich meine, ist sie ...«

»Ob sie in Frieden gegangen ist?« Er dachte eine Sekunde lang nach. »Ja, das ist sie wohl.« Er nickte bedächtig, und sein offener Blick schien sich nach innen zu kehren, so als würde er sich Helens Sterben noch einmal ins Gedächtnis zurückrufen. Er nickte immer noch, als er nach einer Weile weitersprach. »Doch, ich denke, Helen war am Ende mit sich und der Welt im Reinen. Sie hatte sich in ihrem Leben etwas aufgebaut, worauf sie stolz sein konnte. Ich meine, mich sogar zu erinnern, dass sie am Ende gelächelt hat.« Er sah sie an. »Sie hatte viele Freunde, wissen Sie. Die Orta, die Farmer der Umgebung. Sie hätten mal die Beerdigung sehen sollen. Ich hatte ja keine Ahnung, wie viele Menschen überhaupt in den Misty Mountains leben.«

Natascha stand auf und nestelte mit dem Rücken zum Bett nach einem Taschentuch. Die Tränen liefen ihr jetzt übers Gesicht. Geräuschvoll schneuzte sie sich in ein altes Tempo und drehte sich erst wieder um, als sie sich einigermaßen im Griff hatte.

Auf einmal verspürte sie den Wunsch, allein zu sein.

»Danke, dass Sie mir von meiner Urgroßmutter erzählt haben. Ich weiß es sehr zu schätzen.« Sie zerdrückte das Taschentuch in ihrer Linken, griff dann nach dem Rucksack.

»Ich gehe jetzt besser. Also dann.« Der Pastor schien zu verstehen. Sein Blick wanderte zur Wanduhr.

»Ach, richtig. Meine Bibelstunde. Bevor Sie gehen, will ich Ihnen noch eine Sache erzählen. Ich kann nichts beweisen, und ich kenne auch keinen Namen, aber ich bin mir fast sicher, dass es ein Pastor war – ein lutherischer Pastor wohlgemerkt –, der für Marias Entführung verantwortlich war. Er soll aus dem Süden gewesen sein. Wie gesagt: Beweisen kann ich nichts, aber leider hat sich auch meine Kirche in jenen Zeiten nicht eben mit Ruhm bekleckert.«

»Ja, das habe ich schon gehört. Denken Sie, Helen hat das gewusst?«

»Das hat sie. Ich glaube, dass sie ihn von früher kannte.« Er seufzte, als er Nataschas Hand schüttelte.
»Ich weiß nicht, ob ich Ihnen weiterhelfen konnte, aber nun wissen Sie alles. Gott schütze Sie, mein Kind. Leben Sie wohl.«
»Leben Sie wohl, Pastor.«

INNISFAIL, 8. MÄRZ 1911,
1 UHR MITTAGS

Gottfried schob den Vorhang zur Seite und sah gerade noch, wie das schwarze Automobil von der Hauptstraße abbog, ehe es aus seinem Gesichtsfeld verschwand. Es war so weit. Seit mehr als zwei Stunden saß er nun schon am Fenster und wartete. Endlich. Er klappte die Bibel zu, die er auf dem Schoß hielt, und legte sie auf den Nachttisch zurück. Dann stand er auf, griff nach seiner Reisetasche und verließ das Zimmer, das er bereits am Morgen bezahlt hatte.
Der Wagen der Polizei hielt, wie besprochen, am Hintereingang des Hotels. Gottfried beugte sich nach vorne, um ins Wageninnere sehen zu können. Äußerst beengt saß dort Constable Barnes zwischen vier Mädchen, die er sich mit den Ellbogen einigermaßen vom Leibe zu halten versuchte. Sein mürrischer Gesichtsausdruck ließ keinen Zweifel daran, wie wenig ihm seine augenblickliche Lage gefiel. Die Mädchen trugen viel zu große Kleider, die ihnen halb von den Schultern rutschten, weil sie nur notdürftig zugeknöpft waren. Sergeant Miller, der am Steuer saß, kurbelte die Scheibe herunter. Er nickte Gottfried zu.
»Hat länger gedauert als erwartet. Wir mussten den Kratzbürsten nach dem Ankleiden erst noch die Hände zusammenbinden, so wild haben sie um sich geschlagen. Und ein Gefauche sag ich Ihnen. Wie ein Wurf wilder Katzen.« Zur Untermalung des Gesagten hielt er sich die Ohren zu und verzog den Mund in gespieltem Schmerz. »Nur die Kleinste war mucksmäuschenstill.« Er drehte sich zum Rücksitz um und deutete mit dem Daumen auf Nellie, die sich nun so tief in die

Ecke drückte, als wolle sie ganz darin verschwinden. Ihre vor Schreck geweiteten Augen glitten von Gottfried zum Sergeant und suchten schließlich im Blick der anderen Mädchen nach Halt, doch Cardinia und die beiden Orta waren viel zu sehr damit beschäftigt, sich gegen ihre Zwangslage zur Wehr zu setzen. Gottfried kümmerte sich nicht um die größeren Kinder und den genervten Polizisten in ihrer Mitte, seine Augen ruhten allein auf Nellie.

»Solange wir es auf die Fähre schaffen, soll es mir recht sein«, sagte er, ohne den Blick von dem völlig verängstigten Mädchen abzuwenden.

»Also dann, verschwinden wir keine Zeit.« Sergeant Miller stieg aus. Er lief um den Wagen herum, um Gottfried die Beifahrertür zu öffnen. »Constable Barnes wird Sie fahren. Ich sage Ihnen hier schon *Goodbye*. Kann es mir nicht leisten, meine Leute auf der Station so lange ohne Aufsicht zu lassen. Außerdem will ich da sein, wenn die zeternden Abos mit ihren Weibern auftauchen, weil sie ihre Kinder zurückhaben wollen.« Cardinia, die die Worte des Sergeants verstand, wand sich mit aller Kraft im Sitz, doch der Constable stieß ihr den Arm in die Seite. Ein Laut wie ein Jaulen drang aus der Kehle des Mädchens. Tränen liefen ihm übers Gesicht und versickerten im schmutzigen Knebel.

»Ja«, sagte Gottfried so leise, dass der Sergeant einen Schritt auf ihn zuging, um ihn besser zu verstehen. »Da wäre ich auch gerne dabei«, fuhr er fort und dachte an Helene. Der Sergeant runzelte die Stirn.

»Was sagten Sie da gerade?«

»Ach, nichts«, wehrte Gottfried ab. Er riss sich von Nellies Anblick los und reichte dem Sergeant mit einem Lächeln die Hand. »Danke für Ihre Unterstützung, Sergeant Miller. Ich bin mir sicher, der HERR wird es Ihnen danken. Meine Gemeinde wird sich ohnehin erkenntlich zeigen.«

»*No worries.* Was immer in meiner bescheidenen Macht steht, um die Wilden irgendeinem Nutzen zuzuführen, tue ich gerne.« Barnes hatte sich in der Zwischenzeit aus dem Rücksitz geschält und saß nun sichtlich erleichtert hinter dem Steuer.
»Sollen wir los, Pastor?«, rief er ihm durch die offene Beifahrertür zu. Gottfried stimmte mit einem Nicken zu.
Miller wies mit der Hand ins Wageninnere, doch Gottfried lehnte ab: »Danke, aber wenn es Ihnen recht ist, nehme ich lieber hinten Platz.«
Er öffnete die Hintertür und quetschte sich zwischen die Mädchen. Einen Arm legte er locker um Cardinia und tätschelte ihre Schulter. Er sah in ihren Augen, dass sie ihn erkannt hatte. Cardinia, die Tochter von Amarina und einstige Lieblingsschülerin Helenes. »Wer weiß, was die Mädchen ansonsten aushecken, während wir vorne ahnungslos miteinander plaudern. Es wären nicht die ersten Kinder, die mir aus dem fahrenden Wagen springen.« Als hätte er ihren Plan auf Rettung durchschaut, ließ Cardinia plötzlich den Kopf hängen und stützte ihn auf die Handballen. Ihr Körper zitterte in lautlosem Schluchzen. Miller schloss schnell beide Türen und hob zum Abschied die Hand.

Es war bereits dunkel, als sie Townsville erreichten, doch Gottfried hatte Glück. Die Fähre nach Palm Island lag noch im Hafen. Er seufzte erleichtert auf. Der Gedanke, eventuell die Nacht mit den Kindern in Townsville verbringen zu müssen, hatte ihn die ganze Fahrt über gequält. Allein die Suche nach einem passenden Zimmer für die Mädchen … Es müsste von außen abzuschließen sein und im oberen Stockwerk liegen, damit die Mädchen nicht durchs Fenster ausbüxen konnten. Das größere Problem wäre jedoch die Schreierei, die sich sofort erheben würde, sobald die Kinder das Automobil verließen, denn die Knebel musste er ihnen auf dem Weg zum

Zimmer abnehmen. Diese effektive Methode war zwar gesetzlich erlaubt, wurde aber in der Öffentlichkeit nicht gerne gesehen; in einem solchen Fall hätte es passieren können, dass man ihn am Empfang wieder wegschickte und er sich noch spät am Abend nach einem anderen Hotel umsehen musste. Um den Ablauf der Dinge nicht unnötig zu erschweren, wäre es also notwendig gewesen, die Kinder noch im Wagen zu betäuben, und das tat Gottfried nur sehr ungern. Manchmal dauerte es nämlich eine halbe Ewigkeit, ehe die Betäubten wieder erwachten. Manchmal kam es auch vor, dass sie sich übergaben, ohne dass das Zeug genügend Zeit gehabt hätte, um zu wirken. Er griff in seine Rocktasche und befühlte das Döschen mit den Schlaftabletten.

Doch heute war diese unangenehme Maßnahme überhaupt nicht erforderlich, und er atmete befreit auf, dass er die Kinder nicht zur Einnahme zwingen musste. Es war alles andere als eine Freude, die Pille mit dem Daumen in die kleinen Rachen zu stopfen. Alle Kinder würgten, manche bissen zu. Ihnen danach Mund und Nase zuzuhalten, bis sie schließlich schlucken mussten – das war belastend, zumal die Kinder ja nicht still hielten, im Gegenteil: Sie zappelten und strampelten wie gefangene Tiere im Netz, die nicht verstanden, dass dies alles nur zu ihrem Besten geschah. Früher oder später würden sie dankbar sein, wenn sie mit einigem Abstand erkannten, wie er ihr Leben zum Guten gewendet hatte.

Gottfried atmete erneut auf. Heute hatten sie es jedenfalls rechtzeitig geschafft, sie waren auf der Fähre – trotz der Pausen, die sie notgedrungen einlegen mussten, damit die Kinder vom Brot aßen, das er noch schnell in Innisfail gekauft hatte. Er achtete darauf, dass sie nicht zu gierig vom mitgebrachten Wasser tranken. Sie hatten keine Zeit, jede Stunde zu halten, damit sie sich erleichtern konnten. Doch jetzt stand der schwarze Polizeiwagen sicher geparkt zwischen zwei Fuhrwerken, und Gottfried stellte befriedigt fest, dass die Mädchen tief und fest schliefen.

Er selbst fühlte sich überhaupt nicht schläfrig, obwohl es ein langer und anstrengender Tag gewesen war. Im Gegenteil, er fühlte sich geistig klar und körperlich wie erfrischt. Zu wissen, dass er im Besitz von Amarinas und Helenes Töchtern war, verlieh ihm ein bislang unbekanntes Hochgefühl, das er auszukosten gedachte.

Dieses Kind – es sah seiner Mutter so ähnlich, dass es Gottfried in der Brust weh tat. Den ganzen Tag über hatte das Mädchen kein einziges Wort gesprochen und dies, obwohl er ihr auf Deutsch eine Süßigkeit angeboten hatte. Ob die Kleine aus Trotz schwieg oder ob die Angst ihr die Sprache verschlagen hatte, konnte er nicht sagen, und es kümmerte ihn auch nicht. Auch so wusste er, wer sie war. Ihr Name spielte keine Rolle, sie würde ohnehin bald einen neuen tragen. Wiederum verblüffte ihn ihre Ähnlichkeit mit Helene. Die gleichen Locken, die Augen, die schlanken Glieder. Den kleinen Körper zusammengerollt, hatte sie den Kopf auf dem Schoß eines der Orta-Mädchen gebettet, deren Namen Gottfried ebenfalls nicht kannte. Die Kleine war als Letzte eingeschlafen. Gottfrieds Blick wanderte zu Cardinia, deren Kopf ans Fenster gelehnt war. Darauf bedacht, keines der Kinder zu wecken, kletterte Gottfried vorsichtig über Cardinia hinweg und öffnete sachte die Tür.

»Ich vertrete mir kurz die Beine, wenn's recht ist«, flüsterte er Barnes ins Ohr, der eben selbst erst von einem Rundgang zurückgekehrt war. Barnes nickte nur stumm und biss in ein Stück Brot.

Nach der langen Fahrt genoss Gottfried die frische Seeluft. Er ging eine Weile auf und ab, um die steifen Glieder zu bewegen. Jetzt stand er neben der Kabine des Fährmanns und starrte aufs dunkle Wasser hinaus. Wieder wanderten seine Gedanken zu Helene. Seit er sie kannte, ließ dieses Weib ihn einfach nicht mehr los. Wie sie sich bewegte, sich das Haar aus dem Gesicht strich, ihr Lächeln. Es war ihre Schuld. Weil sie mit ihrer Art allen, nicht nur ihm, den Kopf verdrehte! Doch nun war alles gut. Ruhe breitete sich in seinem Inneren aus. Nun hatte er das Kind, und es gab nichts, was Helene dagegen unternehmen konnte. Diese Erkenntnis erfüllte ihn mit tiefster Befriedigung.

Am Horizont erkannte er die Hafenlichter von Palm Island. Nicht mehr lange, und sie waren da. Wie oft er diese Reise in den letzten Monaten wohl schon unternommen hatte? Dreimal, viermal? Es war anstrengend, aber die Regierung zahlte gut, und genau das war es, was Zionshill brauchte. Er hatte mit der Zeit die Lust verloren, bei den Neu Klemzigern wie ein armer Verwandter zu betteln. Der Teufel sollte sie und ihre Selbstsucht holen! Gottfried spuckte ins Wasser, wie um den bitteren Geschmack loszuwerden, den die Gedanken an die Brudergemeinde bei ihm ausgelöst hatten.

Dann schüttelte er unwillkürlich den Kopf und lachte laut auf. Seine über Jahre gehegten Hoffnungen erfüllten sich am Ende doch noch. Er hatte tatsächlich Helenes Geheimnis entdeckt, er hatte ihre Tochter. Es würde Helene zermalmen. Wie ein winziges Weizenkorn zwischen zwei Mühlsteinen würde ihr widerständiger Geist zerquetscht und zerrieben, sobald sie erkannte, was geschehen war. Gottfried presste die zu Fäusten geballten Hände an die Oberschenkel. Er war dieser Stein. Er hatte die Kraft, sie zu brechen. Er, Gottfried, war stärker als die meisten Menschen, und nun würde es selbst Helene begreifen. *Hast du etwa im Ernst geglaubt, du könntest dich mit mir anlegen?* Er war sich sicher, dass sie sein Notizbuch gestohlen hatte, und seither glaubte sie wohl, er sei erpressbar und sie hätte nichts von ihm zu befürchten. *Hier kommen die neuesten Nachrichten, Helene: Es ist mir völlig egal, was du mit dem*

Buch anstellst! Neu Klemzig schert mich einen Dreck. Ich habe Geld genug, ich kann auf die Brüder verzichten. Und mit ihnen habe ich auch das Interesse an Salkau verloren. Womit willst du mir also drohen? Wen soll es interessieren, was ich irgendwann über all die dummen Leute in mein Büchlein geschrieben habe? Er hielt sich jetzt mit beiden Händen an der Reling fest und lachte wieder. *Womit, Helene, womit willst du mir drohen?*

CAIRNS, 11. FEBRUAR 2010

In den letzten Stunden hatte sich der graue Himmel wie ein Deckel auf die Stadt gelegt, und in der Ferne zuckten erste Blitze. Natascha schaffte es nicht mehr vor dem großen Regen ins *Rattle 'n' Hum,* wo Alan sie am Abend treffen wollte. Er war mit Mitch von Townsville nach Cairns gefahren und erst vor einer halben Stunde angekommen. Natascha war noch ganz benommen von ihrer Begegnung mit dem Pastor und hatte sich den Nachmittag über in den kühlen Shopping Malls der Stadt herumgedrückt. Jetzt war sie heilfroh, als Alan sie an der Bar gleich in die Arme nahm.
»Du bist ja durchgeweicht wie ein herrenloser Hund.« Er schnüffelte an ihrem Haar. »Gottlob riechst du wenigstens nicht so«, scherzte er und drückte sie wieder an sich. Er bestellte zwei Bier. Sie setzten sich nach draußen unters Vordach, um dem Regen und den Menschen auf der Esplanade zuzuschauen, die versuchten, sich vor dem Unwetter in Sicherheit zu bringen. Natascha berichtete von Pastor Edwards, und sofort schwammen ihre Augen wieder in Tränen.
»Entschuldige«, sagte sie, als sie sich mit der Hand über die Augen wischte, »ich muss immerzu daran denken. Ich finde die ganze Geschichte so unendlich traurig. Und dann bin ich wütend auf mich selbst, dass ich nie mit meiner Großmutter oder meiner Mutter über Australien geredet habe. Hat meine Mutter gewusst, was ich mittlerweile weiß?« Ein Schluchzen zuckte durch ihren Oberkörper, und Alan zog sie zärtlich an sich. Sie sah ihn aus tränenverhangenen Augen an, versuchte sich aber dennoch an einem Lächeln. Er strich ihr über den Rücken und schob ihr wie zur Aufmunterung die Schale Erd-

nüsse rüber, aus der er sich schon eine ganze Weile bedient hatte.

»Wir wissen nie genau, was in einem anderen Menschen vorgeht.«

»Das mag ja sein, aber das entschuldigt noch lange nicht alles. Warum, verdammt noch mal, ist es mir nie in den Sinn gekommen, danach zu fragen, als Regina und Maria noch am Leben waren?«

»Weil es damals keine Rolle für dich gespielt hat, ganz einfach. Sie waren da, und das war für dich selbstverständlich. Ich will ja nicht altersweise klingen, aber bestimmte Dinge im Leben werden eben erst später wichtig, wenn du langsam begreifst, dass deine Eltern nicht nur Eltern sind, sondern ein Leben vor dir hatten.« Sie schaute ihn lange nachdenklich an, und er begann, an seinem Bieretikett zu knibbeln.

»Und du willst dich nicht altersweise anhören?«, fragte sie schließlich. »Für mich klingst du fast schon nach Methusalem.« Sie lachte und schob sich eine kleine Handvoll Erdnüsse in den Mund. Als Alan sie gerade küssen wollte, klingelte ihr Handy. Natascha überlegte eine Sekunde, ob sie rangehen sollte; dann meldete sie sich. Alan tat, als schmolle er, und ging an die Bar.

Es war Debra. Sie hörte sich gewohnt fröhlich an. Alans unverkrampfte Art und Debras Frohsinn steckten Natascha an, und sie spürte, wie ihre Traurigkeit allmählich verflog.

»Gibt es Fortschritte?«, erkundigte sich Debra und war wieder ganz aus dem Häuschen, als Natascha von den Briefen und dem anschließenden Geständnis des Pastors berichtete.

»Na, so was! Da plaudert dieser Mensch doch tatsächlich die Geheimnisse seiner Schäfchen aus. Ich glaube, ich hab die längste Zeit meinem Pastor wichtige Dinge anvertraut«, scherzte sie. »Aber im Ernst: Ich finde, das sind ganz ausgezeichnete Nachrichten. Sie sind einen Riesenschritt vorangekommen. Glückwunsch! Was halten Sie übrigens davon, wenn ich Sie vor Ihrem Rückflug nach Berlin in Cairns besuche?«

Die Frage war wohl rein rhetorischer Natur, denn noch bevor Natascha etwas entgegnen konnte, fuhr Debra fort: »Ich möchte Ihnen nämlich gerne eine Kladde schenken, die Helene benutzt hat. Es ist zwar nur ein Rechnungsbuch, aber hier und da hat sie auch ein paar kurze Anmerkungen zum Leben in Neu Klemzig gemacht. Nichts Besonderes, aber ich dachte, es würde Ihnen gefallen. Erst recht jetzt, da Sie urplötzlich zu Ihrer Urgroßmutter geworden ist.«

»Ja, das ist wirklich eine wunderschöne Überraschung. Es ist nur so, dass ich schon übermorgen zurückfliege, und ... ich bin mit jemandem zusammen.« Natascha hatte Alan gegenüber noch gar nicht erwähnt, wie bald sie schon zurück nach Berlin fliegen würde. Wenn er Zeit hatte, wollte sie den letzten Tag morgen mit ihm verbringen.

Debra schien die Information, dass Natascha nicht allein war, gar nicht zur Kenntnis genommen zu haben, denn sie ging mit keiner Silbe darauf ein.

»Kein Problem. Eine Freundin von mir arbeitet im Reisebüro. Die findet schon einen schnellen Flug für mich.«

Natascha wagte einen letzten Vorstoß. »Das ist wirklich reizend von Ihnen, aber Sie könnten mir das Buch doch auch schicken. Das wäre viel einfacher. Und günstiger außerdem«, setzte sie schnell hinzu.

»Das wäre es in der Tat – wenn da nicht noch etwas wäre, was ich Ihnen gerne persönlich mitteilen möchte.« Natascha streckte die Waffen. Diesem Wunsch hatte sie nichts entgegenzusetzen, nicht nach allem, was Debra für sie getan hatte.

»Ja, wenn das so ist, dann rufen Sie am besten gleich Ihre Freundin an. Ich freue mich natürlich, dass wir uns noch mal sehen, und bin gespannt, was Sie zu erzählen haben.« Nachdem sie das Gespräch beendet hatte, atmete Natascha einmal tief ein und aus. Alan kam mit einer vollen Flasche aus der Bar zurück und setzte sich neben sie.

»Probleme?«

Sie rieb sich mit der Hand über den Nacken.

»Hm. Ich hab dir doch von Debra aus Tanunda erzählt, die mir bei meinen Recherchen in Südaustralien geholfen hat. Also, sie will morgen unbedingt hierherkommen, um mich zu sehen.«

Sie warf ihm einen schuldbewussten Seitenblick zu.

»Und wo ist da das Problem?«

Natascha räusperte sich. »Eigentlich gar keins, wenn ich nicht übermorgen schon nach Berlin zurückmüsste.«

Alan hörte auf, das dicke Ende der Flasche zwischen den Händen zu rollen, und starrte sie entgeistert an.

»Was sagst du da? Du fliegst übermorgen?« Natascha nickte und mied seinen Blick.

»Kannst du so lange bleiben?«, fragte sie ihn mit unsicherer Stimme. »Bitte«, setzte sie flehentlich hinzu. Sie griff nach seiner Hand und suchte seinen Blick. Ein Blitz zerfetzte den Abendhimmel und ließ Natascha zusammenfahren. Der Widerschein leuchtete in Alans Augen. Er schüttelte ihre Hand ab und nahm einen Schluck von seinem Bier. Dann knallte er die Flasche auf die Tischplatte, dass die Erdnüsse in ihrem Schälchen hochsprangen. Er fuhr sich mit der Hand durch die Haare, schüttelte ungläubig den Kopf.

»Verdammt, Natascha, warum hast du mir das denn nicht schon früher gesagt?« Sie erschrak ein wenig, wie ernst er aussah.

»Ich hatte es wegen all der Aufregung in Brisbane nicht mehr im Kopf. Aber ich kann es nun auch nicht mehr ändern, und deswegen bitte ich dich, bei mir zu bleiben, solange du kannst.«

Alan war aufgestanden. Er schob seine Hände in die hinteren Taschen seiner Jeans und ging auf und ab wie ein Tiger hinter Gitterstäben. Nataschas Blicke folgten ihm. Endlich kam er an den Tisch zurück und stützte die Hände auf die Tischplatte.

»Es dreht sich alles nur um dich, oder etwa nicht? Denn *du* bist extra aus Deutschland hierhergekommen, um deine Wurzeln zu finden. Und aus irgendeinem Grund, der sich mir nicht erschließen will, gibt dir das scheinbar das Recht, mich so zu behandeln, wie es dir gerade in den Kram passt. Wenn du bumsen willst, bumsen wir. Wenn du davon genug hast, verpisst du dich ohne ein Wort, und wenn du später heulen willst, bin ich noch so blöde und halte dir meine Schulter hin.« Er schlug mit der flachen Hand auf den Tisch. Natascha zuckte zusammen.
»*Damn it*, Natascha! Machst du dir eigentlich auch mal Gedanken um andere?« Der Donner, der jetzt wie eine Urgewalt über der Stadt niederkrachte, verlieh seinen Worten Nachdruck.

Ein paar Köpfe an den Nachbartischen drehten sich nach ihnen um, doch Alan schaute sie immer noch unbewegt an und schien auf eine Antwort zu warten. Als Natascha sich nach seinem Ausbruch wieder etwas gefangen hatte, richtete sie sich auf und legte ihre Hand auf die seine, wobei sie ihm fest in die Augen schaute.

»Das stimmt nicht, Alan. Ich mache mir viele Gedanken wegen dir – wegen uns. Ich mochte dich gleich, sehr sogar, aber da waren Hanne und deine Tauchschülerinnen, die dich unentwegt anhimmeln. Und du hast es dir gefallen lassen, auch als wir schon miteinander schliefen, und aus alldem habe ich eben so meine Schlüsse gezogen.«

»Ach, hast du? Und würdest du eventuell erwägen, mich in deine Schlussfolgerungen einzuweihen?«

»Jetzt sei bitte nicht zynisch und tu nicht so, als wüsstest du nicht, wovon ich rede!«

Sie sah Zorn in seinen Augen aufflackern und fragte sich, ob es nicht besser wäre, den Rückzug anzutreten. So ganz unrecht hatte er nicht, das musste sie zugeben. Statt das Gespräch zu suchen, war sie von Magnetic Island aus nach Adelaide geflo-

gen, und auch von dort hatte sie ihn nicht angerufen. Dennoch sah sie nicht ein, dass sie hier allein unter Beschuss stand. Was war denn nun mit ihm, Hanne und all den anderen Beach Girls?
»Okay, um deine Frage zu beantworten: Ich glaube, du willst es dir mit Hanne nicht verderben. Das wäre ja auch dumm. Schließlich bin ich bald wieder von der Bildfläche verschwunden, aber die unkomplizierte Hanne kommt im nächsten Sommer zu dir zurück. Tja, und all die Mädchen, die dich wie Trabanten die Sonne umkreisen ... die gefallen dir auch. Welcher Mann würde sich schon über die freundliche Zuwendung beklagen?«
Sie nahm jetzt ebenfalls einen großen Schluck Bier, behielt die Flasche aber in der Hand. Endlich setzte sich Alan. Sein Blick konzentrierte sich auf das Nussschälchen, das er mit einer Hand kreisen ließ.
»Du kapierst es einfach nicht.« Es klang resigniert.
Natascha wurde langsam sauer. Sie hatte keine Lust, noch länger angepöbelt zu werden. Vielleicht hatte sie sich in Alan schlichtweg getäuscht. Wäre ja nicht das erste Mal, dass es ihr so erging, und sicherlich nicht das letzte Mal. Sie schluckte die Enttäuschung herunter. Wenn sie ehrlich war, hatte es schon nicht gut angefangen mit ihnen beiden, und die wenigen unbeschwerten Momente schrieb sie ihrer Urlaubslaune zu. Ein Tauchlehrer, Herrgott noch einmal! Sie hätte es wirklich besser wissen müssen.
Es fühlte sich so an, als hätte sich plötzlich eine Faust um ihr Herz gelegt und jedes Gefühl herausgepresst. Sie atmete durch. In zwei Tagen würde sie im Flugzeug sitzen, dann wäre es sowieso vorbei mit ihr und diesem selbstverliebten Typen. Warum also nicht gleich jetzt?
»Weißt du was, Alan? Ich kapiere es tatsächlich nicht, und es sieht auch nicht danach aus, als wolltest du es mir erklären.«
Alan stoppte die Schale in ihrer Bewegung und schaute kurz

auf. Er sah verletzt aus, aber das war sie auch. Sie wartete noch einen Moment, dann schulterte sie ihren Rucksack und ging. Sie hielt sich gerade und hob das Kinn. Gott sei Dank, sie war ihm zuvorgekommen!

Debra hatte dank ihrer Freundin aus dem Reisebüro tatsächlich noch kurzfristig einen Flug nach Cairns ergattern können. Sie war um kurz nach elf gelandet und machte einen tatendurstigen Eindruck, als Natascha sie abholte. Debra checkte ebenfalls im Tropical ein. Von dort schlenderten sie die Esplanade entlang bis zum Pier, wo sie Mittag essen wollten. Debra war offenbar in Urlaubsstimmung und orderte eine Flasche Sauvignon Blanc, die die Bedienung in einem Kühler voll Eis zwischen ihnen plazierte. Debra atmete wohlig aus und ließ den Blick über den sonnenbeschienenen Jachthafen schweifen.
»So gerne ich Adelaide mag, mit den Tropen kann meine hübsche Stadt im Süden dann doch nicht mithalten. Es ist herrlich!«, schwärmte sie. Offensichtlich bereitete ihr die Hitze keine Probleme, während Natascha wieder mal das Gefühl hatte, ihr Hirn sei schon ganz weich gekocht. Debra, die ein luftiges, buntbedrucktes Sommerkleid trug, hob ihr Glas und stieß mit Natascha an.
»Auf Sie, meine Liebe! Ohne Sie und Ihre Suche wäre ich jetzt nicht hier.« Die beschlagenen Gläser klirrten, und das Kondenswasser lief Natascha am Handgelenk herunter und tropfte auf ihr T-Shirt. Sie blickten einen Augenblick schweigend auf die großen und kleineren Jachten, die sanft in der Mole des Hafens schaukelten und hinter denen die grünen Hügel einer langgestreckten Landzunge das Meer einrahmten. Dann bestellten beide Frauen den Fisch des Tages, Barramundi aus der Pfanne mit sommerlichem Gemüse. Debra klappte die Karte zu und gab sie der Bedienung zurück.
»Nun aber zu Ihnen«, wandte sie sich wieder an Natascha.

»Verzeihen Sie mir, wenn ich das so rundheraus sage, aber Sie sehen recht mitgenommen aus. Stimmt etwas nicht?« Natascha fuhr sich unwillkürlich mit den Fingern unter den Augen entlang, bestimmt hatte die fast schlaflose Nacht Spuren hinterlassen. Sie zwang sich zu einem Lächeln und schüttelte den Kopf.
»Mir fehlt nichts, danke. Ich hab nur schlecht geschlafen, das ist alles.« Sie drehte den Stiel ihres Glases zwischen Daumen und Zeigefinger und sah ihrer Hand dabei zu. Debra nickte verständnisvoll.
»Verstehe. Das tut mir leid, Sie sollten Ihren letzten Tag doch noch richtig genießen können, bevor Sie in die Kälte zurückfliegen.« Plötzlich legte sie ihre Hand auf Nataschas Oberarm. »Dass Sie so miserabel geschlafen haben, hängt aber nicht etwa mit Ihrer Begleitung zusammen, oder etwa doch? Wo ist die denn überhaupt abgeblieben? Ich wollte mich übrigens noch für meinen Überfall entschuldigen. Sehr selbstsüchtig, ich weiß, aber ich musste Sie einfach noch mal sehen.« Natascha rieb sich über die müden Augen, schüttelte dann den Kopf.
»Schon gut«, winkte sie ab. »Mit meiner Begleitung hat es sich ohnehin erledigt.« Debra runzelte die Stirn.
»Handelt es sich dabei um den jungen Mann, mit dem Sie in Südaustralien telefoniert haben?« Natascha bejahte mit einer Kopfbewegung, und ein leichtes Zittern umspielte ihre Mundwinkel.
»Aber das ist vorbei.« Sie überlegte, wie viel sie Debra anvertrauen wollte, dann stieß sie einen leisen Seufzer aus. »Wir hatten gestern einen Streit. Seitdem haben wir nicht mehr miteinander gesprochen, und wie Sie wissen, fliege ich morgen nach Hause.« Sie zuckte mit den Schultern. Debra schaute sie fragend an, sagte aber nichts. Natascha nippte an ihrem Weißwein, hielt sich dann mit beiden Händen am Glas fest.
»Wenigstens hab ich jetzt mehr Zeit für Sie. Was war denn so

wichtig, dass Sie es mir unbedingt persönlich mitteilen wollten?« Ihr Daumen zeichnete eine Linie auf dem Glas, während sie Debra anschaute.
»Also gut. Ich warne Sie jedoch lieber vor, denn was ich Ihnen zu erzählen habe, könnte Sie verstören.« Debra stellte ihr Glas ab und beugte sich verschwörerisch über den Tisch. »Ich habe etwas über die Vorbesitzer von Meena Creek in Erfahrung gebracht. Katharina Jakobsen und ihr Mann Matthias stammten ebenfalls aus Salkau. Die beiden sind damals mit ihren drei Kindern mit der Yongala untergegangen. Und jetzt halten Sie sich fest! Katharina und Helene waren Schwestern.« Natascha hatte vor Erstaunen die Lippen geöffnet und den Kopf schief gelegt.
»Wie bitte, was sagen Sie da?« Natascha brauchte einen Moment, um die Neuigkeit zu verarbeiten. »Wie haben Sie das denn herausgefunden?«, fragte sie und warf Debra einen kritischen Blick zu, so als zweifelte sie am Wahrheitsgehalt der Nachricht.
Debra hielt ihre Handflächen dem Himmel zugewandt, als könne nur er diese Frage beantworten.
»Das ist nicht allein mein Verdienst. Ich sagte Ihnen ja bereits, dass die Mitglieder unserer *Historical Society* viel zu viel Zeit haben.« Sie schob einen Zettel über den Tisch. »Hier, ich hab die entsprechenden Fundstellen notiert.«
Natascha nahm das Blatt an sich und warf einen Blick darauf. Sie versank in ihre Gedanken. So war es also gewesen. Natürlich! Helene hatte nach dem Unglück die Farm der Schwester übernommen. Jetzt fügten sich die Puzzleteilchen zu einem Ganzen. Wieso war sie da nicht selbst draufgekommen? Sie schüttelte den Kopf. Über sich selbst, aber mehr noch über die plötzliche Erkenntnis.
»Alles in Ordnung mit Ihnen?« Debra tippte auf den Notizzettel.

»Das muss für Helen ein fürchterlicher Schock gewesen sein. Ihre ganze Familie auf einen Schlag ausgelöscht.«
Debra nickte und ergänzte: »Und wenn man bedenkt, dass sie selbst eigentlich auch an Bord hätte sein sollen …«
Natascha wischte sich die Tränen aus dem Gesicht. Mit einem Mal fühlte sie sich ihrer Urgroßmutter unglaublich nahe. Helene stand von einem Moment auf den anderen ganz alleine da – ohne Familie, ohne Verwandte. Ein Gefühl, das Natascha kannte. Sie legte ihre Hand auf Debras Arm und drückte ihn.
»Plötzlich ergibt alles einen Sinn. Dass Helen sich so um den Schutz des Wracks gesorgt hat, dass sie ins Haus der Schwester gezogen ist, dass sie alles darangesetzt hat, Meena Creek erfolgreich weiterzuführen.« Natascha legte gedankenverloren die Hand vor den Mund und starrte auf den Pier hinaus. Erst das Tuten eines Horns riss sie aus ihren traurigen Gedanken. Sie wandte sich wieder Debra zu, lächelte unsicher und drückte ihr nochmals den Arm.
»Ich danke Ihnen, Sie haben mir sehr weitergeholfen.« Sie erinnerte sich an die Briefe. »Bevor ich es vergesse. Hier sind die Briefe, die mir Jamie Edwards gegeben hat.« Sie reichte Debra das schmale Bündel über den Tisch.
Der Fisch wurde serviert, doch Debra ließ sich nicht vom Lesen abhalten und schob sich nur hin und wieder eine Gabel voll in den Mund, ohne den Blick von den Briefen abzuwenden. Mit der freien Hand schob sie einen gelesenen Briefbogen unter den anderen, bis sie endlich fertig war. Natascha hatte es nicht gewagt, sie zu unterbrechen, und wartete auf Debras Urteil. Die tupfte sich fahrig mit der Serviette über den Mund und legte sie neben dem Teller ab, auf dem sich zerstochertes Fischfilet zwischen zerdrücktem Gemüse breitmachte. Endlich schaute sie auf.
»Tja, das ist wirklich eine tragische Geschichte. Dass diese Helen auch noch die Mutter von Maria war, macht mich richtig

traurig. Dabei habe ich mit der Geschichte noch nicht einmal persönlich etwas zu tun, im Gegensatz zu Ihnen.« Sie sah Natascha eindringlich an. Die wandte sich für einen Augenblick ab und fuhr sich mit der Hand durchs Haar.
»Ich weiß nicht genau, was ich empfinde, Debra. Ich habe großes Mitleid mit dieser Frau, aber ich frage mich auch die ganze Zeit, weshalb sie alles für sich behalten hat. Warum kämpfte sie nicht um ihr Kind?« Sie trank einen Schluck Wein. »Vielleicht bin ich zu kritisch. Pastor Edwards hat mir diesbezüglich schon ins Gewissen geredet. Er sagte, ich dürfe Helen nicht mit unseren Maßstäben messen. Damit hat er sicherlich nicht unrecht. Andererseits glaube ich nicht, dass es sich damals anders angefühlt hat als heute, sein Kind zu verlieren. Ich habe zwar selbst keine Kinder, aber trotzdem kann ich mir einfach nicht vorstellen, was Helene dazu bewogen haben mag, ihr einziges Kind aufzugeben. Ich glaube, dass die Lösung des Rätsels beim unbekannten Vater liegt.« Debra kräuselte die Nase und trommelte mit den Fingern nachdenklich auf der Tischplatte.
»Hm, wahrscheinlich haben Sie recht. Das Dumme ist nur, dass Helen beziehungsweise Helene in diesem Punkt so verschwiegen war, dass es Ihnen wahrscheinlich nicht gelingen wird, diesen Vater jemals ausfindig zu machen.« Natascha fuhr sich mit der Zunge über die Lippe. Sie dachte über Debras Worte nach, denen ihr Verstand zustimmte. Doch insgeheim hoffte sie, dass Helen, so gründlich sie auch gewesen sein mochte, eine Kleinigkeit übersehen hatte, eine Winzigkeit, die am Ende doch noch verraten würde, wer der Vater von Maria gewesen war. Diese Hoffnung war natürlich reichlich irrational, das war Natascha schon bewusst, doch manchmal, das wusste sie aus ihrem Beruf, brauchte man nur dieses kleine Quentchen Glück, und plötzlich fügten sich all die verstreuten Teilchen einer bis dahin völlig verfahrenen Recherche zusammen.

Debra gab ihr die Briefe zurück und zog nun ihrerseits aus ihrer geräumigen Handtasche ein Päckchen hervor, das dick in Plastikfolie eingewickelt war.

»Das Rechnungsbuch. Wegen der hohen Luftfeuchtigkeit habe ich es sicherheitshalber gründlich verpackt. Es steht Ihnen natürlich frei, es hier schon zu öffnen, aber wenn Sie auf Nummer sicher gehen wollen, wickeln Sie es besser erst in Deutschland aus. Wie gesagt: Es enthält keine weiteren Enthüllungen, es ist nur eine Erinnerung an Ihre Urgroßmutter.«

»Dürfen Sie mir das denn so einfach überlassen? Was sagt denn Ihre Society dazu?«

Debra machte eine verächtliche Handbewegung.

»Ach, Gott. Diese verstaubten Bücher füllen ganze Regalmeter. Wenn da mal eins fehlt, vermisst das so schnell niemand. Aber seien Sie unbesorgt, ich handle mit dem Einverständnis des Klubs, und außerdem habe ich ein Faksimile anfertigen lassen.« Debra tätschelte ihr liebevoll die Hand. »Sie können es also ganz beruhigt nach Deutschland entführen.«

Den Nachmittag wollten sie auf Debras Anregung hin im *Shipwreck Museum* verbringen, wo auch einiges Treibgut, das vom Untergang der Yongala stammte, ausgestellt sein sollte. Sie brauchten eine Weile, um das schlichte Gebäude zu finden, denn auch Debra hatte nicht geahnt, wie übersichtlich die Ausmaße des Museums waren. Sie entdeckten es schließlich in einer Art Scheune, am anderen Ende des Anlegers für die großen Passagierschiffe. Natascha und Debra tauschten beim Anblick des weißgestrichenen Holzbaus enttäuschte Blicke aus, lösten aber dennoch eine Eintrittskarte. Auf ihre Nachfrage hin, ob sie das Gebäude vielleicht verwechselt hätten und es noch ein anderes Museum dieser Art gäbe, ernteten sie eine spitze Bemerkung des verhutzelten Männleins am Eingang. *Ben's Shipwreck Museum* sei das Einzige seiner Art. Und wenn

sie sich für die Yongala interessierten, könnten sie froh sein, dass es in Cairns überhaupt noch etwas zu besichtigen gäbe, da die Ausstellungsstücke demnächst zum hundertsten Jubiläum des Schiffsunglücks ins *Maritime Museum* nach Townsville verfrachtet würden.
»Natürlich!«, rief Debra aus und wandte sich aufgeregt Natascha zu. »2011 ist es hundert Jahre her, dass die Yongala gesunken ist. Das Jubiläum werden sie in Townsville sicherlich groß begehen. Das Wrack ist ja so etwas wie unsere australische *Titanic.*«
Sie gingen hinein. Die drei alten Ventilatoren an der hohen Decke verquirlten die heiße Luft geräuschvoll, ohne dass sich dadurch ein kühlender Effekt einstellen wollte. Das frühe Nachmittagslicht fiel durch die Fenster der Dachschräge und zeichnete einen langen Schatten auf den Holzboden. Sie fanden gleich die Ecke mit den Ausstellungsstücken der Yongala. Ein paar verrostete Schrauben und Winden, zerbrochenes Porzellan, altes Besteck und vergammelte Zuckersäcke – nichts, was ihr Interesse sonderlich zu fesseln vermochte. Die Frauen wanderten weiter zu einem Glaskasten, in dem eine alte Reisetruhe ausgestellt war, an der die Elemente und die Zeit genagt hatten. Jemand hatte offenbar den halbherzigen Versuch unternommen, mit einem Strandszenario einen dramatischen Effekt zu erzielen, und hatte ein wenig Sand um das Ausstellungsstück herum verstreut. Mittendrin lag ein schwarzes Buch, das Lesezeichen in den aufgeschlagenen Seiten. Natascha ging näher heran, doch was immer auf den gewellten Seiten einmal gestanden haben mochte, es war nicht mehr zu erkennen. Die Tinte war zerlaufen, und wo man vielleicht mit gutem Willen noch einzelne Buchstaben hätte ausmachen können, war die Schrift verblasst. Neben dem schwarzen Notizbuch lag ein Tüchlein, darauf ein Ohrring. Der Deckel der Zedernkiste stand einen Spalt weit offen, und man hatte ein

altmodisches Kleid so drapiert, dass es größtenteils aus dem Inneren hervorquoll und sein Saum sich locker um Kladde und Schmuckkästchen ergoss. Auf dem Deckel war ein Messingschild angebracht, das jemand gereinigt haben musste, denn es glänzte wie neu. *H. Junker,* las Natascha und starrte Debra an. Die beiden beugten sich nun über die Schautafel vor dem Glaskasten und lasen über den Fund dieser Reisetruhe, die nach dem Untergang der Yongala auf Palm Island angespült worden war. Sie habe einer Helene Junker gehört, einem Opfer des Unglücks.

»Was wollen Sie jetzt tun?«
»Ich weiß es noch nicht.« Natascha und Debra waren auf dem Rückweg zum Hotel und schlenderten die Esplanade entlang. »Ich denke, dass Sie ein Anrecht auf die Truhe und deren Inhalt haben. Soweit wir wissen, sind Sie die einzige Nachfahrin von Helene Junker.« Zum Schutz vor dem grellen Sonnenlicht zog Natascha die Baseballkappe ein wenig tiefer in die Stirn.
»Ich bin mir gar nicht sicher, ob ich diese Dinge überhaupt haben will. Irgendwie gehören sie hierhin, zu Helene. Höchstens der Ohrring, der würde mir gefallen. Was meinen Sie? Vielleicht könnte ich ihn gegen das Amulett eintauschen?«
»Das halte ich für eine ganz hervorragende Idee. Was war noch mal gleich auf der Goldstrebe eingraviert?«
»Liebe ist stark wie der Tod.«
Debra wiederholte die Worte mit Bedacht.
»Irgendwo habe ich das schon einmal gehört. Überhaupt dieser Ohrring. Kommt mir fast so vor, als hätte ich den schon mal gesehen.« Sie schüttelte den Kopf. »Debra, Debra«, sagte sie laut und dennoch wie zu sich selbst, »du wirst langsam alt.«
»Könnte die Gravur Teil eines Bibelverses sein?«
»Das wird es sein. Daher kamen mir die Worte gleich so bekannt vor, und das würde ja auch zu Helene passen, oder? Wie

bedauerlich, dass der andere Ohrring für immer irgendwo auf dem Grund des Ozeans liegt.«
»Ein Ohrring ist besser als keiner.«
»Da haben Sie auch wieder recht. Ich will Ihnen gerne bei der Organisation der Tauschaktion behilflich sein. Bis morgen werden Sie es ja kaum schaffen, alles zu regeln. Das heißt, natürlich nur, wenn Sie mir das Amulett so lange anvertrauen wollen.«
»Sie sind ein Schatz! Wie soll ich das alles nur je wieder gutmachen?«

Am Abend saß Natascha mit Debra an der Hotelbar, als ihr Handy klingelte. Sie entschuldigte sich und nahm das Gespräch an.
»Na, Gott sei Dank hab ich dich noch erwischt.« Es war Mitch. »Alan sagt, du fliegst morgen?«
Natascha bejahte und wünschte, Alan hätte an Mitchs Stelle angerufen.
»Kann ich dich vorher sehen? Wir haben uns gar nicht richtig verabschiedet.«
»Ich hätte dich schon noch angerufen.« Sie schaute kurz zu Debra, die ihr mit einer Geste anzeigte, dass Natascha auf sie keine Rücksicht nehmen sollte. »Magst du zum Tropical kommen?«
»Zu dir ins Hotel? Aber immer! Bis gleich.«
Natascha legte auf und konnte sich ein Grinsen nicht verkneifen. Debra stand auf und griff nach ihrer Handtasche.
»Sie wollen doch nicht schon schlafen gehen, oder?«
Debra fasste Natascha bei den Schultern.
»Doch, meine Liebe. Es war ein anstrengender Tag für mich alte Frau.« Natascha rutschte von ihrem Barhocker und umarmte Debra.
»Das heißt wohl, dass wir uns verabschieden müssen. Ich muss

ja schon in aller Herrgottsfrühe los. Mein Gott, wie ich Abschiede hasse.«
»Bestimmt nicht so sehr wie ich.« Debra klopfte ihr kumpelhaft auf die Schulter. »Also dann. Wir bleiben ja in Kontakt wegen Ohrring und Amulett.« Dabei klopfte sie auf ihre Tasche.
»Ja, und nochmals vielen Dank für alles.« Debra küsste sie rasch auf die Wange und verschwand, noch bevor Natascha etwas erwidern konnte.

Mitch wirkte aufgekratzt. Er winkte ihr schon von weitem mit erhobenen Armen zu und hielt dabei etwas Zusammengerolltes in der Hand, was ihn noch größer erscheinen ließ. Einige Leute wandten sich ihm zu, doch entweder nahm er die gesteigerte Aufmerksamkeit, die man ihm schenkte, nicht wahr, oder es war ihm egal. Zum ersten Mal sah sie Mitch in langen Hosen. Er trug Jeans und ein kurzärmeliges Hemd. Das widerspenstige Haar hatte er mit Gel gebändigt.
»Du hast dich aber nicht für mich so herausgeputzt, oder?«, fragte Natascha, als sie ihn umarmte. Sie sah an sich herunter. Shorts und T-Shirt.
»Wie? Hast du unser Gala-Dinner vergessen?« Sie schaute ihn mit vor Schreck geweiteten Augen an, bis er sie in die Seite zwickte. »War nur 'n Scherz! Ich hab nachher ein Essen mit dem *Board of Tourism,* da machen wir lokale Veranstalter uns ausnahmsweise mal schick. Man will ja einen guten Eindruck hinterlassen.« Er gab dem Barkeeper einen Wink und bestellte einen Scotch auf Eis. »Was darf's für dich sein?«
»Danke, ich hab noch.«
Mitch machte es sich neben ihr bequem und legte die Rolle auf die Bar. Natascha berichtete von *Ben's Shipwreck Museum* und von den Jakobsens. Mitch nickte anerkennend.
»Du hast eine Menge erreicht. Deutsche Gründlichkeit und

Fleiß, schätze ich.« Er lachte auf. »Im Ernst. Ich bin beeindruckt. Du kannst stolz auf dich sein.« Er legte den Arm um ihre Schulter.
»Aber nur weil ich so wunderbare Unterstützung hatte«, erklärte sie. »Wie Debra, Kacey und dich. Ohne euch hätte ich ganz schön alt ausgesehen. Allerdings weiß ich immer noch nicht, wer Marias Vater ist, und das werde ich wohl auch nicht mehr erfahren.« Sie zuckte schicksalsergeben mit den Schultern. »Aber das ist dann eben nicht mehr zu ändern.«
»Hm«, meinte Mitch nur und legte den Zeigefinger auf seine Oberlippe. »Und mir scheint, das ist nicht die einzige Story, die noch auf Klärung wartet.«
»Worauf willst du hinaus?« Nataschas Wangen röteten sich, weil sie ahnte, worauf diese Bemerkung abzielte. Schnell beugte sie sich über ihr Glas und zog am Strohhalm, so dass ihr Haar das Gesicht weitgehend verdeckte, in der Hoffnung, Mitch würde sie nicht durchschauen. Doch Mitch schob ihr das Haar aus dem Gesicht und sah sie halb belustigt, halb ernst an.
»Na, komm schon. Ich hab mit Alan gesprochen. Der Junge ist wegen eures Streits am Boden zerstört.«
Natascha fuhr herum, und ihre dunklen Augen funkelten plötzlich.
»Ach, ist er das? Und warum kann er mir das nicht selbst sagen, sondern schickt stattdessen dich vor?«
»Sei bitte nicht albern. Natürlich hat er mich nicht geschickt. Ich weiß nun mal, wie er tickt, und nur aus diesem Grunde bin ich hier. Leider steht sich der Kerl immer wieder selbst im Weg. Ich kann nicht länger mit ansehen, wie er in sein Unglück rennt und dich einfach so abreisen lässt.«
»Aha, dann bist du also seine Supernanny.«
»Du hast verdammtes Glück, dass ich nicht so schnell sauer werde. Nein, ich habe ein ureigenes Interesse, wenn es um

euch zwei geht. Wenn du erst mal weg bist, bin ich hinterher nämlich derjenige, der die Scherben zusammenkehren darf und sich in unzähligen alkoholgeschwängerten Nächten immer wieder dieselbe Leier von Alan anhören muss: dass er so dämlich war, die Liebe seines Lebens nicht festzuhalten.«
»*Die Liebe seines Lebens.* Dass ich nicht lache. Wenn dem so ist, wieso ruft er mich nicht an, wieso ist er nicht hier? Sorry, ich verstehe ihn nicht, Mitch.«
Mitch kratzte sich im gegelten Haar.
»Wie soll ich dir das nur erklären? Ein bisschen müsst ihr zwei schon noch selbst miteinander besprechen, weißt du?« Natascha verdrehte die Augen. Mitch schlürfte geräuschvoll seinen Scotch und ließ die Eiswürfel im Glas klirren. Natascha schaute ihn erwartungsvoll an.
»Also, gut. Möge er mir noch in diesem Leben verzeihen.« Mitch rutschte auf seinem Hocker hin und her und bestellte einen weiteren Drink. »Er hat dir ja selbst schon ein wenig von früher erzählt. Von seinem Dad und seiner Mum. Du erinnerst dich?« Natascha dachte an den Abend auf dem Schiff, als Alan sie zum ersten Mal geküsst hatte. Sie waren mit Mitch nach Palm Island rausgefahren und hatten auf dem Rückweg über ihre Vergangenheit gesprochen, über das, was sie von ihren Eltern wussten. »Hörst du mir eigentlich noch zu?« Mitch blickte sie mit gerunzelter Stirn an. Natascha lächelte zurück.
»Ja, natürlich, entschuldige. Erzähl bitte weiter.«
»Also gut. Alans Dad hat sich mehr oder weniger zu Tode gesoffen«, fuhr Mitch fort. »Genau genommen ist er in einer Schlägerei zu Tode gekommen, aber er war voll wie eine Haubitze. Vorher ist sein Dad mit ihm von Ort zu Ort gezogen, da war Alan erst zwei oder so. Immer, wenn es wegen der Sauferei Stress gab, zogen sie weiter. Seine Mutter war ein Hippie. Ist nicht lange nach Alans Geburt sang- und klanglos in Europa

verschwunden. Alans Oma hat ihn nach dem Tod des Vaters großgezogen.«
»Ja, ich erinnere mich, und das alles tut mir auch wahnsinnig leid für Alan, aber ich sehe trotzdem nicht, was das mit mir zu tun hat.«
Mitch kratzte sich am Kopf und stützte seine Hand auf dem Oberschenkel ab, so dass der Ellbogen über den Tresen ragte.
»Oh, Mann. Es ist nicht gerade so, als hätte ich Psychologie studiert, also mach's mir nicht so schwer. Schon mal was von Bindungsangst gehört? Die Väter der Psychoanalyse, Freud und Jung, kommen die nicht aus deinem Heimatland?«
»Aus Österreich und der Schweiz.«
»*Close enough.*«
»Du willst mir also sagen, dass Alan nicht mit mir reden kann, weil er unter Bindungsangst leidet?«
»So in etwa, ja.« Er strich sich übers Kinn und hing eine Weile seinen Gedanken nach, dann kratzte er sich wieder am Kopf. »Verdammt, Alan schlägt mich tot, wenn er erfährt, wie ich hier über ihn rede.«
»Über meine Lippen kommt kein einziges Wort, versprochen.«
Mitch nickte, wie um sich selbst zu versichern, dass er das Richtige tat. Dann nahm er Nataschas Hand zwischen seine und schenkte ihr einen so ernsten Blick, wie sie ihn noch nicht von ihm kannte.
»Die beiden Menschen, die er am meisten liebte und denen er blind vertraute, haben Alan als Kind allein zurückgelassen. Das hinterlässt Spuren. Meiner Meinung nach hat es einen Grund, dass er in einem Business arbeitet, wo man eine oberflächlich gute Zeit mit den Leuten verbringt, um sie dann nie wiederzusehen. Darauf ist nämlich Verlass – findet Alan. Dass die Menschen, die er mag, wieder abhauen, verstehst du?« Natascha nickte mechanisch. Mitch ließ ihre Hand los. Natascha

schluckte. Sie glaubte nicht, dass Mitch auch nur ahnte, wie sehr ihr dieses Thema an die Nieren ging. Schließlich wusste sie nur zu gut, was es hieß, verlassen zu werden, auf sich gestellt zu sein.
»Hör zu, Mitch«, sie räusperte sich unbehaglich. »Ich weiß deine Bemühungen zu schätzen, aber ich brauche ein bisschen Zeit, um über alles nachzudenken. Bist du mir böse, wenn ich nicht mehr über Alan sprechen möchte?«
»Natürlich nicht. Ich muss jetzt sowieso gehen. Das Dinner. Hier, das ist für dich.« Er reichte ihr die in Papier eingewickelte Rolle.
»Was ist das?«
»Mach's auf.«
Natascha löste das Papier und hielt eine Leinwand in Händen. Sie war im Stil der Aborigines über und über mit Punkten übersät, die zusammen ein abstraktes Muster bildeten. *Dot Art*. Natascha ließ ihren Blick über das Gemälde schweifen, dann sah sie Mitch an.
»Es ist wunderschön, danke. Wo hast du es her?«
Mitch verbeugte sich ironisch.
»Der Künstler steht vor Ihnen.«
»Du malst?«
»Sollte ich etwa nicht?«
Natascha rollte wieder mit den Augen. »Natürlich sollst du. Ich bin nur ein wenig überrascht, das ist alles.«
»Ich habe in Brisbane Kunst studiert. Irgendwann merkte ich, dass die Akademie nicht das Richtige für mich ist, und bin wieder zurück nach Hause. Die größten Meister, von denen ich gelernt habe, leben in Moondo.« Er setzte sein typisches Grinsen auf. »Apropos. Was du auf meinem Bild siehst, ist Moondo aus der Vogelperspektive. Hier ist der Fluss und da der Billabong, in den die Kids sich von den Lianen fallen lassen.«
Natascha war gerührt und auch ein wenig sprachlos. Sie hatte

weder für Debra noch für Mitch ein Abschiedsgeschenk besorgt. Mitchs Bild gefiel ihr, und in Gedanken hatte sie es schon in ihrem Wohnzimmer aufgehängt. Sie umarmte ihn.
»Danke. Ich fühle mich beschämt, weil ich gar nichts für dich habe.«
»Das macht doch nichts. Erwähne mich einfach im Kulturteil deiner Zeitung als das nächste große Ding aus Australien. Das würde mir schon reichen.« Er lachte und hob die Hand zum Abschied. »Mach's gut, und denk ab und zu mal an mich und meine Leute. Schön, dich zu kennen!« Damit drehte er sich um und ging hinaus. Als hätte er gewusst, dass sie ihm nachblickte, hob er nochmals die Hand.
Natascha schüttelte unter Tränen lächelnd den Kopf und ging auf ihr Zimmer, um zu packen. Sie würde Alan nicht mehr anrufen. Es stimmte, was sie Mitch gesagt hatte: Sie brauchte Zeit, um nachzudenken. Sie war schließlich nicht aus der Welt, wenn sie wieder in Berlin war. Nur auf der anderen Seite.

PALM ISLAND, 8. MÄRZ 1911,
10 UHR ABENDS

Irmtraud nahm die Kinder in Empfang. Gottfried sah gleich, dass das hellhäutige Mädchen es ihr angetan hatte. Die Missionarin konnte kaum den Blick von der Kleinen wenden, als Gottfried ihr das schlafende Kind in den Arm legte. Irmtraud war eine gute Seele, wahrscheinlich plante sie schon eifrig die Zukunft des hübschen Mädchens.
»Ich nehme sie zu uns ins Haus«, wisperte sie Gottfried zu. »Sie sieht so zart, so zerbrechlich aus. Ich will nicht, dass irgendjemand ihr weh tut.« Gottfried nickte und legte seine Hand auf ihren Arm, um sie seiner Unterstützung zu versichern. »Tu das, Irmtraud. Ich bin froh, das Kind in deinen Händen zu wissen.«
»Wie heißt sie denn?«
»Maria«, sagte Gottfried.
»Sie hat einen christlichen Namen?«
»Ja, und wundere dich nicht: Sie soll sogar Deutsch sprechen.«
»Was? Maria spricht Deutsch?« Irmtraud war sichtlich erregt. »Das wäre ja ganz wunderbar! Aber woher? Wo hat sie es denn gelernt?«
Gottfried drückte ihr erneut behutsam den Arm. »Von ihrer Mutter. Doch die ist nun tot. Die Kleine weiß es noch gar nicht. Bitte sei sehr vorsichtig, wenn du es ihr sagst. Willst du mir das versprechen?«
Irmtrauds blaue Augen schimmerten im Mondlicht. Gottfried sah, wie sich eine Träne aus ihrem Augenwinkel löste.
»Natürlich. Das verspreche ich dir, Gottfried. Ich werde mich um sie kümmern, als wäre sie meine eigene Tochter.«

»Gut.« Er begleitete Irmtraud zur Kutsche, die auf sie wartete. Maria noch immer im Arm, nahm Irmtraud auf der Rückbank Platz. Mit einer Hand zog sie eine Decke über das Mädchen, dann nickte sie Gottfried zum Abschied zu.
Schweigend sah Gottfried, wie sie davonfuhren. Da tauchte Barnes neben ihm auf.
»Die schwarzen Mädchen zum Schlafhaus?«
»Ja. Und weisen Sie die Diensthabenden nochmals darauf hin, diese drei hier von Maria fernzuhalten. Irmtraud weiß das eigentlich, aber es kann nicht schaden, wichtige Anweisungen zu wiederholen.«
»Maria?«
»Ja, die Kleinste. Haben Sie ihren Namen auf der langen Fahrt denn nicht mitbekommen?«
Barnes trat verlegen von einem Bein aufs andere. Er hatte keine Ahnung, wie die Mädchen hießen, und es interessierte ihn im Grunde auch nicht. Seine Aufgabe war es, diese Kinder einzusammeln und auf Palm Island abzuliefern. Danach sah er sie nicht wieder. Warum zum Teufel sollte er sich also ihre Namen merken?
»Gut, verstehe«, entgegnete Barnes knapp. »Maria und die Schwarzen sollen nach Möglichkeit keinerlei Kontakt unterhalten.«
»Danke, Barnes.«
Gottfried machte sich auf den Rückweg zur Fähre. Wie gewöhnlich würde er auch dieses Mal nicht auf Palm Island übernachten. Je weniger er die Kinder kannte, desto besser.
Maria. Der Name war ihm in der Sekunde erst eingefallen. Er verzog das Gesicht zu einem Lächeln. Maria, welch ein wunderschöner Name.

Meena Creek, Januar 1912

Sie schafften es noch vor dem großen Nachmittagsregen nach Meena Creek. John lehnte es ab, seine Tiere in der Regenzeit anzutreiben.
»Wer ein Herz im Leibe hat, der behandelt seine Tiere nicht schlechter als seinen ärgsten Feind«, pflegte er zu sagen und wies auf die hervortretenden Adern am Hals seiner Pferde. »Sie geben schon jetzt, was sie können. Wenn ich sie zu mehr anspornen, fallen sie mir eines Tages noch tot um. Wem wäre damit schon geholfen?«
Helen lächelte vor sich hin. Sie saß neben ihm auf dem Kutschbock und hatte eine Hand auf sein Knie gelegt, als sie zur Auffahrt nach Rosehill einbogen. John versteckte sein großes Herz gerne hinter einem derben Spruch. Sie lehnte den Kopf an seine Schulter und zog sich den Hut schräg über die Stirn, damit die Nachmittagssonne ihr nicht die hellen Wangen verbrannte. John drückte ihre Hand, dann hielt er vor dem Tor.
»So, da wären wir.« Seine warmen Augen ruhten auf ihr, als sie ihren Kopf von seiner Schulter hob.
»Schon? Ich muss wohl geträumt haben.« Sie griff nach ihrer Reisetasche, raffte den Rock und stieg vom Kutschbock. Dann drehte sie sich zu ihm um. »Danke für den schönen Abend, Mr. Tanner. Sie hatten recht. Wir hätten schon längst einmal zum Tanz gehen sollen.« Sie zwinkerte ihm zu, und er verzog den Mund zu einem leichten Grinsen.
»Ja. Die Nacht nach dem Tanz war auch sehr schön. Danke.« Er suchte ihren Blick. Helen errötete.
»Wie wär's zum Abschluss mit einem Drink auf der Veranda?«, sagte er laut und schlug sich auf die Schenkel.

»Warum nicht?« Helen öffnete das weiße Tor. Digger lief ihr bellend entgegen. Sie tätschelte den schwarz-weißen Kopf. Tanner nahm ihr die Tasche ab und stieg hinter Helen die Stufen zur Veranda hinauf.
»Einen Moment, ich bin gleich wieder da.«
Sie verschwand durch die Haustür, hinter ihr knallte die Fliegentür ins Schloss. Tanner setzte sich in den Schaukelstuhl. Er wippte ein paar Mal hin und her und entdeckte dann seine Gitarre. Gedankenverloren griff er nach ihr und begann, die Saiten zu zupfen, bis sich aus den beliebigen Tönen eine Melodie formte. Er beugte sich vor und summte, während er sich auf sein Spiel konzentrierte. Aus dem Summen lösten sich einzelne Worte, sie wurden immer mehr, bis sie nach einer Weile einen Text ergaben, und nun ging ihm auch das Spiel leichter von der Hand. Er musste nicht mehr zusehen, wie seine Finger in die Saiten griffen. Er hob den Blick und ließ ihn über das Tal schweifen. Dann sang er:

And when ye come, and all the flow'rs are dying
If I'm dead, as dead I well may be
Ye'll come and find the place where I am lying
And kneel and say an Ave there for me.

»Was singst du da?« Helen stand mit zwei Gläsern Scotch bewegungslos in der Tür. John legte die Gitarre weg und stand auf.
»Ach, nichts weiter. Ein Lied aus Irland, das habe ich gestern im Inn gehört. Du hast schon geschlafen, und mir war so heiß, da bin ich nochmals runtergegangen. Da war dieser junge Viehtreiber und hat es gesungen. Ging mir nicht mehr aus dem Schädel. Ein seltsames Lied, findest du nicht auch?«
Helen nickte abwesend. Sie versuchte, die englischen Worte im Geiste ins Deutsche zu übersetzen.

Und wenn du kommst, und alle Blumen sterben,
falls ich tot bin, denn tot kann ich durchaus ja sein
Dann wirst du kommen und den Ort finden, wo ich liege
Du kniest dich hin und sprichst ein Ave für mich.

Ja, diese Liedzeilen waren tatsächlich merkwürdig; sie berührten sie.
»Komm, *Darling*, ich nehm dir die Drinks ab.« Helen löste sich aus ihrer Starre und gab John sein Glas.
»*Cheers*, Mrs. Tanner. Auf uns, auf unseren Tanz. Lange genug hab ich ja drauf warten müssen.« Er hob sein Glas, um anzustoßen. »Ist was, Liebes?« Ihr Blick war wieder nach innen gekehrt, wie so oft in den letzten Monaten. Ihr kleiner Ausflug nach Innisfail, der lang versprochene Tanz, beides hatte sie in einer Weise lächeln lassen, die John Tanner hoffen ließ, seine Frau würde sich langsam wieder dem Leben zuwenden. Jetzt erkannte er, dass diese Hoffnung trügerisch gewesen war.
»Ach, nichts, es ist nur … Ich habe dieses Lied schon einmal irgendwo gehört, und ich kann mich nicht erinnern, wo.« Helen lehnte sich gegen das Geländer und stieß gedankenverloren mit ihm an. »Na, ist ja auch egal. Es gefällt mir jedenfalls, auch wenn es so traurig klingt.« Sie lächelte ihm zu.
»Merkwürdig, dass du es schon mal gehört haben willst. Der Viehtreiber meinte nämlich, es sei gerade erst aus Irland über den großen Teich geschwappt. Aber wer weiß? Vielleicht erinnert dich die Melodie nur an einen anderen Song.«
»Magst du es noch einmal für mich spielen?«
John griff zur Gitarre und sang dazu.

And I shall hear, though soft you tread above me
And all my grave will warmer, sweeter be
For you will bend and tell me that you love me,
And I shall sleep in peace until you come to me.

Und ich werde dich hören,
magst du auch noch so sanft über mir wandeln
Und mein Grab wird wärmer und süßer sein,
Denn du beugst dich zu mir herunter und sagst mir,
dass du mich liebst.
Und ich werde in Frieden schlafen,
bis du zu mir kommst.

Als Tanner wieder zu Helen aufsah, bemerkte er, dass sich ihre Augen mit Tränen gefüllt hatten. Erschrocken stand er auf und umarmte sie. »Was ist los? Sag doch was!«
Sie schüttelte den Kopf.
»Ich weiß es nicht. Dieses Lied ... ich kenne es. Es ist *mein* Lied, ich hab es geträumt. Warrun ... Das Lied, das Amulett und die blauen Schmetterlinge ... Ach, ich ...«
Tanner drückte seine Frau zärtlich an sich.
»Pst. Ist ja schon gut.«
Helen löste sich aus der Umarmung und schlug die Hände vors Gesicht. Sie schluchzte.
Tanner küsste sie auf die Wange und streichelte ihr übers Haar. Er hätte sich ohrfeigen mögen. Diese Liedzeilen waren weiß Gott nicht dazu angetan, eine trauernde Frau aufzuheitern. Insbesondere nicht eine Frau, die alles verloren hatte. Seine Frau.
Er erinnerte sich daran, wie lange sie das Unglück nicht hatte wahrhaben wollen, und es dauerte eine Weile, ehe er es als ihre Art der Trauer verstand.
Dann, eines Tages hatte sie aus heiterem Himmel eine Entscheidung getroffen, die ihn völlig überraschte. Sie war zum Feld gekommen, offenbar war sie den ganzen Weg gerannt, keuchend stand sie vor ihm.
»Katharina, Matthias und die Kinder sind tot. Sie kommen nicht wieder.«

Er hatte nur vorsichtig genickt, weil er spürte, dass sie noch mehr zu sagen hatte.

»Mein Name stand auch auf der Passagierliste der Yongala, man hält mich also auch für ein Opfer des Unglücks, richtig?« Sie hatte ihre Arme vor der Brust verschränkt.

»Richtig«, bestätigte Tanner. Er war sich nicht sicher, worauf sie hinauswollte.

»Alle glauben das, ja? Also auch die Leute in Neu Klemzig oder meine Eltern in Salkau. Stimmt das?«

Tanner zuckte mit den Schultern und machte eine hilflose Bewegung mit den Händen. So genau hatte er darüber noch nicht nachgedacht, aber es stimmte natürlich. Sie hatte auf der Liste gestanden, und solange sie nicht selbst bei den entsprechenden Stellen das Gegenteil behauptete, würde sie als verschollen beziehungsweise als tödlich verunglückt gelten.

»Ja. Wir sollten wirklich bald zur Polizei, um das aufzuklären. Wollen wir gleich morgen in die Stadt?« Er hätte wirklich schon eher daran denken können, aber er hatte Helene zu nichts drängen wollen.

Sie schüttelte den Kopf.

»Nein, es ist gut so. Sollen sie ruhig glauben, dass ich mit Katharina untergegangen bin. Auf gewisse Weise stimmt das ja auch.«

»Was sagst du denn da? Willst du denn nicht, dass deine Eltern und Freunde wissen, dass du noch am Leben bist?«

Sie sah ihn lange an. Dann strich sie sich eine Strähne aus dem Gesicht, und zu seiner Überraschung nahm sie seine Hand in die ihre.

»Ich will von vorne anfangen. Eine Helene Junker gibt es ab sofort nicht mehr. Wirst du mir dabei helfen, John?« Sie drückte seine Hand.

John schwieg eine Weile. Er ahnte, wovon sie sprach.

»Überlege dir diesen Schritt gut. Nimm dir Zeit zum Nach-

denken, und was immer du dann tun willst, du kannst auf mich zählen.«
»Gut. Dann lass uns nicht mehr über Helene Junker reden.«

Helen nahm einen Schluck von ihrem Scotch und setzte sich neben ihn auf die Bank. John sah sie eine Weile von der Seite an.
»Wie heißt es?« Helens Worte rissen ihn aus seinen Gedanken.
»Wie heißt was?«, fragte er verwirrt.
»Na, dieses Lied aus dem Pub.«
»Da muss ich erst mal überlegen. Warte. *Danny Boy*. Es heißt *Danny Boy*. Jetzt frag mich bitte nicht, wieso.« Er legte den Arm um ihre Schulter. »Sollten wir nicht bald zusammenziehen? Was meinst du?«
Sie blickte zu Boden.
»Ich kann das noch nicht«, sagte sie leise. »Bitte hab Geduld mit mir.«
»Natürlich, entschuldige Liebes.« Er strich ihr mit dem Handrücken über die Wange, Helene versuchte sich an einem Lächeln.
Plötzlich schlug Digger an und lief in Richtung Tor. Von weitem erkannten sie Parri und Amarina. Helens Körperhaltung straffte sich. Hatten die beiden endlich etwas über den Verbleib der Kinder in Erfahrung bringen können? Helen eilte die Stufen hinunter und lief ihnen entgegen. John beobachtete von der Veranda aus, wie sie die Freunde umarmte. Aus der Entfernung konnte er ihre Worte nicht verstehen, doch er sah, dass es ein intensives Gespräch war. Immer wieder blieben sie auf der kurzen Strecke zum Haus stehen und diskutierten. Plötzlich bemerkte er, wie Helen zusammensackte und auf die Knie fiel. Die Freunde beugten sich gleich über sie, John sprang sofort auf. Parri und Amarina hatten Helen hochgezogen und stützten sie von beiden Seiten. Ihr Körper wirkte schlaff, und das Gesicht blieb dem Boden zugewandt. Sie wimmerte.

»Was ist passiert?«, fragte Tanner. Er nahm Helen auf den Arm. Amarina und Parri sahen einander an. Amarina atmete schwer.

»Wir haben die Kinder gefunden. Die Mädchen sind wieder bei den Orta«, erklärte Parri.

»Das sind großartige Neuigkeiten.« Er strahlte und küsste Helen auf den Scheitel. Ihr Gesicht hatte sie gegen seine Brust gepresst. Dann sah er Parri und Amarina auffordernd an. »Und wo ist Nellie?« Die beiden schwiegen, Amarina machte einen Schritt auf ihn zu und legte ihre Hand auf seinen Arm.

»Nellie ist nicht mehr in Australien«, sagte Parri. »Wir sind zu spät gekommen. Deutsche Missionare haben sie adoptiert. Letzte Woche sind sie nach Berlin abgereist.«

BERLIN, 18. MÄRZ 2010

Natascha hätte sich am liebsten die Augen gerieben, als sie ihre Tür öffnete und Alan vor ihr stand.
»Wer hat dich denn ins Haus gelassen?« Etwas Netteres oder auch nur Angemesseneres war ihr auf den Schreck hin nicht eingefallen.
Alan legte den Kopf schief und lächelte sie an. Die Überraschung war ihm gelungen, und Natascha glaubte, ihm die Befriedigung über seinen Coup aus dem Gesicht ablesen zu können. Sie war eigentlich auf dem Sprung zur Arbeit gewesen und reichlich verwirrt. Alan und sie hatten sich seit dem Streit in Cairns nicht mehr gesprochen; nach ein paar Wochen hatte sie auch nicht länger daran geglaubt, ihn wiederzusehen. Natürlich hatte sie nachgedacht – über ihn, über sich, über sie beide, doch sie war zu keinem zufriedenstellenden Ergebnis gelangt.
Sie hatte Alan vermisst, als sie wieder in Berlin angekommen war, mehr als sie sich zunächst eingestehen wollte, aber ihr war nicht klar, ob es dabei wirklich um Alan ging. Vielleicht war sie eher in die Idee einer Liebe auf einem fernen Kontinent verschossen. Sobald der Alltag sie wieder in seinem erdrückenden Griff hatte, war es nämlich ungemein verlockend, sich hin und wieder vorzustellen, die tägliche Routine gegen die unbeschwerte Zeit auf Magnetic Island tauschen zu können. Doch nach mehreren Wochen, in denen Alan nichts von sich hören ließ, hatte sie sich schließlich vorgenommen, ihn zu vergessen und die Begegnung unter »Urlaubserlebnis« abzuheften. Alan hatte es schließlich genauso gehalten, oder warum sonst hatte er sich nicht mehr bei ihr gemeldet? Die Kälte des Berliner

Frühlings half, dass ihr die Erinnerung an sonnendurchflutete Tage in Australien zunehmend unwirklich erschien.
Und nun dies. Da stand er, direkt vor ihr. Sie spürte einen Stich in ihrer Brust. Alan. Noch immer mit diesem unverschämten Lächeln. Nur dass er jetzt eine altmodische Skijacke trug, für die es trotz der kühlen Abende schon viel zu warm war. Sie musste ihn eine Weile entgeistert angestarrt haben, denn Alan begann, sich zu räuspern.
»Darf ich reinkommen?« Seine Stimme klang belegt.
»Äh, ja natürlich.« Sie trat einen Schritt zurück, um die Tür weiter zu öffnen, und bat ihn mit einer fahrigen Handbewegung herein. Wieder einmal fühlte sie sich von ihm überrumpelt. Hätte er sie nicht vorwarnen können? Man buchte ja nicht mal eben so von heute auf morgen einen Flug von Australien nach Deutschland. Dann hätte sie wenigstens ein bisschen aufräumen, eventuell sogar ein, zwei Tage freinehmen können. Plötzlich stieg Panik in ihr auf. Wie lange er wohl bleiben wollte? Andererseits freute sie sich über den unverhofften Besuch, obwohl sie nicht so recht wusste, wohin mit all den widerstreitenden Gefühlen. Wieso war er überhaupt nach Berlin gekommen? Vielleicht war es ja gar nicht wegen ihr? Vielleicht hatte er einfach nur geschäftlich in Berlin zu tun? Sie ging im Flur voran und deutete ins Wohnzimmer, wo Alan seinen Rucksack ablegte. Er hatte nicht eben viel Reisegepäck, stellte sie fest und zog daraus erste Schlüsse.
»Ist das von Mitch?« Er schaute auf das Bild seines Freundes, das die lange Wand des Raumes dominierte. Natascha nickte. Einen Moment lang standen sie sich wortlos gegenüber. Schließlich brach Alan das Schweigen.
»Du wunderst dich sicherlich, warum ich so unangemeldet bei dir reinplatze.« Das stimmte natürlich, doch Natascha zuckte mit den Schultern, als würde sie die Frage nicht verstehen.
»Ich habe dir etwas mitgebracht, über das du dich bestimmt

freuen wirst, und außerdem haben wir beide noch etwas miteinander zu klären, findest du nicht?«
Natascha, die die ganze Zeit mit verschränkten Armen vor Alan gestanden hatte, hielt die Spannung zwischen ihnen nicht länger aus und platzte endlich mit dem heraus, was ihr seit Wochen auf der Seele brannte.
»Wieso hast du nie angerufen? Und jetzt tauchst du einfach so hier auf. Ich verstehe dich einfach nicht, Alan.« Alan, der im Begriff war, seinen Rucksack zu öffnen, hielt inne. Er kam aus der Hocke hoch und stand nun ganz dicht vor ihr. Sie erkannte jedes seiner Fältchen wieder, spürte die Wärme seines Atems. Ihr Herz schlug schneller, und als hätte sie Angst, Alan könnte ihr die Erregung ansehen, verschränkte sie wieder die Arme vor sich und verlagerte ihr Gewicht auf das linke Bein in der Hoffnung, lässig zu wirken.
»Aus dem gleichen Grund, aus dem du mich nie angerufen hast«, entgegnete er.
»Hm«, brummte sie. »Warum bist du dann hier?«
»Weil einer von uns beiden irgendwann mal nachgeben muss, wenn es mit zwei sturen Hunden wie uns etwas werden soll. Für diese Spielchen leben wir nämlich viel zu weit voneinander entfernt, falls du das noch nicht bemerkt haben solltest. Auf diese Distanz hin ist es viel zu leicht, sich für immer aus den Augen zu verlieren, und das wollte ich nicht riskieren.«
So ernst und erwachsen hatte sie ihn nie reden hören. Natascha war erstaunt über seine kleine Ansprache und biss sich heimlich auf die Unterlippe. Eigentlich hatte sie mit Alan bereits abgeschlossen. Was sollte sie denn jetzt bloß tun?
Sie schaute auf die Uhr. Höchste Zeit, sich auf den Weg ins Büro zu machen. Mit einer gewissen Erleichterung drückte sie Alan ihren Zweitschlüssel in die Hand und verabredete sich mit ihm um sechs im *Bellissimo* an der Ecke. Ein neutraler Ort schien ihr fürs Erste am sichersten.

Natascha saß schon beim zweiten Glas Pinot Grigio, als Alan in der Tür erschien. Er hatte sie gleich entdeckt, steuerte auf ihren Tisch zu und gab ihr einen Kuss auf die Wange. Während er sich aus seinem Uraltmodell von Jacke schälte, überkam Natascha ungewollt ein warmes Gefühl. Dieser Mann wirkte hier so deplaziert und unbeholfen, dass sich unwillkürlich ihr Beschützerinstinkt regte. Alan rieb sich die Hände und setzte sich.

»Ist der Frühling hier immer so kalt?«, fragte er, und Natascha lächelte ihn zum ersten Mal an, seit er hier war.

»Nein, aber wenn ich gewusst hätte, dass du kommst, hätte ich selbstverständlich schon mal die Sonne angeschaltet. In der Zwischenzeit müssen wir eben von deiner australischen Hitze zehren.« Alan hob eine Augenbraue, und Natascha befürchtete schon, dass sie mit dieser Bemerkung ein wenig zu weit gegangen war. Gleichzeitig fragte sie sich, ob sie etwas dagegen hätte, wenn er sie tatsächlich wärmen wollte.

Ein wenig über sich selbst erschrocken, nippte sie an ihrem Wein und wartete, bis Alan sich für eine Pizza entschieden hatte. Der Kellner nahm die Bestellung auf und ging zur Küche. Natascha strich sich verlegen das Haar hinters Ohr. Diesen Moment hatte sie schon den ganzen Tag über gefürchtet, andererseits auch herbeigesehnt. Alan legte wie selbstverständlich seine Hand auf die ihre und schaute ihr eindringlich in die Augen, als der Kellner den Rotwein servierte. Natascha senkte den Blick. Die Sekunden, bis der Kellner sich entfernte, schienen eine Ewigkeit zu dauern. Weder wagte sie, ihre Hand zurückzuziehen, noch, zu Alan aufzuschauen, und es war ihr unangenehm, wie ihre Finger unter seinem Druck leicht zu beben begannen. Als wollte er ihr diese Qual nicht länger zumuten, zog er seine Hand abrupt zurück. Er griff in die Innentasche seiner Steinzeitjacke und zog einen Umschlag heraus, den er vor ihr auf den Tisch legte.

»Für dich.«
Zögernd nahm Natascha den Brief entgegen und warf Alan einen fragenden Blick zu. Er trank einen Schluck von seinem Barolo, doch als sie den Umschlag öffnen wollte, hinderte er sie daran und drückte ihr stattdessen ein kleines Schmuckkästchen aus blauem Plastik in die Hand.
»Mach das hier zuerst auf.«
»Ist das von dir?« Alan schüttelte den Kopf.
»Mach es einfach auf.«
Natascha öffnete das Kästchen und sah auf ein Paar goldener Ohrringe, in deren Anhänger jeweils am unteren Ende ein weißer Stein eingefasst war.
»Helenes Ohrring! Wo hast du den denn her?« Sie schaute ihn mit hochroten Wangen an, doch noch bevor er ihre Frage beantworten konnte, bemerkte sie die eigentliche Überraschung. »O mein Gott, das sind ja zwei! Wo kommt denn der andere her?« Alan lächelte nur und forderte sie mit einer Geste auf, den Schmuck näher zu betrachten. Mit ungläubigem Blick griff Natascha in die Schachtel und befreite die Ohrringe von ihrem Schaumstoffkissen. Dann hielt sie die Schmuckstücke hoch und drehte sie langsam im Licht. Die weißen Steine glitzerten. Sie legte einen Ohrring aus der Hand, die Strebe des anderen hielt sie sich dicht vors Gesicht.
»Liebe ist stark wie der Tod«, las sie laut. Ihre Hand griff erneut nach dem Pendant, und Natascha entzifferte mit zusammengekniffenen Augen auch dessen Gravur. »Ihr Eifer ist fest wie die Hölle.« Sie behielt die Schmuckstücke in der Hand und dachte nach. Nach einer Weile legte sie das Paar vor sich auf den Tisch und sah Alan inquisitorisch an.
»Wo kommt denn der andere Ohrring her? In Helenes Kiste war nur dieser hier.«
»Lies den Brief«, entgegnete Alan ruhig. Natascha war mehr als gespannt zu erfahren, welche Rolle Alan wohl in diesem

Rätselspiel einnahm, doch ihre Neugierde gewann in diesem Moment die Oberhand, und so öffnete sie den Umschlag, dem sie zwei beidseitig eng beschriebene Briefbögen entnahm. Ungeduldig entfaltete sie die Seiten und strich sie glatt. Die Zeilen waren handgeschrieben, und sie erkannte auf den ersten Blick, dass es nicht Alans Schrift war. Es war die von Debra.

Liebe Natascha,

Sie glauben gar nicht, wie gerne ich jetzt bei Ihnen in Berlin wäre, aber weil es nun mal nicht möglich ist, will ich gar nicht erst anfangen herumzujammern. Obwohl – ich würde schon einiges darum geben, just in diesem Moment Ihr Gesicht sehen zu können. Es geht natürlich um die Ohrringe, die Sie nun, da Sie meine Zeilen lesen, in Ihren Händen halten dürften.

»Wieso bringt mir Alan meinen Ohrring, und wo kommt überhaupt der zweite Ohrring so plötzlich her?«, fragen Sie sich sicher. Keine Sorge, ich musste nicht erst zum Grund des Ozeans abtauchen, um das Paar zu vereinen. Der zweite Ohrring ist nämlich keineswegs mit der Yongala untergegangen, wie wir beide immer geglaubt haben.

Doch zunächst zu Alan. Ihn ausfindig zu machen war ein Kinderspiel. Ich wusste ja bereits, dass Sie ihn auf Magnetic Island kennengelernt hatten und dass er dort Tauchlehrer ist. Es brauchte genau zwei Telefonate, bis ich ihn selbst an der Strippe hatte. Dabei habe ich mich schlicht von dem Gefühl leiten lassen, dass es zwischen Ihnen beiden in Australien noch nicht zu einem rechten Ende gekommen ist. Der junge Mann hat meinen Vorschlag mit Begeisterung aufgenommen. Falls Ihnen meine Idee weniger gut gefallen sollte, möchte ich mich an dieser

Stelle entschuldigen. Ursprünglich wollte ich nur, dass er Ihnen die Ohrringe schickt und meinen Brief beilegt. Nun ja, das war mein Plan. Alans Antwort hat mich überrascht.

»Ich bringe sie ihr persönlich«, sagte er nämlich, und zwar mit einem derart gewinnenden Lächeln, dass ich von seinem Einsatz (und seinem Sinn für Romantik!) hellauf begeistert war. Ein bemerkenswerter Mann, wenn Sie mich fragen, und er scheint eine Menge für Sie übrigzuhaben. Ich muss mich wohl schon wieder entschuldigen, denn dies alles geht mich natürlich überhaupt nichts an.

Nun aber endlich zu den Ohrringen. Wie bin ich an das Gegenstück gekommen? Das Ihnen bekannte Ausstellungsstück zu erhalten war leichter, als ich vermutet hatte. Ihr Amulett scheint für unser Land tatsächlich von solch ungewöhnlicher Bedeutung zu sein, dass ich bei den entsprechenden Behörden nicht erst lange um das Tauschgeschäft betteln musste. Die Uni Adelaide hat sich übrigens sehr für uns ins Zeug gelegt. Ich soll Ihnen von der Fakultät ausrichten, dass man sich sehr bald mit Ihnen in Verbindung setzen wird, um Ihnen persönlich für Ihre Entscheidung zu danken: Man will Sie für die Übergabezeremonie des Artefakts an die rechtmäßigen Besitzer nach Australien einladen!

Woher wusste ich nun aber vom Gegenstück, und wie bin ich darangekommen? Erinnern Sie sich noch, dass mir der Schmuck irgendwie bekannt vorkam, als wir ihn im Museum gesehen haben? Dieser Gedanke hat mich auch nach Ihrer Abreise nicht mehr losgelassen. Es hätte mir gleich einfallen sollen. Jedenfalls hatte der alte Matthew in Neu Klemzig doch so ein modriges Kästlein, wissen Sie noch? Als wir ihn damals besucht haben und ich dieses

übelriechende Ding vergeblich nach möglichen Schätzen untersucht habe, war auch ein Ohrring darin. Ich war mir im Nachhinein nicht mehr sicher, ob er tatsächlich zu dem passte, den wir in Cairns entdeckt hatten, also bin ich zum alten Matthew, der mir unter vielem Gemurre endlich sein Kästchen in die Hand gedrückt hat. Und ich hatte mich nicht geirrt. Hier war der andere Ohrring. Also hab ich Matthew atemlos gefragt, von wem er all das Zeug noch mal hätte? Er hat mich angestiert, als hätte ich nicht mehr alle Tassen im Schrank.
»Von meinem Vater Michael. Das hab ich dir doch schon längst erzählt«, sagte er und klang verärgert. Ich ließ nicht locker.
»Und hatte dein Vater die Sachen vielleicht auch schon geerbt?« Ich muss Ihnen gestehen, liebe Natascha, dass ich zu diesem Zeitpunkt bereits einen gewissen Verdacht hegte.
»Ja, sicher«, sagte Matthew und sah mich dabei zum wiederholten Male so an, als wäre ich nicht ganz dicht.
»Dieser Ohrring zum Beispiel«, sagte ich, nur um sicherzugehen, »hat den etwa schon dein Großvater besessen?«
»Da kannst du einen drauf lassen«, antwortete Matthew unfein. »Mein Vater hat mehrfach erwähnt, wie komisch er es fand, dass sein Dad um einen einzelnen Ohrring so einen Wind gemacht hat.«
»Was für einen Wind?«, fragte ich Matthew.
Offensichtlich hat Matthews Großvater Johannes auf seinem Sterbebett wie in Trance immerzu betont, wie wichtig es sei, dieses Schmuckstück sicher zu verwahren, das er seinem Sohn Michael hinterlassen würde. Das sei allen Anwesenden komisch vorgekommen, insbesondere Matthews Dad, der dafür Sorge zu tragen hatte, aber natürlich sollte Johannes seinen Willen bekommen.

Meine liebe Natascha, ich weiß nun, wer Ihr Urgroßvater war, und Sie selbst haben es sicherlich schon längst erraten. Marias Vater war kein Schwarzer, wie Sie lange Zeit vermutet haben, und auch nicht Gottfried Schmitter. Es war Pastor Johannes Peters aus Neu Klemzig. Wie Sie wissen, war dieser Pastor verheiratet, als er Helene Junker kennengelernt hat. Gemeinsam mit seiner Frau Anna hatte er fünf Kinder. Er starb als alter Mann, vier Jahre nach dem Tod seines Bruders.
Sie sehen, ich habe eigenmächtig ein wenig Familienforschung betrieben. Sie sind darüber doch nicht böse?
Dabei habe ich auch herausgefunden, dass Georg, der Bruder von Johannes, erst im stolzen Alter von fünfundvierzig Jahren eine gewisse Martha geehelicht hat, ebenfalls eine Lutheranerin. 1921 wird ihre Tochter geboren. Können Sie mir noch folgen?
Diese Tochter heiratet später und bringt 1943 wiederum eine Tochter zur Welt. Dieses Kind heißt Debra. Richtig, das bin ich!
Lange Rede kurzer Sinn: Ich schätze, Sie und ich sind miteinander verwandt. Schockiere ich Sie? Ich bin Ihre Großcousine, worüber ich mich über die Maßen freue! Ich hoffe, Sie sehen das ähnlich.
Keine Rose ohne Dornen: Der alte Matthew gehört nun ebenfalls zu Ihrer Familie, er ist Ihr Großcousin. Freuen Sie sich?
Ach ja, Sie fragen sich bestimmt, was aus dem unheimlichen Gottfried geworden ist. Er wurde nicht sehr alt. Meines Wissens ist er nach langem Siechtum an einer merkwürdigen Krankheit verstorben. Die Symptome, wie sie im Kirchenbuch einmal kurz erwähnt werden, sprechen für mich eine recht deutliche Sprache: Ich denke, es war die Syphilis. Weiß nur der Teufel, wie er sich die zu-

gezogen hat. Sicher ist nur, dass er den Erreger nicht über die Luft eingeatmet haben dürfte.

Liebste Natascha, ich hoffe, mein Brief hat Sie nicht zu sehr verstört. Lassen Sie den Inhalt ein wenig auf sich wirken. Ich erwarte keine Antwort, stehe Ihnen aber für Fragen jederzeit zur Verfügung. Ich würde mich freuen, wenn ich Sie bald in Adelaide wiedersehen darf. Sie werden sich die Einladung der Regierung doch nicht entgehen lassen, oder?

Mit den allerherzlichsten Grüßen,

Debra

Natascha ließ die Hände in den Schoß sinken und sah Alan an, dessen Augen im gedämpften Licht des Restaurants warm glänzten. Sie schwiegen, solange der Kellner die Pizzen servierte und mehr Wein brachte.
»Debra schreibt, dass sie weiß, wer mein Urgroßvater war, und dass ich mit ihr verwandt sein soll.« Alan nickte und legte seine Hand auf ihren Arm.
»Hast du davon gewusst?«
»Nur das mit dir und Debra. Sie konnte ihre Freude über den unverhofften Familienzuwachs wohl nicht länger für sich behalten. Was immer eine Großcousine auch ist.« Ein Lächeln glitt über sein Gesicht. Natascha seufzte.
»Der Pastor also«, sagte sie, und es klang enttäuscht und traurig. »Ihn hat Helene all die Jahre schützen wollen.« Alan strich ihr sanft über den Arm. Natascha fuhr sich mit den Fingerspitzen übers Augenlid und drehte sich schnell weg, als Alan sich nach vorne beugte, um ihr über die Wange zu streicheln.
»Sie hat bewusst in Kauf genommen, ihr einziges Kind niemals wiederzusehen, nur um den Ruf eines zweifelhaften Pastors zu

schützen. Dabei war er verheiratet und hatte Kinder.« Nataschas Stimme vibrierte leicht.
»Dann hat sie ja nicht nur ihn allein geschützt, sondern auch seine Familie. Und sich selbst auch.« Alan musste die steile Falte bemerkt haben, die sich zwischen ihren Augen gebildet hatte, denn er fügte hinzu: »Ein Kind von einem verheirateten Pastor zu haben bedeutete damals doch bestimmt den gesellschaftlichen Tod für eine Frau.«
Natascha atmete laut aus und fuhr sich über die Stirn. »Ich weiß, ich weiß«, winkte sie ab. »Pastor Edwards hat mich ja bereits gewarnt. Ich solle nicht auf Helene wütend werden, sie hätte ihre Entscheidungen getroffen, wie sie glaubte, sie treffen zu müssen. Trotzdem bin ich wütend. Allerdings eher auf den Pastor als auf sie natürlich.«
»Wieso natürlich?«
Natascha reagierte genervt auf seine Rückfrage, verdrehte die Augen, als müsste sie einem Trottel das Alphabet buchstabieren. »Ich bitte dich, Alan! Das naive Mädchen in der Fremde und der überlegene, angesehene Pastor. Diese Kombination schreit doch geradezu nach Verführung. Die Unschuld vom Lande und der lüsterne Pfaffe. Klassischer geht's doch nicht.«
Alan lachte auf. »Machst du es dir da nicht ein bisschen zu leicht? Nur weil deine Schlussfolgerung naheliegend ist, muss sie noch lange nicht richtig sein.«
»Ach nein?«, sagte sie spitz. »Na gut. Dann nehmen wir mal an, der gute Johannes war gar kein Lustmolch, sondern nur ein liebender Gatte mit einem klitzekleinen Hang zur Untreue. Welche Konsequenzen hat er denn aus seiner Affäre ziehen müssen?« Sie machte eine Pause. »Offensichtlich keine. Und nun überlege mal, was es für Helenes Leben bedeutet hat, als sie Neu Klemzig verlassen musste. Na?« Natascha hob ihr Kinn und sah Alan herausfordernd an. Er antwortete nicht.
»Und Pastor Johannes? Der Kerl hat weiterhin lustig Gottes-

kinder mit der Gattin gezeugt, als wäre nichts gewesen, und galt für den Rest seines Lebens als braver Pastor.« Sie griff zum Besteck und säbelte wütend ein Stück von ihrer Pizza ab, das sie sich hastig in den Mund schob. Dann legte sie geräuschvoll das Besteck auf den Teller zurück. Alan schmunzelte.
»Ich will dir ja gar nicht widersprechen, aber solltest du nicht zumindest die Möglichkeit in Betracht ziehen, dass alles auch ganz anders gewesen sein könnte?«
Die Hände zu Fäusten geballt, stützte Natascha die Ellbogen auf die Tischkante und beugte sich nach vorne.
»Willst du oder kannst du mich nicht verstehen? Man muss doch selbst vor hundert Jahren keine Suffragette gewesen sein, um Helenes Schicksal auch damals schon als ungerecht empfunden zu haben. Mehr behaupte ich doch gar nicht. Vielleicht haben sich die beiden geliebt, vielleicht auch nicht. Natürlich kann ich das nicht wissen.«
Alan schob sich ein großes Stück von seiner Calzone in den Mund und kaute genüsslich darauf herum, bevor er antwortete: »Und ich sage nur, dass du dir meines Erachtens vorschnell eine Meinung über diesen Pastor gebildet hast. Aber vielleicht waren die Dinge anders, als es scheint.« Alan trank den letzten Schluck und setzte das Glas ab. »Wer weiß schon, wie es in den beiden wirklich ausgesehen hat? Vielleicht hat dein Urgroßvater genauso gelitten wie Helene, vielleicht sogar noch mehr. Wer kann das schon sagen?«
Natascha betrachtete ihn eine Weile nachdenklich.
»Reden wir hier eigentlich noch über meine Urgroßeltern?«, stellte sie dann herausfordernd fest. Alan zuckte mit den Schultern, bearbeitete dann die Pizza.
»Du willst mir nicht etwa sagen, dass ich nur einen oberflächlichen und damit falschen Eindruck von dir habe?«, fragte Natascha.
»Habe ich nie behauptet, aber wo du schon mal damit an-

fängst«, er zeigte mit dem Messer auf sie, »ja, ich denke tatsächlich, dein Bild von mir hängt ein wenig schief.« Er schob sich eine Gabel voll in den Mund, tupfte sich die Lippen mit der Serviette ab und schob den Teller von sich. Natascha wartete auf nähere Ausführungen und wandte den Blick nicht von ihm ab. Alan seufzte.
»Also schön. Du glaubst zu wissen, wie ich bin. Ein oberflächlicher Typ ohne größeren Ehrgeiz, der in den sonnigen Tag hineinlebt und sich jede Tauchschülerin schnappt, die einigermaßen attraktiv und nicht bei drei auf dem Baum ist. Unterbrich mich bitte, wenn du mir widersprechen willst.« Natascha holte kurz Luft und wollte schon den Mund öffnen, entschloss sich dann aber, nicht auf den spöttischen Ton einzugehen. Alan übertrieb zwar, aber im Grunde lag er mit seiner Einschätzung ganz richtig.
»So ein Sunnyboy passt natürlich nicht in den Lebensplan einer Journalistin mit Karrierewillen«, schloss Alan und warf ihr einen ironischen Blick zu, den sie ihm nicht ganz abnahm; seine Mimik strafte ihn Lügen.
»Fertig mit der Analyse?« Sie warf ihre Stoffserviette auf den Tellerrand.
Alan nickte.
»Eines hast du dabei noch vergessen.«
»Nämlich?«
»Der Sunnyboy lebt auf einer Insel im Korallenmeer und die Karrierefrau mitten in Berlin. Es wäre also sowieso nicht gegangen mit uns.«
»Ach nein?«
»Nicht für mich. Ich bin nämlich nicht wie deine Hanne gestrickt, die sich mit ein paar luftig leichten Sommerwochen zufriedengibt.«
»Soll das etwa heißen, du willst mehr?«
Natascha sog scharf die Luft ein. Seine überlegene Haltung

brachte sie auf die Palme, doch was sie fast noch mehr ärgerte, war, dass sie ihm nichts Schlagfertiges entgegenzusetzen hatte.
»Wieso drehst du mir eigentlich immer die Worte im Mund herum?«, fauchte sie ihn an. »Ich habe lediglich ...« Ihre Stimme hatte jenen weinerlichen Unterton angenommen, dem bald Tränen folgen würden. Sie musste hier raus, bevor sie sich vollkommen zur Idiotin machte.
»Darf es noch etwas sein? Ein Espresso vielleicht?«
Der Anblick des Kellners ließ sie aufatmen. Alan, der nur »Espresso« verstanden hatte, hob fragend die Augenbrauen.
»Nein danke«, entschied Natascha für sie beide. »Die Rechnung bitte.« Fahrig begann sie, in ihrer Handtasche nach dem Portemonnaie zu kramen.
»Lass nur, du bist natürlich eingeladen«, sagte Alan und reichte dem Kellner seine Kreditkarte.
»Kommt überhaupt nicht in Frage. Erst der teure Flug hierher. Warum auch immer. Und nun auch noch ...«
»*Warum auch immer?*«, unterbrach Alan sie, und der schneidende Klang ließ sie aufhorchen. Sie sah ihn an.
»Alan. Was zum Teufel willst du hier?«
»Kapierst du es denn noch immer nicht? Wie stur kann man denn sein? Ich will dich, *damn it!*« Er war aufgesprungen und hatte dabei seinen Stuhl umgeworfen. Natascha fuhr zusammen.
»Ich bin in dich verliebt, so sehr, dass ich an nichts anderes mehr denken kann. Ich bin in den letzten Wochen vor Sehnsucht fast verrückt geworden.« Natascha saß nun kerzengerade auf ihrem Stuhl. Alan legte die Hände auf den Tisch, die Arme durchgestreckt, um den nach vorne gebeugten Oberkörper aufzustützen. Natascha hielt immer noch die Luft an. Aus dem Augenwinkel beobachtete sie, dass nicht nur der Kellner die Szene verfolgte, sondern das ganze Lokal.
»Ich will dich nicht für ein paar Wochen, ich will keine Affäre,

ich will mit dir zusammen sein.« Er schlug auf den Tisch, Natascha zuckte zurück.

»*Bloody hell*, Natascha, *come on!* Ich will, dass wir es miteinander probieren, und erzähl mir jetzt nicht, dass das unmöglich ist. Natürlich ist es das nicht, oder glaubst du etwa im Ernst, wir wären das erste Paar, das mit dieser Entfernung fertig werden müsste? Es ist nur so schön bequem, alles auf die Distanz zu schieben, oder? Dabei ist das eigentliche Hindernis nur in deinem verdammten Kopf.« Er tippte sich mit dem Zeigefinger an die Stirn.

Natascha schwieg. Alan schniefte nun und rieb sich die Nase. Es schien, als hätte er alles gesagt und warte nun auf ihre Reaktion. Eine Pause entstand, während der Natascha am Kragen ihrer Bluse nestelte und sich räusperte.

»Ich glaube nicht, dass dies hier der richtige Ort ist, um dieses Thema zu diskutieren«, sagte sie in verhaltener Lautstärke und hoffte, sachlich zu klingen. Dann rückte sie mit dem Stuhl zurück, um aufzustehen. Als sie nach ihrer Tasche griff, ging er um den Tisch herum und hielt sie bei den Armen.

»Ich bitte dich Natascha, geh jetzt nicht!«

Sie befreite sich mit einer entschlossenen Bewegung aus seinem Griff.

»Nicht hier, Alan.« Sie hatte ihre Stimme gesenkt und versuchte, ihn mit einem Blick auf ihr Publikum hinzuweisen, doch Alan wandte den Blick nicht von ihr.

»Gibt es denn einen richtigen Ort? Du rennst doch überall vor deinen Gefühlen davon. Ob im Pub in Cairns oder hier. Es ist doch völlig egal, wo ich mit dir rede. Du bist sowieso schon längst wieder auf der Flucht vor dir selbst.«

Natascha griff nach Alans Kreditkarte, die der Kellner an den Tisch zurückgebracht hatte, und steckte sie in Alans Hosentasche.

»Komm, lass uns endlich gehen.«

Alan sah sie verdutzt an, als sie ihn mit einer Hand in Richtung Ausgang schob und mit der anderen nach ihren Jacken angelte.
»Ich hätte es wissen müssen, ich Idiot.« Er sah Natascha von der Seite an, doch die blickte geradeaus. »Wenn es dir nichts ausmacht, komme ich noch kurz mit nach oben, meinen Rucksack holen.«
»Macht mir nichts aus.«
Alan zog den Reißverschluss bis zum Kinn hoch und schlang bibbernd die Arme um seinen Oberkörper.
»Nun übertreib mal nicht. Wir sind nicht in Sibirien.« Als sie die Straße überquerten, beschleunigte Natascha ihre Schritte, schloss rasch die Haustür auf und hastete die Treppen hinauf, bis sie endlich vor ihrer Wohnung im zweiten Stock angelangt waren.
»Du scheinst es ja sehr eilig zu haben.« Er hatte seine Hände in den Hosentaschen vergraben, und seine Stimme klang kalt.
»Allerdings.« Natascha hielt ihm die Tür auf. Zögernd folgte er ihrer Geste und ging an ihr vorbei in den Flur. Als hinter ihm krachend die Tür ins Schloss fiel, fuhr er erschrocken herum. Natascha stand jetzt dicht vor ihm und fummelte am Reißverschluss seiner Jacke.
»Was machst du denn da?« Natascha sah das Erstaunen in seinem Gesicht und ließ sich nicht beirren.
»Ich mache das, was ich schon längst hätte tun sollen. Was ich schon tun wollte, als du heute Morgen vor meiner Tür gestanden hast und erst recht heute Abend. Ich will dich, und ich will keine einzige Sekunde länger warten.« Der Verschluss surrte, als sie ihn mit einer einzigen Bewegung öffnete.
»Du meinst, erst Sex, und dann wirfst du mich raus?«
Natascha schlang die Arme um seinen Hals und warf lachend den Kopf in den Nacken. Dann blickte sie ihm in die Augen und küsste ihn. Als ihre Umarmung leidenschaftlicher und

fordernder wurde, löste Alan sich von ihr und hielt sie an den Schultern von sich ab.
»Was soll das? Was für ein Spiel spielst du?«
Natascha sah ihm in die Augen.
»Kein Spiel, Alan. Ich will nur nicht mehr weglaufen.«
»Du willst es probieren?« Alans Miene hellte sich auf. Sie lächelte.
»Ich weiß zwar nicht, wie das mit der deutsch-australischen Liebe funktionieren kann, aber ja: Ich will's probieren.«
»Hab ich da gerade was von *Liebe* gehört?« Gegen ihren Willen lief Natascha blutrot an, doch sie nickte. Alan zog sie ganz nah zu sich heran.
»Du brauchst keine Angst zu haben. Ich weiß auch noch nicht, wie, aber wir werden einen Weg finden. Hier oder in Australien. Ich lass dich jedenfalls nicht mehr gehen.«
Als er ihr Kinn anhob, sah er, dass sie weinte, und dieses Mal versteckte sie ihre Tränen nicht. Er nahm ihr Gesicht in beide Hände und wischte mit den Daumen ihre Tränen weg. Dann beugte er sich zu ihr hinunter und küsste sie. Sachte erst, als ob sie unter der Berührung zerbrechen könnte, doch als Natascha den Kuss leidenschaftlich erwiderte und ihm die Jacke von den Schultern streifte, nahm er sie auf den Arm. Natascha schnappte vor Überraschung nach Luft.
»Wo war noch mal gleich das Schlafzimmer?«, fragte Alan und trug sie den Flur hinunter.
»Ist das dein erstes Versprechen für die Zukunft?«
Alan sah sie fragend an. »Guter Sex?«
Natascha schüttelte den Kopf. »Mich auf Händen zu tragen«, sagte sie und stieß mit dem Ellbogen die Tür zum Schlafzimmer auf.

Epilog
Moondo, Juli 1949

Aborigines fürchten den Tod nicht. Sie haben keine Angst vor dem Sterben, weil sie nicht zwischen der wirklichen und einer spirituellen Welt unterscheiden. Für sie markiert der Tod nur die Zeit, da der Geist vom Körper befreit wird, um sich mit der unsichtbaren Welt zu vereinen. Mit dem Tod kehrt der Geist dahin zurück, wo er herkam: Er wird eins mit dem *Dreaming*, dem ewigen Lebensfluss, und wartet auf seine Wiedergeburt.
Sooft sich Helene den Glauben der Orta auch bewusst machte, die Trauer lag ihr wie ein Fels auf dem Herzen. Seit Tagen schon sah sie den weißen Rauch über Moondo aufsteigen. Er durchdrang sogar das dichte Geäst der Baumkronen, nur um sich gleich darauf im klaren Blau des Himmels zu verlieren. Helene stemmte sich aus dem tiefen Korbsessel und stieg die Verandastufen hinab. Sie schloss die Augen und hielt die Nase in den Wind. Dieser Geruch … sie würde ihn bis an ihr Lebensende mit der Geburt ihrer Tochter in Verbindung bringen. Der Duft von Harz und ätherischen Ölen ließ sie in die Vergangenheit abdriften. Sie wehrte sich nicht gegen den Sog, der all ihre Gedanken und Gefühle auf den einen Tag richtete. Jene ersten Stunden mit Nellie waren ihre kostbarste Erinnerung. Abergläubische Heidenkinder, hatte sie damals gedacht, als die Orta ihr mit ihren Geistern kamen. Wo doch die Ursache ihrer wundersamen Rettung so offensichtlich war! Nicht einmal Gott hatte sie als Erklärung bemühen müssen. Die Antwort lag viel näher. Der Rauch musste sich nach einer Weile derart beißend entwickelt haben, dass sie röchelnd und hustend aus

ihrer Ohnmacht erwachte, weil sie keine Luft mehr bekam. Ein Reflex, nichts weiter. Aber das war den Wilden einfach nicht beizubringen und hatte sie seinerzeit wahnsinnig geärgert.

Helene öffnete die Augen und blickte in den Himmel. Sie musste über den missionarischen Eifer lächeln, von dem sie als junge Frau so beseelt gewesen war. Vielleicht hatte sie nur deshalb so verärgert auf die Orta reagiert, weil sie spürte, wie ihr die eigene Spiritualität zu entgleiten drohte? Ob bei Nellies Geburt Hokuspokus im Spiel gewesen war oder nicht – welche Rolle spielte das schon? So oder so: Es war der Rauch, der sie gerettet hatte. Sie schlug nun den Weg nach Moondo ein. Es war an der Zeit, ihrer besten Freundin Lebewohl zu sagen.

Es mussten an die dreihundert Trauergäste sein, die zu Amarinas Beerdigung gekommen waren. Viele kannte Helene gar nicht. Sicherlich waren sie von einem der benachbarten Stämme. Die Trauerzeremonie hatte vor drei Tagen begonnen und würde sich noch über mehrere Wochen hinziehen. Heute war der Tag, an dem Amarina endgültig ihren Körper verlassen würde. Helene betrachtete die Szene aus dem Schutz des Dschungels heraus. Ihr Blick musste nicht lange wandern, ehe er die Freundin fand.

Amarinas Körper lag auf einem Podest, das die Familie aus Baumstämmen und Seilen errichtet hatte. Darunter hatten die Männer einen Scheiterhaufen aufgeschichtet, doch er brannte noch nicht. Der weiße Rauch kam vielmehr von den Frauen, die das Podest umstanden und schwelende Äste grüner Blätter durch die Luft wedelten. Einige der Trauernden sangen, die meisten heulten oder jammerten, manche schrien sogar. Helenes Knie wurden schwach; sie lehnte sich mit dem Rücken an einen Baum und hielt sich mit den Händen am Stamm fest. Sie konnte den leblosen Körper der Freundin nur flüchtig erkennen, zu selten gaben die Schwaden den Blick darauf frei. Um

das Gesicht zu sehen, stand sie viel zu weit entfernt. Mit einem Seufzer gab sie sich einen Ruck und trat zu den anderen auf die Lichtung hinaus.
»Wie geht es dir, Cardinia?«
Amarinas Tochter drehte sich um. Die helle Aschezeichnung auf ihren Wangen zeigte dunkle Spuren, wo sich die Tränen einen Weg gebahnt hatten. Helene nahm sie in den Arm und strich ihr übers Haar. Cardinia schluchzte leise. Sie standen für eine Weile unbewegt, dann hob Cardinia den Kopf und wischte sich die Tränen aus dem Gesicht, was die traditionelle Bemalung vollends ruinierte. Die Frauen lächelten einander zaghaft an.
»Sie wusste, wann sie in die Geisterwelt geht. Sie hat alle besucht, damit sie sich für den Abschied bereitmachen«, erklärte Amarinas Tochter.
Helene nickte. »Ja, sie kam auch zu mir.«
»Es geht ihr gut, wo sie ist; und dennoch tut es so weh.« Cardinia machte eine Pause und sah Helene in die Augen. »Ich vermisse sie.«
»Ich auch.« Helene zog Cardinias Kopf zu sich und streichelte ihr über den Rücken. Tränen lösten sich aus ihrem Augenwinkel und versickerten in Cardinias blauschwarzem Haar. Ein Stammesälterer trat zu ihnen und flüsterte Cardinia etwas ins Ohr. Sie nickte, und er entfernte sich.
»Die Rauchzeremonie ist vorbei. Sie zünden jetzt das Feuer an«, sagte Cardinia, und ihre Stimme klang tonlos. »Weißt du, was die Alten sagen?« Sie blickte starr in Richtung des Podests; dort hatten drei alte Männer einen monotonen Singsang angestimmt. In ihren Händen hielten sie brennende Äste, die sie in den Scheiterhaufen steckten. Helene griff nach Cardinias Hand und drückte sie fest. »Sie sagen, unsere Mutter ist die Erde. Sie ist alles. Wenn du aus der Geisterwelt zurückkommst, kehrst du zu deiner Mutter zurück. Egal, ob als

Mensch, Vogel, Känguru oder Baum. Wenn du einmal geboren bist, bist du Teil unserer Mutter.« Cardinias Finger verschränkten sich mit Helenes, als die Flammen aufloderten.
»Ja, deine Mutter hat es mir einmal erzählt, als ich sehr verzweifelt war, und es hat mich oft getröstet.« Es fiel ihr schwer, den Namen der Freundin zu vermeiden. Obwohl das Gesetz der Orta, nach dem der Name eines Verstorbenen ein Jahr lang nicht mehr erwähnt werden durfte, für sie nicht galt, wollte sie das Tabu nicht brechen. Cardinia schniefte und wischte sich die Nase mit dem Handrücken ab. Sie wirkte jetzt gar nicht mehr wie die gestandene Frau und Mutter, zu der ihre Schülerin von einst herangewachsen war.
»Sie kommt wieder«, sagte Helene, nachdem sie gemeinsam zugesehen hatten, wie die Flammen an den langen Seiten des Holzgerüsts entlangzüngelten und heller aufloderten, bis sie sich zu einer einzigen hohen Flamme vereint hatten. Das Knacken des Holzes wurde lauter, übertönte schließlich das Prasseln des Feuers. Funken stoben in den Himmel und erloschen gleich wieder. Rußpartikel fielen vom Himmel, verlangsamten ihren Fall, um durch die laue Nachmittagsluft zu segeln und das Grün des Grases mit dunklen Punkten zu sprenkeln. Cardinia machte eine Bewegung, um den Ruß aus Helenes Haar zu streichen, doch Helene duckte sich unter ihrer Hand weg.
»Nicht«, wehrte sie ab.
»Hab ich was Falsches getan?«, fragte Cardinia erschrocken.
»Nein, natürlich nicht, entschuldige.« Helene hielt kurz inne.
»Ich muss gehen, es wird langsam dunkel.« Sie küsste Amarinas Tochter zum Abschied auf die Wange. Cardinia hielt sie am Arm fest.
»Warte. Mein Sohn wird dich begleiten.«
Helene lehnte das Angebot mit einer entschiedenen Kopfbewegung ab, hob die Hand zum Abschied und machte sich auf den Weg. Sie hätte blind zurückgefunden. Es war wirklich

höchste Zeit. Sie hatte John versprochen, vor Anbruch der Nacht zu Hause zu sein, und wollte nicht, dass er sich unnötig sorgte. Sie raffte den Rock und beschleunigte ihre Schritte. Sie wollte heim.

Schützend legte sie die Hand auf das Amulett. Sie kommt wieder, dachte sie und lächelte unter ihren Tränen. Sie kommt zurück.

Nachwort

Gleich mehrere Ereignisse in der Geschichte Australiens haben mich zu diesem Buch inspiriert. So stammten die ersten deutschen Siedler tatsächlich aus Salkau, das heute zu Polen gehört. Obwohl das *Neu Klemzig* des Buches frei erfunden ist, erinnert es nicht ganz zufällig an *Hahndorf*, ein deutschstämmiges Dorf in den Hügeln über Adelaide. »Zionshill« war die erste lutherische Mission in Queensland, hatte aber mit Gottfrieds gleichnamiger Wirkungsstätte in den Adelaide Hills nichts zu tun. Es findet sich auch kein »Meena Creek« in Far North Queensland, aber ein Örtchen namens »Mena Creek«, das wie im Buch beschrieben am Fuße der Misty Mountains liegt, hoch oben auf den Tablelands, und das auch heute noch ein Zentrum der australischen Zuckerindustrie ist.

Auch das im Buch in unmittelbarer Nachbarschaft zu »Meena Creek« liegende Aborigine-Reservat Moondo wird man in Australien vergeblich suchen.

Das Passagierschiff Yongala ist für die Australier die kleine Schwester der Titanic, der statt des Eisbergs ein Zyklon zum Verhängnis wurde. Das Dampfschiff mit Zielhafen Cairns befuhr regelmäßig die Ostküste und ging im März 1911 mit hunderteinundzwanzig Passagieren und dem Rennpferd Moonshine an Bord auf der Fahrt von Mackay nach Townsville unter. Das Wrack wurde erst 1958 gefunden und gilt seither als eines der weltweit besten Tauchziele.

Die Zwangsentfernung von Aborigine-Kindern war bis in die siebziger Jahre des 20. Jahrhunderts hinein australische Regierungspraxis. Dabei zog die Regierung mit Kirchen und Wohlfahrtsorganisationen an einem Strang. Die Entführungen wurden vom *Aborigines Protection Board* geleitet und von der örtlichen Polizei durchgeführt, aber auch andere Respektspersonen, wie etwa Kirchenführer, waren ermächtigt, die Kinder ohne Gerichtsurteil aus ihren Familien zu entfernen. Je hellhäutiger ein »Halbblut« war, desto größer war die Wahrscheinlichkeit, dass es entführt wurde. Die Chancen, das schwarze Gen vollständig »auszumendeln«, hielt man in einem solchen Fall für entsprechend höher. Die hellhäutigen, von Weißen erzogenen Halbblüter ließen sich leichter mit den europäischen Siedlern mischen. Mit der Zeit, so die Hoffnung der Regierung, würde der Anteil schwarzen Blutes auf dem australischen Kontinent immer geringer.

Nellies Geschichte ist frei erfunden, doch sie hätte so oder ähnlich durchaus passieren können. Ein europäisch aussehendes Mädchen mit dunklen Haaren, dunklen Augen und sonnengebräunter Haut spielte mit den Kindern der Ureinwohner – das genügte für eine Entführung. Im Grunde hätte sie sogar blaue Augen und blonde Haare haben können. Allein der Verdacht auf indigene Vorfahren reichte für eine Kindesentführung.

Die gestohlenen Kinder wurden entweder in staatlichen Institutionen oder in Missionsstationen untergebracht, wo sie als Weiße erzogen werden sollten. Hellere Mädchen wurden gern von weißen Familien aufgenommen, wo sie als Dienstboten oder Haushaltshilfen lernen sollten, sich in die weiße Gesellschaft zu integrieren. Unverständnis, Rassismus und mangelnder Respekt für die andere Kultur führten dazu, dass viele Weiße tatsächlich glaubten, auf diese Weise die Lebenssituation der Kinder grundlegend zu verbessern. Kindern, die dennoch immer wieder nach ihrer Familie fragten, wurde erzählt, die Eltern seien tot oder wollten sie nicht mehr.

Keiner weiß genau, wie viele Kinder entführt worden sind, da die meisten Aufzeichnungen vernichtet wurden oder verschwunden sind. Viele Eltern, denen die Kinder genommen wurden, haben sie niemals wiedergesehen. Geschwister hat man bei den Zwangsentfernungen absichtlich getrennt. Dementsprechend wissen viele Aborigines noch immer nicht, wer ihre nächsten Verwandten sind. Die Folgen des Traumas, an denen diese zerrissenen Familien bis in die Gegenwart leiden, lassen sich nur erahnen.

In den 1990er Jahren gab die *Human Rights and Equal Opportunity Commission* eine nationale Untersuchung zur Praxis der Kindesentführungen in Auftrag. Der Bericht mit dem Titel *Bringing Them Home* wurde dem Parlament im Mai 1997 vorgelegt. Er zeichnete ein erschütterndes Bild der Auswirkungen dieser Entführungen auf indigene Individuen, Familien und Gemeinden. Der Bericht empfahl neben finanziellen Entschädigungen der Opfer eine offizielle Entschuldigung seitens der Regierung. John Howard, der damalige Premierminister, lehnte dies mit dem Argument ab, dass die heutige Generation nicht für die Fehler einer früheren verantwortlich gemacht werden könne. Howard selbst war in den 1960er Jahren Parlamentsmitglied, zu einer Zeit also, als im Namen der Regierung noch Kinder entführt wurden. Erst zehn Jahre später, am 13. Februar 2008, entschuldigte sich der neugewählte Premierminister Kevin Rudd in einer Rede vor dem australischen Parlament für das den Aborigines angetane Unrecht.

Danksagung

Man glaubt ja gar nicht, wie viele Menschen an der Geburt eines Buches beteiligt sind, bevor man es nicht selbst erlebt hat. So ein Buch ist eine ausgesprochene Teamarbeit, über deren Umfang ich als neue Autorin nicht wenig gestaunt habe. So viele Profis, die ihr Können und ihre Energie der Buchidee einer Newcomerin widmen! Wen hätte das nicht beeindruckt und gleichzeitig eingeschüchtert?

Ich möchte an dieser Stelle besonders meiner Lektorin Dr. Andrea Müller danken. Ohne ihre Ermutigung hätte ich dieses Buch gar nicht erst geschrieben, und ohne ihren klugen Rat und die behutsamen Hinweise während der Entstehung wäre es zudem ein deutlich schlechteres geworden.

Ich danke dem Verlag, der gleich an diesen Roman geglaubt und ihn entsprechend unterstützt hat. Ebenso danke ich der Coveragentur für die wunderschöne Umschlaggestaltung. Es heißt zwar: *Don't judge a book by its cover,* aber ich wäre überhaupt nicht böse, wenn meine potenziellen Leser genau dies täten!

Ich danke meiner Agentur Schmidt & Abrahams für ihre Unterstützung und Vermittlung.

Dank an Ursula, die mir den interessanten Lebensbericht einer Missionslehrerin in Yarrabah ausgeliehen hat. Und an Regina für das schnelle Aufspüren einer alten Bibelausgabe, als ich sie dringend benötigte.

Danke an meine Nachbarin Kim, die einen lutherischen Familienhintergrund hat und mir die handgeschriebenen Erinnerungen ihrer Mutter, die im Norden Australiens aufgewachsen ist, zur Verfügung gestellt hat. Von den Aufzeichnungen dieser reizenden alten Dame habe ich mir den schönen Namen »Rosehill« für die Farm in Meena Creek ausgeliehen.

Es gibt so viele mehr, denen ich zu Dank verpflichtet bin, weil sie mir wichtige Hinweise oder Auskünfte gaben. Ich hoffe, sie wissen, dass ich sie nicht vergessen habe, auch wenn ich sie hier nicht einzeln erwähne!

Am meisten danke ich jedoch meinem Mann John, der mich nicht nur während der Zeit des Schreibens ertragen musste (und das war keine leichte Aufgabe!), sondern mir auch noch unglaublich bei der Planung des Romans geholfen hat. Ich glaube nicht, dass ich es ohne seine Hilfe geschafft hätte, dieses Buch zu einem Ende zu bringen. Dann danke ich natürlich auch meinem Sohn Oscar. Obwohl ich körperlich immer anwesend war, bin ich mental doch nur allzu oft unterwegs gewesen. Auf Rosehill, bei Helene und den Schmetterlingen …

Ein letzter Dank geht schließlich an Holly, meinen hübschen (wenn auch leider essgestörten) Border Collie. Sie ist natürlich das Vorbild für Digger.

Quellenhinweise

Das dem Buch vorangestellte Zitat habe ich selbst übersetzt und folgendem Buch entnommen:
Elders. Wisdom from Australia's Indigenous Leaders. Cambridge University Press 2003, S. 4

Alle Bibelzitate entstammen folgender Ausgabe:
Die heilige Schrift des Alten und Neuen Testaments. Dritte, verbesserte Ausgabe. Heidelberg 1839

Schwarz bin ich, doch lieblich, Töchter Jerusalems, wie Kedars Zelte, wie Solomos Teppiche. (Hohelied 1:5,6)

Eine wahre und verlassene Witwe hat ihre Hoffnung auf Gott gesetzet und verharret im Gebete und Flehen Tag und Nacht; die aber ein üppiges Leben führet, ist lebendig todt. Und solches schärfe ein, auf dass sie untröstlich seien. (1. Timotheus 5:6)

Was noch meine Seele suchet, und ich nicht gefunden: einen Mann von Tausenden hab' ich gefunden; aber ein Weib hab' ich unter all diesen nicht gefunden. (Ecclesiastes 7:28)

Und als sie ihm reichte zu essen, ergriff er sie, und sprach zu ihr: Komm, liege bei mir, meine Schwester! Und sie sprach zu ihm: Nicht doch, mein Bruder! Schwäche mich nicht, denn also thut man nicht in Israel; thue nicht diese Schandthat! Und ich, wohin sollte ich tragen meinen Schimpf (...)? Aber er wollte nicht hören auf ihre Stimme, und überwältigte sie, und schwächete sie, und lag bei ihr. Und Ammon fassete einen sehr großen Haß gegen sie; denn der Haß, womit er sie hassete, war größer denn die Lieb, womit er sie geliebt hatte: und Ammon sprach zu ihr: Steh auf, gehe! Und sie sprach zu ihm: Nicht doch diese größere Unbill als die andere, die du an mir gethan, mich zu verstoßen! Aber er wollte nicht auf sie hören. (2. Samuel 13:11–16)

Und jeglicher, der Häuser verlassen oder Brüder oder Schwestern oder Vater oder Mutter oder Weib oder Kinder oder Äcker um meines Namens willen, der wird hundertfältiges dafür erhalten, und das ewige Leben erwerben. (Matthäus 19, 29)

Jehova ist mein Hirt, ich leide nicht Mangel. Auf grünen Angern lagert er mich. (Psalm 23)

Ich will jetzt davon schweigen, dass manche so fasten, dass sie sich dennoch vollsaufen; dass manche so reichlich mit Fischen und anderen Speisen fasten, dass sie mit Fleisch, Eiern und Butter dem Fasten viel näher kämen.
Dieses Luther-Zitat stammt ursprünglich aus dem »Sermon von den guten Werken« (1520) und findet sich in einer älteren Fassung in Band 6 der Gesamtausgabe von Martin Luthers Werken: Weimarer Ausgabe, 1888, S. 245 f.

Danny Boy, das Lied, das John seiner Frau vorsingt, ist im angelsächsischen Sprachraum sehr bekannt. Es handelt vom Abschied eines geliebten Menschen und dessen Wiederkehr. Es wurde 1910 von dem englischen Rechtsanwalt Frederick Edward Weatherley komponiert und 1913 mit der Melodie von »A Londonderry Air« verknüpft.
Der gesamte Originaltext lautet folgendermaßen:

> *Oh, Danny boy, the pipes, the pipes are calling*
> *From glen to glen, and down the mountain side*

The summer's gone, and all roses falling
'Tis you, 'tis you must go and I must bide.
But come ye back when summer's in the meadow
Or when the valley's hushed and white with snow
'Tis I'll be there in sunshine or in shadow
Oh, Danny boy, oh Danny boy, I love you so!
And when ye come, and all the flow'rs are dying
If I am dead, as dead I well may be
Ye'll come and find the place where I am lying
And kneel and say an Ave there for me.
And I shall hear, though soft you tread above me
And all my grave will warmer, sweeter be
For you will bend and tell me that you love me,
And I shall sleep in peace until you come to me.

Text aus Malachy McCourt: *Danny Boy. The legend of the beloved Irish Ballad.* New York 2003, S. 87f.

Ich übersetze den etwas undurchsichtigen Text so:

Oh, Danny Boy, die Dudelsäcke, die Dudelsäcke rufen
Von Tal zu Tal und den Berg hinab
Der Sommer ist vorbei und alle Rosen welken
Du bist es, du bist derjenige, der gehen muss,
und ich muss zurückbleiben.
Doch komm zurück, wenn der Sommer über den Wiesen ist
Oder wenn das Tal still und weiß von Schnee ist
Denn ich werde da sein im Sonnenschein und im Schatten
Oh, Danny boy, oh, Danny boy, ich liebe dich so!
Und wenn du kommst und alle Blumen sterben,
Falls ich tot bin, denn tot kann ich durchaus ja sein
Dann wirst du kommen und den Ort finden, wo ich liege
Du kniest dich hin und sprichst ein Ave für mich.

Und ich werde dich hören,
magst du auch noch so sanft über mir wandeln.
Und mein Grab wird wärmer und süßer sein,
Denn du beugst dich zu mir herunter und sagst mir,
dass du mich liebst.
Und ich werde in Frieden schlafen,
bis du zu mir kommst.

LITERATURHINWEISE

Deutsche Siedler in Südaustralien
David Schubert: *Kavel's People. From Prussia to South Australia.* Highgate, zweite Auflage 1997

Untergang der Yongala
Max Gleeson: S. S. Yongala. *Townsville's Titanic.* Caringbah

Aborigines
Aboriginal Australians. First Nations of an Ancient Continent. Thames & Hudson, London 2009
Jean A. Ellis: *Australia's Aboriginal Heritage.* Victoria, 1994
Mudrooroo: *Us Mob. History, Culture, Struggle: An introduction to indigenous Australia.* Angus & Robertson, 1999
James Morrill (1824–1865). *Among the Aboriginals of Northern Queensland for Seventeen Years.* With an account of their manners and customs, and mode of living. Northern Territory 2006 (new edition)

Die Zuckerindustrie in Australien
The Australian Sugar Industry. The Heritage of the Industry. The Australian Sugar Museum. Mourilyan

Siedler in Far North Queensland
Les Pearson: *The Hulls of Cressbrook, Evelyn, North Queensland. The Story of a Pioneering Family in the Herbert Catchment.* Brinsmead 1998

Mollie Coleman: *Green Meat & Oily Butter. Memories of Yarrabah.* Redcliffe 1999

AUSTRALIEN UM 1900
1901. Australian Life at Federation. An illustrated chronicle. UNSW Press, Sydney 2001